馒头说历史

历史的温度/2

细节里的故事、彷徨和信念

张玮 著

中信出版集团 · 北京

图书在版编目（CIP）数据

历史的温度：细节里的故事、彷徨和信念 . 2 / 张玮著 . -- 北京：中信出版社，2018.2（2025.11重印）
ISBN 978-7-5086-8528-1

Ⅰ . ①历… Ⅱ . ①张… Ⅲ . ①随笔－作品集－中国－当代 Ⅳ . ① I267.1

中国版本图书馆 CIP 数据核字（2018）第 003054 号

历史的温度 2——细节里的故事、彷徨和信念
著者：张 玮
出版发行：中信出版集团股份有限公司
（北京市朝阳区东三环北路 27 号嘉铭中心 邮编 100020）
承印者：北京通州皇家印刷厂

开本：880mm×1230mm 1/32　印张：15.75　字数：277 千字
版次：2018 年 2 月第 1 版　印次：2025 年11月第 50 次印刷
书号：ISBN 978-7-5086-8528-1
定价：68.00 元

服务热线：400-600-8099
投稿邮箱：author@citicpub.com

目　录

逸闻 历史是漫长的征途

信念 道阻且长，而终点可期

五环 体育能否超越政治

自　序

其实我自己也没想到，第一本《历史的温度》出了才半年，第二本就又要付印了。

记得在第一本书出版后不久，参加了一场活动，主办方在介绍我的时候，在“媒体人”的头衔之后，忽然加了个“作家”——当时在台下的我，一下子没缓过神来。

长这么大，第一次有人叫我“作家”。

但后来想想，大概也应该勉强算是一个作家了吧，因为通过写“馒头说”微信公众号和第一本《历史的温度》，我确实幸运地拥有了一批还算喜欢读我文字的读者。

承蒙大家厚爱，截至我写这篇序的时候，第一本《历史的温度》在半年的时间里，已经加印了 10 次。而在微信后台的消息里，读者拍给我的《历史的温度》的封面照片开始渐渐多了起来。

其中，有不少原本就是“馒头说”的读者，他们买到书后，想和我分享。

也有不少，是原本并不知道“馒头说”微信公众号的人，在书店买了《历史的温度》，通过扫描上面的二维码，又成了“馒头说”的读者。

有的读者，还会给我发来他们在公共场合拍到的有人在读《历史的温度》的照片，我印象中，有好几张照片，是有人在地铁车厢里看《历史的温度》——那一刻我挺不好意思的，因为书很厚也很重。

而一转眼，《历史的温度 2》又要来了。

这次的书名，沿用了第一本，倒不是懒得再想新书名了，而是觉得，“温度”这个词，还是挺贴切的。

在收录的文章方面，第二本一共收录了“馒头说”的 36 篇文章——还是公众号发表过的文章。但我始终觉得，经过装帧、设计和排版，拿在手里的纸质书阅读体验是永远不可替代的。说句可能有点不要脸的话，我自己有时在翻《历史的温度》时，也会不知不觉看进去——这可能就是纸质书的魅力吧。

而第二本之所以比第一本少了 4 篇，是因为这一本把更多的空间留给了刊登读者评论——没有你们的支持，“馒头说”也不会有今天，所以希望尽可能地让更多读者评论呈现在书中。

当然，即便如此，《历史的温度》这本书应该也是市面上相同类型中比较厚的一本了，以至我和出版社的编辑开玩笑，说若不是你们在第一本坚持要放 40 篇，现在这些文章数量，其实可以够出三本了（编辑说她舍不得删，宁可提高成本）。

说到厚度，还有一件事要和大家汇报下：第一本书，出版社采取的是“裸脊锁线”的装订方式，成本其实比一般的胶装还要贵些。这样做的目的主要有两个：第一，因为书太厚，用传统胶装很容易散架；第二，这样装订，可以保证厚的书也可以平摊开阅读，这样可以改善大家的阅读体验。

所以，第二本书还会采用这样的装订方式，并不是“简陋”啊，请大家理解。

在大量的读者留言中，最让我欣慰的，是对我说“受到了启发”这句话。

众所周知，写历史，我并不是“专业选手”，相对于科班出身的学者、作家，我只是一个历史的业余爱好者，所以虽然尽我所能对所引用的材料做了考证和筛选，但谬误之处肯定在所难免，大家一直给了我很多包容和体谅，我很感激。

但我还算有点信心的是，我的出发点应该是没错的，那就是我一直希望表达的一个观点：

历史不是冷冰冰的年份和数字，背后是一个个有温度的故事和一个个有血有肉的人，是人，就有正反面，就有优缺点。我们应该尽可能地用辩证的眼光，结合当时客观的环境，设身处地地去看待那些历史事件和历史人物，而不是先入为主地带入立场，或者用“上帝视角”来评判一件事或一个人。

如果看完《历史的温度》后，读者能有这样的一点点启发，那就是最让我欣慰的一件事了。我绝不敢说为读者打开一道门，或者是一扇窗，我觉得，如果能稍微给大家拨动一下历史的窗帘，透出一道光，那就是一件很开心的事了。

最后，还是想和大家道一声感谢。

在出版第一本书之后的半年多时间里，我的生活也发生了不少改变，相信你们中不少人，也是如此。

这是一个“只有变化是不变”的时代。

在这样的一个时代里，谢谢你们对我的赞赏和鼓励，这是我坚持下去的最大动力。

在海莲·汉芙写的《查令十字街 84 号》这本书里，有这样一句话：

“人类发明了文字，懂得写成并印刷成书籍，我们便不再徒然无策地只受时间的摆弄宰制，我们甚至可以局部地、甚富意义地击败时间。”

愿我们一起，保持对阅读的渴望和热情。

了解历史，适应变化，战胜时间。

是为序。

2017 年 12 月 17 日

于上海

人物

不应让历史睡去

聂耳之死

长期以来，他给我们很多人留下的印象，可能只有一句话："音乐家，国歌的作者"。

但他究竟是怎样一个人？他为什么在23岁的年纪就去世了？他的死亡背后有没有什么阴谋？

知道的人可能并不多。

1

1935年7月17日的傍晚，日本神奈川县藤泽市的海岸监视所，忽然接到了一起报案。

报案的是一名叫滨田宏子的日本女性和一名叫李相南的朝鲜男子。他们焦急地告诉警察：一位和他们一起在鹄沼海水浴场游泳的中国人，在海岸边失踪了。

失踪的时间，大约是在下午一点半。滨田宏子和李相南找了3个多小时，依旧没有找到，所以报警。

根据记录，那名失踪的中国人，叫聂守信。

第二天，7 月 18 日的上午，滨田宏子和李相南在又一次去海边寻找无果后，接到了日本警察的通知：那名中国男子找到了，是被打捞上来的，他已经死了。根据法医的检验，死者死于窒息，换句话说，就是游泳时溺亡。

聂耳

不久后，一位名叫张天虚（又名张鹤，长篇小说《铁轮》的作者）的中国男子赶到，打开棺木，确认了死者身份。聂守信，是这名中国男子的学名，他有个大家更熟悉的名字：聂耳。

聂耳当时只有 23 岁。

这一年，他刚谱写完的一首歌曲，正在中国大江南北被中国人传唱。

歌曲的名字，叫作《义勇军进行曲》。

2

聂耳，1912 年 2 月 14 日出生于云南昆明。

聂耳的童年和少年时期，用“颠沛流离”四个字来形容，应该也算贴切。

在聂耳 4 岁那年，父亲聂鸿仪就去世了，母亲彭寂宽一人挑起了家庭的重担，她努力考到了行医资质（聂耳的父亲是一名中医），给人看病开药，维持家庭生计。

不过，母亲的行医并没有影响聂耳未来的职业选择，倒是她另一方面的爱好对聂耳产生了巨大影响——彭寂宽是傣族人，经常喜欢给聂耳哼一些民族小调，并把一些民间故事配成当地流传的小调唱出来。

1919年，聂耳开始进入小学学习。虽然家庭拮据——聂耳连一套童子军服装的钱都交不出，只能转学——但他的学习成绩一直很优秀。另一个引人注意的特点是，聂耳开始对音乐表现出浓厚的兴趣，开始自学竹笛、二胡等乐器，还担任了学校学生音乐团的指挥。

1925年，进入云南第一联合中学的聂耳，每天晚上参加由法籍教师柏希文开办的英语学习会，并向他学习音乐基础理论和钢琴的弹奏。后来，他又向人学习了小提琴。

1928年，发生了一件对聂耳影响很大的事。

聂耳的老师赵琼仙被当局逮捕（她是早期的中共地下党员），被戴着镣铐游街后拖去刑场枪毙。赵琼仙一路喊口号，聂耳就叫着“老师”在后面追。赵琼仙就义后，心被挖了出来，当时有些愚昧的老百姓认为吃了能治病，还去抢这颗心。

这件事对聂耳刺激非常大，他认为光学音乐没用，一定要做点实际的事。

16岁的聂耳随后就瞒着家里，报名了滇西军阀范石生组建的“学生军”，参军了。

几经辗转，一年之后，这支学生军在广州解散，聂耳又回到老家昆明，继续音乐的学习。由于聂耳此时开始参与中共地下党的一些运动，慢慢被国民党的特务组织盯上，经家人帮助，

17岁的聂耳

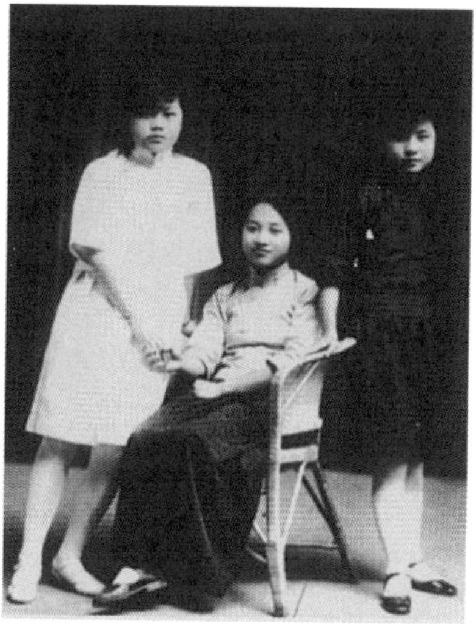
照片中最右边的女孩子名叫袁春晖，当时是云南私立东陆大学的学生，能歌善舞，是聂耳的初恋女友，也是聂耳一生中唯一爱过的女子

聂耳在 1930 年逃往上海。

在上海，聂耳打过工，失过业，最终还是如愿走上了音乐之路——进入百代唱片公司，主持音乐部工作。

由于聂耳对音乐特别敏感，很多音乐只要他听到，就能唱出来，大家给他起了一个“耳朵”的绰号。

在一次联欢会上，聂耳表演了一项绝技——两只耳朵一前一后地动，结果总经理笑称他为“聂耳博士”。聂耳说：“我已经有三只耳朵了（“聂”的繁体字为“聶”），你们还要送我一只耳朵，也好！”

从此以后，他就索性不叫聂守信，改名叫“聂耳”。

3

聂耳的生活条件虽然得到了一些改善，但真正让他音乐的灵感开始迸发的，是他之前贫苦的生活经历。

聂耳曾在日记中写下自己在“充满了工人们、车夫、流氓无产阶级的汗臭”的环境中聆听卖嗓子、卖武功的吼声，从中知道了他们“生命的挣扎”的心曲。

在上海，他自己去走女工的夜路，体会女工的辛苦，写出了“新的女性勇敢向前冲”的《新的女性》；他去码头蹲点，观察码头工人的工作和生活，写出了“从朝搬到夜，从夜搬到朝”的《码头工人之歌》；他每天聆听小报童的卖报吆喝，谱曲后和报童一起修改，写出了“啦啦啦！我是卖报的小行家”的《卖报歌》。

《卖报歌》的真实原型——报童“小毛头”杨碧君。聂耳写完《卖报歌》后曾专门请她提意见，她指出要加进一句“七八个铜板就能买两份”

回顾聂耳短暂的一生，他从事音乐创作的时间，大约就是在1933年到1935年这两年。但就在这两年时间里，聂耳的音乐天分似乎集中大爆发，留下了十几首在当时脍炙人口的歌曲。

黎锦晖堪称中国流行音乐和儿童歌曲的奠基人，后来在抗战时期也写了不少抗战歌曲

1931年“九一八事变”之后，东北全境沦陷，华北摇摇欲坠，但一些社会流行歌曲，依旧是《何日君再来》《桃花江是美人窝》。这些歌曲主要来自聂耳当时就职的明月歌舞社，社长就是《桃花江是美人窝》的作者、著名的音乐人黎锦晖先生。

其实黎锦晖也创作过不少抗日歌曲，但因为当时这些流行歌曲能带来高票房收入，所以是歌舞社主要的曲目。但聂耳就很看不惯，他认为时局危急，不应该再写和演这种歌舞。为此，他还专门在报上发表一篇文章反对这种行为，被明月歌舞社的同事们认为是“端我们的碗，砸我们的锅”，之后没多久，聂耳就离开了歌舞社。

但也正是聂耳发表的那篇批评文章，让一个人注意到了他，那个人就是田汉。一个词作者，一个曲作者，从此走到了一起。当时两个人就商量，能不能写几首提振中国人民士气、呼吁抵抗侵略的歌曲。

1935 年初，田汉改编了电影《风云儿女》，电影说的是知识分子最终放弃彷徨，投身抗日的故事。田汉写好了一首主题歌的歌词，但他那个时候因为“宣传赤化”，被国民党当局抓捕了。在被捕前，田汉把歌词抄在一张香烟的衬纸上，夹在了剧本里。

剧本随后到了夏衍手里，夏衍发现了这首歌词，并把这件事告诉

1934 年，田汉（右）成了聂耳（左）加入中国共产党的入党介绍人

了聂耳。聂耳看了歌词，一拍桌子："交给我！我来作曲！"

当时聂耳只用了两天时间，就写出了曲子的初稿。但正在此时，传来了国民党当局也准备抓捕聂耳的消息。根据组织安排，聂耳离开上海，前往日本，再由日本去苏联。

1935 年 4 月，聂耳到达日本，随后三易其稿，写好了那首主题曲的曲谱，寄回了国内。[然后聂耳就在好友李相南（真实身份是朝鲜共产党员）的陪同下，到他的朋友滨田宏子家去度假。]

聂耳寄回去的曲谱上，题目只写了"进行曲"三个字，当时百代唱片的投资人朱庆澜在这三个字前又加了"义勇军"三个字，《义勇军进行曲》就这样诞生了。

1935 年 5 月，百代公司将《义勇军进行曲》灌成唱片，公开发行。

从曲调到歌词，每一个字、每一个音符，都击中当时每一个中国人的心灵，这首歌迅速被传唱大江南北。

两个月后，却传来了聂耳与友人在海边度假，不幸溺亡的消息。

4

关于聂耳的死因，其实有争论。

1954 年，云南省重修聂耳墓，请来当时的全国文联主席郭沫若来写墓碑文。郭沫若当时写的话里，最后两句是：

"不幸而死于敌国，为憾无极。其何以致溺之由，至今犹未能明焉！"

"敌国"，指的是日本，而"未能明焉"，明显透露出一种质疑。

无独有偶，巴西著名的诗人和作家安德拉德当时写了一篇散文，叫作《杰出的音乐家》，在文中他这样写道："聂耳很久以前就去世了，是被日本人杀死的。……是的，聂耳很清楚，他的名字在黑名单上，敌人很可能暗杀他。……聂耳还是小青年，只有 23 岁。但是过了不到一个月他就死了。在检查了一具流血的尸体后，日本警察正式发表看法说：‘他是溺死的。’”

尤其是，聂耳尸体被打捞上来时，头部和鼻孔都有轻微出血现象，使得当时国内有一种说法流传开来：“聂耳当时是七窍流血，是日本人认为他宣传抗日，派人杀死他后抛尸大海。”

真的是这样吗？

目前所有的证据，都不能支撑这一说法。

第一，聂耳虽然当时写了一批传唱很广的歌曲，包括《义勇军进行曲》，但其实很多人都不知道作曲者是聂耳，聂耳当时作为一个业余作曲家，名气绝没有大到日本特务要派人暗杀的地步。

第二，当时聂耳虽然已加入中国共产党，但是是秘密加入的，几乎没有人知道他的党员的身份。他去日本也没用护照，用的是一张学

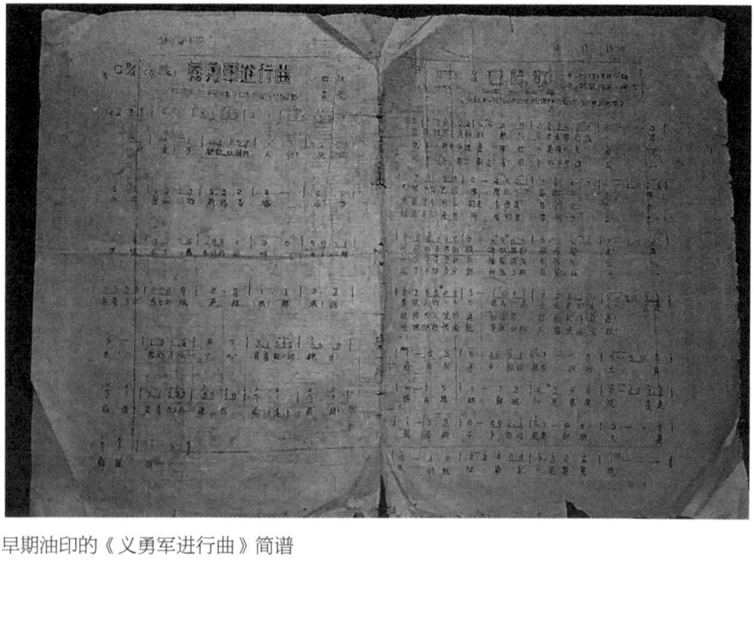

早期油印的《义勇军进行曲》简谱

生证，上面写的是“聂守信”这个名字，日本人也很难知道他的身份。即便知道聂耳的真实身份，日本警察也不会轻易暗杀，因为对当时流亡日本、名气最响的郭沫若，日本警察也只是“监视居住”。当时中日也没有全面开战，日本没有足够的理由去暗杀一个在当时其实不算有名的聂耳。

第三，聂耳在日本期间的日记后来全部曝光，没有任何表示自己被特务跟踪的记录。

第四，当时聂耳的同乡挚友张天虚从头到尾参与了聂耳的认尸到入殓的全过程，他后来所有的回忆录和文字，都没有提到怀疑聂耳是被日本人暗杀的。

最后还有比较重要的一点是，曾多次与聂耳在上海一起游过泳的他的朋友孙瑜、金焰、吴永刚、赵丹、黎锦光等人，都回忆说聂耳的游泳技术不高，不会换气，经常沉底，因此有着“潜水艇”的外号。而根据滨田宏子的回忆，当天她带着儿子在浅水区游泳，而聂耳去了深水区。

根据游泳专业人士的经验，他们救过的一些溺水的人，确实会出现口鼻有轻微出血的现象。

日本著名音乐大师团伊玖磨后来到中国拍摄《聂耳》专题片时，曾提出他自己的猜想：聂耳在那天游泳时可能突发心脏病。

说聂耳是被暗杀，证据确实不足。

5

聂耳的生命，停留在了 23 岁。

但他留下了一件最珍贵的遗产。

1937 年，中日全面开战，从将军到士兵，从商人到学生，大江南北，所有中国人都饱含热泪，握着拳头口口传唱《义勇军进行曲》：“起来，不愿做奴隶的人们！”

1937 年的淞沪会战，谢晋元率 400 余名壮士死守四行仓库，每天都要齐唱《义勇军进行曲》；在台儿庄，中国士兵集结在断壁残垣的庄内，高唱着“把我们的血肉筑成我们新的长城”，向日军发起冲锋……

不仅仅是在中国。

“二战”期间，在苏联，在法国，在捷克斯洛伐克，《义勇军进行曲》被翻译为《起来》，灌录成唱片，“冒着敌人的炮火，前进，前进，前进进！”响彻欧亚大陆。

1940 年，美国黑人歌唱家保罗·罗伯逊在纽约演唱了《义勇军进行曲》，并于次年灌录了一套《起来，新中国之歌》（*Cheelai: Song of New China*）的中国革命歌曲唱片，宋庆龄亲自作序。

1941 年，太平洋战争爆发，东南亚也沦落到日本人的铁蹄之下，《义勇军进行曲》开始成为东南亚人民抗日的“战歌”。1944 年，《义勇军进行曲》在马来亚的歌词被改为“马来亚民族到了最危险的时候”，有一位马来亚游击队员，在被捕后，面对日军，是用马来语高唱《义勇军进行曲》就义的。

到了“二战”尾声，盟军推出了一批凯旋的歌曲，《义勇军进行曲》也赫然在列。

1949 年 9 月，中国人民政治协商会议第一届全体会议召开，征集新中国“国歌”，梁思成、徐悲鸿等一批人提议，将《义勇军进行曲》作为中华人民共和国国歌，毛泽东和周恩来立刻表示赞成。

之后经历“文革”，《义勇军进行曲》的词作者田汉遭到迫害，国歌的歌词被推翻重写，但这首歌的曲调却无人敢动。

1982 年，第五届全国人大第五次会议再次确定，恢复《义勇军进行曲》原歌词。

而在日本，也有人纪念聂耳。

1954 年，在聂耳遇难的日本藤泽市湘南海岸公园，日本人建立起了一座“聂耳纪念碑”，但 1958 年毁于一场台风。1963 年，藤泽市民成立了“聂耳纪念碑保存会”。1965 年，保存会通过民间募集 400 多万日元，重建“聂耳纪念碑”。

每年的 7 月 17 日，藤泽市“聂耳纪念碑保存会”都会和市民在聂耳纪念碑前举办“聂耳纪念祭”，献花，默哀，并由市消防乐团吹奏《义勇军进行曲》。

聂耳肖像的石材取自他的故乡云南。1981 年，因聂耳的生死缘，昆明市和藤泽市成为友好城市

在激昂的歌曲声中，大家会再读一遍聂耳纪念碑上的碑文：

纪念聂耳

这里是中华人民共和国的作曲家聂耳的终焉之地。

他于一九三五年七月十七日来此避暑游泳，淹没在突来波澜中而成为不归之客。

聂耳一九一二年生于云南，师事欧阳予倩。在短短的二十几年的生涯里，留下了歌颂中国劳动民众的《大路歌》《码头工人歌》等大作，现在成为中华人民共和国国歌的《义勇军进行曲》也是聂耳作曲的。

倾耳过来，至今可以听到聂耳的亚洲解放之声。

馒头说

2012 年伦敦奥运会，在跳水比赛的现场，我曾经和一个在伦敦政经学院读硕士的留学生聊天。

“这人哪，就是怪。在国内的时候，觉得自己的国家毛病太多，一定要出来。”这哥们儿说，“可真一出来，心里想的全是祖国。”

就是这个哥们儿，自己买了票来看比赛（跳水比赛在英国非常热门，门票非常贵）。在吴敏霞拿到女子三米板金牌后的升旗仪式上，国歌一响起——用他自己的话来说——“哭得跟个傻 × 似的”。

作为一个曾经采访过三届奥运会和几十项国际比赛的体育记者，我能理解他的感受。

尤其是奥运会的比赛，当中国运动员登上冠军领奖台，升起国旗，奏响国歌的时候，看台上用力挥舞国旗，哭着跟着一起唱的，大多数都是当地的华人和留学生。

这背后，自然主要是“祖国情结”，但国歌也起到了不小的作用。

《义勇军进行曲》其实一点都不复杂，没有华丽的乐章，但每个音符都铿锵有力，击中人的内心，让人感受到一种危机感和奋发的动力。

新中国成立前夕那场对新国歌的讨论，其实不是没有对《义勇军进行曲》的质疑：那句“中华民族到了最危险的时候”，都建国了，还说“最危险的时候”，合适吗？

但最后还是通过了。而且事实证明，在这之后，中华民族确实远没有到可以图安逸的时候，甚至说有濒临“最危险的时候”，也不为过。

2004 年 3 月 14 日，第十届全国人民代表大会第二次会议正式将《义勇军进行曲》作为国歌写入宪法。

时至今日，我们自己也可以想一想，“中华民族到了最危险的时候”，这句话过时了吗？

真的过时了吗？

读者评论

李茉莉：如果放到今天，“键盘侠”们又会问，为什么刚写了抗日的歌就去日本？为什么抗日的聂耳还会有日本人给立碑纪念？等等阴谋论……但是历史就是历史，人性是最真实的。感谢馒头大师再掀开这一章，让我们重读历史，多多见识！

冰独：生于忧患死于安乐。最危险的时候，永不过时！

伟：聂耳先生是我的校友（求实学校）。学校花园有他的塑像，每次经过的时候，我会停下脚步，对着塑像默唱一遍国歌。起来！

阿小~青~依然：袁春晖是我奶奶的堂姐，那时候我奶奶还小，他们会带上我奶奶一起出去玩。他们那一辈的青春岁月，还是挺美好的……如果不是社会动荡他们应该会在一起吧。春晖奶奶的子女现在很好，我们也很好，这样的生活离不开革命先辈的努力（作者回复：有一位让我觉得历史很近的读者）。

“土肥圆”和“土肥原”

不知道从什么时候开始，“土肥圆”“高富帅”“矮穷挫”这些“新三字经”，成了网络流行词。

“土肥圆”的含义，其实不用解释，看字面意思就知道了。

但后来在一次推送中，我偶然发现，原来不少人并不知道“土肥圆”的出处，或者说，完全不知道，土肥圆原来真的是一个人的名字。

1

土肥圆的出处，确实来自一个人的名字：土肥原贤二。

让我想想，怎么用一句话来概括这个人呢？这么说吧：

这个人，是日本无条件投降之后，远东国际军事法庭处决的第一个日本甲级战犯。

2

土肥原贤二

1883年，土肥原贤二出生在日本冈山县的一个军人家庭。

按照一个军人的发展轨迹，他先后毕业于日本陆军士官学校和陆军大学。1913年，30岁的土肥原也就是混到了一个日本陆军上尉的军衔而已，中规中矩。

但这年7月的一次调遣，彻底改变了土肥原的人生轨迹——他被派进了日本驻北京的“坂西公馆”，担任坂西利八郎的助理。

“坂西公馆”是日本著名的特务机构，坂西利八郎是日本著名的第二代特务头子。土肥原贤二，后来被人称为“日本第三代特务头子”。

还是回到1913年。

不太清楚土肥原贤二在北京拜了哪位师父，总之，他很快掌握了地道的北京话，甚至能说几地的方言。这为他今后的特务工作打下了扎实的基础。

从1913年到1927年，整整14年，除了短暂的调离外，土肥原贤二可以说是“深深扎进了中国这块土地”，游走于中国各派系军阀和势力，甚至普通民众之间，建立了广泛的人脉。

很多接触过土肥原的人，说他待人和善，能说会道。所以有人说，很多情报是被自动送到土肥原这里来的。

1927年，44岁的土肥原贤二晋升为大佐（相当于上校团长级别）。日本陆军大学的毕业生有一个“十年人事”的说法，就是说一般陆军大学毕业生，10 年就可以升到大佐军衔。土肥原贤二比同辈多花了 5 年时间。但这 5 年时间，他花得并不冤——他在中国多积累了 5 年人脉。

1928 年，土肥原贤二第一个崭露头角的机会来了。

3

给土肥原贤二机会的，是奉系军阀张作霖。

1928 年 3 月，土肥原贤二应聘出任“东北王”张作霖的顾问，负责指导奉军以日军的标准进行训练，顺带大力搜集奉军辖区内的所有情报。

土肥原确实在全力帮助张作霖。

在第二次直奉战争中，土肥原贤二拼尽自己所有的智慧和人脉，直接搞垮了直系军阀的金融系统，让他们发行的纸币全部成为废币。吴佩孚败走，直系崩溃，奉系进京掌权北京。

土肥原贤二帮张作霖的远不止这些。奉系将领郭松龄趁奉军主力在关内作战，起兵叛变，在土肥原贤二的强烈建议下，驻朝鲜的日本军队出兵，大败郭松龄部队，再一次帮助了张作霖。

投桃报李，土肥原贤二当然是有期待的。他期待的是，张作霖今后能完全接受日本人的指令 。

然而，土匪出身的张作霖，可以做一万件糊涂事，但有一件事绝不糊涂：不能做对不起列祖列宗的事！

当土肥原贤二发现张作霖得到自己那么多帮助，却开始对日本人的要求阳奉阴违的时候，他开始恼羞成怒了。

北伐战争开始，土肥原贤二建议张作霖退回关外搞独立，但张作霖不肯，结果节节败退。眼看北伐军将有可能威胁到日本的“满洲权益”，一直以“慈眉善目”闻名的土肥原贤二，终于露出了他完全不“萌萌哒”的真面目——皇姑屯火车站一声巨响，张作霖被炸成重伤，当日死去。

我们读教科书时，看到张作霖被炸死，觉得也就是中国的一个军阀被日本人炸死了。但当时，入主北京的张作霖，地位其实已经等同于中国的国家元首。

用炸弹炸死一个大国的国家元首，这事情就是土肥原贤二干的。

皇姑屯车站爆炸现场

4

炸死中国实际意义上的元首，这种行径引起了日本内阁的强烈不满。

而事实也证明，这实在称不上是土肥原贤二下的一步好棋——张作霖的儿子张学良怀着“杀父之仇”，宣布“东北易帜”，率东北军归国民政府的蒋介石领导。

一次爆炸，日本人没占到任何便宜。

所以，土肥原贤二被贬到一个步兵联队去做联队长。但是，土肥原贤二在这件事上表现出的魄力和冷酷，得到了日本军部的赏识。

1931 年“九一八事变”之后，土肥原贤二得到了又一次翻身的机会。

在意外轻松地拿下中国东北后，日本又惊喜又惶恐：接下来该怎么治理？

“九一八事变”的策动人之一板垣征四郎认为，日本直接建立一个军事政府，像统治台湾一样，把东北变成自己的殖民地。

而老辣的土肥原贤二提出了一个更阴险的计策：在东北建立一个“满蒙五族共和国”——说穿了，就是一个由日本控制的傀儡政府。

土肥原的这个提议最终获得通过。那么，找谁来做这个傀儡呢？

土肥原贤二早就物色好了人选——祖先就是从东北起家，现在被排挤出宫的“末代皇帝”溥仪。

现在回过头来看，当时确实没有比溥仪更好的人选了。

而且，当溥仪如同丧家之犬被赶出皇宫的时候，正是土肥原贤二把他接到了天津的日本使馆——这步棋，土肥原贤二早就布下了。

之后的过程就不展开了，总之，土肥原贤二找到了溥仪，向他明确三点：满洲是你族龙兴之地，你要对得起祖宗，就应该回去从头开始；满洲 3000 万人民处于水深火热之中，翘首期盼你回去领导他们；这是你最后一次机会，错过这个村，就没下个店了！

三条理由条条击中溥仪要害。

土肥原贤二后来召集了一些地痞流氓，耍了一些恐吓的手段，将溥仪一路从天津“护送”到东北。

1932 年 3 月 1 日，伪满洲国正式建立，溥仪出任执政。

炸死一个“国家元首”不行，再扶植一个“国家元首”。土肥原贤二干得游刃有余。

5

作为一个特务头子，在“诱降”这一方面，土肥原贤二确实堪称一把好手。

伪满洲国建立后，当时东北最有名的抗日英雄、全国抗日旗帜黑龙江省主席马占山，被土肥原贤二诱降了（后来马占山又重新宣布抗日，但实力大损）。

1933 年，面对山西的阎锡山、北平的宋哲元、山东的韩复榘、保定的商震，土肥原贤二可谓使尽了浑身解数，上蹿下跳，居然真的搞出了一个“华北五省自治”，让华北继中国的东北之后，实际上脱离了中央政府的控制。

1937 年，“七七事变”爆发，土肥原贤二的使命应该说是结束了——国家之间一旦正式开战，台面上的间谍特务活动，就要让出聚光灯下的位置了。

但土肥原贤二脱下西装，立刻就能穿起军装。就在 1937 年 3 月，土肥原贤二成了侵华日军第十四师团的师团长（中将军衔），从幕后走到了台前。

特务头子做了师团长，是不是一个花架子？

1937 年 8 月 20 日，土肥原贤二率第十四师团在塘沽登陆，沿平汉铁路一线进犯，一路连战连克，直抵黄河渡口。因为第十四师团的效率奇高，土肥原贤二被日本报纸称为“华北战场上的一颗明星”。

1938 年 5 月，土肥原贤二的第十四师团被名将薛岳调集 12 个师围剿，土肥原贤二确实展现了他的军事天赋，最终全身而退。因为这一战，蒋介石最终把黄埔一期毕业的中将师长龙慕韩，判作战不力而军法处决——这是抗战爆发后蒋介石处决的第一个嫡系将领。

同年 5 月，国民党军队掘开了黄河花园口的堤岸，这就是惨烈的

走到台前的土肥原贤二

“花园口决堤”。数十万中国老百姓被淹死，1200 余万人流离失所。

而国民党军队之所以要决堤黄河，为的就是阻止土肥原贤二的第十四师团前进。

6

黄河决堤事件之后，土肥原贤二被调回日本参谋本部，继续从事他最拿手的业务——特务。

在被传闻暗杀了不肯投降的中国军阀另一位著名人物吴佩孚之后，土肥原贤二在自己的策反功勋簿上添加了一个最具分量的“勋章”——在他的策划和利诱下，当时的国民党副总裁汪精卫宣布投日，成立汪伪政府。

但土肥原贤二再怎么努力，依旧无法挽救日本帝国的败亡。

在诱降汪精卫之后，土肥原贤二就渐渐消失了行踪。直到有一天，他再次出现在人们的视线中——日本第一军总司令杉山元自杀，土肥原贤二宣布接任（当时他的军衔已是大将）。

但那一天，是1945年8月12日，离日本无条件投降，还有3天。

7

就在土肥原贤二接任总司令职位的第二天，西南太平洋地区盟军总司令麦克阿瑟就下令逮捕土肥原贤二。

没有人会放过土肥原贤二。

土肥原贤二被带走

据说，土肥原贤二被列入第一批甲级战犯，是蒋介石的授意。蒋介石一直对土肥原贤二恨之入骨，私下里，称他为“土匪原”。

在远东国际军事法庭上，熟知英美法律的土肥原贤二一言不发，这样就会造成“证据不足”的情况。全程他只说过四个字：“主张无罪。”

所以，对土肥原贤二的审判持续了两年多。直到最后，在中国的强烈要求并出示证据的情况下，土肥原被判处绞刑。

土肥原贤二受审

1948 年 12 月 23 日，通过抽签的方式，土肥原贤二在所有甲级战犯中，第一个走向绞刑架。

从被点名，到走上绞刑架，到被绞死，土肥原贤二始终没说一句话。在生命的最后一刻，没人知道他在想些什么。

馒头说

不妨听听当时那些人对土肥原贤二的描述。

溥仪说："当时 48 岁的他给我感觉非常谦卑，而且另一个强烈的感觉是，他非常靠得住！"

宋哲元说："土肥原说话算话。"

马占山说："土肥原从不骗人！"

铃木贞一（同为甲级战犯）："土肥原为人大方，说一口流利的中国话，对事漫不经心，总是大概差不多，很适合同中国人打交道。"

据说，他就任沈阳市长的时候，拿出自己的薪水作为安定老百姓的资金。

据说，他担任师团长的时候，严禁手下士兵烧杀抢掠。

据说，盟军去逮捕他的时候，以为会在他家发现很多中国文物，但事实上，他家只有租住的两间小屋子，非常破败。

怎么样？如果单凭这些描述，土肥原贤二还真像现在"土肥圆"的本意：质朴，肥头肥脑，圆润。

但事实并不是这样。

他策划的暗杀和恐吓事件不计其数，他杀死的中国军民不计其数，他给中国带来的分裂的恶果难以估量。他对人说话算话，是因为他对人有所求。他下令不劫掠老百姓，不是因为他真的爱中国老百姓，而是希望自己的部队能尽量少积累仇恨，带来不必要的麻烦而已。

可以说，他是一个合格甚至出色的特务乃至将领，但载着他和他同僚疯狂前行的那艘大船，方向是根本错误的。

他的信仰，是靠侵略别的国家支撑的，他的所谓"英名"，是建立在别国人民的痛苦上的。

所以，关于他最后和那艘大船一起倾覆，他的遗言是：主张无罪。

而我们的评价是：罪有应得。

读者评论

Stt：喜欢最后一段话，他和他的国家这艘大船所航行的方向就是错误的，他的所谓“英名”是建立在我们国家人民的水深火热之上的，所以他罪有应得。

NANA：“枭雄”人物，却是累累白骨成就的。

popper 紫：史纲老师说过，土肥原贤二是日本决策集团中最清醒的一位，当时他不主张全面侵华，他认为东北三省足够日本消化 100 年。

□：他确实情商很高，但侵略的本质无法改变！了解了战乱的年代，才知道和平的重要。

东条英机之死

这个人，被认为是“二战”中与希特勒和墨索里尼并肩的“法西斯三巨头”。

作为“二战”时的日本首相，东条英机一路叫嚣，把整个日本捆绑上了疯狂自杀的战车，而在日本战败后，作为甲级战犯的东条英机，却忽然失去了当初所谓的“勇气”……

1

时间先回到1945年9月11日，下午3点左右。

在东京近郊一栋两层楼的房子外，围着一大群早已守候多时的美国和日本记者——他们都在静静地等待一条大新闻的诞生。

就在这一天，驻日盟军总司令麦克阿瑟下达了对前日本首相东条英机的逮捕令。

那栋房子，就是东条英机的住宅。

下午4点左右，30多个持枪的美国宪兵开始行动。

宪兵队长保尔·克劳斯中校开始敲门，身后的宪兵都端起了枪。东条英机穿着短袖开襟衬衫，打开客厅窗户问：“你们有逮捕证明吗？”

一个宪兵向他出示了文件证明。

东条英机看完后说：“马上就给你们开门。”

宪兵们在门外等待。

房子里传出了一声枪响。

一位日本记者对克劳斯中校说了一句：“长官，你的猎物好像自杀了……”

宪兵和记者迅速冲入房间，他们看到东条英机坐在客厅沙发上，左手握着一把手枪，胸口血流如注。

“停止射击！”克劳斯中校大喊。

屋外，宪兵和记者们都没注意到，东条英机隔壁的邻居家，一位戴着草帽假装除草的女子开始合掌祈祷——她是东条英机的妻子东条胜子。此时的她，不是在祈祷丈夫平安无恙，而是在祈祷丈夫能像一名军人那样死去。

但是东条英机并没有咽气。

屋内，美国摄影师开始忙碌了起来。

“把东条的头稍微往右移动一点，就这样，很好。”

“您让开一点好吗？我想拍一张东条拿着手枪的样子，帮我把手枪压紧在他手里好吗？”

“苍蝇又飞过来了，我一定要拍张苍蝇停留在东条额头的照片！”

闪光灯闪烁中，东条英机在痛苦地呻吟，而周围的人都在等他死亡。

作为向导，《朝日新闻》的记者长谷川幸雄是屋内唯一的日本记者（就是他后来撰写了回忆文章《东条自杀目睹记》）。

根据长谷川幸雄的回忆，东条英机在当时说的话是：

但愿一枪就死，可遗憾的是仍需要时间。

大东亚战争是正义的战争，对国民和大东亚民族却是悲惨的。

我不想在法庭上站在胜利者面前接受审判，宁愿等待历史的正确批判。

天皇陛下万岁。死后也要做个护国之鬼，以尽最后之忠诚。

一些记者在电话前排起了长队。为了抢新闻，有的记者已经给报社传递了“东条英机自杀身亡”的快讯。为了确保新闻的“真实性”，有两名记者甚至开始翻动东条英机的身体，希望能加速他的死亡。

东条英机开始大声呻吟，咯血……

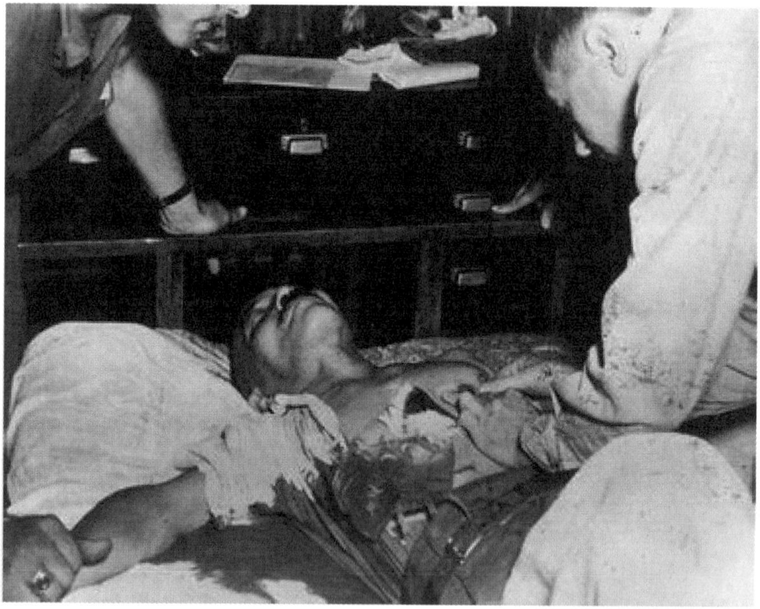

自杀的东条英机

2

东条英机自杀身亡了吗?

当然没有，不然本文到第二个小标题就要宣布结束了。

但别急，我们暂时先不说那一幕自杀的狗血事，掉过头来，先说说东条英机这个人。

东条英机，1884 年 12 月 30 日出生于日本的一个军人家庭。父亲东条英教，是日本陆军大学第一期首席毕业生，参加过甲午战争和日俄战争，官拜中将。

沿着父亲的轨迹，东条英机开始了从日本陆军士官学校到日本陆军大学的成长历程。但是，东条英机在青年时期并不出类拔萃，考了三次才考进日本陆军大学。等他毕业时，已经 31 岁。

青年时的东条英机

1933 年，49 岁的东条英机才到了少将，眼看职业生涯的黄金时期即将过去。当时，他的学长，日本军务局局长永田铁山却对东条英机的行动力大加赞赏，他说了这样一句话：“东条是将来肩负日本陆军的人物。”

这是一句很高的评价。

但当时在日本的军队中，对东条英机不以为然的人，却大有人在。

被称为“日本第一军事家”的石原莞尔（此人主张“有限侵

略”，反对全面与中国开战）认为，东条英机无德又无能。他曾说过：“东条只能保管 10 挺机枪，超过 10 挺就无能为力了。”

当东条英机已经是陆军中将的时候，石原却当面称他为“东条上等兵”。日本陆军元老一级人物宇垣一成曾在日本战败投降后回忆：“提起东条，我印象最深刻的就是他那一本正经的样子，动不动就拿出笔记本不停地记这记那，根本无法想象这样一个人竟然也能当上一国的总理大臣（内阁总理大臣，即日本首相）。”

1935 年，几经周折的东条英机，被安排了一个第十二师团司令部的闲职——甚至没有人关心他是否上班，连办公桌都没给他安排。

但是，1935 年 9 月，当时的陆军部人事局局长后宫淳（东条英机当年在陆军幼年军校的同学），力荐东条英机出任关东军宪兵司令长官。

51 岁的东条英机，从此咸鱼翻身，开始迎来自己的“巅峰之路”。后来有人评论：“被踢出东京到关东军，对东条英机来说，就像一个人掉进阴沟却捡到一块金表一样。”

1940 年 10 月，日本陆军大臣东条英机正在向天皇行鞠躬礼

1938 年 5 月，54 岁的东条英机已经做到日本陆军次长。作为战争狂人，他在 11 月召开的一次军部会议上，公然宣称日本

要“对苏、中两国同时作战，同时也准备向英、美、法开战”。此言一出，连战争狂人云集的日本军部也大吃一惊，在日本国内更是引起巨大震动，东京股票市场一泻千里。

东条英机为此被迫辞去了陆军次长的职位，但是他狂热的战争立场，已经成功引起了日本军国主义分子的注意。

1940 年 7 月，已经全面侵华并准备征服亚洲建立“大东亚共荣圈”的日本，由近卫文磨再次出山组阁。作为强硬派军国主义分子，东条英机被起用为陆相。

在东条英机的鼓动下，1941 年 7 月，日本已经决定向英国和美国开战。这时，起用东条英机的近卫文磨反而畏缩了，宣布内阁总辞职。自然而然，强硬派东条英机被天皇任命为大将，奉命组阁——那时的日本军国主义机器，已经近乎失去控制地疯狂转动起来，需要一个不惜绞进其中的领头者。

组阁后的东条英机，作为首相，还身兼陆相、内相，以后又兼任文部相、商工相、军需相等职，后来还向天皇要来了“参谋总长”的职位，集各种大权于一身，成为明治宪法下权力最大的一个人，甚至被人称为“幕府将军东条”。

这也是东条英机和希特勒、墨索里尼被称为“二战”的“法西斯三巨头”的原因。

但无论是和希特勒还是墨索里尼比，东条英机都是不相称的，看似拥有大权的他，只是一个替人打工的傀儡而已。

3

东条英机上台，注定是踏上了一条不归路。

1944 年，在中国大陆陷入泥沼的日本，在太平洋战场上也开始被美国狠揍。在中国战场，东条英机孤注一掷地命令在华日军发动打通纵贯大陆交通线的“一号作战”（中国称为“豫湘桂战役”）。8 个月的搏杀，国民党军队大败，50 多万正规军队被击溃，140 多座城市失陷。虽然交通线被打通，但当时的日军却已经无力巩固这条线路——这场战役其实等于白打了。

在太平洋战场，美军在 1944 年 6 月开始进攻马里亚纳群岛，东条英机规定的“绝对国防圈”崩溃在即。在马里亚纳海战中，日本太平洋舰队司令长官南云忠一剖腹自杀。7 月，塞班岛失守，美国的 B–29 轰炸机已经可以直接空袭日本本土。

绝望的东条英机，甚至去秘密拜访了已经退役的石原莞尔中将——那个一直嘲笑他的死对头。

石原莞尔甚至懒得和东条英机费话，直截了当地对他说：“从一开始就知道你不具备指挥战争的能力，这样下去日本会亡国的，所以请尽早辞去内阁总理的职务。”

7 月 18 日，已经失去天皇信任的东条英机召开了最后一次内阁会议后，递交了首相辞职书。之后，陆续辞去了所有职务。

但他欠下的账，不是辞职就能一笔勾销的。

4

从 1944 年塞班岛失守开始，东条英机家就开始不停接到电话：请自杀谢罪吧！

但东条英机并没有。

1945 年 8 月 15 日，日本宣布无条件投降。之后来东条英机家拜访的客人，甚至都会直言不讳地说：“天皇都已经说投降了，您也差不多该选个日子了吧？”东条英机家的电话每天都响起，响了一声，不接；再响一声，东条英机的妻子才接。打电话的人倒也毫不客气：“您丈夫打算拖到什么时候？”

担任日本首相时的东条英机

越来越多的日本人开始鄙视东条英机。因为东条英机在担任陆相时，曾颁布《战阵训》，要求日本军人不能被俘，必须自杀。

也有很多日本人开始拿东条英机和日本明治时期的乃木希典相比。乃木希典也是当时的日本陆军大将，指挥了日俄战争。日俄战争虽然以日本的胜利告终，但旅顺之战，日本伤亡了6万人。在战争结束后，乃木希典和他的太太静子自杀谢罪（虽然对于他们自杀的原因有争论，但确实也有为阵亡将士谢罪的说法）。

乃木希典的两个儿子乃木胜典和乃木保典也在日俄战争中先后阵亡，所以日本人至今仍把乃木希典视为“战神”（日本至今有专门祭奠他的神社）。而东条英机的三个儿子，没有一个上战场。有人质疑东条英机：“我的儿子死了，为何你的三个儿子还活着？”

1945年9月初，在三菱公司担任飞机工程师的东条英机次子东条辉雄回到了家里，鼓足勇气对父亲说：“父亲，就让我们一起自杀吧！”东条英机严厉制止了他，表示让他不要管这事：“日本的未来还要靠你们建设！”

不过，东条英机毕竟开始了自己的准备：他找到一名医生，让他用笔在自己胸口标记了心脏的位置。每次洗澡后，东条英机还要求妻子把被洗掉的标记重新画上。

这个圈圈被洗掉，重新涂上；洗掉，重新涂上——一直持续了一个多月，东条英机一直没有自杀。

直到 1945 年 9 月 11 日，美国宪兵找上门来，东条英机终于下定决心，扣动了扳机。

但是，画过圈的地方，东条英机居然还打偏了。

日本女学者崛江珠喜在 2006 年出版的《纯爱心中》一书中写道：“东条英机作为近代军人，整天带着枪，即便不常使用，但射击方法不至于忘记吧。如要自杀，手枪在口腔中发射，这是军队的常识！”

尽管东条英机后来做出的解释是：不希望头被打烂，希望能被人认出。但普通日本民众还是认为，东条英机是贪生怕死。

至于为何在心脏部位画过圈还会射偏，东条英机给出的解释是：“因为胸部皮肤下垂。”

5

好了，终于可以回到文章的第一段了。

在家中面对美国宪兵和记者的东条英机，出于无法解释的原因，没有射中自己心脏，呻吟，咯血。

两位当时翻动东条英机身体的美国记者可能没想到，他们这样做非但没有加速东条英机的死亡，反而救了他的命——他们想加速东条英机的流血，但实际上却帮助他避免了肺部充血。

当意识到东条英机可能死不了的时候，克劳斯中校开始指挥宪兵将东条英机抬上军车，随后紧急送往横滨的美军第九十八医院抢救。东条英机因为失血过多，需要输血，一位B型血的美国士兵挺身而出，两次为他输血。有记者问他为什么这样做，这名士兵回答："我可不能让他死了，我在新几内亚的战俘营里所受的罪还没找他算！"

东条英机可能没有想到，他处心积虑的自杀，却引来了各方面的嘲笑。

美国《基督教科学箴言报》评论说：这是东条英机留下战争罪犯形象的第一个事件，是对战争罪犯的天罚；是已经失去了信用，被抛弃了的家伙的最后耻辱。

许多日本老百姓认为，东条英机居然不敢剖腹自杀，是典型的胆小鬼。

9月12日的《纽约时报》刊文讽刺："这个杂种连用刀自杀的胆量都没有。"

美联社在东条英机自杀当天发表的报道，名为"日本民众痛恨他，因为他居然连自杀都失败了"。

很快，日本社会以"那个笨蛋"来称呼东条英机。

6

1945年10月初，东条英机的枪伤已基本痊愈。当月7日深夜，他从医院被秘密押送到大森战俘收容所，与其他甲级战犯关押在一起。

大森战俘收容所在战时是日本关押盟军俘虏的地方，盟军战俘曾在此饱受虐待。麦克阿瑟特别嘱咐时任收容所所长的美军上校塞尔维转告东条英机：你必须"享受"盟军战俘同样的待遇，过最低限度、最简单的生活（麦克阿瑟曾试图把东条英机变成“乙级战犯”，那样就可以接受美国的单独审判）。

1945 年 11 月，根据《生活》杂志的报道，被关押在大森战俘收容所里的东条英机已经完全落单，没有其他犯人愿意和他一起散步、下围棋、进餐甚至谈话。《纽约时报》在 12 月报道，“没用的东条”已经同“巧克力”“香烟”“吉普车”等词一起进入日本人有限的英语词汇中，成为日本社会最流行的英语用词。

12 月底，东条英机被转移到巢鸭监狱，5 个月后的 1946 年 5 月 3 日，远东国际军事法庭开始了对东条英机的漫长审判。

法庭指控日本甲级战犯犯有 55 条罪状，东条英机占了其中 54 条，每个战犯都想与他保持距离，因此在法庭上和私下都没人和他说话。

54 条罪状，东条英机全部否认，他做的是“无罪辩护”。1947 年 12 月 26 日，东条英机被允许做自我辩护。这一天，记者云集，举世关注。《朝日新闻》东京审判记者团记录道：

> 不管怎样，这样一个战争的最高责任者、罕见的独裁者，用 8000 万国民的命运在愚蠢的战争中进行赌博的大赌徒的自白，举世为之瞩目，也是正常的。

东条英机的自我辩护四易其稿，长达 20 万字、220 页，读了整整两天半。在辩护词中，他还是那些陈词滥调：日本没有发动侵略，只是帮助亚洲人民重建秩序；和英美开战是对方诱发的，日本是进行自卫战争。

当时的《朝日新闻》对他辩护的评价是：恬不知耻。

为自己做“无罪辩护”的东条英机

东条英机改完自己的辩护稿时，曾说过一句：“这下死而无憾了。”有没有遗憾，除了他自己，并没有人知道，但死的愿望，倒是被满足了。

1948 年 11 月 12 日下午 3 点 52 分，远东国际军事法庭庭长韦伯做了历史性的宣判：

> 东条英机，65 岁，东京人，历任陆军大将、陆相、内相、首相、参谋总长，处绞首刑。

东条英机从同声传译耳机里听到“处绞首刑”时，咧嘴苦笑了一下，随即卸下耳机，神色惨然地朝旁听席上扫了一眼，似是在找家属。

这次审判，除东条英机外，还有 6 名战犯被判处绞刑：板垣征四郎、土肥原贤二、广田弘毅、木村兵太郎、武藤章，以及南京大屠杀的主要战犯松井石根。

宣判后，东条英机等 7 名死囚被关押在巢鸭监狱的同一栋牢房里，每人独囚一室，7 个单间相连。无论白天黑夜，囚室里光照强烈的电灯一直长亮，室外由一名军官带领着 8 名美国宪兵负责看守，军官每隔一刻钟就会亲自查看一次所有的犯人。此外，卫生官还要定时为犯人测量呼吸、脉搏和血压等，防止他们生病或自杀。一旦发现他们有病，就会立即治疗，确保他们被执行死刑。

12 月 21 日晚，东条英机接到通知：23 日执行死刑。

随后他提出了两点要求：一是在最后一天要吃一顿日本料理，二是要与监狱的教诲师见一面。

22 日，日本料理送来之后，东条英机只吃了两口，就咽不下去了。他写了两封遗书，一封给家里，一封给世界。在给世界的那封遗书中，他依旧宣称日本发动战争是出于自卫。

12 月 22 日夜，预定执行死刑前 20 分钟，东条英机及另外 3 名第一批处死的战犯——武藤章、土肥原贤二、松井石根，被带往监牢里特设的小佛堂听送终经。

执行前 5 分钟，东条英机把一串念珠和玳瑁边眼镜交给教诲师花山，托他转交家属。

随后，在美国宪兵军官的命令下，东条英机和其他 3 名第一批战犯一步一顿地跨上了绞刑台的十三级“死亡台阶”。上了台阶，他被喝令向监刑官站定，头部立即被罩上了黑色布套，接着，绞索套在了他的颈项上。

那时的东条英机，双腿在瑟瑟发抖。

一声号令，第一批 4 名战犯脚下的踏板被抽去，东条英机的身体悬空，开始抽搐。1948 年 12 月 23 日 0 点 10 分 30 秒，东条英机被法医确认死亡。

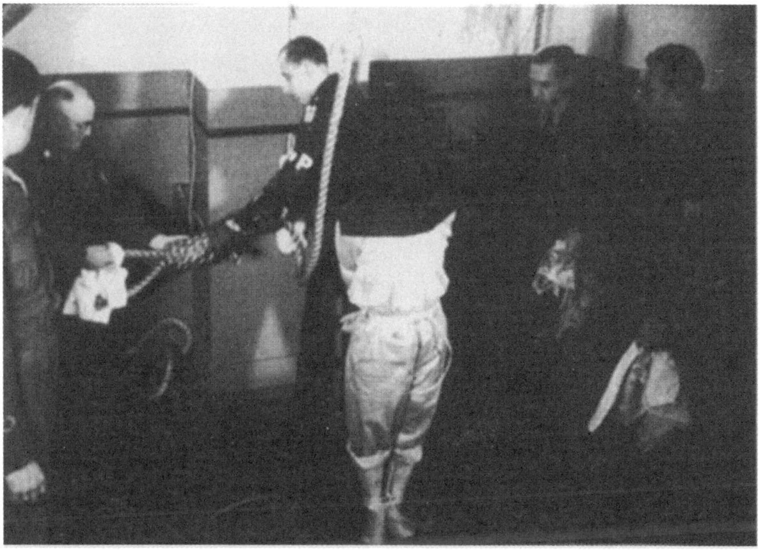

即将被执行绞首刑的东条英机

早上 8 点半，被处决的战犯尸体被投入横滨久保山火葬场的熊熊大火，顷刻间化为一缕黑烟。

馒头说

东条英机有三个儿子，四个女儿。

按照东条英机留下的遗书，他对子女的要求就四个字：不语一切。

长子东条英隆，曾担任伪满洲国的警察，但和东条英机关系疏远，甚至曾以姓“东条”为耻。东条英机被关押在巢鸭监狱期间，曾托人传话要长子来见面，东条英隆的回答是：“还有什么可迷恋的！”

次子东条辉雄，就是前面提到过请求和父亲一起自杀的那个儿子，后来担任过三菱集团的副总裁和三菱汽车公司的总经理。每年，东条辉雄都要参拜靖国神社。1986 年，板垣征四郎的后人板垣正曾做过其余 13 名甲级战犯后人的工作，提出是不是把先人牌位从靖国神社里移出来“分祀”，被当时的东条辉雄断然拒绝。

不过，后来随着年龄的增长，东条辉雄似乎慢慢改变了主意：“这不是遗属应该做出的判断。如果决定分祀，我们也不会反对。”

东条英隆的女儿，也就是东条英机的孙女东条由布子，其实是东条英机后人中最激进的一位。东条英机被绞死时，东条由布子才 9 岁。长大后，东条由布子借环保之名，在世界各国收集“二战”日军的骸骨，并全盘继承了祖父东条英机的观点：日本发动战争是自卫，从没有南京大屠杀等，并且认为每个日本人都应该参拜陈列了他祖父灵位的靖国神社。

2017 年 45 岁的东条英利是东条英机的曾孙，他曾坦言，小时候自己在学校被人称为“恶魔的后代”。现在成为一名商人的他，主张日本应该放下历史包袱，找出一个和周边邻居和解的方法。不过他也曾回忆过一个自己 30 多岁时的片段：

当时他去爱知县“殉国七士庙”祭拜曾祖父东条英机，发现三根山那个再平常不过的小村子里，停着许多奔驰和街宣车。在登记处填写名字时，对方一看他姓“东条”，就立即把他安排到了最前列。“这是我第一次知道‘东条’这个姓氏的影响力。”

“馒头说”这个段落，一般是表达我自己主观观点的，这可能是第一次全部引用客观的叙述。

我只是想通过交代东条英机后人的生活轨迹和观点，让大家从中自己体会：日本如今对待那场战争的态度，为什么会那样暧昧和模糊？

读者评论

李李：他本身能力不出众，但是却不甘于平凡，所以用出格的话语和行事来引起众人注目。像他这样的人，如果没有权力，这些出位言论只会成为笑话。但是很不幸，裕仁将最高权力给予了他。所以大师说得没错，他只是一个傀儡，天皇才是最大的战犯，而且逃过审判。

诗敏：至今仍有史学家认为，东条英机并不是那场战争的罪魁祸首，只是一个被狂热的军国主义者推向前台的傀儡。从战后日本各界对他的反应来说，东条英机确实不是最应该为那场战争负责的人。并非鄙视日本人，这个民族确实很喜欢推诿责任，比如大师之前写过的山本五十六主张偷袭美国珍珠港一事，日本全民族的那种鸵鸟心态尽显无疑。作为一名侵略者，东条英机固然该死，但作为一个日本人，东条英机却可悲地成了那场战争的祭品，并反复被日本人消费。无法从自身找到战争爆发内因的日本人，注定要为自己漠视历史的行为付出代价。

Canary：看《血战钢锯岭》的时候，逐渐开始懂为什么日本不承认它的错误。因为犯错的天皇没被处死，犯错的人的后代也一直还在权力的中心，自然要找理由开脱。那些日本士兵的口号都是“为了天皇”。

他们每天的生活，就是活生生的“潜伏”

对那些长期处于隐蔽战线的人来说，他们每天所遭遇的，都是一部活生生的《潜伏》。

1

1931 年 4 月 25 日，星期六。

三封由武汉发来的特急加密电报，被送到了在南京的国民党中央组织部调查科。

因为是周末，科长徐恩曾去上海度假了，在办公室里独自一人值班的，是他的机要秘书钱壮飞。

这三封特急密电的信封上，都写着“徐恩曾亲译”这几个字——以前从来没有出现过这样的情况。

这让钱壮飞顿时起了疑心，于是几乎没有任何犹豫，他拆开了第一封密电。

第一封密电就让钱壮飞大惊失色：“黎明被捕并表示归顺党国，如能迅速解至南京，三天之内可将中共中央机关全部肃清。”

钱壮飞

于是钱壮飞赶紧拆第二封。

第二封说：“将用轮船将黎明解送南京。”

再拆第三封：“军舰太慢，若有可能改用飞机押送。”

钱壮飞知道，中国共产党从来没有遭遇过的灭顶之灾，即将来临。

2

黎明，一听就是个化名。这个人的真实名字，叫顾顺章。

顾顺章，是当时中央特科（中国共产党中央特别行动科，是中共的政治保卫和情报机关）的主要负责人，堪称当时整个中共党内最强的特务，他掌握着上海所有地下党的人员名单、机构地址和关系架构。

现在，顾顺章居然被捕叛变了，这意味着中共地下党在上海的机关面临被“一锅端”的巨大威胁。

但一向骄傲的顾顺章，犯了一个错误。

当时抓捕顾顺章的，是武汉当地的国民党情报负责人蔡孟坚。当时蔡孟坚要求顾顺章吐露他所知道的情报，但顾顺章一口回绝。

为什么？因为当时顾顺章的身份已经是中共中央政治局候补委员了，他觉得蔡孟坚职位太低，不配！

谁配？顾顺章要求去南京，直接向蒋介石面对面说——这个天大的功劳，他不愿意给别人拿去。

所以顾顺章千叮嘱万关照蔡孟坚两件事：

第一，把我用飞机送到南京，越快越好。

第二，在我抵达南京前，千万别给南京发电报说我被捕了。

但抓到那么大一条“鱼”的蔡孟坚在狂喜之余，一条也没听顾顺章的：用船送顾顺章去南京；在顾顺章上船之后，立刻给南京拍了三封加密电报。

顾顺章为什么关照蔡孟坚不能发报给南京？因为他知道，哪怕是在南京徐恩曾的眼皮底下，都被安插了共产党的情报人员。

而这个人，就是钱壮飞。

3

钱壮飞，1895 年生于浙江省湖州一个商人家庭。

1915 年，20 岁的钱壮飞考入国立北京医科专门学校（今北京大学医学部），毕业后留京行医，还教过美术和解剖学，演过电影，擅长书法、绘画和无线电技术，还做过报社编辑，可谓多才多艺。

1925年，钱壮飞经内弟介绍，他和夫人张振华在北京加入中国共产党。1927年，大革命失败后，钱壮飞曾到冯玉祥的西北军当军医，因部队欠饷，无奈又带着家人落户上海。

徐恩曾，后任中统局局长

1928年，一直在为生计烦恼的钱壮飞在报上看到了上海国际无线电管理处招收学员的广告，他随即参加了考试，以第一名的成绩被录取。

“国际无线电管理处”是国民党建设委员会官办的一个对外营业机构，专替外国人收发国际来往电报。它虽然不是国民党的秘密特务机构，但因为工作性质和情报密切相关，所以很快就被当时国民党“CC系”的陈立夫把徐恩曾安插了进来，担任处长。

钱壮飞沉稳、认真，又才华过人，很快就引起了当时国民党特务负责人徐恩曾的注意。再加上徐恩曾和钱壮飞是同乡，让钱壮飞办了几件事都很让人满意，所以决定调他做自己的机要秘书。

这件事事关重大，钱壮飞立刻通过渠道向共产党中央请示，周恩来认为机会难得，要好好利用。并且，周恩来还让钱壮飞介绍了另两名同志一起考入了上海国际无线电管理处——李克农和胡底。

李克农经过徐恩曾的一段时间考察后，担任了上海方面特务股的股长。胡底也通过了考察，被派往天津筹办长城社（国民党特务机关在北方的分支机构），并担任社长。

这三人，成了打入国民党内部的一个“铁三角”（李克农担任负责人），周恩来因为他们三人深入龙潭虎穴，所以把他们称为“龙潭三杰”。

4

回到 1931 年 4 月 25 日，中共面临灭顶之灾的那一夜。

钱壮飞看到了那几封电报，知道已经到了千钧一发的时刻。

他立刻查阅了火车时刻表——当晚 11 点还有一趟宁沪特快列车，如乘这趟车，4 月 26 日 6 时 53 分就可抵达上海。

但他不能离开南京，不然立刻会引起怀疑。

李克农 1955 年被授上将军衔。因为李克农名字里有“克农”，所以被称专门克国民党的特务头子戴笠（字雨农）

想来想去，钱壮飞赶回了家，找到了女婿刘杞夫，让他坐火车迅速赶往上海，务必在 4 月 27 日前给“舅舅”（李克农）传达一条信息：“天亮已走，母病危，速转院。”

刘杞夫受命连夜赶往上海，但没有找到李克农。由于刘杞夫也在徐恩曾手下任职，所以也要避嫌立刻赶回南京。无奈之下，他只能找到岳母张振华，委托她一定要找到李克农。然后赶回了南京。

李克农得到消息后也是大

惊失色，因为当天不是和陈赓约定接头的日子，他只能违反单线联系的规定，找到了当时中共江苏省委书记陈云，再经过一系列辗转，最终消息到了周恩来手里。

周恩来立刻做出布置：把顾顺章知道的所有关系和线索统统掐断，把顾顺章知道的所有联络暗号和接头方法全部作废。

随即，中央机关、江苏省委机关、共产国际在上海的机关立刻紧急撤离，所有中央领导和机关工作人员、地下交通站全部转移。

4 月 28 日清晨，就在顾顺章被捕叛变后的第三天，一场全城大搜捕在上海展开，大批国民党军警和特务根据顾顺章提供的地址，冲入了几十处中共中央的地下机关。不少屋子里连发报机的天线都还没来得及拆除，焚烧文件的火盆还在冒着青烟，但都是空无一人。

顾顺章抵达南京后，得知蔡孟坚还是发了电报，猛地一拍大腿：“唉！抓不到周恩来了！”

但何止是周恩来？经钱壮飞的通报，在第一时间转移走的中共领导人除了周恩来，还有瞿秋白、邓小平、王明、博古、邓颖超、陈云、陈赓、聂荣臻……

可以说，没有钱壮飞的话，中共的历史，将就此改写。

5

那么钱壮飞自己呢？

在译出三封电报后，钱壮飞又收到了三封从武汉发来的特急绝密电报，其中有一封专门关照，不要告诉任何身边的人。

钱壮飞知道自己肯定暴露了（从钱壮飞后人的回忆叙述看，顾顺章知道徐恩曾身边有共产党，但因为钱壮飞当时是和李克农—陈赓—周恩来这条线单线联系，所以他未必知道就是钱壮飞）。

胡底，“龙潭三杰”之一。1935 年长征途中，被张国焘下令杀害

随后，钱壮飞做了五件事。

第一件事，钱壮飞立刻给“长城通讯社”的胡底发了一封明码电报：“潮病重速返。”钱壮飞曾用过一个化名，叫作“钱潮”。胡底一收到电报，就知道出了大变故，立刻就转移了。

第二件事，钱壮飞一大早亲自驾车，去火车站接到了坐七点二十分的列车从上海抵达南京的徐恩曾，然后送他回到办公室。

第三件事，在办公室，钱壮飞告诉徐恩曾，武汉方面来了 6 封特急绝密电报，然后当着徐恩曾的面，不慌不忙地把六封电报都译了出来，然后还嘟囔了一句：“电报里说我们这里有共产党！”由于当时国民党内部派系斗争激烈，徐恩曾认为是别的派系栽赃，所以不信。

第四件事，当时陈立夫给徐恩曾打电话，要他去中央党部开会。钱壮飞立刻坐下来，给徐恩曾写了一封信。

第五件事，写完信后，钱壮飞立刻搭乘上了上午 10 点开往上海的火车。当徐恩曾发现情况有异，派人立刻前往上海北火车站堵截钱壮飞的时候，他早已在上海郊区的真如站下车了。

无奈之下，徐恩曾只能抓捕了钱壮飞的女儿钱椒和女婿刘杞夫。但这一点，钱壮飞早就料到了——他做的第四件事，就是给徐恩曾写了这样一封信：“可均[1]先生大鉴：行色匆匆，未及面辞，尚祈见谅。政见之争，希勿罹及子女。不然，先生之秽行，一旦披露报端，悔之晚矣！”

徐恩曾不仅私生活糜烂，还贪污了大量公款，并参与投机倒把，再加上当时国民党内部派系斗争，想要“整”他的人其实一大堆。如果钱壮飞公布证据，徐恩曾很可能就将结束政治生涯。

更何况，自己身边的机要秘书居然是共产党的大卧底，这个“失察”的罪名怎么承担？

思前想后，徐恩曾只能将此事汇报给了上司陈立夫。陈立夫一算，徐恩曾一倒，很可能也会牵连自己，想来想去，最终默许了徐恩曾将此事瞒报。

三个月后，徐恩曾释放了钱壮飞的家人。

问题是，还有一本密码本。

徐恩曾非常信任钱壮飞，什么文件都是让他先过目的。但唯独有一本与政府高级官员互相通报的密码本，一直是随身携带。

为了获得这个密码本，钱壮飞多次“规劝”徐恩曾：外出不宜携带密码本，以免丢失。徐恩曾觉得有理，外出时就将密码本亲自藏在办公室机要保险柜内。钱壮飞就利用机会打开保险柜，拍摄密码本的照片，并迅速交给李克农。

陈立夫，他创立了中统

[1] “可均”为徐恩曾的字。

破译了密码之后，红军的第一和第二次反围剿，钱壮飞都事先翻译好蒋介石的军事部署告诉红军，让红军处处先走一步。

钱壮飞撤离后，徐恩曾既然隐瞒了自己机要秘书是共产党这件事，自然也不敢擅自更改密码本，怕被追问起来暴露。结果，国民党很长一段时间都没有更改密码，直到长征时，红军还能继续通过对敌无线电侦听了解敌情。

可以说，钱壮飞虽然撤离了，但他所做的工作，一直到红军长征时还在发挥作用。

但是，他自己没有捱过长征。

6

钱壮飞撤离后，奉命进入了中央苏区。

之后，他历任红一方面军保卫局长、中央革命军事委员会总参谋部第二局副局长等，仍负责情侦工作。1934 年 10 月，他参加了长征，在 1935 年遵义会议后被任命为红军总政治部副秘书长。

1935 年 3 月末，钱壮飞随军长征到达了贵州省黔西县第七区（现属金沙县），随后，红军的部队遭到了国民党轰炸机的轰炸。在轰炸过程中，钱壮飞失踪，周恩来派部队专门再折回去找，但始终没有找到，最终只能判定为牺牲。

根据钱壮飞的儿子钱江回忆，在抗战胜利之后的 1946 年春天，周恩来来到钱家，和钱壮飞的遗孀张振华等一家 9 口人吃饭。

周恩来说了一句："我没照顾好钱壮飞……没有他，我们这些人现在早就不存在了……"

关于钱壮飞牺牲的时间、地点和原因，后人一直有多种说法：

时间在1935年3月31日至4月1日之间，牺牲的原因有飞机轰炸，掉队后被当地地主武装“谋财”后灭口等。因为钱壮飞长期处于隐蔽战线，红军里认识他的人不多，所以当时金沙县和息烽县都有人根据当时老百姓立的红军墓，认为当时长眠于此的就是钱壮飞。

最终，在 2002 年 4 月，金沙县后山乡作为钱壮飞牺牲地成了定论，后山乡因此修了一条 20 公里长的出山公路，然后国家有关部门拨专款兴建了钱壮飞烈士陵园及钱壮飞烈士事迹陈列室。

在 2005 年至 2007 年两年间，前往参观钱壮飞烈士陵园的参观人数就达到了 20 余万。

馒头说

说实话，这篇文章本来是想把“龙潭三杰”“后龙潭三杰”“台湾三杰”的故事，一口气都写完的。

没想到，只写了钱壮飞，就耗去了大量的篇幅，后面其他人的故事，只能等以后有机会慢慢写了。

不少人其实很纳闷，解放战争开打，蒋介石手握一把好牌，最后为什么稀里糊涂地就这样输了呢？抛开战场决胜和背后经济等重要因素，通过后来解密的档案，我们可以看到一份令人咂舌的名单：

从国民党情报机关头子的机要秘书，到集团军总司令的贴身秘书，从蒋介石侍从室的高级参谋，到绥靖区的副司令，从少校到中将，从科长到处长，各个级别都有，统统都是共产党的“卧底”。别说一个徐恩曾，胡宗南、白崇禧、傅作义、卫立煌……他们的亲信随从人员，都有共产党潜伏的情报人员——这一仗，如何不输？

那么更深层次的一个问题又来了：究竟是什么力量，支撑着这批共产党的隐蔽战线特工，投身于当时明显弱小得多的共产党，冒着随时随地会被严刑拷打乃至失去生命的危险，坚持在龙潭虎穴里潜伏的？

我想了想，答案可能只有一个：信仰。

因为他们坚信，他们正参与完成一项伟大的使命，一项能使得我们的子孙后代生活幸福，国家繁荣富强的伟大使命，为了完成这个使命，他们个人粉身碎骨，也在所不惜。

这就是信仰的力量。

在位于上海“新天地”的中共一大会址，每天来参观的人络绎不绝。在出口处，有一本留言簿，上面密密麻麻地写满了参观的游客（很多都是中共党员）的留言——绝大多数都是有感而发，而很多留言都会表达一个意思：肩负使命，勿忘初心！

无论你承认与否，我们确实处在一条前进的道路上，通向当初钱壮飞们希望看到的那个新世界。但在行进的过程中，我们确实做出了太多足以让先辈们欣慰的成果，但同时——也必须要承认，有一些人已经完全偏离了当初的轨道，甚至行进在相反的方向。

这不是当初钱壮飞们抛头颅、洒热血所希望换来的结果。

行文至此，点到为止。

衷心希望，我们能勿忘初心！

收笔。

读者评论

飯er：之前看顾顺章的时候就对这个钱壮飞很感兴趣。当时感叹造化弄人，顾顺章背叛党的消息恰好被卧底知道。但细心一想。很多事情都是慢慢累积起来的。在与国民党周旋的过程当中牺牲了多少人才造就那一次地下转移。很多人看野史说红军这般，国民党军那般，我却认为，如果没有那样的天时、地利、人和，根本不可能扭转局势乃至获得最后的胜利。事，终在人为。

小汤圆 & 小丸子　：一大早看得好感动！特别是看到周总理说“没有他，我们这些人早就没了……”现世的安稳，是多少人的牺牲换来的啊！昨天还看到一篇外国人说中国是现在最安全的国家！好傲娇！这就是周总理那个时期的人所愿的吧！

张思思：每次看到结尾英雄不得善终的时候，都希望他们能和电影里一样，多年后在一个小村庄出现，看着夕阳，抹抹汗水，偶然想起很多年前自己这时候在干什么。

江江：我始终相信，他们付之以生命的理想，是值得我们格外珍惜的。所以，即便是人群中微不足道的一员，但我们每天为生活所付出的努力，都在推动和改变这个世界的一点点，为了更靠近先辈们的理想。这是我理解的，能量和爱。

沧海一粟：馒头君，“台湾三杰”是不是朱枫、吴石、陈宝仓。有机会写写这篇文章给我们拜读一下啊！（作者回复：是的。）

孙殿英的“盗墓笔记”

我其实很不喜欢名片上印很多头衔的人，尤其是还有些人会弄出个三折页名片。

其实在你那么多头衔里，人们真正会记住的，最多也就是一两个而已。

记住你的哪个头衔，取决于你做过哪件事，就像今天我们要说的这个故事的主人公。

1

乔治 R.R. 马丁的《冰与火之歌》书中（或《权力的游戏》剧中），有一个鲜明的特点，就是有些人名字前的头衔特别长。

比如龙母，每次她出场前，都需要报一长串头衔：“风暴中降生的丹尼莉丝、不焚者、弥林的女王、安达尔人、洛伊拿人以及先民的女王、七国统治者暨全境守护者、多斯拉克海的卡丽熙、奴隶解放者、龙之母……”

没有一定的肺活量，还真的别尝试完整介绍她。

而在民国的那段历史里，其实很多人的名字前都有很多头衔，比如蒋介石，“总司令”“委员长”“主席”等头衔也是一大堆，不过这些头衔都是一脉相承的。

在那个年代，恐怕未必有一个人的头衔有孙殿英那么多，那么杂。他分属过那么多的势力，头衔来回切换，让人目不暇接：

孙殿英

第五师师长（张宗昌给的）、第十二军军长（国民党给的）、第十四师师长（张学良给的）、察北保安司令（宋哲元给的）、安徽省主席（阎锡山给的）、新五军军长（蒋介石给的，抗日战争时期）、二十四集团军副总司令（汪精卫给的，伪军）、新编第四路军军长（蒋介石给的，解放战争时期）。

但“经历丰富”的孙殿英有那么多的头衔，都不如一个头衔给人印象深刻。而这个头衔，对孙殿英的一生起到了盖棺论定的作用：

盗墓者。

2

时间直接定格到 1928 年。

那一年，孙殿英宣誓效忠的，是直鲁联军的军阀张宗昌。那一年的 5 月，在蒋介石、冯玉祥和阎锡山联军的打击下，直鲁联军全线溃败。孙殿英带着部队退到蓟县和遵化一带，再也扛不下去了，于是就投降了蒋介石。

军阀混战时期，只要你有人有枪，就有了自保的本钱——因为大家都需要扩充自己的实力，吃败仗没关系，自然会有人把你收编。

蒋介石也不例外，他收编了孙殿英的部队，并给了他一个第六军团第十二军军长的头衔。

1928 年 6 月，负责剿匪的孙殿英率领部队驻扎在了蓟县的马伸桥附近，这个地方四周没什么特别之处，就是离一个地方很近——清朝的东陵。

清东陵位于河北省唐山市遵化市西北约 30 公里的地方，占地 80 平方千米。这座陵园从清朝顺治皇帝时开始修建，一共埋葬着 5 位皇帝、15 位皇后、136 位嫔妃、3 位阿哥、两位公主，一共 161 人，是中国现存规模最宏大、体系最完整的帝王陵墓建筑群。

这时候，孙殿英得到了一个消息：附近一支原来被奉军收编的土匪队伍，在一个叫马福田的人的带领下，准备进东陵盗墓。

堂堂清朝皇家陵墓，居然没人守卫？

其实原来是有的。当年清室让位时，东陵不仅设有护陵大臣，还有八旗兵、绿营兵驻陵守护。但随着局势一年乱过一年，清室对自己老祖宗陵墓的掌控也是一年不如一年。到 1928 年时，整个护陵的体系，从行政人员到军队，都已经名存实亡。一些盗陵和倒卖财物的行为，也是时有发生。

几乎无人看护的东陵，让马福田这支土匪队伍动了贪念。

但马福田没想到的是，螳螂捕蝉，黄雀在后。

3

孙殿英其实早就对东陵有想法了，而马福田正好给了他一个机会。

得知马福田企图盗墓的消息之后，孙殿英当即派出了一个团，轻而易举地击溃了马福田的土匪队伍。然后孙殿英乘势宣布东陵三十里范围内戒严，以军事演习为名，赶走了所有残存的守陵人员，全面封锁东陵。

孙殿英虽然也是土匪出身，但他毕竟一路混过来，经验非一般土匪能比。这时候，他做了三件事。

第一件事，他派自己的师长谭温江赶到100多公里外的北平。去北平有两个目的：一是拜会自己的上司——第六军团总指挥徐源泉，先探探风头，毕竟封锁东陵，外面已经开始有人议论了——打探下来，风平浪静；二是拜访了一些大清遗老和当年的太监，打探清朝的一些丧葬礼制，以及东陵的构造。

第二件事，他通知了遵化县的知事，说他的部队不会就地筹粮、侵扰百姓，而是会到其他地方去运粮，所以请遵化县准备30辆骡马车。

第三件事，他经过周密地盘查之后，决定向两座陵墓动手：一座是慈禧太后的陵墓——老佛爷喜欢各种奢侈的物件，肯定不会空手而归；一座是乾隆皇帝的陵墓——他是大清鼎盛时期的皇帝，陪葬宝物肯定多。

三件事做完，孙殿英等到天黑，就开始动手了。

4

这可能是史上最没有技术含量的一次“倒斗”（盗墓）。

不用看风水，不用罗盘，不用洛阳铲，只要用一样东西：炸药。

冷兵器时代的所谓浇筑钢筋的“金刚墙”和地宫每扇重达 3 吨的汉白玉石门，在现代炸药面前，其实是不堪一击的。拿着枪的士兵们，在贪婪欲望的驱动下，根本不需要带什么“黑驴蹄子”，也不顾及会有什么“粽子”，炸药开路，勇往直前。

孙殿英首先进入的是慈禧太后的定东陵。

慈禧把持大清朝政 40 余年，本人在晚年又喜好奢华，陪葬的宝物自然众多。

清朝内务府的《孝钦后入殓，送衣版，赏遗念衣服》册，曾详细记载了从光绪五年三月二十五日（1879 年 4 月 16 日）至光绪三十四年十月十五日（1908 年 11 月 8 日），慈禧生前在地宫中安放的宝物，总共有金花扁镯、红碧瑶豆、金镶执壶、金佛、珊瑚佛头塔等 150 余件（各件宝物上的正珠、东珠、米珠络缨达数千颗）。

慈禧下葬的地宫

在慈禧死后，按照慈禧宠幸的内廷大总管李莲英口述、其侄子李成武记录的《爱月轩笔记》记载，她的陪葬更是穷极奢华，光是填满她棺材的宝物，就价值 200 多万两白银。当然，关于《爱月轩笔记》

的真假一直有争议，但不管怎么说，一代太后的陵墓，是肯定不会让孙殿英失望的。

根据孙殿英回忆，打开（其实是用斧子野蛮劈开）慈禧的棺木后，他们发现慈禧虽然死了近20年，但尸身不腐，因为她口中含着一颗巨大的夜明珠（关于夜明珠的说法，存疑）。而这颗无价之宝，也成了慈禧的“灾星”——士兵直接扒开她的嘴巴，割开她的喉管，取出了夜明珠。而慈禧尸体上的珠宝，更是被一抢而光。

盗完了慈禧墓，孙殿英还不过瘾，还要盗乾隆墓。

进乾隆裕陵，依旧没有费什么大周折，只是乾隆墓的汉白玉石门有四道，比慈禧墓还多了两道——有炸药，怕什么？

根据孙殿英事后的回忆：“乾隆的墓堂皇极了，棺材内乾隆尸体已化，只留下头发辫子。陪葬宝物不少，其中最宝贵的是颈上的一串朝珠，一百零八颗中最大的两颗是朱红色，一柄九龙宝剑，剑鞘面上嵌了九条龙，剑柄上嵌满了宝珠……”

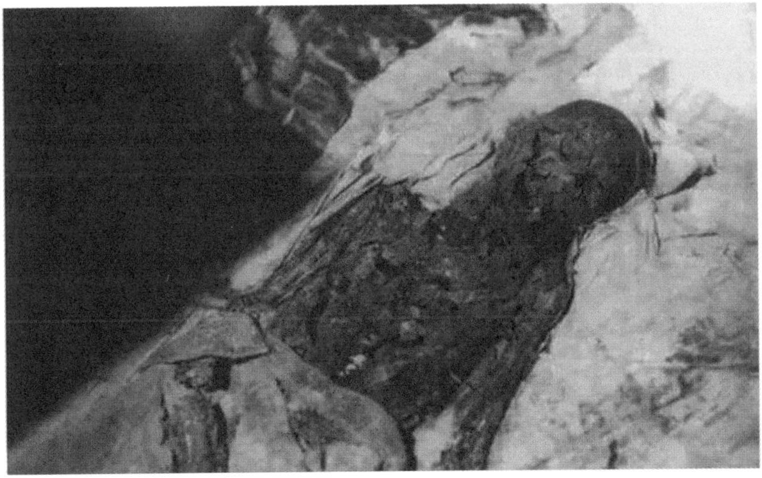

慈禧陵墓被盗后的惨状

被孙殿英破坏的棺木

炸了两座陵，盗了两座墓，孙殿英得到了无数的珍珠、翡翠、玉石、象牙、雕刻、字画、书签、宝剑。当时他命令谁都不准私藏宝物，集中后统一分配。但面对琳琅满目的宝物，谁又能忍得住？

长官带头抢，士兵悄悄藏，每个进入墓穴的人，都不想空手而归。

当然，如果不是因为这样，外人还未必会那么快知道这次盗墓。

5

1928 年 8 月 4 日，就在孙殿英盗墓后的一个月，青岛警察厅侦探队抓住了三个人。

这三个人，是在青岛的大港码头被抓获的。他们是孙殿英部队的三个逃兵，三个参与盗墓的逃兵。

在这三个逃兵身上，青岛警察查出了他们携带的 36 颗宝珠。据逃兵交代，其实之前他们还在天津卖掉了 10 颗宝珠，获利 1200 元（按当时的柴米油盐购买力计算，一元大概相当于现在的人民币 35 元）。

这 46 颗宝珠，是他们三人在慈禧地宫的地上捡到的。

三个士兵就能捡到 46 颗宝珠，可想而知他们的连长、营长、团长、旅长、师长乃至军长孙殿英，拿到了多少宝物。

10 天后，天津警备司令部又在海关查获了 35 箱企图运往法国的文物（其中有相当一部分出自东陵）。同时，在遵化，国民政府内务部接收大员宋汝梅被查出企图运走 24 尊铜质佛像，以及乾隆用的拓印条幅 10 块。

在北平，被孙殿英派来销赃的师长谭温江等人，直接被北平卫戍司令部截获。

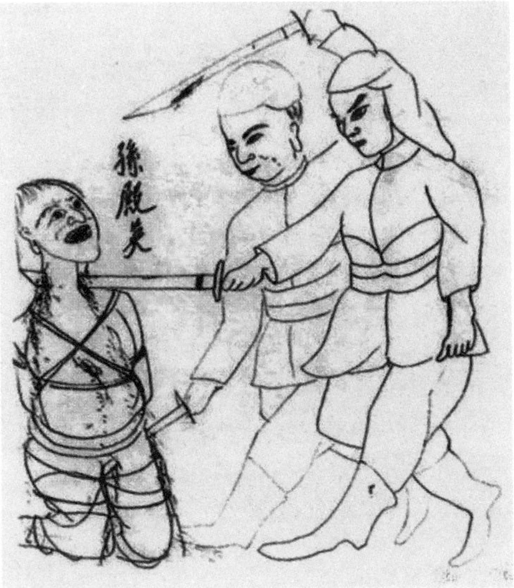

当时溥仪手绘的《杀孙殿英图》

一路追查，孙殿英盗墓案事发。

东陵大盗，天下哗然。

最受伤的，当然是大清皇室。当时的旗人团体，包括已经居住在天津日租界的末代皇帝溥仪，直接找到了蒋介石，要求一定要严惩孙殿英！

这时候的孙殿英却不慌不忙。因为他的上司徐源泉早就已经点拨过他：外面传你这次盗了价值几万万元的宝物，舍不得孩子，套不着狼！

按照孙殿英后来自己的供述，一场波及面极广的行贿行动，就这样开始了：

乾隆墓里一柄镶嵌九条金龙的“九龙宝剑”，孙殿英送给了蒋介石。另外一把宝剑，送给了何应钦。

乾隆脖子上那串 108 颗的朝珠，其中最大的朱红色的两颗，送给了戴笠。

传说中的慈禧头戴的凤冠

慈禧的枕头，一个西瓜碧玺，送给了宋子文。

慈禧口中含的那颗夜明珠，据说送给了宋美龄。

两串慈禧朝鞋上的宝珠，送给了宋霭龄和孔祥熙，外带一棵翡翠白菜和若干珍珠。

价值 50 万元的黄金，送给了阎锡山。

此外，徐源泉又上交了一批查封的东陵文物，其中有金镶镯、红宝石、蓝宝石、碧玺、汉玉环、翡翠、红珊瑚龙头、花珊瑚豆、玛瑙双口鼻烟壶、白玉鼻烟壶等300余件。当然，徐源泉本人也没少拿孙殿英的东西。

1928年12月，审判“东陵盗墓案”的军事法庭终于在各方催促下开庭，审判长是商震将军——当时，他已收了孙殿英送给他的一只青皮黄瓤翡翠甜瓜。

这个案子从1928年12月开审，一直审到1929年6月8日。被指控的谭温江（孙殿英的师长）始终不承认盗墓一事，而孙殿英更是一直都表示“不知情”，根本就没有被逮捕。6月15日，军事法庭决定将此案件呈报中央，等候中央回复。

而那个时候，孙殿英已经被国民政府任命为新编独立旅第二旅旅长，讨伐自己的“旧东家”张宗昌去了。之后，因为孙殿英手下的人马不断扩大，深得冯玉祥和阎锡山的器重，阎锡山更是让孙殿英当了安徽省主席。孙殿英索性就和阎锡山交涉，关在狱中等待审判的谭温江也被释放。

“东陵盗墓案”就这样不了了之。

6

盗墓的故事结束之后，我知道大家都还想知道两个“下落”。

一个是那些宝物最终的下落。

按照孙殿英自己的供述，当时他一人就分到了11箱宝物。这11箱宝物中，一批被他用来行贿打点了，一批被他送到上海销赃了（还被黄金荣黑了一道），一批被送到天津销赃了，一批被他用来购买军火武装自己的队伍了，一批在被解放军俘虏时缴获了。

但总的数目，还是对不起来。

其中一个去向，他无疑是送给了自己当时的上司徐源泉，不然徐源泉不可能这样为他说话。而徐源泉随蒋介石去台湾时，据说把不能带走的珍宝都埋在了自己在武汉的徐公馆地下。

1994 年，武汉相关单位在维修徐公馆（市级民国建筑重点保护单位）时，在徐家后花园的一个墙角掘出了一个地洞，由于事关重大，上级部门没有批准“探宝”，洞口被回填。2005 年，中央电视台《探索·发现》栏目还曾去探访过，但最后也没有了下文。有学者认为，徐家那个洞只是民国年间常见的家庭防空洞而已。

至于剩下的宝物究竟去哪儿了，现在依旧成谜。

另一个下落，则是孙殿英本人的结局。

正如本文开头所说的那样，孙殿英在之后的十几年，身份不断变化：先是被蒋介石收编，后来又投靠了日本人，然后又被蒋介石承认是“曲线救国”，再次将其收编后专门对付共产党军队。在中国人民解放军解放河南汤阴的战役中，孙殿英被俘虏了。

因为在抗日战争中的热河战场上，孙殿英的四十一军确实和日本人狠狠打过一仗，表现得还算有骨气，也因为孙殿英在河北与日军作战时，和八路军相处还不错（其实他当时设了三个招待所，分别招待国民党、共产党和日本人），所以解放军在俘虏孙殿英后，对他相当宽待，还允许他带一名卫士照顾他的生活。

在狱中，孙殿英情绪时常反复，一会儿说解放军好，一会儿又企图越狱。由于长期吸食鸦片，得了当时属于不治之症的“烟后痢”，最终在 1947 年秋天病重而死。

尽管孙殿英生前曾为自己辩解：我盗清朝皇帝的墓是为了替汉人报仇！尽管也没人当面去质问他：你替汉人报仇，怎么把财宝都塞进了自己腰包？反正他死后，要么没人知道他，要么知道他的人，不会说他曾担任过什么军长、师长或主席，而只会出奇一致地说一句话：

哦！那个盗墓的。

馒头说

1889年，夺得当时中国最高权力的慈禧太后宣布归政于光绪，准备开始享受晚年生活。

也就是在那一年，54岁的慈禧做梦也不会想到，在河南出生的一个叫孙殿英的婴儿，今后会和她的身后命运产生交集。

据说，慈禧墓被孙殿英盗掘的时候，她的尸体被直接扔弃在了地上，以致后来后人想将她重新入棺之时，发现尸体已经长了白毛。

更不要说那生前享受万千赞誉的乾隆皇帝了。

再怎么叱咤风云，再怎么富贵荣华，管得了身前事，算不准身后灾。

所以还是应了曹丕说的那句话：生有七尺之形，死惟一棺之土。

读者评论

Lillian：在欧洲生活几年时间里，走遍了大大小小的与中国文物有关的博物馆。法国的枫丹白露宫，最近几年藏起了很多宝贝不再外展，里面有当年火烧圆明园前，被法国军队狂抢的大批珍宝。巴黎集美博物馆里也是很不得了，里面件件都可以说是精品（乾隆玉玺、《清宫狩猎图》，还有好几件都像东陵被盗出的）。当年在集美真的看到哭，伤心的眼泪止不住，这么完整的陈列，国内博物馆都不多见。大英博物馆里就不用说了，英法民间有很多私人性质的博物馆也是卧虎藏龙。日内瓦鲍尔博物馆（内有明成化鸡缸杯、鼻烟壶、酒杯）。苏黎世的Museum Rietberg里的部分官窑瓷器等，还有丹麦、瑞典，整个欧洲好好翻一遍，都不知道多少宝贝了。美国也是流失文物的重要流散区，之前走访的大都会、华盛顿等很多文物数不清。明年等我家娃满周岁，下一个目的地就是日本和俄罗斯，对照敦煌遗失经卷去推测，这两地民间和馆藏应该也是很可观的。另：其实欧洲除了少数的汉学家，当年很多人根本不懂中国文物，日本商人和日本“中国通”当年在走私文物的角色里，应该记上一笔。

老妖：古龙说，一个人的名字也许会错，但外号绝对不会错。

Fighter：孙殿英贿赂别人的那段，出自军统文强的口中。孙本人爱吹牛，当时也是为了给自己脱身，真实性有待确认。溥仪的确因为盗墓事件对民国很失望。孙殿英能在各方势力之间游刃有余，的确有手段，小人里的大人物。（作者回复：其实此文里有一条小暗线：孙殿英其实可以牺牲掉自己的师长，但他始终没放弃，最后还把他救出来了。这人有江湖义气，或可解释为什么一直有人马跟着他。）

一张照片引发的自杀

这是关于一个人在 34 岁的年纪，选择结束自己生命的故事。

起因，是一张照片。

凯文·卡特

照片里的这个人，叫凯文·卡特。

如果不是因为一张照片，他可能一辈子也就是一个出生在南非、默默无闻的自由摄影记者而已。

但很可能，他也不会放弃自己的生命。

这事情，要从 1993 年说起。

1993 年，战乱纷繁的苏丹同时发生了一场大饥荒。凯文和几个同伴一起到苏丹采访，希望能够拍摄几组照片。

一天，他在一个食品救济中心附近，看到了一个已经瘦得皮包骨头的苏丹小女孩，因为无力再走，她趴到了地上，奄奄一息。而就在不远处，蹲着一只硕大的秃鹫，贪婪地盯着这个小女孩，仿佛在等待一场即将到口的美餐。

这个时候，凯文选择了按下快门。

于是，那张著名的照片，就这样诞生了。

凯文·卡特《饥饿的苏丹》

单纯从摄影的角度来看，这张照片的构图、光线等元素都不是最佳，但从新闻摄影的角度来看，这张照片传递给人的冲击力是惊人的。

1993 年 3 月 26 日，《纽约时报》刊登了这张照片，随后被国际媒体竞相转载，轰动一时：女孩的孱弱，秃鹫的威胁，想象中即将发生的残酷一幕……这些给人们留下了太深刻的印象。

1994 年 5 月，凯文·卡特的这张被命名为《饥饿的苏丹》的照片，获得了当年的普利策新闻特写摄影奖。

于是，麻烦就开始来了。

就在普利策颁奖之后不久，一家日本电视机构驻美记者打电话给约翰·卡普兰——评奖的评委之一——进行采访。采访中，记者转述了佛罗里达一位专栏作家针对这张照片写的一篇文章，大意是：“你看这自私的、不关心民众的媒体和记者，踩在小女孩的尸体上得了普利策奖！”

约翰·卡普兰当时就表示，自己还是第一次听说这样的评论。他对记者回忆，评委们当时非常仔细地看了这张照片，照片有注释，以提示评委：

这个小女孩不是在一个荒无人烟的沙漠里（后来证明就在救济中心附近）。

会有人来帮助这个小女孩（后来证明女孩的妈妈就在旁边）。

小女孩的手上有一个环，说明她当时已受到人道保护。

卡普兰表示，所有的评委都注意到了这些细节。在评审的时候，评委们都信任这个摄影师——如果这个小孩需要帮助的话，摄影师一定会施以援手的。

但是，不幸的是，当这个节目在电视上播出的时候，约翰·卡普兰的陈述被切掉了。或许这也符合节目制作人的本意——紧紧围绕新闻伦理和道德观展开，对凯文·卡特和普利策奖进行猛烈抨击。

从那时起，人们的关注度开始由非洲的饥荒转向批评凯文·卡特的见死不救。

据凯文的朋友们回忆，就是从这个时候开始，凯文·卡特开始公开地谈论一件事：自杀。

当然，促成他精神焦虑的还有其他一些事：他的一个非常要好的伙伴，在另一次采访中被枪杀了；他的经济状况出了问题，为此不得不去莫桑比克采访，但他居然又把采访完还没冲洗的胶卷给弄丢了——但人们相信，带给他最大压力的，还是《饥饿的苏丹》这张照片。

时间到了 1994 年 7 月 27 日。

这一天，离普利策奖的颁奖，只过去了两个月。

晚上 7 点，凯文开着他自己的车，来到一条河边。在那里，他留下了童年的美好回忆，也用汽车尾气完成了自杀。

此后，警察在他的汽车里找到了一个小纸条，上面写着：

“真的，真的对不起大家，生活的痛苦远远超过了欢乐的程度。”

馒头说

如果不是因为凯文·卡特的自杀，不知道这张照片是否会像现在那么有名。

事实上，在那天的拍摄现场，凯文拍完照片后，就去赶走了那只秃鹫。然后，他点起了一支烟，坐在旁边的树下，开始不停地哭泣。

不管这张照片被指责成什么样的目的，但凯文至少去了苏丹，拍下了这张照片，让人记住了苏丹的饥饿和非洲的贫困。

而那些站在道德制高点指责他的人们，又有多少人真正做了些什么呢？

凡尔纳的科幻小说，究竟过时了吗?

毫无疑问，这位作家很难跻身史上最伟大作家的行列，但在科幻小说界，他却享有“科幻小说之父”的荣誉。

更重要的是，我相信有不少人，包括我在内，从小就受到了他的巨大影响。

1

时间回到190年前（1828年）的2月8日。

儒勒·凡尔纳

在法国城市南特的费多岛，当地一位颇有名望的律师皮埃尔·凡尔纳，迎来了自己儿子的诞生。

他给儿子起名为儒勒·凡尔纳。

南特是法国的重要港口城市（玩过《大航海时代》系列的都知道），而凡尔纳的母亲阿洛特来自一个航海世家，她的很多亲戚不是船长，就是航海家。

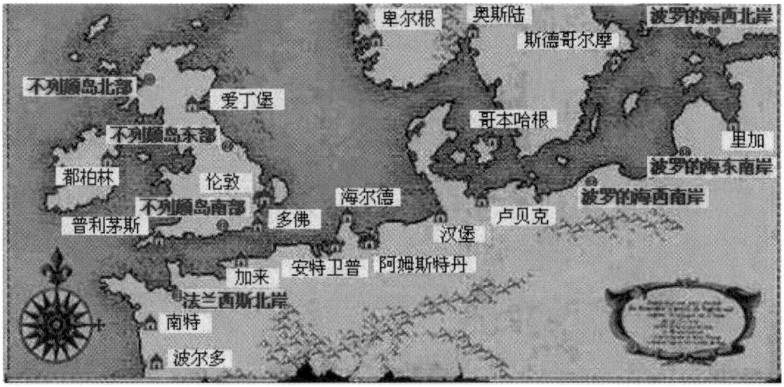

《大航海时代 OL》中的地图，左下角即为南特

在幼年时，父亲把凡尔纳送到一个叫桑班夫人的寡妇所办的学堂里学习。桑班夫人的丈夫是一名船长，在一次航海中再也没有回来。桑班夫人总是对她的学生说，她的丈夫在海上漂流，终有一天会回来的（这个想法一直影响着凡尔纳的作品，比如《神秘岛》）。

这样的成长环境，无疑对童年的凡尔纳产生了极大的影响——和很多男孩子年少时的梦想一样，凡尔纳渴望冒险，渴望远航，渴望探寻一切未知的事物。

不过，在港口生活的凡尔纳，相比那些生活在内陆的孩子，有着得天独厚的优势，这也让他做出了其他男孩子不敢做的事：

在他 11 岁那年，小凡尔纳背着家人，居然溜上了一艘开往印度的大船，因为他想给他的表妹找到一条印度群岛的珊瑚项链，顺带环游世界。这个理想很快被凡尔纳的父亲“扼杀”——这位机智的律师在下一个港口追上了这艘船，把凡尔纳从船上给抓了下来。

当年南特港的风光

这个说法出现在凡尔纳的第一部传记中，被认为有夸大的成分。但如果属实，凡尔纳迷们或许应该感谢那位律师父亲，因为如果他没有带回他的儿子，这个世界上可能会多一个出色的水手甚至船长，但也很可能就少了一批脍炙人口的科幻作品。

被抓回来的凡尔纳受到了严厉的批评，他只能流着泪保证，今后只会躺在床上做“幻想中的旅行”。事实上，他之后最喜欢做的事情，就是和弟弟保罗一起，“驾驶”着一艘经常漏水的小艇，在家附近的卢瓦尔河上“探险”。

凡尔纳还有一件喜欢做的事情，就是去父亲度假别墅附近的一家机器工厂，看那些机器是怎样运转的，一看就是几个小时。

种种迹象表明，凡尔纳将沿着这条轨迹，成长为一名出色的科幻作家，不是吗？

并不是。

2

1847 年，19 岁的凡尔纳高中毕业后，来到了大都会——巴黎。

到了弥漫着浪漫和文学气息的法国首都，凡尔纳是不是准备投身于文学创作中去呢？不是的，他是带着父亲的殷殷期望，来此攻读法律学位，将来要成为一名律师的。

但是，巴黎的文学气息毕竟还是感染了充满想象力和诗情画意的凡尔纳，所以他表面上是在应付父亲的学业要求，实际上已经立志要改行成为一名——科幻作家？还是不对，他想成为一名剧作家。

在巴黎，凡尔纳遭遇了一场邂逅。

有一次，凡尔纳从巴黎的一场晚会早退，下楼时他突发奇想地沿着楼梯扶手滑了下去，不料正好撞到一位胖胖的男子身上。凡尔纳立刻道歉，由于感到很尴尬，便随口问了一句："您吃饭了吗？"

那名男子说："我刚吃过南特炒鸡蛋。"

这个回答让凡尔纳相当不满："巴黎根本就没有正宗的南特炒鸡蛋！因为我就是南特人，而且这是我的拿手菜！"

大仲马

那名胖胖的男子面露喜色，随即邀请他到自己家里专门做一次南特炒鸡蛋。凡尔纳这才知道，这个男子的名字叫大仲马。

这段典故的真实性无法考证，不过凡尔纳和大仲马的儿子小仲马私交不错，这倒是有案可查，后者对凡尔纳的文学创作和戏剧创作都提供过不少帮助和建议。

1850 年，凡尔纳创作的戏剧《折断的麦秆》（一说是和大仲马合作）首次上演，这标志着凡尔纳已经准备正式放弃自己父亲的期待——延续家族的法律事业，而是投身文学和戏剧创作的怀抱。

但是，凡尔纳在巴黎的生活费依旧是需要父亲供给的，所以他用写诗的方式向父亲索取生活费，而父亲也用诗歌的形式写了回信，大意如下："汝之诗文令人欣赏，若不花我六十法郎，诗文将会更加漂亮！"

3

1857 年，29 岁的凡尔纳结婚了。

青年凡尔纳

新娘是他有一次去参加别人的婚礼时认识的一位女子，她是新娘的姐姐，同时也是一位带着两个孩子的寡妇，名叫奥诺丽娜·德维亚恩。

结婚后，为了改善经济状况，凡尔纳做了证券交易员（还真是想干什么就能干什么呀），但同时也没有放弃剧本的创作，而且开始尝试写小说。

在发表了几篇默默无闻的小说之后，从 1860 年开始，32 岁的凡尔纳就很少去沙龙活动了，也很少去证券交易所，而是把自己关在家里开始专心创作小说。关于那部小说，他对妻子说是“和气球有关”。

一个广为流传的段子于是又产生了。

凡尔纳将那部小说一连投了 16 家出版社，都没有人愿意出版。一气之下，他将这部小说的手稿投进了火炉，而妻子奥诺丽娜赶紧将手稿抢救了出来，并鼓励他再去找第 17 家出版社，最终获得了成功。

这个关于“成功的男人背后必定有一个女人”的故事，到现在已无从考证，但另外一个故事确实有案可查。

《气球上的五星期》原版封面。这部作品早在 1903 年便被译介到中国。是年 4 月 27 日和 5 月 27 日的《江苏》杂志第 1、2 期上刊载了佚名译的《空中旅行记》

凡尔纳将这部手稿拿给了大仲马，大仲马看了后，觉得很有意思，并为他引见了一位和他同名的巴黎出版商，叫作儒勒·赫泽尔。赫泽尔出版过雨果等大家的作品，眼光卓越，经验丰富。

于是，凡尔纳将那部自己取名叫《空中旅行记》的小说手稿交给了赫泽尔。这部讲述英国弗格森博士乘坐气球在非洲大陆上旅行的小说其实没有什么特别之处，但是其中一点让老道的赫泽尔眼前一亮——书中有大量科学知识的描写，配合探险的情节，这是其他类似小说所没有的。

赫泽尔随后给凡尔纳提出了很多修改意见，凡尔纳都虚心接受。1863年初，这部小说终于公开发行，书名也被赫泽尔改了，叫作《气

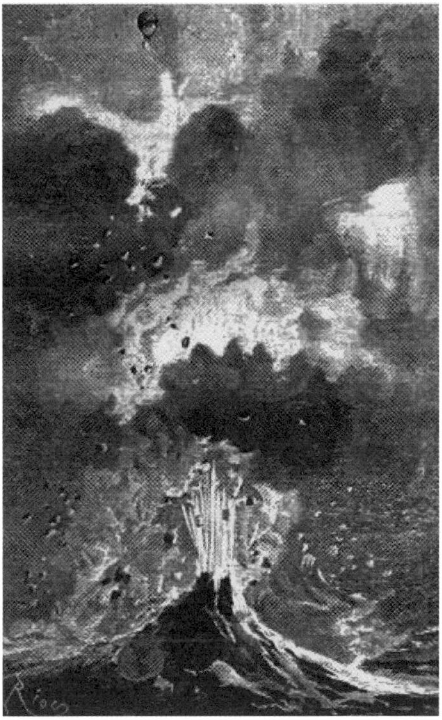

原版《地心游记》的插图。1903年12月8日，这篇小说在《浙江潮》第10期连载刊登，译者就是鲁迅。鲁迅的这个版本也是目前已知《地心游记》的最早中译本

球上的五星期》。

《气球上的五星期》推出后大获成功，凡尔纳对非洲大陆风貌的生动描写，以及对氢气球科学原理的内行分析，让不少读者耳目一新。

首次合作成功后，赫泽尔就和凡尔纳签订了一份合约——每个月，赫泽尔都会给凡尔纳支付一笔固定的薪酬，而凡尔纳要做的，就是一年完成出版两部小说。

赫泽尔准备将凡尔纳的小说归纳成一个系列，叫作“奇异的旅行”。

凡尔纳于是就沿着这个路子开始了创作。1864 年，他这类题材的第二部小说出版了，名字叫作《地心游记》（之间还有一部作品叫《二十世纪的巴黎》，被赫泽尔毙了）。

这部小说把读者从地球表面直接带入了地球内部，讲述了一位叫黎登布洛克的教授，带着自己的侄子和一名向导，从冰岛的斯奈菲尔火山口进入地球内部完成探险的故事。凡尔纳表现出的想象力和严谨的科学考证态度让人惊叹。这部小说后来被多次改编为电影。

从这部小说开始，凡尔纳显露了他有别于其他作家的一点：之前写地心旅行的小说，主人公都是直接被送入地心，然后开始冒险，而凡尔纳笔下的主人公，却是从地面开始探索，如何进入地心，如何选址，如何抵达，有什么道理，遭遇什么波折，等等，都要讲清楚。

这一点，有点像古龙和金庸作品的区别：古龙作品里的男主角，一般是一出场就武功盖世，没人知道他的武功究竟是谁教的，怎么学的，重点是他用绝世武功展开的冒险；而金庸笔下的男主角一出场，要么武艺低微，要么干脆就不会武功，然后一步步向读者展示，他是怎样练成盖世武功的，学武的过程，本身就是惊心动魄的曲折历程。

《从地球到月球》的原版插图

这种风格，被带到了凡尔纳1865年的作品《从地球到月球》中。在带领读者领略了地心风光之后，他又直接把触角伸到了太空。

这部小说描写美国南北战争后，巴尔的摩市大炮俱乐部的主席巴比康带领他的俱乐部成员一起，乘坐一艘由大炮发射的飞船前往月球的故事。

这部小说把凡尔纳讲究科学考证的精神展现得淋漓尽致。尽管坐炮弹被发射去月球这一方式，用现在的眼光来看是非常荒唐的（科学家后来测算，如果要达到那样的发射速度，炮筒要长达20公里），但即便拿1969年美国的"阿波罗11号"登月与这部发生在人类登月

104 年前的小说比较，还是有些细节让人咂舌：

凡尔纳描写的发射地点，和后来“阿波罗 11 号”的发射地点，都是美国佛罗里达州的卡纳维拉尔角；凡尔纳描写的登月人数为 3 人，“阿波罗 11 号”搭载的也是 3 人；凡尔纳描写的飞船速度是 36000 英尺 / 秒，“阿波罗 11 号”的速度是 35533 英尺 / 秒；凡尔纳描写的抵达月球时间是 97 小时左右，“阿波罗 11 号”实际耗时 103 小时左右，仅多了 6 小时；“阿波罗 11 号”返回舱返回地球的溅落点为约翰斯顿环礁以南 380 公里，与凡尔纳当年书中描写的返回地点只相差十几公里……

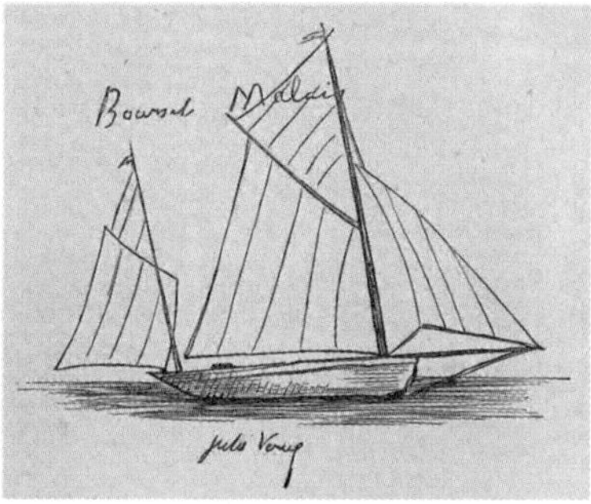

凡尔纳给他的小船画的手稿

《海底两万里》的原版插图

4

这几部小说发表之后，儒勒·凡尔纳声名鹊起。

关键他还证明了一件当时大家都无法想象的事：写科幻小说，居然还能赚钱！

有了钱的凡尔纳，日子也开始好过起来。他买了一艘渔船，以自己儿子的名字命名为“圣米歇尔一号”，然后自任船长，驾驶着这艘船去找当年和他一起乘坐小艇的弟弟保罗。

1867 年，凡尔纳的弟弟保罗得到了两张当时全世界最大游轮“大东方号”的船票，兄弟两人坐船去美国兜了一圈。这次远洋航行给凡尔纳留下了深刻印象，回家后，他就潜心创作了一个早就在心里酝酿多时的构思。

1869 年，凡尔纳将这部小说出版，那就是著名的《海底两万里》（凡尔纳原来给它取名叫《水底旅行》，书名依旧是赫泽尔改的）。

这部小说描述的“鹦鹉螺号”潜艇以及世界各大洋海底的绚丽风光，在当时引起了巨大的反响。要知道，当时最先进的所谓“潜艇”，只能潜到水下 10 米左右，维持 3 小时的时间，而凡尔纳描述的“鹦鹉螺号”是一个庞然大物，而且能以从海水中提取的钠为动力，永远在海底航行。

根据《海底两万里》描绘而制造的“鹦鹉螺号”模型

1886 年，英国开发出了第一艘使用蓄电池做动力的潜水艇；1955 年，人类第一艘核动力潜艇出现——这两艘潜艇，都被命名为“鹦鹉螺号”。

1873 年至 1874 年，在《海底两万里》的基础上，凡尔纳又推出

《神秘岛》原版封面

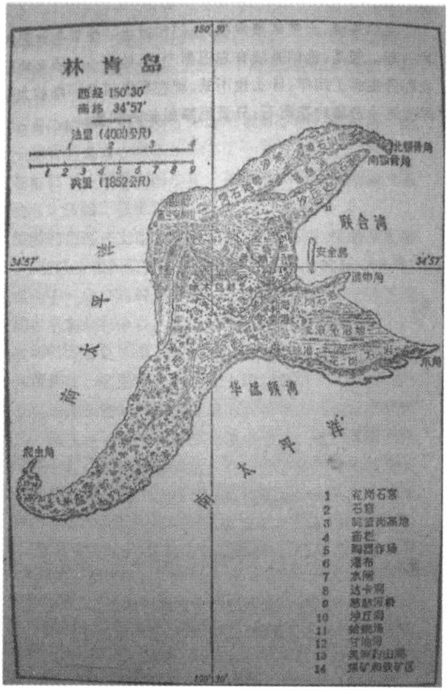

《神秘岛》中的“林肯岛”

《神秘岛》原版插图

了一部小说——《神秘岛》（我个人最喜欢的一部）。

《神秘岛》描写了美国南北战争时期，5 个被困在南军阵营中的北方人，乘坐热气球逃跑时，掉落在太平洋的一个荒岛上（后来被命名为“林肯岛”）。一无所有的他们，从用凹凸镜成功取火开始，一路自力更生，最后造出了玻璃、陶器、庄稼、磨坊，甚至电报机。

在这部作品里，凡尔纳把他

的写作特色发挥得淋漓尽致：主角们从一无所有到最后丰衣足食，一路不停“升级”，整个过程涉及冶金学、爆破学、工程学、水利学、动植物学、天文学、物理学等各方面的科学知识。读者一路读来，不会觉得枯燥乏味，反而觉得主人公们的“升级”顺理成章。

《神秘岛》《海底两万里》和凡尔纳之前写的《格兰特船长的儿女》，被称为凡尔纳的“三部曲”，连同他后来创作的《八十天环游地球》，这四部作品一同被视为凡尔纳的代表作。

5

1886 年 3 月 17 日，一个让凡尔纳悲伤的消息传来：他的好朋友和好搭档，出版商赫泽尔去世了。

1889 年，关于凡尔纳的海报

与此同时，凡尔纳被精神错乱的侄子打了一枪，子弹击中了他的脚踝。由于凡尔纳患有糖尿病，医生只得建议他慢慢康复，从此落下了残疾。

这时候的凡尔纳，已经无法再航行了，所以他开始了另一个兴趣爱好：集邮——通过邮票来环游世界。

事实上，凡尔纳最渴望的事，就是成为一名旅行家，所以他的小说，无论是气球、潜艇、航船，其实都是在世界各地的旅行。作为一名科幻小说家，他当时已被认为是“科幻小说之父”，但这绝非他想要的。

1893 年，凡尔纳在接受美国记者罗伯特·谢拉德的采访时表示：“我一生最大的遗憾，就是没有在法兰西文学界赢得一席之地。”

尽管小仲马早就提名凡尔纳进入法兰西学院，但一直未能如愿。

更让凡尔纳悲伤的是，不少人认为他是专门为少年儿童写科幻故事的作家。

事实上，凡尔纳不仅一直认为自己是为成年人写作的作家，而且从来没有认为自己是一名科幻小说家，而是一名艺术家——他在采访中说道：

> 我不渴望金钱，也不渴望得到授勋，我渴望的是人们看到我所做的和尝试做的，而不是把一名艺术家轻视为一个讲故事的人。我是一个艺术家。

但是，也有后人认为，凡尔纳未能在文学界获得一席之地，可能也有一定的道理。纵观凡尔纳的作品，他其实没有塑造出哪怕一个能让后人记住的文学人物形象（我个人认为“尼摩船长”勉强还行）。在凡尔纳的笔下，人物大多是脸谱化的，千人一面。

但另一方面，凡尔纳的浪漫主义情怀和诗歌功底，让他在科幻

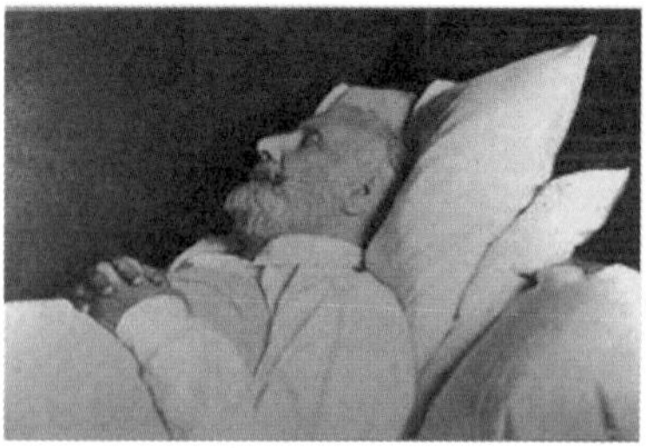

1905 年，凡尔纳的遗照

凡尔纳的葬礼

小说界足以居高临下。再加上他严谨的考证态度和钻研精神（凡尔纳其实没有任何科学功底，全靠去图书馆查阅和做各种笔记），他成了“硬科幻”的代表人物（在“科幻三巨匠”中，威尔斯代表的是“软科幻”，而阿西莫夫则以建立制度和探讨道德准则见长）。

1905 年，在发表最后一部小说《大海入侵》之后，饱受糖尿病困扰的凡尔纳陷入昏迷，之后与世长辞，享年 77 岁。

凡尔纳一生，共创作了 104 部小说。据联合国教科文组织的统计，凡尔纳的作品译本累计达到了 4751 种，是世界上被翻译的作品数量居第二位的名家，仅次于阿加莎·克里斯蒂，位于莎士比亚之上。

发明著名的“亚尔古”潜艇的西蒙·莱克，在自传的第一句话就写道：“儒勒·凡尔纳是我一生事业的总指导。”

“航天之父”齐奥尔科夫斯基曾说：“凡尔纳给了我很大的启发，

2005 年，法国将这一年命名为“凡尔纳年”，以此纪念他逝世 100 周年。同时发行了纪念他的邮票

让我按照他的方向去幻想。”

1926年成功飞越北极的美国海军少将伯德说：“凡尔纳是我的领路人。”

文学家中最会写科幻的，科幻作家中最有文学性的——不知道对这个描述，已经长眠的凡尔纳是否会满意？

馒头说

春节期间，给女儿汤圆妹买了一套10本的儿童拼音版“世界名著系列”，让她先选一本自己想读的。

我满心以为，她会选择其中的《绿野仙踪》或《木偶奇遇记》，结果她毫不犹豫地挑出了《海底两万里》。

于是，每天我和她花20分钟，读完了那个故事。看完最后一页，我问她有什么读后感，她想了想回答我：“这个潜艇好厉害呀，还有，大海真大呀！”

然后我就想到了一个问题：时至今日，儒勒·凡尔纳的作品会不会过时？

因为他在100多年前写的那些所谓的“科幻”事物，到今天大多数已经成了现实，我们现在再读，难免有一种“新鲜感”或“惊奇感”的缺失。

但是，答案是否定的。

凡尔纳的科幻作品之所以吸引人，是因为他所描绘的“未来时代”，都是基于工业革命时代以来缜密的科学原理发展，都是可以预见的未来，这也是他的“预言”大多数都被实现的原因。读者一边看，一边还能获得很多知识。

但这不是最重要的。

最重要的是，尽管凡尔纳在刻画人物性格方面略有欠缺，但他所有小说里的主人公，无论是《神秘岛》里的工程师史密斯，还是《从地球到月球》里的大炮俱乐部主席巴比康；无论是《八十天环游地球》里的福克，还是《太阳系历险记》里的上尉塞尔瓦达克，都呈现出一种对未知世界的好奇和渴望，一种积极面对生活的态度，一种相信人能胜天的魄力和干劲。

读凡尔纳的小说，能体会到一种扑面而来的活力和生机。

高晓松说，“生活不止眼前的苟且，还有诗和远方的田野”。其实凡尔纳毕其一生，试图献身诗歌、戏剧和尝试远方旅行，这两个愿望都没有完全实现，但这并没有妨碍他把所有的热情和幻想付诸笔端，写在纸上，并把那种热情和活力，传递给千千万万的读者。

如今在钢筋水泥都市里忙碌奔波的我们，是否还记得童年在夜里望着灿烂星河时的幻想？是否还保留着对浩瀚大洋深处的好奇？是否还想兑现当年环游世界的诺言？

或许，随着岁月的流逝，我们确实已被沉重的现实压得喘不过气，那么，是否至少，还能保持心中那一份小小的念想？

而这，可能就是读凡尔纳作品给我们一代又一代人留下的意义之一。

正如他墓碑上刻着的那句话：

Vers l’ immortalité et l’ éternelle jeunesse！（向着不朽与永恒的青春！）

读者评论

徐侠客：一看你写他，我就拉到最后表达我的激动之情。他的几部小说，我甚至翻到了可以背诵段落的程度。有时我甚至在想，现在流行的穿越小说的主角们，不需要带其他东西，只要带上凡尔纳的书，就是一部活生生的从无到有的科技树指南啊。

练习死亡：小时候有段时间我只读凡尔纳和威尔斯的小说，诚然，当稍微长大，我会觉得凡尔纳的小说并不能算最伟大的科幻小说，但绝对是教育意义最深的科幻小说。小时候没有“软科幻”“硬科幻”的概念，我只是觉得这个人所写的东西很接地气，都是看得见摸得着的科幻。后来又看到他的读书法，就是各种归类和笔记，说实话我没学会，但是觉得这样的严谨和自律，是不是就是老子说的道，也就是一种不会让人感觉颠簸跋涉、起伏不平的东西。

李芒：所以有人说，科学家有时难以对未来做出准确预计，反而是科幻作家的描述与多年后的事实惊人的一致，那是因为科幻作家有着瑰丽大胆的想象力啊！

尼古拉·特斯拉：到底是神还是人？

有这样一位科学家，近几年来，越来越多的人对他关注起来。

他是现代交流电系统的奠基人，但很多人说他的成就远不止这些，比如：说他智商超过700，乃至1000；说他其实已经实现了无线输电技术；说他制造了“通古斯大爆炸”；说他研究出了“死光武器”；说他其实早就发明了雷达；说他其实早就发现了X射线；说他的研究，促成了美国阿波罗登月；说他指出月球是人造的，人类是被锁在太阳系的；说他曾获得过11次诺贝尔奖，但他都拒绝了；说他以一己之力，创造了人类的20世纪，乃至21世纪……

毫无疑问，在一些描述里，他已完全是一位神。

那么，是不是这样呢？

1

1856年7月10日，在当时的克罗地亚斯米湾村，一对夫妇的第四个孩子诞生了。

尼古拉·特斯拉

这个孩子，被取名为尼古拉·特斯拉。

特斯拉的父母都是塞尔维亚族人，他们可能不会预想到，“塞尔维亚”后来成了一个国家，而他们更不会预想到，他们的孩子尼古拉·特斯拉的头像后来被印在了国家货币上。

特斯拉的父亲是一名神父，母亲是另一名神父的女儿，所以家族对他的期望是继续在神学的道路上发展。但是，特斯拉对机械物理有着近乎疯狂的痴迷，为此，父亲和他没少吵架。

印有尼古拉·特斯拉头像的塞尔维亚货币

23 岁的特斯拉

1873 年，17 岁的特斯拉在一场霍乱传染中受到了感染。在那个医疗技术落后的时代，家里人都以为他要去见上帝了。重病之时，他和含泪的父亲完成了一个“赌约”：如果他能活下来，家里就要允许他去学机械物理，而不是神学。

当然，特斯拉活下来了。

1875 年，19 岁的特斯拉进入奥地利的格拉茨理工大学，学习数学、物理和机械学。虽然其间因为经济拮据而辍学过一段时间，但他最终还是在布拉格完成了学业。

1882 年，26 岁的特斯拉终于找到了一份还不错的工作，就是在巴黎的一家电话公司担任工程师。

从此，特斯拉开始了他为之奋斗一生的事业，并且，他遇到了一个纠缠一生的“冤家”。

这家电话公司，是一家美国公司设在欧洲的分公司。

美国总公司的创始人兼 CEO，名叫托马斯·爱迪生。

2

以特斯拉的天分和能力，他在爱迪生的欧洲分公司很快就崭露头角。

最有力的一个证据是，他被分公司的总经理查尔斯·巴切罗推荐到美国总部，带着雇主那封写给爱迪生的推荐信——“我知道两个伟大的人，一个是你，另一个就是这个年轻人”。

没有什么悬念，特斯拉在美国总部也很快成了主力工程师，那些让别人束手无策的问题，放到特斯拉面前是小菜一碟。直到有一次，爱迪生让他改进和设计公司的一批直流电发电机，由于任务非常艰巨，所以爱迪生许诺他：如果完成任务，就给你 5 万美元的奖励。

5 万美元是什么概念呢？放到现在，大概价值 100 万美元。

然后特斯拉就真的把这个任务完成了。

然后他就去找爱迪生索取奖励，爱迪生想了想，回答：“哦……我想你可能不理解美国式的幽默……”

好吧，5 万美元泡汤了，那么特斯拉希望将自己的周薪从 18 美元调整到25 美元，但爱迪生依旧拒绝了（也有说爱迪生同意了的说法）。

特斯拉和爱迪生，一生的冤家

当然，特斯拉和爱迪生的矛盾，并不仅仅因为钱财。

爱迪生虽然顶着“发明家”的头衔，但事实上，他更像一个能将发明直接商业化的企业家（这类人才其实也很珍贵）。而特斯拉却是一个一本正经科班出身的学者，所以他很看不起爱迪生，比如后者居然连微积分都不会！

那些被人们反复称颂的爱迪生的事迹——比如说经过几千次不厌其烦的实验，在特斯拉看起来，恰恰是愚蠢的证明：

> 他用的方法的效率非常低，经常做一些事倍功半的事情，整体而言，我是一个很不幸的见证人。他如果知道一些起码的理论和计算方法，就能省掉90%的力气。他无视初等教育和数学知识，完全信任发明家的直觉和建立在经验上的美国人的感觉。

当然，最终促使特斯拉和爱迪生决裂的，还是众所周知的交流电和直流电之争。

简单来说，就是特斯拉坚信只有交流电才是未来的趋势，而爱迪生却坚守着直流电的堡垒（因为他的全部家当都投在了直流电发电和

爱迪生的公司

特斯拉单干后，自己的实验室

相关产业上）。在这场“世纪之争”中，爱迪生使用了一些很不光彩的手段，为自己传奇的一生不可避免地留下了一些污点。（参见《历史的温度》之“爱迪生的侧面”）

总而言之，1885 年，特斯拉离开了爱迪生，之后又成立了自己的电器公司。

一代极客大神，开始在只有自己才懂的道路上奋力狂奔。

3

特斯拉到底有哪些成就？

其实随便上网一搜，就可以搜到太多太多，其中包括如下领域：交流电系统、无线电系统、无线电能传输、球状闪电、涡轮机、放大发射机、粒子束武器、太阳能发动机、X 光设备、电能仪表、导弹科学、遥感技术、飞行器、宇宙射线、雷达系统、机器人……

确实，如果一个人能在这些领域里都做出卓越的贡献（按网上的说法，特斯拉几乎是所有这些领域的奠基人），那真的是可以被视为“神”，或者是从未来“穿越”回来的人了。

这些领域所取得的成就，特斯拉有的确实实至名归——比如对交流电发电机的天才改进，这是一个经得起时代检验的伟大成就。而有的，其实和特斯拉关系不大。

我们来试着拿几样出来说一下。

比如，说特斯拉其实早就发明了雷达，但因遭受爱迪生打压，没有宣布。

公认的雷达发明者是英国物理学家瓦特（不是改进蒸汽机的那位），他在 1936 年架起了第一个雷达站。事实上，从 1922 年起，包括马可尼在内的诸多英美科学家都提出过“雷达”的设想。特斯拉确实也提出过雷达的设想，但真正做出来的，是瓦特。不能说谁想到过，就是谁发明的，对不对？

比如——既然说到了马可尼——特斯拉比马可尼早很多就发明了无线电。

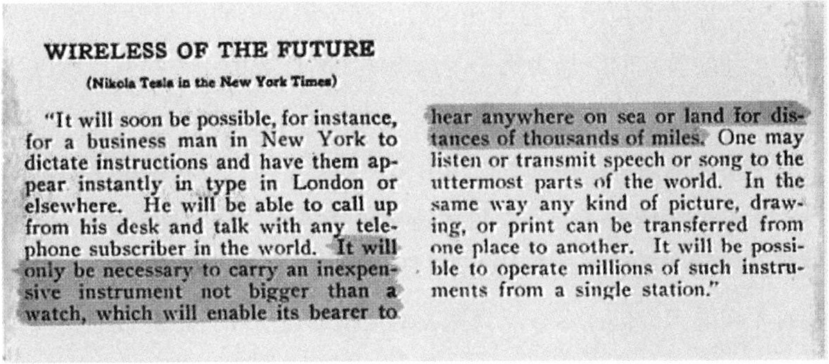

WIRELESS OF THE FUTURE

(Nikola Tesla in the New York Times)

"It will soon be possible, for instance, for a business man in New York to dictate instructions and have them appear instantly in type in London or elsewhere. He will be able to call up from his desk and talk with any telephone subscriber in the world. It will only be necessary to carry an inexpensive instrument not bigger than a watch, which will enable its bearer to hear anywhere on sea or land for distances of thousands of miles. One may listen or transmit speech or song to the uttermost parts of the world. In the same way any kind of picture, drawing, or print can be transferred from one place to another. It will be possible to operate millions of such instruments from a single station."

这是特斯拉对于未来“手机”的一段论述，其中说道：“只需携带一个造价便宜的，体积又不会超过手表般大小的装备，你就可以在千里之外，无论是在海上还是岛上都能和对方对话了。”所以有些人就说是特斯拉最早预言了手机。但事实上，和特斯拉同时代甚至早于他的，提出“手机”概念的科学家有很多，“想到”和“做出来”毕竟是不一样的

但事实上，马可尼与特斯拉各自独立发明了无线电技术，英国承认了前者的专利，美国承认了后者的专利。之后美国又撤销了特斯拉的专利（一个原因据说是马可尼在美国有财团支持，包括爱迪生），但在 1943 年又恢复了特斯拉的专利（可能是出于避免支付专利费的考虑）。

比如，说特斯拉设计建造了世界上第一台水利发电站。那座水利发电站就是著名的尼亚加拉水电站，确实是一项了不起的工程，但不是特斯拉设计建造的，而是当时承接工程的西屋电气公司委派的一个叫乔治·福布斯的苏格兰工程师设计建造的。

不过，福布斯确实使用了特斯拉的交流电发电机和交流电传输的

原理。而特斯拉在芝加哥世界博览会用交流电发电同时点亮 9 万只灯泡的“神迹”，是他效力的西屋电气公司拿到尼亚加拉水电站订单的重要原因。

比如，说特斯拉其实早于伦琴发现了 X 射线。特斯拉确实研究过 X 射线，但他的包括 X 射线在内的大部分研究资料，都毁于 1895 年发生在他实验室的一场大火——这确实是科学界的一大损失。所以至于到底他研究 X 射线到了什么地步，其实是没法证实的。

比如，说他早就实现了无线电力传输。特斯拉确实是最早系统提出无线电力传输的人之一，也制造出了著名的“特斯拉线圈”（一种制造高压的变压器）。但目前没有证据表明，他完成了可以应用于实践的无线电力传输技术——当然，他提出的设想和为之进行的尝试和努力都让人敬佩，这也是现在埃隆 · 马斯克把他们公司纯电动汽车命名为“特斯拉”的原因。

顺带提一句的是，关于那个“特斯拉曾制造出 1 亿伏特电压”的事也没有根据，有证据表明的是，特斯拉曾制造出接近 2000 万伏特

最初建造沃登克里弗塔的一大目的，其实是实现全世界的无线电广播传输。但是在马可尼率先发明了无线电之后，特斯拉背后的摩根财团撤销了资助

的电压，但从没超过这个数据。

至于那个“是特斯拉制造了通古斯大爆炸”，就更没有任何依据了（通古斯大爆炸请参看本书收录的“一场神秘的超级大爆炸”）。

传说是特斯拉利用他建造的“沃登克里弗塔”制造了那次著名的大爆炸，证据之一就是那座塔所在的位置和通古斯地区的纬度相同，但其实相差很远。最关键的是，通古斯大爆炸发生在 1908 年，而 1906 年时，沃登克里弗塔的员工已经基本全部撤离，塔处于停用状态。

而阿波罗登月、太阳系之类的，就不用说了吧。

4

事实上，特斯拉在晚年陷入了关于“宇宙理论”的研究而不能自拔。

晚年特斯拉

1936 年，80 岁的特斯拉发表了一篇论文，这就是后来被网上传得神乎其神的《引力的动态理论》。在这篇文章里，特斯拉试图建立他基于牛顿“万有引力”的“大统一场”论，而全盘否定爱因斯坦的相对论。

从人类的科学历史进程来看，任何在当时被视为荒谬的理论或学说，在通过时间的检验后未必是真的荒谬。我们现在不敢说爱因斯坦的理论肯定是对的，特斯拉的研究肯定是荒谬的，但至少有一点可以肯定的是，关于所谓特斯拉在他的理论中提出了“火星登陆”“人造星球”“空间传送”“时间旅行”“引力门系统”“引力墙”“光子墙”“粒子墙”的说法，都没有找到任何依据。

1943 年 1 月 8 日清晨，在美国纽约的“纽约人旅馆”3327 房间，一名叫爱丽丝的女仆发现了一具躺在床上的尸体，那是尼古拉·特斯拉的尸体。

经法医检验，87 岁的特斯拉确切死亡的时间应该是 1 月 7 日晚上的 10 点 30 分左右，死因是心脏衰竭。

在特斯拉生命的最后 10 年里，他一直住在各种旅馆里，经济拮据。他赚不到钱吗？并不是。按当时的专利权许可使用费标准，使用者每生产一匹交流电就必须向特斯拉缴纳 1 美元的专利使用费。

但是，特斯拉放弃了这个专利，让全世界人类免费使用。

特斯拉去世后，他的大脑并没有像网络传言的那样被“摘去研究”，他的遗体是被完整火化的。也没有任何证据和资料证明他曾经做过脑力和智商测验。

关于他 11 次拒绝诺贝尔奖，也没有任何资料或证据可以证明。但是，他确实入选了 1937 年诺贝尔物理奖的提名，诺贝尔奖基金会曾承认过，1915 年诺贝尔物理学奖的首选人物，是特斯拉和爱迪生（后来颁给了对 X 射线研究做出贡献的布拉格父子）。

“我只是个平凡的人，没有什么特殊的能力。”这是特斯拉自己说的话。

特斯拉虽然不是伟大的、全能的“神”，但他毕竟是一名伟大的科学家——如果再细化，是一位天才的电气工程师——这是无法辩驳的客观事实。

1960 年，在巴黎召开的国际计量大会上，为了纪念他的成就，“磁感应强度”的单位从此被命名为“特斯拉”。

这种实实在在的认可，可能比说他的各种“神迹”要靠谱得多吧。

特斯拉在 75 岁时登上了《时代》封面

馒头说

说句实话，在中国的“特斯拉造神”运动中，央视功劳不小。

2009 年 6 月，央视 10 套科教频道《人物》栏目曾播出两集纪录片《科学超人尼古拉·特斯拉》。这部纪录片的主要线索来自俄罗斯自由作家兼编导维塔利·普拉夫迪夫切夫拍摄的“纪录片”——《特斯拉：世界之王》。这位编导还拍摄过下列作品：《通古斯入侵一百年》《第三帝国的飞碟》《月球秘密区》等。

所以，就不多评论什么了。

特斯拉之所以由一名伟大的科学家而被持续“神化”（不仅在中国，在美国也是），成为一个“全能的存在”，除了他本人确实有一个天才的大脑，还来自我们自己的两类心理。

一类，是我们的悲情心理。在我们的印象中，科学家似乎都应该是怪才，不食人间烟火，淡泊一切名利，终生艰苦清贫。特斯拉在这三方面确实很符合条件，所以也符合人们的这种心理，进而就会有不顾一切拔高他的冲动。

另一类，逆反心理。你越有名，我就越希望听到你的缺点；你越无名，我就越希望成为发掘你（或知道你）闪光点的那一批人。特斯拉在相当长一段时间内确实有被埋没的嫌疑，但这些年来，我又觉得有被过分神化的倾向，以致成了一些人的精神图腾。

其实，我们有时候对待“科学家”的态度挺矛盾的。

一方面，我们对一些真正的科学家的坚守和清贫表示敬佩，对一些影视演员的收入和知名度大大超过科学家拍案怒骂。而另一方面，当有些科学家真的名利双收时，有些人似乎又不乐意了，不管你是研究物理的还是种水稻的，一些人的关注点又开始转到其他点上。

其实，我个人觉得，大部分普通科学家的收入尤其是知名度不如一流的歌星、影星，在这个星球上的每个国家都是一样的。从经济学的角度来说，知名艺人本身就是市场的稀缺品，他们确实付出了努力，再借助人类的天性和大众传媒的推波助澜，获得丰厚的回报，毕竟也不是什么令人发指的“罪行”。

对待真正的科学家，我们每个人心里都保持一份真正的尊敬，记住他们做出的贡献，我觉得就很可贵了。对于他们而言，他们的理想，是能真正地推动人类科技文明的进步，而不会在意有多少粉丝哭着喊着：“你知道他有多努力吗？”

而且，科学家就真的没有回报吗？那可能是我们低估了时间的力量。

特斯拉出生于1856年，160多年过去了，我们绝大多数人依旧在念叨他的名字，我估计再过好几个160年，人类依旧会铭记他。

物理和化学单位、月球环形山、小行星、火箭、卫星，甚至小到我们身边的路名、广场名，其中有多少都是以科学家的名字命名的啊。

能真正为人类的千百年发展做出贡献的人，人类千百年都会铭记他们。

这本身就是一件很公平的事。

读者评论

王林峰：特斯拉放弃了这个专利，让全世界人类免费使用。就冲这一点，他就是“神”！和数学大神佩雷尔曼境界一样，值得处于物欲横流中的凡人们膜拜。

Frommm：看到馒头大师后面的评论笑了。好多人鄙夷我们对明星八卦了如指掌却对科学家一类人知之甚少，馒头大师说了句公道话。明星是时代的产物，终究要被时代的洪流带走，就是因为知道明星熬不过时间，才会有大批大批的粉丝出来为他们申诉他们的努力。那些科学家，无须多加证明。全人类都是他们的粉丝，毕竟我们现在生活里大大小小的事物，都离不开他们。最后，特拉斯长得好清瘦啊！

calla 雪：或许是因为我们一直接收到的信息，都是伟大的科学家如何战胜贫穷，如何历经磨难，又做出如何伟大的奉献，而忽略了他们也只是普通人的事实。一生甘于贫穷，甘心牺牲奉献确实值得敬佩，但名利双收的又何尝不可？

张灵甫之死

在国民党军队将领里，张灵甫确实是一个比较特别的人物。

他阵亡时是中将，军衔不算低，但比起一批国军抗日名将，这个军衔也不算高。

这位中将师长，近年来一直是国军将领系列中的一位明星。喜欢他的人，说他战功卓绝，一身肝胆。讨厌他的人，说他刚愎自用，名不副实。

当然，也有一些人，对张灵甫的支持只是源自“颜值即正义”。

张灵甫究竟是怎样一个人？

1

张灵甫，字钟麟，原名张钟麟，又张宗灵，后改名为张灵甫。

张灵甫1903年8月20日出生于陕西省长安县（今西安市长安区）东大乡东大村，父亲是村里的一个农民。

张灵甫

张灵甫幼年好学，熟读经书，喜爱古文，而且特别喜欢书法，经常到西安的孔庙碑林区临摹唐代名家的书法。张灵甫的书法确实不错，连民国时期的书法名家于右任也对张灵甫的字颇加赞赏。

1923 年，20 岁的张灵甫如愿考入了北大历史系——国民党将领中，张灵甫应该算是学历最高的将领之一。所以说张灵甫是一位“儒将”并不过分。

但是在那个战火连天，国家遭受屈辱的年代，很多学生都是不可能再去读书的。和后来的很多名将一样，1926 年，23 岁的张灵甫投笔从戎，报考了黄埔军校。

张灵甫当时读的是黄埔四期。黄埔军校除了一期外，四期也是比较有名的一期。在这一期学生中，共产党方面出了林彪和刘志丹，国民党这边出了谢晋元、胡琏和张灵甫。

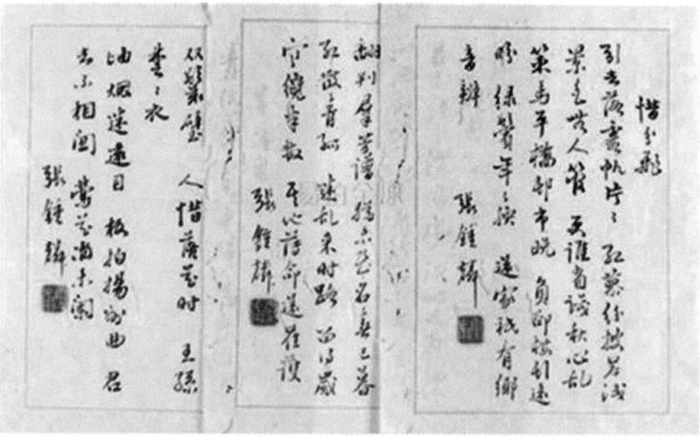
张灵甫年轻时的手迹

从黄埔四期毕业后，张灵甫被编入国民革命军第二十一师任步兵排见习官，不久升任排长，开始参加北伐。

和很多黄埔同学一样，张灵甫的升迁之路还是比较顺的。1933年，才30岁的张灵甫，已经成了有“天下第一师”之称的国民革命军第一师的上校团长，并成为当时第一师师长胡宗南的心腹。

应该说，文武双全的张灵甫生逢其时，又有一颗报国之心，等待他的将是一片广阔天地。

但不久之后，他就被判了死刑。

2

让张灵甫被判死刑的，是当时轰动一时的“古城杀妻”案。

一身儒雅的张灵甫，正是这起案件的主犯——他将自己的妻子一枪爆头。

张灵甫在北大读书期间，家里给他包办过一门亲事，妻子叫邢凤英。因为是包办婚姻，所以张灵甫对妻子并没有什么感情，邢凤英一直在老家照顾张家的老人。

张灵甫从军后，在四川带兵与红军作战，朋友给他介绍了另一门亲事，女方是四川广元人吴海兰。两人见面后彼此倾心，就于1933年在广元拜堂成亲，第二年，生下了女儿张清芳。

原本其乐融融的一家三口，却在1935年发生了大变故。

那一年，张灵甫随胡宗南的第一军进驻陕北与红军作战，军官的家属都安置在古城西安。那一年除夕，张灵甫休假回家，对妻子吴海兰说：“我很久没吃饺子了，你给我包顿饺子吧！”

吴海兰随即到后院给丈夫割韭菜，张灵甫尾随而至，掏出手枪，对着妻子的后脑就是一枪。击毙妻子后，张灵甫也不掩埋尸体，大摇大摆地走出了家门。

张灵甫为什么要如此枪杀自己妻子？一个版本是“通奸说”。

根据张灵甫老上司王耀武曾经的副官吴鸢的说法，张灵甫是怀疑妻子在自己不在时与人通奸，怒火中烧，随即下了杀手。后面的各种“通奸说”杀妻版本，包括妻子是在割韭菜时被枪杀这些细节，基本都缘自吴鸢的说法（《陕西文史资料选辑》第 17 辑，《我所知道的张灵甫》，吴鸢）。

这个版本受到了张灵甫长子张居礼的质疑。他从生母邢凤英那里听来的版本是：当时张灵甫和吴海兰就在后院发生了争吵，随即枪响。张居礼特别强调：“当时是冬天，地里哪来韭菜？”

另一个版本的说法，是“通共说”。

张灵甫说发现妻子拿了自己的军事文件，进而怀疑妻子“通共”，所以一枪将她杀死。这个版本出自张灵甫后来的妻子王玉龄之口，但同样存在疑点：张灵甫生性谨慎，且很少回家，妻子是否可能有机会得到军事文件？就算妻子“通共”，在得不到任何证据的情况下，是否至于将她一枪爆头？

不管原因如何，张灵甫确实公然枪杀了自己的妻子，此事随即引起轰动。

不肯罢休的吴家人，一纸诉状递给了西安妇女协会，妇女协会又将诉状转交给了张学良的妻子于凤至。于凤至得知后十分气愤，转交给了自己的“闺密”——宋美龄。

当时的宋美龄正和蒋介石一起在全国开展“新生活运动”，要求全国老百姓要有“礼义廉耻”的观念，要有“国民道德”。如今，一名团长在自己家中公然将自己妻子枪杀，这人还是蒋介石自己的黄埔门生，怎能不杀鸡儆猴？

蒋介石一纸命令，将张灵甫解至南京（胡宗南原本还试图保护张灵甫，后来只能让他自己前往南京自首），经军事审判，判处死刑——这也证明了“通共说”有站不住脚的地方：如果妻子吴海兰有确凿证据“通共”，张灵甫绝不会受此重判。

当时张灵甫自己也是万念俱灰，准备等死。但那个时候，他得了疟疾，在治疗期间，一直欣赏张灵甫的典狱长对他百般照顾和鼓励，所以在病愈之后，张灵甫递交了申诉书（“通共说”可能由此而出）。最终，张灵甫的申诉被法庭接受，鬼门关前走了一遭，被改判10年有期徒刑。

战争年代，用人之际，一位有丰富作战经验的军人，是不可能一直坐牢的。

1937年，“卢沟桥事变”爆发，日本全面侵华，前线吃紧，军事干部一下子紧缺起来。南京国民政府传出命令，所有服刑官兵，除“政治犯”外，一律调服军役，并保留原来军衔（但有说法是1937年初张灵甫即获释）。

原名张钟麟的张灵甫投奔了王耀武的五十一师，自此改名“灵甫”，官复原职，踏上了抗日战场。

3

张灵甫确实没有辱没使命。

1937年8月，惨烈的“淞沪会战”爆发，国民革命军五十一师、五十八师编成第七十四军开赴上海，张灵甫被任命为第七十四军第五十一师第一五三旅第三〇五团上校团长。在“淞沪会战”的罗店战役后期，三〇五团这个新组建的团敢打敢拼，一度还和火力占优的日军对攻，让人刮目相看。

在随后的“南京保卫战”中，张灵甫的三〇五团负责防守淳化镇，掩护王耀武的五十一师退入南京城。在这场阻击战中，三〇五团表现英勇，与日军第十八师团血战一昼夜，多次肉搏，张灵甫左臂负伤。

因为在这场战斗中表现出色，张灵甫被升为一五三旅副旅长兼三〇五团团长。

真正让张灵甫声名大振的，是 1938 年“武汉会战”的“万家岭大捷”。

在这场可以媲美“台儿庄大捷”的战役中，张灵甫作为一五三旅副旅长，力排众议，亲率一支敢死队翻越张古山后山绝壁，取得“德安大捷”，为中国军队最后基本全歼日军一〇六师团做出重要贡献。当时著名文艺界人士田汉，正担任国民党军事委员会政治部三厅三处少将处长，在得知这场战事之后，立刻组织编排了话剧《德安大捷》，为群众和正在长沙开会的军官们演出。张灵甫以真名真姓在该剧中出现，一时成为全国皆知的抗日英雄。

在此之后，张灵甫随着七十四军，几乎出现在了每个抗日战场的主要战役中。

1941 年 3 月，张灵甫作为代师长，指挥五十八师参加“上高会战”，与兄弟部队取得“上高会战”大捷，这场大捷被何应钦称为“开战以来最精彩之作战”；

1941 年 9 月，第二次“长沙会战”，张灵甫率五十八师孤守永安，与日军第三师团主力血战，全师伤亡率超过 40%；

1941 年 10 月，张灵甫升任第五十八师师长，率军参与“浙赣会战”；1943 年 6 月，“鄂西会战”；1943 年 11 月，“常德会战”；1944 年 5 月，第四次“长沙会战”……在这些战役中，张灵甫虽然不是最高决策层，但作为师一级干部，坚决执行命令，打仗果敢，身先士

1998 年，日本政府在国立公文书馆之下设立了亚洲历史资料中心，提供日本明治初期到第二次世界大战结束这段时间内，涉及日本与亚洲近邻国家的所有官方原始公文资料查询。
日军作战文献里提及最多的中国将领是李宗仁，以 244 件高居首位；张自忠 65 件，居第二；卫立煌 54 件，位列第三。王耀武占到了 9 件，而提到张灵甫的文件数为 0——当然，这也不意外，当时张灵甫的军阶确实不高

卒，成绩还是有目共睹的。

在这些战役中，张灵甫因为一直在一线指挥作战，曾多次负伤。在“上高会战”中右腿膝盖被日军机枪扫中，军医诊断后要求截肢。张灵甫当时把手枪交给副官，要求自己昏迷时，如果医生要截肢，就一枪毙之。后来在休养期间，又因为战情提前回归部队，从此走路一瘸一拐，人称“跛足将军”。

1945 年 4 月的“雪峰山会战”，是中国抗日战场上的最后一次大会战，也是张灵甫作为抗日将领的谢幕工作。在这场战役中，张灵甫指挥七十四军五十八师在铁山与日军主力血战。“雪峰山会战”获胜后，张灵甫获三等宝鼎勋章。

有人曾议论，张灵甫从抗战开始后的相当长一段时间，都只是一个“校”级军官，后来很长一段时间也只是师长级别，第七十四军在抗日战争中如此声名显赫，主要是军长王耀武的功绩。张灵甫 1945

年 2 月才升的少将，“抗战名将”称号有些名不副实。

但是，也有人指出，张灵甫在整个抗日战争期间的表现可圈可点，谢晋元率 400 余名壮士死守四行仓库的时候（四行仓库的故事请参看《历史的温度》之“一座被死守的仓库”），也不过是一个代团长身份，“抗战名将”不应只以军衔论，“将”也不应该被狭义地理解为“将军”军衔。

无论如何，抗战结束之后，张灵甫的声望也达到了顶峰，不仅升任第七十四军军长，更是深得蒋介石信任，身兼南京卫戍司令，人称“御林军首领”。

当时的第七十四军，被称为“抗日铁军”，全美械装备，已是国民党的“五大主力”之首，王牌中的王牌。

张灵甫正是接管了这支王牌军，受命投入了随即而来的国共内战。

4

1947 年，在进入胶着状态的内战中，张灵甫的整编第七十四师成了焦点中的焦点。

七十四军为何成了“整编七十四师”？那是抗战后国共双方考虑到当时国内外形势，都开始所谓的“裁军”——不过大家都知道双方必有一战。

以国民党为例。1946 年 2 月的整军会议之后，蒋介石裁去的都是杂牌以及他不放心的部队，嫡系部队反而加强了——张灵甫的七十四军只是换了个名字而已，下辖五十一、五十七、五十八三个旅（其实就是原来的师）。

第七十四整编师齐装满员 32000 人，全部美械，火力强劲，远远大于一个师的实力，依旧是国民党军队中的王牌。张灵甫也只是军长改师长换了个称呼而已。

1947 年，原本拥有绝对优势的蒋介石在吃了几次亏后，开始由“全面进攻”改为“重点进攻”，重点进攻的方向，一个是延安，另一个就是山东。

在山东战场上，集中了国民党“五大主力”中的“三大主力”——张灵甫的整编七十四师，胡琏的整编十一师，邱清泉的第五军。其中，以整编七十四师为骨干组建的第一兵团，又是主力中的主力。

在山东战场，国民党的对手是陈毅和粟裕。

无论陈毅还是粟裕，一开始确实有点低估了张灵甫和他的王牌整编七十四师。

陈毅麾下的山东野战军和粟裕麾下的华中野战军在淮阴、涟水、鲁南等战役中，与张灵甫的整编七十四师全面交火，可以说是负多胜少，吃了很多亏。

在这段时间里，国民党的各兵团稳扎稳打，张灵甫的整编七十四师作为全军团攻击阵型的中间主力，火力强劲，进退有据，让解放军非常头疼。

但一直以来的大小胜仗，毕竟还是让战局双方的心态产生了一定的变化。

一方面，国民党军队连战连捷，全军上下产生了一种乐观情绪，认为歼灭山东野战军和华中野战军主力已是板上钉钉。从第一兵团司令汤恩伯到整编七十四师的张灵甫，都对尽快结束这场战役抱有乐观态度。

粟裕和陈毅

另一方面，解放军从军官到士兵，开始对整编七十四师产生了一种强烈的“复仇”情绪。华东野战军 6 纵司令员王必成因为在几次与张灵甫的交手中吃了点亏而承担了责任，他当时只留下一句话：“坚决接受处分，但日后打敌七十四师，绝不要忘了我王必成的六师！”粟裕表示一定记得，并嘱人记录存档。

1947 年 5 月 12 日，同样乐观的蒋介石在自己的官邸召开军事会议，要求在山东战场的第一兵团整编七十四师必须拿下坦埠（今山东省临沂市蒙阴县辖镇）。

这是一道看上去平淡无奇的命令，却把张灵甫送上了不归路。

因为就在几天之前，刚成立不久的解放军华东野战军（山东野战军和华中野战军整合）副司令员粟裕，酝酿了一个连他的参谋人员都感到震惊的计划：

把张灵甫的整编七十四师从第一兵团中“掏”出来，全歼。

5

5月12日，张灵甫按照军令，率领整编七十四师向坦埠方向攻击。

与此同时，华野九纵的许世友部队开始实行梯次阻击，为兄弟部队争取时间——整个华东野战军都开始了密集调动，目的只有一个：围歼整编七十四师。

尽管整个过程经历了各种阴差阳错，但对张灵甫部队的包围圈还是渐渐形成了——国民党军队一直对此没有察觉，因为他们绝不可能想到，对手居然会有胆子从自己攻击阵形的正中间，把自己的绝对王牌部队“掏”出去全歼。

尽管开战以来一心想抢头功而冲在前面，但身经百战的张灵甫还是嗅出了点味道，尤其是整编七十四师后方的补给点垛庄被解放军攻下后，他立刻感到了不妙。

攻下垛庄的华东野战军部队，是在两昼夜强行军120公里后，攻占垛庄的。这支部队，正是当初受处分但要求参战的王必成的六纵。

5月13日，在第一兵团司令汤恩伯的催促下，张灵甫只能留下一个警卫团，率全军渡过汶河，奔袭坦埠。整编七十四师当时接连攻下了马山、迈逼山、大箭，距离坦埠已只有6公里的距离，但张灵甫发现两翼的友军并没有跟上——自己的部队已经过分突前了。

尽管和友军之间只相距几公里，张灵甫也不相信解放军会胆大包天到吃掉整个整编七十四师，但谨慎的他还是立刻下令放弃新占阵地，留部队警戒，同时向一兵团司令汤恩伯请求撤退。

但是汤恩伯没有答应，依旧要求整编七十四师在5月14日必须攻占坦埠。

5 月 13 日晚，华东野战军经过大规模的运动穿插，已经基本完成了对整编七十四师的包围。5 月 14 日上午，张灵甫正准备向坦埠发动攻击，却得到报告：对面的解放军抢先发动了进攻，且兵力大增。

这时候，张灵甫终于完全确认了对手要将自己围歼的意图，他决定违抗军令，立即后撤——不然就是“越塔送人头”了。

但毕竟还是晚了。

眼看与周边友军的联系已经全部被切断，后路又被堵上，张灵甫立刻决定：把全军拉上就近的高点孟良崮，固守待援。

孟良崮，海拔 575 米，是芦山山区的主峰，山头面积约 1.5 平方公里，位于蒙阴县垛庄镇境内。山势陡峭，草木稀疏，可以说是难守难攻——守军很难搭建工事以及发挥火炮优势，攻方也无险可避，只能强攻。

后人有解读说，张灵甫选择上孟良崮是一个致命错误，但以当时的情况来看，作为万不得已的选择，张灵甫的决定未必是错的——以整编七十四师实力之强，守个几天应该是没问题的，一旦周围友军赶来救援，说不定能全歼华东野战军主力。

孟良崮

蒋介石也确实看到了这一战机。

他立即命令整编七十四师死守孟良崮，随后调集张灵甫附近的 10 个整编师（军）迅速向孟良崮靠拢。

整个华东战局，瞬间就在孟良崮这个小小的山冈附近出现了“生死手”：

在包围圈最里面，是张灵甫整编七十四师约 3 万人；

外面包围的，是陈毅和粟裕华东野战军 5 个主力纵队的近 15 万人；

在这个包围圈外围，还有国民党军 10 个整编师（军）的近 40 万人的更大包围圈。

粟裕想“黑虎掏心”，张灵甫不甘示弱，要“中心开花”。

整个局势，忽然就变成生死存亡一线间。

而决定双方生死的，就是张灵甫的友军是否给力。

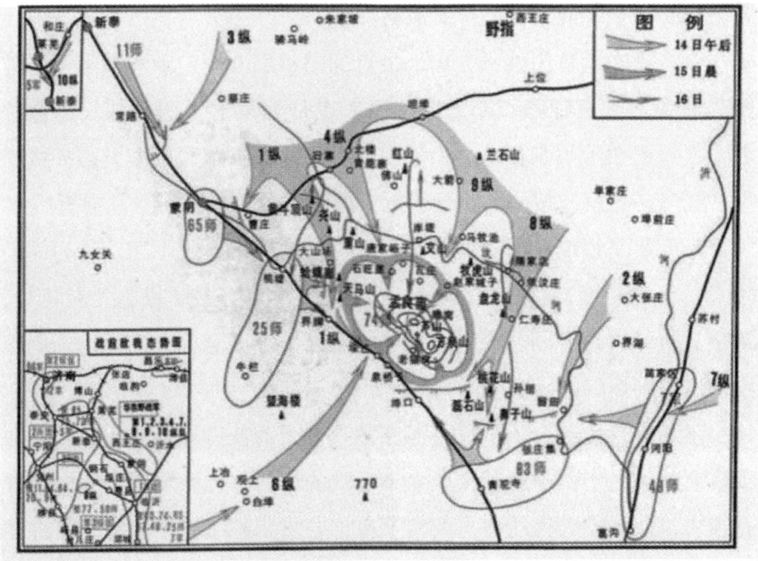

孟良崮战役经过要图（1947 年 5 月 13 日至 16 日）

6

事实证明，华东野战军在之前对张灵甫友军的预料，没有落空。

华东野战军之所以敢啃整编七十四师这块“硬骨头”，除了张灵甫冒进，己方人数占绝对优势之外，还有很重要的一点：整编七十四师与友军关系不佳。

张灵甫算是军人中的知识分子，知识分子有个小问题：向来比较清高。而且张灵甫在整个国民党军序列中算是升得很快的了，难免引来各种妒忌和非议，这都导致整编七十四师与友军关系不融洽。

对垒陈粟大军，第一次打涟水时，整编二十八师奉命配合整编七十四师作战，张灵甫的一句话“二十八师还是等我们把涟水打下来后，接防就是了”，没来由地惹恼了整编二十八师师长李良荣。所以整编七十四师从涟水退下来之后，整编二十八师冷言冷语：“我们准备去接防啦！你们怎么没打下来啊？”

张灵甫在孟良崮被围，离他最近的是整编八十三师和整编二十五师。整编八十三师师长李天霞，原来也是整编七十四师师长的竞争者，但最终败给了张灵甫。为了安抚李天霞，王耀武把李天霞提拔为第一纵队司令官，按序列，整编七十四师归第一纵队司令官指挥。

李天霞是黄埔三期生，对学弟张灵甫的评价一直不高，认为他是张飞，有勇无谋，打仗只会冲。又说张灵甫专好附庸风雅，喜骑马、练字、收藏古董字画。室内悬挂成吉思汗、拿破仑等人的画像，俨然要摆出一副儒将的风度。

张灵甫自然对这位学长心存芥蒂。李天霞获得指挥权后，其实并没有对整编七十四师有什么“穿小鞋”的行为，但张灵甫直接向蒋介石报告，认为李天霞能力与职权不符，要求归整编二十五师的黄百韬指挥。

结果李天霞得知张灵甫在孟良崮被围，救援行动一直磨磨蹭蹭，不仅不努力靠近，还主动收缩，造成两支部队之间的距离越来越大。对此，李天霞的话是："他张灵甫不是挺有办法吗？"

李天霞消极怠战情绪还影响到了张灵甫的上级——一兵团司令汤恩伯。在蒋介石的严厉催促下，汤恩伯在5月15日率军向孟良崮接近。但是在半路碰到了从孟良崮跑回来的兵团副司令员李延年，李延年说孟良崮局势非常糟糕，陈粟大军很可能会掉头南下。

一听这话，汤恩伯转身就返回了临沂。

整个外围的国民党军队包围圈，就在这种犹豫情绪的主导下，开始救援张灵甫的整编七十四师。但出乎他们意料的是，华东野战军抱着强烈的复仇决心，在各个阻援战线上死战不退，导致各个增援的国民党军队，居然误以为自己成了华东野战军的主攻方向，反而向张灵甫的整编七十四师发出求援呼叫。

另一支最靠近张灵甫的友军是黄百韬的整编二十五师。因为整编二十五师和整编七十四师是同一攻击纵队，所以黄百韬不敢怠慢，倾尽全力拼死向张灵甫靠拢。但负责阻援的华野一纵即便前线阵地官兵全部死伤殆尽，依旧没有任何崩溃迹象。黄百韬最终打到离张灵甫5公里远的浮山和界牌，但还是和整编七十四师隔了一座天马山。

5月15日黄昏，整编七十四师的数万人马，都被压缩到了孟良崮东西3公里、南北两公里的一块狭小地带，水源断绝，食物紧缺。

5月16日清晨，张灵甫师部所在的山洞也开始遭到炮击。

上午8点，蒋介石发出急电，严令各部必须拼死救援整编七十四师，否则"严究论罪不贷"！于是，在汤恩伯的电令下，周边的整编二十五师、六十五师外加李天霞的整编八十三师，被迫再次发起猛烈进攻。

但为时已晚。

山洞里的张灵甫，已经开始写遗书。

张灵甫与妻子王玉龄结婚照

第一封写给他的第四任妻子，结婚不到两年的王玉龄："十余万之匪向我猛扑，今日战况更加恶化，弹尽粮绝，水粮全无。……幼子望养育之，玉玲吾妻今永诀矣！灵甫绝笔，五月十六日孟良崮。"

第二封信，写给蒋介石。

在信中，他诉说友军先是贻误战机，然后见死不救，尤其点了李天霞的名。并在信中将整编七十四师副师长以下、团长以上的军官姓名都列了出来，请求蒋介石给予他们家眷以照顾。

在此之前，张灵甫曾给蒋介石写过这样一段话："以国军表现于战场者，勇者任其进，怯者听其裹足，牺牲者牺牲而已，机巧者自为得志。赏难尽明，罚每欠当，彼此多存观望，难得合作，各自为谋，同床异梦……匪诚无可畏，可畏者我将领意志之不能统一耳。"

这段话，不仅说了国民党的军队，其实也说了蒋介石。

5 月 16 日下午 5 点，华东野战军六纵特务团一营，冲到了张灵甫师部的洞口。

张灵甫的最后时刻，终于来临。

7

关于张灵甫阵亡的说法，有三种。

第一种，是被解放军战士击毙。

这种说法，见于新华出版社出版的《陈粟大军征战记》，山东人民出版社出版的《孟良崮战役》《孟良崮战役资料选》，以及公开发表的原华野将领回忆录及电影《红日》等。

按这种说法，当时华东野战军包围了山洞，向洞内扫射，然后进洞搜索，发现张灵甫已倒在血泊之中。

战后，华野首长联名致中央军委的电报原文如此表述：

军委，刘邓：

一、据最后检查证实，七十四师师长张灵甫、副师长蔡仁杰、五十八旅旅长卢醒，确于十六号下午二时解决战斗时，被我六纵特团副团长何凤山当场击毙。当特团何副团长走近张灵甫等藏身之石洞，据师部副官出面介绍为张灵甫等人，现尚在俘官处可证。

二、另查出五十一旅旅长陈传钧、副旅长皮宣猷、五十七旅旅长陈嘘云、参谋长魏振钺、副参谋长李运良、五十八旅副旅长贺翔章、师新闻处副处长赵建功，均被俘，现在野战俘官处生活。

陈粟谭榘

三十日

第二种说法，张灵甫是自杀的。

这是国民党方面历来的版本。主要证据有二：一是两封遗书（也有说法说两封遗书是王耀武伪造的，但张灵甫遗孀王玉龄认为第一封遗书是真的），二是张灵甫的随从参谋杨占春。据他的回忆，是张灵甫强行命令自己的参谋处副处长刘立梓向自己射击。国民党官方的说法是，张灵甫是“把最后一颗子弹留给了自己”（但张灵甫的遗体照片显示，他是前胸中了好几枪，所以不可能是自杀）。

张灵甫

第三种说法最有争议，说张灵甫被俘后，被华野一个负责押解的排长为了报连指导员被杀之仇开枪击毙的。

这种说法的关键证据，源自当时攻击整编七十四师的华野六纵司令员王必成。他在回忆文章《飞兵激战孟良崮》中写道："胜利了，我们的老冤家、死对头，终于被彻底歼灭了。但在庆贺大捷之余，也有点遗憾，那个双手沾满人民鲜血、死心塌地效忠蒋介石的'御林军'师长张灵甫，在被我纵特务团活捉之后，又被一名对他怀有刻骨仇恨的干部给打死了！"

不管怎么说，张灵甫最终还是死了。

虽然是敌人，但毕竟曾是一个抗日战壕里的战友，华东野战军政治部决定将张灵甫的遗体擦洗干净，穿上新衣服，就地掩埋（据王树增的《解放战争》记录，当时解放军花了400块大洋买了上好的楠木棺材，但有当事人回忆，当时用的是楸木棺材）。

被六纵俘虏的整编七十四师军官要求最后与他们的师长告别，经纵队司令员王必成同意，在副司令员皮定均的陪同下，9名整编七十四师的军官在张灵甫遗体旁跪成一圈，泣不成声。

华野战士在张灵甫的坟前立了一块碑，上面写着：张灵甫之墓。然后通过新华社广播播报了张灵甫的埋葬地点，希望张灵甫的家属能到该处收尸。不久之后，张灵甫的棺木就被国民党方面挖走，在南京玄武湖边竖起了张灵甫和孟良崮阵亡将士的纪念碑。

8

整编七十四师被全歼后，蒋介石认为这是内战爆发以来“最可痛心，最可惋惜的一件事”。

为此，第一兵团司令汤恩伯被撤职，整编二十五师师长黄百韬撤职留任，整编八十三师师长李天霞原本被下令“就地枪决”，后来被撤职押送军法处查办。

穿越沂南与蒙阴县界的孟良崮，在两个县的地界内，分别成立了两个景区。

在蒙阴县的景区里的一处石壁上，刻着“击毙张灵甫之地”七个字，石壁下面是不到1米高的缝隙。

按照张灵甫儿子张道宇的说法，“这个景区是假的”，因为那个不到1米高的缝隙，根本藏不进张灵甫的师部以及警卫营。他认为沂南景区那个纵深100多米的山洞才是真的。

但无论如何，当年誓不两立的敌人的毙命处，成了“红色旅游”的景点，应该是张道宇之前没有想到的。

2005年抗日战争胜利60周年，张灵甫的遗孀王玉龄受邀到北京人民大会堂，参加“纪念中国人民抗日战争暨世界反法西斯战争胜利60周年纪念大会”。王玉龄受到时任中共中央总书记、国家主席、中央军委主席胡锦涛的亲切接见，并获得一枚纪念抗战胜利60周年纪念章。

馒头说

某次到广州，我一个人专门去了黄埔军校的旧址。

虽然现有建筑都是后来按比例仿建的，但置身其间，还是能感受到一种扑面而来的英气和热血。

毫无疑问，黄埔军校是对中国近代史产生过重要影响的一座学校，关于它可以写很多东西。但其中最能打动我的一点是：在那个积贫积弱、饱受屈辱的年代，一批又一批中国的有志男儿怀着报国之心，走进这里。在这些同学中，今后会因为信仰不同分成两派，甚至在战场上兵戎相见。但在同一个课堂里学习的时候，每个人的想法都是一致的：尽快学到本领，然后踏上疆场，保卫中国，改变中国。

事实证明，他们走出黄埔军校后，有的成为传奇，有的成为名将，但也有的成为汉奸，身败名裂。那是因为，他们都只是有血有肉的人而已。人都会有血性和热情，也会有优点和缺点。

在过去相当长的一段时间里，有一大批黄埔军校毕业的学生，因为立场和阵营的问题，被我们从人批判成了“鬼”，哪怕他们在抗日战场上做出过重大贡献，也很难得到一个公正的评价。

这几年来，人们的思想已经改观，一批又一批国民党将领的抗日功绩渐渐得到了肯定。但因为之前长时期被压制和贬低，难免会让一些后人产生智商上的受辱感，进而他们需要推举出一个典型，来证明自己所知道的，远比官方想让我们知道的多得多，自己并没有被“洗脑”。

在我个人看来，张灵甫承担的就是这样一个角色，甚至成了一种寄托。

无论哪个阵营，哪种信仰，哪个党派，从来就没有什么“神”或“鬼”。

有的，都只是人，一个个有血有肉的人而已。

读者评论

逍遥王：在抗战中，王耀武的功劳的确高于张灵甫，过分吹捧张灵甫在抗战中的贡献对王耀武不公平。另外，内部不和是国民党的最大顽疾，从建党初期直到现在都是这个样子，甚至在大是大非面前都不能摆正态度。

许先生：一个争议颇多的将领，确有过度宣传之嫌，今天馒头说得细致，一分为二，功就是功，过就是过。我爷爷就是个抗日老兵，后来解放战争中就归属华野，也参加过孟良崮战役。不得不说，粟裕确实棋高一招，分析之准确，判断之精准，哪天单独讲讲粟裕吧……小时侯天天听我爷爷跟我说这场战斗，就记得两件事，被俘虏过来的七十四师士兵一个班最多安排两个人，还有一个就是美械装备之精良。

太2真人：我的外公参加了孟良崮战役，当时，是连指导员。解放军也是损失惨重啊，他所在的连队伤亡到仅剩个位数。幸存者半夜里在破庙里为兄弟们收尸，每人用几尺白布包起来，有的都收不到全尸……一卷白布就是一个家庭的破碎。战争太残酷，没有赢家。

一位孤悬东北的土匪将军

不知道大家有没有发现，在民国史上留下痕迹的那些人，他们的名字本身都透着一种腔调，比如张学良、蒋介石、冯玉祥、吴佩孚……

但有这样一个人，你一看他的名字就会想：这不是一个土匪的名字吗？

没错，这个人本身就是土匪出身，但他做的事情，却值得我们每一个中国人铭记。

1

1931年11月4日，黑龙江省，江桥。

江桥这个地方，准确的称谓，是“嫩江哈尔葛木桥”，800米长，是通向黑龙江省当时的省会齐齐哈尔的必经之路。

这一天的上午，桥面上出现了日本军队。

此时此刻，距震惊中外的“九一八事变”过去才不到两个

马占山

月——但也就是在这短短的时间里，辽宁省和吉林省近40万平方公里的中国国土，已经沦入日本人之手（参看《历史的温度》中的“‘九一八事变’前后的四张面孔”）。

所谓的“东三省”，就剩一个黑龙江省了。

这天上午，率先冲上桥面的，是日军第二师团“嫩江支队”第16联队的第七中队和工兵第七中队，大概400人。

直到踏上桥面，日军仍然没有遭到任何抵抗，这让日军士兵心中悬着的石头终于落了地——看来东北军真的放弃了。

所以当日军接近江桥北岸，迎面忽然射来密集枪弹的时候，他们

江桥抗战遗址

的内心是崩溃的。第二师团师团长多门二郎甚至不敢相信，对面还击的会是中国军队。

“放鬼子进 100 米距离，再给我狠狠地打！”这是桥对面中国守军在开战前接到的死命令。

下这道命令的，是当时的黑龙江省代理主席，马占山。

2

马占山，字秀芳，满族，1885 年生人。

现在已经无从考证，马占山的父母为什么要给他起这个名字。但从他后来的发展经历来看，这个名字还真的很贴切。

马占山出身贫苦，七八岁的时候，给地主家当了个马倌，从此和马打上了交道，练了一手好骑术。

在马占山 18 岁那年，他放马把一匹马给弄丢了，结果被地主送进了官府，被打又被关，还赔了钱。那匹马后来自己跑回来了，但地主就是不退钱。马占山一怒之下，跑到附近的山上，落草为寇，占山为王，当起了土匪。

你看，以马为生，占山为王，“马占山”这个名字，像是度身定做。

1905 年，日俄战争结束，在东北境内的土匪们活动空间也日益狭小。那时已经成为土匪头子的马占山，索性带领兄弟们下了山，接受了朝廷的收编。

被招安后的马占山，从一个哨长做起，跟随吴俊升一路升迁。这个吴俊升是谁？是奉系军阀中的重要人物，一路跟随张作霖，并在皇姑屯跟着张大帅一起挨了日本人的炸弹，共赴黄泉。

哦，对了，吴俊升的外孙女，叫王薇薇，不过说“Vera Wang”可能大家更熟悉一点，著名的“婚纱女王”。

到了 1931 年“九一八事变”爆发之前，马占山已经坐到了黑龙江黑河警备司令的位置。“九一八事变”爆发后，当时的黑龙江省主席万福麟在北平（“九一八事变”爆发时，自张学良以下，东北的主要首脑都不在东北岗位上，且看起来也没打算回去），张学良考虑再三，在 10 月决定任命马占山担任黑龙江省代主席。

张学良起用马占山，确实是有考虑的。一方面，尽管马占山曾面见张学良，坚决反对“不抵抗”，但张学良始终不愿意与日本人正面冲突，甚至认为东北军是自己的“包袱”。但另一方面，老爸留传下来的东三省大好基业，就这么轻易败光，少帅又有点不甘心。

这个时候，让剽悍土匪出身，在东北军里又有根基和威望的马占山来稳一稳阵脚，无疑是一个不错的选择。

于是，马占山这样一个土匪出身的人，就当上了一省主席。

当时，哪怕是东三省以闻所未闻的速度沦落，但从蒋介石到张学良，却一直都在“隐忍”，各方军政大员看两位大佬的眼色，也都是不知所措。只有土匪出身的马占山，根本就不管那么多，在齐齐哈尔就任黑龙江省代主席后，他就当众宣称：

“尔后凡侵入我省者，誓必死一战。”

3

马占山说到做到。

1931 年 11 月 4 日在江桥打响的这一枪，不仅仅是有指挥、有系统的武装抗日第一枪，如果追溯的范围大一点，可以说是世界反法西斯战争的第一枪。

马占山当时一共集结了大约 2 万人的部队，在江桥北岸设立了三道防线，准备和日本人殊死一搏。两个月来目睹国土家乡不断沦陷却被勒令不放一枪的东北军汉子们，也早就憋足了一口气，人人不怕死，个个往前冲。

在这场战斗中，马占山确实显露出了军事指挥的天赋，机枪和步枪的配合（他的部队只有几门落后的山炮），骑兵的包抄和反冲锋等等，各种战术都运用得相当不错。更关键的是，马占山自己亲临一线，枪林弹雨，坚持不退。

但日本军队毕竟还是太凶悍了。

马占山当时的部队

在首攻受挫后，日本军队不断增兵，最后聚集在江桥的日本军队达到了 3 万人，并且配以飞机、大炮以及装甲车。

武器和人数都明显落在下风的马占山部队，从 11 月 4 日打到 19 日，足足坚守了半个月，最终因为伤亡过大，被迫撤出战斗。

但就是这场 16 天的战斗，让全国都知道了“马占山”这个名字。

当时的中国人，天天从报纸上看到国土不断沦丧的消息，忽然冒出一个敢打敢拼的马占山，顿时全国轰动。当时，国内各地报纸都以大字标题报道“江桥抗战”。全国各地群众自动组织慰问团、后援会，捐钱捐物，支援黑龙江省抗战。曾有一位苦工专门跑来捐献 1 块洋元给马将军，他表示自己一个月工资总共 2 元，愿意捐献一半。还有人跑到中国银行，拿出一条金链子，请银行代售捐给马将军。

当时，上海、哈尔滨等地的青年学生纷纷投笔从戎，组织“援马抗日团”，参加抗日队伍。上海的音乐家协会专门谱写了一首《马家军之歌》。

著名的教育家、文学家陶行知先生特意创作《敬赠马占山主席》一诗：“神武将军天上来，浩然正气系兴衰。手抛日球归常轨，十二金牌召不回。”

4

在全国上下一片称赞马占山的声音中，事情却发生了 180 度大逆转：

一家卷烟厂当时还出了“马占山将军”牌香烟

1932 年 2 月，马占山向日本投降了。

关于马占山为什么要投降日本人，至今还有一些争议，但有些客观事实，是很明晰的：

第一，江桥抗战失败后，马占山一路退守，一路抵抗，打得相当艰苦。而从江桥抗战开始，从蒋介石到张学良，虽然口头嘉勉不断，但从来没支援过马占山一兵一卒、一枪一弹。蒋介石始终称马占山是“民族英雄”而不是“抗日英雄”，为的就是避免刺激日本。

第二，到了 1932 年 1 月的时候，孤立无援的马占山和他的部队其实已经撑不下去了，马占山当时面临两种结局：要么被日军全歼，要么部队哗变，作鸟兽散。

第三，从江桥抗战开始，以土肥原贤二（他的故事参见本书《“土肥圆”和“土肥原”》一文）为首的日本人就对马占山不断诱降，马占山不断拒绝。直到最后，马占山以“黑龙江省自治”为条件，答应出任伪黑龙江省主席，但拒绝在协议上落下一笔一字，原因是“我不识字”。

当时“江桥抗战”马占山的宣传画

原来大家心目中的抗日英雄，居然投降了？举国哗然！但还没等大家酝酿好情绪开始责骂马占山，这位土匪出身的将军，又做了一件让日本人瞠目结舌的事情：

1932 年 4 月 1 日，马占山以检阅军队为名，带人秘密逃出齐齐哈尔，宣布重新抗日！

从马占山答应降日，到秘密出逃重新抗日，前后也就一个多月时间。

如果那时候有网络用语，估计很多人会大呼一声：这个弯转得太快！爸爸们的腰都闪断了！

马占山是不是“诈降”？

对此，后世也有一些争议，但同样有两个客观事实不容辩驳：

第一，就在短短的一个多月时间里，神通广大的马占山秘密动用 12 辆卡车、6 辆轿车，将 2400 万元的伪满洲币（相当于 200 万银元）、300 匹战马及其他军需物资运出城外，成为日后重新抗日的重要物资和军饷来源。这和一些当时反复无常的军人有明显区别（比如石友三）。

第二，马占山重新举起抗日大旗后，确实是真刀真枪再次和日本人陷入苦战。因为遭到欺骗，日本关东军在 1932 年 6 月到 7 月间，对马占山部队先后进行了 8 次围剿，都被马占山一一化解。更让人惊叹的是，1932 年 11 月，马占山组织四路大军，反攻齐齐哈尔。

在“九一八事变”过去一年多后，一支孤悬东北的义勇军，居然还有胆量、有血性反攻一个省会城市，居然一开始还打了不少胜仗（后来还是因寡不敌众而失败），这种事情，恐怕只有马占山做得出来。

1932 年 12 月初，弹尽粮绝的马占山，率残部退入苏联境内。

从 1931 年“九一八事变”开始，无论如何，马占山和他的部队，实打实地在东北扛了一年多。

5

在那个战火纷飞的年代，“有枪就是草头王”是颠扑不破的真理。

在诸多实力派军人中，马占山没有因为要保存实力而选择退避，在和日本人拼光了自己的所有家底之后，属于他的时代，其实也已经过去了。

1933年6月，马占山由苏联绕道欧洲回国，抵达上海。48岁的他，依旧壮心不已，回国后就上了庐山，向蒋介石请缨抗日。

没有了自己的部队，他以为自己还能被委以重任。

没有悬念，马占山被蒋介石婉拒了。于是他索性回到天津，做起了寓公。做寓公的日子倒也清闲自在，唯有一件事要费点脑筋——要一直化解日本人对他的暗杀。

1936年，蒋介石忽然电召马占山去西安（其实是准备派他去打内战）。巧的是，马占山到西安的时候，正好发生了“西安事变”。土匪出身的马占山，在这件事的认知上，倒真的超越了他的年轻老上司、受过高等教育的张学良。马占山当时力劝张学良：“国难当头，勿杀害蒋介石！”

1937年“七七事变”爆发，日本开始全面侵华，52岁的马占山再一次奔赴南京请命。在被拖了一个多月后，蒋介石终于任命他为“东北挺进军”司令。但以当时的战局，华北、华东都在迅速沦丧，马占山这个“东北挺进军”司令有多大权力和多少军队，可想而知。

两年后，马占山被国民政府委任为“黑龙江省政府主席”。彼时，中部重镇武汉都已陷落，国民政府迁都重庆，给马占山的这个“主席”头衔，可能连“空头支票”都算不上。

1945年抗战胜利，蒋介石重新起用60岁的马占山，用于和共产党作战。马占山第一次带兵和共产党军队作战，就在平绥路柴沟堡一带被打得大败。不久，就称病避居北平。

1948年底，马占山、邓宝珊和傅作义三人经过多次商议，宣布起义，北平和平解放。

1950年11月29日，前半生金戈铁马、后半生壮志未酬的马占山，因肺癌病逝于北京寓所，终年 65 岁，葬于北京西郊万安公墓。

馒头说

我相信，当时的国民党体系里，肯定有很多人看不起马占山。

原因很简单：土匪出身，目不识丁。

但就是这样一个匪气十足的军人，在民族存亡的关键时刻，却敢站出来，不考虑个人得失，不考虑将来发展，只是毅然履行一个中国军人的职责。

民国时期其实有一些土匪出身的军人或军阀，浑身都是缺点，但在大是大非面前，却是从来不含糊的。其中最有名的，当属“东北王”张作霖。别看他五大三粗，但一直巧妙周旋在俄国与日本之间，不该做的事不做，应该保的国土都保。

是这些土匪更深明大义？更忧国忧民？更热血沸腾？

其实都不是。

他们信奉的道理很简单，往往就一句话：“不能愧对列祖列宗！”

有时候，光这一句话，就够了。

读者评论

明明：目不识丁也只是因为无法选择的出身，但在大是大非上的胸襟、眼界和气节，才是整个人自我的成长和修炼。

乔乔□□□：我爸最爱看《亮剑》，经常是这个台插播广告了，就换那个台看。我也陪爸爸看过一集，印象很深刻，就是双臂尽失的骑兵连连长，还在大喊着骑兵连冲锋，死于马下……泪水就流下来，这种惨烈，这种精神，我辈汗颜。（作者回复：中国重播次数最多的电视剧之一。）

刘莹：江桥就在我家门口，小时候经常在嫩江旁玩耍。可能家乡的很多人都说不清这座桥的历史，只是看它突兀地矗立在那里。虽然只是个引子，但还是感谢您提到了它。说到马占山的土匪出身和他的民族大义，不禁想起了《论语》中的“质胜文则野，文胜质则史。文质彬彬，然后君子”。能做到形式和内容统一的人太少了，如果让我选择，我还是愿意选择前者。

张勋这个人

这个人，总是和两个关键词联系在一起："辫子"和"复辟"。

1

1917 年 7 月 5 日这一天，北京城外的卢沟桥，有两支军队交上了火。

一方，是北洋军阀段祺瑞手下干将曹锟率领的"讨逆军"第三师，另一方，其实也是北洋军，不过他们人人脑后留了一条辫子，统称为"辫子军"。

他们为什么要交火？

因为"辫子军"的统帅张勋，不久前刚在北京城请出了已经退位的清朝皇帝溥仪，宣布"中华民国"下课，"大清王朝"重新上台。

天下震怒。

"张勋复辟"这件事，在民国史上堪称一幕精彩绝伦却又荒诞不经的闹剧。但很多人记住了张勋的荒唐，却未必能回答一些问题：

张勋

为什么张勋有那么大的胆子复辟?

为什么张勋还真的就那么轻易复辟成功了?

为什么真的有这么些人愿意跟着张勋复辟?

为什么张勋好不容易复辟了，却一触即溃?

为什么闯了那么大祸，张勋还得了善终，而且风光下葬?

要回答这些问题，其实很简单——了解张勋这个人就行。

张勋这个人啊，用五个字来形容他，不多不少，正好。

2

第一个字，是“勇”。

张勋，字少轩，江西省奉新县罗塘乡赤田村人，1854 年 10 月 25 日出生。

张勋的童年并不幸福，早年父母就双双离开人世，他是跟着爷爷一起长大的。从小爷爷给他讲的，都是各种忠烈的故事。

1860 年，太平军残部占领奉新县，张勋的爷爷被杀。张勋自此孤苦伶仃，被一许姓退休官员收留，在 20 岁的时候被推荐入伍。正所谓“宁为百夫长，胜作一书生”——当然，“书生”张勋是算不上的，他也只是陪许家少爷念了几年私塾，而且只是爱看忠烈故事。

1883 年，中法战争爆发，张勋跟随湖南巡抚潘鼎新进入越南。张勋阵前不慌，听令到位，颇受潘鼎新赏识（也有人说他照顾潘鼎新也颇为到位），升为六品管带。

1895 年的甲午战争中，张勋在东北率 1000 多名骑兵在大沙岭阻击日军，身先士卒，死战不退，激战三天后成功击退日军的进攻，声名鹊起。“张勋的部队战斗力最强”的说法，开始渐渐流传开来。

1895 年 10 月，袁世凯受命组建“新军”，开始小站练兵，想起了有这么一个打仗不要命的张勋，于是将他招至麾下，给了个营长的职位。

自此，张勋进入了中国当时最大的军事集团——北洋军。

张勋到底有多勇？

1911 年辛亥革命爆发，全国革命党人群起响应。其他省份的清朝将领大多顺水推舟，宣布独立，但当时身为江南提督的张勋却死守南京，面对士气旺盛的革命军“江浙联军”，居然硬碰硬死扛了整整一个月，导致“南京战役”成了整个辛亥革命中最惨烈的战役之一。

所以说，有的人说张勋是平步青云，但一没文化，二没背景，三没钱财的张勋后来能爬那么高，哪有那么容易？

没有点拼命三郎的狠劲，张勋冒不出来。

3

但光有一身勇劲，一个人往前冲，早死了不知道多少次了。张勋能一步步被提拔上来，肯定还有他其他的特点。

那就是第二个字：义。

张勋带兵其实未必有什么谋略，但他讲义气。举两个例子。

中法之战的时候，张勋立了战功，广西提督苏元春赏了他两坛好酒。第二天，张勋手下的士兵在一条小溪中洗澡，忽然发现溪水酒香扑鼻，一看，是张勋命人在小溪上游将两坛酒都倒入溪水中，让手下这支部队都在酒香中洗个舒服澡。

甲午之战的时候，张勋亲自率卫队督战，一名士兵左臂动脉血管被打穿，张勋跳下马来，从自己兜里拿出皇上御赐的鼻烟壶，敲碎，将里面放的一些名贵药材敷在士兵伤口上。旁边人惊呼："这鼻烟壶可是御赐啊！"张勋骂道："妈的什么御赐！救人要紧！"那名士兵大为感动，立刻挣扎着又要返回前线。

张勋待手下的官兵很好，从不克扣粮饷，所以他的部队非常稳定，甚至出现父子兵同时在他部队服役的情况（但后来发展过头，张勋对部下极为纵容，所以张勋部队日常的军纪非常差，对老百姓奸淫掳掠时常发生）。

张勋对老家也很好。他发迹之后，只要是老家赤田村的老乡，张勋每家奉送大瓦房一座。当时在北京求学的江西籍学子，张勋都会给予奖学金，如果是奉新县出来的大学生，张勋将他们的吃穿用全包。江西省第一任省长邵式平，共产党的方志敏、张国焘、许德珩等都曾受到过张勋的资助。而对当年收养他的许家，张勋一生感恩，许家的人一律安排得很好。

还有就是哥们儿义气了。

张勋不是北洋武备学堂出身，而是以"经验丰富的基层军事干部"进入袁世凯的北洋体系的，所以相对于段祺瑞那批核心圈子而言，他并不是嫡系。

虽然没进核心圈子，但张勋为人豪爽，对待诸位兄弟挥金如土，又讲义气，再加上年长几岁，所以那批北洋将领都尊称他一声“老大哥”。

至于他后来真的以为自己是“老大哥”，那就是另外一回事了。

4

有勇有义，张勋是不是还缺了个什么？

没错，那就是第三个字：“忠”。

这个“忠”字，可以说影响了张勋的一生。

之前就已说过，童年时的那些忠烈故事深深影响了张勋，所以他入伍后又勇又忠，也是他晋升很快的一个重要原因。

不过，他既然进入的是袁世凯的北洋集团，就应该对袁世凯忠心耿耿，怎么对大清王室如此肝脑涂地呢？

这还是得怪袁世凯。

1900 年，八国联军打进北京城，慈禧带着光绪仓皇出逃，后来发现洋大人们没打算治她的罪，所以又班师回朝。负责接驾回京的，就是张勋——他是被袁世凯派来执行这个任务的，当时还只是个团长。

能有机会服侍当今圣上和比圣上还“圣上”的太后，那还了得？

张勋一路上鞍前马后，照顾得无微不至，晚上亲自为慈禧站岗，给慈禧留下了良好印象。慈禧是何等人物？国难当头，最难找的就是忠勇之人，所以慈禧也一直对张勋多有奖赏，让张勋受宠若惊，从此以能护卫皇室为荣。

1908 年，光绪和慈禧在两日内相继归西，据说张勋长跪痛哭整日，两次流出的眼泪都是血水。

1911 年，57 岁的张勋被任命为江南提督，虽然这一年大清王朝即将走向终点，此时的一个“提督”与以前的“提督”分量不可同日而语。但对于平民孤儿出身，能在短短时间内就升任到“提督”一职的张勋而言，那也是万分荣耀的大事。

所以，武昌起义后张勋率部死守南京，固然说明他的勇，也说明了他的忠——他必须要效忠清王朝，因为那是曾给予他一生荣耀的恩主。

南京战败，张勋退入徐州，从此割据一方。作为为数不多的他还能做的效忠行为，他命令自己的部队一律不许剪辫子。

所以，张勋的部队，在那时候被称为“辫子军”，而他自己，被称为“辫帅”。

张勋手下的“辫子军”

5

如果说张勋只有“勇”“义”“忠”三个字，那他这辈子，就在徐州念叨着“皇恩浩荡”，也就过去了。

但他偏偏还有第四个字：“妄”。

张勋的这个“妄”，不仅影响了自己，也深深影响了中国近代史。

先来看看当时的背景：1917 年，袁世凯死后留下了巨大的权力真空，握有实权的“北洋之虎”段祺瑞把徒有虚名的“大总统”位置让给了黎元洪，自己占了国务院总理的位置。

黎元洪（左）和段祺瑞

一个占了法统，一个领了实权，著名的民国“府院之争”（总统府和国务院）由此展开。结果为了是否要参加第一次世界大战向德国宣战，两股势力彻底闹掰，段祺瑞宣布辞去总理职务（他支持宣战）。

明眼人一看就知道，这两个人背后都有多股势力在博弈，水深得很。但有一个人就敢大大咧咧地站出来：你们都别吵了，都听我的吧！

这个人，就是张勋。

张勋一非北洋嫡系，二非北洋军阀里实力最强的（手下一共只有 2.5 万人左右），三非北洋军阀里官最大的（也就算是个“安徽督军”），但他就敢当这个“老大哥”，敢在徐州召开四次各省督军会议，最后还敢当上一个“十三省督军总盟主”。

然后，他就以“总盟主”的身份，向北京发出声音：都别吵了！让我来调停吧！

你说张勋是真的傻？他可不这么认为，他有他自己的如意算盘：借“调停”之名进到北京，迎出溥仪，恢复大清！

但他还真的是傻：他总觉得他的这点小九九，人家都不知道，就算知道，也都是拥护的——皇恩浩荡，谁不念恩？

他把自己的想法，在徐州和自己的那些“生死兄弟”——各省的督军——都交了底，大家有的默不作声，有的唯唯诺诺，有的笑而不语。其中有一个人，就动了心思。

这个人叫徐树铮，他是段祺瑞的心腹谋士，在民国也是响当当的一号人物。他当过国务院秘书长，是外蒙古当时回归中国的关键人物，后被冯玉祥派人枪杀。

在段祺瑞看来，张勋要复辟，简直是痴人说梦。但徐树铮劝住了他：千万别阻止这位“老大哥”！

这就是张勋“妄”的地方——他以为他的忠义大旗一举，天下肯定群起响应！

但他根本料想不到，人家不会响应还罢了，还准备把他当棋子用。

1917 年 6 月 30 日，张勋率 5000 名“辫子军”进京“调停”所谓的“府院之争”，屁股还没坐热，7 月 1 日凌晨 3 点，就进了紫禁城内的养心殿，对着当时 11 岁的溥仪三跪九叩，恭请“皇上复位”。溥仪在师傅陈宝琛的教导下，先是推辞了一次，然后“勉为答应”，宣布“共和解体”，自己“亲临朝政”。

随后，被封为“议政大臣”兼“直隶总督”兼“北洋大臣”顺带还被封了个“忠勇亲王”的张勋通电全国，宣布共和国解体，各地应该重新悬挂黄龙旗。

张勋在复辟前请来了之前在海外流亡的康有为一起造势。复辟之后，康有为满心以为自己会受封“内阁大学士”，结果清朝皇室认为本朝没出过不长长胡子的大学士，据说康有为专门去买了生发胶水涂抹。后来张勋封了康有为一个弼德院（相当于一个顾问机构）副院长，康有为大为不满，痛骂张勋。张勋知道后反骂康有为：他什么事情都没做，就想捞个大官，哪有那么便宜的事情？

这一通电，民众果然如同张勋想象的那样“沸腾”了：当时李大钊直接就离开北京去了上海，鲁迅立刻去教育部辞职表示抗议，孙中山开始在南方组建军队准备讨伐，黎元洪死也不肯接受“一等公”的封爵，躲起来了……

当然，段祺瑞可不会躲，他正掐着秒表等着张勋复辟呢。

张勋复辟通电一出，段祺瑞立刻开始行动：7 月 3 日在天津马厂誓师，组成讨伐张勋的“讨逆军”，7 月 4 日发布“讨逆檄文”，7 月 5 日直接开到北京附近与“辫子军”交上了火。

面对全国上下一片反对声，张勋惊了：你们当初不都是默认的吗？尤其是这个段祺瑞，怎么说翻脸就翻脸了？

张勋复辟后的北京城，又挂起了黄龙旗

段祺瑞可不管这些。7 月 5 日两军开始交火，仅仅一周，“辫子军”就全线崩溃，不少张勋的士兵是自己割了辫子去投降了。

张勋一开始还死撑着在自己的宅子里不肯撤，依靠亲卫队做最后抵抗。段祺瑞吩咐人打一排空心炮弹进去，但里面放一颗实弹。

一发炮弹响，张勋决定放弃抵抗，躲进了荷兰使馆。

溥仪皇帝随即又宣布退位。

整个复辟行动，前后加在一起，一共 12 天。

6

最后就要说说张勋的第五个字：“运”。

“运”就是运气，张勋这人，运气真的不错。

有人可能会说，张勋复辟失败了，还叫运气不错？那是运气太差了啊！

拜托，什么叫运气差？就是做一件事差一点点成功了，最后功败垂成，才叫运气差。张勋的整个复辟行动，从头到尾，就不可能成功，和运气又有何关系？

张勋一生的运气，在于他娶了一个好老婆。

张勋一生好色，纳过 10 个妾，但始终对“正室”恭恭敬敬，因为那是他落魄时的发妻。他的这位妻子叫曹琴，和张勋共过患难，张勋一直对她言听计从。

但是，在复辟这件事上，张勋和自己老婆闹了别扭。筹划复辟的那段时间，张勋整天与人密谋，而曹琴每天都在反复劝他这件事千万做不得。

据《复辟始末记》（上海文艺编译社出版，1917 年）的记载，在被张勋训斥了好几次之后，曹琴就派了自己一个最靠得住的侄子，拿了 30 万两银票，去广州拜会了孙中山，表示这钱是送给他支持革命的——她在为张勋留后路。

复辟失败后，北洋军阀倒也没拿张勋怎么样——说穿了，大家都知道他只是一个愚忠的妄人，只是对他监视居住。1918 年，代总统冯国璋宣布特赦张勋，从此他又恢复了自由，不问政事。

但恢复了自由后，没钱怎么生活？这又要靠他老婆曹琴了。

曹琴极其精明能干，特别会投资理财，她把张勋的那些积蓄盘得风生水起。张勋晚年生活在天津，他名下独资或投资经营的当铺、电影公司、银行、钱庄、金店、工厂、商店等企业有 70 多家，资产超过 5000 万元。

在天津的张家，用人不下百余，花匠、木匠、厨子、司机、丫鬟、仆人等分门别类，每天张勋吃的、用的、抽的，无不精细奢华。张勋喜欢看戏，每年三节两寿，张家总要搭台唱戏，各路门客、食客拜访，门庭若市。

1922 年，张勋做七十大寿（提前做寿），京剧界数得出的名角，如杨小楼、梅兰芳、余叔岩等人，在 80 多岁的京剧界老前辈孙菊仙的带领下，到天津的张家花园给张勋祝寿。光孙菊仙的出场费，张勋就甩出了 600 大洋，把孙菊仙感动得老泪横流：“懂戏者，张大帅也！知音者，张大帅也！”

张勋晚年抱着小妾给他生的儿子

1923 年 9 月 12 日，张勋因病在天津逝世，终年 69 岁。逊帝溥仪赐谥“忠武”。

有意思的是，虽然是“复辟闹剧”的“总导演”，但张勋逝世后，政界闻人和文化名流纷纷致电哀挽，祭文、哀诗和挽联不计其数，无论是黎元洪还是段祺瑞，冯国璋还是张作霖，都对他的“忠”大加赞美。

张勋的葬礼据说耗费 10 万大洋，灵柩最后被运回老家江西奉新安葬，无数江西百姓自发相送，成为当年在江西地方上最为轰动的大事之一。

当然，张勋还是带着他的那根辫子下葬的。

馒头说

张勋复辟那 12 天前后的北京城，真是挺有意思的。

先是街头巷尾都在传：“大清朝又回来了！”那些大清遗老都兴奋地走上街，开始庆祝。全城有两类店的货物立刻卖到脱销：一类是卖黄龙旗的，一类是卖假辫子的。

据说假辫子后来能卖到三两银子一条，还买不到。黄龙旗最后卖完了，很多人就拿了纸糊的黄龙旗挂在门口敷衍了事。

然后，12 天一过，情况又逆转了。

街头巷尾都在传：“大清的皇帝又退位了！”然后那些大清遗老又都消失得无影无踪，满大街的黄龙旗又都被拉了下来，马路上到处是被人踩在脚下、没人肯捡的假辫子。

清末民国的怪儒辜鸿铭，精通九国语言，可以说是学贯中西，但他一直留着辫子不肯剪。

他到北大上课，因为留辫子被不少学生嗤笑，辜鸿铭说过这么一句话：“我头上的辫子是有形的，但你们心中的辫子是无形的。”

这句话，不仅当时适用，可能放到今天都适用啊。

读者评论

江南烟雨：张勋“忠”也好，“义”也罢，终是逆潮流而动、违民族之大势。如果活得长些，抗战时代才是真正检验他人品的时候……（作者回复：那他绝对不会做汉奸的，这我相信。）

Grace：“我头上的辫子是有形的，但你们心中的辫子是无形的。”看到这，突然想起了鲁迅先生，小时候被放进课文的鲁迅我读不懂，现在再看，愿我们都成为没有辫子的自己。

Chris同学：张勋简直就是中国传统旧式军人的典范啊！拿中国传统的“孝、悌、忠、信、礼、义、廉、耻”衡量他，真是这个标准下的产物啊！

陈建泽：文中提到张勋复辟好像是被人利用，他的复辟对段祺瑞来说有什么好处吗？（作者回复：段祺瑞本来已经辞职离开北京了，张勋攻入北京，赶走了黎元洪，然后段祺瑞打败张勋，以“三造共和”的姿态出现。黎元洪引咎辞职，段祺瑞重新回到权力舞台。）

或许我们长大后，才能读懂他的童话

在我们的印象里，所谓童话，总是王子和公主过上了幸福的生活。

但是，他改变了我们的认知。

1

在丹麦哥本哈根的长堤公园，有一座举世闻名的铜像。

这个铜像，不是将军，不是伟人，而是一尊小美人鱼。

这尊小美人鱼，是一位作家笔下的一个虚构形象。很多国家都有自己伟大的作家，但很少有一个国家，能直接被人与一个作家的名字关联在一起——

丹麦，安徒生。

2

1805 年，安徒生出生在丹麦欧登塞镇的一个鞋匠家里。

安徒生

和当时欧洲的很多小镇一样，欧登塞镇是一个相对封闭的地方，那里的居民相信上帝，也相信女巫，更相信各种流传的神秘故事。在长辈们口耳相传的各种神奇鬼怪故事里，安徒生从小就被埋下了一颗对世界充满想象和好奇的种子。

安徒生的家里相当贫困，以至他的鞋匠父亲在1813年参加了军队，努力去多挣几个钱。当时丹麦和法国是盟国，安徒生的父亲成了伟大的拿破仑皇帝——虽然已是强弩之末——的雇佣军中的一员。但是，父亲显然没有享受到神圣法兰西帝国的荣光，两年后，他带着一身疾病回到了家里，很快就去世了。

安徒生的母亲从此挑起了生活的重担，但她没有别的技能，只能帮人家洗衣服。冬天刺骨的寒风和冰冷的河水，逼得安徒生的母亲只能靠喝两口酒来御寒。但这在"体面人"的眼里，是一种相当粗俗的行为，镇上的人开始议论纷纷：这是个嗜酒如命的女人。

这段给安徒生童年留下深刻印象的经历，成了他后来的童话《她是一个废物》的原型。在童话的结尾，那位喝酒的洗衣妇最后死在了冰冷的河水中，流着眼泪的儿子问妈妈的朋友："人们说她是一个废物，这是真的吗？""不，她是一个非常有用的人！"

生活的巨大压力，使得安徒生11岁就到工厂当起了童工。在工厂里，孱弱的安徒生既没有力气，又没有技能，但在工歇的时候，他的一项天赋让比他大得多的工友们啧啧称奇——他清澈嘹亮的嗓音。

安徒生的歌声使得他在工厂里变得小有名气，也使幼小的他改变了自己的志向——妈妈原来安排他去做一名裁缝，但他立志要成为一名舞台上的歌剧演员。

经过一场激烈的争辩乃至争吵之后，无奈的母亲最终同意自己 14 岁的儿子独自前往首都哥本哈根，去实现自己的梦想。

1819 年，高瘦的安徒生揣着 30 个银毫子上路了，随身携带的还有他心爱的木偶，那是爸爸在他童年时给他做的。他对自己的未来充满信心，他许下誓言：

> 那时候，在一些地理书中，在欧登塞的名字下，将会出现这样一行字：一个瘦高的丹麦诗人安徒生在这里出生！

当然，那时候他自己不会知道，何止欧登塞，何止哥本哈根，何止丹麦，全世界后来都记住了他的名字。

在哥本哈根市政厅建筑物对面，立着安徒生的铜像

3

如你们所料，安徒生在哥本哈根发展得并不理想。

他想去演歌剧，但没有一个歌剧院的经理愿意要他，他想去学芭蕾，同样吃到了一次次闭门羹。好不容易进入了意大利著名歌唱家希伯尼教授开办的歌唱培训班，但突如其来的一场大病，毁了他的声线——他再也不能唱歌了。

于是，安徒生决定开始写作。

虽然安徒生没有受过良好的教育，但他从小熟读莎士比亚的作品，对文字有一种特殊的感觉。1822年，安徒生的剧本《阿尔芙索尔》引起了哥本哈根评论家们的注意。这部作品粗糙，韵律错误极多，还有不少语法错误，但有很多新奇的构思和想法。

因为这个剧本，17岁的安徒生获得了免费就读教会学校学习拉丁

《打火匣》的插画。我个人非常喜欢这一版本的所有插画（《安徒生童话》，少年儿童出版社，1986年，叶君健译）

文的机会，并在 1828 年升入了哥本哈根大学。

真正让安徒生成名的，是他在 1835 年发表的长篇小说《即兴诗人》。这部小说成了安徒生成人文学的代表作，并为他后来申请到了国家非公职人员津贴。

也正是在那一年，安徒生还出版了一部童话集。

时至今日，没有多少人知道《即兴诗人》到底写了什么，但几乎每个人都熟悉安徒生第一部童话集中收录的四部作品，它们是《打火匣》《小克劳斯和大克劳斯》《豌豆公主》《小意达的花儿》。

这实在是一件让人庆幸的事：一部长篇小说并没有引起安徒生太大的兴趣，而四篇童话让他从此找到了自己人生的方向。

就在那一年的元旦，30 岁的安徒生在给一位朋友的一封信中这样写道："我现在要开始写给孩子们看的童话，你要知道，我要争取未来的一代！"

很好。再见吧，成人文学作家安徒生。

欢迎！童话作家安徒生。

4

安徒生的童话创作经历，明显可以分为三个阶段。

第一个阶段，是 1835 年到 1845 年这 10 年，也就是安徒生从 30 岁到 40 岁的阶段。在这一阶段，安徒生的童话，虽然已经有了不一样的东西，但基本还是沿着传统童话的老路子：《打火匣》《小意达的花儿》《拇指姑娘》这类童话，明显集合了探险、英雄、幻想、植物和动物的拟人化等各种要素。

当然，安徒生这一阶段的童话，已经让人耳目一新。

其中有一个很重要的因素，就是一些其他童话里很少见的描写，在这一阶段的安徒生作品中开始表现出来。且不说用意明显的《皇帝的新装》《豌豆公主》这类童话，哪怕只是以讲述冒险和奇遇的《打火匣》或《小克劳斯和大克劳斯》，也不忘来上几句讽刺——有钱就有朋友、没钱就没朋友的士兵，以及背了个装人的袋子准备去沉河，却以为去教堂读了首圣诗就会有好报的大克劳斯。

第二个阶段是1845年到1852年，安徒生的笔法明显开始写实起来。《影子》《母亲的故事》这类作品，浪漫主义的成分开始减少，写实的手法开始增多。代表作之一《卖火柴的小女孩》，虽然是童话，却又如此写实，描述可以如此华美，结局却如此凄凉。

第三个阶段，是1852年之后。到了这个阶段，与其说安徒生在创作童话，倒不如说他其实就是在写一个故事。《柳树下的梦》《单身汉的睡帽》这类作品，都是一个个故事。像《她是一个废物》这样的作品，你真的很难称之为“童话”了。

《拇指姑娘》的插画

《豌豆公主》的插画

这当然和安徒生一生的经历，有着很大的关系。

他那绝对称不上幸福的童年、拼搏的青年，以及，他从没有得到过的爱情。

5

安徒生一度被怀疑在性取向上和普通人不一样，因为他终身未娶。

但事实是，种种迹象表明，安徒生其实一直渴望与异性的爱情。

从 25 岁到 38 岁，安徒生其实爱慕过很多女性。这些女性的出身都很不错，有丹麦皇家剧院院长的女儿、著名物理学家的女儿、瑞典伯爵的女儿、瑞典著名女歌唱家等。

那为什么安徒生终身未娶？

按他自己的说法，是自己“又丑又穷”。

安徒生

关于安徒生的相貌，是一个仁者见仁、智者见智的问题。有人认为他长得确实难看，但也有人认为安徒生并不丑，甚至“越长越漂亮”，比如丹麦画家克里斯蒂安·萨特曼在他的回忆录中说，安徒生“有一副令人印象深刻的漂亮外表”。而且，安徒生身高 186 厘米，典型的身高马大。

那么穷呢？30 岁起，安徒生就出版了让他成名的小说《即兴诗人》以及第一部童话集，在他享有国家津贴的同时，每年出版的童话的稿费，虽不至于让他大富大贵，但过小康日子是绰绰有余的。

也有人猜测，是安徒生的一次童年经历，给他留下了巨大的阴影。童年的安徒生有一次去祖母干活的老人收容所里玩，看到了一个精神失常的裸体女人向他冲过来，把他吓得半死。

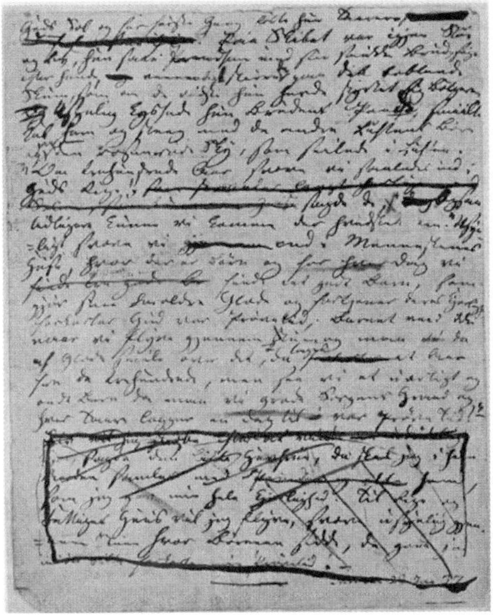

《海的女儿》最初的手稿

在安徒生 27 岁时写的一部自传里，他提到过“对超过 20 岁的女孩总会有一种难以名状的厌恶感，和她们在一起，我真的会发抖”。这也可能是他后来所爱慕的对象，都比他小 10 岁甚至 15 岁的原因之一。

安徒生在临终前不久，曾说过这样一段话：“我为自己的童话付出了巨大的，甚至可以说是不可估量的代价。为了童话，我拒绝了自己的幸福，并且错过了这样的一段时间，那时，无论想象是怎样有力、如何光辉，它还是应该让位给现实的。”

他为何拒绝幸福，拒绝了怎样的幸福，至今人们还是不太清楚。人们只是知道，《海的女儿》这部作品，其实投射了安徒生对爱情的看法和期待，以及他对爱情的惶恐。

在这部作品中，他并不是那位王子，而是那个小小的、不为人知的美人鱼。

6

安徒生的作品，很多都投射了自己的影子。

众所周知的《丑小鸭》便是其中之一。而更完整、更透彻的，是他晚年的作品《幸运的贝儿》。

这是一篇长达 183 页的童话（原始版本），作为单行本在 1870 年出版。在这个童话里，主人公贝儿出生在一个贫苦的家庭里，父亲是仓库看守人，母亲是洗衣工。贝儿通过自己顽强的奋斗和拼搏，最终实现了成为一名歌唱家的梦想。在一次赢得所有人的掌声和认可的演出后，贝儿死在了舞台上。

童话的最后一段描述是这样的：

“死了！”这是一个回音。在胜利的快乐中死了，像索福克勒斯在奥林匹亚竞技的时候一样，像多瓦尔生在剧院里听贝多芬的交响乐的时候一样。

他心里的一根动脉管爆炸了；像闪电似的，他在这儿的日子结束了——在人间的欢乐中，在完成了他对人间的任务以后，没有丝毫苦痛地结束了。他比成千上万的人都要幸运！

毫无疑问，这是安徒生自己一生的投射，而贝儿的归宿，是他所认为的最完美的人生结局。

不过事实上，安徒生死得很平静。

1875 年 8 月 4 日，他在一个商人朋友家喝完了早茶，在床上静静地躺着，去世了（一说是患了肺癌）。

在去世前不久，安徒生对准备为他谱写葬礼进行曲的乐师说：

给我送殡的人，多数都会是小孩子。进行曲的节拍，最好配合细小的脚步。

馒头说

很幸运，妈妈在我刚识字的时候，就给我买了本《安徒生童话》，叶君健先生的译本（叶先生曾被丹麦女王授予“丹麦国旗勋章”，《安徒生童话》有80多种文字译本，叶先生是唯一一个受此奖励的译者）。

但同时也有点“不幸”，我在本该读“王子和公主从此过上了幸福生活”的年纪，读到了安徒生的童话。

那个年纪的我，完全不想看第二遍《海的女儿》，因为那太悲伤了，也不喜欢《卖火柴的小女孩》，因为太凄惨了。

我不能理解为什么那个坚定的锡兵，最后要被熔化得只剩一颗心；也不知道那个垫了二十层床垫的公主，为什么就是真正的公主；小意达的花儿们啊，你们为什么第二天就真的会变得更加枯萎？

至于《丑小鸭》，我曾得意地认为自己找到了可以嘲笑安徒生的理由：得了吧，和努力有什么关系？你能成为天鹅，那是因为你本来就是只天鹅啊！而那篇《红舞鞋》，我的天哪！这是恐怖小说吧?!

是的，那时候，真的不太懂安徒生的童话。

随着渐渐长大，再读安徒生，真的会有完全不同的感受。

小美人鱼的憧憬与泡沫，小女孩的幻象与火柴，锡兵的坚定与牺牲，这些在现实的社会中我们都曾遭遇，甚至更伟大、更凄美、更震撼、更残酷。

小时候，我们感受到了安徒生的真实，甚至“残忍”，但其实，我们也在不知不觉中，被他作品中的浪漫、勇气、顽强、坚定所感染。丑小鸭真的只是因为自己的出身吗？并不是。“天鹅”只是一种象征和比喻，不是隐喻你爹是谁，而是隐喻你自身的才华和能力、信念和决心。

我自己还是挺感谢安徒生的。

在我们幼小的时候，他用童话，给我们打开了一扇成人世界的窗。

在我们长大面对真实的社会之后，他又用童话，给我们留下了一道保持初心的门。

读者评论

瑞雪：我小时候有一个疑问，为什么好多童话里皇后都死了，然后小公主的悲剧就开始了。其实童话里都是骗人的，现实也许残酷，但并非不可战胜！安徒生的牺牲在于他以一种近乎刻意拒绝幸福的姿态，写出了这么多引人思考的故事。

Youyl：长大后还会感动，才能看懂的童话！喜欢他故事里淡淡的忧伤和浓郁的爱，最爱《海的女儿》和《沼泽王的女儿》，像我们自己的生活，弥漫着忧伤与无奈，但不能放弃对生活的热爱，对处在低谷期的自己喊声加油！

帮主：我的父亲和叶君健爷爷的儿子是好朋友，所以我小时候经常去叶爷爷家玩。那是一位亲切温和而睿智的老人。令人遗憾的是，经历了多次搬家，我竟没有留下一本《安徒生童话集》。

鲁迅背后的两位女性

对于爱情来说，有一个很无奈的结局，叫“有实无名”。

对于婚姻来说，有一个很悲剧的状态，叫“有名无实”。

这两种状态，无论过去，现在，还是将来，似乎一直都存在。

1

1968 年 3 月 8 日，中南海钓鱼台。

北京卫戍区司令员傅崇碧亲自带队，带着副司令员刘光甫、副政委周树青和秘书冯正午，当着江青的面，打开了 4 个大箱子。

箱子里，装的是之前离奇“失踪”的全部鲁迅手稿。

经查，这 4 箱手稿是江青私自让戚本禹从文化部调取过来的。找到这 4 箱手稿，终于让傅崇碧等人松了一口气（他本人后来因此事被江青打击报复，引出军队体系一场大风波）。

但就在 5 天前，有一位女士却已经因此事而逝世。

因为在发现鲁迅手稿失踪后，她心急如焚，连夜写信给周恩来，要求彻查真相。在送这封信的过程中，她心脏病突发逝世，享年 70 岁。

这位女士，就是鲁迅的伴侣，许广平。

2

故事，还是从 1898 年说起吧。

这一年的 2 月 12 日，许广平出生在广州的一个士大夫家庭里。

说许广平“家世显赫”，应该是没什么问题的：其祖父许应骙被慈禧太后认作干儿子，获赐可在宫中骑马，官至浙江巡抚（相当于浙江省省长）。

及至许广平父亲一辈，家道中落，但广州许家，依旧是名门望族，家里英才辈出：反英军入广州城斗争的功臣许祥光、有“许青天”之称的许应鎔、廉洁清官许应锵、辛亥革命元老许崇灏、有“铁血将军”之称的东征名将许济、红军名将许卓、著名教育家许崇清等。

许广平

其中大家最熟悉的，可能是许崇智。作为民国前半段绕不过去的名人之一，许崇智是黄埔军校的创立人，也是粤军总司令。他是许广平的堂兄。

许广平的父亲许炳榼是庶出，在许家这个大家族中地位不高，一生也没取得功名。不过这反而让许炳榼比较开明，传递到女儿许广平身上，倒成了一件好事——在那个时代，许广平居然被允许像男孩子一样读书、上学，甚至可以不缠足。

这也对许广平的性格产生了重大的影响。

1918 年，许广平考入天津“直隶省立第一女子师范学校”本科。一年后的 1919 年，许广平积极投身“五四运动”，任天津女界爱国同志会会刊《醒世周刊》编辑，发表了许多关于妇女问题的意见。1922 年，在短期担任小学教师之后，许广平考入了国立北京女子高等师范学校国文系（1924 年改名“国立北京女子师范大学”）。

也就是在那里，她遇见了鲁迅。

3

1923 年 7 月到 1926 年 8 月，鲁迅在该校兼任国文系讲师，讲授中国小说史。

当时习惯坐在第一排听课的许广平，后来这样回忆第一次见到鲁迅时的情景：

突然，一个黑影子投进教室来了，首先惹人注意的便是他那大约有两寸长的头发，粗而且硬，笔挺的竖立著，真当得“怒发冲冠”的一个“冲”字。一向以为这句话有点夸大，看到了这，也就恍然大悟了。

褪色的暗绿夹袍，褪色的黑马褂，差不多打成一片。手弯上，衣身上许多补钉，则炫著异样的新鲜色彩，好似特制的花纹。皮鞋的四周也满是补钉。人又鹘落，常从讲坛跳上跳下，因此两膝盖的大补钉，也遮盖不住了。

……

没有一个人逃课，也没有一个人在听讲之外，拿出什么东西来偷偷做。钟声刚止，还来不及包围著请教，人不见了，那真是“神龙见首不见尾”。许久许久，同学们醒过来了，那是初春的和风，新从冰冷的世间吹拂著人们，阴森森中感到一丝丝的暖气。不约而同的大家吐了一口气回转过来了。

一开始，许广平和鲁迅只是师生关系。这样的关系，维持了一年多。

1925 年 3 月 11 日，女子师范大学发起了反对校长杨荫榆的学潮，作为学生自治会总干事的许广平，正是学潮中的骨干。为了寻求理解和支持，探讨中国女子教育的前途，许广平主动给鲁迅写了第一封信。

这封信，连同后来的 134 封两人之间的来信，被编为《两地书》。

通信一个多月之后，在 4 月 10 日的一封信中，许广平的署名已经是“小鬼许广平”了。而在 4 月 12 日拜访过鲁迅居所之后，在 16 日的信中，许广平已经用了“‘秘密窝’居然探检过了！”这样的语气。

鲁迅

可以看出，这样的语气和通信氛围，已经慢慢超越了师生之情。

1925 年 10 月 20 日晚，在鲁迅寓所的工作室里，鲁迅坐在靠书桌的藤椅上，许广平坐在鲁迅的床头，许广平握住了鲁迅的手，鲁迅同时也向许广平报以轻柔而缓缓的紧握。

鲁迅对许广平说："你战胜了！"

许广平羞涩一笑。

27 岁的许广平和 44 岁的鲁迅终于走到了一起。

4

1927 年 10 月 8 日，鲁迅和许广平来到了上海，住进了景云里 23 号。

但是，两个人没有住在一起。

在景云里，鲁迅住二楼，许广平住三楼。而且，鲁迅二楼的住处，放的是一张单人床。对外，鲁迅一直说许广平是帮助自己校对文稿的助手。但是，大家都看得出来，助手不仅住进了鲁迅家，而且亲朋好友宴请鲁迅时，都会同时邀请许广平——鲁迅的一些学生，其时已经开始称许广平为"师母"了。

鲁迅为什么还要那样做？

于是，就要说到另一位女性，朱安。

朱安也出生在一个官宦家庭，父亲做过县令一类的官。但没有许广平那样幸运，朱安的家庭非常守旧，完全是按照一个旧式女子的规范，去培养朱安的——如果还能用"培养"两个字的话。

据朱安自己的回忆，小时候缠足，她疼得大哭，但母亲告诉她："好人家的女儿都是要缠足的！"等到要读书的年纪，父亲又告诉她："女子无才便是德，好好的女孩子，读什么书，那些诗词唱曲的，没的把心念野了。"

所以，朱安没有上过一天学，识字也不多，她所需要做的，就是乖乖地学些女红、烹饪等持家的活计，做大家眼里的"好人家的女子"。

朱安

很快，朱安就到了适婚年纪。朱安的和顺恭谨是出了名的，于是周家老太太就将她定为自家的儿媳。周家虽然家道中落，但在当时也算是体面人家，所以朱家也是同意的。

在整个定亲过程中，两家人征询了不少人的意见，但唯独没有问过未来的新郎和新娘的意见——他们甚至根本就不知道对方的存在。

1906 年 6 月，当时在日本仙台留学的鲁迅，忽然接到母亲的来信，说是病重，让他速速返国。鲁迅一回到家，却发现家里张灯结彩，原来，母亲把他骗了回来，是为他安排娶亲。新娘，就是朱安。

多少有些出乎大家的预料，婚礼时，鲁迅没有半点反抗，他戴上假辫（因留日后他已剪去辫子），带了红缨大帽，按照当地仪式，在新台门的神堂上，与朱安双双拜了堂，然后任由人扶着，去了新房。

只是那个新婚之夜，鲁迅通宵达旦地看书。第二天，就搬到母亲的房里睡了。再过数天，就回日本继续求学去了。

后来，鲁迅对好友许寿裳这样解释自己的行为："这是母亲给我的一件礼物，我只能好好地供养它，爱情是我所不知道的。"

按照鲁迅的解释，他这样做，一是为尽孝道，他甘愿放弃个人幸福；二是不忍让朱安做牺牲，在绍兴，被退婚的女人，一辈子要受耻辱的；三是他当时有个错觉，在反清斗争中，他大概活不久，因此和谁结婚都无所谓。

在许广平进入鲁迅的生活之前，鲁迅就和朱安做了 20 年"名存实亡”的夫妻。鲁迅一直在外，朱安就一如传统的绍兴太太般地做着家务，奉养着母亲。

5

但是，许广平的出现，不可能不引起朱安的内心波动。

在鲁迅和许广平在上海定居后，朱安租住的砖塔胡同“二房东”之一俞芳，曾这样回忆自己和朱安的一段对话：

俞芳对朱安说：“大先生和许广平姐姐结婚，我倒想不到。”

朱安回答：“我是早想到了的。”

俞芳问：“为什么？”

朱安回答：“你看他们两人一起出去……”

俞芳问：“那你以后怎么办呢？”

朱安说了一段这样的话：“过去大先生和我不好，我想好好地服侍他，一切顺着他，将来总会好的。我好比是一只蜗牛，从墙底一点一点往上爬，爬得虽慢，总有一天会爬到墙顶的，可是现在我没有办法了，我没有力气爬了。我待他再好，也是无用。”

俞芳回忆，朱安说这些话时，神情十分沮丧。

但让朱安这只“蜗牛”彻底绝望的事随后还是发生了：许广平怀孕了。

在鲁迅与许广平的孩子周海婴诞生后，鲁迅的母亲自然很高兴，但朱安怎么也高兴不起来。于是婆婆狠狠地批评了她：有个孩子有什么不好？

于是，朱安也不敢不高兴了，相反，她慢慢认了命，又高兴起来。她开始把周海婴当作自己的儿子，自我安慰死后好歹有个子嗣祭奠她，不至于让她做孤魂野鬼。

朱安对周海婴的想念，是通过人代笔写信（她识字不多）向许广

鲁迅、许广平和他们的儿子周海婴合影

平表达的："我听说海婴有病，我很记挂他。您要给他好好地保养保养。""听说海婴研究无线电颇有心得，凡人有一技之长，便可立足，也很好的。"

等到周海婴十五六岁时，朱安开始直接给他写信，有一次还问他是否有同母亲的相片，给她寄来一张，"我是很想你们的"。

但是，直到朱安去世，她也没有见过周海婴。

6

1936 年 10 月 19 日，鲁迅逝世。

之后，许广平把全部的精力都投入了整理鲁迅作品的事业中。1937 年 4 月，她将鲁迅 1934—1936 年的杂文 13 篇编成《夜记》出版。

又以“三闲书屋”的名义自费出版了《鲁迅书简》的影印本及《且介亭杂文末编》等书。11月上海沦陷后，为了保护鲁迅的全部遗稿及其他遗物，许广平留在上海。1938年4月，她又编成了《集外集拾遗》。

留在上海，也给许广平带来了麻烦。

1941年12月7日，日本向美国宣战。次日，日军开进上海租界。12月14日凌晨5时，许广平在寓所被捕，先被关押在北四川路日本宪兵司令部，然后又被转送到汪伪的特务机关“76号魔窟”。

因为许广平是鲁迅的伴侣，了解熟悉活跃在上海文化界的左翼名人，所以日本人希望从她身上打开缺口，将进步的上海文化名人一网打尽。

在狱中，面对打骂、断食、拷打甚至电刑等各种折磨，许广平始终没有屈服，一字不吐。在关押了76天后，无奈的日本人最终让内山书店把许广平保释了。许广平曾说：“身体可以死去，灵魂却要健康地活着。”

晚年的朱安

与此同时，朱安的生活境遇也不好。

独守空房侍奉婆婆的朱安，晚年也陷入了穷苦困境。她甚至准备卖掉鲁迅的遗稿，这一行为引来了各方的反对。温顺的朱安第一次情绪激动地为自己辩护：

“你们总说要保护鲁迅先生的遗产，要保护鲁迅先生的遗产，难道我不是鲁迅先生的遗产吗?!”

这时候，是许广平一封封信写给了她，一笔笔款汇给了她（当时许广平自己也不宽裕）。

在鲁迅去世后，朱安一直拒绝别人的接济，包括周作人的钱（她知道丈夫与周作人关系不睦，且后来周作人在汪伪政府任职），却一直乐于接受许广平汇寄的生活费。朱安也对人说：“许小姐待我好，她懂得我的想法，她的确是个好人。”

1947 年 6 月 29 日，69 岁的朱安孤独去世，临走前身边没有一人。

许广平当时无法赴京，汇钱托朋友为朱安办了丧事。但是，朱安生前希望葬在鲁迅身旁的愿望，没有达成。

7

最后，再回到许广平和朱安。

鲁迅去世后 3 个月，上海文化界同人拟印一本鲁迅纪念集，大家认为书中应有一份“鲁迅年谱”。当时决定，民国以前由周作人写，南京和北京时期由鲁迅好友许寿裳写，上海部分由许广平写，最后由许寿裳汇总。

许寿裳并不打算回避鲁迅的婚姻和爱情生活的史实，但出于礼貌，他先给许广平写了一封信：“年谱上与朱女士结婚一层，不可不提，希谅察。”

当时，许寿裳的年谱初稿是这样写的：“（民国）前六年，六月回家与山阴朱女士结婚……（民国）十六年，与许广平女士以爱情相结合，成为伴侣。”

许广平收到年谱初稿后，马上将自己写的一份初稿，寄给当时在北平的许寿裳，并附了一封信：“朱女士的写出，许先生再三声明，其实我绝不会那么小气量。难道历史家的眼光，会把陈迹洗去吗？关于我和鲁迅先生的关系，我们以为……彼此间情投意合，以同志一样相待，相亲相敬，互相信任，就不要有任何俗套。我们不是一切旧的礼教都要打破吗？”

她并不同意许寿裳好心在初稿里写下的“以爱情相结合，成为伴侣”这样的说法。

在接到许广平的回信后，许寿裳按照她给的初稿，把年谱改为：“（民国）十六年，与番禺许广平女士同居。”

新中国成立后，许广平担任人大常委会委员。此外还担任全国妇联副主席、中国民主同盟中央常委、妇委会主任、中国民主促进会副主席等职。许广平把鲁迅著作的出版权上交给当时的国家出版总署，还将鲁迅的全部书籍、手稿及其他遗物捐赠给国家有关部门。

在许广平自己的笔下，也没有回避朱安。

在朱安去世一年之后，许广平写了一篇散文，里面写道：“鲁迅原先有一位夫人朱氏，她名‘安’，她的母家长辈叫她‘安姑’。”

曾智中的《三人行——鲁迅与许广平、朱安》一书中曾这样评价许广平写下的这句话：“世事茫茫，人间沧桑，第一个在作品中为朱安留下姓名的，是许广平。”

馒头说

1919 年，鲁迅在他的文章中这样写自己对包办婚姻的态度：“我们既然自觉着人类的道德，良心上不肯犯他们少的老的的罪，又不能责备异性，也只好陪着做一世牺牲，完结了四千年的旧账。”

他认为，自己为封建礼教做出了牺牲。

不过，胡适对这点倒不这么看。

胡适与结发妻子江冬秀的婚姻，也是母亲包办的，一直没有（也不敢）离婚。但他在回答别人评价他是做出“牺牲”时，他是这样回答的：“我生平做的事，没有一件比这件事最讨便宜的了，有什么大牺牲？……其实我家庭里并没有什么大过不去的地方。这已是占便宜了。最占便宜的，是社会上对于此事的过分赞许；这种精神上的反应，真是意外的便宜。……若此事可算牺牲，谁不肯牺牲呢？”

当然，胡适一直是比较会说话的。

朱安“有名无实”，活了69岁，其中40多年是独守空房，去世后连块墓碑都没有。但她一直尽心侍奉鲁迅家中的老人，也从没有说过鲁迅乃至许广平的半句坏话。

许广平“有实无名”，在鲁迅生命最后的十年，她在生活上对其精心照料，在精神上全力支持。在鲁迅去世后，许广平花费了巨大的心血整理他的作品，还曾身陷魔窟，遭受刑罚。最终，也是因为鲁迅的作品而意外逝世。

诚然，鲁迅先生铮铮傲骨，妙手文章，洞人心，启民智，俯首甘为孺子牛。从感情方面来讲，他确实也是封建礼教的牺牲品。

但比起他身后的两位女性，至少在感情方面，牺牲最大的，肯定不是鲁迅。

读者评论

天使：觉得胡适老婆很厉害的，很泼辣，正是她的泼辣保护了她的婚姻，所以我觉得泼辣很好！！！（作者回复：那也是要碰到的是胡适。）

桃子：若牺牲是指有一个保姆式妻子在老家照顾老母、老宅，使他无后顾之忧；还有一个灵魂伴侣常伴左右，照顾其起居饮食，为其生儿育女，还能顺道探讨一下人生的话，那估计所有人都争取去牺牲了。呵呵。

shu：许广平自己把年谱改为“同居”，思想比现在的大多数女性都大胆和先进吧！

他是个医生，
却夺走了 40 万人的生命

我们常常会把医生称为“白衣天使”，因为他们悬壶济世，因为他们救死扶伤。

但如果有一些人，顶着一个“医生”的头衔，做的却是连地狱恶魔都可能做不出来的事呢？

1

1944 年，伊娃姐妹和全家人被抓了起来，送进了一座集中营。

那一年，伊娃 10 岁，她和家人是在罗马尼亚的一处犹太人区被捕的。

她们被送去的集中营的名字，叫奥斯维辛。

每天早上 5 点，伊娃和她的妹妹米莉亚姆就被叫起床，6 点接受点名。在吃完早餐后，她们就开始被用来进行各种人体试验。

令伊娃印象很深的是，每周有三次，她们姐妹的衣服会被脱光，站在一个房间里。在此后长达 8 个小时的时间里，她们身体的每一个部分都会被一位医生仔细研究——据说，他是要了解双胞胎的不同之处。

也是一周三次，伊娃要被强行抽血。医生从她左臂抽出大量的血，由于失血过量，伊娃经常会晕过去。后来伊娃知道，这正是那名医生的目的——他想知道，一个人在失去多大剂量的血液后还能继续存活。

每周，伊娃会得到一次洗澡的机会。医生会给她一块肥皂，让她和妹妹去淋浴间洗澡。那是一段短暂的快乐时光，直到后来，伊娃才知道——她所用的肥皂，都是用人体的脂肪做成的。

约瑟夫·门格勒

让伊娃刻骨铭心的那个德国医生，名叫约瑟夫·门格勒（Josef Mengele）。

1985 年 5 月 24 日，美国、以色列和联邦德国三个国家对门格勒发出联合通缉令，表示一定要将他绳之于法。

因为在“二战”期间，由门格勒亲自动手或由他批准杀死的人，一共有 400000 人——你没看错，就是 40 万人。

2

1911 年 3 月 16 日，约瑟夫·门格勒出生于德国冈兹堡，父亲原来是国家人民党的老一辈党员，后来成为纳粹的忠实拥趸。

门格勒是家族的长子，但他学医还是出于偶然，因为他的弟弟早已表现出了过人的商业天赋，所以他需要去学另一门学科。

1935 年，24 岁的门格勒在慕尼黑大学拿到了他的第一个博士学位，三年后，他又拿到了自己的第二个博士学位。在此期间，他曾在莱比锡大学医院儿科进行了 4 个月的学习——后来有人猜测，那段实习的经历让他养成了微笑的习惯，以及对儿童的“偏爱”。

1938 年，门格勒被吸收进了纳粹党卫军。党卫军有充足的理由招纳这样一位优秀人才，因为门格勒的第一篇博士论文就是关于人类学的，题目叫作“对于四种种族人类的前下腭部分的种族形态学研究”，第二篇是一篇标准的医学博士论文。

当希特勒正在为怎样证明“雅利安人种是最优秀的人种”而发愁的时候，门格勒的专业知识恰恰是纳粹团队所需要的。

不过，报国心切的门格勒还是先参了军，并随部队一起参加了 1941 年的苏德战争。在一次战斗中，门格勒负了重伤，随后被评定为“无法参加战斗的人员”，从此他远离了战场。

这对门格勒本人而言可能是一种幸运，但对这个世界上另外几十万人而言，是一个天大的噩耗。

1943年5月，门格勒作为主治医官之一，被派到了奥斯维辛集中营。

奥斯维辛集中营

3

门格勒是因为奥斯维辛的吉卜赛人营医生因病退役而“替补”进去的。

但是，他很快就晋升到了整个奥斯维辛集中营医官的领导层，因为他在短时间内的“功绩”让所有同行刮目相看——他消灭了整个吉卜赛人营。

在奥斯维辛集中营，决定一名囚犯，甚至一批囚犯的生死往往只需要几秒，他们只需要让那些人出列，进入毒气室就行了。但是门格勒并不是这样，他喜欢和自己的“猎物”交谈，详细了解他们的身世，然后再做出决定。

他总是戴着白手套，踩着擦得锃亮的军靴，穿着烫得非常平整的纳粹制服，头发梳得一丝不苟，微笑着，温和地询问犯人问题。幸存的集中营犯人回忆起这一幕时都感觉到毛骨悚然，尤其是对唱片机里播放的音乐感到全身战栗——门格勒喜欢在询问他们问题时，用唱片播放旋律优美的音乐。

然后，门格勒就开始展现自己的优雅和“洁癖”。

比如，只要犯人身上有斑点或小疤痕，就统统被送进毒气室；只要犯人的身高不在他划定的身高区间内，就统统被送进毒气室。

当然，他认为自己这样做是有目的的，因为他要挑选出那些“不适合进行劳动的人”，直接消灭。

纳粹女军官们正坐成一排，兴高采烈地吃着草莓；而同一时间——1944 年 7 月 22 日，150 名囚犯被送进了集中营，这 150 名囚犯除了 21 名男人和 12 名女人被挑出来干活以外，其他的人都被直接送进了毒气室

还有，就是为了进行科学实验。

比如，他为了测试飞行员在高空受到空气压强时的承受力，就让集中营的犯人进入真空负压室，然后不断升高气压，直到他们的肺部爆裂，或者看着他们用自己的手指抓脸，用头撞墙，以减轻自己身上的压力；为了测试飞行员在高空穿怎样的飞行服耐寒，他把赤身裸体的犯人直接放入冰水里 5 个小时以上，很多犯人因此被直接冻毙。

这些行为让你联想到了什么？没错，日本的 731 部队。

4

但这还不是门格勒最令人发指的地方。

门格勒有个外号，叫“死亡天使”。“死亡”不难理解，但为何叫他“天使”？后来有人指出，因为他残害了太多的“天使”。

门格勒对孩子没有任何怜悯之心。

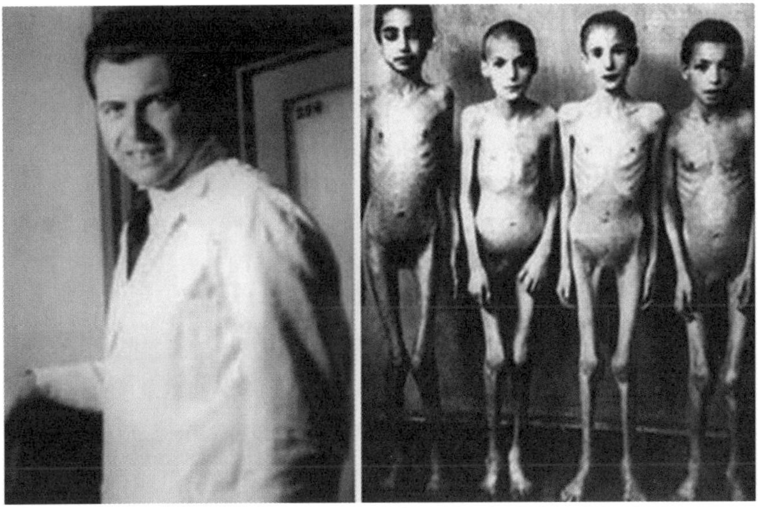

门格勒，以及集中营里的孩子

门格勒的理论是："人和狗一样，都有谱系，有人在实验室里培养出了良种犬，我也能在里面培养出优良人种来。"

为了实现他的科研目的，他让一批又一批的孩子躺上手术台，在没有实施任何麻醉的情况下切除他们的器官，或注射各种病毒和细菌做实验。

最让人不能接受的，就是门格勒的"眼球实验"。

门格勒将颜料直接注入孩子们没有经过麻醉的眼球，那种撕心裂肺的疼痛很难想象，而孩子大多因此失明。据另一位集中营医生回忆："1943 年 9 月，当我来到吉卜赛营地时，看到一张木桌上摆满了眼球。所有这些眼球都被贴上标签、编上号码。眼球的颜色有淡黄色、淡蓝色、绿色和紫罗兰色。"

他给孩子们面包和糖果，让他们叫他"好叔叔"，目的只是让他们变得温顺和配合，躺上手术台……

门格勒最擅长的研究领域，是"双胞胎"。

在奥斯维辛，门格勒做了很多双胞胎试验，实验之后，这些双胞胎不是被杀就是被肢解。他曾做过一个手术，将两个吉卜赛孩子缝在一起形成一个连体双胞胎。

每天都有来自各个地方的双胞胎被送到门格勒那里，供他研究。据统计，大概前后一共有 1500 对双胞胎被送到了门格勒手里，最终幸存下来的只有不到 100 对。

一位幸存者回忆起他的双胞胎兄弟："门格勒医生对奥利斯基非常感兴趣，他在奥利斯基身上做了几个手术，其中一个脊椎手术令奥利斯基瘫痪了，从此再也没站起来。后来医生切除了他的性器官。第四个手术过后，我便再也没有看到过奥利斯基……"

所以，相比之下，本文开头提到的那对双胞胎姐妹，是何等的幸运。

被关在集中营里的孩子们

5

1945 年 1 月的一天，伊娃等到了苏联红军。

在苏联红军冲入奥斯维辛集中营的时候，这座营地只剩下了 7600 多名“犯人”——先后有 110 万条生命在这里消失。

伊娃获救了，但门格勒也失踪了。

经过后来的证据倒推，当时门格勒成功躲过了苏联和美国的搜捕，甚至回到了自己在冈兹堡的老家，然后通过假护照，成功偷渡到了南美洲。

1985 年 5 月 24 日，三国联合宣布将加强对门格勒的通缉后，一系列的线索被慢慢发掘了出来。通过他的一些信件，追捕他的人知道他在南美洲一路辗转，到过阿根廷，也到过巴拉圭，然后被人怀疑在巴西的坎迪杜小镇定居过。

之所以怀疑他在那个小镇待过，是因为这座小镇，现在是全世界有名的“双胞胎小镇”。

在这座小镇上，80 户人家拥有 38 对双胞胎，双胞胎的出生率高于世界平均水平 10 倍。而且，这些双胞胎基本上都是金发碧眼的雅利安人种（巴西原本就拥有大量德国移民，那个小镇的人口也是德裔为主）。

自 20 世纪 60 年代起，有镇上的人回忆，镇上来了一名兽医，宣称可以让母牛多生牛崽，也可以为妇女治疗疾病，解决生育问题。有相当一部分人认为那个“兽医”，其实就是门格勒，他在晚年真的实现了“制造雅利安人种”的梦想。当然，也有很多人对这种猜测嗤之以鼻，认为缺乏足够的证据（早在 20 世纪 20 年代，该小镇就开始出现双胞胎）。

但不管怎样，门格勒逍遥法外确是一个不争的事实。

1979 年，68 岁的门格勒生命走到了尽头，他以一种离奇的方式告别了人世——在巴西的一个著名度假胜地，他在游泳时心脏病突发，死了。

这种死法颇似一些特工的暗杀手法，事实上以色列的特工确实在满世界追杀这个双手沾满犹太人鲜血的刽子手。但是，除了通过 DNA（脱氧核糖核酸）比对认定死者就是门格勒外，关于他是否死于他杀的说法，没有任何证据。

6

2005 年 3 月 8 日，一座雕塑在约瑟夫·门格勒家乡的一座小学校园中落成。

这座雕塑，当然不是为了纪念门格勒，而是为了纪念在他手中死去的数十万的冤魂。雕塑上面的铭文写道：“没有人可以将他自己与其民族的历史切割。一个人不该也不能让历史睡去，否则历史会再次重演，并且成为现实的一部分。”

铭文四周的雕塑，是许多双哭泣和受惊吓的眼睛。

馒头说

中国一直有一群对“二战”时德国军事战术非常崇拜的人。

当然，如果纯粹从军事业务角度去分析，德国人当时在战场上的各种表现，确实有值得研究之处，但仅仅到此为止，多少还能理解。但进而迷恋纳粹的各种事物，乃至思想，尊称希特勒为“元首”（不是戏谑，而是发自肺腑），就有点莫名其妙了。乃至不知从何时起，网络上忽然有了种说法：希特勒很敬重中国人。这些帖子现在依旧散布在网络的各个角落，列举各种例证：

希特勒穷困潦倒时，是被一个华人救济的，所以他要报恩（完全没有任何出处）；希特勒其实很讨厌日本人，但很敬重中国人，当初计划和中华民国两分天下（你觉得可能吗？）；希特勒一直在帮助蒋介石政府，直到日本人强烈反对才退出（那是希特勒要求当时中国用各种稀有矿产资源置换）；希特勒赞助中国代表团参加了1936年柏林奥运会（明明是张学良出的钱），等等。

这些说法被“打脸”证据，其实还有很多，有兴趣的读者可以自己去搜一下。

仔细想想，为什么中国有一些人，对日本恨之入骨，但对纳粹德国却没有什么排斥，甚至抱有好感？

一个很重要的原因是：他们当时离我们还太远，他们强加于犹太人身上的灾难，还没有出现在我们同胞的身上，让我们感同身受而已。

如果把奥斯维辛集中营里，那一个个的具体的个体所遭受的悲惨遭遇呈现在你的面前，甚至想象一下那是你的同胞，你真的还会对纳粹抱有强烈的崇拜之心吗？

有的人或许会说：纳粹针对的是犹太人，也许对中国人会不一样。

得了吧！以纳粹的“人种论”，你真的会觉得如果他们当时将中国纳入管辖范围，会善待我们的同胞？

别的不说，就说南京大屠杀吧。

当时德国商人拉贝（就是《拉贝日记》的作者）再三呼吁国际社会关注南京成为人间炼狱的情形，甚至给希特勒专门发过电报，指望“元首”能够干预日本，停止兽行。但这位“元首”是怎么做的呢？

1938 年 5 月，拉贝在德国外交部做了 5 场关于“南京大屠杀”真相的报告，并在 6 月 8 日给希特勒寄去了报告。

之后没几天，拉贝就被盖世太保逮捕，他的 6 本日记和有关日军暴行的照片被搜走了。拉贝被强令保持沉默，不得再举办报告会、出版书籍，尤其不允许展示日军暴行照片。

在希特勒的干预下，整个德国对南京大屠杀一无所知，希特勒后来透露了原因：“因为日本人会和英美作对，我喜欢他们。”

希特勒尊重中国人？要和中华民国两分天下？对中国人民有恩？

醒醒吧！

读者评论

阿孔：731 部队的头目石井四郎最终死于喉癌，南京大屠杀的元凶之一朝香宫鸠彦活到 94 岁，78 岁时还愉快地打高尔夫。双手沾满无数中国人鲜血的两个畜生，就这么简单地死了，细思极恐啊！

Mr. Zhao：很长一段时间里，我自己也是“人种论”的关注者。我曾通过自己亲身接触，总结出一些通过肤色、头发和眼球的颜色、身高和四肢长度、五官分布比例、体毛分布等来总结人种的“规律”，并引以为傲。直到有一次和两个德国女人坐在一起聊天，她俩中，一个是纯种的巴伐利亚人，一个是英格兰父亲和瑞典母亲的混血儿，只不过她出生在德国。我问她们：你们在国内的时候是不是会对不同长相的国人有一个区别和分类？她们立刻同时表现出极度惊讶，巴伐利亚姑娘甚至半开玩笑地说：你怎么这么问？你好像希特勒啊！那一刻我才意识到自己曾经的想法是多么幼稚和邪恶。从那以后，我开始不再谈及人种的区别。其实人种间的差异是与生俱来的，不仅外貌，身体的各种机能也是有差异的，智商、寿命、运动能力等。但所有差异都不能成为某人种对另一人种的攻击理由，因为我们同时降生在了这个地球上，且我们不是野兽，我们是拥有文明的人类。所以，说得严重点儿，我之前的想法其实是反人类的。那么，扪心自问，大家是不是也会因差异而对其他地区或民族的人们投以异样的眼光呢？一视同仁，这是人类向着更高级生物发展的必要道德要求。

*尾巴小姐：电影《佩小姐的奇幻城堡》里面的怪物叫“Hollowgasts”，听起来就像“Holocaust”。他们因为在同类身上做实验而变成了怪物，需要不停地吃奇异小孩子的眼珠才能维持人形。电影里甚至有一对看起来像是被缝补过的双胞胎……我第一次看的时候完全是当作爆米花电影来看的，回家后查了背景就又去看了一遍。看着在电影的幻想世界里，小孩子们用自己的各种超能力打败了想吃他们眼珠的怪物，真的让人泪流满面……还好这世上最黑暗的时刻也总有人性闪光，佩小姐的原型叫艾琳娜·森德勒，是一名护士，她曾经用各种方式偷偷把犹太

儿童带出集中营，用这种方式救出过 2500 多个孩子。

钱宇：《白色巨塔》里，日本医生财前五郎来到奥斯维辛集中营，财前："我是个医生，救人性命是我的工作，我无法想象杀人犯的心态。"老人："进行人体实验的也是救人性命的医生。"一把手术刀，一面是救赎，一面是杀戮，一名医生，可以是天使，也可以是魔鬼。实际上，日本人本不必到奥斯维辛去顿悟。

* 水景页：我也买了很多关于德军的书。但对纳粹了解越深，就越会从开始的军事崇拜进入深层恐惧。《辛德勒名单》已经清楚地说明了这些。尤其是很多将领以不干预政治为遮羞布，对大屠杀采取鸵鸟政策，更充分暴露了其容克军事集团和地主阶级的本质。辉煌的军事成就无法和纳粹的政治本质分离。

逸闻

历史是漫长的征途

《最后一课》到底有没有骗人？

有这样一个地区，绝大多数的中国学生都说不出具体的方位，但都记得它的名字：阿尔萨斯—洛林。

这都是因为一篇叫《最后一课》的课文。

我们还因此记住了："法语是这个世界上最美的语言。"

但是，这篇脍炙人口的课文记述的故事，绝非表面上那么简单。

1

1871年5月10日这一天，曾经在欧洲大陆上不可一世的法国在经历了普法战争的失败后，被迫与德国签订了耻辱的《法兰克福和约》。

这个和约规定，法国向德国赔款50亿法郎，三年付清。在付清之前，德国在法国驻军，驻军的军费由法国承担。

不仅如此，最让法国心痛的是，法国被迫割让出了重要的工业区

法国作家都德

阿尔萨斯—洛林。

这也是都德的小说《最后一课》的历史背景。

我相信我们很多人还会记得课文的最后那一段：

忽然教堂的钟敲了十二下。祈祷的钟声也响了。窗外又传来普鲁士士兵的号声。他们已经收操了。韩麦尔先生站起来，脸色惨白，我觉得他从来没有这么高大。

“我的朋友们啊，”他说，“我——我——”

但是他哽住了，他说不下去了。

他转身朝着黑板，拿起一支粉笔，使出全身的力量，写了几个大字：

“法兰西万岁！”

然后他呆在那儿，头靠着墙壁，话也不说，只向我们做了一个手势："散学了——你们走吧。"

这段话，感动过包括我在内的无数人。

但是，如果告诉你，事实可能并非如此简单呢？

2

这个故事，还得从阿尔萨斯—洛林的历史说起。

阿尔萨斯—洛林，在17世纪以前，一直是神圣罗马帝国的领土。在这里，就不再费篇幅阐述神圣罗马帝国了，我们只需要知道"神圣罗马帝国"的另两个称呼——"德意志民族神圣罗马帝国"或"日耳曼民族神圣罗马帝国"。

1618年，日渐衰落的神圣罗马帝国爆发了一场大规模内战，进而将欧洲的主要国家全部卷入，一打就是三十年，史称"三十年战争"。

这场"三十年战争"使得神圣罗马帝国旗下的德意志各联邦损失了60%的人口，进而推动了整个欧洲从"铁板一块"迈向民族国家，被认为是欧洲近代史的开端。

在这场战争中，法国迅速崛起，并且在战争中站在了胜利的一方。作为回报，他们从神圣罗马帝国的版图中，得到了阿尔萨斯的大部分（除首府斯特拉斯堡），以及洛林的部分（梅林、图尔和凡尔登三个主教区）。

这还不算结束。

1688年，法国在路易十四的统治下，作为当时欧洲最强国，又和神圣罗马帝国、英国、荷兰打了一架，一打就是九年，史称"九年战争"。1697年，法国与"反法同盟"签订了《里斯维克和约》，宣告战争结束——作为结果，法国吞并了整个阿尔萨斯。

又经过了69年，1766年，法国经过了一系列战争和交换，终于在路易十五时期，完全吞并了洛林。

至此，阿尔萨斯—洛林开始被法国收入囊中。

在神圣罗马帝国分裂出的各个德意志联邦中，普鲁士迅速崛起，并一直对阿尔萨斯—洛林耿耿于怀，但当时的法国实在是太强盛，普鲁士也毫无办法。

1806年，年轻火力壮的普鲁士终于忍不住跳了起来，但他们面对的是全欧洲百年一遇的军事天才——法兰西帝国的皇帝拿破仑。那一年的耶拿战役，法军大破普鲁士，拿破仑甚至准备将普鲁士吞并。后来在俄国的调停下，普鲁士国土面积被缩小一半，而且还要向法国赔款1.2亿法郎，并支付法军在普鲁士境内驻军费用5350万法郎。

普鲁士的那口怨气，直到64年后的1870年才宣泄出来。

那一年，爆发了都德《最后一课》故事发生的背景：普法战争。

3

普法战争，是崛起的普鲁士和衰落的法国进行的一场大决战。

当时的普鲁士，在“铁血宰相”俾斯麦的治理下咄咄逼人，而法国在拿破仑一世的侄子拿破仑三世的统治下，已经是夕阳西下，外强中干。

在这场不到一年的战争中，双方各投入了50万以上的兵力，法国的拿破仑三世更是御驾亲征，最终却只能率领10万法军向普鲁士投降。普鲁士的国王威廉一世最终在巴黎的凡尔赛宫加冕，可谓羞辱对手至极。

那场战争使得法兰西第二帝国被推翻，第三共和国成立，而普鲁

拿破仑

士借着这场战争完成了对大小联邦的统一，成立了德意志帝国。

而作为战争的另一个结果，阿尔萨斯—洛林又被划回了德意志。

然后，就发生了都德《最后一课》中的描写。

如今的质疑者难免提出疑问：首先，阿尔萨斯—洛林本来就不是法国的，也是抢来的；其次，阿尔萨斯—洛林地区的人，明明是说德语的居多。

作家阎京生在《最后一课骗了你》一文中指出："按照 1900 年的调查，在阿尔萨斯—洛林地区，以德语为母语者占总人口的 86.8%。其中阿尔萨斯地区绝大部分人口使用阿尔萨斯语（高地德语的分支），洛林地区则使用摩泽尔语（中部德语的分支）。以法语为母语者仅占该地区人口的 11.5%。”

按照阎京生文中的说法，当时的情况正好相反：不是德国禁止教法语而强制推行德语，而是法国在统治期间，禁止教阿尔萨斯语，强行把法语作为唯一语言。

那么，《最后一课》是否真的骗了我们？

4

这就要进一步挖一下阿尔萨斯—洛林的历史了。

法国得到阿尔萨斯—洛林地区之后，在司法、税收、贸易和宗教等领域，其实给了这个地区特别的待遇。在文化方面，虽然 1539 年，法国曾专门颁布《维莱·科莱特法令》，规定法语为官方文件唯一语言，但执行并不严格。

不过当时阿尔萨斯—洛林对于法国波旁王朝的效忠，更多是因为利益的结合——法国给这片地区带来了经济的发展和社会的稳定。但真的要说这个地区的居民对自己“法国人”身份的认定，倒是未必。

但是，这个现象到了法国大革命时期，发生了明显的变化。

1792 年，路易十六的波旁王朝在法国大革命冲击下，摇摇欲坠。奥地利和普鲁士趁机组成联军，攻入法国——位于法国东北的阿尔萨斯—洛林自然首当其冲，遭受了战火的摧残。

既然这两个地区的人民要的就是稳定和繁荣，那么他们自然而然会对侵略者拿起武器。在法国革命政府的号召下，阿尔萨斯—洛林的人民也拿起了武器，开始抵抗普奥联军——尽管他们大多数人都说德语。

在战争期间，一首叫《莱茵军团军歌》的歌曲诞生在了阿尔萨斯首府斯特拉斯堡。在这首战歌的歌词里，参加保卫战的人民都是“祖国的孩子”，他们要共同抵抗“欧洲的暴君和佣兵”。

这首诞生于阿尔萨斯的军歌，后来就成为法国国歌《马赛曲》。

1792年9月，法国革命军取得“瓦尔密大捷”，击溃了普奥联军，而这场战役的法军将领，就是阿尔萨斯人凯勒曼。

瓦尔密大捷

为什么阿尔萨斯—洛林的人民对法国大革命如此认同？其中很重要的一点是法国大革命打破了旧的封建社会的阶层，让高级军职不再由贵族垄断，让无数阿尔萨斯—洛林的平民有了晋升的机会，他们从心底里开始认同法国。

另一方面，通过政变上台的拿破仑非常重用阿尔萨斯人，阿尔萨斯人口不足法国总数的2%，但阿尔萨斯籍将领却占法军将领总数的5%。在拿破仑1814年前敕封的24名法籍法国元帅（法军军衔最高级别）中，阿尔萨斯人2人，洛林人1人，占总数的八分之一，远高于当地人口所占比例。

再一方面，法国当时在拿破仑治下，确实步入了欧洲的巅峰，作为阿尔萨斯—洛林的人，哪怕是说着德语，也更愿意从各方面认同法国，而不是当时相对落后的普鲁士。

所以，当普法战争爆发后，普鲁士的军队确实在阿尔萨斯遭到了激烈抵抗。马克思曾在《法兰西内战》中对此战描述如下："他们不敢公然说阿尔萨斯—洛林的居民渴望投入德国怀抱。恰恰相反。为了惩罚这些居民对法国的爱国情感，斯特拉斯堡被'德意志的'炸弹野蛮地滥轰了六天之久，城市被焚毁，大批赤手空拳的居民被杀害！"

而德国最后也没获得完整的阿尔萨斯。阿尔萨斯最南端的贝尔福尔城死守城池，抵抗普军围城长达 104 天，直到停战，最终被保留在法国境内。

普法战争中贝尔福尔战役胜利纪念碑"贝尔福尔之狮"，他的设计者巴尔托尔迪是阿尔萨斯人，也是曼哈顿自由女神像的设计者，他本人参加了贝尔福尔保卫战

5

阿尔萨斯和洛林的曲折命运，还没有到此终结。

第一次世界大战，英法联军险胜，法国当然毫不犹豫地又把这片地区划了回来。之后第二次世界大战，德国绕过“马奇诺防线”闪击法国——恰好也是5月10日——一个月时间，法国就被打趴投降，于是阿尔萨斯—洛林又被划给了德国。

当然，第二次世界大战后，作为战败国德国，又乖乖向法国交出了这片地区。

在如今的阿尔萨斯—洛林地区，被称为阿尔萨斯语的日耳曼方言是当地的通用语。学校里既教法语，也教德语。这里不少人都会说流利的法语，却会过德国的节日，习惯吃德国的名菜（酸菜、肘子、香肠）。

而都德的《最后一课》是否骗了人，每个人大概都会有自己的答案吧。

馒头说

是谁把《最后一课》翻译到中国来的？

答案是胡适。

1912年，胡适将法国作家都德的《最后一课》译成中文。随后，从1920年开始，他的这篇译文就被先后选入《白话文范》（商务印书馆，1920年）、《国语教科书》（商务印书馆，1923年）、《国文百八课》（商务印书馆，1936年）等教材。新中国成立后，这篇译文也一直入选小学语文课本，被我们一代又一代人牢记。

阿尔萨斯—洛林究竟归属谁？他们那里的人究竟更认同谁？这固

然是一个值得客观研究的问题，但从文学的角度出发，《最后一课》为什么能打动一代又一代的中国人？

其实从胡适当初翻译过来拟定的第一个题目，就可以找到原因。《最后一课》的法文是“La derniere classe”，所以中文直译为“最后一课”没什么问题。但胡适当初的译名，却是“割地”。

这应该就是《最后一课》当初能得到一代又一代中国人共鸣的原因了——从香港到青岛，从东三省到华北，中国人从“韩麦尔先生”的眼泪中，似乎看到了自己国家的映射，从“小弗朗士”的情感中，感受到了一个国家国土沦丧的屈辱。

所以从这个角度看，阿尔萨斯—洛林成了一种象征，在哪？归谁？可能都不重要。

重要的是，我们都希望不要上那种“最后一课”。

读者评论

Wing：在那样的历史环境下，这篇文章如同《七子之歌》，是我们国家的文学大师们在大声疾呼、唤醒民族精神一种方式，而不是用历史学家的角度去剖析这个事件。还是感谢馒头哥，让我们了解历史，增进知识，从不同角度看待问题，尤其最后的“馒头说”，一如既往的三观端正，发人深省。

烟波浩淼：“nous parler de la langue française, disant que c’était la plus belle langue du monde, la plus claire, la plus solide ; qu’il fallait la garder entre nous et ne jamais l’oublier, parce que, quand un peuple tombe esclave, tant qu’il tient bien sa langue, c’est comme s’il tenait la clef de sa prison...”我记得我上第一堂法语课的时候，法语老师就背了这一段，说实话，这也是我为什么喜欢读原文的原因。胡适先生翻译得再漂亮，还是不如它

最初书写的文字能表达的意义深，这也是为什么文字的力量不亚于军队力量的原因，它传播的是思想，更能引起人们的共鸣吧。

Mr. Zhao：民族和国家其实是两个独立的概念，任何人、团体、族群结合在一起的根本纽带是文化认同和精神归属。说到底，国家对某个地区的统治和管理是否用心、到位，直接决定该地区的人心所属。将心比心，人与人之间是这样，族群与族群之间是这样，国家与国家之间也是这样。

他以500公里时速撞向地球，最后时刻说了什么？

如果你知道不久后自己即将死去，会是怎样的感受？

在这段时间里，你又会说些什么？

我们其实很难想象，在极端环境下自己的表现，因为绝大多数的我们，生活在一个安宁祥和的环境里。

但毕竟还是有不少人，从事的是我们无法想象的职业，就比如今天要说的这个故事，就是从一段“临终遗言”说起的。

1

1967年4月24日早晨6点24分，苏联奥伦堡附近的平原上空，出现了一个急速下坠的物体。

从外形上判断，应该是人类的一艘宇宙飞船。但已经距离地面如此之近，飞船却没有放出任何降落伞——这导致飞船如同一枚炮弹一般，撞向地面。

飞船与地面发生接触的一刹那——没有悬念地——发生了巨大的爆炸，火光吞噬了一切。

弗拉迪米尔·科马洛夫

这艘飞船里面是否有人？

很遗憾，这是一艘代号为“联盟一号”的载人宇宙飞船。里面搭载着一位苏联宇航员，他叫弗拉迪米尔·科马洛夫。

他是人类历史上第一位因载人航天而遇难的宇航员。

2

在2001年人教版初中语文第五册，有一篇课文详细记录了科马洛夫遇难时刻的故事。

在这篇题为《悲壮的两小时》的课文中，科马洛夫在人生最后时刻所做的事，催人泪下。

科马洛夫发现飞船的降落伞不能正常打开，随即向地面报告，于是，他坠落前的最后两小时，是向全世界直播的，包括他的家人在内，数以亿万计的观众全程目击了他人生的最后时刻。

在这场直播中，出现了不少慷慨激昂的话语，节选如下：

科马洛夫眼含热泪：“谢谢！谢谢最高苏维埃授予我这个光荣称号！我是一名宇航员，为宇航事业献身是神圣的，我无怨无悔！”

……

“能。看得很清，儿啊，妈妈一切都很好，你放心吧！”此时泪水已经把她的双眼蒙住了。老太太把话筒交给儿媳妇——科马洛夫的妻子。科马洛夫给妻子送了一个调皮而又深情的飞吻。妻子抱着话筒刚说：“亲爱的，我好想你！”就泪如雨下，再也说不出话来。

科马洛夫的女儿接过话筒：“爸爸！我的好爸爸！”孩子已泣不成声。看到12岁的女儿，科马洛夫的眼睛里骤然飘过一层阴云：“女儿，你不要哭。”“我不哭，爸爸。你是苏联英雄。我只想告诉你，英雄的女儿，是会像英雄那样生活的！”

“和爸爸谈谈学习情况。好女儿，爸爸就要走了，告诉爸爸你长大了干什么？”

“像爸爸一样，当宇航员！”

科马洛夫又一次落泪了：“你真好，可是我要告诉你，也告诉全国的小朋友，请你们学习时，认真对待每一个小数点，每一个标点符号。‘联盟一号’今天发生的一切，就因为地面检查时，忽略了一个小数点，这场悲剧，也可以叫作‘对一个小数点的疏忽’。同学们记住它吧！”

……

科马洛夫这时太激动了：“谢谢啦！全国全世界的同胞们，我也爱你们！正因为我们的生活充满了爱，上帝才这样爱我，让我从千万里的高空飞向大地，在火与光的歌声里获得新生。同胞们，请与我一起喊——人民万岁！科学万岁！”

科马洛夫向人们亲切地挥着手：“我已经看见大地了，大地很美。如果上帝让我转世投胎，我还要当宇航员，我和女儿一起重上太空。因为太空很有意思，很好玩。真的，太空很好玩……”轰隆——一声爆炸，整个苏联一片寂静。人们纷纷走上街头，向着飞船坠毁的方向默默地哀悼，哀悼……

毫无疑问，这是一篇非常能打动人的课文。

但非常遗憾的是，这个故事除了科马洛夫遇难这个事实之外，其他情节完全没有任何根据，甚至可以说是捏造的。

科马洛夫的葬礼于1967年4月26日在莫斯科的红场上举行。图为他的遗孀瓦伦蒂娜·科马洛夫在葬礼上吻别她死去丈夫的照片

3

按照课文提供的索引，这篇文章摘自1995年的《读者》第二期，作者是山东青年文化馆的冯峰鸣。

原文还有一段更戏剧化的文字：

一位青年，发疯一般冲进指挥台，抢过了话筒："科马洛夫同志，请让我与您说一分钟的话！科马洛夫，我是你的情敌，是你情人的丈夫。一个小时前，我还恨你。想等你回来与你决斗，我发誓要杀死你。现在我明白了，她为什么会爱你。你是最崇高最伟大的男子汉！就让她爱你吧！我也爱你！全苏联人都爱你！全世界的人都爱你！”

抛开这种充满带有强烈主观臆想的话语不说，也不深究一个青年随随便便就能“发疯”一样冲进指挥台，还能“抢过话筒”，甚至可以不谈课文中那些明显的硬伤（比如宇宙飞船进入大气层下坠后居然有两小时直播时间），就说说那篇课文最大的一个问题：

当时美苏处于“太空争霸”阶段，科马洛夫执行的这项任务，是为苏联载人登月做准备，属于绝密——当时根本没有，也不可能有面向外界的直播，还长达两小时。

20 世纪 60 年代初，代表当时先进水平的苏联“东方号”系列载人火箭

换句话说，这篇课文所有感人肺腑的话，全是作者自己凭空臆想出来的。作家叶永烈曾表示：“无法理解，这篇文章是怎么过五关斩六将，入选到课本里的。”

不过，科马洛夫遇难确实是一件非常悲壮的事，只是这种悲壮，是在“两小时”之外。

4

关于这个故事的另一个版本，来自于一本叫作《星人：尤里·加加林传奇背后的真相》的书［杰米·多伦（Jamie Doran）和皮尔斯·毕卓尼（Piers Bizony）合著，以下简称《星人》］。

这本书的叙述，主要基于一位叫韦尼亚明·罗萨耶夫（Venyamin Russayev）的克格勃特工（他是当初“照顾”科马洛夫的特工之一）的回忆和谈话，以及一位记者雅罗斯拉夫·戈洛瓦诺夫（Yaroslav Golovanov）当初在《真理报》上的报道。这本书主要是写人类第一个太空宇航员加加林的，但顺带也写到了加加林的挚友：科马洛夫。

1967 年，处于和美国“太空争霸”竞争中的苏联，希望向太空发射一艘“联盟一号”太空船，随后在第二天向太空发射另一艘飞船。两艘飞船在太空中相遇并对接，然后“联盟一号”的宇航员爬到第二艘飞船中，和他的另一名同事互换位置，最后乘坐第二艘飞船返回地球。

如果成功，这将是世界上首次实现航天员在太空中的转移。苏联打算在登月飞行中使用这种办法，将航天员转移到单人登月舱中或从登月舱中接回来。

1961 年 4 月 12 日，尤里·加加林乘坐“东方 1 号”宇宙飞船，在最大高度为 301 公里的轨道上绕地球一周，历时 1 小时 48 分钟，于上午 10 时 55 分安全返回，成为人类历史上第一位太空人——所以后来有人对《星人》一书提出质疑：加加林作为苏联的太空英雄，属于“国宝”级人物，是不可能再被派上太空冒险的，所以如果是替补，也只是名义上的而已

当时的苏联最高领导人勃列日涅夫希望用这次发射的胜利，向“十月革命”胜利 50 周年献礼。

被选中登上“联盟一号”宇宙飞船的宇航员，就是科马洛夫。当时还为科马洛夫预备了一名替补，那就是加加林。

按照《星人》一书的记载，加加林和一些高级技术人员很仔细地检查了“联盟一号”飞船，然后发现了 203 个结构性问题——这会让这艘飞船在太空中面临非常危险的问题。加加林建议任务应该推迟，并据称写了一份 10 页的备忘录。但是，这份备忘录和推迟的建议，没有人敢反馈给勃列日涅夫。（任何公开资料和档案中都没有提到过这 10 页备忘录，《星人》一书的作者表示他们有自己的消息渠道。但我个人认为，飞船当时肯定存在一系列的问题和隐患，但如果当时加加林真的发现了明显的致命的缺陷，其他人没有理由不报告给勃列日涅夫——毕竟发射失败比推迟发射要丢脸得多。而且科马洛夫也是苏

加加林（左）和科马洛夫在打猎，两人确实私交很好

联屈指可数的优秀航天员，苏联不可能要刻意牺牲掉他。）

在距离“联盟一号”发射不到一个月的时候，那位克格勃特工罗萨耶夫回忆，科马洛夫和他见了一次面，当时科马洛夫泪流满面地说：“我不可能再活着回来了。”

罗萨耶夫问：为什么不拒绝这次任务呢？

根据《星人》一书给出的说法，是科马洛夫表示，如果他拒绝任务，当局还是会让替补去的，而那位替补，正是他的好友加加林。

而另一方面，加加林也表现出了希望替朋友去冒险的决心，他甚至在发射当天出现在了现场，并要求穿上宇航服——质疑者对《星人》一书叙述的这段事实再次表示怀疑，因为以当时加加林的身份和有关规定，他不可能在一项没有指派他的航天任务中，去穿上一件宇航服，甚至要求替代科马洛夫上船。

但这些叙述至少还是能证明两件事：第一，在发射前，“联盟一号”的各方面情况并不是万无一失的；第二，科马洛夫最终还是登上了这艘飞船。

5

1967 年 4 月 23 日凌晨，“联盟一号”顺利发射升空——科马洛夫人生最后一个 24 小时，由此开始。

在成功进入预定轨道后，“联盟一号”的故障开始接连发生：

左太阳能电池板无法打开，使得飞船只能用一半电力来操作仪表；

由于一半的太阳能电池板没有打开，遮住了散热器，导致热量不能散发，使得姿态控制系统失灵——飞船开始缓慢地翻转；

通信系统失灵，只有备用的可以使用；

进入轨道第 5 圈时，飞船的离子感应器失灵，无法进行定位，科马洛夫改用手动控制也无效。

从飞船环绕地球第七圈开始到第十三圈，精疲力竭的科马洛夫睡眠休息，与地面停止了联系（这些故障哪里只会是因为“算错了一个小数点”，而且算错小数点这种低级失误是不太可能出现的）。

而这时候，基于飞船出现的各种状况，苏联的地面当局已经把加加林叫到了指挥中心，看看他是否能提供帮助。最终，指挥中心决定取消第二艘飞船的发射——曾有人提议发射第二艘飞船去营救科马洛夫，但当局对第二艘飞船是否能不出故障实在没有信心。

苏联宇航员的合影。后排中为加加林，前右一为科马洛夫，前右二为科马洛夫的妻子瓦伦蒂娜

在“联盟一号”环绕地球到第十七圈的时候，燃料即将耗尽，科马洛夫返回地球的要求被允许。

但当时的人心里都隐隐有一种感觉：科马洛夫不可能活着回来了。

此时，科马洛夫操纵着已经出现大规模故障的“联盟一号”，在太空中做着最后挣扎：

由于姿态控制系统失灵，飞船在制动点火的关键时刻不能保持稳定，科马洛夫显然想通过滚动的方式稳住飞船，调整飞船的方位以便点火，但失败了。

到 18 圈的时候，飞船正确定向，正常旋转，制动火箭点火，飞船准备弹道式重返大气层——科马洛夫曾经因身体素质问题差点落选宇航员，但他的工程师经验带来了加分，让他最后得以飞上太空。

但是，在飞船继续旋转和滚动中降落的时候，科马洛夫发现了一个致命的问题：主降落伞因为在打开过程中发生扭曲，打不开了！

身着宇航服的科马洛夫

科马洛夫立刻启动备用伞，但备用伞和主降落伞缠在一起，也打不开了……

精疲力竭的科马洛夫就算有通天的本领，此刻也无能为力了。

“联盟一号”以超过 500 公里的时速，撞向地面。

6

从发现降落伞无法打开，到撞到地面，整个过程可能只有十几分钟时间。

按照《星人》一书的叙述，在地面控制中心，大家听到了科马洛夫发来的声音，说他知道自己要死了。

同样是《星人》一书的记录，在土耳其负责监听的美国特工，听到了飞船撞击地面前，科马洛夫对建造这艘飞船者的诅咒，以及尖声的惊叫——尽管从网上放出的一段疑似录音中并没有这方面的证据——但是作为人的本能，即便是发出尖叫这种行为，也比临终前大喊“请和我一起喊：人民万岁，科学万岁”可信度要高。

美国历史学家阿西夫·西迪基曾有一份联盟号飞船里科马洛夫最后时刻的记录。他是从俄罗斯国家档案中查到这份记录的：

科马洛夫：“激活，激活，不用担心，一切就绪。”

地面：“收到，我们也没担心。你感觉如何，一切如何？Zarya，完毕。”

科马洛夫：“我感觉棒极了，一切就绪。”

地面：“收到，我们的同志们建议你深呼吸。我们在等待着陆。这里是 Zarya，完毕。”

科马洛夫：“感谢你转达信息。（分离）确认。（含混不清）”

地面：“Rubin，这里是 Zarya。收到，分离确认。通信中断期间加油！（停顿）”

地面：“Rubin，这里是 Zarya，你能听见我吗？完毕。”

地面：“Rubin，这里是 Zarya，你能听见我吗？完毕。”

地面：“Rubin，这里是 Zarya，你能听见我吗？完毕……”

科马洛夫的纪念邮票

1967年4月24日早晨，随着一声轰然巨响，“联盟一号”带着巨大的冲击力撞到了地面上，火光冲天，粉身碎骨。

科马洛夫的遗骸，最终只找到了一小段足骨。

一年之后，加加林在一次飞机失事中遇难。

再过了一年，美国宣布“阿波罗11号”登月成功。

馒头说

就在科马洛夫遇难之前三个月，苏联的对手美国，在“阿波罗一号”的模拟发射中失败，火箭着火，三名美国宇航员全部遇难。

而相对于苏联，因为直播的关系，美国的两次航天悲剧更让人印

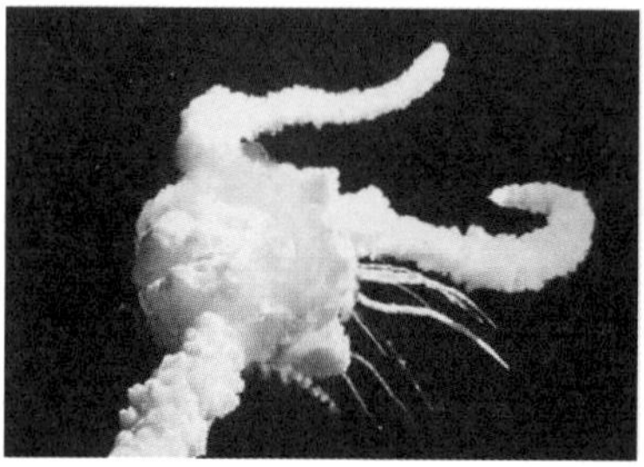

“挑战者号”升空后爆炸的场面。当时的《解放日报》突破国际新闻不上头版的规定，头版不仅报道，还上了两张照片，在全国引起轰动

“哥伦比亚号”上遇难的 7 名宇航员

象深刻：

1986 年 1 月 28 日，美国“挑战者号”航天飞机升空 72 秒后爆炸，7 名宇航员全部遇难。

2003 年 2 月 1 日，美国“哥伦比亚号”航天飞机在返回途中于得克萨斯州北部上空解体，7 名宇航员全部遇难。

到 2003 年之前，全世界已经有 22 名执行任务的宇航员在探索太空的过程中献出了自己的生命（其中 11 人是在返回地球时遇难的）。

人类探索太空的道路从来就不是一条坦途，且充满艰辛乃至巨大的危险，但一代又一代的航天人前仆后继地顶了上去。所以，其实根本不需要过多的渲染，更不要刻意去煽情——在这个领域，国籍和国界其实已经变得模糊，他们是全人类共同的英雄。

英雄首先是人，是人都有人性。

并不是一定要喊“人民万岁”，才配得上“英雄”的称号的。

读者评论

阴森铁：航天器是一个系统工程，即使结构上没什么问题，其他方面也难保证毫无纰漏，甚至是大纰漏。尤其我国在抗震领域做得明显不够（这方面比较著名的是潜艇），但是我们也在实践中一步步完善自己，其中的责任和担当实在令人赞叹。2010年我还在学校的时候做过一个航天项目，是关于空间站太阳帆板的，它与之前天宫的电池阵排列和运动方式完全不同，当时还是很震惊于空间站项目的推进速度，因为彼时天宫一号还没上天，有关方面居然就已经筹划到这一步。现在看天宫二号和天舟一号刚刚对接，果然空间站项目还是十年磨一剑，甚至更长。这种慎之又慎的作风应该就是前辈所做牺牲的必然结果吧，早筹划，多论证，稳实行。

我很好奇：“我们的目标是星辰大海！”然而，星辰远映，宇宙遥渺，向所有为之奋斗的人致敬！

雯雯：我是航天家属，所以我深知航天人的辛苦。稍微出一点差错，几年以来的好多系统和外协的辛苦准备全部泡汤，甚至是如文中所述危及航天员的性命。或许大家看到的都是发射成功或者航天员的荣誉时刻，但是他们航天人的辛苦真的是只有了解的人才知道，真的是没日没夜地不停归零、验证、实验！就我国航天系统采用的归零制度，目前已经成了国际标准了。

summer夏：今天（4月24日）是第二个航天日，在这个特殊的日子，作为一名航天人，看到馒头大师的这篇文章，深深地为自己所从事的事业感到骄傲，也切实地感受到了自己肩上的责任。太空如此美妙，探索永不停息。

中国人接受“裸体艺术”，到底有多难？

中国人有句话，叫“坦诚相见”。

这句话被用作人与人交往时，一直被鼓励和提倡，但如果用到真正的肉体上，哪怕只是艺术表现，就没那么容易了……

1

1914年3月22日，位于上海乍浦路的中国图画美术学院，走进了一个15岁左右的男孩。

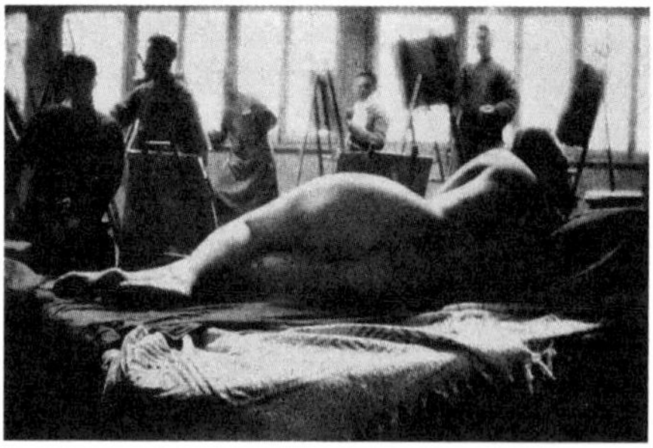

这个被叫作“和尚”的少年，被领进了西洋画科三年级学生的教室。在诸多哥哥和姐姐的目光注视下，“和尚”多少有些紧张，但根据事先的约定，还

是慢慢褪下了全部衣衫。

“和尚”可能不知道，自己其实已经参与了一项历史纪录的诞生——这可能是中国美术学校第一次以集体形式，使用人体模特。[一说李叔同（弘一法师）在 1913 年浙江第一师范学校任教期间，也有安排裸体男模特的人体写生课。]

2

使用人体模特的历史，可能要追溯到古希腊。

地中海适宜的气候和开放民主的氛围，也是造就古希腊雕塑至今仍被视为经典的原因之一。根据可查的史料记载，第一个人体模特（或者说第一个著名的人体模特）出现在公元前 4 世纪的古希腊，她的名字叫芙丽涅。

即便是在相对宽容的古希腊，芙丽涅仍因此被指控“渎神罪”而被传唤上了法庭。当着 501 位市民陪审团的面，芙丽涅解开了自己的

19 世纪法国画家热罗姆以此为题材，创作了一幅油画《法庭上的芙丽涅》

衣裳，展现自然的胴体，最终获得了无罪宣判。

你看，公元前 4 世纪，古希腊的官员和市民已对此释怀，但因为国情和传统，直到 20 世纪上半叶的中国，说起“人体模特”这个词，很多人依旧是讳莫如深，甚至闻所未闻。

比如本文开头提到的绘画课，当时中国图画美术学院的学生已经破天荒地可以对着一个孩子画画，不过，对于高年级学生来说，“需要成年模特”的呼声却越来越高——但哪有成年人愿意做模特？

当时这个美术学院的校长叫乌始光，副校长是刘海粟（1916 年乌始光辞职，刘海粟任校长）。无奈之下，他们只能拍出重金，招聘成年男性模特。

虽然重赏之下必有勇夫，但绝大多数男性报名后，等真的走进教室，需要宽衣解带了，却都红着脸逃了出去——一连 20 多个，莫不如是。其中有一个甚至立下军令状：“如果临阵脱逃，愿意受罚！”但最终走进教室时，他满脸通红说了一句：“你们罚我吧！”然后还是掩面而去。

直到最后，好不容易找到了一个，最终愿意裸体与学生们“坦诚相见”，但他的肌肉非常紧张，表现并不理想。

3

但比中国图画美术学院的学生更不满意的，是外界舆论。

1917 年，上海图画美术学院的成绩展览会在上海张园安屺府举行，因展品中有在校学生的人体习作，引来舆论大哗。上海城东女校校长杨白民看后大骂：“刘海粟是艺术叛徒，教育界之蟊贼！”

当时已经是校长的刘海粟索性就以“艺术叛徒”自称，并且撰文反击：现在这样浮躁的社会、浊臭的时代里，就缺少了这种艺术叛徒！我盼望朋友们，别失去了勇气，大家来做一个艺术叛徒！什么主义的成功，都是造成虚幻之偶像，所以我们不要希望成功，能够破坏，能够对抗作战，就是我们的伟大！能够继续不断地多出几个叛徒，就是人类新生命不断的创造……

青年时期的刘海粟

而让公众更瞠目结舌的事情还在后面——1920年7月20日，刘海粟竟然找来了一名女性人体模特！

如果说使用男性人体模特已经让公众觉得无法接受的话，在当时的时代背景下，众目睽睽之下使用女性人体模特，那是一件要让人抓狂的事情。

那一天，上海美术专科学校（即中国图画美术学院，当时已改名）的画室，窗幔低垂，一道紫红的丝绒帘幕将讲台那面墙遮住。刘海粟走到幕布前说："我校从1914年开办人体写生课以来，迄今已有五六年历史了。最初我们只聘请到男孩，经我们师生不断努力，以高薪才请到成年男子为模特，却未能觅到愿意献身艺术的勇敢女性。今天，艺术女神终于出现在我们的画室中了！"

说完，刘海粟缓缓拉开了帘幕，一位全身赤裸的年轻少女出现在学生们的面前。

这名女模特名叫陈晓君，是位农村女子，被学校重金聘来。因为受到大家目光的注视，她的身体有些微微发抖。

但她很快就被感动了——所有学生起立，和刘海粟一起，向她深深鞠躬。

在之后的三天里，陈晓君就作为模特，成为学生们的临摹对象。但是到了第四天，学生们来上课时，发现陈晓君原本应该侧卧的卧榻上，空空如也——她没有来。

门卫拿来了一个小男孩传递来的纸条，学生们才知道发生了什么：陈晓君做人体模特的事，被父亲发现了，她被打得遍体鳞伤，锁在屋子里不准出来。无奈之下，陈晓君只能托弟弟来传个纸条。

面对面面相觑的学生，刘海粟脱去了长衫，只穿一条裤衩，坐上了写生台："我早就想尝尝做人体模特的滋味了，今天终于能如愿了。大家开始吧。"

早期上海美专的大门

4

但刘海粟面临的麻烦，还远不止这些。

上海美术专科学校使用女性人体模特，在之后的几年时间里一直是多方抨击的对象。上海总商会会长兼正俗社董事长朱葆三就给刘海粟写过公开信：“先生以金钱势力，役迫于生计之妇女，白昼现形，寸丝不挂，任人摹写，是欲令世界上女子入于无羞耻之地方也……”

面对多方责难，刘海粟一一提笔回信，坚决反驳，决不屈服。结果，1926 年，一直不甘心的上海市议员姜怀素致信当时的军阀孙传芳，请他主持公道。当时上海的《申报》和《新闻报》全文刊登姜怀素的信：“……欲为沪埠风化，必先禁止裸体淫画，欲禁淫画，必先查禁堂皇于众之上海美专学校模特儿一科，欲查禁模特儿，则尤须严惩作俑祸首之上海美专学校校长刘海粟……”

上海知事危道丰随后就派人对上海美专发了严禁画裸体的禁令。

刘海粟毫不示弱，也写信给孙传芳，引西欧各国有关裸体模特的例证，指责议员姜怀素信口雌黄，希望孙传芳能支持自己。

孙传芳当时是南方五省联军的总司令，一声令下，谁敢不从？但这位写得一手好字的军阀在“有伤风化”这个认知上，显然是不会站在刘海粟一边的。

不过，孙传芳还是比较客气的。6 月 10 日，《新闻报》刊登了孙传芳写给刘海粟的一封信：

海粟先生文席：

展诵来书，备承雅意。藻饰过情，抚循惭荷。贵校研究美术，称诵泰西古艺，源本洞晰，如数家珍，甚佩博达。

……

模特儿止为西洋画之一端，是西洋画之范围，必不以缺此一端而有所不足。美亦多术矣，去此模特儿，人必不议贵校美术之不完善，亦何必求全召毁，俾淫画淫剧易于附会，累牍穷辩，不惮繁劳，而不能见谅于全国。业已有令禁止，为维持礼教、防微杜渐计，实有不得不然者。高明宁不见及，望即撤去，于贵校名誉有增无减。如必怙过强辩，窃为贤者不取也。复颂日祉。

可以想见，以当时的社会风气和道德标准，孙传芳的这封信是颇得人心的，而且他客客气气，用的是一种商量的口吻。

但是，刘海粟并不买账，给孙传芳写了封看似商讨，实则拒绝的回信：

……关于废止此项学理练习之人体模特儿，愿吾公垂念学术兴废之钜大，邀集当世学术界宏达之士，从详审议，体察利害。如其认为非然者，则粟诚恐无状，累牍穷辩，干渎尊严，不待明令下颁，当先自请处分，刀锯鼎镬，所不敢辞！

这封回信，刘海粟一连找了几家报社，居然没有一家敢刊发，最终史量才大笔一挥，刊发在了《申报》上。

不仅拒绝，还发在媒体上，这不仅是不给孙传芳面子，更是“敬酒不吃吃罚酒”了。

于是，孙传芳下密令关闭上海美术专科学校，缉拿刘海粟。因为上海美术专科学校当时地处上海法租界，孙传芳不能派人直接从法租界捉拿刘海粟，就电告上海领事团和交涉员许秋枫，交涉封闭美专、缉拿刘海粟。

在这件事上，法国驻沪领事还专门为上海美专辩论了四次，表示美术学校都使用人体模特，但孙传芳一直不肯放弃。最终，刘海粟只能逃亡日本。

上海美专第十七届毕业生和人体模特合影

5

人体模特在中国发展的历史，并没有因刘海粟的被迫逃亡而停止。

1934 年，蒋介石发起了“新生活运动”，提倡“生活艺术化、生活生产化、生活军事化”，社会上对人体模特使用的态度倒反而有点松动了，有点“姑妄允之”的意思，这个情况一直维持到 1949 年前。

1949 年新中国成立后，这个问题又让人头疼起来。

1964 年 5 月，在“四清”运动初期，康生等人在《关于使用模特儿问题》的报告中批示：“我意应坚决禁止，我绝不相信要成为画家一定要画模特。”

3 个月后，文化部发出了《中华人民共和国文化部关于废除美术部门使用模特儿的通知》。

1965 年 5 月 12 日，中央美术学院教师闻立鹏上书中央，表达了不同意见——“真人（模特）写生是美术基本功训练的重要方法”,“至少在油画专业和雕塑专业应有一定比例的人体习作”。

关于美术院校是否应该使用人体模特这件事，最终被一路呈送到了毛泽东的案头前。

1965 年 7 月 18 日，毛泽东主席在来函的首页批示：“此事应当改变。男女老少裸体模特，是绘画和雕塑必须的基本功，不要不行……为了艺术学科，不惜小有牺牲。请酌定。”

那句“小有牺牲”，让“人体模特”又活了过来——但不到一年时间，“文革”爆发，再也没有人敢用，也没有人敢当“人体模特”了。

1979 年，“文革”结束后的第三年，43 岁的雕塑家唐大禧被抽调到南京雨花台为烈士群像做雕塑。在通过广播收听了邓小平关于“解放思想，实事求是”的讲话后，他创造了当年轰动全国的雕塑《猛士》。

《猛士》雕像

在刘海粟使用人体模特过去了65年之后，唐大禧这个以裸女为主题的雕塑参加广东省美术展，依旧在全省乃至全国引起轩然大波。很多观众斥责这个雕塑“下流”、“出格”、“不合国情”。当时的一位文化厅副厅长还用笔名在《羊城晚报》上刊文，称这个雕塑会影响整个社会道德风尚。

最后，还是时任广东省委书记的任仲夷一锤定音，对省委宣传部干部说：“你们领导文化工作，要抓方针政策，不要管得太具体。”

与《猛士》有类似命运的，还有1979年袁运生的壁画《泼水节——生命的赞歌》。这幅被放在北京首都国际机场的壁画，哪怕是得到了邓小平的首肯，依旧因为画中有几个裸体少女的形象，一度被用薄板遮挡了起来，直到1990年薄板才拆除。

《泼水节——生命的赞歌》（局部）

理念，总是伴随着时代的发展艰难前行。

1985 年初，上海戏剧学院公开招聘人体模特，报名者挤破门槛，不到半天工夫，500 份报名表已全部发完。

但这并未标志着“人体模特”这个职业在中国彻底被接受。1986 年 8 月，曾瞒着家人在南京艺术学院做人体模特的陈素华因病回江苏乡下休养，正巧电视上播放一部有关刘海粟的片子，里面有画人体模特的情节。家乡父老这才明白当“模特”究竟是怎么回事，于是天天都有大批人跑到陈素华家中来看热闹，陈素华的奶奶更是责备她“不应该卖身”。最终，19 岁的陈素华精神失常，光着身子跑出了家门。

好在，像陈素华那样的悲剧，最终越来越少。

1987 年，中国艺术研究院美术研究所研究员陈醉的科研成果《裸体艺术论》出版，引发轰动。1988 年，该书累计印刷 20 万册，创造了出版史上学术专著成为畅销书的奇迹。

1988 年末至 1989 年初，全部是裸体作品的“油画人体艺术大展”在北京中国美术馆举办。这次史无前例的展览，万人空巷。

自那以后，人体模特，包括裸体艺术，终于开始渐渐为国人所接受。

馒头说

关于刘海粟的业务能力乃至人品，业内一直有争论，这个不在本文的讨论范围内。

不过，他为了使用人体模特而力争，这件事应该是有案可查的。当时的《申报》曾发表文章对此事评价说：“刘海粟三个字在一班人的脑海里、心头上，已经是一个凹雕很深的名字。在艺术的圈子里，他不但是一个辟荒开道的人，并且已是一个巍巍树立的雕像。”

在这一方面，中国人有上千年儒家“非礼勿视”的传统，其思路的转变，确实比西方要难不少，也难怪鲁迅先生会吐槽当时的一些“卫道士”：“一见短袖子，立刻想到白胳膊，立刻想到全裸体，立刻想到生殖器，立刻想到性交，立刻想到杂交，立刻想到私生子。”

好在不管怎样，时代毕竟是在进步，观念也在更新。如今的中国，人们认识到人体也是一种艺术，早已不是问题，但反而出现了新的问题：如何把握真正的艺术和低俗的色情？比如前几年恨不得一丝不挂的某些车展车模，比如一些完全不知所云的“行为艺术”。

所以归根结底，还是要回到一句话：解放思想，实事求是。

何其难！何其难！

读者评论

小冰：真正龌龊的不是裸露的身体，而是见不得光的思想。

Young：记得大学英语老师放美国电影（喜剧），有一段女主洗完澡撞上男主的镜头虽然没有漏点，但老师还是很紧张地跳过这一段，毕竟传统文化观念觉得不敢看，尤其在众目睽睽之下。

谢幕之后：天才在左，疯子在右，艺术和低俗之间一线之差，所以不难看出其中“度”字的重要性。但怎么定这个“度”也是众人讨论最多，最难确定的。头疼。

碧落：8 年前读大学的时候画人体模特被其他朋友知道，依旧是两眼放光的窃窃……所以我觉得能接受的自然就能，不接受的不必强求。

一场轰动中外的大劫案

这个故事，说的是一桩劫持案。

这不是一桩普通的劫案，从某种程度上说，堪称“民国第一大劫案”。

1

1923 年 5 月 5 日，夜。

由浦口开往天津的第二次特别快车，正在津浦铁路上疾驰。

在中华民国进入第二个十年之际，能坐得起这列列车的人，依旧不多。这列列车是时任交通总长吴毓麟花重金从美国订购而来，车厢为全钢打造，外面漆着蓝漆，俗称“蓝钢皮”——在当时整个远东地区，这样的列车只有一列。

车好，自然票贵。

1924 年，四川文学家吴虞，从北京到上海去看望女儿，曾搭乘过一段津浦线上的这列火车，连火车票在内，一共在火车上花费了 49 块大洋。

49 块大洋在当时是什么概念呢？在当时的北京，一块大洋，可以订半个月的牛奶，或买 2 斤鲜羊肉，或买 20 斤大米。

由此可见，当时能坐这列火车的，都是些什么人。

“蓝钢皮”列车的另一特征，就是车窗为拱形

回到 1923 年 5 月 5 日晚的这列“蓝钢皮”。

“蓝钢皮”分一、二、三等车厢，一等车厢由一间间的软卧构成。能买得起一等车厢车票的，多半是外国人，当然，也有一些非常有钱的中国生意人。

那一晚，在“蓝钢皮”的一等车厢里，有美国总务司安迪生的代表鲍育、法国公使馆参赞茹安等外国政要人士，他们是来参加中国关税会议的。而另一群外国人，如《中国远东金融商业报》记者亨莱、《大陆报》记者李白斯，还有美国《密苏里新闻报》驻远东记者鲍威尔等新闻界人士，是到山东境内采访的。

《密勒氏评论报》的主编约翰·鲍威尔，在中国已经待了 8 年，很自然获得了一个称号：“中国通”。作为一位媒体界人士，鲍威尔一直

约翰·本杰明·鲍威尔

保持着一个良好的习惯：到哪里都喜欢记上一笔。也正是得益于他的这个习惯，我们后人才能完整知道之后发生的所有故事。

那一夜，鲍威尔在一等车厢里和同车厢的法国人贝吕比闲聊。他告诉法国人，火车现在刚刚进入山东境内，目前处于三省交界处，是土匪的“天堂”。

“我们现在正处在土匪窝里呢！”

在一阵哈哈大笑之后，鲍威尔和贝吕比洗漱完毕，在凌晨 2 点左右，昏昏睡去。

凌晨 2 点 50 分左右，伴随着一阵尖锐的金属摩擦声，整列列车发生了剧烈的震动和颠簸，鲍威尔从梦中惊醒，赶紧掏出了手枪。

一群中国人拿着枪闯进了一等车厢，一个罗马尼亚人（一说为英国人）抄起手边的茶壶扔向了对方，换来的是几声枪响——他被当场击毙。

鲍威尔立刻选择交出手枪。他知道，真的遇到了土匪。

2

在遇劫的外国人中，有一位富家小姐。

这位小姐，名叫露茜·奥尔达里奇，是美国石油大王家族成员小洛克菲勒的小姨子。后来她曾发表过一篇文章，叫《周末，我做了中国土匪的“洋票”》（*A Weekend with Chinese Bandits*）。

“洋票”，就是外国人质的意思。与之相对应的是中国人质，被称为“本票”。

在遇劫之后，车上 100 多名旅客被要求列队站立，各自保管好自己的车票——那张小小的车票，此时成了衡量他们身价的唯一凭证：三等车厢的客人，每人值 2000 块大洋的赎金；二等车厢的客人，每人值 1 万块大洋的赎金；头等车厢的客人，每人值 3 万块大洋的赎金。车票丢了怎么办？没关系，就按头等车厢赎金计算。

至于洋人，不分几等车厢，统一价格：一人 5 万块大洋。

人质们在铁道边待了半个多小时后，土匪们完成了车厢的洗劫工作。一名年轻的土匪下令：上山。

那座“山”名叫“抱犊崮”，在峄县、临沂、费县、滕县四县交界处，高约 800 米，是周围 70 多座山峰中最高的一座。崮顶平坦，有良田 400 余亩。当初为了耕种这些田地，需要耕牛。耕牛上不去，农民只能抱小牛犊上崮，养大后再使用，所以得名“抱犊崮”。

抱犊崮如今已被开辟为国家森林公园，距枣庄市驻地 23 公里，面积达 665.5 公顷，为 AAAA 级景区

这时候，天色已经微亮，露茜小姐这才看清了土匪的人数：大概有 1500 人左右，很多都拿着旧式的日制枪械。

那个下令上山的年轻土匪，身边大概围着 300 个左右的随从，露茜后来才知道，那个人就是所有土匪的头目，他的名字，叫孙美瑶。

孙美瑶，山东北庄镇（今枣庄市山亭凫城乡）白庄村人，生于 1898 年。孙美瑶的胞兄孙美珠联合各地方武装力量和各省饥民共七八千人，在抱犊崮“扎寨”，成了土匪。1922 年，在一次与官军围剿的交战中，孙美珠被杀，孙美瑶继任为“总司令”。

劫持“蓝钢皮”，是孙美瑶蓄谋已久的行动。他们早早就挖开了临城那段的津浦线铁轨，然后埋伏在铁路两旁，安静地等候远东唯一一列超豪华列车的出轨。

只是，和美国人鲍威尔想的有所不同的是，孙美瑶组织的这次抢劫，还不是一般的抢劫。

孙美瑶的土匪队伍，有一个响亮的称号：“山东建国自治军”。

所以，他们抢劫的目的，还不仅仅是钱。

左一为孙美瑶，为目前可以找到的唯一照片

3

“蓝钢皮”被劫持的消息，很快就传了出去。

第一时间做出强烈反应的，不是北洋政府，而是外国政府。

一开始，各国政府乱作一团，以为这次劫持事件是又一次“义和团”事件的上演。等到搞清来龙去脉之后，5月7日至8日，英、美、法、意、比五国公使连续向北洋政府提出最严厉的抗议，提出下列要求：一、列国共同质问临城事件责任；二、限日放回被绑架人员；三、保证今后津浦路安全，至必要时，外国联军得采取应急手段；四、自5月9日起，3日之内责成释放所有人质，不然每过24小时则加赔偿金若干。

在各国使节中，最兴奋的是日本。事件发生的当天，日本的4艘驱逐舰就开到了天津港，日本水兵们登岸游行，抗议人员被劫。

但在这次劫持事件中，其实一个日本人质都没有。

在日本的撺掇下，英国表示已对自己在中国的驻军下达了动员令，美国国防部长也向国务卿建议出兵中国。

面对如此巨大的压力，北洋政府抛开了其他一切事务，把所有精力放到了这桩大劫案上——山东督军田中玉派出两万大军，包围了抱犊崮，随时准备剿灭孙美瑶所领导的“山东建国自治军”。

千钧一发之际，田中玉的部队收到了绑匪传出的一封信。

那封信，就是被劫持的鲍威尔写的。信里说：

> 建国自救军的首领命令我们给你写这封信，要求你命令你的部队立刻停止射击，否则土匪就要杀死所有的外国人质和中国人质。
>
> ——外国人质代表J.B.鲍威尔

这是土匪得知鲍威尔是记者后，让他写的这封信。而鲍威尔答应写的条件，就是先要将被绑乘客中的妇女和儿童全部释放。

在鲍威尔的信发出后，土匪信守诺言，释放了全部妇女和儿童，包括前面提到的露茜小姐。其实不仅如此，据赵焰《晚清之后是民国》一书考证，当时土匪还释放了另外一些人质：和孙中山的组织有联系的；曾参加过海州暴动和亳州暴动的；家里不足四十亩地的；有医务百工技艺的。一家人同时被掳的，只留一个，有父的不留子，有兄的不留弟，有夫的不留妻。

孙美瑶似乎在用行动说明，他们的土匪，和一般的土匪不同。同时，他也在释放“不想鱼死网破”的信号。

在释放一批人质之后，土匪手中总共还有 20 个“洋票”和 30 个“本票”。

一位叫李·所罗门（右二）的“洋票”曾在后来的记述中，这样描写到达抱犊崮时的情况：“头 12 小时内，我们都只穿着衣衫、内衣或睡衣，等到了首座堡垒时，匪徒们才发回给我们自己的衣物。总之，我们与匪徒几乎没有分别，像一个模子里倒出来的……匪徒的穿着有一部分是他们从火车上偷来的，其余则是他们自己的。有些匪徒有四五件中式外套和一些我们的衣物。他们个个有手表、珠宝等东西，新来这儿的匪兵大多衣衫不整，然而武器装备齐全精良。”

鲍威尔的信引起了各国政府的一致担心，它们纷纷施压北洋政府：为了保证人质安全，不许使用武力！

不能打，怎么办？

那就只能派人开始和谈了。

4

5 月 15 日，政府和土匪的第一次正式谈判开始。

官方派出的代表规格很高：山东督军田中玉和山东省省长熊炳奇，绑匪方面派出的代表叫周天松。

周天松带来了绑匪的条件：一、政府军解除包围，撤回原防；二、收编匪军为一旅，以孙美瑶为旅长；三、补充军火。

等到这些条件提出，孙美瑶这次劫持的目的才完全浮出水面：1923 年，孙美瑶的队伍在官军的连年围剿之下，已经陷入了弹尽粮绝的境地，所以他们策划了这次震惊中外的“临城火车大劫案”，目的绝不仅是为了求财，更是为了自保——求被招安。

除了第三条不可接受外，前两个要求对于政府来说并没有什么损失，所以双方很快就达成了一致。但双方要签字时，匪方要求外国人和邹县、滕县、峄县三县士绅一同签字担保官方履行条约。

原来，孙美瑶还是信不过政府。民国八年，有一支土匪也做过一次绑票，政府答应“释放肉票，既往不咎，收编招安”，但释放人质后，17 个土匪全部被杀。

政府表示同意，双方签字画押。

眼看谈判成功，在山东“督阵”的交通总长吴毓麟随即往北京发了封电报，表示自己“义愤填膺”，自愿入山当人质，交换“洋票”提前释放。

当时外媒对“临城火车大劫案”的报道

这一“义举”让在北京的政府官员感动不已，时任总统黎元洪立刻发电嘉奖，一干官员接连发电，劝阻吴毓麟不要“投井救人”。其实，吴毓麟到了山东后，每天都在打麻将，没有过问任何事情，就等着谈判达成后发出那一封电报，然后载誉回京。

但吴毓麟的如意算盘落空了。

5 月 16 日，山东督军田中玉下令政府军解除包围，并任命孙美瑶为招抚司令，希望开始释放人质。但孙美瑶当着官方代表的面，撕碎了“委任令”，表示不承认之前签订的条约，官军先全部撤退，然后他召集山中领袖举行会议，再提出正式的条件。

土匪变卦了。

5

孙美瑶之所以会变卦，还是因为他的土匪本性。

一看政府那么轻易就答应了自己的条件，孙美瑶不禁开始后悔起来：条件开低了！

在和山寨里的众人商议之后，孙美瑶重新开出了条件：一、任命张敬尧为山东督军；二、将自己部众改编为两个师；三、将滕县、邹县、峄县作为势力范围，政府军撤出一百里外；四、苏、鲁、豫、皖四省“同道”中人须一律予以收编；五、六国提供保证。

这些条件开始变得越来越荒谬，北京的政府火气也开始越来越大。到京述职的山东督军田中玉力主“改抚为剿”，内阁总理张绍曾也表示支持。不过这个计划被泄露了出去，各国使节也开始不断劝阻中国政府：不许动用武力！继续谈！

为了避免动用武力而使得本国人质遇难，外国使节们找到了当时北洋政府的实力派曹锟，希望他劝说政府不要动用武力。

这场大劫案发展到这一地步，已经成了各方势力达成自己目的的一种工具——曹锟立刻意识到，这是一个借助洋人继续扩大和巩固自己势力的机会。在答应美国公使舒尔曼不使用武力之后，曹锟也得到了美国人对于他挤走黎元洪，当选民国大总统之后的一些承诺和约定。

在曹锟的强烈反对下，动用武力的提议被否决了。田中玉只能亲自去找曹锟，汇报自己的想法是“明剿暗抚”：明面上强硬宣称将使用武力，但暗地里还是以安抚为主，等土匪自己“扛不住”。

田中玉的想法还是对的。

由于官方不肯答应条件，抱犊崮的土匪们开始慢慢慌了起来。思虑再三，孙美瑶在外国人质中找了一名法国人，中文名字叫作裴雨松。裴雨松在“一战”的时候得到过勇士勋章，土匪们认为他是一个值得信赖的人，于是便让他宣誓肯定会回来，然后就让他带着新的条件下山去接洽政府。

裴雨松一下山，就失去了踪影。这种行为让土匪们大吃一惊：原来外国人也会不讲信用！

无奈之下，粮食紧缺的孙美瑶只能先同意，让外界送些粮食进来，不然人质和土匪们就都要饿死了。

红十字会驻华代表克劳立刻答应了孙美瑶的要求，雇了一支苦力队，往抱犊崮送来成箱的青菜罐头、面包和牛肉。“洋票”在抱犊崮的生活条件顿时好了很多。

有意思的是，克劳在送食物的过程中，发现很多人质急于给家人写信，让苦力带下山。有生意头脑的克劳立刻临时设计了两款邮票，要求人质寄出的信，必须购买由他制作的“土匪邮票”。

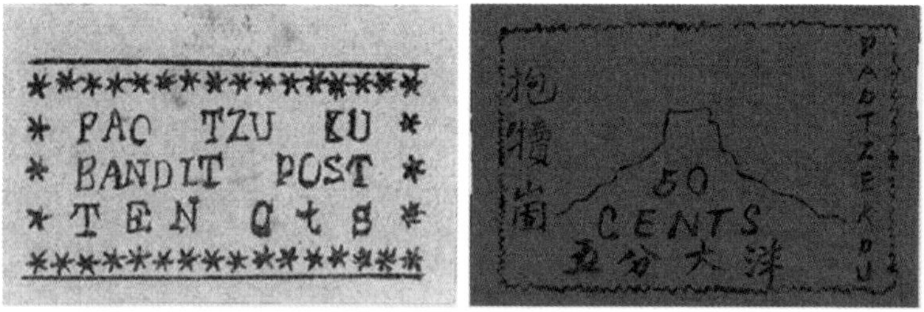

土匪邮票共有两种，分别为 5 分和 10 分。5 分的上面有一座小山，代表抱犊崮，分别用中文和英文写有“抱犊崮”字样。雕刻时，由于刻字人的疏忽，误将“5”后面多加了个“0”，5 分邮票变成了 50 分票，成为一张错票。10 分的邮票上面没有图案，也没有中文，只用英文写着“PAO TZU KU BANDIT POST (抱犊崮土匪邮政)”。

如今这两款“土匪邮票”已成为收藏界的抢手货，一个小小的实寄封前几年在美国拍卖，以 1 万美元成交尽管山上山下能互通有无，但实质性的问题依旧没有解决：到底什么时候释放人质？

比山下官军更急的，其实是山上的土匪。5 月 25 日，在“法国勇士”裴雨松一去不复返之后，土匪决定让鲍威尔宣誓，带着新的条件下山。

鲍威尔履行了自己的职责，带着新的三个条件找到了政府：一、发给匪军 6 个月的军饷；二、收编匪军 1 万人；三、以张敬尧为山东督军。

官方再一次拒绝了匪方这三个条件。

鲍威尔遵守自己的诺言，于当天返回了抱犊崮的土匪营地。

5 月 26 日，山东督军田中玉从北京回来了，根据当初和曹锟达成的约定，他命令政府军加强合围，并且开始派飞机绕山投放传单。

土匪更慌了，让鲍威尔再次下山，带去了两个让步的条件：一、政府军解围撤退；二、收编以二旅为限。

田中玉提出了两个反条件：一、先释放西俘三分之二；二、收编匪军以有枪者为限。

土匪没有回音，但在 5 月 31 日，释放了多病的中老年英国人质斯密斯先生。

史密斯先生是为了治疗自己的失眠而到中国来旅行的，不过没有人知道他在抱犊崮的那些夜晚究竟睡得好不好。史密斯的中国之行原本还有东北最后一站，当他听说张作霖也是土匪出身之后，毅然决然地提前结束了这次中国之行，返回了英国。

史密斯回国后发表了一篇通讯，叙述了自己在被劫持期间的感想，他表示这是他一生中最宝贵的经历——但是哪怕有人花 100 万美元，他也不愿意再有这种经历了。

人质一个一个被释放，但危机还是没有得到解决。

胶着状态，需要一个解局人。

6

6 月 1 日，解局人出现了，他的名字叫陈调元。

陈调元当时的职位是徐海镇守使，属于江苏官员。临城的这桩大劫案原本和他没有关系。但因为整个案子处理得实在太拖沓，他受命进入山东，协调此事。

陈调元到了山东，很快就发现了僵局的关键所在：官匪互不信任嘛！那该怎么办？就必须要有一个人，愿意深入虎穴，代表政府进入土匪的老巢，表达诚意。

此时，当初那个“义愤填膺”，愿意进山替换人质的交通总长吴毓麟早已不知踪影，陈调元一拍胸脯：我去！

6 月 1 日，陈调元带着江苏交涉员温世珍、美国人安德臣、峄滕两县士绅及上海总商会代表孙寿成等一行 20 人上山。表面上，他们

陈调元后来官拜国民党陆军一级上将，不过被人评价军事才能极其一般，但为人处世圆滑。他的儿子叫陈度，给他生了个孙女，叫章含之。章含之的女儿，叫洪晃。章含之的第二任丈夫，叫乔冠华

说是去接引人质下山，其实就是去做“抵押品”。

陈调元敢进山，还是有一点底气的：去临城的时候，他带了两个旅的兵力。

这两个旅起到了关键作用：如果土匪释放人质，而山东督军田中玉反悔，那么那两个旅为了陈调元的人身安全，就会向山东军队发起进攻；如果土匪敬酒不吃吃罚酒，不放人质也不放陈调元，那么那两个旅就会全力向土匪发动进攻。

在武力保障之下，原本就和各路土匪熟稔的陈调元上山后，展现了非凡的手腕：和土匪们大碗喝酒，大块吃肉，就像是自家人一样。

他先是要取得孙美瑶的信任。有一次喝酒，孙美瑶双眼红肿，陈调元忙问为何。孙美瑶说自己这几天一直在熬夜办事，陈调元当即拿出一副名贵墨镜送给孙美瑶，表示作为一寨之主，一定要好好保重。

然后还要让土匪放下戒备。陈调元当时自己带了两个全副武装的贴身卫兵上山，孙美瑶的族叔孙桂枝（此人后来被证明是真正的幕后指使，孙美瑶对他言听计从）对他赔笑：“我们这里岗哨众多，绝不会出什么事，也请您带来的几位弟兄最好别出去，以免发生误会……”陈调元心领神会，二话不说，当即命令卫兵将所有武器卸下交给孙桂枝。

陈调元还和一同前来的各方士绅打理好关系。他一进山就拿出一本日记本，请每个人签名，理由是大家一起上山来办这种尴尬事情，可算是患难之交，不妨留个纪念，大家今后都好做朋友。

陈调元上山时，还带来了一件大礼——2000 套正规军的军服，这让土匪们心里非常开心。再加上陈调元的一路协调，土匪很快就答应了当初政府提出的两个条件，然后开始分批释放人质。

1923 年 6 月 12 日，最后一批 8 名外国人质被释放，至此，所有的人质均已被释放。孙美瑶随后陪同陈调元检验所有土匪：实数 3000 人，有枪的不到 1200 人。土匪无论男女老幼，一律给以免死证，有不愿入伍的，准其缴械遣散，个人财物准其携带回家。

一场历时 37 天，轰动中外的“临城火车大劫案”，就此画上了句号。

7

但故事还没有结束。

你们不想知道一下孙美瑶的结局吗？

根据当初的约定，6 月 27 日，孙美瑶和他的手下如愿被招安，编为山东新编第十一旅，孙美瑶任旅长。

25 岁的孙美瑶干了一票惊动世界的大案，最终还全身而退，自然是春风得意。但他不知道，自己已经陷入了北洋军阀直系和皖系的纷争旋涡中。

临城一案，使得原本属于皖系的山东督军田中玉被迫辞职，直系干将郑士琦接任。而孙美瑶等土匪崇拜的张敬尧，却是皖系的，而且是当时曹锟手下第一干将吴佩孚的死对头。

身处风口浪尖，年轻的孙美瑶还颇为高调，在完成了几次“剿匪”任务后，认为自己已经成功“洗白”，又开始暴露了一些土匪习气，比如剿匪获得的枪支，小部分上缴，大部分自己私存起来。

孙美瑶不知道，从曹锟到吴佩孚，都只是在等待时机而已。

1923 年 12 月 19 日，新任的兖州镇守使张培荣亲自打电话给孙美瑶，邀请孙美瑶带上旅里的高级军官们，到枣庄中兴煤矿俱乐部玩耍，顺便调解孙部与驻枣庄的吴可璋团之间的矛盾——吴可璋曾举报孙美瑶扣枪不缴，孙美瑶曾说：“我就是要造反，怎么样？”

为了给自己找几棵大树，孙美瑶曾拜张培荣为师。自己老师邀请，自然要去。孙美瑶兴冲冲带上一队护卫，外加几只心爱的鹌鹑（他和张培荣都喜欢斗鹌鹑），前去赴宴。

到了中兴煤矿俱乐部，孙美瑶被张培荣的副官单独带到正厅。一进门，一把石灰粉撒了上来，然后孙美瑶被人按在墙上，剥去军装，推到了俱乐部门口。

一刀斩首。

馒头说

1925年，鲁迅在他的《灯下漫笔》中，还专门提到过孙美瑶和他的“临城火车大劫案”：“西洋人初入中国时，被称为蛮夷，自不免个个蹙额，但是，现在则时机已至，到了我们将曾经献于北魏，献于金，献于元，献于清的盛宴，来献给他们的时候了。出则汽车，行则保护：虽遇清道，然而通行自由的；虽或被劫，然而必得赔偿的；孙美瑶掳去他们站在军前，还使官兵不敢开火。”

鲁迅这篇文章全文和孙美瑶并没有太大关系，但当时孙美瑶的行为，在中国民间还是得到过颇多的赞誉，一度被称为是“义匪”，甚至还被提拔到“与帝国主义做斗争的革命团体”这个高度。

为什么会得到这样的评价？主要可能还是因为，孙美瑶当时煞了洋大人们的威风吧。

只是孙美瑶和他的兄弟们的所作所为，和“革命”实在没有什么关系，他们劫持人质的目的，也是为了自己能被“招安”而已。这就是一次彻头彻尾、标准的绑架和抢劫。

唯一和其他绑架不太一样的是，土匪们对人质的待遇是相当不错的——但这待遇只是对洋人的，孙美瑶他们对本国人质的态度就要差很多。

从这个道理上说，鲁迅其实也没说错。

1941 年，珍珠港事件爆发，日本向美国宣战。当时在上海公共租界的鲍威尔被日本兵抓捕，投入了提篮桥监狱。在监狱的牢房里，鲍威尔惊奇地发现，同处一屋的英国人，居然也是当年“临城火车大劫案”的人质之一。

鲍威尔在自己的回忆录中写道：当这两位山东土匪的前俘虏，此时此刻重逢于斯，禁不住紧紧拥抱在一起，异口同声地喊道：“我喜欢中国土匪，不喜欢日本流氓！”

唉，不知已成为游魂的孙美瑶若看到这句评价，会做何感想。

读者评论

Dali Zhou：按照这个购买力，49 块大洋，大概是现在的 2000 元。在铁路稀缺的年代，已经很良心了吧。（作者回复：20 世纪 20 年代中期，上海一个普通巡警月薪大概 15 块大洋，一个卫生局科长月薪大概 30 块大洋。）

汉韵：我是滕州人，以前家里人时不时提出领我去抱犊崮玩，我都觉得没意思不去。看完这篇，觉得放了暑假一定要去看看。这或许就是历史的一种作用吧，能让原本普通冰冷的景色有了不同的温度。中华五千多年的历史积淀，让每一座普通的山、每一条普通的河，都因为人事而有了自己独特的意味。

凉凉：我就是在这个事件发生地长大的，洋行旧址还在，但很破旧了。顺便提一下中兴公司，中国近代第一只股票是这个公司发行的。西门子当时先进的采煤设备在这里，张学良、黎元洪，还有一批当时社会大佬都是这里的股东，股票实物都在。公司还有近代中国最大远洋船队，好像抗战爆发后，公司自己都给炸了，不留给日本人。貌似上海码头也是中兴公司的，新中国成立后让上海港务代理，相关文件还在中兴展馆里，我记得还有周总理的签字。馒头老师有兴趣，这个公司可以单写一篇，很有意思，我觉得是中国近代民族工业的一个缩影。我刚说的如有出入，请大伙指正。

明明是刻骨铭心的仇恨，但日本战后为什么会感激美国人？

我们一直说，“没有无缘无故的爱，也没有无缘无故的恨”。

那么，如果在极度仇恨之后，又转变为极度的热爱和崇拜，背后的原因，就更值得探寻了。

1

1945年8月30日，下午2点05分。

一架飞机在日本横滨以西的厚木机场缓缓降落。

整个机场高度戒备，全部戒严。因为，这架名叫“巴丹号”的飞机，是美国五星上将麦克阿瑟的座机。

麦克阿瑟作为“二战”期间的“西南太平洋战区盟军司令”，现在的头衔是“驻日盟军最高司令”——没错，他是在日本战败投降后，来接管日本的。

但久经沙场的麦克阿瑟，在迈出机舱门的时候，还是有一点紧张。

麦克阿瑟走出飞机

麦克阿瑟其实应该提前一周就抵达日本。但是，他得到的情报是，厚木机场停着数不清的日本“自杀式”飞机，而一大批“神风特工队”的队员已经表态：

我们无时无刻不在渴望，与这位沾满大日本皇军鲜血的刽子手同归于尽！

太平洋战场上，美国人在中后期把日本人虐得体无完肤，从硫磺岛到关岛，从冲绳岛到东京大轰炸，再加上广岛和长崎的两颗原子弹，日本数十万军民尸骨无存——当然，日本人未必会检讨是他们自己先偷袭珍珠港的。

而麦克阿瑟呢？是他指挥着美国军队，冲破一层又一层日本人用尸体堆积起来的防线和壁垒，一直从澳大利亚打到日本——在很多日本军官和士兵心目中，他就是“罪魁祸首”。

此时此刻，日本的本土还有300万士兵尚未完全缴械，对于孤身前来接受投降的麦克阿瑟来说——他自己是很得意这种“孤胆英雄”行为的——只要有一点点“哗变”，他就可能被愤怒的日本人撕碎。

所以，麦克阿瑟在命令厚木机场的所有日本飞机拆除螺旋桨之后，才敢降落到这里。

事实证明，麦克阿瑟的担心不无道理。

从机场到横滨市区，有 13 公里的路程。一路上，麦克阿瑟发现，沿途的道路两旁，站满了日本士兵，可能有 3 万名之多。

而所有的日本士兵，都背朝他的车队。

旁边有人给麦克阿瑟解释：这是他们拱卫天皇的方式。

但麦克阿瑟没有理由因为这种安慰而平静下来。面对明显有敌对情绪的日本士兵，他的任务非常艰巨：接管这个国家，稳定这个国家，恢复这个国家。

但首先，他决定要震慑这个国家。

2

1945 年 9 月 2 日，上午 9 点。

日本的无条件投降签字仪式在东京湾的美军战列舰“密苏里”

麦克阿瑟在东京湾的“密苏里”号战舰上代表盟军接受日本无条件投降，当时中方受降代表团的团长是徐永昌

号上举行。盟军的代表团，以麦克阿瑟领衔，日本的代表团首席代表，是新任的外相重光葵——就是1932年在上海虹口公园被炸断腿的那位。

签字仪式只进行了18分钟就结束了，然后，让现场所有人都大为震撼的一幕发生了：整整400架美国当时最先进的B–29轰炸机列队掠过“密苏里”号战舰的上空，队列旁围绕的，又是整整1500架舰载机。

整个天空都被遮蔽，整个海洋都被震动。

当时的日本代表团成员面面相觑，沉默不语——如果能回到1941年，他们估计一定不会发动偷袭，去招惹美国这个拥有超级生产力的怪兽。

而麦克阿瑟安排这一出的用意也很明显：你们之前不是不肯投降吗？不是要“玉碎”吗？“碎”给我看看？

3

第一步是震慑，第二步就是瓦解意志。

瓦解谁的意志？当然是日本国民的意志。日本国民的意志来源于哪里？来源于一个人：日本天皇。

在投降仪式举行之前，美军曾给日本天皇草拟过一份天皇的投降诏书，第一句是：“我，天皇裕仁……”当时麦克阿瑟觉得这句话很正常，但身边在场的日本人都面露愠色。

旁边有人悄悄告诉麦克阿瑟：“天皇从来不用‘我’，用‘朕’。”

麦克阿瑟由此深深体会到了日本民众对天皇那种近乎癫狂的崇拜。于是，他立刻告诫所有部下：“不要不尊敬日本天皇，这样会惹怒日本的军人！”

但尊敬归尊敬，不解决“天皇”这个问题，是不可能让日本人彻底接受改造的。

于是，麦克阿瑟让日本的裕仁天皇发表了一个宣言。这个宣言，就是著名的《人间宣言》。

宣言中有一段话是这样的：

“朕と尔等国民との间の纽带は、终始相互の信赖と敬爱とに依りて结ばれ、单なる神话と伝说とに依りて生ぜるものに非ず。

（朕和诸等国民之间的纽带，是依靠互相信赖互相敬爱所形成，而不是单靠神话传说而生出。）

天皇を以て现御神(あらひとがみ)とし、且つ日本国民を以て他の民族に优越せる民族にして、延いて世界を支配すべき运命を有すとの架空なる観念に基くものにも非ず。

（说朕是神，日本民族有比其他民族更优越的素质，拥有能扩张统治世界的命运，这种架空事实的观念，也是无根据的。）

朕の政府は、国民の试炼と苦难とを缓和せんが为、あらゆる施策と经营とに万全の方途を讲ずべし。

（朕的政府是为了缓和国民的苦难和磨炼，为了能够更好地运营国家和发布政策才有如此之说。）

麦克阿瑟与日本裕仁天皇

换句话说，就是天皇通过一份诏书的形式告诉全体日本国民：我不是神，我和大家一样，都是凡人。

这样一个举动，既保住了日本军人的颜面，但也让天皇的威信在平民老百姓心目中大大降低了。

当然，麦克阿瑟却为东亚地区乃至全世界埋下了一颗大地雷：天皇若不被彻底清算，日本军国主义又怎么可能不招魂？

4

前两步基础打好以后，麦克阿瑟正式开始了他对日本的改造。

首先，麦克阿瑟要为日本制定一部新宪法。

新宪法的草案被称为“麦克阿瑟草案”，但其实是麦克阿瑟让占领军中那些参战前是律师的军官和士兵经过详细讨论后写出来的。日本的新宪法是美国制度与英国制度的结合，代表着那批年轻律师最大的理想：最大程度保障国民权利。

这部宪法曾被一些人认为是资本主义国家历史上最自由的宪法，也被一些人认为是麦克阿瑟在占领日本期间最大的成就。

1946 年 4 月 10 日，日本根据新出笼的宪法举行了战后的第一次国会选举。在那次选举中，有 1300 万日本妇女参加了投票——麦克阿瑟坚持一定要给妇女投票权，因为他认为这也将打击处于男权社会的日本男子的自信和尊严。

结果，有一位妓女也被选进了众议院。有很多人反对，麦克阿瑟就问妓女获得了多少选票，得到的回答是“25.6 万张”。麦克阿瑟随即向那位妓女发出了贺信，他说：“那么多的选票，绝不会仅仅是依靠她那暧昧的职业得到的。”

政治体制搞定，麦克阿瑟的第二步是搞经济。

在这一方面，麦克阿瑟用的秘诀就是一个字：拆！

在很长的一段时间里，日本人约 80% 的工业和金融财富都控制在一批大财阀的手里：三菱、三井、住友……这些大垄断公司不仅垄断了国家财富，还左右了国家的政治和决策。“二战”期间，这些大财阀公司也是日本军国主义发动战争的发动机之一。

于是，麦克阿瑟就下令把这些大财阀全都解散——规定财阀们必须交出所控制的股票，一半公开出售，剩下的一半作为财产税上缴。让这些“巨无霸”公司都成了普通公司，既增强了市场的活力，又避免这些公司以后再能影响国家政策。

这种简单粗暴的行为当然会引起反抗，但没事，和强迫日本人接受新宪法一样，麦克阿瑟手里有飞机大炮和机枪（但这项改革其实收效不大）。

政治和经济改革的同时，麦克阿瑟还要解决一个很重要的问题：农民问题。

怎么解决？说穿了也是一个套路：搞土改。

在战前，日本的土地高度集中，全国大约有一半的耕地集中在地主手里，他们靠收租就能过着非常舒适的生活，贫苦的农民没有地种，这种行为大大阻碍了生产力的发展。

麦克阿瑟在 1946 年 6 月正式提出自己的土改方案：在村子里的地主，可以保留大约两亩半的土地，多余的全部由国家收购；不在村

由于缺乏粮食和物资，黑市一度成为战后日本人的主要物资来源

的地主的土地，全部由国家收购。然后这些土地再以分期付款的方式转给佃农。

到 1950 年，日本大概有 3000 万亩的土地被国家收购，475 万余户的农民获得了自己的土地（占日本全国农民总数的 75%），日本农村的生产力得到了极大的解放。

除了这三项重要改革，麦克阿瑟还对日本的教育体系和宗教体系（主要是针对神道教，麦克阿瑟曾想一把火烧了靖国神社，但出于冷战考虑而最终没有进行）进行了大刀阔斧的改革，而改革的目的只有一个——无论是教育还是宗教，绝对不能再宣扬对天皇效忠，鼓吹民族狂热情绪。

这些改革的方向都没问题，虽然在过程中肯定会引起很大的反弹，但最终还是被保障施行，主要有两个方面的原因：

一方面，已经被全部解除武装的日本民众在全副武装的美军面前，其实是没有什么反抗能力的，一边是棍棒，一边又是蜜糖（麦克阿瑟为日本争取来了大量粮食援助），所以麦克阿瑟有足够的筹码保证他的改革能得到有效的推行。

而另一方面，是因为日本赶上了一场对他们极其有利的战争。

5

1950 年 6 月 25 日拂晓，朝鲜战争爆发。

这场突如其来的朝鲜战争，不仅打乱了中国原先的步骤，也出乎美国的意料，但对于日本而言，却是一块天上掉下的馅饼。

由于日本离朝鲜战场非常近，又是美军驻扎的主基地，所以日本立刻就变成了美国在远东的兵工厂和前沿基地。

由于战争的需求，纤维、金属乃至汽车等行业迅速振兴：生产化学纤维的东洋人丝公司利润率一举超过45%，本来赤字已经高达7600万日元的丰田公司得到大量的美军卡车订单后，公司利润极速攀升，原来的工人罢工和骚乱全部停止。

朝鲜战争期间，日本的出口量明显增加，仅1950年的下半年，就比上半年的出口额增长了55%，日本的外汇储备从1949年底的2亿美元飙升到了1951年底的9.4亿美元。1951年，日本的国民生产总值已经恢复到了1934年的水平。

日本战后的首任首相吉田茂后来回忆："由于朝鲜战争的军需物资在日本订货，以及海外市场的全面繁荣，日本的商品输出有了飞跃的增加……"

可以说，麦克阿瑟对日本的各方面改造，如果没有朝鲜战争这个机遇，不敢说肯定失败，但效果肯定会大打折扣。

也正是因为朝鲜战争和冷战，美国彻底改变了"要彻底惩罚和限制日本"的初衷，转而大力帮助发展日本，使其能成为"对抗共产主义的防波堤"。

6

麦克阿瑟在日本坐了六年"太上皇"，直到1951年4月，他被解职。

为什么被解职？因为他在朝鲜战场上糟糕的表现，以及对美国总统杜鲁门糟糕的态度。

那么如何评价他在日本的六年"垂帘听政"呢？或许，从他离开日本时日本民众的反应就可以看得出来。

4月16日清晨，麦克阿瑟悄悄坐上了去机场的汽车。在此之前，他除了告诉少数身边的日本高官外，并没有通知任何人——毕竟，被解职回国不是一件很光彩的事。

但他坐上汽车后发现，沿途的马路两边，密密麻麻站满了日本的民众，从他的官邸，一直延伸到厚木机场，人数达到了数十万之多。

又有谁能想到，六年之前，多少日本人是恨不得剥麦克阿瑟的皮，喝麦克阿瑟的血的呢？

而此时，他们齐声一致地不断高喊：“大元帅！大元帅！”

日本媒体报道麦克阿瑟被解职的消息

戎马一生的五星上将，在那一刻泪流满面。

馒头说

麦克阿瑟的一生，可以说是传奇的一生。

这位曾经创下西点军校毕业生分数纪录的将才，一生经历过不少大起大落，有仓皇撤退，也有复仇凯旋，有奇袭成功，也有一筹莫展。但人们回顾他戎马一生，一直津津乐道的——包括他自己回忆录里也颇为得意的——却是他改造日本的六年。

平心而论，军人出身的麦克阿瑟让所有人都有些意外：一个满目疮痍的战后日本，在他的治理下，居然有了勃勃生机。

人类历史上诞生过很多伟大的军事家，他们留下一个个经典的战例，但真正能让人耳熟能详的，并不多。

比麦克阿瑟还要伟大得多的拿破仑，如果不是拿破仑迷或欧洲史迷的话，有多少人能说出奥斯特里茨战役和耶拿战役？那可是充分展现拿破仑军事天才的经典战例。

但一说“拿破仑法典”，知道的人肯定比知道那两场战役的人要多很多。

不仅仅是因为“拿破仑法典”对法国，对整个资产阶级国家都产生了延续至今的重大影响，更是因为，“拿破仑法典”是建设和生产，而不是杀戮和破坏。

1951 年 4 月 19 日，卸任后的麦克阿瑟在美国国会发表演说时，引用了那句著名的话：

“老兵永远不死，只会慢慢凋零。”（Old soldiers never die,they just fade away.）

是的，花儿之所以不死，是因为它们曾留下过给人希望的芳香。

读者评论

邓鑫：纵观全文，麦克阿瑟对日本的建设，不是本心和初衷，而是将日本作为对抗中苏的工具，这是历史和美国的抉择，不是他个人的决定。然而，无论本心为何，他也为日本战后恢复做出了贡献，所以得到了日本人民的尊重。另，对于老兵不死，只会慢慢凋零，我更认同的一句话是，自古美人如名将，不许人间见白头。毕竟，所谓春秋无义战，大多数的战争是源于贪欲，基于利益。

SUN：“当然，麦克阿瑟却为东亚地区乃至全世界埋下了一颗大地雷：天皇若不被彻底清算，日本军国主义又怎么可能不招魂？”是埋下地雷还是清除了地雷？（作者回复：埋下。天皇没有受到任何惩罚。）

玄同：拿破仑被流放时曾经说过一句话，我这辈子最大的骄傲，不是我打了 60 场胜仗，而是创立了民法典。

霞：战争的杀戮、破坏让人畏惧从而敬畏；而重建家园的修复，建设让人看到希望从而由衷地尊敬。一个因怕而敬，一个因爱而敬，分量却是不同的！

一九四九，百万黄金大挪移

作为人类自古以来就承认的贵金属，黄金的作用不仅仅是用来做饰品或显示尊贵。

对一个国家而言，黄金储备就意味着稳定和繁荣，信心和信用。

那么，如果黄金都被运走了呢？

1

1949年5月17日，上海的郊外炮声隆隆，战况激烈。

已经渡过长江的中国人民解放军第三野战军，在5月12日开始对这座远东第一大都市发起了总攻。

5月17日，国民党军队在杨行和月浦的防御阵地均告失守。

此时，在市区内的国民党守军总指挥、京沪杭警备总司令汤恩伯，却在全力关心着另一件事。

那一天，汤恩伯调来了国民党的军舰“美朋号”和“中基号”登陆舰，另外又征用了招商局的“汉民轮”，将一只只沉重的木箱，在全副武装的士兵警戒下，全部装上了船。

汤恩伯后期失去蒋介石信任，去台湾后又去日本，在日本治疗胃病时逝世，一说为日本医生毒死。去世时仅 54 岁，最后军衔为陆军二级上将

这些木箱又大又沉，导致连装两天两夜，“汉民轮”在 5 月 19 日才启航。由于当时已有零星的解放军部队攻入上海市区，“汉民轮”连马达也不敢开，趁夜顺着水流悄悄“漂”出了吴淞口。

脱离“险境”重启马达之后，船上甚至有人喜极而泣。但没多久，在船上的负责押运这批木箱的军统上校特工江源，就被“汉民轮”的船长拉到了一边：“江先生，从上海到台湾有好多小岛，我们把这个舵稍微偏一下，大家到这个小岛上去做金银岛主怎么样？”

江源倒吸一口冷气，立刻组织船上所有的秘密押运人员，四人一组，带枪站岗。

江源知道，船长早就已经看穿船上木箱里装的是什么东西了。

连同之前开走的两艘军舰，这三艘船满载的，是蒋介石准备运往台湾的 20 万两黄金和 100 万两银元。

2

这已不是蒋介石第一次往台湾运送黄金了。

1948 年下半年，国共内战的局势朝着对国民党不利的方向迅速发展。11 月初，淮海战役爆发（国民党方面称为“徐蚌会战”），国民党军队的战局迅速恶化。

11 月 22 日，蒋介石在日记中写道：“另选单纯环境，缩小范围，根本改造，另起炉灶不为功，现局之败，不以为意矣。”（美国胡佛研究所藏《蒋介石日记》）

可见当时蒋已开始考虑放弃大陆。而他所指的“单纯环境”，就是台湾。

但台湾虽然可以退守，却不能空手而去——数十万军队如果到了那里，吃什么？花什么？拿什么稳定军心和民心？

1948 年 11 月 30 日晚，和本文开头发生的那一幕非常相似，上海的外滩码头全部戒严，一批又一批沉重的木箱被搬运到了海关缉私舰“海星号”上，一直装到黎明。

天亮后，“海星号”拔锚启航，驶向台湾。船上运载的，是整整 200 万两黄金。

那是蒋介石从大陆运走的第一批黄金。

1948 年的上海黄浦江岸边

3

国民党哪来的那么多黄金?

抗战胜利之初，已经拼上全部家底的国民政府国库中只剩下不到3万两的黄金，不过随即接收到了汪伪政府国库里的50万两黄金，算是缓过一口气。随后，因为抗战中美国为在中国建机场支付了4亿美元，国民政府拿出其中的2.2亿美元买了600多万两黄金，国库开始充裕。

不得不提的是，1948年8月，蒋介石通过发行“金圆券”，强行用过“金圆券”兑换黄金的方式，又从老百姓手里搜集了184万两黄金。

满打满算，除去后来的花销，到1948年底的时候，国民政府的国库里大约还有400多万两黄金。

1948年11月，蒋介石一纸密电发到当时国民政府中央银行总裁俞鸿钧的办公桌上，要求在一星期内将国库里一半的黄金运往台湾——就是11月30日，“海星号”抢运的那200万两黄金。

1948年8月，蒋经国在上海“打虎”初步成功，市民开始相信国民政府，进入银行兑换“金圆券”

当时为了运走这批黄金，蒋介石确实也费尽了心机：儿子蒋经国负责沟通护航军队，大舅子宋子文负责调度海关总署运输舰，俞鸿钧的职责，是央行和金库方面的公文协调。

据俞鸿钧的机要幕僚何善垣回忆，在筹划密运黄金期间，俞鸿钧处理相关公文的所有程序，都把自己关在办公室后的一个小房间里独自办理，“凡公文撰拟、缮写、用印、封发，均一人任之，即于总裁室后之一小室中办理”。（何善垣《俞先生生平言行补述》）

但即便如此严防死守，当时的《字林西报》还是马上刊登了英国记者乔治·维恩的报道：“中国全部黄金正在用传统的方式——苦力运走。”

乔治·维恩为什么会知道？

因为当时《字林西报》的办公楼，就在上海外滩紧邻中国银行的上海和平饭店楼上，整个运送黄金的过程，乔治都看得一清二楚。联系到国民党当时在淮海战役上的颓势，他立刻就得出了自己的判断。

第三天，《申报》转发了这个消息。

这个消息一公布，整个上海的金融市场立刻陷入了大恐慌。

蒋经国上海“打虎”失败后，原本被政府寄予厚望的“金圆券”在短短半年里已贬值为原来的五百分之一，政府已经把黄金偷运走了的消息，再一次引发了老百姓的挤兑狂潮。1948 年 12 月 24 日，上海等待挤进银行的市民情绪失控，引发大规模踩踏事件，最终 7 死 50 伤，造成轰动一时的“黄金挤兑惨案”。

于是，在乔治·维恩发布消息后，官方立刻“辟谣”，并对这名英国记者施行逮捕，并且迅速审判判处死刑。还好乔治的夫人通过香港外国记者协会主席直接找到蒋介石求情，才使乔治侥幸逃过一死。

但纸包不住火，国民政府偷运黄金去台湾一事，其实已成了公开的秘密。“金圆券”由此开始了一路狂泻的行情：1948 年 8 月“金圆券”刚发行时，2 元“金圆券”能换 1 块银元；1949 年 1 月，1000 元“金圆券”才能换到 1 块银元；1949 年 4 月，1000 万“金圆券”都兑不到 1 块银元；1949 年 6 月，5 亿元“金圆券”才只能兑换 1 块银元。

政府信用垮台，上海市民开始疯狂挤兑黄金

4

在整个偷运黄金的过程中，有没有人试图阻止？

答案是有的。

黄金是整个国家的财产，蒋介石要运走黄金，也得“合法”才行。为此，蒋介石当时想出的办法，是以军费名义调拨预支国库剩余黄金。

当时的财政部部长徐堪就是反对这样做的，只是在蒋介石派人施压后，他很快转为默许。

接下来反对的人叫刘攻芸。1949 年 1 月 21 日，内外交困的蒋介石宣布人生中的第三次“下野”，央行总裁俞鸿钧也随即去职，接替总裁位置的是刘攻芸。

刘攻芸当时是不赞成运出黄金的，他采取的办法就是一个字——拖。但蒋介石让空军总司令周至柔、海军总司令桂永清、联勤总部总司令郭忏三和军需署长吴嵩庆一道拜会刘攻芸，再加上俞鸿钧在一旁极力劝说，最终说服了刘攻芸同意交出国库剩余黄金和银元。

但因为刘攻芸在这件事上“拖拖拉拉”，由此失宠于蒋介石，最终只能去了新加坡养老。

付诸实际行动的，是央行稽核专员黄竞武。黄竞武是著名教育家黄炎培的儿子。当时，黄竞武已被发展为中共上海局策反工作委员会的党外人员。根据安排，黄竞武一方面监视上海国民党密运黄金行动，一边发动上海各界制止金银外运，还与银行职工联合发动罢工拒运，并策反国民党财政部所属的税警总团“弃暗投明”。

5 月 12 日，因为泄密，黄竞武在自己的办公室被国民党保密局特务逮捕，在狱中备受拷打后，于 5 月 17 日在监狱内被活埋。

黄竞武

当然，同样希望阻止黄金被偷运的人，还有蒋介石“下野”后的继任者——李宗仁。

但是，“代总统”李宗仁知道这事情时实在太晚了。1949 年 2 月 17 日，就职代总统位置快一个月的李宗仁突然发现，国库的黄金已经被搬了个底朝天，立刻严令央行总裁刘攻芸不许再运出去一块金子——刘攻芸没有回复。

然后，李宗仁又致函台湾省主席陈诚，要求把运过去的黄金运回来——陈诚是在病中被蒋介石火速派往台湾担任主席的亲信中的亲信，又怎么会听从李宗仁？陈诚立刻回函："此事归属央行关系啊，请找央行协调。"

李宗仁再找刘攻芸，刘攻芸这次倒是回复了："黄金现在已经既定在保管中，不宜再运出去。"

李宗仁甚至还抱着一丝幻想，致函给蒋介石，蒋介石后来在自己日记中写道："李、白[1]运动立委，拟将台厦现金运回支付政事，期以半年用光了事，这种卑劣阴谋，不惜断送国脉民命。"

被运走的黄金，最终还是没能运回来。

5

那么，蒋介石最终运到台湾多少黄金？

由于蒋介石行事机密，外加分三次运输，所以出现过多个版本，从 100 万两开始到数百万两不等。

按刘攻芸记录在案的数字，蒋介石当时从大陆运走的纯金大概是 294 万两左右。

而另一个版本来自吴兴镛，他是时任国民党联勤总部副总司令的吴嵩庆的儿子。

吴嵩庆全程参与蒋介石的运金过程，并一度被称为蒋介石的"白手套"（当时核对账本后发现，蒋介石为自己留了个 80 万两黄金左右的小金库没有入账，用来支付各种军需费用）。吴兴镛在研究了父亲大量的资料和日记后得出的结论是：

大陆当时运台纯金总量在 350 万两左右，外加 7000 万美元（按

① 指白崇禧。

当时市价大概合 200 万两黄金），外加价值 7000 万美元的白银（又是 200 万两黄金），所以总值达到 800 万两黄金。

1960 年，在台湾的吴嵩庆（右）和蒋经国

这么多的黄金运到台湾，确实起到了大作用。

1949 年 6 月 15 日，俞鸿钧在台湾受蒋介石指示，以 80 万两黄金为准备金，发行了与“金圆券”没有任何联动的新台币，并以 1：40000 兑换旧台币。

但台湾民众哪怕听说了“国民党从大陆运来大量黄金”的消息，依旧对这个政府缺乏信心。

为此，陈诚让人在台湾衡阳路的一众银楼开办黄金储蓄存款，也就是新台币可以换黄金。老百姓发现去了就真的能换到黄金，心开始稳定下来，市场也开始稳定下来。

当然，虽然国民党运走了大量黄金，但整个岛上的各种开销，带过去的 60 万大军的给养，每个月都在消耗大量黄金。到了 1950 年 6 月，台湾库存的黄金只够再用三个月了。

而就在这个月的 25 日，一件足以让蒋介石大呼“天不亡我”的大事发生：朝鲜战争爆发。

原本已经准备放弃台湾的美国，迅速派第七舰队“协防台湾”，随后又恢复了为期 15 年的对台经济援助。

从大陆带过去的黄金终于撑住了局面，台湾由此开始踏入经济的起飞。

馒头说

我还记得读小学时候的那一幕：

语文老师在讲台上愤愤地说：当初国民党反动派把大陆的黄金全都运到台湾去了，我们变得一穷二白，他们的经济却开始腾飞了。

语文老师说得也对也不对。

不对，或者不全面的地方是：

我们当时在没有任何家底的情况下发展起来，确实很不容易，但后来经济发展陷入停滞，也有自己反复折腾的原因；台湾后来经济确实开始腾飞，但也有他们自己卧薪尝胆，突破创新的原因。

但有一点是无可置疑的：如果没有这批黄金，国民党在台湾的统治几乎就不可能建立，不等大陆的解放军打过去，他们自己早就从内部垮了。

而更关键的一点是：这批黄金究竟是谁的？

不是蒋介石的，也不是毛泽东的，不是国民党的，也不是共产党的。

是属于老百姓的啊！

凤凰卫视的电视制作人丁雯静曾制作纪录片《黄金秘档》来记录这段历史，她发现当时很多台湾健在的当事人，都不愿意接受采访，他们认为，“把属于全体人民的黄金运到台湾去，他们顾虑留在大陆的亲人会被指责”。

国民党的“立法委员”卢秀燕在2008年“视察”国民党金库后说：“黄金运台史，也是那个时代两岸人民的血泪史。”

文章中提到的负责押运黄金的军统特工江源的夫人米绳祖一开始也是拒绝采访，“上海的亲戚们知道先生协助蒋介石运黄金，会不谅解”。

而最直接的参与者之一，曾经在上海主导用“金圆券”兑换老百姓黄金的蒋经国，在他的散文集《风雨中的宁静》一书里这样写道：“每一个铜钱敲开来都是血，铜板敲出来都是血，何况是黄金？”

读者评论

Mr. Zhao:《张灵甫之死》一文谈到，汤恩伯其人在孟良崮一役营救张灵甫不力而被撤职，今天又看到其在运送黄金一事中身居要职。既可见战时人才的稀缺，又侧面反映出国民党统治中的种种缺陷。说到底，蒋介石格局不够“大”，背后依托的利益集团也是人心不齐、各怀鬼胎，更不用说整个国民党内部派系林立、钩心斗角了。

蓝色水晶:《北平无战事》里，后来方步亭带头掏光家底兑换“金圆券”，联想到后来“金圆券”的崩溃，深刻感受到，这真是掠夺老百姓啊！

当年，到底有多少故宫文物被运往台湾？

这篇文章，可能是本书“含金量”最高的一篇文章，因为说的是一个关于一批国宝的故事。

1

1949 年 1 月 28 日，农历除夕。

整个南京城笼罩在绵绵细雨中。

在下关码头，1700 个盖着油布的箱子，已经在那里堆放了好几天。老百姓都不知道箱子里装的是什么，但从箱子周围森严的守备来看，里面装的应该不是普通的东西。

下午，码头终于缓缓驶来了一艘军舰——国民党海军的“昆仑号”。

这艘军舰，是专门来接运码头上这 1700 个箱子的。但是，等到军舰靠港时，码头上的工人们却无动于衷。原来，工人们在闹罢工，已经僵持多日。

经过一番交涉，工人们的要求全部被满足，只要能先把那些货搬上船。

但正当工人们开始搬运的时候，不知从哪里忽然拥进来一大批人，男女老少都有，还带着很多行李。他们都是国民党海军司令部的人员及家属，在得知这艘船要驶往台湾时，都挤上了船。

谁都看得出来，在解放军的攻势下，南京朝不保夕。

“昆仑号”在 1948 年被改造成运输舰，有前后两个船舱。那些海军司令部人员和家属，很快就占满了后舱。这也导致 1700 个箱子，只有 500 个被装进了船。

这时候，一位高级长官模样的人带人上了船，他表示，希望大家能够服从安排，先下船再说。但是哪有那么容易？没有人肯听他的话，有些孩子和妇女开始哭了起来，有人带着哭腔喊：“桂司令！什么东西能比我们人命重要？”

桂永清，蒋介石嫡系，当年国民党军队最精锐的中央军校教导总队总指挥，曾在淞沪会战和南京保卫战中打得异常勇猛，但也在“兰封会战”中逃跑贻误战机，放走了土肥原贤二师团。1954 年病逝于台湾，享年 54 岁

那个被叫作“桂司令”的，是国民党海军总司令桂永清。在满舱的哭声中，桂永清一言不发，最终只能下令：把所有的寝室、餐厅、医务室，全部用来堆箱子，再放不下，就堆甲板上！

在忙乱的搬运之后，1700 个箱子，最后只搬上去 972 箱，其余的被再送回仓库。正当“昆仑号”终于准备起锚，这时候，又有人送来了四个大箱子，并一再叮嘱：这四个箱子非常重要！

无奈，船上人员再将士官室的桌椅拆掉，放进这四个箱子，然后起航。

严重超载的“昆仑号”一路颠

簸，路上又不断停靠，终于在 1949 年 2 月 22 日抵达了台湾的基隆港。

抵达港口下船后，乘船的很多乘客都不知道，那些能让海军总司令亲自上舰查看的箱子，里面装的是价值连城的故宫文物。

2

这早就不是故宫的文物第一次“搬家”了。

1931 年，日本发动“九一八事变”，短短时间内，东北三省沦陷，而离东北不远的北平，已经可以闻到硝烟的味道。

是否要迁移故宫的国宝文物？怎么迁移？一场争论随即展开。

当时的国民党元老张继，主张将国宝迁往西安，而当时的第一任故宫博物院院长易培基主张转到上海。当然，也有不主张迁移的，比如当时的院长助理吴瀛，他主张再观察下形势，并善意提醒易培基：“古物一出神武门，责任即重，问题多，闲话也多，意想不到的是非或将由此而起，最好不要轻易做这样的决定！”

但是易培基反倒生气了：“大敌当前，国家到了这样的地步，我们都不应考虑这些问题，你这是推卸责任！”

吴瀛随即不再劝阻。

1933 年 1 月，日军攻入山海关，时局愈加险恶，故宫的文物迁移已经势在必行。当时的国民政府行政院代理院长宋子文代表政府做出承诺：“北平安静，原物仍运还。”最终，故宫文物被决定迁往上海。

1933 年 2 月 5 日中午，大批板车进入了紫禁城北门的神武门。日落时分，从紫禁城到车站开始全面戒严，夜色降临，早已被精心打包装箱的 19557 箱故宫文物正式启运。

当时沿途军警林立，街上空无一人，排成长列的板车都朝着火车站方向移动。装载着大量故宫珍贵文献、书画、档案真本（包括全套

易培基。吴瀛当年一语成谶，1933 年，发生了轰动一时的“故宫盗宝案”，无辜的易培基和吴瀛均受牵连，被怀疑监守自盗，易培基更是因此抑郁而终

文渊阁《四库全书》）的专列随即缓缓启动。

专列被严格防卫：车顶四周架设机枪，车厢内遍布武装押运的士兵，沿途都有地方军队保护，还有张学良的骑兵时而护卫。除了特别快车，其余列车都要让道给这些专列。

第一次的故宫文物转移，是后来历次转移中条件最好的一次。但这些文物一出故宫，从此关山万里，颠沛流离。

3

1936 年，在上海的这些故宫文物都被运送到了南京，但还没过多久，“七七事变”爆发了。

1937 年，国民政府已做出了迁都重庆的决定，留在南京的这些文物，也随即踏上了二次迁移的征程。

当时的迁移，分成了三路：

第一路：南京—汉口—长沙—贵阳—安顺。

第二路：南京—汉口—宜昌—重庆—宜宾—乐山安古镇。

第三路：南京—徐州—郑州—西安—宝鸡—汉中—峨眉。

尽管当时政府也调用了一切可调用的资源，但这次的迁移，依旧是最艰苦的一次。途中，文物的护送队伍遭遇日军飞机轰炸，土匪骚扰，汽车故障，道路泥泞等，三条线路均遭受了巨大的考验和挑战。

但是，在押运人员一路的严密甚至拼死保护下，文物基本一件也没有丢失。这不能不说是一个奇迹。

运送文物的卡车在老百姓的帮助下艰难前行

参与北路（北路是最艰苦的一路）押运的那志良，在经历了一路上遭遇轰炸、翻车、翻船后发现文物依旧完好无损，于是开始相信有人和他说过的四个字：

古物有灵。

4

1945 年抗战胜利后，这些故宫的文物，又从西南大后方陆陆续续重新运回了南京，并准备运回北京故宫。

但不久之后，解放战争又爆发了。

国民党军队一溃千里，那些留在南京的故宫文物，再一次面临迁移。

1948 年底，国民党军队在淮海战役中的颓势已无法逆转，抢运故宫文物的决定又一次做出。

1948 年 12 月 21 日，一个萧瑟的冬日，故宫文物的又一次迁徙开始了。

在南京的下关码头，海军司令桂永清手里已经几乎无船可调，只能调来一艘国民党海军“中鼎号”平底运输舰。11 年前，从南京运往内陆的故宫文物，也是从下关码头出发的，而这一次，目的地成了台湾基隆港。

这是国民党第一次将故宫文物运往台湾，一共运走了 320 箱。

1949 年 1 月 6 日，第二批故宫文物被运往台湾，搭乘的是招商局调派的“海沪轮”。

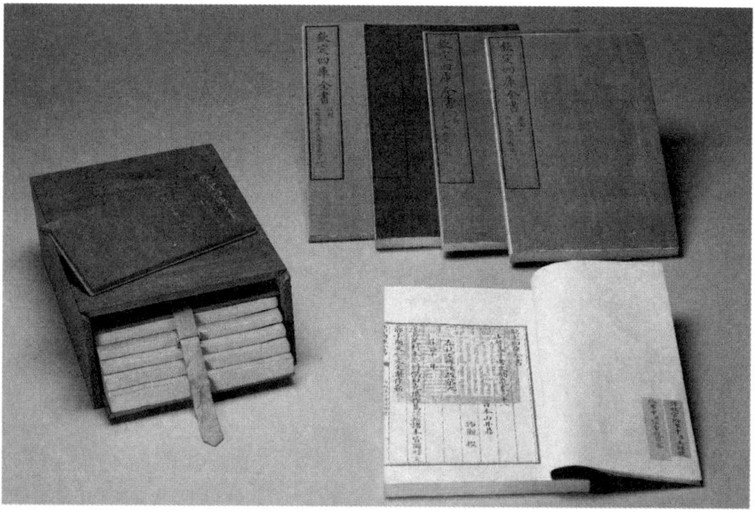

四库全书共有 3500 多种书，7.9 万卷，3.6 万册，约 8 亿字，基本上囊括了中国古代所有典籍，故称“全书”。当年，乾隆皇帝命人手抄了 7 部《四库全书》，分别藏于全国各地。先抄好的四部分贮于紫禁城文渊阁、辽宁沈阳文溯阁、圆明园文源阁、河北承德文津阁，称为“北四阁”。后抄好的三部分贮扬州文汇阁、镇江文宗阁和杭州文澜阁珍藏，称为“南三阁”

这一批运载的故宫文物有 1680 箱，是迁台文物中最多的一批。其中不仅有宋元瓷器精品和存在南京的全部青铜器，还包括全套文渊阁《四库全书》和离藻堂《四库全书荟要》。《四库全书》共七部，故宫文渊阁所藏是第一部，也是缮写得最为完整的一部。这批运走的青铜器和瓷器后来成了“台北故宫博物院”的镇馆之宝。

1949 年 1 月 28 日，第三批故宫文物被运往台湾，这次国民党动用的是“昆仑号”——也就是本文开头描写的那一幕。那一次，一共运走 972 箱。那天最后送上船的四个箱子里，就有一个故宫稀世珍宝——碧玉屏风。

碧玉屏风在 1941 年被汪精卫当礼物送给日本天皇，日本投降后又被要求送还了回来

在此之前，解放军合围北平在即，当时的民国教育部次长，转运负责人杭立武着急地想要把故宫的一批精品会同南京的文物，一起运往台湾，但当时的故宫博物院院长马衡虚与委蛇，不断拖延，最后保证了北平故宫的文物没有被运走一件。

在三批文物被运送之后，当时的李宗仁代总统下令禁止再从故宫运出文物。（1949 年 10 月，国民党从重庆又空运走了当年留在重庆的 38 箱文物。）

就这样，国民党分三批运往台湾的故宫文物，总计 2972 箱，其中古物 1434 箱，图书 1334 箱，文献 204 箱，占当时留在南京的文物的 1/4 左右。中华人民共和国成立后，包括南京在内的散落在各地的故宫文物，都被陆陆续续运回了北京故宫。

马衡

5

应该说，当初运往台湾的故宫文物，虽然数量远不及留在北京故宫的文物，但毕竟经过精挑细选，里面还是有很多精品的。

除了我们大陆游客都熟知的翠玉白菜，以及肉形石，还有下面这些门类的精品。

翠玉白菜

第一大类是青铜器。民国学者重视金石研究，而“鼎”又被视为国家的象征。国民党一共带走了 2382 件青铜器——要不是后母戊鼎（即原来的司母戊鼎）太大太重，估计也被带走了。

第二大类是书画。国民党当年共带了 5424 件去台北，其中仅宋画即

肉形石

毛公鼎

达943件。

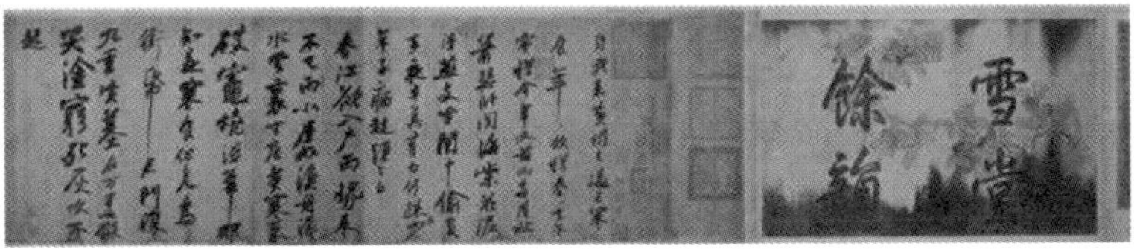

苏轼《寒食帖》

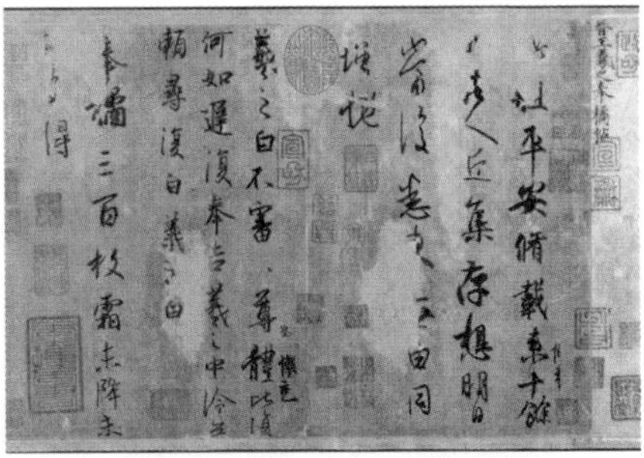

王羲之《平安何如奉橘三帖》

郭熙《早春图》

第三大类是瓷器。国民党通过精心打包，共带走瓷器 17934 件，件件精品。

第四类是玉器，国民党共计带走了 1 万多件。

第五类是各类文献。

这些珍品，连同 69.6 万件藏品一起，被陈列在“台北故宫博物院”，见证历史，供人观瞻。

北宋定窑白瓷婴儿枕

北宋汝窑青瓷莲花式温碗

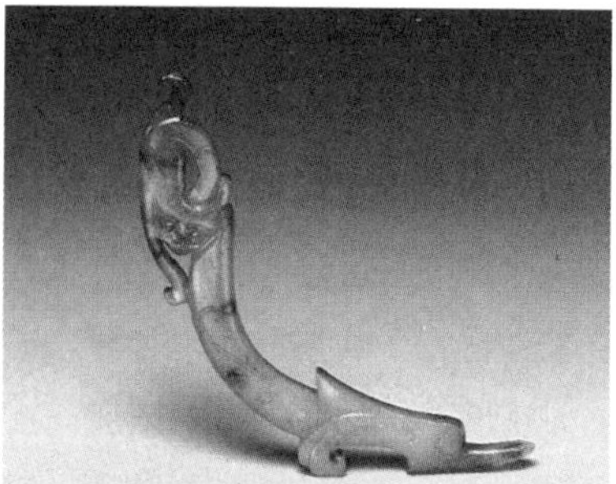

战国玉螭纹觿

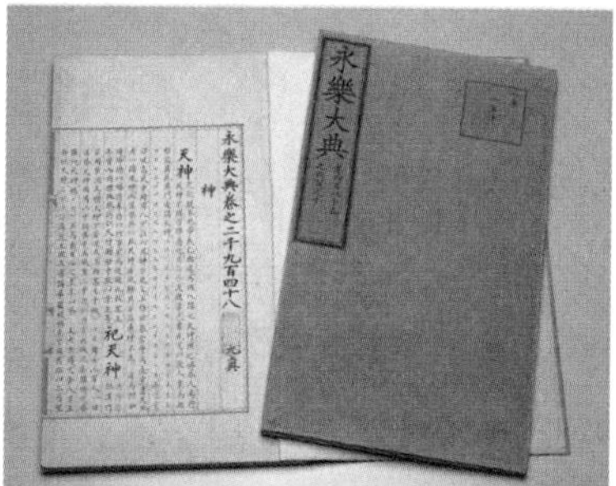

明《永乐大典》

馒头说

先回答一个不少读者心里其实都想问的问题：那些留在大陆的故宫文物，乃至故宫本身，后来安然无恙否？

1966年8月，中国开始刮起“破四旧”风，周恩来随即做出关闭故宫的决定，并派军队驻守。1967年5月，中共中央印发《关于在无产阶级文化大革命中保护文物的几点意见》，起到了一定扭转作用。

所以，十年浩劫期间，故宫所幸只损失了一些附属物：故宫内城隍庙泥塑神像11个，奉先殿前“焚帛炉”被拆坏。其他都保存无损，甚至连故宫的修复工作，在“文革”期间也没停止。

“文革”后期，故宫博物院的工作人员也分成了两派，互相斗来斗去，但不管怎么斗，两派人都有一个默契：谁也不能损害文物。

再回过头来看故宫文物那16年的颠沛流离。

在整个过程中，我最佩服的，还是所有参与这个过程的人，无论是押送的工作人员还是士兵，无论是马衡还是杭立武，甚至无论是桂永清还是蒋介石。

尽管意识形态有分歧，甚至兵戎相见，但大家对于中华民族老祖宗遗留下来的瑰宝，态度都是一致的。

马衡不肯让文物出北京故宫，当然有他的道理——以当时国民党的溃败之势和当时台湾这样的偏远之地，谁能保证文物运送到那里不会出问题？

而杭立武坚决主张要把文物运往台湾，也没有私心——我只想保存好这批宝贝。事实上，那批随文物去台湾的工作人员，后来很多人都把一生献给了“台北故宫博物院”，献给了文物研究。

所以，大家在保护文物这一出发点上，其实都是一致的。

也正是基于此，我个人以为，既然历史原因造成现在两岸“两个故宫”的局面，那就泰然视之：

这些文物都是老祖宗留下的无价之宝，放在哪里，都是被中华儿女妥善保管，都是供世人瞻仰。而且，海峡对岸的那个“故宫”，还能每天提醒那里的同胞，我们的渊源在哪里，根在哪里。

一直研究故宫的日本记者野岛刚，曾向时任北京故宫博物院院长的郑欣淼和“台北故宫博物院”院长周功鑫同时问过一个问题：“两岸统一之前，两个‘故宫’统一的日子是否会先到来？”

对岸的周功鑫院长表示，“故宫”的收藏品对台湾民众来说已是不可或缺的存在。

而北京故宫博物院院长郑欣淼的回答是：“让历史来决定。”

我个人更欣赏郑院长的回答。

哪怕分散各地，但真正的故宫永远只有一个。

就让历史来决定吧。

读者评论

Lillian：放台湾也比流失海外强，不论如何，东西还是在自己人手里。这几年在欧美居住期间走访了大大小小近百家博物馆，每每看到流失文物都是泣不成声，那心情真是糟糕透了。知名的博物馆就不说了。给欧洲或要去欧洲旅行的馒头粉推荐：巴黎集美博物馆（从新石器时代到明清时期的馆藏极其全面，精品程度高于国内大部分馆藏，特别推荐千佛洞、敦煌文物），巴黎的塞努齐博物馆（青铜器全面），巴黎枫丹白露宫（有英法联军侵华时圆明园被抢的七车文物），科隆东亚美术馆（书画），柏林亚洲艺术馆（石像），日内瓦鲍尔博物馆（玉器精妙，特别推荐明成化斗彩鸡缸杯，目前已知存世的大概只有 20 只，2014 年香港拍出一只 2.8 亿元天价），苏黎世利特博格博物馆（魏晋、唐、辽时期文物较出彩），罗马国立东方艺术馆（石窟）……

李想：故宫博物院的工作人员也分成了两派，互相斗来斗去，但不管怎么斗，两派人都有一个默契：谁也不能损害文物。这句话让我想起来之前樊锦诗院长讲当时敦煌的状况，敦煌研究院分成十几个派系，但是在保护文物上是一致的。

24 年前的今天，人类文明留下了黑暗的一页

人类永远不要以为自己已经步入了文明社会。

那些残暴的基因是渗透到我们骨髓里的，我们能做的，就是永远保持警醒。

1

在人类的历史上，发生过不少骇人听闻的大屠杀。

如果只以遇难人数来算，发生在卢旺达的这场“种族大屠杀”并不是最多的。

但是，它之所以令人发指，是因为这是一场距今最近的大屠杀。这场屠杀就发生在 1994 年——这是人类自以为已经摆脱蒙昧，即将迎来新世纪曙光的前夕——距今也就过去了 24 年而已。

而且，在短短的三个月时间里，就有超过 100 万人被屠杀。卢旺达的全国人口，因此减少了 1/8。全世界人口，被抹去 1/5000。所以，这已经不叫“种族大屠杀”了，而是“种族灭绝”。

2

有必要先了解一下卢旺达这个国家。

卢旺达，位于非洲的中东部，全称为“卢旺达共和国”，是一个内陆国家。

卢旺达的国土面积为26338平方公里，比我国的海南岛小一点吧。卢旺达境内多山，所以有“千丘之国”的称谓。因为它平均海拔 2000 米左右，所以虽然地处非洲，但气候还算宜人。

卢旺达在大屠杀爆发前，全国大约有 700 万人口，每平方公里人口超过 600 人，是非洲人口密度最高的国家。

700 万人主要由三个民族组成：胡图族、图西族和特瓦族。胡图族是卢旺达第一大种族，要占到全国人口的 84%；排在第二位的是图西族，占到人口的 15%；特瓦族很小，只占全国人口的 1%——正是因为它小到几乎可以忽略不计，后来反而逃过了一场灭顶之灾。

胡图族是卢旺达的原住民，而图西族早先是游牧民族，但从本质上说，这两个族群并没有太大的差异——他们已经长期生活在同一片土地上，有同样的生活习惯，并且说的是同一种语言。

胡图族人和图西族人（图西族人身材略高）

1884 年，卢旺达作为殖民地被划给了德国，但德国并没有太管这个地方，卢旺达还是维持一种酋长部落式的形态。直到第一次世界大战后，德国战败，卢旺达被划给了比利时。

比利时接过统治权后，一切发生了改变。

3

比利时并没有像德国那样进行松散式管理，而是深深介入了卢旺达的统治。

但比利时的统治，在卢旺达呈现出了矛盾的两面性。

一方面，比利时延续了胡图族和图西族隔离的政策，并且进一步固化了阶层（原先两个族群的身份是可以流动的，贫穷的图西族会成为胡图族，富裕的胡图族会成为图西族）：

管理者根据身高、肤色，甚至鼻子和瞳孔的大小，明确区分出了胡图族和图西族，而且在 1935 年，他们用身份证制度，将两个族群乃至阶层牢牢地固定了下来。

阶层怎样分化？那就是人口占少数的图西族明显占据统治阶层，族人可以接受高等教育，而人口占多数的胡图族基本上被剥夺了资格，沦为了社会底层——1987 年，在卢旺达 20 个政府部长席位中，胡图族人仅占有 4 个席位；在国民议会的 65 个席位中胡图族人仅占有 7 个席位；在中央委员会的 65 个席位中，胡图族人仅占有两个席位；15 个省中，仅有 1 个省由胡图族人担任省长。

为什么比利时要扶植人口占绝对劣势的图西族，统治人口占绝对优势的胡图族？

古今中外，很多殖民者其实都是这么做的。

为什么？因为外来殖民者一旦让人口占多数的族群掌握统治权，

自己的地位很可能就会被团结一心的他们推翻，而选择人口占少数的族群去压制人口占多数的族群，那个人口占少数的族群反而会对自己死心塌地。

但比利时进行严格的阶层固化，只是悲剧发生的一个原因，另一个原因，是他们又表现出了矛盾的另一面。

随着比利时传教士大规模进入卢旺达，无论是图西族还是胡图族，越来越多的人都开始信奉天主教——“上帝面前人人平等”的概念开始深入人心。再加上时代的发展，一批经济作物的引入使得胡图族农民在生存上对图西族地主的依赖渐渐减少。矛盾则开始渐渐激化，双方长期有小规模相互屠杀和报复的行为。

1988 年，卢旺达首次出现了胡图族人担任总统的政府，但这也引起了流亡的图西族人的不满。

1990 年，侨居在乌干达的图西族难民组织卢旺达爱国阵线（RPF）与胡图族政府军爆发了内战。在周边国家的调停和压力下，1993 年 8 月，双方签署了停战协定。

但一纸和平条约根本无法弥合两个族群之间的矛盾，相反，胡图族不少政府高官认为总统朱韦纳尔·哈比亚利马纳对图西族人让步太多。

1994 年 4 月，一场人类历史上的大悲剧终于爆发。

4

1994 年 4 月 6 日，一架飞机突然在卢旺达首都基加利附近被火箭炮击落。

那不是一架普通的飞机，上面载着卢旺达总统朱韦纳尔和布隆迪总统西普里安！

两位总统同时罹难，谁是凶手？

胡图族人反应神速，他们立刻站出来指证：肯定是图西族人干的！

4 月 7 日，由胡图族士兵组成的总统卫队冲进总理府，杀害了卢旺达女总理、图西族人乌维林吉伊姆扎纳和三名部长。

一场惨绝人寰的大屠杀就此拉开帷幕。

在媒体和电台的煽动下，胡图族的士兵、民兵甚至平民，都拿起了枪、砍刀甚至就是一根削尖的木棒，开始有组织地屠杀图西族人（主要是通过查身份证）。

在短短的三个月时间里，有超过 100 万人被杀害（卢旺达公布的数字不到 100 万，但不少外界数据都显示超过了 100 万），其中有 25 万至 50 万卢旺达妇女和女孩遭到强奸。

在这 100 万人里，超过 90% 的都是图西族人，但其中也有不到 10% 的胡图族人。这些胡图族人有的是因不愿意屠杀图西族人，被当作“叛徒”一起杀掉；有的是因为自己的妻子或亲戚是图西族人，也被一起杀掉；还有的，只是因为和别的胡图族人有仇，就被“借势”杀掉。

后来收缴的胡图族人用来屠杀的砍刀

这场杀戮到后来在有些地区已经超出了种族的仇恨，成了赤裸裸的抢劫和谋杀——不少胡图族人仅仅是因为贪图对方的财产，就杀光对方全家，再将财产瓜分。

1994 年 6 月 14 日，士兵在一个女人的尸体旁走过

“知乎”用户“LU 决明子”曾回忆当初自己去卢旺达采访一位妇女的经历：

“我抵达卢旺达的第一天，一位女士通过翻译一句一句地讲述她的故事，在那个氛围下，眼泪就没停下来过。她本有丈夫和孩子，屠杀开始时，她失去了他们，而她自己也被驱赶至万人坑。无数人死去，活下来本是她的运气，但是更残暴的还未结束。到处都是路障和民兵的盘查，她很快又被抓回去，日日夜夜反复遭到强奸蹂躏，屠杀持续了三个月，那么也就是说她被强奸了这么久。后来她活了下来，来到幸存者营地，在那里她发现自己怀孕了。然而一切没有结束。

“虽然孩子来自痛苦的回忆，但是她仍然把孩子留了下来。而她在一次身体检查中发现，她 HIV 检测呈阳性。后来孩子生下来了，一出生就携带 HIV 病毒。这是她的故事，也是千千万卢旺达女人的故事，包括艾滋病的部分。知道为什么吗？因为当时胡图族的人，雇用了患有艾滋病的男子，一个一个去强奸女人们，因为他们要让图西族的人世世代代受到痛苦，最后绝种。”

当时，许多图西族难民都想从基伍湖逃难到邻近的扎伊尔，但因为没有船只，大批图西族人在岸边和河中遭到虐杀。在 100 多公里长、数公里宽的基伍湖上漂满了尸体。

这场大屠杀，直接改变了卢旺达的人口结构——全国人口的 40% 居然是儿童！大量的妇女成为寡妇，200 万难民逃离卢旺达，进入周边国家。

5

于是，一个问题来了。

在卢旺达爆发如此惨绝人寰的大屠杀时，其他的文明国家在做什么？

首先遭到质问的，是宗主国比利时。

国际上的一条不成文的规定是：非洲的前殖民地国家发生骚乱，宗主国有不可推卸的管理责任。但是，骚乱爆发的前一天，比利时在卢旺达的维和士兵，就被胡图族人杀死了 10 人，不愿意蹚浑水的比利时随即撤走了所有本国的维和部队。

其次被问到的，是历来在全世界维护和平的美国。

但美国刚刚遭受了“索马里之痛”——在索马里执行维和任务

的美国士兵被索马里人开枪打死了 19 个人，两架直升机被击落（参看电影《黑鹰坠落》）。美国士兵的尸体被索马里人在地上拖着游街。这一幕通过电视镜头深深刺痛了所有美国人。在这样的背景下，当时的美国总统克林顿罕见地宣称：这是卢旺达的内部事务，我们不干涉。

和美国一直步调一致的英国在索马里也吃了亏，所以也选择旁观。

如果说“不干涉他国内政”至少也算一个说法的话，但我们不能忘了还有一个重要机构——联合国。

在骚乱爆发之初，当时的联合国驻卢旺达维和部队指挥官达莱尔将军就曾表示，只要派出 5000 名联合国维和部队士兵，就可以阻止骚乱。

但他等来的却是联合国的另一纸命令：根据 872 号决议，联合国的维和部队士兵不能在第三国首先开枪——施暴的是卢旺达平民，落难的也是卢旺达平民，不干涉。在这场骚乱中，联合国维和部队当时只留下了象征性的 260 名士兵，负责提供人道主义援助。在一个半月后，联合国才将士兵增加到 5500 人，进而呼吁各个国家参与进来。

还有一个国家，法国。

在最初的联合国安理会表决中，法国是否认卢旺达发生大屠杀的。虽然没有足够的证据，但法国一直被怀疑在幕后支持了胡图族的这场大屠杀——只是后来大屠杀的失控超出了法国的预料，所以最后是联合国授命法国牵头组成的维和部队干预卢旺达。

2014 年 4 月 7 日，“卢旺达大屠杀”20 周年纪念仪式举行，在各国都派出使节，联合国秘书长潘基文也亲自参加的这场仪式上，卢旺达总统保罗 · 卡加梅拒绝法国大使参加仪式。

6

一场震惊人类世界的大屠杀，是不可能不留下余响的。

首先是审判。

1994 年，联合国在坦桑尼亚的阿鲁沙成立卢旺达问题国际刑事法庭，审判高级政府官员或军人。卢旺达政府则负责审判较低层级的领导人或平民。

经过历时十年的审判，卢旺达问题国际刑事法庭宣布，判处涉及卢旺达大屠杀案件的 6 名嫌疑犯 25 年到终身监禁。

在这场涉及数百万人参与的大屠杀中，很多人意料之中地逃脱了法律制裁。

那么，如何让人铭记这场灾难？

2004 年，由英国、南非、加拿大和意大利四国合拍的电影《卢旺达饭店》上映，这部电影讲述了一个真实故事：一位卢旺达胡图族饭店经理保罗·路斯沙巴吉那（Paul Rusesabagina）在那场大屠杀中，利用饭店设法挽救了 1268 位图西族及胡图族难民的生命。很多西方人是通过这部电影，才知道卢旺达发生了那样的大惨剧。

这部电影在当时引起了不小的轰动，很多人都被这部电影中表现出的人性打动。

但也有不少批评的声音：这部电影因为渲染了温情，让人们很容易忘记隐藏在感动背后的真实血腥与残酷。

那么，真正的评价应该是什么？

2004 年，在“卢旺达大屠杀”10 周年纪念仪式上，时任联合国秘书长的安南说了一句话：“这场屠杀，是整个人类的耻辱！”

2001 年，卢旺达通过了“新国旗法”，宣布用蓝、黄、绿三色代替原来的红、黄、绿三色。

因为红色让人想到了屠杀。

卢旺达不愿意再见到鲜血。

馒头说

在这个星球上，会自相残杀的生物其实不多，人类算是其中之一。

而会有组织地大规模残杀自己同类的生物，整个地球上，应该只有人类。

是不是很难想象：在距今只有 24 年的 1994 年，在人类的通信科技已经非常发达，联合国已经成立了近 50 年的时候，还会爆发一场超过 100 万人遇难的明目张胆的大屠杀？

100 万人哪！

所以这才是全人类的耻辱！

不要以为，似乎经济欠发达、人民欠开化的地方才会发生这样的事。当年工业产值已跃居全球前列的德国，纳粹们也是彬彬有礼地打开集中营毒气室的大门，在短短四年时间里就屠戮了 600 万犹太人。

真的，不要以为这些事离我们很远。

我们现在所处的这个世界，确实在科技文明进程上又跨越了一大步，但人类内心那些自私、嫉妒、仇恨、嗜血的基因，却不会因此荡然无存——一个平时彬彬有礼、安分守己的人，说不定哪天就会因为一个看上去非常荒谬的原因，在煽动和挑唆之下，瞬间就被裹挟进“集体无意识”的杀戮狂欢中。

不要以为自己离疯狂很远。

人类啊，永远对自己保持警惕吧！

读者评论

尾巴小姐：谢谢馒头大师的文章！我现在就在一个国际刑庭里工作，研究生论文写的就是卢旺达种族灭绝罪中的强奸罪。目前在国际刑法里，种族灭绝罪项下是没有强奸一项的，强奸只能以危害人类罪或者战争罪来起诉。这里面的原因是，很难证明罪犯在实施强奸的时候有“灭绝种族”的特殊故意。但我认为这在卢旺达屠杀中是可以被证明的，就像你举的例子，让携带 HIV 病毒的人去强奸图西族妇女。还有关于卢旺达刑庭，我补充一点，它的建立本来就是审判一定级别以上的官员的，以免他们在国内审判中享有豁免权。目前法庭已经结束所有审判工作，起诉了 93 人，完成了 85 人的审判程序，还有 8 人在逃。联合国建立了国际刑庭余留机制，为卢旺达刑庭和前南斯拉夫刑庭做收尾工作。如果在逃犯被抓住，余留机制也会负责审判工作。而且除了这些“高官”在联合国被审，卢旺达自己的法院也有一系列的审判。这并不是最完美的结局，但法律至少保证了不会有罪不罚。

ww：有一本书叫《就说你和他们一样》(*Say You're One of Them*)，讲的就是一对夫妻分属两个民族，皆被屠杀。妈妈把孩子们藏起来以后告诉他们：如果有人问你们是什么族的，你就说，和你们一样……讲的就是这段历史。

偶素公主妈：完全不知道有这事！我们居然是通过公众号才知道，比通过电影知道还落后……真的是人类文明的耻辱。

陈希：我在卢旺达半年，依然无法直面大屠杀纪念馆的那一摞摞白骨。二十多年了，卢旺达禁止堕胎，那批孩子也已经长大，现在的卢旺达干净整洁，气候宜人，有非洲小巴黎之称。今天是纪念日，全国放假，我也整装出发，准备去爬山看世界上仅存的山地大猩猩。同一片蓝天下，已是不同的天地。愿我们能珍惜当下，有缘也来卢旺达感受这里的风景如画吧。

55 年前，人类差点灭绝

这个标题，并不是危言耸听。有些人可能会有些奇怪：真的会有这样的事？

真的会有这样的事。

在 55 年前，真的，就差那么一点点。

1

1962 年 10 月 28 日，星期日。

那一天，全世界的人从来没有那么渴望听到一个广播电台的播音。

那是莫斯科电台，广播了苏联最高领导人赫鲁晓夫，对美国总统肯尼迪的回信：

“我非常理解您以及美国人民对于您所称为进攻性武器所感到的忧虑，这的确是一种可怕的武器。

“您和我都了解，这是一种什么性质的武器。为了尽快地消除这一危及和平事业的冲突，为了给渴望和平的各国人民以保证，苏联政府除了此前已下达的在武器的建筑工地停止施工的命令外，现又下达新命令拆除您所称为进攻性的武器，并将它们包装运回苏联。”

在那一刻，全世界也有很多人并不知道，人类——是的，全人类——终于躲过了一场灭顶之灾。

2

故事，还是要从 1961 年说起。

年轻时的卡斯特罗

1961 年 4 月 17 日，1500 多名流亡在美国的古巴人，经过美国中央情报局的训练和武装，在古巴西南海岸的猪湾（Bahía de Cochinos) 登陆，企图推翻卡斯特罗领导的古巴政府。

这就是当时著名的“猪湾事件”。

“猪湾事件”的结局只证明了一件事：美国人找了一群“猪一般的队友”——仅仅 72 个小时，这支 1500 人的雇佣军就被古巴政府军击溃了。90 人丧生，1000 多人被俘。

虽然“猪湾事件”的规模不大，但造成的后果影响非常大。

首先，肯尼迪政府因此大丢颜面。虽然肯尼迪一直不肯承认美国是幕后指使，但这是个“全世界皆知的秘密”，肯尼迪给人留下了“懵懂无知，懦弱胆小”的印象。

其次，原先和美国关系不错的古巴，开始转向。原先古巴和美国的关系是相当不错的，卡斯特罗以总理的身份，还去美国访问过，受到当时艾森豪威尔总统的热烈欢迎。古巴本来对于社会主义和共产主义一无所知，但就在“猪湾事件”后，古巴迅速转向了美国的最大竞争对手——苏联。

所以，如果没有“猪湾事件”，就很难有之后让全世界惊心动魄的“古巴导弹危机”。

3

古巴的地理位置，对于美国来说实在太重要了。

如果说拉美是美国的后院的话，与美国近在咫尺的古巴，就是后院里的一根最不让人放心的刺。

看到古巴倒向了自己的怀抱，苏联觉得机会来了。

当时的苏联，拥有全世界最强大的陆军，但是美国拥有全世界最强大的海军和空军。而在核武器的对比上，苏联拥有的陆基洲际导弹，只相当于美国的1/8——当然，当时双方拥有的核武器，已足以炸平地球了。

1961年，美国在意大利和土耳其都部署了导弹基地，再加上在联邦德国的导弹基地和一批轰炸机基地，苏联所有的工业中心，都处于美国的核弹打击范围之内。可以说，只要美国高兴，摧毁苏联也就是喝杯茶的时间。

在这样的背景下，苏联一直在寻找扭转劣势的机会。

而也就在这个时候，美国人把古巴用鞭子抽着赶着送进了苏联人的怀抱。

怎么利用这个千载难逢的机会呢？

赫鲁晓夫通过“猪湾事件”，已认定肯尼迪是一个“胆小懦弱”

的人，所以他做出了一个异常大胆的决定：

在古巴部署 60 枚左右的中程核导弹，把毁灭美国也变成喝一口伏特加的事。

4

要在美国的眼皮底下部署核导弹，谈何容易？

所以苏联选择了欺骗。

在所有的公开场合，苏联坚决否认古巴拥有任何进攻武器。赫鲁晓夫亲自给肯尼迪写信：保证在 1962 年 11 月的美国国会选举前，不挑起任何事件。

事实上，在 7 月，苏联就把运往古巴的货物改由苏联船只运送，将几十枚导弹和几十架飞机拆开，装到集装箱里运往古巴。不仅如此，大约 3500 名军事技术人员，也跟着船陆续抵达古巴。

苏联运往古巴的核导弹威力究竟有多大？每一枚核弹头的威力，都比当初美国在日本广岛投下的那颗原子弹的威力大至少 20 倍。

然而，纸毕竟是包不住火的。

1962 年 10 月 14 日，一个万里无云的星期日早晨，两架美国的 U–2 高空侦察机在古巴的西部上空，拍下了大量照片。

第二天，美国的大量专家把每张照片放大，认出了照片里的导弹发射台，发射弹道导弹的建筑物，以及一枚中程弹道导弹。

10 月 16 日，这份情况汇报被摆到了肯尼迪的办公桌上。

肯尼迪又惊又怒！

他知道不能相信苏联人，但绝没想到，苏联人真的敢在美国人的眼皮底下，部署一支分分钟可以毁灭美国的核导弹力量！

肯尼迪立刻召开国家安全委员会紧急会议。

在会上，所有的人都认为决不能接受苏联的导弹部署，但对如何移除苏联的导弹而避免引发“第三次世界大战”，大家的意见却不统一。

肯尼迪有点倾向于对古巴导弹基地实施一次无预警打击，而他的弟弟罗伯特·肯尼迪则主张再次入侵古巴。最终，国防部长麦克纳马拉提出建议：能否先封锁古巴？

这个建议让肯尼迪最终决定：先外交，再武力。

5

苏联和美国的第一个回合的较量开始了。

10 月 18 日，肯尼迪在白宫的总统办公室，约见了苏联外长安德烈·葛罗米柯。

肯尼迪会见葛罗米柯（左三）

在两个多小时的谈话中，葛罗米柯始终没有提苏联在古巴部署导弹的事，而令人奇怪的是，肯尼迪也同样没有提，只是不断强调：美国绝不能容忍苏联在古巴部署进攻性武器。

谈话的时候，U2 高空侦察机拍摄的照片证据，就在肯尼迪的右手抽屉里。

后来的史学家都没有搞明白一个问题：肯尼迪既然已经约见了葛罗米柯，为什么不当面质问他呢？

唯一的解释可能是，肯尼迪希望给对方一个机会，一个主动坦白的机会。

唉！这又不是谈恋爱！

而葛罗米柯根据肯尼迪的态度，也做出了一个错误的判断，汇报给了克里姆林宫：

情况令人满意！美国不会有什么反应！

6

第一个回合无疾而终，第二个回合拉开序幕。

10 月 22 日中午，美国驻联合国官员交给苏联驻美大使多勃雷宁一封急电，要求他下午 6 点，必须赶到华盛顿与美国国务卿腊克斯会面。

多勃雷宁一下子就感到情况不妙。

下午 6 点，苏联大使见到了美国国务卿。腊克斯告诉多勃雷宁，美国总统肯尼迪将在 1 个小时后对全美国发表电视演讲，并交给了他总统电视演讲的讲稿，同时还有一封肯尼迪写给赫鲁晓夫的信。

多勃雷宁赶紧赶回大使馆，向莫斯科汇报。克里姆林宫也乱作一团——肯尼迪不是胆小懦弱的吗？难道要动真格的了？

晚上 7 点，肯尼迪的全国电视讲话如期开始。

在电视讲话中，肯尼迪向美国——等于向全世界——宣告了苏联在古巴部署了核导弹，而这一情况是美国绝不能容忍的。肯尼迪表示，将对古巴施行“隔离”（quarantine）。之所以用“隔离”而不是“封锁”（blockade），是肯尼迪政府认为，“封锁”还是带有明显的战争意味，而“隔离”，只是要求所有携带武器进入古巴的船只，调头离开。

"All the News That's Fit to Print"

The New York Times.

LATE CITY EDITION

NEW YORK, TUESDAY, OCTOBER 23, 1962. FIVE CENTS

U.S. IMPOSES ARMS BLOCKADE ON CUBA ON FINDING OFFENSIVE-MISSILE SITES; KENNEDY READY FOR SOVIET SHOWDOWN

U.S. JUDGES GIVEN POWER TO REQUIRE VOTE FOR NEGROES

High Court Upholds Order Forcing the Registration of 54 in Alabama County

Nehru Warns of Peril to Independence —Reds Attack Near Burmese Border and Press Two Other Drives

SHIPS MUST STOP

Other Action Planned If Big Rockets Are Not Dismantled

PRESIDENT GRAVE

Asserts Russians Lied and Put Hemisphere in Great Danger

《纽约时报》相关报道

电视讲话之后，肯尼迪随即宣布美国进入三级战备状态：183 架携带核弹的 B–47 轰炸机，被疏散到美国国内 33 个民用和军用机场；66 架携带核弹的 B–52 升空待命；22 架携带空空导弹的截击机在佛罗里达海岸上空待命。

这一切，就是为了保证美国在遭受核打击之后，在第一时间能实施“核报复”。

7

10 月 23 日，第三回合。

肯尼迪签署“隔离令”

苏联政府的声明来了：要继续按照协议，使用武器援助古巴，坚决拒绝美国的拦截，如果美国动手，苏联“将进行最激烈的回击”！

与此同时，苏联和美国的另一条秘密联系线也在高速运转：肯尼迪的弟弟罗伯特·肯尼迪，私下里与苏联大使多勃雷宁接触。

小肯尼迪询问：禁行令生效后，苏联的船只打算怎么办？

多勃雷宁回答：一切照旧。

小肯尼迪警告：美国军舰真的会开火的。

多勃雷宁回答：那就是战争。

8

10 月 24 日，第四回合。

一场以整个地球命运为赌注的豪赌，拉开序幕。

美国的战备状态升为了二级：1436 架美军轰炸机，145 枚洲际弹道导弹进入警戒状态；25 万美国军队在佛罗里达集结——这是第二次世界大战后美国最庞大的登陆部队；全世界各地的美军基地均进入戒备状态。

与此同时，在 68 个空军中队和 8 艘航空母舰的护卫下，包括两艘巡洋舰和 118 艘驱逐舰在内的 183 艘美国舰艇，从佛罗里达到波多黎各布成了一个弧形，封锁了古巴海域。

24 日上午，苏联的 18 艘货船，在美国的“隔离圈”外围，汇合了 6 艘苏联潜艇，开始向“隔离圈”逼近，随后，停泊在了“隔离圈”外。

美国飞机掠过苏联货船

全世界的目光，都聚集在了这些苏联的货船上。

在经历了一段令人紧张得窒息的僵持后，几艘苏联的货船，开始调头返航。

当时的美国国务卿腊斯克对肯尼迪说：“就像两个凝视的人，其中一个眨了下眼。”

9

10 月 25 日，第五回合。

美国国务卿腊斯克没有想到的是，那一天，有一艘苏联的货船，依旧闯进了“隔离圈”。

这艘叫“布加勒斯特号”的货船，没有挂苏联国旗，但是是苏联的船只无疑。

当“布加勒斯特号”逼近“隔离圈”的时候，所有人的心都吊到了嗓子眼：三海里，两海里，一海里，进入“隔离圈”……

但那一刻，美军的战舰，并没有开火。

所有人的心，又都放了下来。

但美国军舰还是拦截下了“布加勒斯特号”，宣布要检查船舱内的货物。但有意思的是，说是要“检查”，但美军并没有登上货船，而是听船长承诺没有武器后，就离开了。

后来分析，是肯尼迪希望给苏联一个善意的信号——我其实不想搞大。

这个回合，美国人退了一步。

10

10 月 26 日，第六个回合。

这次，战场移到了联合国。

在联合国大会上，美国驻联合国代表斯蒂文森向全世界各国的代表，展示了 U2 飞机拍摄的放大后的照片，然后咄咄逼人地公开质问苏联代表左林：“先生，我只问你一个简单的问题：你是否承认，苏联在古巴部署了中程弹道导弹？是，或者不是？”

左林沉默，假装在等耳麦中的翻译。

斯蒂文森继续追问：“不用再等翻译了！你只要回答我，是，还是不是？”

左林索性摘下了眼镜，有些尴尬地笑了起来，紧接着，会场上也爆发了笑声。斯蒂文森自己也笑了起来。

当时的气氛，看上去还挺友好的。

11

10 月 27 日，第七个回合，形势急转而下。

那一天，被称为“黑色星期六”——如果回过头来看，那一天，可能是人类距离灭绝最近的一天。

那天上午，苏联 B–59 号潜艇正在古巴海域潜航时，忽然遭到了美国“比勒号”驱逐舰的袭击。没有证据表明，“比勒号”驱逐舰是接受了高层授权开始攻击苏联潜艇的，而他们更不知道的是，这艘苏联潜艇，携带着装有核弹头的鱼雷。

一颗颗深水炸弹扔下去后，B–59 号潜艇被气浪掀得东倒西歪，潜艇内的苏联水兵慌作一团，当时他们只有一个念头——战争已经开始了！

于是，水兵们第一个想到的，是向“比勒号”驱逐舰发射带有核弹头的鱼雷。

按照当时苏联潜艇上的规定，发射核鱼雷，由三个长官一致同意即可。

如果那枚鱼雷发射出去，一场核战争无可避免地就将爆发。

但是，后来解密的资料表明，当时的三个苏联人里，有一个人说了“NO”。

一场危机过去了，另一场危机接踵而来。

就在 B–59 号潜艇差点释放出核鱼雷的那天上午，美国的一架 U2 高空侦察机，在古巴的上空，被地面防空部队发射的导弹击落，飞行员当场死亡。值得一提的是，阵亡的飞行员是安德森少校，当初正是他，发现了苏联在古巴部署的导弹。

那一天，上帝似乎在和人类开玩笑——这里一根导火索刚被掐灭，那边一根导火索又被点燃了！

飞机被击落，飞行员死亡，这已经是战争行为。当时的美国民众，顿时开始哄抢超市里的食物和水，而白宫最高层会议室里，也已经吵成一团：美国军方主张，立即还击，首先用战略轰炸机和导弹轰击古巴的基地。

被击落的 U2 高空侦察机

但肯尼迪思考了良久，痛苦地说了一句话：“我不关心第一步该怎么做，而是双方升级到第四、第五步的时候，我怕，人类已经没有人去做第六步了。”

肯尼迪决定赌一把：这次的导弹袭击，并没有经过克里姆林宫的授权。于是，美国政府放出风声：击落 U2 飞机的导弹部队，是古巴军队（其实是苏联人操控的）。

而苏联政府很快接过了这个球，也说是古巴的导弹部队干的——因为这次导弹袭击，确实是一个意外行为。

又一根导火索被扑灭了。

同时，也是在那天，肯尼迪给赫鲁晓夫写来的第一封信，回了一封信。

第一封信，是指在 10 月 26 日，赫鲁晓夫给肯尼迪发去的那封长信。在信中，赫鲁晓夫承认在古巴部署了导弹，但“只是防御性的”。同时，他向肯尼迪表示，不要把局势弄得不可收拾，“只要美国做出不入侵古巴，且不允许别人入侵古巴的保证，苏联就撤回导弹”。

但就在 10 月 27 日这天，赫鲁晓夫又给肯尼迪发了一封信，表示除非美国撤销在土耳其布置的导弹，苏联才撤回古巴的导弹。

两封前后要求不一致的信，暴露了克里姆林宫也已经陷入了混乱。

最终，肯尼迪决定只回复赫鲁晓夫的第一封信：

愿意接受赫鲁晓夫的提议，只要苏联撤销导弹，美国就解除“隔离”，保证不入侵古巴，也不允许别人入侵。

12

10 月 28 日，最后一个回合。

在这场比谁先眨眼的凝视比赛中，赫鲁晓夫最终闭上了眼睛。

于是就出现了本文开头的那段广播播音。

之后，在美国军队的全程监督下，苏联将在古巴部署的导弹，全部拆运回国。

在“古巴导弹危机”结束后的四个月，美国悄悄拆除了在土耳其部署的导弹——这是当初赫鲁晓夫与肯尼迪达成的秘密协定，美国只做，但绝不说。

这场危机，美国赢了面子，苏联其实也没输里子。

而全人类，终于躲过了一场足以让我们灭绝的核战争。

馒头说

两个壮汉，一人拿一个炸弹，在一个满是人的房间里。

一个喊：“你瞅啥？”

另一个回：“瞅你咋地？”

一个继续喊：“你再瞅眼试试？”

那一个瞪圆眼：“试试就试试！”

这就是我对当时“古巴导弹危机”的印象。

好在，这两个人最终谁也没拉炸弹的引信，最多肚子里嘀咕一句：“下次看我不弄死你！”

从这个角度看，我个人还是挺感激当时的赫鲁晓夫和肯尼迪的。

其实当时这两个国家的首脑，都在国内遭受了巨大的压力——要知道，发射核武器只是按一个按钮的事情，多少人唯恐天下不乱。

但是，这两个人都顶住了压力。

在这场用一颗太阳系行星做赌注的赌局中，赫鲁晓夫和肯尼迪其实唯一可以指望的，就是对方——希望对方还是一个冷静理性的人，能够为全人类的福祉做考虑。1963年，肯尼迪发表演讲，表示在避免核毁灭这个问题上，美国和苏联具有共同的人道主义精神和现实利益。

在“古巴导弹危机”之后，华盛顿和莫斯科迅速做了一件事。是互相指责谩骂？不是的，是马上建立了最高领导人热线。

国与国之间有利益，有纠纷，甚至有战争，但上升到整个人类前途和命运的时候，绝大多数国家领导人，还是头脑清醒的。

希望人类永远能保持这种清醒。

阿弥陀佛。

读者评论

Hao：记得曾经有个“拯救过世界的英雄名单”，阿尔希波夫名列其中，就是那个说了“NO”的苏联潜艇军官。

Lawren：力量带来的威慑下的生存真是讽刺，就如爱因斯坦所说：我不知道第五次和第六次世界大战用什么武器，但是第四次肯定用的是棒子和石头。想起了 20 世纪五六十年代富饶的、现代化的阿富汗，可悲可叹。

Lola 酱：有两个疑惑求解答：1. 当时美国和古巴关系相当不错，那肯尼迪为什么会在幕后支持“猪湾事件”呢？ 2. 联合国质问那个回合，笑一笑以后怎么样啦？大家就心照不宣没有继续问了吗？（作者回复：1. 后来古巴出台了一系列激进政策，美国一冲动就和古巴断交了；2. 这段我看的是当时的视频。确实哄堂大笑，然后，视频就没有了……）

C. sy：看完后庆幸，国与国之间有纠纷也会有利益，涉及大是大非，最高领导人的冷静理性很重要，一冲动就会坏事，战争一旦开始，就无法控制，也没有那么容易结束，希望世界和平，以后都不要有战争。

两亩田：最近刚看的《失败的帝国：从斯大林至戈尔巴乔夫》，虽然看不太懂（因为我对书里提到的历史事件缺乏基本的了解，书里说得又不怎么详细）。唯一的印象是，“二战”后，除了斯大林，苏联那边的领导人基本上是希望和平的，至少是不希望跟美国打起来的，最多算是争争小弟，其实没有跟美国正面对抗的国力。苏联一直在穷困的泥淖里挣扎。但是，领导人的意志往往无法顺利传导至国家机器这么庞大又容易失控的破玩意儿的底端，所以磕磕碰碰在所难免。

一场神秘的超级大爆炸

这场大爆炸，究竟是陨石撞击地球，还是原子弹试验造成的？抑或是，已经成为“半神之体”的尼古拉·特斯拉的一次交流电的实验而已？

1

1908年6月30日早上7点17分，俄国西伯利亚森林的通古斯河畔，突然爆发出了一声巨响。

这不是一声普通的巨响。

在巨响爆发的一瞬间，天空出现了强烈的白光，气温瞬间急剧升高，现场升起了一朵巨大的蘑菇云。

据后来的测算，这次爆炸让方圆2153.2平方公里（相当于日本东京那么大）内的8000万棵树木被摧毁，爆炸的当量大约相当于1500万~2000万吨TNT炸药——37年后，人类在广岛投下的第一颗用于实战的原子弹，才2万吨TNT炸药当量。

这还不算结束。爆炸发生时，70公里外的居民家中玻璃被震碎，

有人被灼伤。英国伦敦的不少电灯骤然熄灭，远在大洋彼岸的美国天文台都观测到了异动。在之后的一周，不少欧洲国家的天空都呈现出一种暗紫色。

这场骇人听闻的大爆炸，发生的位置是在北纬 60 度 53 分，东经 101 度 53 分，因为靠近俄国的通古斯河（今属俄罗斯联邦埃文基自治区），所以被称为“通古斯大爆炸”。

2

那么大的一场爆炸，政府不可能不派人来查。

但那个时候的沙皇俄国，刚刚遭受日俄战争的惨败，国内的局势也颇为动荡，并没有查出什么究竟。

但“通古斯大爆炸”的各种奇怪现象实在太让人费解。1921 年，俄罗斯科学院的矿物学家库里克（Leonid Kulik）希望能解开这场大爆炸背后的真正的原因。由于资金匮乏，库里克只能编了一个理由：

通古斯地区的陨石上的铁，可以解决当时资源匮乏的苏联的燃眉之急。由此，考察队才获得了政府的资金拨款，成为第一支全面探索“通古斯大爆炸”的考察队。

但关于“陨石”的说法不单单是借口，库里克真的相信，那场大爆炸是由一颗陨石撞击地球所形成的——说实话，那么大的爆炸，在当时确实找不出其他的理由。

但是，抵达通古斯现场的库里克考察队却失望了。

在爆炸地点，库里克他们没有发现支撑这一观点的最基本证据——陨石坑。他们测算了爆炸的面积，考察了爆炸范围内的树木（倾倒的树木以爆炸点为中心呈辐射状），但就是没发现陨石坑，也没有发现陨石。

库里克在爆炸区内发现了一个小沼泽，他怀疑可能是陨石坑，但想尽办法排光其中的水之后，他排除了这个判断。

库里克对通古斯地区的考察持续了 10 多年，他甚至请人从空中拍下了整个爆炸范围的情况，照片显示，整个爆炸区的树以一只蝴蝶的形状倾倒，但依旧没发现陨石坑。

库里克是一个执着的人，他始终坚信一定能找出这场爆炸背后的原因。但是天有不测风云，1941 年，希特勒往地图上一指，550 万纳粹大军大举突入苏联境内，苏德战争全面爆发。

库里克迅速上了战场，但在苏军兵败如山倒的苏德战争前期，他很快成了一名战俘，并在 1942 年死于纳粹的集中营。

对“通古斯大爆炸”的第一次全面尝试探索，就此中断。

3

1945 年 8 月，在第二次世界大战临近尾声的时候，日本广岛上空升起了一朵蘑菇云。

这场人类历史上第一次用于实战的核爆炸，震惊了世界，同时也给“通古斯大爆炸”的探索增添了一个新的视角。

当时苏联的军事工程专家卡萨茨夫在1945年12月拜访了日本的广岛，看到了广岛的各种惨状，他立刻联想起了“通古斯大爆炸”。

他随后指出：通古斯地区爆炸后的树木，都呈现出被辐射的症状；爆炸地区的驯鹿都得了一种奇怪的皮肤病；据目击者称，通古斯爆炸后，升起了一朵巨大的蘑菇云。

通古斯爆炸地区的树木

卡萨茨夫得出的结论是：通古斯大爆炸并不是由于陨石撞击地球而引起的，而是一场标准的“核爆炸”。

但“核爆炸”的说法也有个明显的问题：1908年的人类世界，怎么可能掌握核技术？

随后，在20世纪50年代，卡萨茨夫在自己之前判断的基础上，进一步提出了一个大胆设想：是一艘外星人的宇宙飞船坠毁，才引起了通古斯大爆炸。

按照卡萨茨夫的说法，宇宙飞船的外星人是出于不可知的目的

（比如飞船发生了故障，但他们不想让地球人知道他们的技术），引爆了宇宙飞船，而核动力发动机引发了这场核爆炸。

虽然“宇宙飞船说”能够解释“通古斯大爆炸”的威力来源，但实在拿不出可信的证据，卡萨茨夫自己也承认是一种猜想而已。

人们只能继续探索这场超级大爆炸的原因。

4

“二战”结束，世界和平，探索“通古斯大爆炸”之谜的科学家也越来越多。

当然，各种推测的想象力也越来越丰富。

1965 年，三位美国科学家提出了一种新的解释——通古斯大爆炸可能是从太空降到地球来的一种“反物质”造成的。他们推测这种“反物质”是“反陨石”。在他们的调查报告里说，1908 年 6 月 30 日这一天，一个由“反物质”组成的陨石意外地闯入了地球并导致了这场灾难。他们认为：0.5 克“反铁”与 0.5 克铁相撞，产生的威力就足以超过在广岛爆炸的那颗原子弹。

与“反物质说”类似的，1973 年，美国得克萨斯大学的两位科学家杰克逊（Jackson）和赖安（Ryan）提出，“通古斯大爆炸”是一个小型的黑洞通过地球引起的。他们甚至测算出了黑洞的重量：约 1023 千克，还测算出了这个黑洞是从冰岛和纽芬兰岛之间的大西洋某地穿越的。但既然是一次穿越，就会引发两场爆炸，另一场爆炸却根本没有记载。而且，根据霍金的理论，黑洞的质量越小，蒸发越快。一颗 1 吨左右重的黑洞，在到达地球前就应该蒸发干净了。

相比之下，“彗星说”倒是更让人信服一些。

第一个提出“彗星撞击说”的，是苏联科学院院士彼得洛夫。他推测这颗彗星来自太阳系，由稀松的雪团组成。它以每小时 4 万公里的速度冲破大气层，由于摩擦产生过热的气体，所以这种气体一接触地面，就发生了威力巨大的爆炸。而因为彗星很快蒸发完了，所以在地球上没有留下任何痕迹。

但这种方法还是面临一个问题：只有推测，没有证据。

5

近年来，一些对“通古斯大爆炸”的研究，还是渐渐回到了最初的第一种推测：陨石撞击说。

苏联科学家测算出，“通古斯大爆炸”是由一个不明物体在距离地面 7 公里左右的地方爆炸所形成的；意大利核物理学家用重同位素法测试出，1908 年被爆炸击毁的冷杉树，其中所含的微量元素远远高于其他年份树木该微量元素的含量，而这些微量元素不可能源于地球；美国科学家在实验室里，用计算机模拟出了陨石撞击地球产生大爆炸的真空效果，大致和“通古斯大爆炸”后的效果吻合。

1988 年 8 月的《地学学报》（*Terra Nova*）杂志，刊登了以加斯佩里尼领衔意大利科学小组的考察结果：他们可能找到了一个陨石坑。

加斯佩里尼宣称，他们用 3D 声呐技术，对距离通古斯大爆炸震中 8 公里的契科湖进行了扫描，然后吃惊地发现：在湖底有一个大坑。

作为博洛尼亚海洋科学研究所的地质学家，加斯佩里尼认为，契科湖的湖水将撞击通古斯地区的天体之一所形成的大坑给填满了——这也解释了库里尼当初没有发现陨石坑的原因。

契科湖实景照片

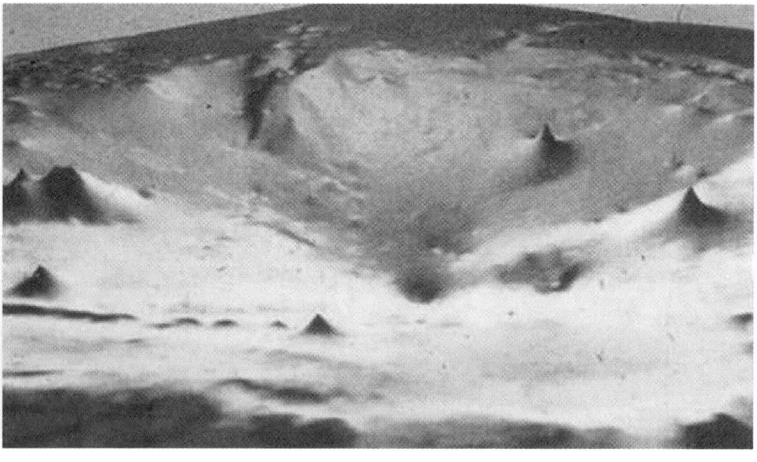

契科湖湖底的 3D 声呐照片

但另一个俄罗斯研究小组表示，经过研究，契科湖可能形成于 1908 年以前。

不过在 2013 年，乌克兰的一个科学小组，宣布从通古斯地区的淤泥里找到了只有陨石才含有的一些细小碎片元素。

这场大爆炸的成因，目前基本被框定在“陨石说”。

6

对于“通古斯大爆炸”的成因，民间还有一个流传颇广的说法。

那就是，有一个人凭借一己之力，制造了“通古斯大爆炸”。

这个人，就是已经成为“半神之体”的尼古拉·特斯拉。据说“通古斯大爆炸”只是他进行的一次交流电实验而已。

特斯拉无疑是一位伟大的科学家，但经过近几年互联网传播的叠加效应，这位原本应该被客观对待的天才，颇有些被“神化”的倾向——他的“神迹”从交流电开始延伸，到“通古斯大爆炸”，到阿波罗探月，甚至到了人类太阳系的探索。（特斯拉的故事请参看本书收录的“尼古拉·特斯拉：到底是神还是人？”）

但至少，现在还没有任何实质性的证据表明，特斯拉与“通古斯大爆炸”有直接关联。

不过，也正是因为连特斯拉都被牵扯进去了，才更突显出了“通古斯大爆炸”的神秘和吸引力吧。

馒头说

说到“通古斯大爆炸”，还有两次和它齐名的爆炸，并称“世界三大神秘爆炸事件”（明朝“王恭厂大爆炸”和印度“死丘事件”）。有兴趣的读者，可以自己去查一下。

可能会有人说，费那么大工夫去查这种事情干什么呢？过都过去了，我们不都是还过得好好的吗？

但我觉得还是挺有必要的。

如果“陨石说”成立，据测算，击中通古斯地区的那块陨石如果再晚 5 小时进入地球大气层，那击中的就是莫斯科。而像“通古斯大爆炸”这样级别的不明物体撞击地球的概率，科学家测算下来，觉得可能比我们预想的要高得多——大概两三千年就会有一次。

经过 46 亿年的演变，我们人类貌似已经成为这个星球的主人，掌握着这个星球的生杀予夺。但如果放到茫茫宇宙，我们实在是小到不能再小的一粒尘埃——如果换种说法，我们可能就像我们自己眼中的一只蚂蚁，宇宙间稍有个风吹草动，我们就会遭受灭顶之灾。

研究地球过去究竟发生了什么事，和派宇宙飞船去太空探索地球的未来之路同样重要，都是为我们人类的命运着想，都是在规避潜在的威胁和寻找发展的可能。

我一直很讨厌“末日说”，不过，人类还是时刻保持一点危机感比较好吧。

读者评论

宇宙无敌少年晨：这篇文章完美呈现了科学研究的过程：提出假说并不断证伪。

老牛：末日，不是说说而已，是迟早的事。或来自天外，或来自地内，更可能来自“你我”。某些天外、地内的，人类已经可以预测和控制，一定有许多无法预测和控制的会降临。蝴蝶已经扇动翅膀，只不过摧毁地球的风还在路上慢慢地游荡。

记一忘三二：无论何时何处，怀有敬畏之心和危机意识，我们才能和自然更好相处。

信念

道阻且长，而终点可期

只剩两架轰炸机了，但还是要轰炸日本……

在侵华战争全面爆发之初，日本提出的口号是"三个月灭亡中国"。

但不久之后，他们就知道自己是如何的狂妄。

他们面对的这个国家的人民，能不间断传承5000年的文明，靠的不仅仅是勤劳和智慧，更有勇气和毅力。

还有，那种坚持到最后一刻也决不放弃的信念。

1

1938年5月19日，15点23分。

两架美国的马丁B–10远程轰炸机从中国武汉的汉口机场，轰然起飞。

机场上没有一个送行的人员——种种迹象表明，这是一次绝密的行动。

在飞行了两个小时后，两架飞机降落在了靠近东海的衢州机场，再一次加满了航空燃油。

当夜 23 点 48 分，两架轰炸机再度轰然而起，向东飞去。

升空后，两架飞机中编号 1403 的长机驾驶员徐焕升发出了第一份电文：

职谨率全体出征人员，向最高领袖蒋委员长及诸位长官行致敬礼，以示参与此项工作之荣幸，并誓以牺牲决心，尽最大努力，完成此非常之使命！

这两架飞机的目的地，是日本。

在全面抗战第一年中国空军就基本被消耗殆尽的时候，这 8 名机组人员所乘的两架远程轰炸机，肩负着一个特殊的使命——“轰炸”日本。

2

蒋介石其实早就想轰炸日本了。

早在 20 世纪 30 年代初期，蒋介石就曾表示过要派空军轰炸“敌国首都”夺取制空权的想法，他称之为“爆击敌国的首都”——虽然没有指明“敌国”是哪个，但当时中国的首要敌国，除了日本，实在想不出第二个。

1936 年底，国民党军队参谋本部制订的 1937 年度《国防作战计划》中，已经明确列入了用重型轰炸机队定点轰炸日本东京、大阪等重要城市和军工港口、工厂。

蒋介石的想法是，在陆军和海军都明显不如对手的情况下，利用空军轰炸，取得出其不意的效果。当然，以现在的眼光来看，蒋介石当时还是过于乐观了——日本不仅陆军、海军碾轧中国军队，空军力量也是远超中国军队的，它后来研发出来的“零”式战斗机一度成为美国飞行员的噩梦，更何况当时还孱弱的中国空军？以当时中国空军的力量，即使倾巢出动，也很难对日本城市造成实质性的破坏。

事实证明确实如此。

1937 年抗战全面爆发后，短短一年间，中国空军的精英力量就已经被消耗殆尽。只有不到 300 架作战飞机的中国空军，在第一年惨烈的空中绞杀中虽然也取得过鼓舞人心的战绩，但终究因为数量太少，又没有后续补充，很快就所剩无几了（参见《历史的温度》“抗日战争，我们到底有没有空军”）。

而在中国空军那不到 300 架的作战飞机中，轰炸机只有 96 架。其中能执行长距离轰炸任务的飞机更是屈指可数——能飞到日本本土的轰炸机，只有 6 架意大利萨伏亚 S–72 和 6 架美国马丁B–10（生产型号为“马丁–139WC”）轰炸机。

马丁B–10 轰炸机

但即便如此，国民政府的航空委员会还是将一批飞行员集中到南昌，为未来可能实施的远程轰炸日本做战前训练。

其间，蒋介石试图从英美购买飞机，但当时英美对日本侵华保持“中立”，为了不激怒日本，它们一开始并没有同意向中国销售武器。蒋介石转而求助于苏联。一开始也保持中立的苏联，迫于西线纳粹德国的强大压力，希望中国能够拖住日本从而避免使自己陷入被两面夹击的窘境，所以渐渐开放了对中国的军火销售。

但是，蒋介石提出的向苏联购买 100 架远程重型轰炸机的要求，却始终没有得到回复。苏联只愿意给中国提供中距离飞机，这些飞机只适合保卫中国沿海城市，但无法远距离飞行。当时有人猜测，苏联不愿意出售远程重型轰炸机的原因中有一条，那就是谁都知道中国买远程重型轰炸机想干什么——苏联那时候还不想彻底刺激日本。

在这样的情况下，蒋介石只能从自己空军的“存量”中想办法。

选来选去，选中了当时中国空军仅存的两架美国马丁B–10 轰炸机——其实一共有四架，但有两架已经存在严重问题，拆了那两架飞机的零件，凑出了另两架。

3

飞机有了，谁来开？

一开始，蒋介石想委派外籍驾驶员。因为驾驶这两架飞机的，本来就是外籍志愿人员（说是志愿，但也是支付了高额报酬的，类似雇佣兵）。但一听说是要飞往日本执行轰炸任务，外籍飞行员觉得风险实在太高，开出了一人 10 万美元报酬的价格。当时一架马丁B–10 轰炸机需要 4 名机组人员，两架飞机就是 8 人，一共是 80 万美元。

价格高昂是让国民政府犹豫的一个原因，另一个原因是，外籍飞行员毕竟没有中国人那样的国仇家恨，万一到了日本一碰到情况就折返，甚至跳伞，任务完成的概率就大大降低了。

思前想后，蒋介石最终决定用中国自己的飞行员组成远征队，去执行这个很可能“有去无回”的任务。

徐焕升

远征队的队长人选，选定了一个叫徐焕升的人。

徐焕升，江苏崇明人（现上海崇明区），1906 年出生，当时 32 岁。他最初是笕桥中央航校的教官，后来担任蒋介石座机的副驾驶，再后来担任空军第十四大队的大队长——两架马丁 B–10 轰炸机，正是属于第十四大队。

随后，甄选远征队优秀飞行员的工作开始，中国空军第十九大队副队长佟彦博等一批精英被集中到了一起开始训练并研究马丁B–10 轰炸机。

一研究，发现出问题了。

4

马丁B–10 轰炸机并非完美。

这种类型的飞机最大时速 343 公里，升限 7300 米，航程 1900 公里，可载弹 1.25 吨，乘员为 4 人。

如果从航程上算，飞机从武汉起飞，飞到日本目的地上空（当时选定的是日本佐世保军港和八幡市），燃油肯定不够。如果选定飞到宁波的机场加满油再飞，飞到八幡的路程是 980 公里，一个来回是 1960 公里，即便做到严丝合缝，燃油也是不够。

这还不是最重要的。

按照马丁B–10轰炸机的载弹量，每架飞机只能装两枚炸弹，两架加起来四枚。就算成功飞到目的地上空，炸弹投下去，万一没炸中目标怎么办？岂不是平白让敌人嗤笑？

那么就算炸中了，四枚炸弹能起到多大的效果？

这一系列的问题困扰着远征大队，也困扰着蒋介石。

最后，计划发生了一系列的改变。首先，目的地调整为更近的日本长崎、福冈和北九州。其次，拆掉一个投弹舱，改为油箱，确保万无一失。

那么只投一枚炸弹了吗？并不是，因为国民政府已经决定——不投炸弹，投“纸弹”。

这个建议，是徐焕升的远征队提出的（一说由蒋介石侍从室一处提出）。

因为中国从来没有飞行员飞临过日本的上空，对那里的天气状况、气流等一无所知，也缺乏精确的日本地图，所以投弹命中的概率极低，即便命中了也起不到什么作用。与其这样，不如发动宣传攻势——投放传单，警告日本人。

这个建议经过再三权衡，被蒋介石通过了。

5

时间回到1938年5月19日，23点48分。

经过精心的准备，远征队队长徐焕升驾驶的1403号轰炸机（苏光华任副驾驶、刘荣光任领航、吴积冲任通信员）和副队长佟彦博驾驶的1404号轰炸机（蒋绍禹任副驾驶、雷天眷任领航、陈光斗任通信员）加满燃油，从衢州机场起飞，直扑日本。

为了防止被舟山群岛日军防空警戒哨发现，机队自宁波出海后先转向南，然后照准日本九州飞行。

20日凌晨0点35分，在发完第一封誓死完成任务的电文之后，徐焕升发了第二封电文：“云太高，看不见月光，完全用盲目飞行。”

20 日凌晨 2 点 40 分，远征队终于顺利抵达长崎上空。长崎根本没有实行灯火管制。徐焕升发出命令：“目标马路路灯，投弹！”

数十万封传单在投弹舱打开后，飘落下去。

远征队依次飞临久留米、佐贺、佐世保等计划目的地，一共投下了 100 多万份传单。

3 点 45 分，飞机飞临最后一个目的地福冈上空。

此时日本地面防空力量已经有所发现，开始发出警报，实行了灯火管制，无数探照灯开始向空中照射，同时，高射炮开始密集发射。

但此时，中国的远征队已经完成了任务，于凌晨 4 点掉头返航，一路上没有受到任何拦截，顺利在早晨 7 点 20 分飞抵浙江海岸，8 点 45 分降落在南昌机场，加油后于 11 点返回汉口机场。

据徐焕升后来的回忆：“当时日本的防空哨警戒能力相当幼稚，我们侵入日本上空时，并未被发现；直到完成任务离开日本，俯视眼底的都市才刚刚实施灯火管制。乃至天色通明飞到我国东海岸上空之际，接到地面联络，得知在上海、杭州一带有多架日本飞机升空拦截我们，但我们则掩蔽在云雾中安全返航。”

佟彦博。他在 1944 年 1 月 4 日训练学生盲飞时飞机失事，魂归长空，年仅 33 岁，没有看到抗日胜利的那一天

日本人为什么完全没能做出拦截？

除时间因素等原因外，最主要的原因是：日本认为当时自己是亚洲首屈一指也是唯一一个航空强国，根本不可能有哪个国家的空军有能力或敢飞到自己本土的上空。

据说，中国远征队飞越大海时，曾被一艘日本军舰发现，但正是出于“怎么可能有别的国家的飞机敢飞向日本”这个原因，日军以为是自己本国的飞机。

所以，当时日本军方第二天看到传单后，还不相信是中国飞机投的，经过多方确认和检验，才相信真的是前一天晚上有中国飞机来过。

这是有记录以来，日本国土上空第一次有敌国飞机侵入。

6

那么，中国轰炸机投下的传单上究竟写了什么呢？

以下是两段节录：

告日本国民书

（一）

我们大中华民国的空军，现在飞到贵国的上空了。我们的目的，不是要伤害贵国人民的生命财产。我们的使命，是向日本国民，说明贵国的军阀，在中国全领土上做着怎样的罪恶。请诸位静听：

……

日本兄弟，在诸位之中，有开始时反对战争，理想着正义和平的人，也有为军阀的宣传所欺骗而讴歌战争的人；但，不管是哪一种人，想来一定都因贵国的言论被统制，要了解时局的真相是困难的。所以，试作以下的说明，希望诸位详加考虑。

中华民国空军将士　中日人民亲善同盟

（二）

日本国民诸君：

老早从昭和六年，贵国军阀就对人民这样宣传：“满洲是日本的生命线，只要满洲到手，就民富国强。”

可是，占领满洲，今已七年，在这七年之间，除了军部的巨头做了大官，成了暴发户以外，日本人民得到些什么呢？只有沉重的捐税，昂贵的物价，贫困与饥饿，疾病和死亡罢了。

中华民国全国民众

这次的“纸弹轰炸”，究竟产生了怎样的效果？

首先来看中国国内。中国各方面当然给这次行动高度评价。

《大公报》报道：“空军初次远征日本，在九州各地散发传单，唤醒日本迷梦，发扬中国德威。”

《申报》报道：“冲破万里长空，完成神圣使命，神鹰队长征三岛，散发传单不滥杀无辜，以正义人道告诫敌国。”

香港方面的舆论是：“传单比炸弹更具威力，中国空军来去自如，足见日空防不可靠，今后日人不得安宁矣！”

孔祥熙（左一）等亲自到汉口王家墩机场迎接远征机组人员等凯旋

中国共产党方面也对这次行动给予高度赞扬。《新华日报》报道：

“我神勇空军征日创伟举，长崎佐世保传单飞舞惊破敌胆魂，我为维护人道免伤无辜并未投弹，警告残暴敌寇万吨炸弹随时可至。”

“人道”二字，是宋美龄提议的——她称这次轰炸，是“人道远征”。

5 月 22 日，中共及八路军驻武汉办事处的代表王明、周恩来、吴玉章、罗炳辉还专门来到空军政治部，热烈祝贺八勇士凯旋，并代表中共中央赠送了锦旗，上书：“德威并用，智勇双全。”

那么日本方面反响如何？日本的媒体，当然是竭力消除影响。

周恩来代表中共中央向八勇士送锦旗

东京《朝日新闻》1938 年 5 月 21 日发文《支那的怪飞机在九州出现，散发反战传单后遁走》说：“二十日上午四点左右，在熊本、宫崎两县上空出现一架国籍不明的飞机，约一小时后消失于太平洋方向。这一飞行之后，球磨郡四浦，多良木，黑肥地，椎叶山奥以及宫崎县富岛附近发现了大量反战传单，县特高课立即与相邻各县及西部防卫司令部防空监视网联络，展开了大规模的对应行动。

“根据目击者所谈，此飞机为白色道格拉斯型，发现的传单以《告日本劳动者》等为题，内容为激进的反战宣传。根据采访抛撒传单的现场目击者，发现传单出现地点与该飞机飞行线路基本一致。这次出现的怪飞机究竟为何来历尚不清楚，但从传单的内容看，似为支那飞机。值此徐州攻略战大胜，士气高涨之际，用此战术扰乱我国内不过可充一笑之儿戏，民心自无动摇。”

而作为第三方——主要是英美国家——的反应是：

美联社评论：“中国空军远征日本的成功，证实中国实力甚强，绝非日本所能击败。”

路透社评论：“日本一向吹嘘，其本土从未受到外来威胁，其空防咸针对美苏，而视中国空军不足畏，而今恰恰是中国的空军，创袭击日本之最先纪录，可谓一鸣惊人！”

美国有其他媒体评论是：“中国飞机往日本散发传单，唤醒日本国民，意义极为重大，且饶有趣味。”英国的舆论是：“中国空军来去自如，足见日本空防不可靠，今后日人不得安宁，所谓大日本帝国固若金汤的空防，不过贻笑大方而已。”

当然，这些都是各带立场的评论。但对于执行远征任务的飞行员本身，绝大多数人都给予了高度评价。第二次世界大战后期，美国《生活》杂志评选刊登了“二战”中闻名于世的12名飞行员的照片，其中就有中国远征队的队长徐焕升。

该杂志定了个调：徐焕升是轰炸日本本土的第一人。

馒头说

对于1938年的“纸片轰炸”，一直有两种声音。

一部分人认为，传单的震慑和宣传效果，远胜于丢四颗炸弹。也有另一部分人认为，经历了那么艰苦的飞行，到都到了，哪怕丢一颗炸弹下去，也比 100 万份传单的效果要好。

我个人比较认同前者。

主要还是因为客观原因：当时如果携带炸弹，无论是飞行还是投弹，或是返航遭遇拦截，会增加很多变数。更重要的是，就算炸弹投下去，炸掉一些建筑，甚至炸死一些人，以当时日本军方的掩盖能力（中途岛海战被日本军方完全渲染成日本联合舰队的一场空前大胜），真的掀不起什么浪花。

并不是说撒宣传单就是最好的策略。无奈吗？当然无奈。但在当时的各种条件限制下，“纸片轰炸”相对是最优选择。

当时两架中国飞机撒下的传单中，还有这样一句告诫日本的话：“尔再不训，则百万传单将一变而为千吨炸弹。尔再戒之。”

中国人可以说没做到，也可以说做到了。

没做到，是因为之后日本加强了警惕，加大了力度，让中国空军再也没有机会远程轰炸日本了。

做到了，是在此之后，1942 年 4 月 18 日，美军 16 架 B–25 轰炸机自太平洋上的航母起飞，首次实弹轰炸日本东京，之后降落在中国机场；1945 年 3 月和 5 月，美国出动数万架次的重型轰炸机地毯式轰炸日本东京；1945 年 8 月间，日本的广岛和长崎被先后投下一颗原子弹——那已不是千吨炸弹，而是上万吨炸弹的当量了。

可能有人会说，那是美国人干的事儿，又不是你中国人干的。

但作为让日本陷入战争泥沼十四年的中国，作为当时同一个战壕的盟国，中国难道真的没有一点儿贡献吗？

纸片也好，实弹也好，显示的都是一种信念。

那不是阿 Q 精神。

那是一种实实在在流淌在每一个中国人血液中，坚持到底的必胜信念。

读者评论

杜江涛：一位老飞行员曾在一篇文章中说：在战斗机飞行员毕业答辩上，最后一个问题是歼 5 战斗机上共载弹多少发。我认为这个问题太简单，便回答：256 发。没想到考核的教员突然表情很严峻地告诉我：是 257 发，如果最后机炮子弹告罄，而敌人目标对祖国和人民仍有威胁，你和你的座机就是最后一发机炮子弹！

翔宇：美国大片《偷袭珍珠港》中，有一段美国轰炸机在航空母舰上起飞，去轰炸日本东京，然后降落在中国的沿海地区的情节，也挺悲壮的。因为当时的油容量只够飞过去轰炸日本，然后降落到中国，不能飞回航母了。（作者回复：后面日本对中国血腥的报复电影没拍。）

李可可：说纸片炸弹没有威力的都是“键盘侠”。战争的痛苦老兵们比谁都清楚，比谁都不愿意再发生战争，难道他们怕死吗？当年太不容易了。今天我们能安安静静地看手机，是国家兴盛了，才有的和平，才有的国民幸福。感谢前辈们，感谢历史的记录者们。

1942年，15架美国轰炸机在中国迫降……

在第二次世界大战中，中国和美国是同一个战壕的战友。

在很多人的印象中，美国对中国的援助有很多，从贷款到物资，从“飞虎队”到武器装备。

但其实，中国人也为自己的战友做出很多的帮助。

比如1942年的那次轰炸。

1

1942年9月4日这一天，在中日战场上的“浙赣会战”结束了。

这场会战，在抗日战争史上的历次会战中，规模不算大，也不算小——中国方面，投入了大约30万的兵力，伤亡7万人，而日军伤亡3万余人。

这是一场日本人主动挑起的会战，但关键是，这场会战，原来完全在他们的计划之外。

一切的原因，是16架轰炸机。

2

这件事，还是要从1941年的12月21日说起。

那一天，在白宫召开的参谋总长联席会议上，美国总统罗斯福提出了一个要求：在日本偷袭珍珠港后，美国应该尽快针对日本进行一次报复性打击。

用我们现在的眼光回过头去看，当时的日本去招惹美国，无疑是自寻死路，美国慌什么呢？事实上，当时，美国的太平洋舰队刚刚在珍珠港遭受重创，东南亚各个国家的盟军占据的据点又在日军的狂飙突进下纷纷陷落。在整个国家战争机器还没充分运转起来的时候，美国从白宫到民间，心里还是有点忐忑的。

所以，在日本偷袭珍珠港之后，立刻实施一次报复打击，是提升所有人士气的绝好办法。

但是，珍珠港一败，美国已经暂时将太平洋拱手让给了日本的联合舰队，在那个没有导弹的年代，要对日本实施报复性打击，只能派轰炸机去轰炸日本本土。

从美国西海岸到日本本土，远隔万里，当时全世界都没有一个型号的轰炸机能飞那么远——关键，还要返航。

这个问题困扰了美国军方整整一个月，直到一个叫弗兰西斯·罗尔的上校提出了一个想法：用海军的航母，将美军的中程轰炸机送到尽可能离日本本土近的地方（当时美国的海军在太平洋上得偷偷摸摸躲着日本海军行动），然后轰炸机起飞去轰炸日本本土——飞机一起飞，航母掉头就走，防止被日本的轰炸机发现并击沉。

那么，飞出去的轰炸机怎么办？

罗尔的建议是：别回来了。

难道是一场自杀式攻击？并不是，罗尔规划了轰炸机的降落地点：中国东南沿海的衢州机场。

3

要完成这项艰巨的任务，首先要选一个带头人。最终被选中的人，叫作詹姆斯·哈罗德·杜立特（James Harold Doolittle）。

46 岁的杜立特在退役前是陆军航空队的一名中校，日本偷袭珍珠港后，他立刻放弃了自己在壳牌公司待遇优厚的工作，重新回到部队。

选中杜立特还有一个原因：他 26 岁时，曾驾驶着一架 DH–4B 飞机，用 21 小时 19 分钟的时间，创造了一天之内从美国东海岸飞到西海岸的纪录。

青年时期服役于美国陆军航空队的杜立特

有了带头人，然后就是要选飞机。

这次轰炸任务对飞机的要求非常高：这架飞机必须是双引擎的中型轰炸机，因为要携带 910 公斤的炸弹；但这架飞机必须要在 25 米宽、150 米长的短距离内起飞（不然就从航母甲板上掉到海里去了）；这架飞机必须能续航飞行 4000 公里以上（不然也掉到海里去了）。

杜立特最终选择了最新型的 B–25 轰炸机——这个型号的飞机，还没投入过实战，但一切条件都符合这次轰炸行动的要求。

B–25 轰炸机

有了带头人，有了轰炸机，接下来就需要一起跟着干的人了。

杜立特选中了美军第十七飞行大队，因为这个大队的 4 个中队，全都配备了 B–25 轰炸机，每个飞行员都有驾驶这个型号飞机的经验。

随后，这个大队的飞行员们被告知“即将被派遣执行一项非常光荣但又非常危险的任务”，自愿报名。

执行任务人员的名额很快就报满了。

但是，当这批经验丰富的小伙子在杜立特的带领下来到航空训练基地，见到他们早就熟悉的 B–25 轰炸机时，还是吓了一跳——整架飞机已经被改装得认不出来了：

飞机上只要条件允许的部位，都被加了各种油箱，包括飞机腹部的炮塔也被改为副油箱；无线电装置全被拆除；武器系统基本都被拆除，只剩下两挺机枪；安装了除冰器。

杜立特再次向所有参加任务的飞行员强调任务非常危险，很有可能会有去无回，“现在退出的话还来得及”。

没有一人退出。

杜立特（左二）和他的队员们

于是就开始训练。训练的场地，是一块大的平地，上面划了一定的长度和宽度，然后大家就驾驶着满载炸弹的轰炸机，一次又一次地在那块画线的平地上练习起飞。

很快，飞行员全都可以在飞机滑出规定的画线之前起飞了。

除了杜立特，没有人知道这次的任务究竟是什么。

但大家心里都清楚：这肯定是要在航空母舰上起飞。

4

1942年4月2日，揭晓秘密的那一天终于来了。

美国的航空母舰“大黄蜂号”在一艘重巡洋舰和一艘轻巡洋舰的护卫下，载着16架B–25轰炸机，缓缓驶离旧金山港。在驶离港口后，对任务一无所知的舰长米切尔将军拆开了写有“绝密”字样的信封，终于搞清楚了此行的目标：

舰队将驶向日本本土，舰上的轰炸机将执行轰炸日本本土的任务。

与此同时，经过秘密训练的B–25轰炸机的飞行员们，也终于知道了自己原来承担着轰炸日本本土的任务，作为反应，船舱里传来一阵欢呼声。

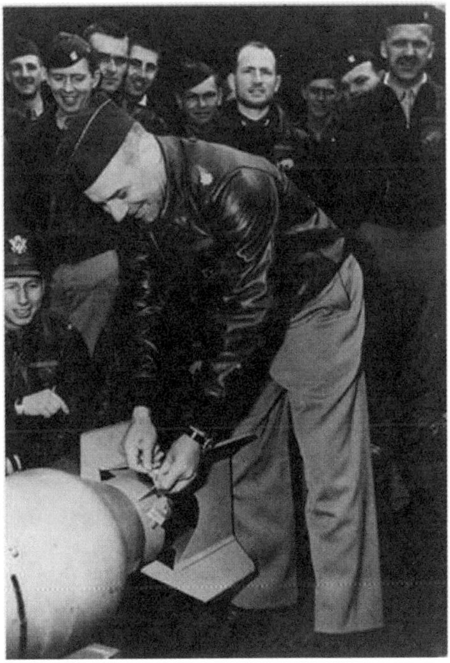

任务公布后，杜立特在5枚炸弹的尾翼上系上了日本政府当年授予美军官兵的“友好”奖章，用意十分明显——把这些炸弹，带着这些勋章，统统扔到日本的本土上去

当以“大黄蜂号”为首的美国第 18 机动舰队行进到夏威夷北部海域的时候，以“企业号”航母为首的第 16 机动舰队加入了队伍，因为“企业号”上的舰载机，要随时准备为“大黄蜂号”护航——虽然“企业号”上的水手根本不知道“大黄蜂号”上装那么多轰炸机是要运送到哪里——他们觉得不可能有那么大的轰炸机能从航母上起飞，更让他们困惑的是，当时美国在太平洋上已经几乎没有军事基地了。

由两艘航母和一批护航舰组成的“特混舰队”，全程保持无线电静默，默默地向日本本土方向前进。

停在“大黄蜂号”甲板上的 B-25 轰炸机

4 月 18 日清晨 7 点 38 分，意外发生了。当这支美国“特混舰队”行驶到距离日本本土还有 1200 海里左右的地方时，他们被日本人发现了。

当时发现这支舰队的，是日军巡逻船“日东丸 23 号”。

日本舰船发现敌船后，第一个行为就是立刻用无线电向国内发回预警。这时候，考验“大黄蜂号”舰长米切尔的时候到了：如果继续驶往指定海域再起飞轰炸机，很有可能舰队会被闻讯赶来的日本陆基战斗机和轰炸机摧毁——而这是目前美国海军为数不多的存货了。

那怎么办？只能让轰炸机提前起飞，航母提前掉头返航。

但是如果提前起飞的话，杜立特和他的飞行特攻队将比原定计划提前 10 个小时到达日本上空，由黑夜轰炸改为白天轰炸，轰炸机被日本防空火力击落的概率会大大增加。

同时，因为提前起飞，所有的 B–25 轰炸机将多飞 310 公里，油耗将大大增加，这也意味着它们成功抵达中国机场的概率将大大降低。

在起飞前，杜立特和他的敢死队队员们一起在“大黄蜂号”甲板上，留下了这张合影

换句话说，这支飞行别动队将成为真正的“敢死队”，他们生还的概率将大大降低。

杜立特站到了飞行甲板上，眼前是列队站立的所有参加行动的飞行员。杜立特把突发情况告诉了队员，然后告诉他们：可以自愿退出。有替补队员愿意出 100 美元，换下不去的飞行员。

没有一个人愿意退出。

4 月 18 日上午 8 点 15 分，杜立特身先士卒，驾驶第一架 B–25 轰炸机在“大黄蜂号”航母的甲板上迎空而起。

1 个小时后，全部 16 架轰炸机起飞升空。所有轰炸机保持无线电静默，贴着海面低空飞行，扑向日本本土。

5

4 月 18 日下午 3 点。

在日本近海捕鱼的日本渔民，看到低空呼啸而来的几架飞机，于是兴奋地向空中挥手——他们以为自己看到了大日本帝国的空军。

但那正是杜立特率领的 16 架 B–25 轰炸机。

那艘发现美国舰队的“日东丸 23 号”虽然把消息传回了东京，但日本人认为在那个海域，美国人的舰载机是不可能飞到日本本土来进行轰炸的。

所以，他们并没有重视那个情报。

就在飞临东京上空的时候，杜立特的轰炸机中队看到迎面飞来了一架飞机。事后他们才知道，那是日本首相东条英机的座机，当时，他正准备去视察一所航空学校。

杜立特空袭东京时从空中拍下的照片

东条英机的秘书西浦大佐首先发现迎面飞来的飞机样子很奇怪，再仔细一看，他惊恐地发现：居然是美军的飞机！

但是一切都来不及了。

杜立特率领的 16 架 B–25 轰炸机，按照事先制定的目标，将一枚枚重达 200 多公斤的炸弹和燃烧弹扔了下去，轰炸了东京、横滨、横须贺、名古屋、神户和大阪 6 个城市的多个军事目标和工业目标。

日本的防空警报，在炸弹落下后才开始响起，而截击的战斗机起飞时，B–25 轰炸机的炸弹已经基本扔完了。

这可能也怪不了日本人，这是日本本土有史以来第一次受到真正的轰炸。（1938 年，中国空军曾对日本实施过一次“纸片轰炸”，详见本书收录的“只剩两架轰炸机了，但还是要轰炸日本……”一文。）

日本官方随即开始了舆论宣传，表示美军的这次轰炸效果很小，甚至拿杜立特的名字来证明（杜立特：Doolittle，日本人说是 do little）。

被轰炸后的日本建筑废墟

但是，美军这次轰炸的目的，并不是要造成多大的物理伤害。

从来没有在本土挨过炸弹的日本人，不仅被重重地羞辱，而且日本民众开始出现对战争的恐惧。

而那 16 架 B–25 轰炸机，在扔光炸弹后，按照预定计划，朝着中国沿海方向飞去。

预料中的困难，还是发生了。

6

首先，机队中的 8 号机因为油耗过大，已经飞不到中国了。

经过考虑，8 号机改道飞向了苏联的海参崴。其实杜立特的“敢死队”最初考虑的降落地点就是更近的苏联，但当时苏联和日本签订了中立条约，美国派人密谈后被拒绝。

8 号机一降落，5 名机组人员就被苏联方面扣留了。一年后，5 名机组人员被押送到苏联和伊朗边境的一个地方，他们买通了一个走私的阿富汗人逃到了伊朗境内，辗转后回国（后来档案解密，阿富汗人背后的指使者是苏联克格勃。苏联人当时注意力在德国，不想得罪日本，只能通过这种方式放走美国人）。

但其他飞机上的战友们，就不是个个那么好运气了。

由于美国方面要保密，准备在4月18日24点左右通知中国的衢州机场，打开通信系统和机场跑道灯，让美国飞机降落。

但是，杜立特和他的战友因为提前起飞，在晚上10点就到了衢州机场上空。衢州机场因为没有得到任何通知，按照规定，为了避免日军空袭，所以关闭了一切通信系统和灯光。

找不到降落地点的杜立特和他的队员，只能一圈圈在空中徘徊，看着燃油一点点耗尽。

最终，他们只能选择在浙江西部的山区进行迫降。

伤亡终于出现了：3号机的机枪手法克托尔在迫降过程中不慎翻落坠崖牺牲，成为当日空袭的第一名牺牲者。

6号机因为燃油耗尽，连中国大陆也没有飞到，在象山附近的海面迫降，投弹手迪特尔和机枪手菲茨毛莱斯溺水身亡。三名游上岸的机组成员在被中国当地老百姓护送前往安全区途中，被日本人发现，成为俘虏。

16号机因为迫降地点接近当时日军控制的南昌，在迫降成功后1小时，五名机组人员全被日军俘虏。连同3号机的三名幸存战友一起，这八名美国飞行员被日本法庭开庭审判有罪，罪名是“杀害日本的无辜百姓”。其中三人被立即枪决，剩下的五人饱受折磨，一人被折磨至死，剩下的四人最终在1945年获救。

所幸，剩下的64名飞行员和机组成员，全部在迫降后获救。

救他们的，都是中国当地的老百姓。

杜立特的 1 号机组成员和救助他们的中国百姓在浙西行署门前合影

7

其实，当时杜立特和他的战友们根本就无法选择迫降的地点。

所以，他们中有的飞机降落在了中国人控制的地区，有的飞机降落在了日占区和中占区犬牙交错的地区，有的飞机直接降落在了日占区。但无论降落在哪个区域，所有幸存的飞行员，都得到了中国老百姓最大的帮助。

根据杜立特后来的回忆，他们在出发前，每个人特地都学了一句汉语——“我是美国人”。但迫降之后，他们那些糟糕的发音，闻讯赶来的中国老百姓根本听不懂。

不过，在他们让中国老百姓看了降落伞、飞机残骸，或者美国军章等证明物，手脚并用地解释“我们是去轰炸日本东京”之后，所有的中国老百姓都从最初的惊恐中恢复过来，尽自己最大的可能，甚至冒着生命危险为美国飞行员提供帮助。

64名幸存的飞行员，后来被通过各种方式运送到了中国安全的大后方。他们后来一致回忆，一路上，中国人有条件的用飞机、火车、汽车、马车，没条件的用毛驴、轿子、滑竿，总之用上了一切可用的交通工具护送他们。沿途的老百姓提供了他们所能提供的最好的食物、衣服和住宿，有的老百姓拿出家里仅有的鸡蛋塞给美国飞行员，而他们全家还在饿着肚子。

而老百姓的理由只有一个：你们是来帮我们打鬼子的。

被感动的美国飞行员也留下了各种纪念品以感谢帮助过他们的老百姓，包括钢笔、手链和勋章等。

但他们当时不知道，他们的这些好意，最终却给他们的恩人带来了大麻烦。

8

因为本土被轰炸而恼羞成怒的日本人，最终决定在1942年5月发动“浙赣会战”。

而日本人进攻的一大目的，就是要摧毁浙江沿岸的中国机场，防止类似的轰炸东京事件再度上演。

而另一个目的，就是报复。他们大肆搜查美国飞行员迫降地点周边的中国老百姓家里，凡是发现有美国飞行员留下的任何东西的，这个村庄的所有人就被集体屠杀。

在江西抚州南城县，当地的中国老百姓曾给美国飞行员提供过食物，日本士兵便逼着当地人吃粪便，接着让这些人前胸靠后背地站在一起，然后开枪射击，只为看看一颗子弹究竟能穿过多少个人的身体。最终，这座县城在日本人的奸淫掳掠之后，被烧成灰烬。

加拿大传教士比尔·米切尔当时在教会救济中国委员会任职，他

这是在中国战区作战的盟军飞行员飞行服后背上的身份标识，他们在敌后迫降后只要向中国百姓展示这个标识，就会得到救助和掩护

曾统计过日本战机对杜立特他们原定的着陆点——浙江衢州造成的破坏：日军一共进行了 1131 次轰炸，造成 10246 人死亡，27456 人无家可归。日本军队还摧毁了当地 62146 间房屋，抢走了 7620 头牛，焚毁了三分之一的农作物。

日本人还嫌这样的报复速度太慢。

在轰炸之后，日军的 731 细菌战部队开始在各个村镇中投放炭疽、瘟疫、霍乱和伤寒病毒，据统计，死于日军屠杀和细菌战的中国老百姓，高达 25 万人。蒋介石曾给美国政府拍去一份电报，称“杜立特空袭”让中国付出了 25 万条生命的代价，当美国飞行员撤到中国沿海地区后，日军对那里发动了攻击，“屠杀了每个男人、女人和孩子”。

但是，在“杜立特空袭”之后，随着美国“飞虎队”的逐渐活跃，中国大地上各处依旧出现迫降的美国飞机和幸存的美国飞行员。中国老百姓并没有被日本人的血腥屠杀吓倒，所有的美军迫降飞行员，无论落在沦陷区还是半沦陷区，只要附近有中国的老百姓，就立刻能得到他们的冒死帮助。

日本人用各种办法威逼和恐吓过中国老百姓，不准他们帮助美国飞行员，但没有人因为胆怯而退后一步。

1992年4月18日，时任美国总统的乔治·布什在“杜立特空袭”五十周年纪念仪式上说了这样一段话：

“在轰炸以后，那些善良的中国人不顾自己的安危，为我们的飞行员提供掩护，并为他们疗伤。在具有特殊意义的时刻，我们也向他们表示崇高的敬意，感谢他们做出的人道主义努力，是他们的帮助才使我们的飞行员能够安全返回。

“‘杜立特空袭’虽然已经过去半个世纪了，但这些英雄一直受到美国人民的敬仰和尊重。我们永远不会忘记他们做出的伟大功勋，也永远不会忘记为自由和正义事业做出贡献的中国人。”

馒头说

今天的这篇文章，其实说了两个故事。

第一个，是16架美国轰炸机轰炸日本的故事。

第二个，其实是美国飞行员迫降中国后，得到中国老百姓帮助的故事。其实每一队机组成员受到中国百姓帮助的过程，都是一段故事，有惊险，更有温暖。

战争年代，最无力、最孱弱的，其实就是手无寸铁的老百姓。但也正是在战争年代，普通老百姓的那种坚韧、勇敢和无畏，会更凸显出来，甚至一点儿都不比手里拿着武器的士兵逊色。

当自己的家园面临被侵略的危险时，子弟兵是顶在最前面的那堵墙，而百姓则是墙下坚实的土壤，是士兵们的职责和使命，也是士兵们的动力和根基。

就像电影《敦刻尔克》里那个触动无数人的镜头：看到海平面上出现了无数普通英国民众驾驶着各类船只跨海而来，指挥官把望远镜放了下来，旁边人问他看到了什么，他轻轻吐出一个单词：

“Home.”

读者评论

会做软装的食上社社长 Luzy：2012 年“杜立特空袭”70 周年纪念，美国杜立特轰炸者协会特意邀请了浙江衢州江山的村民廖明发前往美国。他的父亲廖诗原，正是当年救下 3 号机领航员沃朱克（Charles John Ozuk）的人之一。衢州江山是什么地方？是“三毛一戴”（毛人凤、毛万里、毛森、戴笠）的故乡……

烟小火：老百姓真的非常简单，那个年代可能不论你是哪国人，只要说，我也是打鬼子的，老百姓一定倾囊相助，哪怕自己有的也只是那么可怜的一点点……以他们的脑袋，并不会认真地思考分析，我帮了你，将来可能会遭到什么样的折磨。这不是深思熟虑后的决定，这是民心的本能。

不亦乐乎：专业就是研究太平洋战争，觉得需要补充一点。“杜立特空袭”对战局最重要的影响应该是，日本因此急于消灭美国太平洋舰队，造成许多战略决策的失误。案例之一就是登陆中途岛被美军击退，自此太平洋战场态势转折。当然，日本发起太平洋战争是注定要失败的。但历史过程总是必然性与偶然性的结合，“杜立特空袭”促进了战争主动权的转移，历史意义大于实际战果。

有一种撤退，叫敦刻尔克

一部《敦刻尔克》的电影，让很多人深受感动，也让不少人云里雾里。

明明是一场大撤退，为什么会被人铭记，以至要拍成电影？

说简单，也简单，因为那不仅仅是一场撤退而已。

1

在法国北部的诺尔省，有一座海港城市。

公元 4 世纪初的时候，这里还只是一个坐落在沙滩上的小渔村。到了 1067 年，这个地方被正式命名为“敦刻尔克”（Dunkirk）——意为“沙滩上的教堂”。

1662 年，敦刻尔克正式归属法国。因为临海的特殊位置，这个地方一直是中世纪欧洲各类战争争夺的焦点，但在这片土地上发生的大大小小的战役，都没有 1940 年 5 月的那场大战来得有名。

说是一场大战，但其实是一场大撤退。

但正是那场堪称“奇迹”的大撤退，让“敦刻尔克”这个名字，名垂青史。

2

时间，还是要回到 1939 年 9 月 1 日。

这一天的凌晨，纳粹德国出动 44 个师约 80 万的兵力，直扑波兰，正式拉开了第二次世界大战的序幕。

仅仅一个月，波兰宣布投降。

作为波兰的盟友，当时的英国和法国在干什么呢？它们倒也是在 9 月 3 日迅速做出反应：同一天内对德国宣战。然后呢？然后就迅速陷入了沉默。除了法国发动过一次象征性的“萨尔攻势”外（战线向前推进了 5 英里，占领了大约 20 个无人村庄），所有的努力，就是在外交上谴责德国，口头上要求德国撤军。

英国和法国凭借出色的“表演”，让这一阶段的战争获得了一系列的称号：假战，奇怪的战争，静坐战争……

但嗜血的狼，是不会因为你假模假样吼两嗓子，就会转身离开的。1940 年 5 月 10 日，法国和英国最担心的事终于发生了：养精蓄锐的德国人出动了 136 个师，在 3000 多辆坦克的引导下，分 A、B 两个集团军群直扑比利时、荷兰、法国、卢森堡等国，开始全面进攻西欧国家。

这是一次大大出乎法国人意料的进攻——德国 A 集团军群竟然绕过了他们认为固若金汤的“马奇诺防线”，在德国“装甲战天才”海因茨·古德里安的率领下，德国的装甲部队在法国的色当撕开了一道口子，潮水一般地杀入法国腹地。

1940 年 5 月 16 日，刚刚上任的英国首相丘吉尔紧急飞往法国巴黎，在那里与同样是刚刚上任的法国总理雷诺会晤。

丘吉尔后来回忆，在抵达巴黎的时候，法国政府已经在一批一批地烧毁政府文件，准备撤离了。

丘吉尔当时问法军的总司令甘末林将军：“我们的战略后备队在哪里？”

甘末林痛苦地摇头：“我们已经没有战略后备队了。”

而雷诺的回答更直接：“我们已经输掉了这场战争。”

这离德国军队发动总攻，才过去了一个星期的时间，承认“输掉战争”的，是号称“欧洲第一陆战强国”的法国。

而随着法国军队的崩盘，一起倒霉的，还有渡过英吉利海峡前来并肩作战的英国远征军。

但打不下去了，还能怎么办？

一个字：撤。

3

“撤”这个字，说出来简单，但做起来，哪有那么容易？

当时的情况无比严峻：

面对德国狂飙突进的装甲部队，法国全境已经被打穿，40 万晕头转向的英法联军被德军压缩到了法国西北部。如果他们要避免被全歼的厄运，就只能指望横渡英吉利海峡，退到对岸的英国。

当时，可以横渡英吉利海峡的法国港口有三个，但其中的加来和布伦先后被德军占领。于是，就只剩下了最后一个港口，那就是敦刻尔克。

敦刻尔克在 1939 年就成为法国吞吐量第三的大港，拥有 7 个可供大型船只停泊的深水泊位，4 个干船坞以及 8 公里长的码头——如果这些设施全能利用，别说 40 万军队，连同他们携带的所有重装备，都可以在短短几天里全部运走。

但这是战争时期。

在之前的两个星期，敦刻尔克遭遇了德国空军的狂轰滥炸，4 个船坞全部被摧毁，8 公里长的码头被炸成一片废墟，事实上，整个敦刻尔克的大半个城区也都被炸毁了。

整个敦刻尔克港口，只剩下了一段可供船只停泊的东堤，长约 1200 米，用木板搭建，非常简陋。

从横渡的路线来看，从敦刻尔克到英国有 3 条航线：其中 Z 航线航程最短，只要 40 海里，但已被德军炮火封锁；X 航线 55 海里，但这条航线上已经布满了英军设置的水雷；最长的 Y 航线要 90 海里，德军的炮火无法覆盖，但整整 6 个小时的航程，船只将完全暴露在德国空军的轰炸范围内。

但这个时候，已经没有任何时间留给英国人和法国人了。5 月 19 日，英国的战时内阁就责成海军部制订撤走英法联军的计划，由海军中将伯伦特·拉姆齐指挥，代号“发电机行动”。

当时设计的方案，是利用加来、布伦和敦刻尔克三个港口，每天撤走 1 万人。但没预料到的是，港口只剩下了敦刻尔克一个，而 40 万英法联军已经被压缩到了狭长的沙滩地带，三面临敌，背后是海——不用多久，德军只需要架起大炮，就可以直接在沙滩上进行一场炼狱般的虐杀。

这个时候，除非出现神迹，谁还能拯救那 40 万英法联军？

4

神迹，还真的出现了。

1940 年 5 月 24 日，希特勒突然下令所有前线装甲部队，停止对英法联军的追击。

当时冲在最前面的德国第十九装甲军的坦克部队，离敦刻尔克只有 10 英里的距离了。统帅第十九装甲军的古德里安后来在回忆录里写道："如果当初最高统帅部没有制止第十九军的推进，那敦刻尔克早就被攻克，胜利的成果也非现在可比。假使当时我们能够俘虏全部英国远征军兵力，那么未来的战局发展恐怕就很难预言了。很不幸，这个大好机会却被希特勒个人的神经质糟蹋了。"

但在当时，作为军人的古德里安只能从命。按照他的说法："于是我们在一眼可以望见敦刻尔克的地方停下来了。空军进攻的同时，我们眼看着大船和小船不断地把盟军撤走。"

对于希特勒当时那个谜一般的"停止进攻"命令，后来的历史学家有过很多的猜测。

第一种说法，说是希特勒当时用的作战地图是过时的，地图显示敦刻尔克附近都是沼泽地，所以命令装甲部队停止前进。但这种错误对于严谨的德国人，尤其是当时蓄谋已久的德国军人而言，是很难想

海因茨·古德里安，被称为德国"装甲兵之父"，又被称为"闪击战之父"。古德里安、曼施坦因和隆美尔被称为"二战"中纳粹的三大名将

象的。

第二种说法，说是希特勒想给英国留条活路，放他们点人回去，以便将来议和时他们能还个人情。但其实就在 5 月 24 日，希特勒给当时的 B 集团军群下达的命令是“尽快完成包围，歼灭英法联军”。

第三种说法，说是当时的德国空军元帅戈林向希特勒夸下海口，说仅凭借空军就可以完成对困守敦刻尔克的英法联军的包围和消灭。但其实大家都知道，轰炸机的炸弹落在沙滩上，造成的杀伤力比落在平地上要小得多。后来事实也证明，戈林的空军并没有很好地完成任务。

第四种说法，就是希特勒的“赌徒心理”。当时德军进展的速度和取得的成果，已经远远超出了希特勒的预估。在全面进攻前，希特勒曾做好思想准备：占领法国北部，然后在和英法联军的长期拉锯中，边打边谈，再谋取利益。

而现在，半个月不到，法国就已经面临全面崩盘，这就像一个在赌桌前的赌徒，忽然赢了一笔超出他想象的筹码，很容易想暂时休息下，先停止投注，观察一下。

而且虽然“作战地图过时”的说法不可考，但当时随着德军装甲部队的深入，确实面临着法国境内河道纵横的各种地形，出于装甲部队突进太快太久——可能也是当时大多数人初次接触装甲作战的缘故——会有损耗乃至有伤亡的考虑，希特勒决定让古德里安的部队先休息调整，以便接下来投入在法国的其他战斗中去。

这一休息，就是整整两天。

除了希特勒本人，我们确实无法知道他当时的真正意图，但无论如何，蜷缩在敦刻尔克沙滩上的数十万英法联军，获得了最宝贵的两天时间。

5

1940年5月26日晚上6点57分，代号“发电机行动”的“敦刻尔克大撤退”，正式拉开序幕。

被全歼还是安全撤退？一场争分夺秒的生死大逃亡随即展开。

在执行“发电机行动”信号发出去两小时后，第一艘英国船只“莫娜小岛号”开往敦刻尔克，并在当晚载着1312名英国士兵返航，他们都是后勤部队。

与此同时，法国的第一兵团在敦刻尔克的周边迅速进入阵地，开始与拼死进攻的德军陷入血战——他们每多坚持一秒钟，在海滩上的弟兄们就能多一丝生存的希望。

5月27日，德国空军出动了。

那一天，德国空军第二和第三航空队倾巢而出，对敦刻尔克港区和海滩进行了猛烈轰炸，总共投下1.5万枚高爆炸弹和3万枚燃烧弹，敦刻尔克市区几乎被夷为平地。

与此同时，在海峡对岸，英国皇家空军也派出了除保卫本土之外的所有战斗机升空迎敌——他们每多击落一架敌机，就能给地面上的兄弟部队多一份保障。

这一天，英国海军抽调了1艘巡洋舰、8艘驱逐舰和其他大小26艘舰艇前来运人，但由于缺乏小型船舶，无法迅速将人员从海滩接到停在近海的大型船只上，这一天只撤出了7669人。

当天晚上，古德里安得到了德军最高统帅部的指示：恢复进攻！让盟军最胆战心惊的德军装甲部队的发动机，重新开始咆哮！

5月28日，第二天。在前一天感到丢脸的德国空军元帅戈林，不顾敦刻尔克地区大雾弥漫的天气，命令两个轰炸机大队强行起飞，但最终因为能见度实在太低，飞机带弹飞回。

但德国的陆军，却从已经崩溃的比利时军队防线扑了过来（比利时坚持了 19 天宣告投降，也属不易），敦刻尔克的防线眼看就要被突破。关键时刻，英军第三师乘坐 600 辆伪装过的军用卡车，关闭大灯后急行军 60 公里，在 28 日凌晨赶到德军前面筑起了防御阵地，挡住了德军的进攻。

蒙哥马利在此战中脱颖而出，成长为“二战”中的一代名将

当时这个师的师长，名字叫蒙哥马利。

但最关键的，还是敦刻尔克沙滩上的撤离行动。

在这个危在旦夕的时刻，英国人开始进行全国广播：全英国只要拥有船只的人，都请前往敦刻尔克！帮助在那里的英国海军一起运送联军的士兵！

没有犹豫，没有迟疑，全英国的驳船、拖船、货船、渔船、汽艇乃至私人游艇都被动员了起来，在英国民众的操控下，冒着漫天的炮火出海了！据统计，前后一共有 693 艘英国船只和 168 艘法国船只参与了“敦刻尔克大撤退”。

这一天，从敦刻尔克的沙滩上撤走了 17804 人，比第一天多了整整 1 万人。

各式各样的船只都被调用参与士兵的运送

5 月 29 日，第三天。德国空军再度出动。这一次他们对盟军的运输船只造成了巨大打击，击沉了三艘巡洋舰和包括 5 艘大型渡轮在内的 21 艘船只，重创英国海军 7 艘驱逐舰。

但也正是在这一天，撤离越来越熟练的英法联军，一共撤走了 47310 人，创造了一个纪录。

5 月 30 日，第四天。敦刻尔克地区的天气变得非常恶劣，大雾弥漫。但这对盟军却是个好消息——德国空军又无法出动了。而且，这一天被后人称为“神奇的一天”，因为原本应该风高浪急的英吉利海峡，忽然风平浪静，海面像镜子一般平静。

英国人倾尽全力，连内河船只都开出了海。

这一天，敦刻尔克撤走了 53822 名官兵，打破了前一天的纪录。

五天过去了，在德国空军和陆军的压迫下，敦刻尔克已经撤走了大约 13 万部队，这已经是个了不起的奇迹了。

但还有 20 多万人被压制在沙滩上。

难道要舍弃他们？

.6

5 月 31 日，第五天。丘吉尔又一次飞到了巴黎。

丘吉尔带来了盟军撤离敦刻尔克的最新数字：16.5 万人。但他并不是来报喜的，因为他必须面对法军新任总司令魏刚的质问："在这些撤离的人中，有多少法国士兵？"

丘吉尔实事求是地回答："1.5 万人。"法国总理雷诺在旁边总结了一下："22 万英国士兵中，有 15 万已经撤离了，而法国士兵只被撤走了 1.5 万人。"

在后人看来，敦刻尔克大撤退无疑是英法两国齐心协力的成果，但回到当时，两个国家从领导人到士兵，并不是没有发生过摩擦。

在"发电机行动"计划制订之时，当时决定英法两军是可以共同使用船只的。但英国当时的远征军总司令戈特却没有接到通知，所

英国远征军总司令戈特

以，他下令不准法国人登上英国人的船只。

在敦刻尔克的港口和海滩上，英国士兵筑起了路障，只准英国人通过，不准法国人通过。狂怒之下，一些法国的炮兵甚至准备用大炮对准英国的舰船开火。

这也是5月31日丘吉尔再次飞到巴黎的原因。

作为对之前的补偿，丘吉尔告诉法国总理和总司令，5月31日这天被定为“法国日”，原先英国军人优先的规定将被颠倒，法国部队将比英国部队优先撤退，至于断后的任务，由英国的三个师来完成。

这一天，英国远征军总司令戈特被召回了国，第一军军长亚历山大接任，他是骑着一辆自行车到敦刻尔克海滩接过指挥权的。

也是在这一天，英法联军从敦刻尔克海滩又撤走了68014人，其中绝大部分都是法国人。

6月1日，第六天。这一天，敦刻尔克地区的天空晴朗，而这对英法联军而言是一件非常糟糕的事情——德国空军倾巢出动。

海峡对岸，英国皇家空军也把自己所有的存货都拿了出来，从喷火式战斗机到飓风式战斗机，从无畏式战斗机到哈德逊轰炸机、鱼雷攻击机，甚至连侦察机都飞上了天空，想尽一切办法阻截德国飞机。

但当时的德国空军确实战斗素质很高，他们的战斗机将英国的战斗机牢牢缠住，而轰炸机则开始狂轰滥炸。那一天，英国海军被炸沉31艘舰船，其中包括4艘满载官兵的驱逐舰，另外11艘舰船被重创。

在漫天的炮火中，新上任的远征军司令亚历山大在海滩上放了张帆布椅，安静地坐在上面看着部队撤离，或者啃着苹果，在海滩散步。在他的感染下，有的军官开始在海滩上刮起了胡子，而有的士兵甚至开始垂钓。

这一天，有64429人撤离。

6月2日，第七天。英国皇家空军扛不住了，他们无力再派出飞机为撤退保驾护航了。为此，英法联军在白天停止撤离行动，改为夜间撤离。

入夜，英国“马尔科姆号”驱逐舰派出水手吹起了苏格兰特有的风笛，召集失散和掉队的士兵，带上驱逐舰。

这天晚上，撤出 26256 人。

6 月 3 日，第八天。晚上，亚历山大司令官目送最后一批英军撤离，随后和自己的参谋一起登上了舰船。在他们之前撤走的，有 26175 人，其中大部分是法军。

6 月 4 日，第九天。最后时刻的争分夺秒。

上午 9 点 40 分，德国第十九集团军的装甲部队终于冲破了法军的最后防线，冲入了敦刻尔克市区。在海滩上，有 26175 名法军在最后关头被运走了。

但是，负责最后守卫的法国第一兵团大约 4 万名法军，他们失去了逃离的机会，在血战之后，全部被俘。

敦刻尔克陷落。

下午 2 点 23 分，“发电机行动”宣告结束。

7

这是一场历时 9 天的大撤退。

在这场撤退中，英法联军有超过 4 万人被俘虏，还有 2.8 万人阵亡（德军大约阵亡 1 万人），这其中包括随着被德军击沉的舰船而一起葬身大海的人——有一艘豪华游轮被炸弹击中，满载 3500 名官兵沉入大海。

在撤退中，共有 226 艘英国舰船和 17 艘法国舰船被德军击沉。

9 天时间里，英国皇家空军共出动 2739 架次的战斗机进行空中掩护，损失飞机 106 架。

在敦刻尔克的海滩上，英法联军一共丢弃了 1200 门大炮、750 门高射炮、500 门反坦克炮、6.3 万辆汽车、7.5 万辆摩托车、700 辆坦克、2.1 万挺机枪和 50 万吨军需物资。

敦刻尔克沙滩上被焚毁的卡车

但是，在这 9 天里，共有约 33.82 万人撤回了英国，其中，英军约 21.5 万人，法军约 9 万人，比利时军约 3.3 万人。

这近 34 万人，是最宝贵的财富，是为欧洲大陆留下的最后的反抗火种，他们日后都成了反法西斯战场上的中坚力量。

4 年之后，在法国的诺曼底，很多当初乘船而去的士兵，高唱战歌，踏浪而归。

馒头说

时至今日，再回过头来看，“敦刻尔克大撤退”依旧是一个奇迹。

有很多人，总结过很多原因。比如希特勒的指挥失误，比如那几天老天意外地帮忙，比如德国人过分迷信空军的力量，等等。

所有的这些因素，都是促成“敦刻尔克大撤退”产生奇迹的原因，但所有的这些因素背后，还有一个关键的原因。

敦刻尔克撤退结束后，丘吉尔在英国下议院发表了演讲：

“……我们将战斗到底。我们将在法国作战，我们将在海上和大洋中作战，我们将具有越来越大的信心和越来越强的力量在空中作战；我们将不惜任何代价保卫我们的岛屿。

“我们将在海滩上作战，我们将在敌人登陆地点作战，我们将在田野和街头作战，我们将在山区作战，我们决不投降。

“……继续战斗，直到新世界在上帝认为适当的时候用它全部的力量和能力，来拯救和解放这个旧世界……”

所有奇迹的产生，总有各种各样的原因，但背后有一点是共通的，那就是你必须要有一个“坚持到底”的信念。

这种信念，支撑着英法联军从敦刻尔克撤到英国，又从诺曼底反攻回法国；支撑着苏联军人从莫斯科到斯大林格勒，最后再打到柏林；支撑着美军从珍珠港到中途岛，再到硫黄岛和冲绳岛；支撑着中国军人从东北到上海，从南京到重庆，最后实现那句话：“中国总是有办法的。”

就像丘吉尔的那句名言：“永远，永远，永远不要投降。”

读者评论

老猫慢慢爬：敦刻尔克海滩上，英军军官和士兵冒着炮火大声喊叫几天，导致很多人嗓子喊破嘶哑，后来被称作“敦刻尔克嗓子”。战后的英国议院，凡是有“敦刻尔克嗓子”的人发言，总是会得到额外的尊重。

陆军：暂停的两天，是德军的高层没有想到马斯河会如此轻易得手，他们不相信自己竟然如此好运。他们担心自己的侧翼会遭到法军的猛烈反击，于是希特勒停止行军，等待步兵赶上，沿埃纳河形成一条侧面屏障。这一切都出于德国人的严谨，而这一次他们错失了时机。

zhangy4498：1939 年 9 月 1 日，除了纳粹德国出动 44 个师约 80 万的兵力直扑波兰，苏联也同时出兵从东面扑向波兰，“二战”的序幕由此拉开。波兰是在纳粹德国和红色苏联的同时夹击下宣告投降的……

附 记

（一）关于《敦刻尔克》电影本身

看完电影《敦刻尔克》后还是颇有些感触，说说个人感受。

第一，陆地、海洋和天空三条线交叉叙述，我觉得这就是诺兰的特色：哪怕是一个平铺直叙的历史事件，诺兰还是一定要把它拗出个造型来。

第二，开场前 5 分钟给我印象很深，我觉得这是体现诺兰水平的 5 分钟——让你体会战争的残酷不需要漫天的炮火，连背景音乐都不需要，几个英国士兵的遭遇就会让你印象深刻。

第三，这部《敦刻尔克》其实像是一部资料片，或者说，是主菜上好以后的一道甜点。

对于欧美观众而言，“敦刻尔克大撤退”是他们从小就知道的一次大事件，相关电影也已有不少，所以诺兰的这部作品，只是锦上添花，前人逼着他必须要换一个特别的角度。

就像拍“赤壁之战”，如果外国人来拍，肯定拍成一部战争史诗片，但如果再由我们的中国导演来拍，拍给中国人看，他也得挖空心思换一个特别的切入角度——我们对这个故事实在太熟悉了。

这也就造成了，对于吃过主菜的欧美观众而言，这道精致甜点他们会大加赞赏，但对于相对不是很熟悉敦刻尔克这段历史的观众而言，很可能觉得没吃饱。

我也觉得有点没吃饱——在我的想法里，我觉得如果全片在各处再插入 8~10 分钟以下镜头，会不会更丰满些：德国人为何放弃进攻；敦刻尔克海滩全景式的漫天炮火；德国战机倾巢出动，英国皇家空军奋力迎敌；法国第一兵团和英军第三师的拼死阻击，血战不退；片尾出现字幕“4 年后”（然后镜头切到那个胆怯的男主随着登陆艇，迎着海浪登上诺曼底海滩）；片尾出现一排真实的人物，以及当时出海营救的民用船只船名（电影中给了不少镜头致敬）。

但我知道，这确实是我大片看多了以后的后遗症。

诺兰不这么做，应该有他自己的原因——我也赞同。因为这从本质上而言，是一场失败战斗撤退，而不是一场胜利，不要渲染成一场大胜。

事实上，丘吉尔在敦刻尔克撤退完成后的下议院演讲中，还有下面这样一句话：“我们必须极其小心，不要把这次撤退蒙上胜利的色彩，战争不是靠撤退来取胜的。”

所以，《敦刻尔克》并没有成为一部战争史诗片，而是一部记录失败和感受战争恐惧的电影：

没有密集的炮火，晃眼的鲜血，呻吟和惨叫，怒吼和拼杀；

整部影片除了片尾出现几个模糊的德国士兵形象外，敌人自始至终没出现过；

主要的场景，是一小群人，一艘船，一架飞机；

一切都很真实：人都会恐惧，也会自私，还会投机取巧，但同时，人也都会无畏，都会无私，还会舍己为人。

看完电影后，直到今天，我的脑海里还会浮现出一些景象，但不是战争场面，而是宁静的大海、安静的排队、飞机的引擎声、民船游艇的马达声、浪花拍打船舷的声音……

然后，就是那种发自内心的对战争的厌恶。

所以，我还是很喜欢这部电影。

（二）关于亚历山大这个人

多次收到读者贴给我的一张贴图：

> 请正视历史，不是因为它是外国片。这部影片（敦刻尔克）里的救世主，哈罗德·亚历山大将军在缅甸以曼德勒会战作为要挟，让十万中国远征军精锐在乔克巴为英军撤退充当肉盾，在我军完成阻击战任务后，他们却跑到了印度，更不可原谅的是他们在逃跑途中宁愿把罐头，汽油等物资烧掉，也不愿意留给一心求战的中国军人。最后我军在后路被断的情况下，杜聿明不得不带军走入野人山，最后全军从戴安澜将军以下，整整两万铁血男儿没死在日军的枪炮之下，而是死于饿病，屈死在异国丛林之中，亚历山大的赫赫战功是建立在中国远征军的鲜血与累累白骨之上的，现在他们要用艺术的手段来洗白自己，作为一个中国人，难道连整日泡在罗曼蒂克梦境里的法国人都不如吗？抵制它，不是因为别的，就为了那两万屈死的英灵。这个理由，够吗！？我不是愤青，只希望大家了解历史的真相，尊重一下为祖国牺牲的前辈！！
>
> 6小时前 · 举报
>
> 1575人赞过 › 1575

他们都问我：是真的吗？也有的人说，是真的的话我就不去看了。

那也说两句吧。

第一，基本是真的。亚历山大全名哈罗德·亚历山大，在指挥了敦刻尔克大撤退之后，他后来确实被派到缅甸，成为驻缅英军总司令，而他去的目的，就是帮助英军撤退。

第二，当时的中国远征军入缅，带着一腔热血，但背后其实也隐藏着不少问题，比如指挥系统的紊乱：当时的指挥者，有蒋介石，有美国军事顾问史迪威，还有这位亚历山大。史迪威和亚历山大之间关系就很一般，当时也没明确该听谁的；蒋介石允诺中国军队都听史迪威的，但事实上杜聿明他们只听蒋介石的。

包括烧仰光的储油罐等等，是为了避免落入日军手里，并非故意不给中国军队用。当时中国远征军在驰援的路上，不知道是否能到达仰光——当然，这一切主要都因为英军毫无抵抗的意志。

哈罗德·亚历山大

包括退入野人山，现在回过头来看，未必是一个明智的举动。当时美方和英方提出的建议是，中国远征军退入印度休整，但蒋介石坚决要求远征军退回国内（心情可以理解），坚决服从蒋介石命令的杜聿明只能强行穿越，而有自己想法的孙立人率新三十八师抗命退入印度休整，这支部队整建制地保存了下来，成了日后反攻的中坚力量。

第三，这不是在为亚历山大开脱。缅甸的溃败，亚历山大负有不可推卸的责任。

缅甸和敦刻尔克不一样。

有人说敦刻尔克法军替英军殿后，英军先跑路。但你换个角度想，法军脚下，是自己的祖国，守卫自己的祖国本来就是义务。英军是渡过海峡来和法国人并肩作战的，然后英国人派自己的船来接，你让他们把自己的士兵留下来殿后，让法国士兵先撤离自己的祖国，换你是指挥官，估计你也做不到吧？

但在缅甸战场，情况不一样。缅甸原来是英国人的殖民地，中国远征军是来帮助英国守军的（当然也有守卫滇缅公路，保护自己大后方物资运输的目的）。从私心来说，谁都希望自己国家的子弟兵先撤，别人家的子弟兵殿后，但问题在于，亚历山大在那几场战斗的指挥中，不仅私心暴露得太赤裸裸，而且在情报上有欺骗中国远征军的嫌疑，提供错误的信息，让中国军人全部为英军撤退殿后。

第四，在缅甸战场，英军的表现不仅被中国人耻笑，被美国人耻笑，被全世界耻笑，甚至连对手日本人都看不起。亚历山大退役后写了一本战争回忆录，我没看过，不知道他怎么回忆自己的这段生涯，但我觉得，哪怕之前他有过再多功绩，这段历史是他军人生涯的一个污点，他的良心应该为此感到不安。

第五，我们可以一分为二，客观评价亚历山大这个人，但我实在看不出，这和抵制《敦刻尔克》有什么关系。

《敦刻尔克》是为了歌颂亚历山大这个人而拍的吗？恐怕不少看完电影的观众，都未必清楚电影里哪个人是亚历山大。

如果说这部电影有那么一幕镜头是让人有流泪冲动，让人感到感动的话，我觉得是那一幕：海平面上，出现无数自发前来迎接的民船。

正如我前面所言，我觉得诺兰的这部电影，并没有刻意歌颂谁，因为他知道这并不是一场胜利。我们看完这部电影，绝不会觉得英国士兵好伟大，法国士兵好伟大，亚历山大好伟大，而是只会觉得普通百姓的伟大，以及战争的残酷。

如果因为这个人去抵制这部电影，我个人觉得不值得。

如果因为这件事，你愿意去了解一下中国远征军，我倒觉得是件好事。如果又不了解敦刻尔克，又不了解中国远征军，就跟着喊“抵制”，那就不值得了。

去不去“贡献”票房其实完全不重要，保持一个独立思考的头脑还是比较重要的。

敦刻尔克撤退之后，英国人干什么去了?

可能诺兰自己都没想到，一部《敦刻尔克》会在中国引起这样的争论。其实只要看过他电影的人，应该能理解他其实只是想展现各种人性，表现在一场大溃败之后的人性。

也有人问：敦刻尔克之后呢？其实很多法国士兵从敦刻尔克撤退后，随即在一周内又返回了欧洲战场。

而英国人呢？他们可能连重返欧洲的机会都没有，因为，他们立刻就陷入了一场炼狱般的苦战。

这一次，他们没有任何所谓“坑队友”的理由了，因为这一次，他们保卫的是他们自己的祖国。

昔日的“日不落帝国”，已经无路可退。

1

1940年6月4日，代号“发电机行动”的“敦刻尔克大撤退”落下帷幕。

英法联军在那片沙滩上奇迹般地撤走近34万士兵，这固然是一件值得庆幸的事，但是，他们也狼狈地把几乎所有的重武器都留在了沙滩上。

6 月 4 日之后，摊在英国首相丘吉尔面前的，是这样一本账：整个英伦三岛，只剩下 500 门火炮和 200 辆坦克，而空军只剩下 700 多架战斗机和 500 多架轰炸机。

敦刻尔克海滩上留下的英法联军遗弃的物资（德国人拍摄的照片）

骄傲的英国人，终于被逼到了悬崖边，而这一切都是他们为自己当初的退让付出的代价：因为当初和法国一起施行“绥靖政策”，几个月之内，西欧大陆就已经插遍了纳粹旗，英伦三岛瞬间成为风雨飘摇下的最后堡垒——而他们现在必须依靠这份惨淡的家底，迎来士气正旺的纳粹德国的最后一击。

但希特勒还在犹豫。一方面，他知道尽管德军在陆地上已经占据了绝对优势，但面对以海军立国的英国，他绝对没有把握在不付出重大伤亡的前提下，越过风高浪急的英吉利海峡，强行登陆英伦三岛。

另一方面，他自始至终的主要目标，是东方的苏联——尽管双方的《苏德互不侵犯条约》还墨迹未干。

在这样的情况下，希特勒迫切地希望能诱降英国政府。

英国会投降吗？从当时的情况来看，真的不是没有可能。

当时英国的外交大臣哈利法克斯勋爵（Lord Halifax）毫不掩饰自己的观点："英国已经输了。"而负责外交事务的副国务大臣理查德·巴特勒（Richard Butler）对当时在伦敦的瑞典外交官说的话更赤裸裸：倘若"条件合适"的话，那么"任何能够达成妥协和平的机会都不会被忽视"。

旁观者也不看好英国人。

时任美国驻英大使的约瑟夫·帕特里克·肯尼迪（Joseph P. Kennedy）在1940年7月31日向美国国务院报告：纳粹德国空军拥有把英国皇家空军打得"无法再执行任务"的战斗力。

而在法国投降之前一直担任法国军队总司令的马克西姆·魏刚将军（Gen. Maxime Weygand）的话更不给面子："在三个星期之内，英格兰的脖子就会被拧断，就像只小鸡仔一样。"

丘吉尔最著名的一张照片

一切的迹象似乎都在表明，英国人不想，或没法再打下去了。但让希特勒头疼的是，他们碰到的不是英国前首相张伯伦，而是现任首相丘吉尔。

丘吉尔的一生无疑也有不少的争议，但有一个特点，无论他的敌人还是朋友都认同：这个家伙，是个彻头彻尾的硬骨头。

"永远，永远，永远不要投

降！”这是丘吉尔反复强调的话——他把英国国内可能导致投降的因素一一掐灭，甚至做好了成立流亡政府的准备，反正坚决不投降。

于是，希特勒只能选择动手。

1940 年 7 月 6 日，希特勒向德国空军元帅戈林签发了进攻英伦三岛的作战计划。

那就是著名的“海狮计划”。

2

至少在最初，“海狮计划”和“海”一点儿关系也没有。

为什么呢？因为德国的空军元帅戈林继敦刻尔克之后，再次向希特勒拍了胸脯：只需要动用德国空军的力量，就足以摧毁英国的所有抵抗能力和意志。

戈林的保证确实很对希特勒的胃口：要实施在英伦三岛的登陆，

德国空军元帅戈林。他在第一次世界大战时是德国空军的王牌飞行员

必须要先摧毁英国皇家空军，夺取登陆时的绝对制空权——如果顺带能直接摧垮英国人的斗志，那是再好不过的事了。

戈林之所以有这样的信心，也是因为他确实对比过双方的空军实力：当时德国可以调用的进攻英国的空中打击力量，为三个航空队共 2669 架作战飞机（战斗机和轰炸机各占一半），而英国皇家空军所有的飞机的数量，还不到德国的一半。

1940 年 7 月 10 日，英国和德国的第一场空中较量其实已经开始了：那一天，围绕一支英国的船队，英国皇家空军和德国纳粹空军在英吉利海峡上空开始了第一场缠斗，结果是英国飞机被击落 10 架，德国被击落 13 架。

这个战果其实已经可以敲醒戈林了：英国皇家空军，绝没有想象中那么好对付。

但戈林其实也没有退路了，他下令手下的德国空军倾巢而出。

从 1940 年 7 月 10 日起，人类历史上迄今为止最大的空战——“不列颠空战”，就此拉开帷幕。

3

空战的第一阶段，德国空军就没有讨到便宜。

在这个阶段，德国计划利用优势的空军力量，大量袭击英国的护航船队和南部港口，诱出英国皇家空军的主力一举歼灭。

但英国皇家空军歼击航空兵司

英国空军上将休·道丁。他深知己方在飞机数量上处于劣势，所以他反复强调：“对那些德国飞行员而言，我们的小伙子们必须一个打下他们五个。”

令部的休·道丁将军却完全不上当。他精打细算地调控着手底下为数不多的战斗机机群和高炮部队，把每一架战斗机的战斗能力都发挥到极致，并且坚持维持着大约 250 架作战飞机的后备队一直不用。

这时候，英国的第一个优势开始显示出来了：他们的飞机性能绝不逊色于德国飞机。

经过“闪电战”的一系列战果，德国的“斯特卡”俯冲式轰炸机让很多对手都胆颤心惊，他们还拥有 BF–110 战斗轰炸机和公认的一流战斗机 BF–109。

BF–109 战斗机是德国在“二战”中赫赫有名的一流战斗机，但在“不列颠空战”中，受限于航程，它飞临伦敦上空后，航空燃油只够战斗 10 分钟就必须撤退

但德国人碰到的对手，是英国皇家空军的“飓风”式战斗机，以及更为牛 × 的“喷火”式战斗机。尤其是当时同样处于世界一流水平的“喷火”式战斗机，毫无疑问已经成为“不列颠空战”中的标志。

8 月 15 日，发现在空战中丝毫占不到便宜的戈林宣布当天为“鹰日”。那一天，德国空军出动 2000 多架次，为整个“不列颠空战”中最多的一次——整个英伦三岛上空，到处都是密密麻麻的纳粹作战飞机机群。

但是，那天的战果是：英国皇家空军以损失 34 架飞机的代价，击落了德国 75 架飞机。

“喷火”式战斗机

1940 年 8 月 23 日，“不列颠空战”第一阶段宣告结束，德国人几乎每天都出动 1000 架次以上的作战飞机，却换来了这样一个结果：德国损失 290 架飞机，而英国人只损失了 114 架。

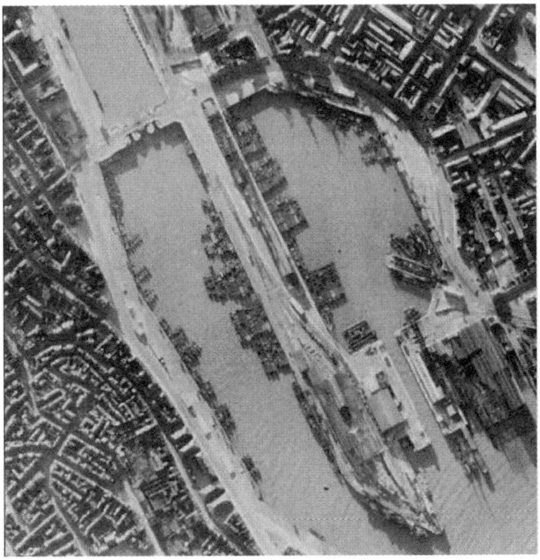

德国准备登陆英伦三岛的驳船在法国布洛涅港等待

按照希特勒下达的指示，1940 年 9 月 15 日，德国的登陆部队应该开始发动进攻了。

但英国的空军根本没被打垮。

4

1940 年 8 月 24 日，“不列颠空战”的第二个阶段开始了。

英国人发现自己明显开始吃力起来——德国人改变战术了。

在经过第一阶段的激烈绞杀之后，德国人发现了一个问题：英国飞机越打越多。

这就是英国人的第二个优势：工业制造能力。

一场战争，只要没有速战速决，说到底，就是拼双方的国家制造能力和动员能力。这也是后来山本五十六即便偷袭珍珠港成功之后，却依旧如履薄冰的原因——美国的制造能力实在太强了。

而英国虽然在“一战”后元气大伤，但毕竟还是老牌帝国主义强国，工业制造能力的基础仍在。一个最明显的例子是：1940 年 7 月，整个英国皇家空军只有 1300 架作战飞机，而到了 8 月，一个月之内，工厂就生产了 1600 架作战飞机（其中包括 470 架“飓风”和“喷火”战斗机）。

英国人在“不列颠空战”中的另一大主力：“飓风”式战斗机

面对这样一个情况，德国空军决定转移轰炸目标——轰炸英国空军的基地和所有飞机制造厂。

这真正戳到了英国人的痛处——英国皇家空军开始为了保护飞机制造厂疲于奔命。后来很多人分析，如果不是英国人有一个秘密武器，“不列颠空战”可能打到第二阶段，英国空军就完全被摧垮了。

这个“秘密武器”，就是英国人关键的第三个优势：雷达。

英国从19世纪30年代就着手了能够24小时监控本土空域的计划。1935年，英国无线电工程师沃森·瓦特利用无线电波在传播途中遇到金属物体就会“反弹”的原理，把无线电探测原理变为一门实用技术——虽然这门技术对“不列颠空战”起到了至关重要的作用，但直到1943年，它才获得了正式称号——“雷达”。

“雷达”对英国皇家空军的最大帮助就在于，它能准确地预判和监测到德国纳粹空军何时飞临英伦三岛的空中警戒线，从而让皇家空军的飞机能在正确的地点和正确的时刻起飞迎敌。

英国当时的雷达天线铁塔

但即便有“雷达”的帮助，英国人在第二阶段也开始有点撑不住了。

在第二阶段，德军每天出动飞机都在 1000 架次以上，英国皇家空军飞行员一直处于高度紧张状态，有时一天就要出动几次，精疲力尽。而地面的维修人员日夜抢修，很多人直接晕倒在工作现场。

更要紧的是，开战以来，英军已有 103 名飞行员阵亡，128 名重伤，伤亡总数占全部飞行员的四分之一。在富有经验的飞行骨干大量伤亡的情况下，一些 20 岁左右的青年就已经算是老牌飞行员了。

在第二阶段，尽管德军损失了 352 架飞机，但英国皇家空军也有 195 架飞机被击落，171 架被重创——同一时间里，由于飞机制造厂被持续轰炸，英国生产出的新飞机加上修复的飞机总数只有 269 架。

更新的飞机数量已经抵不上损耗的飞机数量了。

更致命的是，英国南部 5 个最重要的机场都被严重破坏，7 个空军指挥中心被摧毁了 6 个。

连丘吉尔后来都不得不承认：在那段时间，胜利似乎在离我们远去。

虽然德国空军的损失数量更大，但它的整体数量优势开始发挥出来，再这样耗下去，英国人肯定会被拖垮。

谁也没有想到，8 月 24 日，12 架德国轰炸机，阴差阳错地改变了战局。

5

1940 年 8 月 24 日这一天，12 架执行轰炸任务的德国轰炸机在英伦三岛上空迷航了。

虽然迷失了方向，但敬业的德国人坚持要把飞机携带的炸弹扔完才肯返航。于是，他们就找了一座大城市的市中心，让炸弹倾泻而下。

那座城市，就是伦敦。

丘吉尔震怒了。就好比两个人打架，说好不打脸的，其中一个人先抽了对方一个耳光。

8月25日，按照丘吉尔的指示，81架英国皇家空军的飞机飞临柏林上空，丢下了报复性的炸弹。

虽然对柏林造成的伤害微乎其微，但就像日本当初本土被中国飞机撒传单一样，对德国人造成的心灵上的震撼是巨大的——元首向我们保证过的家园，居然遭到了别国的轰炸。

而且，丘吉尔还不肯罢休，在8月28日和8月31日又两次空袭柏林。

这回轮到希特勒震怒了。

9月3日，戈林召开参谋长会议，传达了元首的指示：从9月7日开始，德国空袭的轰炸重点转为伦敦——希特勒已经放出话来：“如果英国人投下一吨炸弹，德国空军就要十倍、百倍乃至千倍回报！”

但这道命令就像希特勒在敦刻尔克下令停止追击一样，又成了一个战略失误。

从9月7日开始，连续一周，德国空军开始不分昼夜地向伦敦发动空袭，整个伦敦陷入一片火海之中。

这个时候，英国人的第四个优势就显示了出来——这个优势，其实全世界被侵略国家的人民都有——保家卫国的意志。

整个“二战”期间，在英伦三岛之外，英国人的作战意志实在是有待商榷，但一旦战火烧到了本土，作为被侵略的一方，所有英国人保卫自己家园的斗志被瞬时点燃——尽管希特勒原本以为轰炸伦敦能让英国人屈服。

在伦敦被轰炸过的废墟上，英国人为了表示自己没有被吓倒，很多店铺白天照常营业。一家裁缝店在空袭中照样挂出了“今日照常营业”的招牌，经过一夜轰炸，人们在第二天看到了裁缝店的招牌换成了“今日更加要照常营业”。

伦敦大轰炸中被搜寻到的幸存者

轰炸过后投入灭火的伦敦市消防员

但英国皇家空军也因此迎来了转机：由于德国空军转移了轰炸目标，英国南部的空军基地和飞机制造厂得到了宝贵的喘息之机。整整一周，虽然伦敦承受了狂轰滥炸，但英国皇家空军出产的新飞机，终于又能超过损耗的飞机数量了。

9 月 15 日，德军派出了 200 架轰炸机和 600 架战斗机组成庞大的机群直扑伦敦。海峡对岸，经过 8 天休养的英军也亮出了全部家底：把能飞上天的飞机全都派了出来，300 多架战机分波次升空迎敌。

这场空战持续了整整一天，英军损失了 33 架飞机（其中 7 架是因为伤重而报废），而德军损失了 68 架飞机（其中 12 架在返航或着陆途中坠毁）。

这场战斗，成为不列颠空战的转折点，亲自坐镇指挥的丘吉尔，把这一天定为“不列颠空战日”。

希特勒和戈林终于认识到：空战根本不可能征服英国人。

6

“不列颠空战”进行到第四个阶段的时候，德国人已经力不从心了。

一方面，德国人在战后才知道，除了雷达之外，英国人还有另外一个制胜的法宝：破译密码。以图灵为首的专家小组，成功破译了德国人以为万无一失的“恩格玛”（Enigma）密码机，这使得德国每一次空袭行动的时间、地点和相关部署，英国人都能提前获悉。

另一方面，如果说飞机的损失还能接受的话，优秀飞行员的锐减让德国人感觉撑不下去了。

在之后的几个月，德国人的轰炸基本上都是像走过场一样，因为 1940 年 12 月，希特勒已经开始着手筹备全面进攻苏联的“巴巴罗萨计划”。到了 1941 年 5 月 10 日，德国发动了对伦敦最后一次空袭，

艾伦·麦席森·图灵。他为英国人在“二战”中扛住德国人的攻击做出了卓越贡献，却在战后受到了不公正的待遇

然后就偃旗息鼓。

1941 年 6 月 22 日，德国撕毁《苏德互不侵犯条约》，全线进军东线，再也不可能顾及对英国的空袭了。

换句话说，希特勒的“海狮计划”其实等于宣告失败了。

那么，这场人类历史上最大的空战，结果如何？

整个“不列颠空战”，德国一共派出了超过 4000 架作战飞机，英国大约是 2000 架，最后德国损失了超过一半的飞机，而英国损失了 995 架。

最让德国人受不了的是，超过 5000 名经验丰富的德国飞行员在这场空战中殒命、被俘或失踪（英国阵亡了 1956 名），这也为他们后来的空军的衰落埋下了一个伏笔。

这是第二次世界大战爆发以后，德军的首次受挫。

而无论如何，英国成了“二战”中西欧大陆坚守下来的一个重要堡垒。

后来，在一次对加拿大议会所做的讲话中，丘吉尔引用了法国魏刚将军在“不列颠空战”爆发前的那句预言——“英格兰的脖子会被拧断，就像只小鸡仔一样”。

“但我们有很多只小鸡仔，”丘吉尔说，“很多脖子。”

馒头说

相信很多读者和我一样，对“不列颠空战”的最初印象，都来自小时候看的电影：《伦敦上空的鹰》。

不过长大后再回过头来看这场空战的各种史料，发现英国人最终能笑到最后，科技，或者说国防工业的整体能力，其实是一个至关重要的因素。

正如文中所提到的那样，英国皇家空军之所以能在数量呈劣势的情况下死死咬住德国纳粹空军乃至最后获得胜利，有好几个因素和科技息息相关：“飓风”式和“喷火”式战斗机、雷达、密码破译技术……对了，还有值得一提的是，在整个“不列颠空战”中，英国人使用的是辛烷值为100的高辛烷值航空汽油，这种汽油可以使得他们战斗机发动机的输出功率从1000马力直接提升到1300马力。

在现代化战争中，科技的力量往往是决定生死的力量，这种技术上的差别，在空战中表现得尤其明显。

当然，我们也不能忽视人的主观力量。记得在《伦敦上空的鹰》这部电影中有一幕让我印象深刻的镜头：一位英国皇家空军的将军，在危急时刻自己跳进了战斗机机舱升空迎敌，最终战死沙场。

尽管在整个“二战”期间，英国军队在全世界各个角落的表现基本上都乏善可陈，甚至被人鄙视（比如在与中国远征军协同作战的缅甸战场），但在保卫自己国土的战斗中，我完全相信他们能迸发出这样的血性和能量——其实换作任何一个被侵略的国家，都是这样。

这也不得不让我想起抗战期间的中国空军。

比起英国空军，当时中国的空军无论从数量还是科技研发能力（中国自己根本不能造飞机）上，都远远落后于日本。但即使如此，当时在中国属于凤毛麟角的精英飞行员，还是驾驶着战机，义无反顾地起飞作战，血洒长空。

他们的故事，请看《历史的温度》中的《抗日战争，我们到底有没有空军》。

读者评论

帝伯：本人坦克兵出身，像电影《狂怒》里的描述一样，当年班长问我：坦克就是个铁棺材，很多坦克兵上了战场连收全尸的机会都没有，你怕不怕？后来才知道，我活着就是身后步兵兄弟的壁垒，我死也不会寂寂无声，起码能放朵烟花……向所有“二战”中浴血奋战的中国军人致敬！向不知升空能否返航的英雄致敬！向所有拥有不屈意志的无畏民众致敬！

萧七：看到图灵，忍不住想写一点儿什么。去英国专程看了曼彻斯特公园里的图灵像和布莱切利的密码学校，对图灵像前的纪念牌和布莱切利展出的国家道歉信印象深刻。纪念牌上写着：“Alan Mathison Turing, 1912—1954,Father of Computer Science,Mathematician,Logician,Wartime Code breaker, Victim of Prejudice.”（艾伦·麦席森·图灵，1912—1954，计算机之父、数学家、逻辑学家、战时密码破解者、偏见的牺牲者）图灵固然伟大，但是人们能够正视曾经犯下的错误，甚至为其立碑纪念，我觉得更是值得我们学习和思考的地方。真实的历史，永远比口号来得更震撼人心。

Pureboi：德国的工业生产能力在那个时候已经超越英国了，但还没有到碾轧的程度，加之英国本身工业基础雄厚，在某些领域不输给德国也并不令人吃惊，但那时的中国真的是太弱太弱了，弱到只能靠人肉去填中日之间国力差距的大坑，美国不落后都挨打了，更何况当时落后的中国。

一个公务员给全人类留下的数学难题

这篇文章，想讲一个我完全不熟悉的学科，这个学科是我读书时候的死敌，恨不得这门学科从地球上消失。

这门学科就是：数学！

1

费马

首先，不要因为这图里的人长得像小学教学楼走廊上贴的科学家图，就跳过本文。

让我们先来到17世纪的法国南部图卢兹附近的博蒙·德·洛马涅。1601年的8月17日，本文的主人公，皮埃尔·德·费马就出生在这里。

费马的父亲，是当地的一家大皮革商店的拥有者，同时也是这个地区的第二执政官，换句话说，费马就是一个“官二代＋富二代”。

费马小时候并没有进学校，父亲给他请了两个家庭教师在家辅导——有钱嘛。虽然说费马小时候并没有表现出一鸣惊人的神童天赋，但也是一个非常聪明的孩子，他的文科和理科都很不错。

到了1617年，费马要进大学了。费马遵从父亲的意见，进大学读了法律专业。因为当时17世纪法国男子最体面的职业，是做一名律师——你看，人家在17世纪就讲究“依法治国”了。而且，家人已经花钱帮费马买了一个“律师”和一个“参议员”的职位——好吧，刚讲完法治，就“啪啪”打脸了。

简而言之吧，费马大学毕业后，如愿做了律师，并担任了参议员，虽然政绩平平，但官阶还是一路上升，最后做到了法国议会首席发言人。直到1665年1月12日，64岁的费马安然辞世。

作为公务员，费马的一生，就这样结束了。

2

那，费马和数学有什么关系？

但事实上，费马确实一辈子只是个公务员，从来没当过数学家。数学，只是他的业余爱好。

那么好吧，一个“业余数学家”，为什么能够名垂青史？因为，这个公务员费马，利用业余时间做的数学研究，对数论、概率论、微积分都做出过不小的贡献。但相比他留下的那个定理，这些都是不值一提的。

奠定费马“业余数学家之王”头衔的，是1637年，在费马36岁的时候，提出了一个非常非常非常牛的定理，叫作：

费马大定理！

定理就是定理，还要加个“大”，是不是听上去很高级？（其实是区别于费马另一个小定理。）

其实这个定理还有个名称，叫“费马最后定理”（Fermat's Last Theorem），意思是所有定理都证明完了，这肯定是最后一个待解的定理。但中国人还是叫“费马大定理”，不用管了，听上去高级！

那么，“费马大定理”究竟是说什么呢？

很简单，那就是（下面一句话你可以自动忽略）：

当整数 $n>2$ 时，关于 x、y、z 的方程 $x^n + y^n = z^n$ 没有正整数解。

很简单不是吗？简单到我都不屑于向你们解释——反正，我们略过这句话，知道它是一个定理就对了。

最可恨的是，当时费马是在阅读丢番图（Diophatus）《算术》的拉丁文译本时，在第 11 卷第 8 命题旁随手写下这个定理的。

关键是，他还在旁边加了一句：“关于此，我确信已找到了一个极佳的证明，但书的空白太窄，写不下。”（拉丁文原文：“Cuius rei demonstrationem mirabilem sane detexi. Hanc marginis exiguitas non caperet.”）

这种管杀不管埋、毫不负责任的做法，拉开了之后 300 多年人类数学史上最艰苦卓绝的一场探索。

2011 年，谷歌在费马诞辰 410 周年时，曾将首页 logo（标识）换成了“费马大定理”公式，但在 logo 里的标签写了句揶揄他的话：“我确信已找到了一个极佳的证明，但这里的空白太窄，写不下。”

3

最先做出挑战的是18世纪瑞士伟大的数学家欧拉，他先是发现费马自己证明了n=4的情况，然后在1770年，欧拉给出了n=3时的证明。

这时，已经过去了133年。

之后，全世界最优秀的数学家，围绕证明“费马大定理”，开始了惨烈的竞争和接力。

开头炮的是19世纪初法国自学成才的女数学家热尔曼，在当时法国普遍歧视妇女的情况下，她独立证明出了当n和2n+1都是素数时，费马大定理的反例x、y、z至少有一个是n整倍数。（知道她达到了这个成就就行，不用去理解。）

然后，1825年德国数学家迪利克雷和法国数学家勒让德分别独立证明“费马大定理”在n=5时成立。

这时，已经过去了188年。

1847年，戏剧性的一幕发生了：当时著名的数学家拉梅和柯西都宣布自己已基本证明“费马大定理”。

然后德国数学家库默尔写来一封信。库默尔证明不了“费马大定理”，但他清晰地证明了这两位数学家的证明都是错误的。

库默尔是著名数学家高斯的学生，他当时还给出了另一个打击全世界数学家的结论：按照现在的数学方法，“费马大定理”是不可能证明的。

证明“费马大定理”的革命浪潮，就此转入低谷。

一低，就是半个世纪。

4

1908 年，一位叫沃尔夫斯凯尔的德国人，重新将证明“费马大定理”的热情点燃了：他设立了 10 万马克的奖金，奖励给最终做出证明的那个人。

沃尔夫斯凯尔为什么要这么做？因为“费马大定理”救了他一条命。

沃尔夫斯凯尔其实只是一个数学爱好者，主业是一个实业家。年轻时，沃尔夫斯凯尔追求一个女生被拒绝，绝望的小伙子傻乎乎地决定自杀，而且决定了自杀的时间：午夜钟声一响，就开枪射击自己的头部。

严谨的德国人之前处理好自己的商业事务，写好遗嘱，还给所有亲朋好友写好信。结果一看时间：哎哟喂，提早了一点点，午夜还没到！

为了消磨最后一点时间，他就到图书室翻阅数学书籍，然后就看到了一篇关于“费马大定理”证明的论文。

然后，他就开始拿起笔做起了计算。

然后，天就亮了。

他发现自己已经不想自杀了。

为了感谢“费马大定理”救了自己一命（真是莫名其妙），他设立了 10 万马克的奖金，这笔钱的价值放到现在，超过 100 万英镑。

也不能说是“有钱能使鬼推磨”吧，总之，证明“费马大定理”的热情又在全世界范围内被点燃，不计其数的数学家和业余爱好者，又如飞蛾扑火一般地投入证明中去。

另一方面，由于电子计算机的发明，之前人类不可能做出的海量计算，现在成了可能。但这又如何呢？即便通过计算机证明 n=1000 万时“费马大定理”成立，也只是无穷接近证明，并不能从数学逻辑上根本证明该定理成立。

5

时间到了 1963 年，离证明“费马大定理”被提出已经过去了足足 326 年。无数革命先烈，哦不，数学先烈，倒在了证明这条定理的道路上。

这一年，一个叫安德鲁·怀尔斯的 10 岁英国孩子，第一次在一本书上看到了“费马大定理”的故事。

安德鲁·怀尔斯

真命天子，终于出现了。

在怀尔斯之前，越来越多的数学家，已经放弃了对“费马大定理”的证明。关于“费马大定理”无法证明的论断，也越来越多。

1986 年，已经是普林斯顿大学教授的怀尔斯，决定放弃一切其他的研究，开始向“费马大定理”发起总冲击——他判断，可能需要 10 年专心致志的努力。

那一年，他 33 岁。开始研究“费马大定理”的事，他没有告诉任何人，除了他的妻子。

7 年，就这样过去了。

1993 年 6 月 23 日，被称为“本世纪最重要的一次数学演讲”，在剑桥牛顿研究所拉开序幕。200 多名数学家挤在房间里，把目光聚焦在怀尔斯身上。怀尔斯用数学公式写满几块黑板，然后听到他说了一句：“我想，我就在这里结束。”

山呼海啸一般的掌声！大家意识到，困扰了人类 300 多年的一道数学题，今天似乎真的被解决了！

第二天，全世界报纸的头版，破天荒地出现了一个数学家的名字：安德鲁 · 怀尔斯！

美国《人物》杂志将怀尔斯与黛安娜王妃、奥普拉一起列为“本年度 25 位最具魅力者”之一。怀尔斯甚至被一家时装公司请去做男装广告！

但数学是严谨的。怀尔斯长达 200 页的手稿投交到《数学发明》杂志后，数学家们在数以百计的电子计算机帮助下，开始了庞杂的审稿过程：只要有一个计算或逻辑出差错，怀尔斯的证明将一文不值！

果然，悲剧发生了。在证明的过程中，有一个小环节，无法像怀尔斯说的那样证明得通，他必须拿出更有力的说法。

1993 年 12 月，怀尔斯公开承认证明有问题，但表示很快会补正。

之后，9 个月过去了。

怀尔斯一筹莫展。

怀疑的声音越来越响：怀尔斯只是 300 多年来，无数自以为证明了“费马大定理”的数学家中的一个而已。

6

1994 年 9 月 19 日的早晨，怀尔斯决定最后检视一下自己的证明，然后就宣布自己证明失败。

但是，灵光一现：两个不足以解决整个问题的方法结合在一起，可以完美补足他的那个证明缺陷。

1994 年 10 月 25 日 11 点 04 分 11 秒，怀尔斯通过他以前的学生、美国俄亥俄州立大学教授卡尔·鲁宾向世界数学界发了“费马大定理”的完整证明邮件。

这一次，无论是数学家和计算机，再也没有找出证明的漏洞。

困扰了人类长达 358 年的“费马大定理”，终于被证明了！

1997 年，怀尔斯领取了沃尔夫斯凯尔设立的 10 万马克奖金——再晚 5 年，“德国马克”这个货币单位都没了（欧元流通）。而整笔奖金，还差 10 年就领不到了。

沃尔夫斯凯尔设立这个奖金时，规定的截止日期是 2007 年。

你看，这个狡猾的德国人还设了个时间限制，可能因为他相信，“费马大定理”肯定会被人证明。

馒头说

第一次和“费马大定理”结缘，是在大一期末的“高等数学”考卷上。那张卷子的最后一道题是：试阐述“费马大定理”的公式和证明经过。

当时教我们高等数学的是复旦大学数学系享受国务院特殊津贴的华宣积教授。看得出，他还是很体谅我们这群文科生的。

而这道题，应该就是我们这群文科生，为什么要知道“费马大定理”的意义所在了吧。

“费马大定理”在数学史上的地位和意义为何如此重要？

我个人觉得，因为证明这个定理的整个过程，本身就是一部看了让人热血沸腾的数学史。而这个困扰了人类三个多世纪的定理，凝聚着无数最杰出人类的脑力和智力，展现的是整个人类的智慧结晶。

人类不断挑战自己，超越自己，克服看似不可能完成的任务，这本身就是激动人心的。

这和我们懂不懂数学没关系，不是吗？

（推荐参考书目：《费马大定理——一个困惑了世间智者 358 年的谜》［英］西蒙·辛格著，广西师范大学出版社，2013 年版）

读者评论

薛神医：$n = 2$ 时，就是勾股定理。$n > 2$ 时无整数解。“费马大定理”之所以名气如此之大，除了传奇性，也与定理本身通俗易懂有关，换作别的定理，大部分人连题目都读不懂。（作者回复：对。可是，微信公号后台很多人，包括我在内，现在连题目都看不懂了。）

旭言 1028：如果从小数学老师就像你这么生动地讲数学家的故事，每个人的数学水平都会提高。（作者回复：记得小时候语文老师和我们说过陈景润几麻袋草稿纸证明 1+1 为什么等于 2 的故事……）

小粥小酱：果然看得热血沸腾的，刺激程度不比奥运会差。作为一个理科很差的理科生，在公式那里还停留了很久，试图回忆理解一下。复旦大学果然牛，考这道数学题，其实是为了让大家好好学学历史吧。

直到坐上电椅，这对夫妇依旧表示自己清白……

科学离政治究竟有多远？我们都知道，可近可远。

那么科学家呢？我们相信，他们是想离得远远的。

但有时候，总是事与愿违，有人甚至会为之赔上性命。

1

1953 年 6 月的一天夜晚，朱利叶斯·罗森堡被带到了一间单人牢房。

一位法院的代理执行官告诉他，今天晚上，他将被送到新的死囚牢房去。一同将被送去的，还有他的妻子艾瑟尔。

朱利叶斯觉得这是一种新的恫吓手段，所以他隔着监狱的栏杆对妻子喊："艾瑟尔！如果有人告诉你，我们今晚会被带入死囚牢房，你不要害怕！一切都会好的！"

原来做过歌手的艾瑟尔听到丈夫这样喊，在牢房里唱起了普契尼

朱利叶斯·罗森堡和他的妻子艾瑟尔

的歌剧《蝴蝶夫人》中的唱段——《他将在晴朗的日子归来》。

牢里的其他犯人听到歌声，都鼓起了掌。

“再唱一首吧！”朱利叶斯对妻子喊。

艾瑟尔又唱了一首《啊！愉快的夜晚》。

这对夫妇认为，针对他们的黑夜终将过去，但事实上，他们没有等到黎明——判决是真的，在不久的将来，他们将被双双送上电椅。

他们是十恶不赦的杀人犯吗？并不是。朱利叶斯是一名物理学家，他的妻子是一家公司的秘书。

如果要对他们被判处死刑的原因追根溯源，那得追溯到 1945 年 8 月 6 日。

那一天，美国在日本的广岛，投下了一颗原子弹。

2

1945 年美国在广岛投下的那颗原子弹，震慑了一大批人，其中也包括斯大林。

如果说当时国家之间飞机、坦克、士兵数量乃至导弹数量，都只是一个量的竞争的话，那么那颗叫“小男孩”的原子弹，引发的是质的突破——世界武力的格局一下子被打破了，美国是当之无愧的老大。

这是苏联绝不能接受的，唯一的办法，就是尽快造出自己的原子弹。

怎么造？在短时间内凭空造出一颗原子弹肯定是不可能的，只有一个办法——通过间谍，得到美国制造原子弹的秘密。

但美国的“曼哈顿工程”是绝密中的绝密，连给总统写信建议制造原子弹的爱因斯坦都被“谢绝入内”，要在美国发展间谍，搞到原子弹的核心机密，谈何容易？（如果你想知道爱因斯坦为什么会建议美国研究原子弹，又为什么被排除在外，参看《历史的温度》中“爱因斯坦的三个侧面”。）

为此，苏联在美国铺下了一张广泛而秘密的间谍网，主要目标就是发展能参与到“曼哈顿工程”的各类美国科学家，希望他们能够为苏联提供制造原子弹所需的一些数据和资料。

在这个背景下，美国共产主义青年团的负责人之一，朱利叶斯·罗森堡进入了苏联间谍网的视野。

但是有一个问题，朱利叶斯作为一个美国公民，为什么要帮苏联呢？

3

实事求是地说，“二战”刚刚结束，苏联确实拥有很多优势。

首先，在“冷战”的铁幕尚未落下以及愈演愈烈之前，苏联和美国是反法西斯战线上的盟友，并不是敌对关系。

其次，在整个“二战”的欧洲战场上，哪怕盟国媒体再三低调处理，但全世界还是都知道，苏联红军是与法西斯德国血战的绝对主力。当时在整个世界范围内，苏联红军还是具有很高的声望，尤其是在很多犹太人的心目中，在英美盟军一开始作战不利的前提下，苏联红军是帮他们“复仇”的英雄——罗森堡夫妇，都是美籍犹太人。

最后，原子弹爆炸的威力，深深震撼了很多科学家，包括爱因斯坦在内的一批科学家，开始感到恐惧——人类放出了一个可以瞬间毁灭自己的恶魔。所以，相当一部分科学家认为，美国单一掌握核武器将成为不稳定的根源，世界需要另一个拥有核武器的国家来相互制衡。

而且，在很多科学家心目中，原子能的开发利用是全人类的宝贵财富，不应被一个国家垄断。

通过不断地侦测，美国的联邦调查局吃惊地认识到：美国当时真的有一批科学家，心甘情愿地为苏联提供原子弹情报。

4

美国彻底认识到一切，是从 1944 年左右开始的。1944 年，“二战”接近尾声，法西斯的败局已定，美国的情报部门把注意力从欧洲移回了国内，开始彻底清查苏联在美国布下的谍报网。

这一行为的起因之一，是苏联驻加拿大领馆的一名叫伊戈尔·古曾科的谍报人员——当时苏联已经警觉到了美国的行为，进而开始全面撤回自己的谍报网，但是古曾科出于种种原因，希望留在西方世界。

要想留下，就要有“投名状”。古曾科供出了他所知道的苏联地下谍报网络，从而牵扯出了一名叫纳恩·梅的英国原子核物理专家——正是通过梅的帮助，苏联人知道“小男孩”是铀–235做的。

古曾科（左一）在加拿大报案

查到这一地步，加拿大就开始与美国和英国的情报部门合作了。通过和英国军情五处的合作，美国情报部门又挖出了一个人：英国的原子核物理博士克劳斯·福克斯。和从事原子核物理基础研究的纳恩·梅不一样，福克斯直接参与了“曼哈顿工程”。

通过福克斯这条线，联邦调查局又摸出了一名叫哈利·戈尔德的化学家。1950 年 5 月 22 日，联邦调查局的探员们拘捕了戈尔德，随后发现了大量他从事间谍活动的证据。

戈尔德对自己所做的事供认不讳，还进一步透露：除了与福克斯联系外，他还曾奉命与一名 25 岁的美国士兵联系，和他一起去取一些原子能的材料。

按照戈尔德的描述，联邦调查员最终拘捕了一位叫戴维·格林格拉斯的美国士兵。格林格拉斯是艾瑟尔的弟弟，而艾瑟尔则是朱利叶斯的妻子。

一开始，格林格拉斯只是供认出了朱利叶斯，并没有说他的姐姐也参与其中（但后来在审判中，格林格拉斯说姐姐也参与了打印文件）。

于是，1950 年，7 月 17 日，朱利叶斯·罗森堡被捕；8 月 11 日，艾瑟尔被捕。

但无论如何审问，罗森堡夫妇均宣称自己无罪。

5

1951 年 3 月 6 日，纽约联邦法庭开庭审理“罗森堡夫妇间谍案”。

检察官指控罗森堡夫妇违反了 1917 年颁布的“间谍法案”，一般触碰这条法律，最终的处罚是死刑或 30 年以上有期徒刑。

检察官的指控是：“在战争期间，在我们历史的紧要关头，参与反对我国的密谋活动。他们从事的间谍活动格外严重。我们将证明罗

1951 年，罗森堡夫妇被拘禁期间，监狱外有苦苦守候的媒体，图中一位记者正用打字机赶稿

森堡夫妇在苏联国民和在本国的苏联特务的帮助下，煞费苦心地制订并付诸实施了一个周密的计划，使他们能够通过格林格拉斯窃取关系到我们国家生存和世界和平的武器——原子弹。”

4 月 9 日，联邦法官欧文 · 考夫曼当庭宣布判处罗森堡夫妇死刑：

“我认为你们的罪行比谋杀还要严重。在杀人案中，一个犯人杀掉的只是他手下的受害者。你们的行为使苏联人比我们最优秀的科学家的预言提前好几年制成了原子弹。

“由于你们的背叛，你们使历史的进程转向不利于我国的方向。每天在我们周围都有你们的叛国活动带来的影响——因为全国的百姓都在忙于为防止原子弹袭击做准备。”

这件案子，从审判一开始就受到了极大的争议，到了宣判，更是一片哗然。

支持罗森堡夫妇的舆论认为：所有的指控证据，都只来源于朱利叶斯的妻弟格林格拉斯，没有其他可以有力证明罗森堡夫妇从事间谍工作的证据。

接受审判的罗森堡夫妇

其次，法院指控罗森堡夫妇所谓的“间谍行为”主要都发生在1945年前后，当时苏联和美国是盟国关系，哪来的“敌对国家”关系？至于后来扯到朝鲜战争，更是子虚乌有。

第三，比罗森堡夫妇泄露情报要多得多的福克斯，最终只被判处14年有期徒刑，罗森堡夫妇为什么要被宣判死刑？

为罗森堡夫妇求情的美国各界人士开始越来越多。美国成立了“确保公正审理罗森堡案件全国委员会”，要求重新审理罗森堡案件。与此同时，不断有知名人物加入重审罗森堡案的请愿行列，这里面包括两位诺贝尔奖获得者，一位是“曼哈顿工程”原负责人哈罗德·尤里博士，另一位就是爱因斯坦。

最终，在意大利媒体的报道之下，教皇庇护十二世也被惊动，写信向时任美国总统艾森豪威尔求情。

但是，艾森豪威尔拒绝了一切请求。

在“冷血”的背后，一个很重要的原因就是当时的美国上下，质疑乃至清洗共产主义的“麦卡锡主义”盛行，很多人已经以阵营为先，而不是以证据为先。

而另一个很重要的原因是，福克斯之所以会被轻判，是因为他被捕后即选择了认罪，并选择了与美国当局合作。

而罗森堡夫妇，坚决不认罪。

6

1953年6月19日上午，罗森堡夫妇生命的最后一刻来临。

在临刑前，执行官问朱利叶斯还有什么可说的——如果他最后招供，就可以免于死刑。但朱利叶斯选择了和自己的妻子深深地吻别。

8点06分，朱利叶斯被率先送上了电椅，执行电刑后死亡。

几分钟后，轮到了艾瑟尔。

艾瑟尔在上电椅前，向女看守伸出了双手，把她拉到身边，在她的面颊上轻轻吻了一下。

8 点 16 分，艾瑟尔被执行电刑死亡。

根据当时媒体的报道，艾瑟尔在第一次电刑后并没有死去，又通了两次电才宣告死亡。

根据《纽约时报》当时的报道，罗森堡夫妇“镇定自若地死去了，使得目击者很惊讶”。

美国用来执行死刑的“电椅”

7

那么，该回答最关键的一个问题了：罗森堡夫妇究竟是不是间谍？

尽管这个问题到现在依旧存在争议，但根据 1995 年美国国家安全局公开的“薇诺娜计划”（Venona Project）文件，证明朱利叶斯确实参与了间谍活动。而苏联解体后，俄罗斯解密的文件中，也显示朱利叶斯确实为苏联提供过一些情报。

但一个令人尴尬的问题是：各种证据显示，朱利叶斯提供的情报，一直被认为是无足轻重的，比福克斯提供给苏联的情报要差了很多等级。

而另一个问题是：朱利叶斯的妻子艾瑟尔究竟是不是间谍？令人遗憾的是，没有任何证据证明，艾瑟尔参与了间谍活动。2001 年末，艾瑟尔的弟弟格林格拉斯，当初在法庭上指控自己姐姐的那个人，公开承认自己当时做了伪证，冤枉了自己的姐姐——他想保护自己的妻子和孩子。

因为受到美国审查而在 1950 年回到英国的科学家西奥多·霍尔在临死前声明：当时是他将核情报泄露给了苏联，“和艾瑟尔·罗森堡这位住在纽约贫民区的家庭主妇没有任何关系”。

但一切已不可挽回。

罗森堡夫妇有两个儿子，一个叫罗伯特，一个叫麦克。在罗森堡夫妇被执行死刑后，没有亲戚敢领养这两个孩子，因为他们惧怕遭到美国反共人士的报复。最终，两人被美国音乐创作人安（Ann）和亚伯·米若珀尔（Abel Meeropol）收留。

年幼的罗伯特和麦克，当时在读父母即将被处以死刑的报纸

长大后的罗伯特和麦克，在1975年合作出版了一本书，叫作《我们是你们的孩子：艾瑟尔与朱利叶斯·罗森堡的遗产》（罗伯特在2004年写了另一本书《父母死刑：一个儿子的旅程》）。

1990年，罗伯特建立了非营利组织“罗森堡儿童基金”，这个基金负责在左翼人士卷入法庭纠纷时帮助照看他们的子女。

1991年，美国剧作家东尼·库士纳（Tony Kushner）创作的戏剧《天使在美国》开始上演。剧中对艾瑟尔·罗森堡夫人的鬼魂进行了虚构的想象，讽刺和抨击了当年的“麦卡锡主义”。2003年末，HBO放映了电视版的《天使在美国》，这部剧作横扫金球奖和艾美奖等一切有关奖项，著名影星梅丽尔·斯特里扮演了艾瑟尔。

那可能是艾瑟尔留给后世的最后印象。

《天使在美国》海报

馒头说

在肯·福莱特的“世纪三部曲”第二部《世界的凛冬》中，伏龙芝和爱丽丝这对夫妇的原型，就是罗森堡夫妇。

只是在小说中，爱丽丝被描写成是知情者，但在现实世界中——正如前文所写——没有任何证据能表明艾瑟尔是个知情者。

这也使得她在最后临行前的决绝变得让人感慨起来。

因为她能这么做，无非出于两个坚定的信念：一个，是她对自己所坚信的信仰的坚定（如果有的话）；另一个，其实是源自她对自己丈夫的爱和坚信。

这个间谍案的故事，其实可以引发出很多那个时代关于信仰和意识形态的讨论，但通篇故事下来，给我个人印象最深的，竟然就是这个艾瑟尔。

作为一个妻子的艾瑟尔。

读者评论

橡树：如果认罪，就能活；不认罪，就要判死刑。这对夫妇最后还是不认罪，这需要多大的勇气和决心啊！尤其还有两个未成年的孩子。

Aven：是爱和信念给了她直面死亡的勇气吗？即使无辜枉死，还能如此从容，令人震撼。

NBD（小姬）：丈夫为了自己对真理的信仰而死，妻子为了对爱的信仰而死，艾森豪威尔以及“麦卡锡主义”者们为了对共产主义的惧怕而选择宁可错杀一千也不放过这两个。有信仰的人直到最后一刻仍然是平静的，内心充满恐惧的人活着也在不停地说服自己这样做是对的、理由是充分的。这两个人的死是他们自己选择的，永远活在自己和自己的战争里……

五环

体育能否超越政治

拳王阿里：体育是否能超越政治？

拳王阿里，一直是一个我们熟悉但又陌生的名字。

我们知道他是个拳击运动员，而且是个拳王。但世界上曾有那么多的拳王，为何阿里会受到那么多人的爱戴？

仅在美国总统里，布什给他授过勋，奥巴马给他写悼词，克林顿参加他的追思会；他的葬礼，贝克汉姆等明星全都参加，给他抬棺的，是好莱坞大明星威尔·史密斯。

所有的这一切，是因为——他是一个拳王，但又不只是一个拳王。

1

1942 年 1 月 17 日，阿里诞生于美国肯塔基州的路易斯维尔市。

肯塔基州除了以纯种马和威士忌闻名，还有两桩和“种族隔离”制度有关的著名案件——“布坎南案”和“提尔谋杀案”（都是因为歧视黑人引起的）。

到了阿里出生的年代，美国依旧没有摆脱“种族隔离”的阴影，

拳王阿里

肯塔基州和南方各州一样，对黑人的歧视尤其明显。

阿里小时候从没有去白人开的餐厅吃过饭，因为按照规定，黑人是不被允许进入的，甚至他进商店讨一杯水也是不可能的，因为他是黑人。

这样的一种生存环境，赋予了阿里第一种鲜明的性格：倔强。

按照他的启蒙教练乔·马丁的回忆，在阿里 12 岁那年，他心爱的自行车被人偷了。阿里说，如果抓到小偷，就要拿鞭子抽他。马丁对他说："你可以来学拳击啊！"

第二天晚上，阿里就来学了。学了没多久，阿里就对自己的母亲奥德萨说："我要把奥运冠军给拿回来！"

2

1960 年初，刚满 18 岁的阿里开始参加业余拳击比赛。

受过6年训练的阿里，开始展露过人的拳击天赋，以及第二种性格：张扬。

在一场和“金拳套”拳王（全美业余拳击比赛冠军）比赛之前，站在称重的秤台上，阿里转身问自己的教练马丁：“你今天晚上急着去哪里吗？”

不明所以的教练回答：“没什么特别的安排啊！”

阿里的回答让教练非常意外：“我想如果你急着去哪儿，我就在第一回合把这家伙打倒，这样你就可以早点走了。”

结果，阿里确实是在第一回合就用连续重拳击倒了对手。

凭借夺人眼球的表现，18岁的阿里成了美国代表队的成员，获得了出征1960年罗马奥运会的资格。

在81公斤级的比赛中，阿里三战全胜，顺利进入决赛。决赛中他面临的对手，是三届欧洲冠军，波兰人皮埃茨克斯基。但毫无疑问，阿里更年轻，更强壮，技术也更好，所以几乎没有悬念地获得了奥运会冠军。在那场决赛中，阿里灵活的步法给人们留下了深刻的印象，由此获得了一个专有名称：“蝴蝶步”。

1960年罗马奥运会，阿里（右二）获得了他唯一一枚奥运会金牌

获得奥运冠军的阿里在回国后，从机场就开始受到了人们的热烈欢迎，这一切景象让曾经倔强的阿里觉得，他所处的世界可能未必有他想象的那么不公平。

但接下来发生的一件事，完全就像李安导演的《比利·林恩的中场战事》。

阿里回到家乡，决定完成他童年的一个梦想：去一家白人开的餐馆吃一顿饭。

以防万一，他是把奥运金牌挂在脖子上去的。但是在餐馆，他依旧被拒绝了——没有人愿意为他提供服务。

阿里喊道："我是奥运会冠军！冠军！"别人冷漠地回答："我们才不管你是谁。"

那一夜，阿里把自己的奥运会金牌扔进了湍急的俄亥俄河。

3

从那以后，阿里开始经常把一个词挂在嘴边：公平。

在发现为国争光依旧无法为自己换得平等的地位之后，阿里开始全身心地投入职业拳赛——这也是他成名之路的开始。

1960 年 10 月 29 日，阿里取得了自己第一场职业拳赛的胜利。在接下来一年多时间里，阿里从胜利走向胜利，直到 1964 年 2 月 25 日，他轻松击败了被称为"魔王"的索尼·利斯顿，成为新一代拳王——从此，职业拳击进入了"阿里时代"。

在那场比赛的赛后新闻发布会上，阿里的情绪近乎失控，他不回答记者的问题，而是高声质问记者："谁最棒？谁最棒？你看他们都不说吧！不公道，哪儿都没有公道！没有公道！他们不给我公道！谁最棒？我再给你们一次机会，谁最棒？"

就在获得“拳王”称号的第二天，阿里公布了自己的决定：他皈依了伊斯兰教，并将舍弃自己原来的名字“卡修斯·克莱”，改名“穆罕默德·阿里”。

阿里是黑人民权领袖马尔科姆·X的忠实追随者，后者曾说过：“黑人的姓氏已经被剥夺，美国黑人的姓氏是不清楚的，在摆脱白人强加的烙印，重新找到自己的‘灵魂姓氏’之前，黑人的姓应该是X。”

此后的阿里一帆风顺，连战连捷。但没多久，阿里就迎来了自己职业生涯的最大一次危机——不是在拳台上，而是在场外。

因为他拒绝服兵役。

4

1955年爆发的越南战争，将美国人拖进了长达20年的泥潭，也给美国社会带来了深远的影响。

美国在越战期间投入超过50万的地面部队，阵亡超过5.8万人，耗费4000亿美元

1965 年，美国的约翰逊政府决定将肯尼迪政府在越南实施的“特种战争”上升到“局部战争”——由美国直接派兵加入战斗。

大批符合兵役条件的美国青年即将或已经被送到了越南战场，其中也包括阿里。

但是就在阿里 18 岁那年把金牌扔进河里的时候，他就已经发下了誓言：“我再也不会为这个国家去争得荣誉了！”

阿里说到做到：他拒绝为美国服兵役。

他的那段话被广为传颂：

> 我绝不会跑到万里之外去谋杀那里的穷人，如果我要死，我就死在这里，咱们来拼个你死我活！如果我要死的话，你们才是我的敌人，与中国人、越南人、日本人无关。
>
> 我想要自由，你们不给；我想要公正，你们不给；我想要平等，你们也不给。你们却让我去别处替你们作战！在美国你们都没有站出来保护我的权益和信仰，你们在自己的国家都做不到这些！

1966 年 2 月，伊利诺伊州运动员委员会召开记者会，要求阿里对自己的反战言行公开道歉。

阿里：“我在此不准备像新闻界给我安排好道歉的那样去表示歉意。”

记者：“那么你说的那些非爱国的言论怎么办？”

阿里：“必要的时候，我会向政府或者有关人士直接说明。”

记者：“那么这次你不打算对你的讲话表示歉意吗？”

阿里：“这得向政府说清。”

记者：“如果我记得不错的话，你说过你是人民的冠军，对吗？”

阿里：“是的，先生。”

记者：“你认为你的行为符合一个人民的冠军吗？”

阿里："是的，先生。"

之后，美国的许多州吊销了阿里的拳击执照，他只能越来越多地去美国以外的国家打拳，包括拳王卫冕战。

1967 年，25 岁的阿里依旧陷在"拒绝服兵役"的旋涡中，但此时他迎来了第八次"拳王"卫冕赛的挑战者厄尼·特莱尔。

那是展现阿里愤怒的一场比赛，因为特莱尔在赛前故意一直称呼阿里以前的名字"克莱"，就是不叫他众所周知的名字"阿里"。在比赛中，阿里不断地向特莱尔怒吼："说！我叫什么名字！！我到底叫什么！！！"

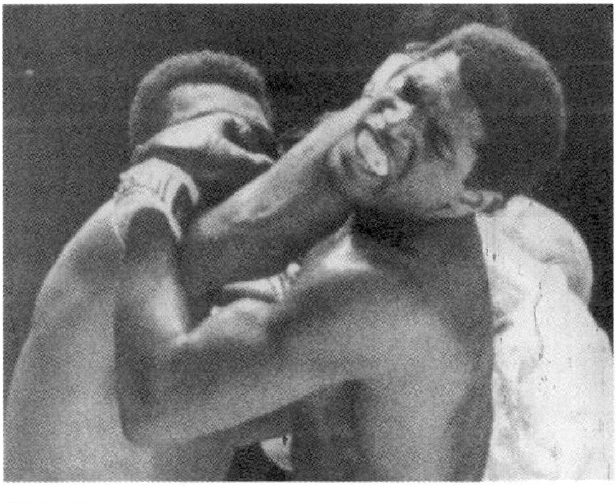

激战中的阿里

阿里最终赢得了比赛，他的愤怒给人留下了深刻印象。

1967 年 3 月 22 日，25 岁的阿里在第七回合击倒了挑战者佐拉·弗雷，再次蝉联拳王称号，状态如日中天。

但这一切很快就变得不可重现。

时隔不久，阿里已经"九连冠"的拳王头衔被强制收回，因为"拒绝服兵役"的罪名，他被吊销了全美各州的拳击执照，并且还被没收了护照——他连去国外打拳也不可能了。

但是，阿里没有放弃，他赋闲在家的时候，不断出席各种反战场合并发表演讲，尽自己一切努力宣扬反战的观念。

1970 年，在全国越来越高的“反战”呼声中，美国最高法院裁定：恢复阿里的拳手资格。

但停了三年比赛和正常训练，阿里年纪变大了，体重增加了，步伐也没有以前那么灵活了。

他失去了作为职业拳手最宝贵的三年。

5

1971 年 5 月 8 日，29 岁的阿里复出，作为挑战者，他在比赛中两次被当时的拳王乔 · 弗雷泽击倒。

两年后，31 岁的阿里又以点数输给了肯 · 诺顿，再一次挑战拳王失利。

人们有理由开始怀疑：阿里时代，是不是一去不复返了？

但在 1974 年 10 月，阿里打破了所有人的质疑。

那一次，他挑战的拳王是比他年轻 7 岁的乔治 · 福尔曼。也是一代传奇的福尔曼，只用两个回合就击倒了曾击败阿里的拳王弗雷泽，其中有 6 次击倒对手。

那场拳王争霸赛被经纪人安排在了非洲原扎伊尔首都金萨沙。值得一提的是，那名刚刚开始崭露头角的年轻经纪人，就是后来呼风唤雨的唐 · 金。

那一场的大战，阿里无论从年纪还是实力上，其实都处于劣势。但在将他视若神明的非洲，在全场高呼的加油声中，阿里在前七个回合龟缩在拳台一角保存体力，在第八回合忽然发力，将福尔曼击倒在

唐·金，后来成为全球最有影响力，也是最成功的拳击经纪人

地，时隔 7 年，重新拿回了世界重量级拳王的金腰带。

从这场比赛之后，阿里一发不可收拾，又 10 次蝉联了金腰带，其中包括 1975 年在菲律宾马尼拉战胜弗雷泽的“世纪之战”。

1978 年 9 月，在点数战胜平克斯之后，阿里最后一次获得拳王金腰带。第二年，37 岁的阿里宣布退出职业拳坛。

阿里对决弗雷泽

他留下的，是 20 年中 61 次职业比赛 56 次赢的纪录。

6

当然，阿里的故事不会随着他的退役而终结。

他作为联合国和平大使，开始走访各个国家，宣传反战，宣传和平，宣传反歧视。很多国家，都是元首亲自出来接见，包括中国。

阿里在 1979 年和 1985 年两次到访中国。在第二次访华时，他这样说道："中国很干净，非常热爱和平，社会秩序非常安宁，有纪律。中国有悠久的文化、伟大的传统，普遍尊敬老人，社会道德很好。在美国，所有人都认识我。电视、广播、报纸、杂志早把我访华的消息报出去了，因此人人都等待我回去告诉他们我看见了什么。我将大声地说：我看见了一个美丽、幸福、和平和充满希望的中国！"

1984 年，阿里开始发现自己步履艰难，说话声音颤抖——经诊断，他患上了帕金森症。医生表示，阿里的头部在职业生涯中遭受过超过两万次的重击，这不可能不对他的身体造成影响。

对一位曾经步履轻盈、出拳如风的拳手而言，帕金森症无疑是最痛苦的一种折磨。

1996 年亚特兰大奥运会开幕式的点火仪式，给很多人留下了不可磨灭的印象。

由于 1992 年巴塞罗那奥运会的点火仪式，是由残疾人射箭冠军安东尼奥用射箭的方式点燃火炬，惊艳全世界，所以当时世人都对亚特兰大奥运会的点火仪式充满期待。

但那次点火仪式，却出奇的简单——就是由一名运动员出场，点燃火炬。

那个人，就是阿里。

阿里点燃亚特兰大奥运会火炬

如果说与其他人点燃火炬有什么不同，那就是饱受帕金森症困扰的阿里拿着火炬的手颤颤巍巍，一度无法对准燃点，用双手才努力点火成功。

但也就是在这个时刻，全场近 10 万人掌声雷动，很多人当场落泪。

美国当地时间 2016 年 6 月 3 日，74 岁的阿里最终因为帕金森症引起呼吸困难，在医院里与世长辞。

在他入葬的那一天，因饰演《拳王阿里》中阿里的好莱坞明星威尔·史密斯担当了抬棺人，同样曾是拳王的迈克尔·泰森担当了护棺人，阿诺德·施瓦辛格、贝克汉姆、斯派克·李、土耳其总统加尔多安等一批演艺界和政界人士都出席了葬礼或追悼会，美国前总统克林顿到场，时任总统奥巴马发来悼词，沿途自发来送葬的人达到了 10 万之众。

阿里的落葬地，还是他的故乡，肯塔基州的路易斯维尔市。路易斯维尔市的市长在葬礼上发言："阿里回到了他的家乡，他所喜爱的路易斯维尔市。”

是的，阿里还是回到了那个曾经不允许他进餐馆吃饭，但最终还是以他为荣的家乡。

馒头说

“让体育远离政治。”

这是奥林匹克运动的一大宗旨。

但遗憾的是——正如我一直强调的——体育从来没能远离过政治。我甚至曾说过，体育如果有真正远离政治的那一天，那就肯定是体育没人关注了。

凯文·凯利曾经说过：“注意力在哪里，钱就在哪里。”同理，注意力聚集的地方，政治同样也会无孔不入。

体育有自己的规则和规律，而政治，总是希望以它所习惯的或它所希望的规律，来改变体育。有时候，它会温情脉脉，因势利导，但有时候，它会不问来由，简单粗暴。

而阿里，就是一个反抗者。

阿里之所以在退役后乃至逝世后，都享有盛誉，绝不仅仅是因为他的体育成绩，更是因为他一直试图以一个运动员的身份，以体育的名义来反抗不公平的政治，至少，他希望体育能让政治变得不那么狰狞和蛮横。

没错，至少现阶段，无论哪个国家，体育都没法远离政治。

但是，体育可以超越政治。

如果没有，那我们就一起继续努力。

读者评论

CC：好不容易看到的美好与血性，不希望因此而消弭，尽管心痛，还是让我们饱含希望吧。

回头是岸：孙中山说，政治就是公众事务，从这个意义上说，竞技体育本身就是政治，要不然升国旗、奏国歌干什么？

与风共舞的心情：体育也许是政治的延伸，但我不希望它只是附庸，而希望它能够成为改善政治的一种方式。

一个34岁就做到正部级官员的运动员

在中国，乒乓球被称为“国球”，这个项目，早已超越了普通体育项目的意义。

同样具有不同意义的，还有打乒乓球的运动员，尤其是在那个极需树立民族自尊心的年代。

所以，今天要说的这位乒乓球运动员，也不仅仅只是一名运动员了，不知道这是他的喜，还是他的悲。

庄则栋

1

2013年2月10日，新华社发了这样一条消息：“国家体育总局乒羽中心办公室副主任刘威10日晚向记者确认，罹患癌症多年的乒乓球名宿庄则栋于当日下午 17 时 06 分在北京佑安医院去世，享年 73 岁。”

庄则栋这个名字，似乎离开人们视线很久了，久到一些“90 后”，甚至“85 后”，都未必知道这个人。

但在 20 世纪 60 年代末到 70 年代中期，“庄则栋”这个名字，在中国可谓是家喻户晓，如雷贯耳。

事实上，庄则栋作为一名乒乓球运动员经历的人生，可谓大起大伏，某种程度上可以用八个字来形容：前无古人，后无来者。

2

首先，庄则栋的家世就很传奇。

话说在 20 世纪初，上海有一个著名的犹太大亨，名叫哈同。哈同曾被称为“远东首富”，他把上海的南京路开创为最繁华的商业街，并拥有这条路上 44% 的地产。

当时，在哈同创办的上海仓颉中学有一位老师，名叫庄惕深。有一天，庄惕深在上班途中捡到了一张马票，第二天，这张马票居然中了奖。据说一向迷信的哈同知道这件事后，认为此人乃有福之人，将来他的儿子肯定是个人才，于是就将养女罗馥贞许配给了庄惕深（馒头说：其实庄家乃书香门第，哈同应该是了解了庄惕深的为人，想来不会单凭一张马票中奖就许配这门婚事吧）。

哈同为庄惕深夫妇在北京购置了一套前清某王府的旧宅作为嫁妆，大大小小共计 330 个房间，人称“北京哈同花园”。

不幸的是，庄惕深和罗馥贞此后所生的两女一子，都夭折了。庄惕深为续香火，瞒着妻子，在老家扬州又偷偷娶了一个名叫雷仲如的女子。

1940 年 8 月 25 日，雷仲如为庄惕深生下了一个儿子，取名“庄则栋”。

后排右一为庄则栋，右二位庄惕深，前排为庄则栋母亲

3

少年庄则栋

小时候身体不好的庄则栋，被父亲要求习武。在习武过程中，庄则栋被灌输了一个理念：先下手为强，后下手遭殃。

这对他之后的乒乓球生涯产生了巨大影响。

1945 年抗战胜利，5 岁的庄则栋被父亲接回了北京。1955 年，庄则栋 15 岁了，就读于北京第 22 中学。当时学校里的同学都很崇拜能为国争光的运动员。庄则栋觉得自己个子不够高，当不了篮球运动员，身体不够壮，又当不了足球运动员，想来想去，他想做一个乒乓球运动员。

就这样，15 岁的庄则栋踏上了业余乒乓球之路——进入了当时北京市少年宫。

负责教庄则栋的教练叫靳声华，也是一名业余乒乓球爱好者。但他对学员的基本功要求非常严格，并且有一个特色：强调直拍近台两面快攻。当时，他编了一个口诀，叫“左方斜射，右方斜射”，他的组里，每个学员都会背。这种打法，庄则栋一开始很不习惯，但靳声华坚持要他这么练，慢慢也就融会贯通了。

没想到，“两面快攻”成了庄则栋之后成名的重要武器。

1956 年 2 月，北京举行第一次少年乒乓球比赛，庄则栋荣获冠军，从这以后他一连三次获得北京市少年乒乓赛冠军，当时他只有 15 岁。

1957 年，庄则栋入选北京市队，两年后入选国家青年队。1961 年，庄则栋代表国家队参加了第 26、27、28、31 届世界乒乓球锦标赛，其中，第 26、27、28 届，庄则栋三次蝉联男子单打冠军，成为中国第一个在世界乒乓球锦标赛上荣获三连冠的人（第 28 届获得男子双打冠军）。

青年庄则栋

尽管那三届世锦赛的男单冠军，一直有李富荣“让球”的故事（关于乒乓球的让球，请参看《历史的温度》之“‘让球’阴影下的‘小山智丽事件’”），但李富荣后来自己也承认，当时“确实是庄则栋更厉害一些”。(当然，李老后面还说了一句：“但我也不是完全没有机会。”)

庄则栋当时厉害到什么程度？除了国际赛场，在当时的国内赛场，庄则栋是全国乒乓球锦标赛男单三连冠，国家队内单打三连冠（其中包括一百多场的连胜纪录，这也侧面证明他在国内确实是最强，因为国内基本不存在“让球”)；在他当打之年（1961—1971 年），他获得的冠军头衔数，超过了其他所有队友所获冠军数的总和。

将庄则栋选入国家队的邱钟惠（中国第一位乒乓球女子世界冠军）回忆起当年的情形：庄则栋是“使劲快打，见球就打。打得很猛，主动进攻，一般都不防守不推挡”。总之，很多人看庄则栋打球，就是一个“爽”字。

由于庄则栋球技出众，形象也出彩，毫无悬念地成了当时的“国民偶像”。从当时国内的情况来看，他的热度肯定超过之后的刘翔或姚明。

4

命运，并没有让庄则栋沿着运动员的轨迹一直走下去。

1971 年，因为“文革”而中断两届参赛的中国乒乓球代表团，参加了在日本名古屋举办的第 31 届世界乒乓球锦标赛。

当时已经 31 岁的庄则栋，状态已经不如当年（李富荣、张燮林等一批当打之年的顶尖运动员，都因那场浩劫错过了施展自己才华的最佳机遇），但依旧作为老将带队出征，并和队友一起获得了男子团体冠军。

那一届比赛的最精彩部分，当然不是那个男团冠军。

在比赛开始的第二天，一个名叫科恩的美国乒乓球运动员因为匆忙，错登上了中国队的班车——等他发现全车厢都是黑头发、黄皮肤的中国人时，班车已经发动，再下车已不可能了。

当时中美尚未建交，虽然已处于“破冰”前夕（尼克松已经上台），但场面还是非常尴尬：

科恩面朝车门，一句话也不敢说。而根据当时中国代表团的规定，碰到美国运动员“不握手，不打招呼，不送礼物”，所以满车中国教练员和运动员谁也不敢乱说乱动，大家都保持沉默。

这时候，庄则栋站出来打破了僵局。

他带着翻译，和科恩开始了交谈，然后考虑再三，从包里拿出了一个礼物——一条一米多长的杭州织锦，送给了科恩。

赠送礼物时的场景

由于当时中国和美国之间敏感的关系，中国队的班车一抵达目的地，庄则栋和科恩微笑着站在一起的画面，立刻被敏锐的日本记者捕捉到了，消息第二天就出现在了各大报刊的醒目位置，甚至是头版头条，成了爆炸性新闻。

后来庄则栋回忆当时为什么要迎上去，说一是他觉得中国是礼仪之邦，“不能把人家晾在那里”，二是他想起了不久前毛主席在天安门城楼上接见美国老朋友斯诺时说的话：“我们要寄大希望于美国人民。”

据林克、徐涛、吴旭君所著《历史的真实》披露，毛泽东邀斯诺登上天安门城楼，是向美国高层传递往来信号。但美国高层并未捕获这一微妙细节。基辛格在《白宫岁月》中记述，“斯诺自己后来谈论这一事件时指出：‘凡是中国领导人公开做的事情都是有目的的。’事情过后我才终于理解到……”

庄则栋和科恩回到各自队里，也是遭遇了不同的命运。

庄则栋的行为让整个代表团大为紧张，因为这是明显违反纪律的，所以当时甚至已经准备让他赶紧回国，听候处分。而科恩回团汇报后，经过层层报告，美国乒乓球队副领队哈里森提出了“希望带队访问中国”的请求。

4 月 6 日，中国外交部拒绝了这一请求，周恩来圈阅，毛泽东晚上看到了这个文件，也对不邀请美国乒乓球代表团表示同意。

4 月 6 日晚上，文件送走后，毛泽东提前吃了安眠药，打算睡觉。11 点多，毛泽东的保健护士长吴旭君为他读“大参考”（供中央高层阅读的“参考资料”）。毛泽东本来已经昏昏欲睡。但在听到外电报道庄则栋在班车上和科恩讲话、送礼物的时候，他突然说起话来。吴旭君听了一会儿才听出，大意是：“打电话……美国队……访华！”

当时毛泽东自己规定：吃安眠药后讲的话不算数。吴旭君想，主席刚刚还圈阅不邀请美国队访华的报告，现在怎么又变卦了？所以她不敢动。

看吴旭君没动静，毛泽东生气了：“小吴，你怎么还不去办？”吴旭君故意说自己没听清。毛泽东又一字一句、断断续续地说了一遍。听清楚了之后，吴旭君还是不放心，问毛泽东吃安眠药后说的话算不算数。毛泽东急了，一挥手，说：“算！赶快办，来不及了！”

就这样，一场大家都知道的“小球推动大球”的“乒乓外交”就此拉开帷幕。

后来，在周总理身边工作的熊向晖对庄则栋说：“小庄，你这件事办到毛主席的心坎儿上去了！”

5

毫无疑问，庄则栋在这场改变中国乃至世界格局的外交中，成为一个“符号人物”。

这样一个“符号”，放到“文革”的历史背景中，必然会产生不同寻常的故事。

其实在“文革”开始的时候，庄则栋因为属于“保皇派”（反对批斗国家体委副主任荣高棠）而被批斗，在那段三个多月因为各种原因而被批斗的日子里，一批庄则栋的教练和队友，都不堪受辱，选择了自杀，其中就有新中国第一个世界冠军容国团。

但是，那场“乒乓外交”，一下子改变了庄则栋的命运。1971 年的“乒乓外交”后，入驻在乒乓球队的军管会领导被撤离，周恩来所调的三十八军政委王猛出任国家体委主任，国家体委从总参回归国务院领导。

1972 年，庄则栋任团长的中国乒乓球代表团访问美国，回国后，庄则栋成了国家青年队的领队兼总教练，同时兼任国家体委党组副书记。庄则栋后来回忆：“副书记就是挂个名，还是每天骑自行车上下班。”

但他自己可能还没意识到，作为一个运动员，他已经不知不觉地跨入了政坛。

1973 年，庄则栋被派到“中央读书班”学习。“学的第一个文件就是《毛泽东致江青的信》。”庄则栋后来回忆，当时这封信对他影响很大，让他认为，听毛主席“亲密爱人”的话总是没错的，“要跟对人”。

在试图拉拢王猛失败后，江青开始指挥庄则栋批斗王猛。在王猛被调离后，作为“奖励”，34 岁的庄则栋成了国家体委主任（相当于现在的国家体育总局局长，正部级）。

就任体委主任后，江青、王洪文接见了庄则栋，告诉他："你年轻，很多事情不懂，什么时候有问题找我们，都见。"

在"四人帮"的授意下，庄则栋提出了"不要专业，要为工农兵服务"的口号，开始大规模调整体委人事，大批地提拔"自己条线"上的人。根据庄则栋后来自己回忆，他当时选人的主要标准就是"可靠"，他也承认，大规模调整人事，得罪了很多人，"得罪的人不是一般的多"。但他也始终坚持一点："我没打干部，更没整死人。"

庄则栋的儿子庄飙后来在接受《南方周末》采访时表示，在那个年代，父亲肯定也参与了"整人"，只是肯定没有"血淋淋整人"。

6

1976 年，"四人帮"被粉碎，庄则栋的命运也急转直下。

首先，他被免去了国家体委主任的职位，然后被关到北京卫戍区审查，一审就是四年。审查结束后，庄则栋被安排到山西乒乓球队等候审查结果（据说当时对处理庄则栋有两种意见，一是按"敌我矛盾"处理，判刑，另一个是"犯严重错误"，考虑到他曾为国争光，只是一时误入歧途，先进行冷处理，不判刑。持后一种意见的，恰恰是当年庄则栋竭力要打倒的王猛）。

人生大起大伏，庄则栋首先失去的是爱情。

在 1959 年的维也纳世界青年联欢节上，庄则栋认识了一位年轻的钢琴演奏家，叫鲍蕙荞，两人情投意合，很快就坠入爱河。

1967 年，庄则栋与鲍蕙荞结婚。但"文化大革命"很快就改变了这个家庭的命运：鲍蕙荞的工程师父亲首先被打为右派，随后庄则栋又因为不肯批斗荣高棠，每天挨批、挨斗、挨揍，鲍蕙荞被流放到干校，那段日子过得非常艰难。

随着庄则栋的“翻身”，鲍蕙荞也被江青从干校调到北京，为样板戏伴奏。一开始，鲍蕙荞非常感激江青，但后来发现周围人其实都对江青有意见，于是开始告诫她的丈夫：“她是整人的人，你要和她保持距离。”但庄则栋不以为意。

更让鲍蕙荞伤心的是，随着做了国家干部，庄则栋似乎慢慢变了。鲍蕙荞在自己的回忆录里写道：我生第二个孩子斓斓的时刻，庄则栋已是体委主任。在分娩前，他匆匆地对我说：“我还要去会见外宾，我先走了。”一个下午，迟迟不见他来，后来，他终于出现在产房里。他背着手，不像在看自己的妻子，倒像一个大干部在巡视工作，身后还跟着一位最能标志首长身份的随从。

“文革”结束后，庄则栋在被隔离审查期间，鲍蕙荞也受到牵连，不准上台演出。那段时间，鲍蕙荞不仅撑起了那个家，还来回奔走，为丈夫上访。但是，夫妻俩的感情裂痕已无法弥补，1985 年 2 月 2 日，双方协议离婚。

庄则栋与鲍蕙荞在“文革”晚期的合影

受到影响的，还有他的孩子。

1987 年，庄则栋的儿子庄飙去考中央音乐学院，之后接到学院电话通知：“你没考上，把自己的档案取回去吧。”他拿着档案突然很想知道：这里面到底装的是什么？拆开一看，街道办写了一张条子：

“该生的父亲在‘文革’中犯有严重政治错误，望你校在录取时予以认真考虑。”

7

人生低谷时，鼓励和支持庄则栋前行的，还是他的老本行：体育。

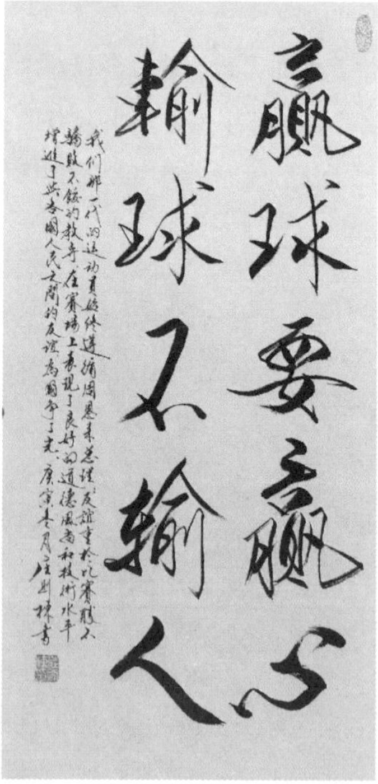

庄则栋后来一直在练书法

1984 年，庄则栋得到了调回北京的机会，但他婉转地表示：鉴于以前在体育系统犯过的错误，以及人事关系上的不便，不希望回到体委工作，而愿意去北京少年宫担任青少年教练。

庄则栋没想到，他这个请求，很快得到了批准，北京市委还特地关照，给庄则栋安排离家近的少年宫，“让他心情愉快地工作”。

于是，30 年后，那个当初在少年宫崭露头角的世界冠军，又回到了起点。

在少年宫担任教练期间，庄则

栋遭遇了妻离子散，每月的收入只有 100 元（其中包含世界冠军津贴，一个冠军 10 元，他拿过 3 个），其中 30 元给老母，40 元作为孩子抚养费，自己留 30 元生活费。

也正是从那时候开始，庄则栋开始真正体会到人间的真情冷暖。

有一次，食堂里一位头发花白的胖老头叫住了庄则栋："你就是庄则栋？食堂里有规矩，吃完饭不准带走饭盒，知道吗？"

当时已经是惊弓之鸟的庄则栋唯唯诺诺，立刻留下了自己的饭盒。

第二天吃午饭，庄则栋去拿自己的饭盒，忽然发现饭盒变得沉甸甸的，打开一看，里面装满了肉和鸡蛋。

那位老头递给庄则栋一支烟，和他说了一段耐人寻味的话："你过去来这儿打比赛，那会儿你刚得了世界冠军，每次吃完饭，人家抹抹嘴都走了，只有你，帮我们收拾碗筷，你还到厨房里跟我握了握手，一点儿没有大冠军的架子。想起当年的你，心里有说不出的滋味……"

1980 年，庄则栋在家中与儿子和女儿合影

体会到了人间真情，庄则栋还收获了新的爱情。

1984 年，庄则栋正在少年宫带小朋友训练，突然一位日本女球迷来拜访，她的名字叫佐佐木敦子。

出生在中国的佐佐木敦子，一直是庄则栋的球迷，两人在 1971 年的名古屋世锦赛时就认识了，在过去的 13 年里，佐佐木敦子一直单身。

两人确立了恋爱关系之后准备结婚，却碰到了麻烦：因为个人政治原因，庄则栋不可以和外籍女子结婚。

怎么办？佐佐木敦子做出了自己的决定：为了嫁给庄则栋，放弃日本国籍，加入中国国籍。面对依旧存在的阻力，庄则栋最后决定给邓小平写信，这封信一路上传，最终真的到了邓小平手里，邓小平大笔一挥：同意！

庄则栋与佐佐木敦子

1987 年，47 岁的庄则栋和 43 岁的佐佐木敦子结为夫妻。佐佐木敦子放弃了在日本公司的优厚待遇，从此陪着庄则栋过起了清贫的生活，成了一位“胡同大妈”。

迟来的收获，还有当年的友情。粉碎“四人帮”后，因为当年的那些事，庄则栋从一些活动中“蒸发”了。有一次，前美国国务卿基辛格来到中国，问庄则栋到哪儿去了，得到的回答是“出差去了”。

1996 年，某省主办一场乒乓球比赛，请庄则栋来颁发冠军奖杯。打到决赛，主办方突然想起庄则栋跟体育系统的“文革”宿怨，立刻担心起来：马上要打全运会，万一影响到省体委和国家体委的关系怎么办？结果只好去跟庄则栋说谎：“今天下午停电，没法打决赛了。”他们临时买了一张回京的软卧车票，当天晚上把他送回了北京。

但是，时间毕竟还是能冲淡一切的，何况，大家还是明事理的人。

2002 年，庄则栋成立了一家以他名字命名的乒乓球俱乐部，他给过去的队友、同事，现在已经是国家体育总局的领导们写了一封信：

中国乒协徐寅生、李富荣等领导：

借北京庄则栋乒乓球国际俱乐部成立之际，我诚恳地邀请并期待你们的光临……过去我们是战友，在“文革”中由于我犯了错误，造成了隔阂，伤害了我们的感情。经过这么多年风风雨雨，回想起来深感遗憾。我希望把我们的隔阂结束在上一世纪，这样对历史也是积极的交代。

2002 年 12 月 20 日，庄则栋的俱乐部开张，徐寅生、李富荣都如约出现在开业典礼上。

三人的手握在一起的时候，媒体用了那个老掉牙但还算贴切的标题：

“相逢一笑泯恩仇。”

参加第 27 届世界乒乓球锦标赛男子团体赛的中国男子队选手（从左至右）：张燮林、庄则栋、李富荣、徐寅生、王家声（黄景达摄，图片选自《庄则栋自述》，庄则栋、佐佐木敦子著，新华出版社 2014 年 5 月版）

8

时间能带来很多东西，但也会带走很多东西。

2006 年，庄则栋出现血便等症状，一度被误诊为痔疮。2008 年，他被确诊为癌症晚期。之后，他得到北京、上海多所医院的全力救治，“走到哪里都是绿色通道”。

在庄则栋患病期间，徐寅生、李富荣、张燮林那些昔日的队友和同事，包括当时刚刚担任乒协主席的蔡振华，都去看望了他。

2013 年 2 月 8 日中午，庄则栋病情急转直下，院方通知家属考虑准备后事。

病床前，庄则栋闭着眼睛，紧紧拉着妻子佐佐木敦子的手，同时伸出另一只手，让儿子庄飙握住。

守在身边的人问道："你拉的是谁的手？"庄则栋回答："是我前妻。"站在旁边的鲍蕙荞赶紧上去，从庄飙手里接过庄老的手："我是蕙荞。"

在家人的陪伴下，73岁的庄则栋最终合上了眼睛，走完了自己不平凡的人生旅途。

馒头说

我和庄则栋老先生，算是有过两次交集。

一次是在考大学的时候。我那年考的，是复旦大学的"文科基地班"，提前招生，提前录取，在预先考完"3+1"的笔试后，我进入了面试。

面试由复旦大学的文史哲三系选派教授一起面试。满分150分，前50分是抽一道题目，主观陈述15分钟（后100分为三系的教授自由出题，我记得第一个教授上来叫我从蒙古开始，把和中国接壤的国家顺时针说一遍，另一个教授叫我把从明朝建立到灭亡，所有我觉得值得一说的事情说一遍）。

我当时抽到了两个题目（可以二选一），一个是："试论述秦朝的建立对中国两千年以来的影响"，第二个是："谈一谈你理解的'小球推动大球'"。

虽然第二个题目答题范围非常广，但我想了想，还是把"小球推动大球"的那张纸条扔回了抽签箱。

其实那个时候我很喜欢打乒乓球，也熟悉那段外交历史，但到现在也没想明白为什么没选那一道题。

然后就到了2005年，上海，第48届世界乒乓球锦标赛。我作为一名记者，参加了大赛开幕前的一个中国乒乓元老的聚会。

那场聚会，云集了几乎所有新中国成立以来还健在的乒乓名宿。我发现，全场有两个人有那么一点尴尬，一个是小山智丽，一个是庄则栋。

那是我第一次见到庄则栋的真人。

当时给我留下两个深刻的印象：第一，他文质彬彬，给人非常儒雅的感觉；第二，他的字写得非常漂亮（当时我有个报社给我的任务，带一块乒乓板，请所有的乒坛名宿签字）。

当时的庄则栋和小山智丽，给我一个比较明显的感觉：挺想接受采访的，但同时又非常谨慎，怕采访者无法忠实记录他们想表达的意思。

我一直持这样一个观点：大家都希望，体育能远离政治，但事实上，体育是不可能摆脱政治的，过去不能，现在不能，将来也不能。比如奥运会，如果哪一天，奥运会真的能远离政治，那只有一种可能——奥运会再也没有人关注了。

所以放到一个大时代背景下的小个体身上，我们该怎样评价庄则栋？

很难。我觉得，还是用庄则栋自己的话来作为结尾吧。

那是庄则栋在 1980 年被安排到山西队时，时任国家体委主任李梦华去看望他时，他发自肺腑说的一句话：

“打乒乓，我是大学生；搞政治，我是小学生。以后我一辈子再也不会碰政治了。”

读者评论

□ 3C □：从小就读过“小球推动大球”的历史，但从来没关注过庄则栋后来的人生。谢谢馒头大师，让我们看到任何一个历史人物都是人，都有喜怒哀乐，旦夕祸福。

A. C. Lee：科恩的命运呢？回团汇报就完了？（作者回复：回国后火过一阵儿，做讲座，做嘉宾，但后来不行了。作为美国嬉皮士文化一代的典型代表，科恩后来长期服用精神类药物，工作上也没有着落，2004 年病逝，终年 52 岁。）

杨雷：当年不知什么原因，国家乒乓球队在中央音乐学院集训，吃、住、培训都在学校，庄先生和蕙荞先生的爱情就是在那时开花的。顺带说一句，由于有这个机缘，那个年代的中央音乐学院老师的乒乓球水平相当高。

啊紫：个人的命运总是被时代的大环境左右，人生的对错恐怕不是一句“如果当初如何如何”就能说得清楚的。如果说命运是注定的，庄则栋这一生可谓可叹可敬！

世界冠军之死

“人生能有几回搏”，是激励多少人奋斗的一句格言。

但说出这句话的人，却因为想搏却无法搏，最终选择自己结束了生命。

愿那样的年代，一去不复返。

1

1959年3月27日，在原西德的多特蒙德，第25届世界乒乓球锦标赛正式拉开帷幕。这一届比赛，有38个国家和地区240多名优秀选手参加，规模空前。但这并不是中国人应该铭记这届比赛的理由。

这一届的世乒赛，之所以能在中国体育史乃至中国现当代史上留下一笔，是因为在这一届比赛上，新中国拿到了属于自己的第一个世界冠军。

为国家捧回这座冠军奖杯的人，名叫容国团。

那一年，他才21岁。

容国团

2

1937 年 8 月 10 日，祖籍珠海的容国团，出生于香港一个贫苦海员之家。

7 岁那年，刚刚读书的容国团第一次接触乒乓球，顿时就被迷住了。尽管他身材瘦小，个头勉强超过乒乓球桌，但看过他打球的人都说，他打球有一股灵气。

在容国团 13 岁那年，因为家里实在太穷，只能辍学。之后，他成了香港东区一家渔行的童工。每天一大早，容国团就要起床，在一堆腥臭杂乱的鱼虾中进行分拣工作。打乒乓球成了那时候支撑容国团的最大兴趣——他的父亲是香港工联会下属的海员公会的会员，好心

青年时期的容国团

的工联会人员安排容国团在康乐馆管理图书、陪顾客打球。

也就是在那里，容国团无师自通，自己钻研，乒乓球水平提高很快。

1957 年 2 月，香港举行全港乒乓球锦标赛，容国团代表工联会，与队友一起夺得了男子团体和单打、双打三项冠军，崭露头角。

但真正让容国团名声大振的，是 1957 年 4 月日本乒乓球队访问香港的一场比赛。在那场比赛中，容国团以 21 比 19 和 21 比 13，总比分 2 比 0 战胜了日本选手荻村伊智朗。荻村伊智朗是谁？他是第 23 届世界乒乓球锦标赛的冠军（后来成为第一个担任国际乒联主席的亚洲人）。

经此一战，容国团的名字，妇孺皆知。

3

虽然成名了，但容国团在香港过得并不开心。

因为容国团当时所在的工会，是一个左翼工会，在香港备受歧视。1957 年 5 月，亚洲乒乓球锦标赛将在马来西亚举行，容国团是香港男单冠军，又刚刚击败了世界冠军荻村伊智朗，但香港乒总会居然没有让他报名参赛。

那件事，让容国团坚定了离开香港的念头。

容国团有一位好友，叫张五常——没错，就是后来成为著名经济学家的那位。张五常和其他几个容国团的好友一起，劝他离开香港，去内地打球。容国团的父亲容勉之曾参加过“省港大罢工”，受父亲的影响，容国团从小也一直对内地很向往。

经过一系列的波折之后，在当时贺龙贺老总的亲自邀请下，容国团在 1957 年接到了广州体育学院的入学通知。

张五常后来回忆了 1957 年 7 月 31 日，他与容国团最后一次见面的情况——第二天，张五常自己也将远赴加拿大。

那天，两个人在容国团任职的工会俱乐部见面，一个要北上广州，一个要远赴北美，两人相对无言。最后，容国团把自己的乒乓球拍送给了张五常，并教他一个发球的技巧。张五常凭借那一招发球，后来拿到了加拿大一个乒乓球大赛的冠军。

而在 1957 年的 11 月 1 日，容国团自己也背起了简单的行囊，在工联会工作人员的陪同下，迈步走过了深圳罗湖桥。

那天，容国团在自己的日记里写道：

这是我走向新生活的第一天。

当我踏入广州体育学院所在地时，早已相识的乒乓球运动员纷纷向我握手问好，表示热烈的欢迎。这时候，我心里充满了幸福感。很久以前，我就想成为他们当中的一个，现在终于如愿以偿。

4

从职业生涯的选择看，容国团并没有选错。

从容国团回来的第一天起，他就得到了前所未有的“特殊待遇”。容国团每个月的工资是 86.5 元，这在当时全中国的运动员中都是罕见的。

更重要的，是在技战术打法上的全面提高。容国团到广州没多久，就拿下了全国锦标赛的男单冠军，入选了国家队。当时的中国乒乓球队为他配备了多种打法的陪练，没过多久，容国团的技术得到全方位提升，抽、杀、削、吊、拉、搓、推、挡，各种技术样样精通，被称为“八臂哪吒”。

容国团在比赛中

在广州体委一次大会上，容国团许下诺言：“三年夺取世界冠军！”当时引起了巨大轰动，不少人都觉得他在吹牛，也有好朋友劝他“在心里立下目标就可以了”，但容国团说：“我就是要说出来，这样才有动力去拼，大家也能监督我！”

但事实上，容国团根本没等到三年。经过一年的集训，容国团的状态达到了职业生涯的顶峰，而也正是在此时，第 25 届世界乒乓球锦标赛开始了。

在那届世界锦标赛上，容国团连胜三员欧洲大将，然后又淘汰了日本名将星野和美国名将迈尔斯。尤其是对阵迈尔斯那场比赛，容国团在 1 比 2 落后的情况下最后逆转取胜，闯入决赛。

在决赛中，容国团面对的是有“匈牙利之虎”之称的名将西多——他手上有 9 个世界冠军头衔。当时西多的队友已经为他准备好了鲜花，藏在挡板后面，就等着西多轻取名不见经传的中国选手之后为他庆祝。

但那场比赛，容国团充分发挥了中国人技术好、头脑活的优势，利用多变的发球和近远台的交叉变化，把已经 36 岁且身材魁梧的西多调动得气喘吁吁，最终以 3 比 1 赢下了比赛。

当容国团高高举起男单冠军的圣·勃莱德杯时，他创造了一个历史纪录：这是新中国历史上第一座世界冠军奖杯。

第 25 届世界乒乓球锦标赛男子单打冠军中国选手容国团（左二）和亚军匈牙利选手西多（左一）等合影

在那个急需用体育来振奋人心、树立形象的年代，容国团的这个世界冠军，让无数中国人热泪盈眶——也就是从那一刻起，乒乓球开始走上了“国球”的发展道路。

而容国团个人的命运，也就此发生了改变。

容国团夺得第一个世界冠军回国后，参赛的中国乒乓球队在机场的合影

5

容国团回国的时候，时任国务院副总理的贺龙亲自到机场迎接。

之后，容国团受到了毛泽东的多次接见。1959 年，周恩来确定了中国的两件大喜事：十周年国庆，容国团夺得世界冠军。

当时容国团在国内的受欢迎程度，一点儿都不亚于现在最红的明星。走在路上会被人围住，要签名倒也算了，还会有不少人请他发表感想，自己用小本子在一边记录。容国团去看电影，去晚了没票，就在售票处等退票。来看电影的人发现是容国团，都抢着把自己的票送给容国团。电影院方面知道容国团来了后，还非要请他上台讲话。全国各地写给容国团的信像雪片一样飞来，以致要专门成立个“拆信小组”……

容国团也收获了自己的爱情。当时，全国追求容国团的女孩非常多，但容国团最终选择了自己之前就认识的田径队女孩黄秀珍，两人相识相爱，最终结婚，过起了简单但幸福的生活。

容国团并没有在一片赞誉和舒适的生活中迷失。

1961年，容国团和队友们一起，在第26届世乒赛上以5比3战胜了当时如日中天的日本男队，第一次为中国捧得男团冠军。

1961年4月，第26届世乒赛在北京举行。在男团决赛中，容国团说出了那句名言："人生能有几回搏！此时不搏更待何时！"他战胜了日本名将星野，和全队一起将此前已经蝉联五届世界冠军的日本队拉下了马

不仅如此，容国团还证明，自己并不是只能当好一名运动员。1964年底，容国团临危受命，担任中国女队的主教练。随后，他针对当时世界上最强大的日本女队的情况，制订了详细规划，并大胆起用梁丽珍、李赫男、林慧卿、郑敏之等一批队员。

1965年4月，在南斯拉夫举行的第28届世乒赛上，中国队获得了女子团体、女子双打和混合双打三项冠军，震动世界乒坛。

那一年，容国团才28岁，他还有太多的事可以为中国乒乓球事业做。

但是，1966年，悄无声息地来了。

6

1966 年 12 月下旬的一天，容国团从国外比赛归来，发现他所熟悉的一切，都变了。在国家队的训练馆，乒乓球桌被竖到了一边，馆内到处堆放着杂物，到处都是戴着红袖章的红卫兵，在四处张贴大字报。

中国乒乓球队成了运动队中的一个反面典型，给出的理由之一简单至极——世乒赛的七座奖杯，都是以资产阶级的人的名字命名的。更有“造反派”喊出了一句逻辑奇怪的口号：“冠军拿得越多越反动！”

在这场运动里，容国团并没有因为“第一个世界冠军”的身份而被幸免，相反，他的香港资历给他带来了很大的麻烦。

比如，他从小在香港长大，有造反派说他其实是香港派回内地的间谍。又比如，他当年从罗湖桥步行，行李没有接受检查，有造反派说他当时是偷运武器回来的。

当然，容国团平时喜欢美国的“猫王”，喜欢听交响乐，会和人讨论意大利的文学，这些都成了他“资产阶级腐朽生活方式”的铁证。

在这个过程中，容国团感到非常的迷茫——他曾发自内心想去感受这场运动，参与这场运动，但他发现他不能，他实在无法理解其中的逻辑。他甚至不断地去问队友：“你觉得我错了吗？”

1968 年 5 月 12 日，情况变得更糟了。

中共中央、国务院、中央军委、中央文革小组在这一天发出了《命令》（时称“五一二命令”）宣布：“国家体育运动委员会（包括国防体育俱乐部系统），是党内头号走资本主义道路当权派伙同反革命修正主义分子贺龙、刘仁、荣高棠等完全按照苏修的办法炮制起来的，长期脱离党的领导，脱离无产阶级政治，钻进了不少坏人，成了独立王国。……特决定全国体育系统全部由中国人民解放军实行军事接管。”

体育界进一步“清理队伍”有了红头文件的保障，而容国团因为之前做了两件事，陷入了更大的困境之中：

第一件事，是因为他不愿相信自己的“引路人”贺老总会背叛毛主席，所以他被列入了“铁杆保皇派”。

第二件事，就在“五一二命令”颁布之前，容国团代表队友们写了一封“请战书”，希望能参加第30届世界乒乓球锦标赛，但这被“造反派”认为是别有居心，要他写检查，交代自己到底想干什么。

容国团知道，自己打球或者带队的希望被彻底断绝了。

而就在这个时候，另一个巨大的噩耗传来：和容国团一样从香港过来的傅其芳（国家队主教练）、姜永宁（国家队教练），实在无法忍受被隔离审查后带来的种种羞辱，先后自杀身亡。

自杀的情绪，是会传染的。

尽管容国团是中国第一位世界冠军，当时队内并没有贴出针对他的大字报，但他觉得，自己的人生之路也走到了尽头。

7

1968年6月20日的傍晚，容国团走出了北京市崇文区幸福大街9号楼的家门。

这天晚上，乒乓球队内照例是有“批斗会”的。

晚上九点，妻子黄秀珍看丈夫还没有回家，便到乒乓球队找他。队友们告诉她：“容国团今天并没有来啊！”

晚上十一点多，容国团仍旧没有回家。黄秀珍预感到可能事情不妙了。她喊了一群容国团的朋友一起去龙潭湖附近寻找，但没有找到。

第二天凌晨四点半，国家体委接到了派出所的电话，通知他们在离龙潭湖几里远的养鸭房旁，发现了一具悬挂的尸体，对方在电话里说，“可能是容国团”。

黄秀珍在养鸭场的那棵槐树下，见到了蒙着白布的丈夫的遗体。白布下露出的，是容国团一直穿的一双白球鞋。

容国团的好友郭仲恭走上前去，去解容国团脖子上的尼龙绳，但那个扣子系得非常结实，最终只能用刀子割开——容国团做事向来仔细认真，那个扣子，可能是他留给人世间最后的一件“作品”。

公安人员从槐树前一地的“大前门”烟头判断，容国团曾在树下徘徊了至少两三个小时。

在那段时刻，容国团究竟在想些什么？究竟是什么，让吼出“人生能有几回搏”的世界冠军，最终选择了最不应该选择的一种了断方式？

在容国团上衣的口袋里，人们发现了他的遗书：

我不是特务，不要怀疑我。我爱我的荣誉，胜过自己的生命！

那一年，容国团还没满 31 岁。

馒头说

1978 年，在容国团去世整整十年后，国家体委召开大会为容国团、傅其芳、姜永宁三人平反。

而在十年前，容国团用死都没换来自己的清白——造反派说他是“畏罪自杀”，不准开追悼会，遗体火化的费用由家属分担。

1987 年，国家体委在容国团的老家珠海，给他建了一座雕像。

雕像里的容国团，右手捧着鲜花，左手捧着奖杯，微笑着看着远方。

这座雕像，目的应该是让人记住我们曾有过这样一位乒乓球世界冠军。

但我觉得还有更重要的意义，那就是在警醒所有人，容国团身上发生的悲剧，永远、永远、永远不要再在中国上演。

读者评论

子曰：外婆曾经说过，我要活着，只有活着才能看到结局。她做到了，活得比整她的那些人都长，看到了他们的结局。

Shelley：性格决定命运，一点儿没错。容国团应该是想法比较简单、性格单纯的人，这样的人在找到了自己有兴趣的事情以后，会心无旁骛地投入，立定决心取得成就。可是当环境发生了变化，他的弦绷得很紧，比较容易断，因为执着、单纯，更无法接受当时那些本就荒唐、没有逻辑的种种，也无法相信这样的事情终于会有反转的一天。大清早的，看得好难过，本来这样性格的人，如果有合适的支持，在自己的专业上该能取得多大的成就啊！却走得这么委屈。

烟小火：我们常说珍惜生命，不能轻易放弃，但没有经历过当时世界观的崩塌，不会理解那样的日子有多难。31 岁年轻、光辉的生命，谁能还给他？

66：馒头用冷静客观的语言，讲述这些客观的历史事件，却总让我热泪盈眶。我们热爱祖国，热爱这片土地，希望这样的悲剧永不再发生。

牛奶巧克力：可怕的不是肉体的摧残，而是精神的崩塌。

坚挺的独苗：看到那句“张五常凭借那招发球在加拿大拿到了乒乓球冠军”，不得不说我国乒乓球实在太厉害了。留学的时候我和中国同学打乒乓球，也没认真打，旁边一个老美大概觉着我们打得挺烂的，要切磋两局，两局球我俩总共让他拿到 3 分。

这届奥运会，全世界近一半国家不愿参加……

我一直说，体育无法摆脱政治，奥运会就是个典型的例子。
而在奥运会的历史上，这届奥运会，又是一个典型的例子。

1

1980年7月19日下午两点，莫斯科列宁中央体育场。

天空中飞过6架飞机——既不是战斗机，也不是客机，而是喷洒药剂的飞机。这6架飞机喷洒药剂的目的，是为了能驱散天空中的乌云。

因为就在飞机的下方，自1896年第一届现代奥运会开办以来到1980年为止，历史上投资最大的一场奥运会徐徐拉开帷幕。

但不能用“最盛大”来形容。因为这届奥运会，国际奥委会147个成员单位里，有63个抵制参赛，只有81个派运动队参加了比赛——其中还有14个国家不愿意打本国国旗，只愿意使用奥林匹克旗。

1980 年莫斯科奥运会

这是奥运会第一次在社会主义国家举办，却成了奥运会历史上绝无仅有的一届。

这就是 1980 年的莫斯科奥运会。

2

莫斯科是在 1974 年击败了竞争对手洛杉矶，获得 1980 年奥运会主办权的。

彼时的世界大环境，恰逢美国刚从越战的泥沼中拔腿，士气低落，而苏联进入全球扩张的巅峰期。莫斯科又是苏联的首都和政治、经济、文化中心，所以，为了彰显国力，苏联决定不惜一切代价办好这届奥运会。

为了举办这届奥运会，苏联政府大兴土木，把莫斯科的大型体育场从原来的 50 多个增加到近 70 个，中小型体育馆从 1300 多个增加到 1600 多个，再新修 30 多个游泳池，外加各种城市建筑、交通运输的改善。据统计，为了这届奥运会，苏联一共砸进去大约 90 亿美元。90 亿美元是一个什么概念？莫斯科奥运会之前的一届蒙特利尔奥运会，总预算是 1.1 亿美元，结果大大超标，花了 15 亿美元左右，创造了奥运会历史上一个著名的名词：“蒙特利尔陷阱”。巨大的亏空使得加拿大人直到 20 世纪 90 年代才把债还清。

为了凸显特别的纪念意义，莫斯科奥委会还专门把这届奥运会的举办时期定在 1980 年的 7 月 19 日至 8 月 3 日，这恰好是 1952 年赫尔辛基奥运会的举办时间。

两届奥运会举办日期完全一致，这在奥运会历史上也是绝无仅有的——赫尔辛基奥运会是苏联首次派代表团参加的一届奥运会。

莫斯科奥运会的邮票，吉祥物米莎熊

投入巨大，耗尽心机，苏联人是发自内心地想奉上一届史无前例的奥运盛会。

但是，就在奥运会开幕前夕，阴影袭来。而让这届奥运会蒙上阴影的，不是别人，正是苏联人自己。

3

1979年12月27日，对阿富汗“忤逆”自己意志已经“忍无可忍”的苏联，终于悍然出兵。

10个师的苏联军队大举入侵阿富汗，很快就占领阿富汗全境。这种公然入侵一个主权国家的行为，让全世界哗然，指责声四起。

阿富汗战争期间，反苏的阿富汗游击队得到了美国的大力资助，让苏军吃了很多苦头

后来的事实证明，阿富汗战争之于苏联，就等于越南战争之于美国，同样成了一个“不断流血的伤口”，导致苏联深陷泥潭，无法自拔。但在一开始，苏军进展顺利，苏联当时的领导人勃列日涅夫是

安德烈·德米特里耶维奇·萨哈罗夫

信心满满的，他根本不会预料到这场侵略战争之后会为苏联带来各种苦果。

而首先成为牺牲品的，就是苏联人精心筹备的莫斯科奥运会。

因为开始有人站出来呼吁，抵制这届奥运会。

第一个站出来抵制莫斯科奥运会的，竟然是一个苏联人。但他不是普通的苏联人，他叫安德烈·德米特里耶维奇·萨哈罗夫。他曾主导苏联第一枚氢弹的研发，被称为“苏联氢弹之父”。

随后，在1980年1月14日，美国的总统卡特开始响应萨哈罗夫，警告苏联必须撤军阿富汗，否则将会承担一系列后果，包括美国对莫斯科奥运会的抵制。

《吉尼斯世界纪录》（1991年版）称，勃列日涅夫是“世界获奖章最多的人”，共获得苏联勋章15枚、奖章18枚，外国勋章42枚、奖章29枚。其中，苏联最高军功章“胜利勋章”和波兰“勇士勋章”于戈尔巴乔夫改革年代被剥夺

1980 年 1 月 26 日，加拿大总理乔克拉克宣布，他们同美国一样，如果苏联军队不在 1980 年 2 月 20 日撤军阿富汗，就会抵制莫斯科奥运会。

说实话，勃列日涅夫对这些警告并没有放在心上，美国的反对没有出乎他的意料，而在他的估计里，最多是美国和它几个核心“仆从国”会抵制莫斯科奥运会，这在苏联可以接受的范围之内。

但等拿到莫斯科奥运会参赛代表团的最终名单时，勃列日涅夫还是大吃一惊：147 个国际奥委会成员国和地区，有 63 个国家和地区宣布不参加本届奥运会，超过全部总数的五分之二。参加国家的数量，居然还没超过 20 年前的罗马奥运会。

而在那些抵制的国家中，有一个颇让苏联尴尬的国家——中国。

在 1979 年 10 月的国际奥委会名古屋会议上，中华人民共和国奥委会终于获得了自己的合法席位——这意味着中国可以第一次正式而完整地参加奥运会了。

但是，中国奥委会在 1980 年 4 月 24 日发布公告：放弃参加莫斯科奥运会。给出的理由是：时间太仓促，来不及准备。

谴责苏联入侵阿富汗的海报

4

盛大的莫斯科奥运会开幕式，就在尴尬的气氛中徐徐拉开帷幕。

在开幕式的代表团入场式上，有10个队没有派运动员参加，只有旗手孤零零一人入场。包括英国、法国、意大利、澳大利亚等在内的14个国家，没有打出本国的国旗，而是在奥林匹克旗帜的导引下入场。而新西兰代表团入场时，还打出了一面黑色的奥运五环旗。

在开幕式的奥林匹克会旗交接仪式上，按理应该是上届东道主加拿大蒙特利尔市的市长亲自赶来交接会旗，但因为加拿大也参与抵制莫斯科奥运会，所以蒙特利尔市的市长并没有来，只是派了一名代表。

入场式上，新西兰代表团打出了一面黑色的五环旗

开幕式结束，各项比赛在各个赛场如火如荼展开，但尴尬并没有结束。比如，在自行车4000米个人追逐赛中，瑞士、法国和丹麦三个国家的运动员分获前三名，但为了抗议苏联入侵阿富汗，三个国家

均拒绝在本届奥运会上使用本国国旗和演奏本国国歌，最终只能升起奥林匹克会旗，奏响会歌。

这样的情况，在各个赛场的颁奖仪式上层出不穷。

莫斯科奥运会的金牌

而比赛成绩呢?

由于体育强国美国、联邦德国、日本等国家全都加入了抵制行列，使得莫斯科奥运会的比赛水平受到了不小的影响。

在蒙特利尔奥运会上，男子游泳 13 个项目有 12 项新的世界纪录诞生，但在莫斯科奥运会，只有一项世界纪录被打破；马术比赛的各个项目，上届奥运会进入前六名的 14 个国家，13 个没有参加莫斯科奥运会；曲棍球比赛，上届奥运会的前五名国家，没有一个国家参加莫斯科奥运会。

在体操等一些主观打分项目中，其他国家运动员经常抱怨东道主选手得到“照顾”。罗马尼亚《火花报》在 7 月 25 日女子体操个人全能比赛后发表主题为“玷污奥运会精神”的文章，指责“裁判员们粗暴地践踏了体育道德和奥运会精神，在众目睽睽之下夺走了她（指罗马尼亚体操女皇科马内奇）的金牌（苏联运动员获得冠军）”。

到了 1980 年 8 月 2 日奥运会比赛全部结束的时候，奖牌榜的情况是这样的：苏联毫无悬念地排名第一，共获得 80 枚金牌、69 枚银牌、46 枚铜牌；民主德国排名第二，获得 47 枚金牌、37 枚银牌和 42 枚铜牌。

1976 年的蒙特利尔奥运会，14 岁的科马内奇横空出世，一鸣惊人。在 1980 年的莫斯科奥运会上，科马内奇获得了两金两银的成绩，但她认为自己在个人全能的比赛中遭受了不公正的待遇。从此以后，她一直拒绝在苏联进行任何体操比赛

苏联和民主德国两个国家所获得的金牌数量，占到了莫斯科奥运会金牌总数的三分之二，以致有人评论：莫斯科奥运会的金牌贬值了 50%。

在 8 月 3 日的闭幕式上，由于美国抵制了本届奥运会，会场没有按照惯例升起美国的国旗，而是升起了洛杉矶市的市旗。

在闭幕式的文艺表演上，本届莫斯科奥运会吉祥物米莎熊照例出镜，而人们惊奇地发现，米莎熊的左眼，流下了一滴泪水。

那一幕镜头，成为 1980 年莫斯科奥运会留给人们的最深刻印象。

5

忍不住再说一段后续。

似乎是命运有意地捉弄，1980 年是莫斯科举办奥运会，1984 年，轮到了美国的洛杉矶。

这回轮到苏联人要出口“恶气”了——苏联借口“安全问题”，宣布抵制洛杉矶奥运会。

不仅如此，它还四处笼络自己的“小兄弟”，希望大家联合起来一起抵制洛杉矶奥运会。

结果却令苏联感到失望，最终，只有 18 个国家和地区（主要是东欧国家）选择和苏联站在了一起，而有 140 个国家和地区选择参加洛杉矶奥运会，规模超过以往任何一届。

在参加的国家里，又有一个国家深深刺痛了苏联，这个国家，还是中国。

中国奥运代表团抵达洛杉矶机场，是洛杉矶奥组委主席尤伯罗斯亲自到机场迎接的，据说他还激动地说了一句美国式的夸张的话：“你们拯救了奥运会！”

在洛杉矶奥运会上，许海峰为中国代表团射落第一金，由此开始了中国的奥运会征程。

馒头说

“啊，体育，你就是和平！你在各民族间建立愉快的联系！”

这是《体育颂》中的一句话，作者是现代奥运会奠基人顾拜旦。

顾拜旦终身追求的目标，是让体育远离政治，让奥运呼唤和平。

但是，随着现代奥运会关注度的逐步上升，它无可避免地会被政治盯上。

进入20世纪70年代以后，受到全世界瞩目的奥运会，开始遭遇越来越多的危机：1972年慕尼黑奥运会，发生了以色列运动员被当作人质最后被枪杀的黑暗一幕；1976年蒙特利尔奥运会，因为种族歧视问题，很多非洲国家抵制了这届奥运会；1980年的莫斯科奥运会是高峰；1984年洛杉矶奥运会遭遇苏联等东欧国家的抵制；1988年汉城奥运会遭遇朝鲜、古巴、埃塞俄比亚和尼加拉瓜的抵制；直到1992年，冷战结束，巴塞罗那奥运会才实现了大团圆。

当奥林匹克运动会和国家利益发生冲突，究竟应该怎么办？

很遗憾，直到现在，依旧没有一个圆满的解决答案。

事实上，当一些政治行为发生在奥运舞台上时，背后牺牲的，是为之辛苦四年的运动员的利益。

美国总统卡特宣布抵制莫斯科奥运会之后，就在运动员和教练层面引起了反弹，最终他只能把美国原本打算参加奥运会的运动员邀请到白宫做客，并颁发纪念性的金牌。

当澳大利亚宣布加入抵制莫斯科奥运会的行列之后，当时只有16岁的澳大利亚游泳运动员丽莎·福雷斯特就提出了一个问题：

“我知道，阿富汗战争是不对的。任何国家都不该入侵他国。但是，作为一个16岁的孩子，我的理解是，苏联发动入侵后，7个月过去了，整个世界都不理不睬。为什么奥运会突然成了发表意见的舞台？”

是啊，为什么呢？

或许，有时候你只能倒过来想：如果没有奥运会作为一种态度的表达舞台，难道还真的用飞机大炮对抗吗？

体育好歹成了一个窗口和缓冲。

很无奈，不是吗？

读者评论

何家杰：看到丽莎·福雷斯特的话，立刻泪目。我们都这样，面对暴力与不公，没有抗争的勇气，却要以他人的牺牲来成就自己的高尚。说人家战争不对，然后集体沉默，最后牺牲掉运动员的青春和荣誉，表明自己的正义。歹徒作恶，“键盘侠”怒斥社会太冷漠，现实中却是那袖手旁观的一员……

飛：历史上没有一次非正义战争会最终取得胜利，非正义战争始终会遭到全世界人民唾骂，更会激起被侵略国人民的奋起反抗。德国不例外，美国不例外，日本不例外，苏联也没有例外……中国在这两次奥运会上的选择非常明智，不仅给了苏联人一记耳光，也给了美国人一颗糖。

刘小小：是苏联人自己觉得伤心，所以让米莎熊流泪了吗？（作者回复：我觉得苏联人可能当时表达的是“客人要离开了，我们依依不舍”的意思。）

没错！就是他“承包”了一届奥运会！

洛杉矶奥运会，绝对不只是值得中国人铭记的一届奥运会，它在整个奥运会历史上，都称得上一届里程碑式的奥运会。从某种意义上说，说这届奥运会挽救了奥林匹克运动也不为过。

而这一切，可以说，都只是因为一个人。

1

在 1984 年洛杉矶奥运会之前，有一个观点曾得到不少人的认同：在 20 世纪结束之前，“奥运会”这个东西，肯定就消亡了。

这样的说法，在当时并非危言耸听。

从政治意义上说，1972 年慕尼黑奥运会，发生了以色列人质被劫持并被杀害的血腥事件；1976 年蒙特利尔奥运会，大批非洲国家抵制；1980 年莫斯科奥运会，全世界差不多五分之二的国家没有参加。

从经济意义上说，1972 年慕尼黑奥运会，亏空 6 亿美元；1976 年蒙特利尔奥运会，亏空 10 亿美元以上，并贡献专有名词“蒙特利尔陷阱”；1980 年莫斯科奥运会，没有公布盈亏数据，但估算投入为

1984 年洛杉矶奥运会会徽

史无前例的 90 亿美元，肯定是巨额亏空。

一个运动会，办了既有政治风险，又要赔大钱，谁还愿意办？

在这样的背景下，1978 年的国际奥委会上，提出申办 1984 年奥运会的城市，居然只有一家，没有任何竞争对手。

这个城市，就是美国的洛杉矶。

蒙特利尔奥林匹克运动场，是"蒙特利尔陷阱"的见证之一。当时造价高达 5 亿美元。当然，这座体育场即便用现在的眼光来看，仍不过时

2

但洛杉矶奥组委接下这个“烫手山芋”后，傻眼了。

为什么？因为不知道拿什么来办。

就在洛杉矶获得 1984 年奥运会主办权之后，洛杉矶爆发了大规模的市民游行，游行的诉求只有一个：不允许动用纳税人的哪怕一分钱，来填奥运会这个“无底洞”。

于是，加州政府在 1978 年 11 月通过一项法律：不允许动用公共资金来举办奥运会。

按照以往惯例，举办奥运会的资金，主要来自四个方面：第一，政府财政支持；第二，发行彩票；第三，慈善募捐；第四，商业赞助。

政府财政支持这条路已经被堵死了。

彩票呢？洛杉矶位于加利福尼亚州，加州法律不允许发行彩票。

捐款呢？美国慈善机构不允许奥组委和慈善机构来争抢捐款。

那么，就只剩下第四点商业赞助了。但从历届奥运会举办来看，商业赞助只是杯水车薪，主要还是靠主办国的财政拨款。

美国奥委会傻眼了，国际奥委会也傻眼了：难道这届奥运会要夭折？

无奈之下，国际奥组委被迫同意：洛杉矶奥运会可以和私营企业结合举办。

但就算同意，哪有这么好办？

美国奥委会最终决定面向全社会，招聘一位洛杉矶奥组委主席，来带领组织完成这届奥运会。

说是“奥组委主席”，其实从某种意义上说，也算是个“背锅侠”。

美国奥委会当时给出了招聘条件：这个人的年龄要在 40 岁至 50 岁之间，在洛杉矶地区生活过，爱好体育，具有从经济管理到国际事务等多方面的经验。

真的是有几千人来报名应聘，因为尽管充满挑战，但“洛杉矶奥组委主席”毕竟还是一个诱人的头衔，而领衔举办一届奥运会，是很多人一辈子都不会有的经历。

经过层层筛选，美国奥委会最终选出了一个人选，这个人让美国新闻媒体大吃一惊——以前从来没听说过这个人啊！

这个人的名字，叫彼得·尤伯罗斯。

3

彼得·尤伯罗斯

1979 年，尤伯罗斯成为洛杉矶奥组委主席的时候，只有 42 岁。

尤伯罗斯 1937 年出生于伊利诺伊州，曾经参加过奥运会水球比赛的预赛（这也是成为奥组委主席的一个条件：必须有体育运动背景，并喜欢体育）。大学毕业后，尤伯罗斯一直在运输和旅游服务业发展，当时他创办的旅游公司，已经做到了北美第二的位置。所以，如果是经济上的回报，“洛杉矶奥组委主席”这个职位对尤伯罗斯的吸引力并不大，甚至还有风险。

当猎头公司找到尤伯罗斯的时候，他一开始也不是很乐意竞选这个奥组委主席的位置，其中一个很重要的原因是，他自己曾亲手投票，反对奥运会动用公共资金。

但是，他作为一个商人，在出于兴趣研究了历届奥运会之后得出了一个观点：除了政治利益，奥运会如果不能获得经济利益，那简直是荒谬的。

所以，除了一份人生经历外，尤伯罗斯更希望进行一次冒险：证明自己的观点是对的。

但刚一上任，尤伯罗斯就遭遇当头一棒。尤伯罗斯一天早上去上班——组委会在洛杉矶一幢写字楼租的一间小办公室——却和他的同事们一起被锁在了门外。原来，房东听说这间房间租给的是洛杉矶奥组委，立刻就反悔了，哪怕尤伯罗斯提出先付一年的房租，房东都坚决不肯。

为什么？因为之前所有奥运会都是赔本买卖，这届奥运会又得不到美国政府的财政支持，房东认为肯定是巨亏，到时候肯定收不到房租。

历经艰辛，最终还是依靠朋友的帮忙，尤伯罗斯和他那个近10人的“洛杉矶奥组委”最终找到了另一间小办公室。

洛杉矶奥运会的吉祥物

接下来，尤伯罗斯自己花了 100 美元，在银行开了一个户头，作为奥组委的账户——在那一时刻，一届奥运会组委会的启动资金，只有 100 美元。

如果这届奥运会筹备工作是一个庞大演出的话，舞台下的评委们应该在这个时候适时伸出手：

尤伯罗斯，请开始你的表演！

4

尤伯罗斯第一个想到的筹钱办法，是向赞助商“动刀”。

奥运会很早就有了赞助商，但那种赞助，很多都只是“意思意思”。比如 1980 年莫斯科奥运会的赞助商，多达几百家，每家甚至只要付几万美元就可以成为奥运会的赞助商。

尤伯罗斯决定用“饥饿营销”改变这个历史。按照尤伯罗斯推出

尝到赞助奥运会的甜头后，可口可乐从此成为老客户（图为 2012 年伦敦奥运会可口可乐的易拉罐）

的规定，洛杉矶奥运会只允许拥有30家赞助商，一个行业只有一家赞助商可以入选，加入的门槛价是400万美元——上不封顶，价高者得。

这是一个让很多公司都无法拒绝的诱惑，因为这意味着成为奥运会的赞助商，就暗示了自己的品牌是相关行业的“NO.1”。

尤伯罗斯先找到了可口可乐公司，带的筹码是“百事可乐也在和奥组委谈判”这样的消息。为了避免竞争对手取代自己出现在奥运会上，可口可乐最终居然拍出了1260万美元的天价——光这一家赞助商出的金额，就已经超过了莫斯科奥运会所有赞助商付出的总额（可口可乐公司还花费了4000万美元在奥运节目上做广告）。

当然也有不买账的，比如奥运会的老资格赞助商柯达胶卷。柯达公司为洛杉矶奥运会准备了100万美元的赞助款，已经是相当高了，但这只是尤伯罗斯定出的“TOP”级别赞助商赞助金额的四分之一。在谈判中，柯达公司不肯服软，尤伯罗斯转身就找了柯达的竞争对手富士胶卷。结果，富士胶卷以700万美元的代价取代柯达，成了洛杉矶奥运会的赞助商。也正是那届奥运会，让富士胶卷一战成名，柯达后来为此后悔不已。

在“机不可失”的恐慌情绪影响下，赞助商们开始为了“奥运会”这个标识挤破脑袋。不仅如此，尤伯罗斯还以发放许可证的集资手段，向43家公司发放了商品专卖许可证，允许这40家公司的产品在奥运会期间可以标上奥林匹克五环旗标志销售。这又带来了一笔巨大的收入。

在解决赞助商问题的同时，尤伯罗斯又对电视转播权“下手”了。

早在1956年，墨尔本奥运会就开了出售电视转播权的先河，但收入并不是很多。到了尤伯罗斯手里，“独家转播权”再次成了一个筹码，让美国三大电视网陷入了不惜成本的竞价中。最终，美国广播公司（ABC）以当时令人咋舌的2.25亿美元中标。通过这个办法，尤伯罗斯还出售了海外独家转播权。

洛杉矶奥运会的电视转播权最终一共卖了 2.8 亿美元，是蒙特利尔奥运会电视版权收入的 10 倍。

值得一提的是，在拍卖“电视转播权”之前，尤伯罗斯要求包括美国三大电视网在内的 5 家竞标电视台，每家先交 75 万美元的保证金。那 375 万美元躺在银行里，每天给奥组委产生数量可观的利息，很大程度上缓解了奥组委的财政困难。

5

除了开源，还要节流。

尤伯罗斯提出，奥运会不需要兴建大量的全新建筑，而是尽可能地利用原有的建筑和场馆。这个提议一开始遭到国际奥委会不少人的反对，但尤伯罗斯一再坚持，使得这个方式成了后来奥运会的一个传统。

尤伯罗斯的洛杉矶奥组委在整个奥运会筹办工程中，仅仅是用私人筹来的资金兴建了 4 座体育场和一座在大学校园里的办公楼。而本来每届奥运会都要花大价钱兴建的奥运村，尤伯罗斯直接用加州两个大学的大学生宿舍替代了。

当然，尤伯罗斯能这么做，还是得益于美国的群众体育基础设施堪称全世界最好，洛杉矶的社区和各个大学本来就有不少设施完备的体育场馆。

不过，并不是尤伯罗斯每一个决断都是毫无阻力的。比如，他对被视为“神圣传统”的“奥运会火炬接力”也动起了脑筋。

首先，他要求火炬传递的路线要大大加长，要从欧洲的希腊传到美国东海岸的纽约，然后再横穿 1500 个城镇，跨越 19000 公里，最

在洛杉矶奥运会的开幕式上，杰西·欧文斯的外孙女吉娜·亨普希尔持火炬跑进主会场

后到达西海岸的洛杉矶。

为什么要把火炬传递路线拉那么长？因为尤伯罗斯规定：其中在美国境内的火炬传递，向公众开放报名。

你想成为一名光荣的奥运会火炬手吗？没问题！你无须是名人、官员或影星，是一般老百姓就行。但你要交钱——跑一英里，需要交3000美元。

这个决定无论是在美国奥委会还是国际奥委会，都引起了巨大的争议。但尤伯罗斯凭借他的口才和观点，说服了当时的国际奥委会主席萨马兰奇：这笔钱我不用，全部用来投资奥运场馆的建设。

最终，萨马兰奇被说服了。而洛杉矶奥运会的火炬传递，最终居然筹集到了3000万美元。

这笔钱，确实被完全用到了奥运场馆的建设中去。但如果没这笔

当年为中国代表团获得首金的许海峰

钱，就需要尤伯罗斯从其他赞助款中再挪过来，所以其实也是帮洛杉矶奥组委省了一大笔钱。

6

1984 年 7 月 28 日，洛杉矶奥运会如期开幕。

成功吗？非常成功。

这届奥运会在赛场上留下了很多珍贵的回忆，比如中国第一次组团参加奥运会；卡尔·刘易斯获得 4 枚金牌，追平欧文斯的纪录；“跳水王子”洛加尼斯获得两枚金牌；女子马拉松首次进入奥运会，等等。

但对尤伯罗斯而言，大家考核他的是“经济账”。他完成得如何？

那个尤伯罗斯在奥组委建立时开的 100 美元账户，在洛杉矶奥运会结束后，变成了 2.15 亿美元——也就是说，尤伯罗斯办了一届奥运会，不仅没给洛杉矶纳税人带来任何经济负担，反而还创造了 2.15 亿美元的利润（一说是 2.5 亿美元）。

而间接带来的盈利远不止这些。据加利福尼亚州立大学洛杉矶分校的教授格列格安德罗诺维奇统计：洛杉矶因奥运会获得了 96 亿美元的旅游收入，其中大约有 1.4 亿美元收归当地政府和加州州政府。

而在那 2.15 亿美元的直接利润中，有 9000 万美元流入洛杉矶地区的青少年体育基金组织。20 年后，南加州的青少年体育运动仍然从这笔资金中获益。

关键是，在洛杉矶奥运会后，“奥运会申办权”再度成为一个“香饽饽”。1988 年的奥运会，申办城市又恢复到了 4 家，并在此后开始被各个国家抢破头申办——1988 年汉城奥运会赢利 4.97 亿美元；1992 年巴塞罗那奥运会赢利 4000 万美元，创造 260 亿美元的经济效益；1996 年亚特兰大奥运会赢利 1000 万美元，创造了 50 亿美元的经济效益……

所以，在洛杉矶奥运会后，国际奥组委向尤伯罗斯个人颁发了金质勋章。

曾有这么一句话：

顾拜旦开创了现代奥运会，而尤伯罗斯挽救了奥运会。

7

最后再加一个后续。

尤伯罗斯在洛杉矶奥运会的成功，是不是因为运气特别好？

卸任洛杉矶奥组委主席之后，美国的职业棒球大联盟（MLB）直接就把尤伯罗斯请去做总管。在五年的任期里，尤伯罗斯又进行了一系列大刀阔斧、前人想都不敢想的改革。

五年后，职业棒球大联盟的 22 支球队，全部扭亏为盈。

你看，牛人在哪里，都是牛气冲天。

馒头说

做记者的一大好处，就是能有与那些传奇人物面对面的机会。

2008 年北京奥运会，我在主新闻中心旁的一家快餐厅里，采访到了尤伯罗斯。

尤伯罗斯是专门赶到北京来的。洛杉矶奥运会中国代表团宣布参赛，让尤伯罗斯大大松了一口气（为拍卖赞助权和电视转播权增加了筹码），所以那天他对我开玩笑说："我欠中国一个人情。"

彼时的尤伯罗斯，意气风发，谈笑风生——他确实配得上他所获得的待遇和荣誉。

但是，随着奥运会的不断发展，所谓的"尤伯罗斯模式"其实正在遭遇考验。

以我采访的那届伦敦奥运会为例。从那届奥运会开始，各大赞助商的标志开始出现在你能想象到的任何位置，包括运动员接受采访的各种背景——而在以前，那里除了出现奥运五环标志，是不允许出现其他赞助商品牌的。

作为观众，如果你在看比赛期间饿了，在体育场馆里是很难买到薯条的——不是没有，是只能在那家成为奥运会赞助商的快餐店里才能买。其他餐饮店，一律不准出售薯条。在伦敦街头林立的酒吧，你看不到任何奥林匹克、奥运会、五环、2012 伦敦等字样，不是店主不想挂，是因为他们不是"赞助商"，一旦挂了就属于侵权，要被刑事处罚。

而另一方面，奥运会赞助商的负担其实也在加大。伦敦奥运会的一家顶级赞助商门槛已经达到了 8000 万美元，是洛杉矶奥运会时的 20 倍；美国广播电视公司购买伦敦奥运会的电视转播权，一共花了

39.1 亿美元，是洛杉矶奥运会时的 17 倍。

赞助商要收回成本，值回票价，就只能将奥运会一步步变得更加商业化。

有人曾说，国际奥委会正在沦为各大赞助商的“监工”和“执行者”，更有人说，他们其实自己也早就“沦陷”了——盐湖城冬奥会申办丑闻等一系列新闻被曝出，证明了当奥运会成为“摇钱树”后，在国际奥委会内部也开始产生了大量腐败。

这并不是我们希望看到的结果，或者说，这不是我们想象中的奥运会。

就像奥运会摆脱不了政治一样，奥运会同样也是离不开商业的——也没有必要离开。

但是，就像做很多事一样——

当我们已经走得很远的时候，还是不要忘了出发时的心态。

读者评论

王芷汀：奥运会从 1984 年走上赢利的商业化道路，越来越多的国家申办、越来越蓬勃发展，现在又渐渐开始衰退。2024 年最终只有两城申办，国际奥委会不得不决定将 2024 年和 2028 年的赛事分别交由这两座城市举办。下一个挽救奥运的人在哪里呢……（作者回复：对。奥运会已经越来越“臃肿”，成本大到谁都负担不起了。下一个挽救奥运的人只能是奥委会主席，方法是“瘦身”。）

生生不息：总有人喜欢在别人成功后，进行各种分析然后得出结论：他运气好、机会好，换谁来也一样行。就像当年的米卢。但是，历史永远最公正，有些人，手握一对王和四个二，一样被打成筛子。

咖喱萌萌酱（ · . · ）：对于自己喜爱的事物，总是有种矛盾的心理，既希望它能多赚钱带来回报，又不希望它赚太多而改变本质。

24 年前的那个“北京一夜”

北京申办过奥运会吗？当然，不申办，怎么举办？

但北京申办过两次奥运会，那个第一次申办失败的故事，还有多少人记得呢？

1

1993 年 9 月 23 日（北京时间 24 日凌晨两点 27 分），摩纳哥的蒙特卡洛路易二世体育场。

在国际奥委会的 101 次全会上，时任国际奥委会主席的萨马兰奇，在众目睽睽之下，打开了一个信封。

这是一个决定 2000 年奥运会最后由哪个城市主办的信封。

在最后一轮角逐中，有两座城市，已经将其他竞选城市远远甩在身后——最后的主办城市，将在这两座城市中产生。

一座城市是悉尼，还有一座城市，是北京。

“悉尼！”当这个单词从萨马兰奇口中被读出的时候，现场的中国代表团一阵寂静。

萨马兰奇

在此之前，北京的票数是一路领先的。

在新千年的交汇之际，北京与期盼已久的奥运会就这样擦肩而过。

在 2008 年北京成功举办奥运会之后，这段历史可能已被不少人忘记，而很多的年轻人，甚至已不知道这个故事。

但在当时，这个消息确实震动了中国。

2

申办 2000 年的奥运会，当时中国是志在必得的。

彼时的中国，刚刚经历 20 世纪 80 年代第一个十年的经济高速增长期，从综合国力上说，已经具备了承办一届奥运会的条件。而且单从举办体育运动会上看，北京刚刚成功举办了 1990 年亚运会，无论从体育设施还是赛事承办，也展现了成熟的能力。

1991 年 2 月，北京市向中国奥委会正式提出承办 2000 年奥运会的申请，随后在 1991 年 12 月向国际奥委会和有关的国际体育组织通报了北京的申请。

1991 年 5 月 13 日，北京惠侨饭店举行了“北京 2000 年奥林匹克运动会申办委员会”挂牌揭幕仪式，标志着北京奥申委正式成立

1992 年 6 月 26 日，《人民日报》和《北京日报》刊登了北京申办奥运会的口号：开放的中国盼奥运。

2000 年奥林匹克运动会申办口号

同时还有其他辅助的口号：“中国的机遇，北京的荣誉”、“历史名城，时代盛会”，以及在 2008 年被全中国乃至全世界人都熟悉的一句口号：“北京欢迎你。”

当时，全中国的老百姓都发自内心地投入到这场申奥的活动中，神州大地，各路人士，各种活动，紧扣的都是一个主题：申奥。

当年的申奥著名歌曲之一，歌名叫《奥林匹克风》。用现在的眼光来看，这些歌手的着装都好老土，歌曲曲风也显得过时。但当时，这是一首脍炙人口的歌，几乎人人会哼（我还是觉得很好听，歌词也很好）。而这首集合了苏芮、解晓东、毛阿敏、齐秦、张雨生、那英等当时大腕（也是实力唱将）的歌，也是最早的“群星版”之一了。

当时的明信片

当时发行的纪念币

可能也因为是信心十足，所以国家的各类媒体也乐于放大大家申奥的热情，以及对举办奥运的期盼——这确实是当时老百姓发自内心的声音。

1993 年夏，10 万面宣传北京申办奥运会的彩旗飘扬在北京的主要街道上

所有的申奥造势活动，在 1993 年 9 月达到了顶峰。然后，就迎来了 9 月 23 日决定北京命运的投票之夜。

9 月 23 日的投票，是国际奥委会 91 名委员，在秘密状态下进行的。

第一轮投票，土耳其的伊斯坦布尔被淘汰。第二轮投票，德国的柏林被淘汰。第三轮投票，英国的曼彻斯特被淘汰。

还剩下北京和悉尼。

前三轮，北京的票数都是一直领先的。

但最终决定命运的第四轮，悉尼胜出，北京被淘汰。

公布结果那一刹那的澳大利亚申奥代表团

当时失望的中国助威团

3

北京申奥失败。

这个消息传回国内，很多国人都不相信：怎么可能？假消息吧！但这是事实。

关于北京申奥为什么会失败的各种说法，由此开始在街头巷尾流传。

当初最流行的一个版本，是北京最终在第四轮以 1 票之差输给了悉尼。

其实在第三轮曼彻斯特被淘汰后，北京的败局已经确定——投给曼彻斯特选票的奥委会委员，在第四轮基本上都会把自己的票投给悉尼。

但最后这一票究竟差在哪里呢？当时很多人相信，是因为朝鲜在最后“背叛”了我们，把自己的那一票投给了悉尼。

事实上，每个国际奥委会委员的票投给谁，都是全程保密的，所以关于“朝鲜背叛”的说法，只是基于猜测。但为什么会有很多人倾向于相信？是因为当时的国际背景，似乎很有说服力。

1992 年 8 月 24 日，中国和韩国正式建交，这对中国而言是对外交往的重要一步，但对朝鲜而言，却是一件无法接受的事。在中韩建交前，朝鲜采取了各种反对措施，但最终没有阻止中国走出这一步。

随着中韩建交，中朝关系开始迅速变冷。很多人猜测，作为报复，朝鲜把关键的一票投给了悉尼，而不是和自己曾经有“牢不可破友谊”的中国。

但这一切都只是猜测而已。而且，后面的投票结果显示，北京是以 43 比 45 票输给了悉尼，北京其实是输了两票（可以有弃权票），也就是说，就算是朝鲜不投给悉尼投给北京，最多也是打平。

于是，又有不少人猜测，还有哪个应该投给中国的国际奥委会委员，最终没有投票给北京。

很多人又把目光放在了台湾。

4

持这个观点的代表，是台湾的李敖。

李敖认为，当时台湾的国际奥委会委员吴经国没有把关键的一票投给北京，理由是台湾当局在 9 月初做出公开声明：“北京申办奥运会，台当局立场认为其所具备的条件并不成熟，可是投票是由国际奥委会委员吴经国个人决定，当局会尊重他的权利与决定。”

真的是吴经国没有投北京一票吗？吴经国在他 2005 年 10 月出版的《奥林匹克中华情》一书中，透露了幕后的故事。

在前往国际奥委会开会投票前，吴经国当时做出的表态是：“我这一票的考量有两大因素，第一是为了中华民族的利益，第二是为了奥林匹克发展的利益。”

他对自己当时说这话的解释是：“环顾当时岛内政治环境的敏感、复杂，如果直接道出我所支持的对象，实非明智之举，而客观地提出我投出这一票的前提条件，自认不失为处理这个棘手问题的好办法。”

吴经国还回忆自己在出发前，父母亲语重心长地告诉他：“‘这次投票，你一定要记得你是中国人。’他们并未明说要我支持北京，但他们眼中的期待，我了然于胸。”

最后，作为最有力的证据，吴经国当时把自己所写的选票用照相机拍成了照片。上面写着：“BEI JING”。

5

那么，究竟是什么原因，导致北京最后以两票之差败北呢？

当时的中国奥委会主席，国际奥委会第一副主席，也是中国申奥代表团副团长的何振梁这样分析：

第一，当时埃及的奥委会委员和中国关系很好，虽然年纪很大，但表示坐着轮椅也要来投票支持中国。但临行前身体实在不允许，最终没有成行。

第二，保加利亚的国际奥委会委员是保加利亚共产党书记的女婿，表示一定要投票给北京。但投票前，保加利亚政局发生了变化，这位委员受到牵连，也没能参加投票。

第三，澳大利亚奥委会主席约翰·考兹在 1999 年时自己承认，当时作为澳大利亚奥申委的成员，他在 9 月 22 日投票选举的前夜，塞给了肯尼亚和乌干达的两位国际奥委会委员每人 3.5 万美元现金（据新华社 1999 年 1 月 22 电）。而非洲的这两票，原本被北京认为是“铁票”。

1993 年 10 月 1 日，邓小平对时任国家体委主任伍绍祖说：“申办不成，没有关系，总结经验，但要警惕有人捣鬼。”他说：“西方什么允诺都靠不住，这个道理要管好多年，不要轻易相信许诺，拿到东西才算数，没有拿到的就不要信。”

但北京最终没有成功申办，背后的原因其实并不止这些。

1993 年 6 月 10 日，在投票表决前 3 个月，美国众议院外交委员会人权小组委员会通过决议案，反对在北京或在中国其他地方举办 2000 年奥运会，要求国际奥委会美国委员投票反对北京。接着，欧洲议会也通过决议，表示了同样的意思。

9 月 17 日，投票表决前 5 天，几家国际通讯社分别发出消息说，北京奥申委一位领导人（指的是申奥代表团副团长张百发，当时他是北京市常务副市长）在 8 月 31 日接受澳大利亚广播公司电视台采访时表示：“如果因美国国会的阻挠而使北京申办失败，我国会加以报复，抵制 1996 年亚特兰大奥运会。”

一时之间，国际舆论大哗。但事实是，张百发当时的原话是：“我们完全有理由对美国进行报复，但我们不会那样做，因为我们一贯支持奥林匹克运动。”

但是，澳大利亚电视台却把后面半段给掐掉了（后来萨马兰奇专门请何振梁开了新闻发布会澄清此事）。

霍英东的儿子霍震霆当时作为北京奥申委代表团的一员奔赴蒙特卡洛，他后来回忆，外国记者向北京奥申委提的问题，多是政治性的，与体育无关，攻击性很强。

这就是中国当时所处的国际环境。

这也可能是北京当时没有圆梦的最主要原因。

6

何振梁曾回忆起当时那一夜，自己的内心感受。当萨马兰奇宣布获胜城市是悉尼的时候，他看到了台下北京申奥代表团同志们凝固的表情，他说他当时心里特别难受。

但他的第一反应，必须是先向身边的澳大利亚奥委会主席高斯珀表示祝贺。

大会结束后，他告诉自己绝不能垮，一路上对向他表示安慰的委员们表示感谢。回到代表团驻地，他先向代表团成员介绍了整个投票的经过，然后回到了房间。

回到房间后，他接到了女儿打来的电话，女儿说她哭着看完了电视转播的全过程，她难以接受这个结果，说爸爸妈妈多保重，我爱你们。那一刻，何振梁终于忍不住，放声大哭。

申办结果公布时的中央电视台转播中心现场

馒头说

我清楚地记得，1993 年 9 月 24 日的那个凌晨。

那一夜，才上初中的我，调好闹钟，准时把自己闹醒，打开电视收看最后的申奥投票结果（可见后来我为何毕业就做了体育记者）。

我当时特地拨开窗帘看了看外面：很多家的窗户都透着亮光。

我也清楚地记得，当萨马兰奇用英语念到“北京”的时候，小区里顿时就响起了鞭炮声——放鞭炮的人肯定以为，萨马兰奇宣布北京赢了。但其实，萨马兰奇只是先用英语在介绍参加本次申办的城市的名字。

当萨马兰奇说出最后获胜的是“悉尼”的时候，我感觉世界一下子就凝固了。当时我就愣在了电视机屏幕前。

真的，当时谁都没想到。

现在回过头来看，当时我们真的是太自信了。当时几乎每个中国人都认为：我们中国人只要能万众一心干一件事，就不可能干不成！

但 1993 年的申奥失利，恰恰给国人的那种自信降了温。从这个角度说，当年的申奥失利，也有积极的一面：让我们进一步认清了自己，以及当时自己所处的国际环境。从那时起，如何在国际上展示自身形象，如何向世界讲好“中国故事”，开始被重视起来。

一方面，我们开始认清一点：一个国家和民族在崛起或复兴的道路上，无可避免地会受到各种异样目光乃至不公正的对待，关键是自己如何面对，以后如何避免。

而另一方面，我们也认识到：自己的国家，在我们自己的眼里是一个样子，但在别人的眼中却是另一种样子——别人的一些批评固然是有失偏颇乃至无中生有，但有一些批评，也值得我们自己自省和重视。

2008 年，北京“鸟巢”上空绽放的漫天烟火，向全世界证明了我们中国完全有能力奉献出一届出色的奥运盛会——那一刻在现场的我，脑海中真的浮现出了当年那个在电视机屏幕前呆若木鸡的自己。

24 年过去了，时间见证了一个国家和民族的复兴征程。

这个征程绝非坦途，甚至荆棘重生，但只要正视自己的弊端，坚定自己的信念，多做实事，少走弯路，我们终会迎来梦想实现的那一天。

道阻且长，但终点可期。

读者评论

一枚生活：1993 年的今天，我大学毕业刚刚去北京工作。家乡的大嫂的预产期就是这一天，爸爸写信给我说，如果申奥成功了，就给孩子取名申奥。小侄子平安降生了，我们的申奥却失败了。听到悉尼获胜那一刻的失望，到今天还记得。当年的小 baby 今天 24 岁了。当年给我写信的爸爸，过两周也八十大寿了。老爸当了一辈子的老师，喜欢读历史题材的书，远在太平洋另一端的我，前些天托国内的朋友帮我买了一本《历史的温度》寄给他。两天前跟家里视频，老爸说很喜欢，准备读完后再读一遍。

LT：我跟大师年纪差不多，至今还记得那一夜。后来工作后参加培训，学习沟通这个词的真正含义，1. 我说；2. 我说的你懂；3. 根据你的反馈不断调整我说的话。当年的我们一直有点自说自话，集中精力我们想干什么就一定能干成，客观地说八十年代末九十年代初我们并不知道自己在外国人眼中是什么形象，这个教训无疑是深刻的，当年对全国人民的打击也是巨大的，不过重要的是吸取教训从头来。8 年之后我们成功了，这 8 年国家做了很多 marketing promotion（营销推广），在国家层面上，除了展示实力，还有柔性的一面。2008 年 3 月我去法国出差，当时正是火炬传递过程中出了好多不好的新闻的时候，西部的几个省也出了乱子，有法国同事认真地问我关于西藏的问题，可惜当时自己英语不好，真的无法从政治经济历史各方面给他们解释，也深深意识到了，即使拿下主办权，路也还远，西方对中国的误解太多，需要很长时间。

ANN：1993 年的 9 月我在重庆，大四刚开学。那天晚上学校的阶梯教室挤满了兴奋的人群，只听到一串英文中夹了一个北京，都以为是我们赢了，欢呼声响彻了偌大的教室。可是过了一会儿周围有同学在说，错了错了，是悉尼赢了，北京没得！我想，那种从云端跌落到深谷的失落

房地产市场公众预期形成机理与管理策略研究

董纪昌　何　静　李秀婷　董　志◎著

科学出版社
北　京

内 容 简 介

预期被认为是影响房地产市场波动以及房地产调控政策效果的关键因素，预期管理更是各国政策制定者最为重视的目标之一。本书在分析国内外公众预期形成机制研究进展的基础上，基于社会学习理论，综合社会学、心理学、行为经济学等多学科理论知识深入分析房地产市场公众预期形成机理及影响因素；以北京市为例，通过多源数据构建房地产市场公众预期指数，基于文本内容分析法，利用计量模型实证分析调控政策以及媒体报道对房地产市场公众预期的影响；利用基于复杂适应系统理论的多主体建模仿真方法对房地产市场公众预期演化过程进行模拟仿真，并提出房地产市场公众预期管理策略的建议。

本书可供房地产市场、公众预期管理等方面的研究人员阅读和参考，也可供政府部门等的管理人员阅读和参考。

图书在版编目（CIP）数据

房地产市场公众预期形成机理与管理策略研究 / 董纪昌等著. —北京：科学出版社，2021.12

ISBN 978-7-03-071262-2

Ⅰ. ①房… Ⅱ. ①董… Ⅲ. ①房地产市场－市场预测－研究－中国 ②房地产市场－市场管理－研究－中国 Ⅳ. ①F299.233.5

中国版本图书馆 CIP 数据核字（2021）第 275583 号

责任编辑：魏如萍 / 责任校对：贾娜娜
责任印制：张 伟 / 封面设计：有道设计

科 学 出 版 社 出版
北京东黄城根北街 16 号
邮政编码：100717
http://www.sciencep.com

中国科学院印刷厂 印刷
科学出版社发行 各地新华书店经销

*

2021 年 12 月第 一 版 开本：720 × 1000 1/16
2021 年 12 月第一次印刷 印张：8 1/2
字数：170 000

定价：102.00 元

（如有印装质量问题，我社负责调换）

前　　言

房价变化与经济发展、社会稳定以及居民幸福密切相关。自1998年住房制度改革以来，中国住房市场经历了快速增长阶段，而一线城市的房价上涨最为显著。我国住房价格受到多种因素的影响，如政策因素、社会经济因素、金融因素以及环境因素等。公众预期也被认为是影响房价波动的关键因素之一。然而目前关于房地产市场公众预期形成以及其影响因素的实证研究仍然较为薄弱，因此本书针对我国住房市场的具体情况，对房地产市场公众预期形成机理进行研究，并深入分析其影响因素，为我国房地产市场公众预期管理提供相关的理论研究和实践探索。

本书主要包括以下六部分内容。

（1）在分析国内外预期相关研究进展的基础上，对房地产市场公众预期形成机理进行理论建模与实证。基于社会学习理论，引入心理学中认知和情感两个要素，构建我国房地产市场公众预期形成机理理论框架，并运用结构方程模型验证我国公众房价预期形成的影响路径。

（2）利用网络大数据及统计数据两类数据源编制北京市房地产市场公众预期指数并检验指数的有效性。一是基于144个关键词的百度搜索指数数据，利用主成分分析法合成房地产市场公众预期指数。二是利用上涨和下跌等观点性的关键词指数，编制房地产市场公众预期指数。三是选取股票市场、住房市场以及融资因素三个维度的统计数据编制房地产市场公众预期指数。在进行检验时，将编制的预期指数分别与信心指数以及政策不确定性指数进行相关性检验，同时构建房价解释模型进行检验。

（3）实证分析调控政策对房地产市场公众预期的影响。该部分收集整理关于北京市房地产调控的424份政策样本，从政策密度、政策强度以及政策类型三个维度对政策文本进行计量分析，最后运用计量模型实证检验调控政策对房地产市场公众预期的影响。

（4）检验媒体报道对房地产市场公众预期水平及准确性的影响。基于与北京房价相关的7157篇新闻报道，从媒体关注度以及媒体报道态度两个维度量化媒体报道内容，实证分析媒体报道对房地产市场公众预期水平及其准确性的影响。

（5）结合公众房价预期形成机制，基于复杂自适应系统理论构建房地产市场公众预期演化仿真系统，分析不同社会网络属性、不同调控政策环境以及不同媒体报道属性等情境下房地产市场公众预期演化过程。

（6）基于实证结果从政府自身、媒体监管及公众引导三个角度提出房地产市场公众预期管理策略建议。

本书为国家自然科学基金项目（No. 71573244；No. 71850014；No. 71532013）资助的研究成果。科学出版社的马跃老师也为本书的编辑付出了辛勤的劳动。在此，向所有对本书的撰写和编辑提供帮助的老师致谢。

由于作者学识、水平和能力有限，书中难免存在不足之处，恳请读者批评指正。

作　者

2020 年 10 月

目　　录

第1章 概　述

房地产业作为我国的支柱产业，历年来由于其关联产业多、与民生紧密相连等特征而备受学者关注。学者对有助于判断房地产市场趋势及制定政策建议的房地产市场影响因素的研究相对较多，而公众预期是影响房地产市场波动和房地产调控政策效果的关键因素。研究公众预期的形成、测度及其影响因素，有助于深入认识房地产市场的波动规律，指导政府合理管理房地产市场公众预期。因此本书在分析房地产市场公众预期形成机理的基础上，深入探究其影响因素以提出房地产市场公众预期管理策略。本章主要就本书的研究背景及研究意义进行说明，阐释本书的理论基础，同时分析国内外政策与预期、媒体与预期及预期管理等方面相关研究的现状。

1.1　中国房地产市场发展与公众预期重要性

自 1998 年我国取消住房实物分配制度，实行住房分配货币化政策以来，经过多年的发展，我国房地产行业作为国民经济支柱产业的地位基本上已经确立。我国房地产行业产业链长，与金融业、建筑业、零售业等多个经济部门紧密关联。根据国家统计局的数据，2017 年，我国房地产业全社会固定资产投资占全社会固定资产投资的 22.80%，仅次于制造业（其占比为 30.21%）。Wind 数据显示，2019 年 12 月，房地产开发占固定资产投资完成额比重为 23.97%。住宅产业是房地产业的重要组成部分。2000～2018 年我国平均房地产开发住宅投资额为 3.49 万亿元，占房地产开发投资额的比重约为 68.99%，这一期间，住宅产业呈快速增长趋势。如图 1.1 所示，2000～2018 年，我国房地产开发住宅投资额整体上呈现指数型增长趋势，住宅开发投资额由 3311.98 亿元增长至 85 192.25 亿元，增长了近 25 倍。就增速而言，分别在 2004 年、2007 年及 2010 年达到 30.4%、32.02%和 32.84%。

从我国房地产行业的发展历程来看，1998 年 7 月 3 日国务院颁发的《国务院关于进一步深化城镇住房制度改革加快住房建设的通知》标志着我国原有福利分房制度的废止以及房地产市场化的正式开始。城镇住房制度改革使住宅产业成为我国经济增长的支柱。整体来看，过去二十多年，我国房地产行业整体上呈现平稳快速的发展态势，国内房价逐步上扬。全国住宅商品房平均销售价格从 2000 年至 2018 年由 1948.00 元/米 ^{2} 增长至 8544.11 元/米 ^{2}。2004～2013 年是我国房地产业发展的黄金十年，在这期间，中央政府密集出台多项政策对房地产市场进行调控。从 2004 年 8 月在全国实施新的土地政策，即所有土地公开竞价，加强对开发商土地出让金缴纳监管开始，一直到 2013 年，国家及相关部委出台 70 多项涉及金融、财税、土地以及行政等方面的重要宏观调控政策。2005 年，为抑制由市场需求大、投机性购房增加等导致的住房价格过快上涨，中央政府出台“国八条”以使经济和社会稳定发展，但效果甚微。2008 年我国房地产市场受全球金融危机影响，全国房地产价格波动更为剧烈。为缓解金融危机对房地产市场带来的巨大影响，政府推出“四万亿财政刺激”，2009 年房地产市场价格逐渐回升，但随后再度大幅增长。为抑制房价快速上涨以保障民生，2010 年政府接连出台“国十一条”和“新国四条”，以及综合限制性行政手段以期房地产市场回归理性。但紧缩的调控政策之后是房企情绪的高涨，2012 年以后一线城市房价节节攀升。2013 年 2 月，政府出台“新国五条”以坚决抑制投机投资性购房。但严厉的调控政策使市场库存增加，2010～2014 年，商品住宅待售面积增加了约 4 亿米 ^{2}。经历辉煌而又繁荣的房地产黄金十年后，我国房地产行业进入转型期及长效机制探索阶段。2014 年各地陆续松绑限购政策，中国人民银行出台“9・30”房贷新政策，2015 年内，中国人民银行五次下调存贷款基准利率，通过多种方式释放流动性，改善企业融资环境以重振房地产市场信心。“十三五”以来，在“房住不炒、因城施策”主基调下，房地产市场开始分化调控，以构建房地产市场调控长效机制，实现“稳地价”“稳预期”“稳房价”的目标。

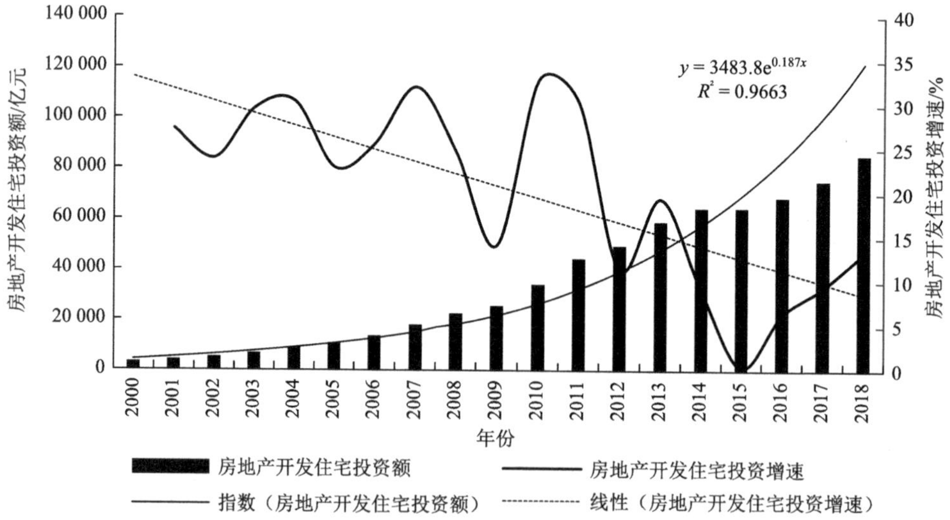

图 1.1　2000～2018 年我国房地产开发住宅投资情况

资料来源：http://www.stats.gov.cn/tjsj.

由于住房市场发展及房价变化与经济发展、社会稳定以及居民幸福密切相关。中国房价不仅受到学术界的关注，也受到政府和人民的关注（Wu et al.，2016；Zhang et al.，2018）。在过去二十年中，中国住房市场经历了快速增长阶段，特别是在一线城市。以北京市为例，如图1.2所示，2018年住房价格达到37 420元/米^2，比2000年高出6倍。研究表明，我国住房价格受到多种因素的影响，如政策因素、社会经济因素、金融因素以及环境因素等（Hui and Yue，2006；Jim and Chen，2006；Chen et al.，2011；Zhang et al.，2012；He and Xia，2020）。从需求和供给角度来看，影响房价变动的主要因素有货币政策、人口、居民收入、股市波动、住房存量、土地供给以及区位特征和公共服务（袁东等，2016）。然而，一些学者指出，这些因素未能解释我国房价的繁荣与萧条，并认为公众预期在房价变化中发挥着关键作用（况伟大，2010；Zhang et al.，2016；Lam and Hui，2018；黄燕芬等，2019）。

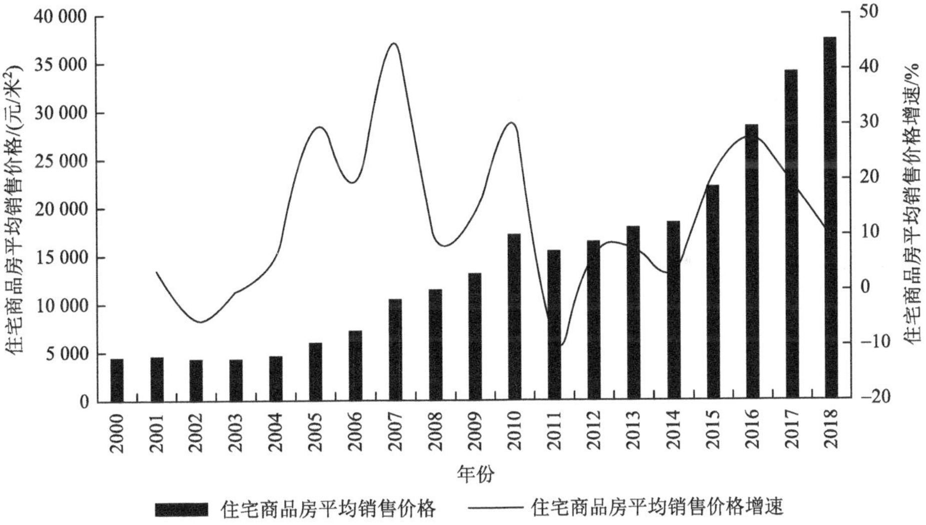

图1.2 2000～2018年北京市住宅商品房平均销售价格及增速

资料来源：http://www.stats.gov.cn/tjsj.

无独有偶，一系列研究也证明公众预期在其他国家住房市场中具有重要作用。例如，McDonald（1985）在1970～1972年间验证了预期对芝加哥住房市场的影响，发现住房价格受到价格预期的显著影响。Clayton（1997）研究了理性预期在温哥华公寓市场中的作用，结果表明房价与理性预期方向相反。Rouwendal 和 Longhi（2008）调查了荷兰房价，并得出房价与消费者预期密切相关的结论。Huang（2013）发现住房波动与预期资产回报之间存在正相关关系，表明公众预期是导致房地产市场繁荣与萧条的重要驱动因素。Eichholtz 等（2015）利用阿姆斯特丹

350年房价的长期时间序列，研究基本因素或趋势是否能解释房价，结果表明，经济主体在经济放缓时期更多的是基于基本因素进行预期，在经济繁荣时期则更多地依据近期趋势对房价进行预期。Landvoigt（2017）提供了美国长期房价接近预期价格增长的证据。综合以上研究可以发现，预期是影响房价的关键因素，并可能导致房地产市场的波动。

从理论层面来看，与研究无机自然界及有机自然界的自然科学相比，经济学作为社会科学皇冠，不仅关注人的生物属性，同时也注重研究主体的预见性，即经济主体的预期。这种预见性通过影响企业和居民的决策行为，进而影响市场价格和宏观经济波动（Armona et al.，2018；Coibion et al.，2018）。预期可被视作经济学理论研究的基石（Girardi，2014）。目前学界已经有大量关于预期理论以及预期对金融市场影响的研究，尤其是预期对股票市场的影响。但相比于股票市场、外汇市场等金融市场，房地产市场流动性低，且住宅同时兼具投资及消费属性，因此房地产市场对市场上经济主体的预期更为敏感（Clayton et al.，2009）。预期被认为是影响市场波动以及房地产调控政策效果的关键因素（Hui et al.，2013；钟少颖等，2016；Lam and Hui，2018），预期管理更是各国政策制定者最为重视的目标之一。在我国，公众房价上涨预期是我国房价易涨难跌、波动加剧的重要影响因素（Zhang et al.，2016；Chen and Wen，2017）。因此，中央政府实施新一轮调控以来，多次将“稳预期”作为重要的调控目标。在当前房地产市场调整阶段，各地市场波动或将进一步加剧，“稳预期”更是“稳市场”的关键。

鉴于公众预期对住房市场的重要性，深入分析公众预期的形成机制具有重要意义。虽然在经济学领域已经提出了几种较为成熟的预期假设来描述预期的形成过程，并且对通胀预期等特定类型的预期（Gramlich，1983；Pesaran，1985；Pfajfar and Žakelj，2014）和市场预期如金融市场和外汇市场（Glazer et al.，1989；Anderson and Salisbury，2003；ter Ellen et al.，2013）等的形成进行了大量的实证研究，但目前关于房地产市场公众预期形成及其影响因素的实证研究仍然较为薄弱，因此迫切需要针对我国住房市场的具体情况，对房地产市场公众预期形成机理进行研究，并深入分析其影响因素，为我国房地产市场公众预期管理提供相关的理论研究和实践探索。

1.2 预期概念及预期形成理论

1.2.1 预期概念

现有文献很少直接明确定义并讨论“预期”这一概念，而是结合研究问题对与“预期”相关的观点进行阐述，抑或直接在文中采用“预期”这一说法。“预期”概念源于心理学，但在传统心理学中，也并没有发展预期心理学以专门讨论预期。一般而言，心理学中所谓的预期是指对未来的、尚未发生的事物所做的判断（张春兴，2012）。关于预期的来源，心理学将相关的研究归于认知（cognition）范畴，经济学领域认为其为“建立在经济现况上，对于未来经济的判断”（Minford and Peel，2002）。根据这一观点，可知预期不是凭空而来的，而是来自经济主体对一件事物的认知。这里的认知也为心理学概念，是指就所知的外在客观的信息经过人的思考与记忆所产生的认识（张春兴，2012）。根据信息加工理论（information-processing theory）所述，认知是一个信息形成概念、知觉、判断或想象的心理过程。因此，结合以上表述，预期是通过认知的建立，并以此为基础才能对未来做出判断。在经济学科发展的过程中，预期一直备受关注。预期对经济主体的行为决策产生重大影响，从而影响整体经济波动。早期新古典学派创始人 Marshall 认为，资本的供给价格依赖于等待，其中“等待”已经有了预期的含义（Marshall，1890）。随后 Keynes 明确提出预期的概念，并将人的情绪、冲动以及投机等心理因素纳入预期的内涵（Keynes，1937）。

综合心理学中预期的概念以及经济学领域有关预期的表述，预期是指（经济）主体对某一事件（或经济变量）在未来的发展情况或变化的估计。预期是经济活动的重要特征，预期之所以重要，是因为预期支配着人们的经济活动，联系着经济事物的过去、现在与未来。宏观经济运行正是通过预期来与微观经济活动紧密联系在一起的，因而预期是联系宏观经济运行与微观经济活动的重要纽带。

1.2.2 房地产市场公众预期概念界定

追根溯源，预期引起学者关注的时间长达一个多世纪。但实际上，在传统心理学研究中，并没有关于预期心理学的具体讨论。在社会经济学领域，学者意识到预期的存在可以追溯到 1890 年，当时 Marshall（1890）在 *Principles of Economics* 一书中指出，“资本的供给”取决于“等待”和“储蓄”，这意味着如果人们想在未来积累尽可能多的财富，他们必须通过“储蓄”和“等待”来实现。在 Marshall（1890）的表述中，“等待”即是预期。Georgescu-Roegen（1958）将预期定义为人们对即将到来的事件的一种心理状态。Muth（1961）则认为预期与预测类似，在本质上都是对未来的预测。在消费者行为领域，Olson 和 Dover（1979）以及 Oliver（1980）将消费者的产品预期视为购买前信念或评估信念。在经济学领域，Minford 和 Peel（2002）对预期进行了准确的定义，即预期是基于当前经济形势而形成的对未来经济的判断。通过以上对预期概念的讨论可见，尽管学者在不同研究领域对预期的定义不尽相同，但是总结其共同点，可知预期不是无中生有、凭空而来的，而是来自人们对事物的认知。在心理学领域，认知是信息形成概念、感知、判断和想象的心理过程。换句话说，预期是建立在认知上的对未来的判断。与此同时，这些研究也表明，预期与信念、判断及认知等概念息息相关，蕴含着对未来某一时间点的看法。

根据上述关于预期的定义，本书将经济领域的预期总结为：经济主体持有的对某个经济变量（如价格）在未来状态的观点。关于预期的主要特征可归纳为以下三个方面。

（1）主观性。预期是与认知、信念、态度及判断相关的心理活动，暗示其是经济主体对某一事件或对象的主观意见。

（2）不确定性。由于预期反映了经济主体对未来某一事件的思考，而未来是无法完美预测的，因此不确定性是预期的一个重要特征。

（3）信息依赖性。因为预期具有不确定性，为减少不确定性，经济主体倾向于收集更多的信息，因此信息是预期的主要内容，经济主体依赖信息进行认知。但是，信息成本和理性疏忽（rational inattention）的存在会阻碍经济主体获得完备信息。

本书关注的焦点是房地产市场公众预期，具体而言是公众对未来房价变化的预期。因此，本书定义"房地产市场公众预期"为经济主体对未来房价变化的看法或态度，或者说是公众对未来房价的判断或预测。公众预期可以通过更新的信息进行调整。其中"经济主体"主要是指房地产市场中的大众，因此房地产市场公众预期的概念区别于房地产经济领域的特定需求主体的购房者预期、供给主体的开发商预期等概念，这些大众可能是消费者或者潜在消费者。虽然住房市场上的经济主体包含甚广，包括政府（参与土地供给及监督活动）、供应商（开发以及出售房屋的生产者）以及需求方（投资和置业的消费者），但本书的主要目的是探究房地产市场公众预期形成的内在机理与公众的心理过程，识别影响预期形成的关键因素和作用渠道，因此本书采用"公众"的概念。"未来"一词指的是现在之后的时间，可以是短期或长期的。"看法"或"态度"是基于先前的信念形成的，可以通过从外部收集的信息进行修改。

1.2.3　预期形成理论

许多学者对预期理论的提出和应用进行了研究。在经济学文献中，经济学家提出多种预期假设来描述预期的形成，经过 80 多年的发展，逐渐发展出静态预期（static expectations）理论、外推性预期（extrapolative expectations）理论、适应性预期理论、理性预期理论、有限理性预期理论及异质性预期理论。下面对这六类预期理论进行详细讨论。

1）静态预期理论

静态预期也称为简单预期（naive expectation），是在蛛网理论的基础上发展而来的（Ezekiel，1938）。该理论认为经济主体关于下一个时期的经济变量预期值等于该变量的当前值。以商品价格预期为例，静态预期形成可由式（1.1）表达：

$$p_t^{\mathrm{e}} = p_{(t-1)} \tag{1.1}$$

式中，p_t^{e}表示经济主体在t时期对商品价格的预期；$p_{(t-1)}$表示该商品在t–1时期的价格。

作为第一个预期形成假设，静态预期理论被广泛用于调查某些商品的价格。然而，对这一假设的评价存在两种不同的观点。大多数学者表示，静态预期理论缺乏市场动态考虑，解释力有限，如Dechow和Sloan（1997）的实证结果支持这一批判。相反，Thijssen（1996）的研究则表明，静态预期理论符合荷兰农民的投资数据。

2）外推性预期理论

考虑到静态预期理论存在固有的缺陷，Metzler（1941）在静态预期理论的基础上，引入外推性预期理论。该理论认为经济主体的预期由经济变量的历史变化及未来趋势共同决定。这种假设意味着预期代表了经济主体近期经验的推断，并克服了静态预期理论忽视市场动态的缺点。以商品价格预期为例，外推性预期可由式（1.2）表达：

$$p_t^{\mathrm{e}} = p_{(t-1)} + \varepsilon(p_{(t-1)} - p_{(t-2)}) \tag{1.2}$$

式中，ε为预期系数；$p_{(t-2)}$表示该商品在t–2时期的价格。由式（1.2）可以看出，当$\varepsilon = 0$时，该式为静态预期。

虽然外推性预期理论将经济变量的未来趋势考虑在内，且由于数据易获取，便于纳入模型进行实证研究（Turnovsky，1970；Granziera and Kozicki，2015；Zheng et al.，2017），但该理论也仅仅是将经济变量未来变化趋势由过去变化趋势代替，且未考虑过去的预期错误，因而外推性预期理论也存在一定的缺陷。

3）适应性预期理论

Nerlove（1958）基于Enthoven和Arrow（1956）及Cagan（1956）的研究提出了适应性预期理论。Enthoven和Arrow（1956）认为，未来价格的预期包括自主成分（autonomous component）和诱导成分（induced component），两者分别指与历史价格相关知识的结果和当前价格实际变化的诱导结果。诱导成分的预期意味着当目前的价格上涨时，经济主体可能会对预期增长进行调整，即他们不会相信上涨的持久性。Nerlove（1958）将诱导预期归结为适应性预期。

适应性预期是一种动态反馈，即经济主体按照实际价格与先前预期价格之间差异的比例，来修改他们的价格预期。与静态预期和外推性预期相同，适应性预期未能摆脱只依赖于过去来预期未来的缺陷。实质上，适应性预期是静态预期的外推。适应性预期理论指出，当前一期实际价格高于上一期预期价格时，经济主体会倾向于提高当期的预期价格；当前一期实际价格低于上一期预期价格时，经济主体会降低当期的预期价格。以商品价格预期为例，适应性预期可由式（1.3）表达：

$$p_t^{\mathrm{e}} = p_{(t-1)}^{\mathrm{e}} + \sigma(p_{(t-1)} - p_{(t-1)}^{\mathrm{e}}) = \sigma p_{(t-1)} + (1-\sigma) p_{(t-1)}^{\mathrm{e}} \quad (1.3)$$

式中，σ 为适应性预期系数，也称为预期权重；$p_{(t-1)}^{\mathrm{e}}$ 为商品在 t–1 时期的预期价格。经济主体的当期预期以过去实际发生信息的加权平均作为依据，不断修正和完善当期的预期。

在理性预期理论得到发展之前，经济学家主要使用静态预期和适应性预期的假设进行相关研究。Muth（1961）将静态预期、外推性预期和适应性预期这三种预期理论归纳为传统预期，并指出传统预期的共同缺点是仅依据过去预期未来，违反了新古典经济学对经济行为最优化的假定。经济主体的判断以及行为不是仅仅依据经验产生的，仅依靠经验得出的结论缺乏说服力。实际上，为了利益最大化，经济主体会利用一切可以利用的，无论过去、现在还是将来的有用信息，来对未来做出准确判断，理性预期理论应运而生。

4）理性预期理论

Muth（1961）提出的理性预期理论在过去几十年中一直主导着经济学相关研究。在 *Rational expectations and the theory of price movements* 一文中，Muth（1961）指出预期是经济主体对未来事件的“有根据的预测”，并揭示经济主体不仅仅通过先前的经验做出选择和行为这一事实。具体而言，理性预期理论指出理性人能够有效利用一切可以利用的信息资源来对未来做出准确的预测。理性预期涵盖了经济主体可利用一切可获得的资源、经济主体会系统学习有关知识以及经济主体会对自身预期进行修正等假设，基于这三项假设，经济主体可以总是理性的，即可以避免预期错误，从而实现利益最大化。以商品价格预期为例，理性预期可由式（1.4）表达：

$$p_t^{\mathrm{e}} = E[p_t \mid I_{(t-1)}] \quad (1.4)$$

式中，$I_{(t-1)}$ 表示经济主体在 t–1 时期得到的关于价格的信息合集。

然而，理性预期理论受到了 Simon（1972）的批判，Simon（1972）认为人类行为的合理性是从心理学角度在给定的环境限度内的合理性，而且经济主体的信息处理能力及认知能力有限。在现实生活中，由于信息成本及理性疏忽，经济主体不能利用所有信息。Simon（1972）的观点得到了 Baak（1999）的实证结果的支持，实证结果表明市场中的一部分经济主体是有限理性的。有限理性也被认为是黏性信息模型的拓展，例如，Ball 等（2005）的研究表明，经济主体不经常更新信息。

5）有限理性预期理论

由理性预期理论可知，形成理性预期要求经济主体具有极为丰富的知识和极高的信息处理能力。如果经济主体想要形成理性预期，那么经济主体不仅要对相关变量过去所有的情况了如指掌，还必须了解“真实的”经济模型以及内在机制。显然这在现实中是不可能的，因此 Simon（1972）进一步提出了有限理性预期理论。Simon（1972，1990）认为，经济主体无论在信息认识能力方面，还是在信息处理能力方面，均具有局限性。经济主体在面临信息成本、信息不完备以及信息不对称等约束时，不会形成最优决策，而是形成最满意或最接近最满意的决策。可见有限理性预期理论是基于理性疏忽这一观点构建的。在借鉴 Simon（1972）有限理性思想的基础上，Spiegler（2016）则将有限理性预期理论和贝叶斯网络结合，构建了决策者在对关联结构及因果关系理解不完善的情况下进行决策分析的框架。

6）异质性预期理论

在早期研究中，学者倾向于假设经济主体是同质的，对预期的研究也大多建立在经济主体同质的基础上。随着预期理论的发展和成熟，学者逐渐意识到经济主体持有不同的信息集以及不同的信息处理能力，而这会导致预期的异质性。例如，Bandura（1989）指出，人类能力的不同归因于其不同的心理生物起源（psychobiologic origins）以及不同的经验条件（experiential conditions）。与此同时，社会实践的多样性也会导致个体能力本质上的差异。Manski（2004）指出，经济主体在形成预期时以不同方式访问和处理信息，由此导致了预期的异质性。Hommes（2011）指出，预期的异质性主要有三个来源：一是经济主体使用不同的预期模型；二是经济主体有不同的信息集；三是经济主体处理信息的能力不同。而经济主体使用不同的预期模型也归因于后两个方面。

关于市场参与者异质性预期方面的研究，Brock 和 Hommes（1998）基于 Day 和 Huang（1990）以及 Chiarella（1992）的研究构建了异质代理人模型（heterogeneous agent model，HAM）的基准框架，该框架摒弃了传统经济学理论中关于参与者理性预期、同质个体的基本假设，而是基于微观主体行为特征考察参与者的异质性对资产价格的影响。基于该框架，大量相关研究表明，市场参与者的异质性预期产生的行为决策是影响资产价格稳定性的重要因素（Brock et al.，2005；Menkhoff and Taylor，2007；Alizadeh et al.，2017）。在股票市场中，已有研究表明，年轻人、男性、受教育程度较高的人、已婚人士和那些收入较高的人对未来股市走向更加乐观（Dominitz and Manski，2007；Dominitz and Manski，2011；Kézdi and Willis，2011）。此外，研究还表明随着时间的推移，市场参与者预期也存在异质性（Hoffmann et al.，2015；尹海员和朱旭，2019）。在住房市场中，关于经济主体异质性预期的代表性观点来自 Hommes（2006），他认为市场中的经济主体可以分为基本面投资者（fundamentalist）和趋势投资者（chartists）。前者基于市场基本面和经济因素形成预期，而后者并未考虑市场基本面，而是基于过去观察到的价格形成预期。Shiller（2008）的研究结果显示，房地产市场的价格波动主要是由交易的异质性行为引起的，而这些异质性行为来源于其异质性预期。Kouwenberg 和 Zwinkels（2014）利用 1962～2000 年美国房地产市场数据证实了房地产市场参与者的异质性预期对美国房价波动的影响。也有学者从人口统计学角度解释预期形成的异质性，如马小香和苏梽芳（2016）基于中国家庭金融调查（China household finance survey，CHFS）数据讨论了我国居民房价预期的异质性，研究结果表明我国男性居民相比于女性居民、收入较低的居民相比于收入较高的居民，更容易形成房价上涨预期。田敏和刘建江（2019）则从理论层面分析了我国居民预期的异质性，并检验了消费者的异质性预期行为对房价波动的影响。

尽管消费者行为中关于预期形成的研究晚于经济学领域的研究，但其核心观点与经济学中预期形成的相关研究一致，即先前经验或趋势对预期形成过程至关重要。在消费者行为文献中，学者更多地关注预期的来源。例如，Tolman（1932）提出预期值理论，将预期的来源概括为三个维度，即实际经历、当前刺激的感知以及从相关经验中得出的推论。值得注意的是，在大多数研究中，预期被视为信念（beliefs）。例如，Fishbein 和 Ajzen（1977）认为信念是由三个来源形成的，即描述性信念、信息信念和推理信念。描述性信念指的是直接观察和经验，信息信念涉及来自环境的信息，推理信念与先前学习或形成的逻辑规则有关。尽管大多数学者关注先前的经验，但 Winer（1985）考虑了当前和未来，并提出对未来价格的预期取决于当前的预期、企业给出的价格信号以及当前的宏观经济变量和未来预期。从决策和认知的角度来看，Kahneman 和 Tversky（1982）定义了两种预期：一是主动预期，即消费者利用有限注意力能主动处理的预期；二是被动预期，包括永久被动预期和临时被动预期。被动预期表明消费者不会积极处理信息，永久被动预期被编码到消费者模式中（例如，由于多年价格水平上升导致的通胀预期），而临时被动预期仅在短时间内保留在记忆中。

结合不确定性及 Kahneman 和 Tversky（1982）的研究，Oliver 和 Winer（1987）提供了产品属性的预期框架，重点关注认知的本质和信息来源，并将预期的构成分解为三个维度。第一个维度是唤醒，分为活跃状态和被动状态。活跃状态是指具有高意识水平的人，主要作用于产品购买阶段；而被动状态可能在被确认之前不被处理，因为它被视为对象和事件的假设。第二个维度包括不确定性和模糊性。由于结果发生的概率分布未知，模糊性下的决策与涉及风险的决策不同。不确定性视角下，预期有五个组成部分，即预期属性或产品结果水平、其发生概率、保持该概率的确定性/不确定性（模糊性）、未预期的未知属性或结果水平以及围绕意外水平的模糊性。第三个维度是指产生预期知识的即时性。预期根据直接知识或预期知识的维度进行分类，与不确定性具有间接相关性，基于数据的可知性区分为基于历史事件或手头数据两种维度。从上述分析中可以看出，预期最常被构建为信念，表明是认知而非情感基础。但这些发现与心理学家的断言不一致，例如，Zajonc（1980）指出，判断可能是基于情绪反应，而不是基于深刻的认知。

研究预期形成机制的方法可归纳为三个方面。一是通过实验验证预期假设。例如，Schmalensee（1976）使用实验方法，基于适应性预期框架揭示了时间序列的预期形成过程，得出预测者当前的信心受到他过去表现的影响的结论。大多数学者表现出对理性预期假设检验的兴趣（Williams，1987；Marimon et al.，1993；Evans et al.，2001；Assenza et al.，2013；Adam et al.，2016）。Pfajfar 和 Žakelj（2014）的实验结果表明，即使经济主体存在异质性，理性预期也存在。这些研究主要关注总体预期形成以及适应性信念形成。而另外一部分学者，如 Hommes 等（2005，2008）和 Agliari 等（2016）主要关注资产定价中的预期形成过程。二是对预期形成过程的建模。例如，Sterman（1987）提出了趋势预期形成的行为模型，并认为行为模拟模型是检测预期形成过程的良好选择，特别是难以获得经验数据时。Bowden 和 McDonald（2008）通过引入社会网络的概念来模拟预期形成。结果表明，经济主体的预期与他们的社会网络密切相关。三是通过调查揭示预期形成过程。MacDonald（2000）认为，调查是确定预期形成机制以及了解预期特征的一种特别有价值的方法。Bruine de Bruin 等（2010）调查了居民在形成通胀预期时所考虑的因素，从人口统计角度提供了预期形成异质性的直接证据。Chin 等（2017）的调查结果发现，消费者在对第二年的股市做出预期时会考虑不同的经济和政治问题，此外，消费者的预期与他们对经济发展的总体评估有关。

1.3 调控政策与公众预期相关研究

国外关于政策与预期之间关系的研究大多集中在货币政策与通胀预期上，如 Evans 和 Honkapohja（2003）基于经济主体具有自适应学习的观点研究货币政策的稳定性，研究结果表明，只有当综合纳入居民和企业的预期时，货币调整政策才可能克服不稳定最优问题。Kabundi 等（2015）基于 2000 年第一季度到 2013 年第一季度南非经济局季度调查数据，利用最小二乘法研究通胀预期与货币政策的关系，得出预期可能阻碍货币政策的实施效果的结论。Hasui 等（2019）也指出经济主体的通胀预期形成会影响货币政策的有效性，日本政府出台的货币政策的有效性因通胀预期的形成而发生了显著变化。

其他相关研究主要关注调控政策对房地产市场的影响，结合不同政策的数据特点，选用均衡模型、计量模型、事件分析法、双重差分法等方法分析评价不同类型房地产调控政策的效果。其中，货币政策相关数据基础较好，相关研究居多，学者大多采用计量模型实证检验货币政策对房地产市场的影响。例如，Tsai（2015）

利用分位数回归实证分析了英国住房市场中货币政策与房价的关系，结果表明宽松的货币政策会促使房价不断上涨并形成泡沫。倪鹏飞（2019）构建了城市间房价关系的理论模型，研究了 2001～2013 年货币政策对城市房价分化的影响，数值模拟结果表明扩张性货币政策会促使大城市和小城市房价水平的提升，同时加剧城市间房价的分化。对于限购等行政干预政策研究相对货币政策要少。部分学者采用事件分析法、双重差分法探讨了限购等行政干预政策的调控效果。例如，郭琨等（2012）结合 TEI@I 方法论和事件分析法，对 2010 年 4 月 30 日“京十二条”调控政策效果从作用强度和持续性两个维度进行分析，研究发现“京十二条”显著影响北京市住房交易情况，但从国家层面来看，统一的调控政策对沪深房地产市场交易影响较小。Gao 等（2019）利用倾向评分匹配-双重倍差（propensity score matching-difference in difference in difference，PSM-DIDID）方法分析了限购政策对我国住房市场的影响，证明了限购政策在短期内抑制房价的作用更显著。

国内关于房地产市场公众预期与房地产调控政策之间关系的研究较为丰富，并分别从理论和实证角度分析和验证了预期会对调控政策产生干扰。在理论分析方面，杨斌和王燕（2006）认为主体的预期行为使政策执行的条件发生了变化从而干扰政策调控过程。张澜和周千秋（2006）指出，政府出台的调控政策会导致消费产生与政府的初衷并不相符的理性预期。尹朝华（2010）认为，对房地产市场的非理性过度乐观预期会影响我国房地产宏观调控政策的有效性；而宏观调控政策的执行力度和一致性也会导致非理性预期。在实证方面，王来福（2008）利用完全信息动态博弈模型研究了公众预期对经济政策效果的影响，指出政策与预期相互影响，只有政策得以有效保障，公众理性预期才会使政策达到预期效果。王华春等（2009）研究了预期对房价的传导机制及其与政策取向的关系，研究表明，调控政策组合导致房价上涨预期，调控政策应区别市场参与对象，以防出现操纵预期行为。薛志勇（2012）研究了房地产宏观调控政策、公众预期以及我国房地产实际价格三者之间的关系，得出能够使各主体形成共同预期的房地产调控政策才容易产生效果的结论。肖卫国等（2012）分析了异质性房价预期下，住房价格、消费和货币政策选择之间的关系，认为货币政策应该遏制偏离均衡的房价上涨预期。贾生华和李航（2013）通过构建噪声购房者预期以及房地产市场调控政策的调节模型，分析房地产调控政策对预期和房价关系的调节作用，得出国家出台的宏观政策在抑制由噪声交易者预期产生的房地产泡沫膨胀方面效果不明显的结论。孙涛等（2016）利用房地产市场局部均衡模型，研究了居民预期在我国房地产价格泡沫化过程中的作用机制以及我国房地产价格调控政策对房地产价格影响的微观作用路径，得出房地产调控政策要依赖于居民对房地产价格增长的预期，不能一成不变的结论。

部分研究强调了公众预期对政策调控效果的重要性，认为政策会影响房地产市场公众预期进而作用于房地产市场，影响房地产调控效果。例如，陈创练和戴明晓（2018）构建局部均衡模型，实证分析了我国1996～2016年货币政策与房价之间的关系，研究发现利率政策在短期内可以显著调节房价，但长期效果并不明显，且其导致的公众房价上涨预期进一步削弱了利率政策对房价的调控效果。Zhou（2018）利用上海市二手房微观交易数据，分析了调控政策与公众预期之间的关系，研究表明在公众情绪高涨时，紧缩的调控政策会进一步推动房价的上涨。

1.4 媒体与公众预期相关研究

关于媒体在预期形成中的作用，最早起始于公众通胀预期的研究中。Katona（1974）指出，消费者通过两种方式学习价格变化：一是价格的直接暴露（direct exposure to price）；二是通过媒体或者口口相传（word of mouth）等间接方式。其中媒体效应被Pidgeon等（2003）总结为具有"社会放大"（social amplification）效应。由于预期与对过去价格变化的看法紧密相关，因此媒体放大经济变化会影响预期。Webley等（2001）在早期对三家英国流行报纸进行的内容分析研究中也发现，经济指标的负面变化比正面变化更多。Soroka（2006）进一步分析了经济指标和媒体报道在多大程度上可以预测经济预期，指出媒体对经济新闻的报道可能会放大个体对正面和负面变化反应的不对称性，并使用自回归分布式滞后模型来分析英国经济指标的时间序列，包括通货膨胀和失业率、媒体对此类问题的报道以及公众舆论。研究发现，媒体对经济的负面变化反应比对正面变化更敏感，媒体报道的这种不对称性在失业和通货膨胀方面都很明显。其他学者的研究也表明了媒体对经济预期的显著影响（Pruitt et al.，1988；Doms and Morin，2004）。Lamla和Lein（2014）在不完全信息框架下，检验了消费者对媒体提供的信息的反应。研究结果表明信息刚性在经验上发挥作用，媒体报道的数量越多，消费者的通胀预期偏差越小。Drakos等（2020）的研究也指出新闻量的增加可以减少公众错误预测通货膨胀的可能性。

也有学者指出，媒体报道作为公共信息的来源，有助于形成通胀预期。例如，张成思和芦哲（2014）通过实证得出媒体舆论促进公众预期形成的结论。因此，正确引导媒体舆论、减少负面情绪报道对于稳定国内通胀预期进而平抑通货膨胀具有重大意义。卞志村和宗旭姣（2014）利用结构向量自回归（structural vector autoregression，SVAR）模型重点研究了媒体信息披露对公众通胀预期形成的影响，研究结果表明短期内媒体信息披露与通胀预期形成之间存在正向关系，媒体信息披露越多，对公众预期行为的影响越大。Xu等（2018）使用黏性信息范式和贝叶斯学习理论研究媒体报道和媒体偏见如何影响通胀预期。研究结果表明，媒体报道的数量是否会影响通胀预期具体取决于媒体偏见和经济环境。Larsen等（2020）

利用新闻语料库和机器学习算法研究了媒体在居民预期形成过程中所扮演的角色，研究发现媒体报道的新闻主题是通胀和通胀预期的良好预测指标。在房地产市场中，Gazzani（2020）研究发现，从长远来看，媒体报道是导致美国住房市场价格变动的主要因素。

1.5 预期管理相关研究

预期管理思想起源于日本对流动性陷阱的研究（Krugman et al.，1998），但“预期管理”这一概念由 Woodford（2001）提出。目前关于预期管理的研究大多集中于货币政策预期管理。部分学者强调了预期管理的重要性，如 Woodford（2001）、Eggertsson 和 Woodford（2003）以及 Eggertsson（2008）指出预期管理对货币政策实施的有效性至关重要，通过实施预期管理政策，可以有效治理通货紧缩、走出经济危机等。因此，政府应该采用多种手段引导公众预期（Cooper and Willis，2010）。国内学者郭豫媚和陈彦斌（2017）也强调了预期管理对我国货币政策调控效率影响的重要性，同时也提出了如何进行预期管理的策略，如明确政策调控目标、加强央行与市场的沟通等。国外学者早已意识到与市场沟通是进行预期管理的重要手段，如 Woodford（2005）指出，只有公众了解并预期到央行的所作所为，才能保证货币政策的执行效率，提出央行需对经济现状、政策内容以及政策展望等与公众进行解释与沟通。Morris 和 Shin（2008）借用“太阳黑子”来阐释预期管理，通过将“太阳黑子”比作政策，指出只有当公众了解了“太阳黑子”的信息后，才能对“太阳黑子”的作用做出反应。Lyziak 和 Paloviita（2018）利用适应性预期及理性预期理论，结合黏性信息模型研究了欧元区通胀预期的形成，研究发现央行沟通对有效管理通胀预期具有重要影响。

在我国，学者李拉亚（2011）认为，预期管理理论的两大特色，一方面是研究如何通过预期管理解决经济危机，另一方面是研究如何通过预期管理提高货币政策效率。信息交流和沟通是预期管理的重要手段，而沟通不单指政府公开信息，还指政府需听取公众意见，政府与公众双向互动才能达到信息交流与沟通的目的。此外根据 Morris 和 Shin（2008）的观点，李拉亚（2011）认为央行应该起到“太阳黑子”所起到的作用，并认为央行应该提供清晰、权威的信息，协调公众预期形成。除理论分析外，国内学者也对预期管理的重要性进行了实证研究，如郭豫媚等（2016）构建了动态随机一般均衡模型模拟当货币政策有效性不足时预期管理是否可以应对经济波动，研究发现预期管理可以引导通胀预期，促使经济波动趋于稳定。马文涛等（2016）对宏观政策转型与通胀预期管理的关联机制进行了研究，研究表明，自 1998 年我国宏观政策转变为市场化调控之后，宏观政策可以短期抑制通胀预期。闫先东和高文博（2017）则在构建我国央行信息披露指数基础上，分析了央行信息披露对公众通胀预期的影响，研究表明央行信息披露与公众通胀预期显著相关，因此央行可以通过加强与市场的沟通，从而进行通胀预期管理。关禹等（2019）探讨了货币政策对公众长期利率预期与短期利率预期的引导作用，研究发现在响应幅度上，与长期利率预期相比，公众短期利率预期反应更剧烈，但在响应时间上公众短期利率预期反应更及时。研究还指出，公众长短期利率预期的差异是影响货币政策有效性的重要因素。王琳等（2020）从异质性预期角度出发探讨了央行透明度对预期管理有效性的影响，得出提高央行的透明度有助于加快公众预期一致性过程，进而提高我国货币政策预期管理的有效性。

1.6 已有相关研究评述

回顾国内外已有相关研究发现，学者大多基于静态预期、外推性预期、适应性预期、理性预期、有限理性预期、异质性预期等假设对预期的形成过程进行刻画。各种预期理论为研究者建立经济模型提供了有价值的基础。然而，虽然这些研究解释了经济学的预期形成，但并不能反映潜在的预期形成过程。经济主体通过收集、处理信息来形成预期，但现有研究大多忽视经济主体处于社会中的事实，即经济主体将与环境和其他人进行互动和学习。且虽然已有研究表明，媒体作为公共信息源，对预期形成有显著影响，但对房地产市场公众预期的影响还尚未得到解释。

同时有较多学者对通胀预期等特定类型的预期形成进行了实证研究。相对而言，已有研究对包括房地产市场变量在内的其他经济变量的预期研究相对有限，且大多关注公众预期对房地产市场表现的影响，系统地探析房地产市场公众预期形成机理的研究较少。其中，部分学者的研究表明，房地产市场公众预期的形成主要受到宏观基础面、金融环境和政策等外部信息因素（孔煜，2009），个体货币幻觉、过度自信、片面信息等非理性因素（贺京同和徐璐，2011），以及自身正反馈效应的作用（肖卫国等，2012）。Hetland A 和 Hetland S（2017）则认为投资者持有的房价预期本质上是不可观察的，因而假设房价预期的形成过程是基于不确定性的决策过程。可见，这些研究并未系统地探析外部信息、个体行为及心理等各类因素对公众房价预期的综合作用机制，未能深入发掘其关键的传导路径，亟待进一步探究，以全面剖析房地产市场公众预期的形成过程及其核心影响因素。

基于以上考虑，本书综合社会学、心理学、行为经济学等多学科理论知识，构建房地产市场公众预期形成机理理论模型，利用一手调查数据验证公众如何形成房地产市场预期，揭示房地产市场公众预期形成机制及影响路径。同时通过实证研究，检验调控政策、媒体报道对房地产市场公众预期形成的影响，并提出房地产市场公众预期管理策略。

第 2 章　房地产市场公众预期形成机理分析

本章主要分析房地产市场公众预期形成机理及影响路径。基于社会学习理论，引入心理学中“认知”和“情感”两个概念，构建房地产市场公众预期形成理论模型，并通过设计调查问卷获取一手调研数据，对构建的理论模型进行实证检验，同时考虑人口统计特征，分析房地产市场公众预期形成的影响因素及影响路径。

2.1　相关概念及理论

2.1.1　认知与情感概念

根据心理学理论，人类的内心主要由认知（思想）和情感（感觉）两种现象主导，且两者都是内在的、无法被他人直接观察到的。也就是说，两者是主观的且在一定程度上可以说是个体特有的（Chalmers，2007）。但认知和情感一方面依赖于环境，一方面也独立于环境（Klinger，1999）。心理学家 Epstein（1994）指出，认知往往遵循有序的推理链，而情感有时则以没有逻辑意义的方式运作。更有古希腊哲学家对认知和情感进行了明显的区分，并指出，认知是理性和正确行为的源泉，而情感则是非理性的，常常让人们陷入困境（Lyons，1999）。

情感这一心理学概念虽然在日常生活中经常使用，但情感又因其强度和范围的不同而具有差异性，因而对其进行一个准确又简洁的定义具有极大的挑战性。Suri 等（2013）总结了情感的三个特征，首先是情感的起因，当个体注意到认为对其目标有意义的情况时，就会产生情感。这些目标可能是长期或短期的，也有可能是外在或内在的。但无论最终目标是什么，情感都是伴随着目标相关情境产生的某种意义。值得注意的是，意义可以通过认知过程或情感过程或两者的某种组合产生。其次是情感的含义，情感可以被概念化为多方面体现的现象，涉及主观经验、行为和生理之间的耦合变化。其中主观经验也称为感受，是由情感引起的内在表现；行为是指由情感引起的身体变化等；生理则是指神经反应等。最后，情感往往是可塑的，即情感可能与认知竞争，影响人们的意识。因此认知控制是调节情感的重要途径，也就是说，认知是情感调节的核心。

大量研究证实了情感在传达意义和刺激行为中的重要性。如果没有情感，信息就缺乏意义，那么最终就不会用于判断和决策（Peters et al.，2006；Chick，2019）。相关研究表明情感会直接或间接地影响判断和行为。首先，情感可以作为人们判断的信息，当人们对某一事件或事物进行判断时，通常会问自己“我对这一事物或事件的感受如何”，因此这些情感会作为信息引导人们做出判断（Schwarz and Clore，2003）。这些情感可以与对这一事物或事件的先前经验或者认知有关，但也有可能来自无关的事件或短暂的情绪状态。其次，情感可以看作判断和决策中的共同货币（common currency），使人们能够比较不同信息的价值。通过将复杂的想法转化为简单的情感，人们可以比较并整合乐观与悲观情绪，而不是试图从众多不一致的逻辑原因中进行理解、判断。因此，情感信息可以更容易、更有效地整合到判断中。此外，情感可以促使人们关注新的信息，而新的信息进一步引导人们的判断（Ho et al.，2012）。

“认知”一词来源于拉丁文 cognoscere，其含义为“即将意识”（to recognize）或“即将知道”（to know）（Bkassiny and Jayaweera，2013）。因此，认知涉及与知识的获取、存储、检索和处理等有关的活动和过程。换句话说，认知是人们感知、思考、推理和决定等的过程，大部分外部的影响通过作为中介的认知过程来影响人类行为。认知因素部分决定了哪些环境的事件能够被观察到和应该赋予它们什么意义、它们是否会产生持续影响、它们将具有的功效以及它们所传递的信息如何被组织为将来所用。通过符号形式加工来自个人的以及替代经验的信息，人可以理解外界事件并生成关于它们的新知识。

认知和情感之间的相互作用在判断和决策的相关研究中越来越受到关注。早在 20 世纪 80 年代，就有学者指出情感在判断和决策中的重要性，如 Schwarz 和 Clore（1983）指出，人们丰富的感受是指导他们判断和决策的重要信息，而且整体情绪（integral affect）和偶然情绪（incidental affect）都会影响判断和决定。其中，整体情绪是指由于外界刺激而产生的正面或负面情绪；偶然情绪是指独立于刺激的情绪状态，且后者可能被误导。21 世纪以来的大多数研究均表明认知和情感共同影响判断和决策（Schwarz，2000；Slovic and Västfjäll，2010；Schneider，2018；Pessoa et al.，2019）。

2.1.2　社会学习理论

社会学习理论（social learning theory）由 Bandura 和 Walters（1977）提出，随后发展并称为社会认知理论（social cognitive theory）。社会学习理论是最具有影响力的学习和人类社会发展理论之一。该理论虽然植根于传统学习的一些基本概念，但与只关注环境作用的传统学习理论不同，Bandura 和 Walters 的社会学习理论的关注重点是个人，认为个人学习是对他人的观察及其在群体内的社会互动。

一直以来，传统心理学强调直接经验对学习的重要性。Bandura 和 Walters（1977）认为，人类的观察学习能力使他们能够通过示范学习来获得知识，即几乎所有由直接经验引起的学习现象都可能通过观察人们的行为及其对他们的影响发生。同样地，通过目睹其他人经历痛苦或愉快经历的情感反应，个体可以观察性地发展情绪反应。许多社会学习都是通过有意或无意地观察他人的实际行为及其后果而产生的。相比于认为行为的决定因素是环境的传统行为主义，社会学习理论认为个体行为不仅取决于外部因素，还取决于个体内部因素，即个体认知。个体的认知过程导致他们的外在行为。社会学习理论指出，人类卓越的认知能力不仅决定了他将如何受到他的经历的影响，还决定了他的行动可能采取的未来方向。人类的认知技能为他提供了洞察力和前瞻性行为的能力。因此，学习是一个极其复杂的过程，而不是像传统行为主义解释的那样简单。同时该理论还假设个体与环境之间的关系是迭代反馈的关系，个人学习改变环境，而环境反过来也会改变个人。

在社会学习理论的基础上，Bandura（1986）发展了社会认知理论，该理论更加强调个体拥有的信念对自身行为和思想的作用，认为人们自身的信念是其行动和动机的关键因素，且个体的思想以及行为受认知调节。同时也提出人们可以利用符号来记录他们的经验，进行观察学习，且观察学习具有广泛的社会效应。社会认知理论是心理学中的内心决定论以及传统行为学中外因决定论的拓展和丰富，Bandura（1986）提出的三元交互决定论因果关系模型（model of causation involving triadic reciprocal determinism）较为完善地刻画了行为、认知、个人因素以及环境之间相互影响、相互决定的关系。

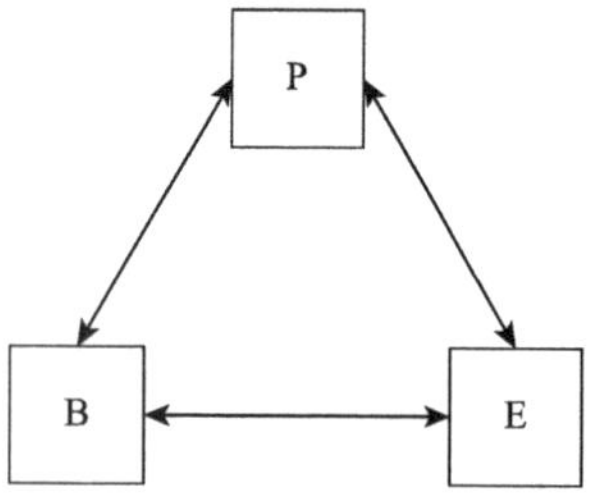

图 2.1　三元交互决定论因果关系模型（Bandura，1986）

如图 2.1 所示，P 表示个体元素，包括个体特征（如性别、种族等）、思想以及情感等；B 表示行为元素；而 E 表示环境元素。链条“P←→B”表示思想、情感与行为之间的相互关系，个体的预期、信念、自我认知、目标和意图等都是行为的起因，并决定了行为的形式和方向，即个体的所思所想、所信所感会影响其所作所为（Bandura，1986）。反之，个体的行为在一定程度上又决定了其思想信念和情绪反应。特别地，这里的个体元素（P）包括个体的生物学特性（如性别、年龄等），这些物理结构（physical structure）、感官（sensory）以及神经系统（neural systems）一方面会对个体行为产生影响，另一方面也会约束个体能力。同样地，行为经验也会更改个体的感官系统和大脑结构（Greenough et al.，1987）。

链条“E←→P”表示环境元素和个体元素之间的交互作用。个体的预期、信念、情感倾向以及认知能力是在社会影响下发展和完善的，这是因为社会影响（或环境元素）一方面是信息的载体，另一方面可以通过引导（instruction）、示范（modelling）和社会说服（social persuasion）等方式引发个体的情绪反应。值得注意的是，人们在社会环境中的不同反应也取决于其个体特征，这些反应可能区别于其所作所为。当然，人们不同的社会角色和社会地位也会导致其不同的社会反应。链条“B←→E”表示环境和行为之间的双向关系。在日常生活和交易中，个体行为改变其所在的环境，反过来，无论个体愿意与否，这些被改变的环境也会影响他们的行为。因此，环境与行为之间的双向影响可以总结为：人类既是环境的产物，也是环境的生产者。

关于外部环境如何影响个体行为的解释，Bandura（1989）的观点是大部分外部因素通过认知过程（cognitive process）影响个体行为。认知因素在一定程度上决定了个体情绪以及个体如何处理未来将要使用的从环境中获得的信息。语言和想象等符号是人们将过去的经验转换成现实认知的手段，而认知又会指导人们的判断和行为。在认知过程中，个体的经验为其思考提供了实质参考。总结而言，人们通过处理符号性的来自个人和替代性经验（vicarious experience）的信息，其知识得到扩展，这里的替代性经验是指那些不需要个体自身去经历而是通过观察与自己相似的他人的行为而获得的经验。然而，尽管个体行为基于其思想，但这并不意味着个体是客观理性的。在大多数情况下，即使人们知道当信息不完整或信息偏差时做出错误判断的原因，他们也经常会由于认知偏差产生错解，导致错误的信念。此外，虽然人们经常在理智上知道他们应该如何表现，但却受到环境或情感因素的影响而产生另外一种行为。

2.1.3 信息不对称理论

信息不对称（information asymmetry）理论最初用于研究微观信息经济学，于20世纪70年代由Akerlof（1970）、Spence（1973）和Stiglitz（1976）在研究市场交易行为时相继提出。信息不对称理论指的是，在非完全市场交易中，由于一方面任何交易方都无法完全了解对方，另一方面交易双方对交易物的认知也是有限的，因此若一方想要获取更多关于对方或者交易物的信息，就需要承担额外的信息成本。而且交易双方处于信息不对等状态，相比于买方，卖方拥有更多的信息资源，相较而言具有优势，因此卖方可以凭此优势为自身谋取更多利益。总结其基本思想，信息不对称理论是指交易的一方比另一方拥有更多交易相关的信息，即交易信息在交易双方中呈非对称分布。这里的非对称一方面是指交易双方掌握的信息量分布不对称，另一方面也体现了信息获取能力的不对称。信息不对称往往源于信息共享不足，处于信息劣势的交易方会努力获取更多相关信息，而当这些拥有信息资源较少的一方无法获取充分的信息时，便会产生不利于交易主体的选择。此外，交易双方清楚自身对交易相关信息的掌握情况，且了解自身拥有的交易信息占有的相对地位，因此在交易完成前可能出现“逆向选择”问题，而在交易发生后则可能产生“道德风险”问题（Balakrishnan and Koza，1993）。

与传统经济学相比，信息不对称理论突破了交易市场中完全信息的假设，揭示了信息资源的重要性，可广泛用于解释不同市场情景中的博弈及交易行为。信息不对称现象在经济生活中普遍存在并且无法完全消除，当一方或多方比其他参加方拥有更多相关信息时，就存在信息不对称现象。在现实生活中，交易双方受环境、地位、资本等各个方面的制约，相互间的信息并不对等，导致效率上的差异。信息不对称理论也广泛用于解释资产价格的形成，资产价格的形成与投资者根据自身预期进行交易决策密不可分，而投资者的预期则取决于其获得的信息，往往投资者获得的信息是不对称信息。在房地产市场中，信息是住房消费者做出明智决定的基础。Gong 等（2019）讨论了房地产市场信息披露与住房消费者支付意愿之间的关系，研究发现信息披露可以提高房地产市场流动性及效率。虽然如此，由于有关的市场信息以及调控政策信息在所有参与者之间并非完全开放的，因此信息不对称广泛存在于各个参与者之间（Wong et al.，2012）。

2.2　理论模型构建与研究假设

2.2.1　理论模型构建

如 2.1 节所述，预期被认为是判断、认知或信念。根据 Salle（2015）的观点，预期形成是基于先验信念的学习或信息处理的过程。通过学习，经济主体接收新信息并调整其先前的信念，从而产生预期。图 2.2 详细阐述了预期形成的时间线过程。在 T–1 时刻，经济主体持有先验信念，即他们在心中已经对房价有一个判断。随后，在 T–1～T 期间，经济主体获取了新的信息，先验信念得到更新，在 T 时刻形成新的预期。

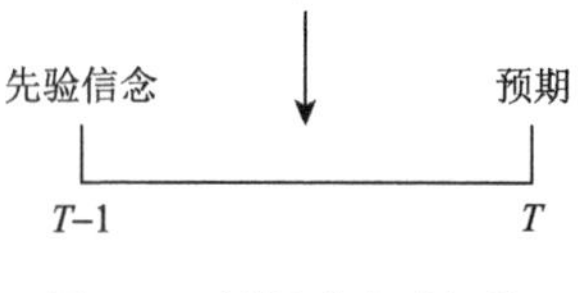

图 2.2　预期形成时间线

在房地产市场中，经济主体通过各种渠道获取外部信息，进行信息处理后形成房价预期。根据 Bandura 和 Walters（1977）、Bandura（1986）和 Reed 等（2010）关于社会学习理论的观点，社会学习是个体通过参与社交网络，与其他参与者进行社会互动而产生的理解的变化。因此，公众通过社会互动获取信息并形成房价预期的过程可以视为一个社会学习过程（Zheng et al.，

2016）。Bandura（1986）的社会学习理论强调个体并指出观察学习的重要性，提出的三元交互决定论模型描述了个体、环境和行为之间的关系，并指出预期是个体行为的起因之一。根据社会学习理论和预期的内涵，个体、环境、预期和行为之间的关系可以进一步表示为图 2.3 所示的关系图。从个体的角度来看，外部环境会影响个体的思想和情感，进一步影响个体的预期并最终导致个体行为。因此，公众房价预期的形成过程意味着两个不同过程的整合，即公众与环境、社会参与者之间的外部互动过程以及与知识处理相关的内部心理过程。外部互动过程是社会维度，代表公众与社会环境以及社会中其他参与者的交流互动，而内部心理过程则是个体维度，表示公众对信息的处理和认知。外部互动过程主要涉及信息获取。在房地产市场中，公众可以从社会经济环境和市场环境获取客观信息。但正如社会学习理论所强调的，公众在市场中会进行观察学习，即通过观察他人的结果，公众也可以获得信息，但通过观察学习获取的信息是主观信息。内部心理过程是认知和情感两种心理功能之间的整合。根据社会心理学的相关研究，人类处理信息、学习和决策过程与其认知（思想）和情感（感觉）紧密相关，其中认知与信息内容、个体建立理解的知识有关，而情感则包含精神能量、感受和动机等（Bandura，1986；Lemerise and Arsenio，2000；Phelps，2006）。Abeele（1988）指出经济主体的预期是由知识和感受构成的，其中知识即为认知，感受即为情感。许多学者已经意识到认知与情感之间的密切联系，如新信息可以改变个体情感状态等（van Kleef，2010）。因此，本书将认知和情感结合起来描述公众处理信息内在的心理过程。

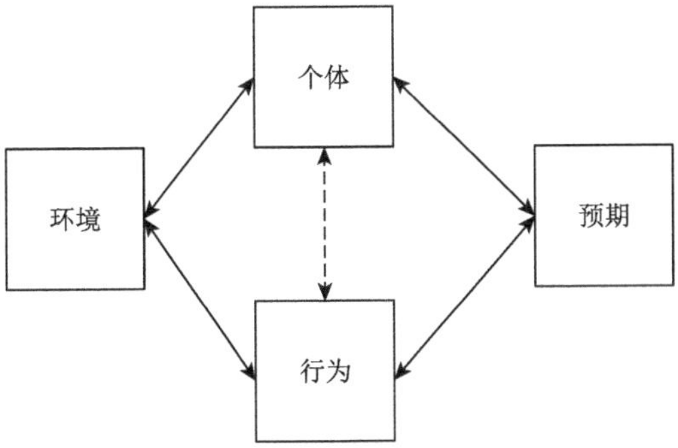

图 2.3　个体、环境、预期、行为关系图

基于上述分析，本章建立房地产市场公众预期形成机理概念框架，如图 2.4 所示。房地产市场公众预期形成机理的基本思想是学习。虽然学者提出了多种学习理论，如传统学习理论注重环境学习，社会学习理论强调从观察中学习，也有

学者认为学习主要来自自己的经验。这些直接和间接学习理论都持有共同观点：信息是学习的关键输入。外部环境确定哪些信息（理论上）可用，内部认知结构确定个体注意到哪些信息以及可以从中提取哪些信息。可见，房地产市场公众预期形成过程中主要涉及三个重要因素：输入、处理过程和输出。外部交互产生的信息是输入的信号，公众通过内部心理处理这些信号，建立认知。同时，在认知过程中产生情感反应。输出则是公众对未来房价的判断，即在认知和情感两者的作用下引起的房价预期。

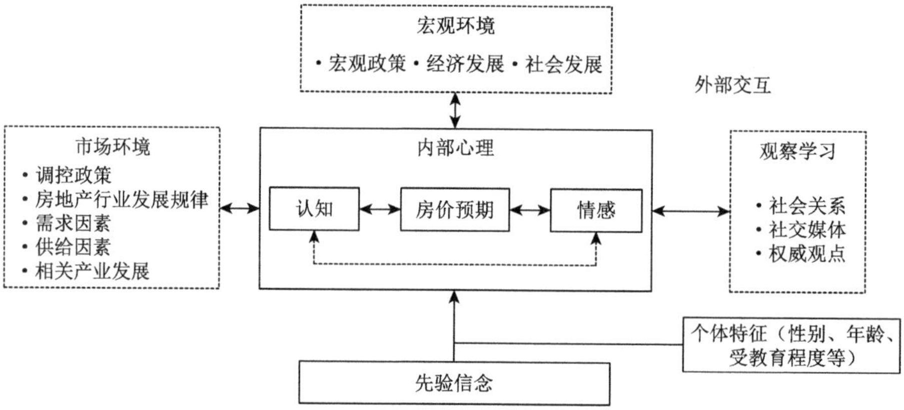

图 2.4　房地产市场公众预期形成机理概念框架

先验信念是公众在学习和获取新信息之前所持有的对未来房价的判断，是房价预期形成的基础。当公众判断未来的房价时，他们通常会根据与参考点的比较，即先验信念来进行判断。新信息促使公众在其感知决策过程中纳入先验信念的变更（Ellis et al.，2017）。

外部互动涉及公众与环境和社会其他参与者的互动，表示公众通过环境和观察他人学习的过程。通过互动，公众获得客观信息和主观信息（直接或间接的经验）。来自环境的信息主要涉及两类，即宏观政策、社会经济发展等宏观信息，与房价直接相关的调控政策、供求信息等市场信息。公众也可以通过观察他人的观点来形成自己的预期。观察学习的能力使公众能够在不亲身体验的情况下获得大量综合信息（Bandura and Walters，1977；Bandura，1986）。具体而言，公众可以从真正参与房地产市场的其他人的替代性经验中学习，而不必通过亲自交易来形成预期。公众主要通过互联网或社会关系获取观察信息，例如，与朋友交谈或浏览与房地产市场相关的论坛等。这种信息本质上是其他人的结果，即其他人的房价预期。但由于从长远来看，社会整合（social conformity）总是会发生，公众的观察学习可能会导致“羊群效应”（Camargo，2014）。

内部心理是公众信息处理的过程，体现为认知与情感两者的作用。认知是房地产市场公众预期形成的核心。通过认知过程，公众开发出更多关于房地产市场知识的抽象表示，使他们能够更加关注与房价相关的结构性信息。但认知过程因人而异，缺乏适当认知能力的公众倾向于更多地关注不太相关和肤浅的信息。情感与公众的感受有关，作为人类的非理性部分，个体的情感将通过与情感相关的认知过程间接或直接影响他们的判断（Wright and Bower，1992）。例如，公众将选择性地从记忆中检索与情感一致的信息，并使用该信息来判断未来的房价。

2.2.2　假设提出

根据公众房价预期形成理论框架，公众在先验信念的基础上，通过从环境中感知和观察两种学习方式形成预期。在 Hayek（1967）的心理理论中，环境（市场）的变化通过探究转向个体认知水平。外部互动可以弥补公众信息短缺，缓解住房市场的信息不对称，为公众提供信息和知识，帮助公众形成对未来房价的认知。此外，宏观环境和市场信息可以减少公众对预期的不确定性。宏观环境信息为公众提供了经济发展趋势和政府意向信息。由于价格主要取决于供给与需求，市场信息与房价变化直接相关。本书将公众获取的宏观信息和市场信息统称为客观信息感知，提出如下假设。

H1a：客观信息感知与主体认知正相关。

观察学习是人类拥有的社会机制，通过向他人学习，获得替代性经验，可以使公众做出更佳的决策。当公众面临不确定性时并非全部利用可用的任何信息来计算预期效用，他们获得的大部分信息都是来自观察所做的决定和由他人实现的结果，但也可能由此产生“羊群效应”（Swank and Visser，2015；Cui et al.，2019）。因此本书认为公众的认知过程受到观察学习的影响，通过观察学习获得的信息会影响公众的知识结构。

H1b：观察学习与主体认知正相关。

情感被认为是人类简单和复杂心理评价过程的结合。现有研究中，大多数学者并未严格区分感受和情感，因此本书将公众的感受认为是情感。来自外部的信息会影响个人的感受。在房地产市场中，公众从外部获得的信息会令公众产生不同的感受。此外公众在观察学习过程中，与其他人在社会互动中会产生情绪反应（Frith C D and Frith U，2012）。因此本书做出以下假设。

H2a：客观信息感知与主体情感显著相关。

H2b：观察学习与主体情感显著相关。

先验信念本质上是公众上一期的房价预期，也是公众下一期房价预期的参考点。Aboody 等（2010）指出在股票市场上，由于投资者时间和精力的有限性，其信息获取和信息分析能力受到一定约束，无法处理市场上所有的信息，因此只能“有限关注”，即选择性地关注部分信息，并基于“心理锚”形成预期，即产生“锚定效应”。考虑到公众房价上涨的先验信念在一定程度上会对购房者造成压力，因此本书做出以下假设。

H1c：先验信念与主体认知正相关。

H2c：先验信念与主体情感负相关。

关于认知和情感之间的关系争论由来已久，部分学者认为认知和情感是相互独立的两种现象（LeDoux，1998）。然而一些学者指出认知和情感经常相互作用，如有学者强调认知对情感产生的必要性、情感先于认知产生以及认知和情感不可区分等（Phelps，2006；Duncan and Barrett，2007；Izard，2009；Dolcos et al.，2011）。基于已有相关研究，本书认同 Izard（2009）的观点，即认知和情感可以区分，但两者会以多种方式相互作用，并分别提出假设 H3a 和 H3b 以检验两者之间的关系。

H3a：主体认知显著影响主体情感。

H3b：主体情感显著影响主体认知。

本书假设认知和情感与房地产市场公众预期显著相关，其中认知与房地产市场公众预期正相关，情感与房地产市场公众预期负相关。认知直接表现了经济主体的所思所想。因此，公众的认知会在一定程度上强化其对未来房价走势的判断。根据联想网络模型（associative network model），乐观的个体容易形成对自己有利的房价预期，而悲观的个体则倾向于形成对自己不利的房价预期（Wright and Bower，1992）。情感对房价预期更直接的影响可以通过情感信息模型（affect-as-information model）来解释，即只要经验感受被认为与需要判断的对象有关，人们就会依赖于他们现有的感觉以启发式方式（heuristic fashion）做出复杂的判断（Clore，1992）。例如，当被问及未来房价的走势时，公众可能不会计算一些相关指标的估计值。他们只会问自己，我感觉如何？对于公众而言，处于积极情感中的公众希望自己能够支付，未来房价会呈下降趋势；而处于负面情感中的公众则认为房价会给自身带来压力，未来房价会呈上升趋势。

H4：主体认知与公众房价预期正相关。

H5：主体情感与公众房价预期负相关。

部分学者指出，居民房价预期受个体特征、家庭情况等微观因素的影响（Niu and Soest，2014）。因此本书在实证时考虑性别、年龄、受教育程度和婚姻状况等可能影响房地产市场公众预期的人口统计变量为控制变量，假设模型如图 2.5 所示。

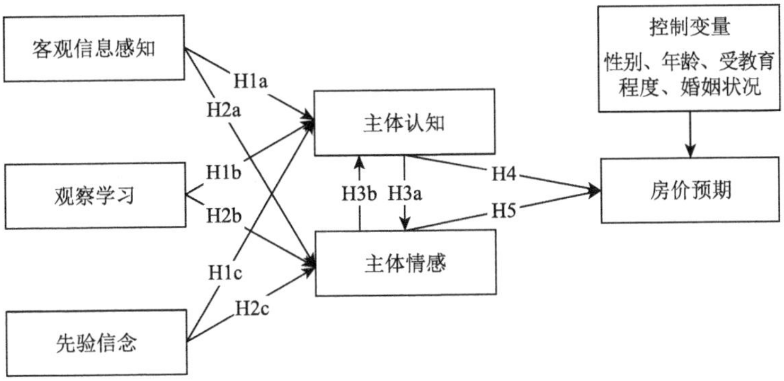

图 2.5　公众房价预期形成假设模型

2.3　公众预期形成实证分析

在构建房地产市场公众预期形成理论模型并根据已有研究提出相关假设后，本节将进行数据收集，以对理论假设进行检验。具体而言，本节将首先阐述如何根据理论框架选取变量，设计调查问卷获取数据，并与已有相关调查结果进行对比分析以确保数据的代表性。在对数据的可靠性及有效性进行检验后，利用结构方程验证房地产市场公众预期的影响路径，从而解析房地产市场公众预期形成的内在机制。

2.3.1　数据收集与样本分析

1. 变量选择

根据概念模型和已有的相关研究，各变量的测量指标选取及释义如表 2.1 所示。公众主要从宏观环境及市场环境中获得客观信息。其中宏观环境主要包括宏观政策、经济发展和社会发展（Gärling and Golledge，1989）；市场环境主要是房地产市场环境信息，包括调控政策、供给与需求情况以及相关行业发展情况等（Chow and Niu，2015）。因此，在客观信息感知维度方面，本书根据宏观环境和市场环境的信息分为 7 个维度的信息感知。观察学习是指主体通过社会关系或社交网络直接获得房价预期主观信息（Camargo，2014），因此本书考虑公众进行观察学习的途径，从社会关系、社交媒体以及权威观点三个维度对观察学习进行衡量。借鉴 Chen 等（2017a）关于社会学习研究的测量量表，客观信息感知及观察学习各子维度分别从信息获取频率和信息可用性两个方面进行测量，主体认知则是从主体对信息的获取和处理能力等方面进行测量。测量题项的衡量方式采用利克特 5 点量表。选项设为了“完全不同意”“不同意”“一般”“同意”“完全同意”5 个级别。关于主体情感的测量，国外学者一般将主体情感分为高兴、喜悦、厌恶、愤怒等进行测量，考虑到在试调研中多数被调查者表示该量表过于复杂，因此我们参考 Marroquín 等（2016）的研究，将主体情感简化为情绪，将选项设为“十分消极”“消极”“中立”“积极”“十分积极”来测量被调查者的感受。先验信念由题项“在过去一年之前，您对未来房价走势看法如何？”测量，并设“大幅上涨”“上涨”“几乎不变”“下跌”“大幅下跌”5 个选项。房价预期由题项“您认为全国未来一年房价走势如何？”进行测量，选项设定与“先验信念”一致。

表 2.1　指标及相关阐释

一级指标	二级指标	阐释	来源
客观信息感知	宏观政策感知	涉及宏观政策、经济发展以及人口流动、城镇化等社会经济信息以及房地产市场相关行业（金融业、建筑业）发展、调控政策以及供给和需求层面等行业信息的信息获取频率和信息可用性感知	Gärling 和 Golledge（1989）；Chow 和 Niu（2015）
	经济发展感知		
	社会环境感知		
	调控政策感知		
	供给因素感知		
	需求因素感知		
	相关行业感知		
观察学习	社会关系	涉及向社会关系如亲戚朋友、同事以及社交媒体上他人、权威机构及专家等学习	Camargo（2014）
	社交媒体		
	权威观点		
先验信念	先验信念	了解信息之前对房价的看法	—
主体认知	信息有效性	对获得的主观信息和客观信息的理解	Chen 等（2017a）
	信息可获得性		
	信息理解度		
主体情感	客观信息情感	在获取宏观环境信息、市场信息时的感受	Marroquín 等（2016）
	主观信息情感	通过观察学习获得信息时的感受	
	对房价本身情感	对房价本身的感受	
房价预期	房价预期	对未来一年房价的看法	—

2. 样本分析

本书采用网络问卷调查的方式，借助问卷星样本服务收集数据，由于部分问项具有一定的专业性，调查共回收问卷 366 份。在问卷正式发布之前，邀请 50 位被调查者进行试调研，填写时间均超过 4 分钟。问卷回收后删除 37 份填写时间低于 4 分钟以及 30 份填写时间高于 10 分钟的问卷，得到有效问卷 299 份，有效率约为 81.69%。目前我国通过调研方式获取我国居民房价预期的主要有 CHFS、中国家庭动态跟踪调查（China family panel studies，CFPS）以及中国人民银行调查统计司的城镇储户问卷调查。其中 CHFS 仅在 2011 年的调查中包含了“未来一年，您预期房价会如何变化” 这一题项；CFPS 在 2014 年的调查中询问了被调查者对“未来一年所在区的房价会如何变化”的看法；中国人民银行调查统计司公布的《城镇储户问卷调查报告》直接提供了居民关于下一季度房价的看法，并报告了对下一季度房价持有看涨、看跌和不变三种态度的百分比。

表 2.2 总结了 CHFS 2011 年、CFPS 2014 年以及本书调研的居民对未来一年房价的看法。2011 年 CHFS 的样本数据中，有 71.97%的被调查者认为未来一年房价会上涨，远高于对房价持下跌预期的人数。本书的调研有 66.56%的被调查者对未来一年房价持看涨态度，而持看跌态度的被调查者约为持看涨态度被调查者的 1/5。图 2.6 显示了 2013 年第二季度到 2019 年第二季度居民的房价季度预期变化（图中，Q 表示季度），整体上，公众对我国房价持乐观态度。Zheng 等（2016）通过构建公众房价信心指数也发现，长期以来我国居民均认为未来房价会上涨。

表 2.2　居民未来一年房价预期对比

房价预期	CHFS 2011 年居民全国房价预期（$N=7445$）	CFPS 2014 年居民所在区房价预期（$N=1581$）	本书调研的居民全国房价预期（$N=299$）
下跌	10.07%	23.40%	13.71%
不变	17.96%	46.81%	19.73%
上涨	71.97%	29.79%	66.56%

注：N 为样本量。

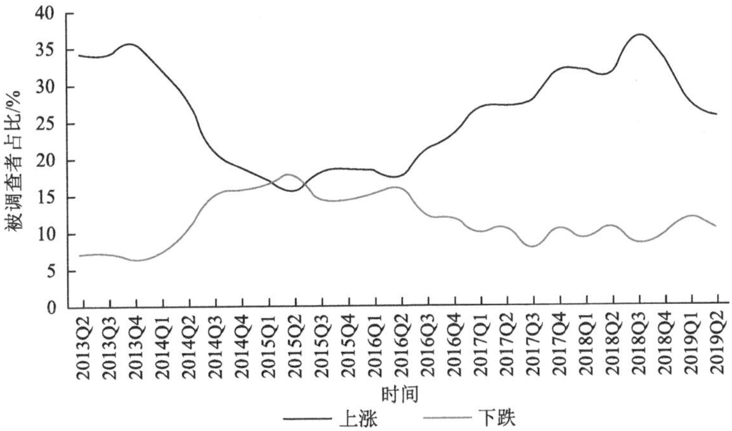

图 2.6　2013Q2～2019Q2 我国居民房价季度预期

资料来源：http://www.pbc.gov.cn/diaochatongjisi/116219/116227/index.html.

被调查者特征分布如表 2.3 所示。在我们的调研中，女性被调查者占比为 59.20%，男性被调查者占比为 40.80%；年龄在 22～35 岁的被调查者居多，占比为 64.55%；已婚的被调查者占比为 55.18%。样本数据中有 94.98%的被调查者接受过高等教育，考虑到本书是通过网络调研方式进行数据收集的，因此被调查者受教育程度偏高（Chen et al.，2017b）。利用 T 检验及 F 检验初步判断不同特征的居民持有的房价预期是否具有显著性差异。表 2.3 的检验结果显示，变量“年龄”的组间差异显著性 $p=0.04<0.05$，可以初步判断五个年龄组间至少有两个组之间存在显著性差异，即居民的年龄对其房价预期有显著影响。

表 2.3 被调查者特征分布

变量		本书调研		2011 CHFS		2014 CFPS	
		占比/%	组间差异	占比/%	组间差异	占比/%	组间差异
性别	男	40.80	否（0.92）	53.07	否（0.35）	45.10	否（0.44）
	女	59.20		46.93		54.90	
年龄	22 岁以下	12.37	是（0.04）	1.91	否（0.06）	0.95	是（0.00）
	22～35 岁	64.55		18.89		15.94	
	36～45 岁	15.38		27.47		29.22	
	46～55 岁	6.02		24.67		28.21	
	56 岁以上	1.67		27.07		25.68	
受教育程度	非高等教育	5.02	否（0.13）	83.72	是（0.00）	74.51	否（0.49）
	高等教育	94.98		16.28		25.49	
婚姻状况	未婚	37.79	否（0.43）	5.64	否（0.28）	4.55	是（0.00）
	已婚	55.18		88.02		87.10	
	其他	7.02		6.34		8.35	

注：括号内为 p 值。

问卷还调查了公众从社会关系、社交媒体以及权威机构或专家处获得的关于未来房价的看法，先验信念、观察学习及房价预期的相关系数如表 2.4 所示。居民的房价预期与先验信念、观察学习之间显著相关且系数均在 0.40 以上。其中先验信念与房价预期的相关系数为 0.61，呈中度相关关系；社会关系观点、权威观点及社交媒体观点与房价预期的相关系数分别为 0.56、0.53、0.41，表明公众的社会关系对未来房价的走势看法与居民的看法显著相关。

表 2.4　先验信念、观察学习及房价预期的相关系数

变量	房价预期	先验信念	社会关系观点	社会媒体观点	权威观点
房价预期	1.00	—	—	—	—
先验信念	0.61**	1.00	—	—	—
社会关系观点	0.56**	0.61**	1.00	—	—
社交媒体观点	0.41**	0.54**	0.54**	1.00	—
权威观点	0.53**	0.56**	0.55**	0.57**	1.00

**表示 $p<0.01$。

2.3.2　信度与效度检验

为保证回收问卷的可靠性和有效性以检验本书的理论模型及相关假设，本节在进行实证分析之前运用 SPSS 24.0 对回收的数据进行信度与效度分析，检验结果如表 2.5 和表 2.6 所示。

表 2.5　变量信度和效度检验

潜在变量	题项	Cronbach's α 系数	KMO 值	Bartlett 球形检验		解释方差累计/%
				Approx Chi-Square	Sig	
客观信息感知	6	0.791	0.839	443.392	0.000	51.31
观察学习	3	0.675	0.646	142.137	0.000	60.76
主体认知	3	0.686	0.638	158.382	0.000	61.92
主体情感	3	0.814	0.712	305.326	0.000	72.92
总体	15	0.826				

表 2.6　验证性因子分析结果

测量题项		因子载荷	AVE	CR
客观信息感知	宏观政策感知	0.72	0.51	0.86
	经济发展感知	0.67		
	调控政策感知	0.72		
	供给因素感知	0.69		
	需求因素感知	0.76		
	相关行业感知	0.71		
观察学习	社会关系	0.77	0.61	0.82
	社交媒体	0.83		
	权威观点	0.74		

续表

测量题项		因子载荷	AVE	CR
主体认知	信息有效性	0.75	0.62	0.83
	信息可获得性	0.77		
	信息理解度	0.84		
主体情感	客观信息情感	0.85	0.73	0.90
	主观信息情感	0.84		
	对房价本身情感	0.87		

问卷的可靠性可由信度进行度量，表示问卷是否具有可重复性。目前最常用的信度检验系数为 Cronbach's α 系数。根据统计学标准，在社会科学研究领域中，总问卷的信度系数需大于 0.80，分问卷的信度系数需大于 0.70，但若为 0.60～0.70 也可接受，若低于 0.6 则需要重新修订（侯杰泰，2004）。根据校正的项总体相关性（corrected item-total correlation，CITC）值，删除客观信息感知中“社会环境感知”一项。社会环境感知为影响房地产市场的长期因素，因此在对未来一年房价预期进行判断时，社会环境感知因素可能影响较小。删除“社会环境感知”项目后，本书所有变量的 Cronbach's α 值都在 0.6 以上，符合社会科学研究中大于 0.6 的问卷信度可接受度要求，表明本次问卷是可靠的。

效度是指问卷的有效性，表示问卷的准确性，分为内容效度和结构效度（侯杰泰，2004）。本书的问卷设计都有文献理论基础，满足内容效度的要求。问卷设计过程中尽可能采用国内外已有的成熟量表，虽然这些量表是结合中国房地产市场实际情况、社会学习理论、心理学中关于认知和情感研究的成果，在应用时也表现出一定的可靠性。但由于应用背景和目标的差异，本书在与专家反复探讨的基础上对这些量表进行了一些必要的修改。考虑到本书的理论基础及相关量表多参考国外文献，进一步用因子分析检验问卷的结构效度。为判断样本是否适合进行因子分析，对样本进行 KMO（Kaiser-Meyer-Olkin）和 Bartlett 球形检验。当 KMO 样本测度值大于 0.5，且 Bartlett 球形检验统计值的显著性概率 $p \leqslant 0.05$ 时，可以进行因子分析（Kaiser，1974）。运用主成分分析法进行因子分析，若解释方差的累计比例大于 50%，则表示测量项目符合要求。检验结果显示 KMO 样本测度值均大 0.60，同时 Bartlett 球形检验都小于 0.05。因子分析结果识别与问卷变量分类基本一致，解释方差累计均大于 50%。各变量平均方差提取值（average variance extracted，AVE）均大于 0.5，组合建构信度（construct reliability，CR）均大于 0.7，且由表 2.7 可知，各潜变量 AVE 的平方根均大于各潜变量之间的相关系数。以上检验结果表明本书的所有量表在理论逻辑上都具有较强的合理性。

表 2.7　描述性统计与相关系数

变量	平均值	标准差	客观信息感知	观察学习	先验信念	主体认知	主体情感	房价预期
客观信息感知	3.58	0.48	1.00					
观察学习	3.53	0.48	0.60**	1.00				
先验信念	3.67	0.74	0.05	0.07	1.00			
主体认知	3.75	0.53	0.52**	0.54**	0.09	1.00		
主体情感	2.84	0.63	0.11	0.05	−0.11	0.12*	1.00	
房价预期	3.61	0.87	0.00	0.07	0.603**	0.15*	−0.07	1.00

*表示 $p<0.05$，**表示 $p<0.01$。

2.3.3　公众预期形成路径分析

运用 Amos 24.0 软件对理论模型进行验证，为验证主体认知与主体情感之间的相互作用，分别由模型 M1 和模型 M2 验证假设 H3a 和 H3b。修正后模型 M1 和模型 M2 的拟合结果如表 2.8 所示。本书分别从绝对指标、相对指标和调整指标三个方面评估模型的适配度（吴明隆，2009）。绝对指标衡量模型适配后残差或未解释变异量是否还可观察，相对指标衡量模型相对于其他模型的表现，调整指标则检验模型的适配性和简效性。模型 M1 及模型 M2 的卡方自由度比值（χ^2/df）分别为 2.447、2.646，均满足适配标准 1～3，表示模型有简约程度。简约适配度指数中，简约拟合指数（parsimony goodness-of-fit index，PGFI）、简效规范适配指数（parsimonious normed fit index，PNFI）值均在 0.6 以上，达到大于临界值 0.50 的要求；绝对适配度指数中，渐进残差均方和平方根（root mean square error of approximation，RMSEA）、残差均方和平方根（root mean-square residual，RMR）值分别在 0.07、0.04 左右，均分别小于临界值 0.08、0.05；此外模型 M1 绝对指标拟合优度指数（goodness-of-fit index，GFI）、相对指标增值适配指数（incremental fit index，IFI）值均大于 0.90，模型 M2 的 IFI 值稍小于 0.90。虽然模型 M1 和模型 M2 的调整后适配度指数（adjusted goodness-of-fit index，AGFI）及比较拟合优度指数（comparative fit index，CFI）值稍低于临界值 0.90 的标准，χ^2 值的显著性概率达到显著水平，但由于卡方检验对样本规模非常敏感，当样本数大于 200 时需参考其他适配度指标。因此结合各项拟合指标，模型 M1 和模型 M2 整体拥有较好的拟合度，可以通过模型 M1 和模型 M2 对公众房价预期形成机理路径分析结果进行描述。

表 2.8　模型拟合结果

统计检验量		适配的标准或临界值	拟合结果（M1）	拟合结果（M2）	拟合结果（M3）
绝对适配度指数	χ^2 值	＜0.05	0.000	0.000	0.000
	RMSEA	＜0.08	0.070	0.074	0.072
	RMR	＜0.05	0.036	0.037	0.037
	GFI	＞0.90	0.918	0.908	0.912
	AGFI	＞0.90	0.879	0.872	0.875
增值适配度指数	CFI	＞0.90	0.899	0.878	0.886
	IFI	＞0.90	0.901	0.880	0.889
简约适配度指数	χ^2/df	＜3.00	2.447	2.646	2.546
	PGFI	＞0.50	0.681	0.647	0.644
	PNFI	＞0.50	0.639	0.658	0.658

模型 M1 和模型 M2 路径参数估计结果如表 2.9 所示，主体认知与主体情感之间并无显著关系，其他影响路径方向及显著性一致。进一步检验主体认知与情感无路径时（模型 M3）其他路径的影响关系，模型 M3 拟合结果及参数估计分别如表 2.8 第 6 列及表 2.9 所示。三种模型的实证结果均表明理论模型的 10 项假设中有 6 项假设得到验证。考虑到模型 M1、M2 及 M3 主要影响路径方向和显著性均一致，模型 M1 拟合度稍优于其他两种模型，因此后面主要采用模型 M1 的实证结果进行分析讨论。图 2.7 显示了基于模型 M1 结果的房地产市场公众预期形成影响路径图。4 个控制变量中仅“年龄”对房价预期有显著影响。与 Hui 等（2018）的研究结果一致，相比于年长者，年龄小的人群对未来的房价持有更加乐观的预期。年龄在一定程度上表征了主体的保守态度，不同年龄段的主体判断标准不同，如年龄大的主体在股票市场上表现更为保守。而且年龄代表公众的生命周期阶段，不同年龄和生命阶段的公众在接触和关注的信息等方面存在差异（Souleles，2004）。性别、婚姻状况对房价预期影响不显著，可能是因为近年来，在住房问题上男性与女性的态度差异逐渐缩小。《2019 年职场女性就业安居报告》显示，有近九成的女性愿意和伴侣共同购房，且有近 1/4 的女性愿意独立购房。

表 2.9　模型的路径参数估计结果

假设编号	变量间关系	模型 M1		模型 M2		模型 M3		假设是否得到支持
		标准化路径系数	CR	标准化路径系数	CR	标准化路径系数	CR	
H1a	客观信息感知→主体认知	0.327^{*}	2.739	0.286^{*}	2.009	0.325^{*}	2.483	支持
H2a	客观信息感知→主体情感	0.135	1.022	0.250	1.638	0.229	1.615	不支持
H1b	观察学习→主体认知	0.520^{***}	3.815	0.525^{***}	3.382	0.506^{***}	3.542	支持

续表

假设编号	变量间关系	模型 M1		模型 M2		模型 M3		假设是否得到支持
		标准化路径系数	CR	标准化路径系数	CR	标准化路径系数	CR	
H2b	观察学习→主体情感	−0.227	−1.299	−0.113	−0.718	−0.069	−0.481	不支持
H1c	先验信念→主体认知	0.118*	2.053	0.130*	2.300	0.217***	3.525	支持
H2c	先验信念→主体情感	−0.174**	−2.607	−0.113*	−2.270	−0.143*	−2.264	支持
H3a	主体认知→主体情感	0.264	1.515	—	—	—	—	不支持
H3b	主体情感→主体认知	—	—	0.102	1.562	—	—	
H4	主体认知→房价预期	0.193**	2.816	0.202**	2.965	0.258***	3.816	支持
H5	主体情感→房价预期	−0.130*	−2.013	−0.131*	−2.019	−0.125*	−1.992	支持
	性别→房价预期	−0.037	−0.660	−0.005	−0.083	−0.012	−0.205	
	年龄→房价预期	−0.166*	−2.496	−0.148**	−2.618	−0.142*	−2.551	
	受教育程度→房价预期	−0.063	−1.126	−0.064	−1.124	−0.075	−1.348	
	婚姻状况→房价预期	−0.020	−0.300	−0.066	−1.163	−0.069	−1.237	

*表示 $p<0.05$，**表示 $p<0.01$，***表示 $p<0.001$。

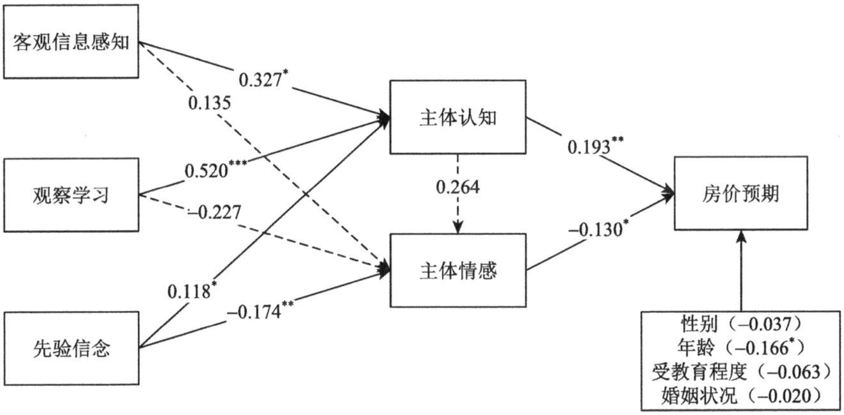

图 2.7 公众房价预期形成影响路径图

*表示 $p<0.05$，**表示 $p<0.01$，***表示 $p<0.001$

实证结果显示主体认知和主体情感均与房价预期显著相关，H4 和 H5 得到验证。实证结果与经济心理学中关于预期的表述相契合：知识（knowledge）和感受（feeling）是预期的两种组成部分（Abeele，1988），表明公众的房价预期既包含逻辑推理的理性部分，也包含对我国房价感受的非理性部分。但相比于主体情感（−0.130），主体认知（0.193）对房价预期影响的路径系数更大，表明公众通常基于获取的外部信息和知识结构对未来房价走势进行判断，而不是仅仅基于情感或感受来判断未来房价的变化。预期受情感的显著影响在 Hott（2011）的研究中也得到验证。值得注意的是，主体情感对公众房价预期产生消极影响，即当公众对接收到的外部信息以及房价本身持有负面情绪时，会形成未来房价下跌的预期。

客观信息感知、观察学习以及先验信念与主体认知均显著相关，假设 H1a、H1b 和 H1c 得到验证。客观信息感知、观察学习及先验信念对主体认知的影响路径系数分别为 0.327、0.520、0.118，表明公众获取宏观信息和市场信息等客观信息，进行观察学习的频率越高，认为得到的信息越有效，形成的主体认知越强。观察学习与主体认知之间的路径系数大于客观信息感知对主体认知的影响路径系数意味着公众更容易受房价预期“口碑”的影响。Bailey 等（2018）的研究结果也证实了个体与朋友之间的社会互动会影响其房价预期。当公众观察到社会中其他参与者对房价的态度时，会在一定程度上“模仿”其观点，最终在社会中形成“趋同观点”。“趋同观点”形成的根本原因是当公众拥有类似的信息，面临类似的决策问题时，他们会做出类似的选择（Bikhchandani et al.，1998）。即使公众最初拥有不同的与房价相关的信息，在最终面临对未来房价走势进行判断这一决策时，也可能出现“羊群效应”。在这种情况下，考虑到直接分析宏观信息和市场信息等外部信息的成本，公众更倾向于观察他人的结果。观察学习、先验信念与主体认知的正相关关系体现了公众的“锚定效应”（Tversky and Kahneman，1974；Armona et al.，2018）。公众在对未来房价进行估计时，倾向于将其和过去的判断联系起来，同时易受到他人观点的影响。先验信念正如公众房价预期形成中的“锚”，由于房地产市场信息的不确定性及非对称性，在公众无法获取更多信息来做出准确判断时，会通过“锚定”之前对房价走势的判断来确定对房价的预期。这可能是长久以来我国公众一直对房价持有上涨预期的原因之一。虽然政府通过限购、限贷等调控手段来抑制房价快速上涨，但由于我国公众房价预期一直处于高涨状态，在一定程度上影响了政策的有效性（Zhou，2018）。李迎星等（2019）研究发现限购政策只能在短时间内在一定程度上减少购房需求，不能传导长期信号，改变公众预期。大多数公众的信息处理能力、相关理论与专家相比较弱，无法在各种信息之间建立更有效的联系，因此先前的经验或者知识成为其识别新信息价值、做出判断的主要依据。

先验信念与主体情感显著负相关，假设 H2c 得到验证。公众先前持有的房价预期与主体情感显著负相关，表明公众的房价上涨信念影响主体的负面情感。这与林江等（2012）的实证结果相一致，房价的快速上涨降低了居民的主观幸福感，且容易产生“房奴效应”，首付和还贷压力会压缩无房青年和刚买房人群的消费。尤其是对城市青年（22～35 岁）而言，高房价对经济基础薄弱的青年造成极大的压力，来自住房的焦虑情绪在一定程度上降低了其在城市发展的幸福感（陈潭和贺雯，2008）。58 同城发布的《2018—2019 返乡置业调查报告》显示被调查者中有超过一半的“漂一族”倾向于回家乡购房，对房价上涨的信念可能阻碍了这些人群在原来工作城市的发展。

客观信息感知、观察学习对主体情感的影响不显著，假设 H2a 和 H2b 未得到验证。这可能是由于主体情感是公众内在的情感评价，在与外部环境或与其他社会参与者互动的过程中，未能激发公众情感状态的改变。根据模型 M1 和模型 M2 的结果，主体认知与主体情感之间未表现出显著关系，假设 H3a 和 H3b 均未得到验证。关于认知与情感之间是否相互影响一直是心理学家争论的焦点，本书实证结果未能支持“主体认知与主体情感相互作用”的观点，其原因可能是公众对我国房价持有较为独立的感受，因此在判断未来房价走势时，知识结构未能对其感受造成影响。

2.4　本 章 小 结

公众预期在房地产市场中的作用近几年来逐渐引起政府和学术界的重视，但我国关于房地产市场公众预期形成机理及影响因素的研究较少。为了丰富相关研究，本章以社会学习理论为基础，引入心理学中认知和情感两个要素，构建我国房地产市场预期形成机理理论框架，并运用结构方程模型验证房地产市场公众预期形成的影响路径。基于调研数据，利用结构方程对理论模型进行验证，研究发现，相比于年长者，年龄小的人群对未来的房价持有更加乐观的预期。客观信息感知、观察学习、先验信念与主体认知之间存在显著的正相关关系。研究结果表明，我国公众一方面根据接收到的客观信息基于知识结构判断未来的房价走势；另一方面也进行观察学习，意味着公众房价预期受到社会关系及社交网络中他人的观点影响。研究还发现先验信念与主体情感之间存在显著负相关关系，主体认知与房价预期显著正相关，而主体情感与房价预期显著负相关。但相比于主体情感，主体认知对房价预期的影响更大，表明公众通常基于获取的外部信息和知识结构对未来房价走势进行判断，而不是仅基于情感或感受来判断未来房价的变化。

第 3 章　房地产市场公众预期指数编制

在明确房地产市场公众预期形成机理的基础上，本章将考虑构建房地产市场公众预期指数，以得到能深入分析房地产市场公众预期影响因素的被解释变量。一般而言，传统编制预期指数的方法可以分为“自上而下”（bottom up）和“自下而上”（top down）两种（洪涛和厉伟，2015；Zheng et al.，2016；Zhou，2018；Hui et al.，2018），第一种认为公众预期是外生的，一般基于宏观经济统计数据，运用主成分分析、偏最小二乘法等方法合成预期指数；第二种方法利用公众心理偏见来解释其对过去的回报或经济基本面的过度反应，一般是基于微观调研数据或交易数据编制预期指数。近年来，随着互联网技术的发展以及大数据技术的成熟，网络大数据为预期指数的编制提供了新的数据源。因此，本章将首先考虑根据网络搜索数据编制房地产市场公众预期指数；同时也参考大多数文献的做法，利用传统统计数据编制房地产市场公众预期指数。一方面两类指数可相互检验，另一方面也可为后面实证的稳健性检验提供数据。

3.1　基于网络搜索数据的房地产市场公众预期指数构建

本节将基于网络搜索数据构建房地产市场公众预期指数。首先，本节将对网络数据对于编制房地产市场公众预期指数的适用性进行理论分析，其次，阐明本节用于编制指数的网络数据的来源以及处理过程，最后，基于主成分分析法将处理后的网络数据合成房地产市场公众预期指数。

3.1.1　理论分析

随着网络技术的发展以及互联网普及率的提高，搜索引擎成为公众上网时使用最多的工具，据中国互联网络信息中心（China Internet Network Information Center，CNNIC）发布的第 44 次《中国互联网络发展状况统计报告》[①]显示，截止到 2019 年 6 月，我国网民规模达 8.54 亿，互联网普及率超过五成，达 61.2%。其中使用搜索引擎的用户达 6.95 亿，占有率达 81.38%。公众通过搜索引擎获取信

① http://www.cac.gov.cn/2019-08/30/c_1124938750.htm.

息的同时，互联网也记录了公众的搜索行为，鉴于用户在搜索引擎中搜索的关键词可以反映网民对经济问题的兴趣和关注（Choi and Varian，2012；杨超等，2019），网民使用搜索引擎产生的用户生成内容（user generated content，UGC）有可能反映出人们对经济活动的看法和预期。当公众试图从互联网上获取知识时，他们倾向于通过搜索引擎搜索一些关键字。从信息行为视角来看，公众关注的经济信息会通过不同经济现象以及报纸、新闻、互联网等媒介渠道传播。

如图 3.1 所示，公众如果想对资产价格的未来走势进行判断，出于认知需要，公众将从各种渠道获取有关资产价格的信息。在获取这些信息后，公众将通过其“认知系统”对这些信息进行处理，从而产生“确定性”以及“不确定性”两种状态。若公众认为获取的信息是有用的，那么将直接进入思考状态；而当公众产生“不确定性”时，便会进一步进行信息搜索以消除不确定性。因此，公众的搜索行为在一定程度上折射了其对资产价格的预期。当公众预期处于越高水平时，公众对信息的需求就越高，那么公众的搜索行为也就越频繁（孙毅等，2014）。Li 等（2015）也指出，当公众意识到物品价格上涨时，他们可能通过网页搜寻更多关于物品上涨的信息。例如，在搜索引擎中搜索“物价”或“物价上涨”等，可以代表公众对价格的判断。在房地产市场上，无论作为需求主体的消费者还是作为供给者的房企，为准确做出购房决策或者投资决策，均需要搜集与房地产市场相关的信息，这些信息包含宏观经济、调控政策信息以及房地产市场信息等。这时，消费者及房企的心理预期一方面由其互联网上的搜索行为折射出来，表现为搜索的内容及搜索频率等；另一方面也由房地产市场上的交易行为导致的交易量及价格体现（董倩等，2014）。第 2 章的实证结果也表明公众对房价相关信息的关注和感知通过影响公众认知进而作用到房地产市场公众预期。

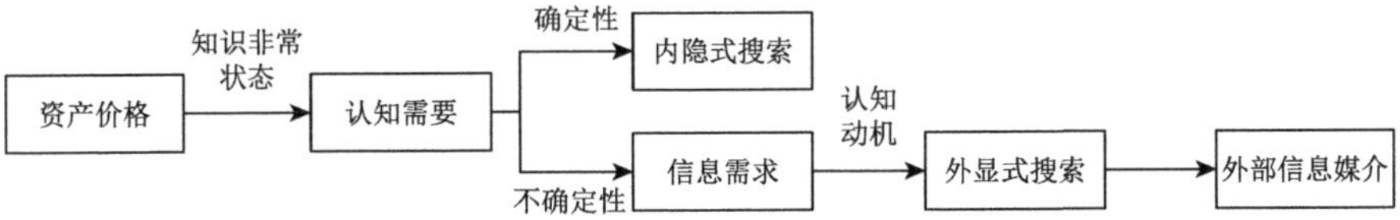

图 3.1　资产价格信息需求模型（孙毅等，2014）

学者指出网络大数据蕴含了公众的心理及行为信息，而谷歌趋势指数是科学预期经济现象的重要数据源（Choi and Varian，2012；Jun et al.，2018）。Zheng 等（2016）利用谷歌搜索数据构建了反映中国 35 个大中城市居民对当地住房市场预期的“信心指数”。考虑到我国网络的限制和公众的搜索习惯，百度搜索是公众应用最多的搜索引擎。百度公司在 2006 年推出百度指数以反映海量网民主动搜索需求信息，为学者的研究提供了新的数据源。洪涛和厉伟（2015）基于百度指数，以“房价”为关键词构建了房价预期指数，验证了房价预期指数与实际房价之间的关系，并认为该方法构造的房价预期指数可以作为房价预期的度量。结合以上分析，本书认为，网络搜索数据与房地产市场公众预期存在一定的相关关系，可以利用网络搜索数据构建房地产市场公众预期指数以作为房地产市场公众预期的代理变量。图 3.2 展示了本书基于网络搜索数据的房地产市场公众预期指数构建框架，其中本书选用百度指数作为主要网络搜索数据源。

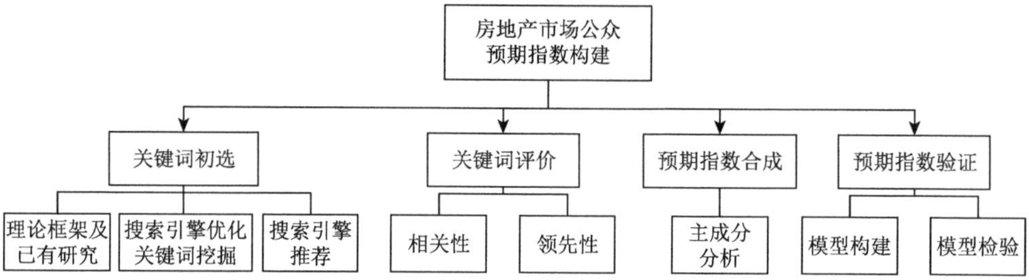

图 3.2　基于网络搜索数据的房地产市场公众预期指数构建框架

3.1.2　数据来源及预处理

由房地产市场公众预期形成机理理论模型可知，在房地产市场中，公众通过各种渠道获取外部信息，进行信息处理后形成房价预期，其中外部信息包括宏观信息、市场信息等客观信息以及来自观察学习的主观信息。结合相关文献，本书以北京市为例，选取与房地产市场公众预期相关的 29 个主关键词（表 3.1），并基于主关键词进行关键词挖掘，得到 144 个关键词。随后抓取关键词从 2009 年 1 月至 2019 年 8 月的百度指数，在具体操作时，将地区设定为北京，数据频率设为日度。为方便分析和建模，在获得原始数据后，首先将日度数据合并处理为月数据；其次使用三期移动平均对数据进行平滑处理，以消除数据短期波动影响；最后将数据转换为同比数据，以与实际房价指数保持一致。处理后的数据序列范围变为 2010 年 2 月至 2019 年 7 月。

表 3.1　主关键词列表

维度	主关键词
宏观因素	GDP、CPI、经济发展、收入、失业率、宏观政策、通货膨胀、存款利率、人口、老龄化、城镇化、发展规划
行业因素	股市、房价、房地产、商品房、住房、楼市、贷款、房贷利率、房贷、公积金、调控政策、限购、开发商、契税、土地
观察学习	房价上涨、房价下跌

本书进一步对数据序列进行筛选处理，首先剔除 144 个关键词中连续 5 期及以上搜索量为 0 的关键词以排除干扰信息，提高指数的准确性；然后运用时差相关分析法挑选出具有先行性的关键词，时差相关分析法如式（3.1）所示：

$$r_l = \frac{\sum_{t=t'}^{T_l}(x_{t+l}-\bar{x})(y_t-\bar{x})}{\sqrt{\sum_{t=t'}^{T_l}(x_{t+l}-\bar{x})^2\sum_{t=t'}^{T_l}(y_t-\bar{x})^2}},\quad l=0,\pm1,\pm2,\cdots,\pm L \tag{3.1}$$

式中

$$t'=\begin{cases} l, & l\geqslant 0 \\ 1-l, & l<0 \end{cases}$$

x 表示被选择指标；y 表示基准指标；T 为样本数；r 为时差相关系数；l 表示超前滞后期，l 取负数表示超前，取正数表示滞后，本节分析的序列为提前 1 期至提前 12 期；t 表示时间。为了使构建指数的关键词数据更好地代表公众房价预期，本节选取时差相关系数在 0.5 以上的关键词共计 23 个。

研究过程中还发现，EViews 软件中计算两序列互相关的方法为式（3.2）。因此本书也基于此算法选取相关系数在 0.5 以上的关键词，得到关键词 18 个。

$$r_{xy}(l)=\frac{c_{xy}(l)}{\sqrt{c_{xx}(0)\cdot c_{yy}(0)}},\quad l=0,\pm1,\pm2,\cdots \tag{3.2}$$

式中

$$c_{xy}(l)=\begin{cases} \sum_{t=1}^{T-l}((x_t-\bar{x})(y_{t+l}-\bar{y}))\Big/T, & l=0,1,2,\cdots \\ \sum_{t=1}^{T+l}((x_{t-l}-\bar{x})(y_t-\bar{y}))\Big/T, & l=0,-1,-2,\cdots \end{cases}$$

3.1.3　房地产市场公众预期指数构建

本节利用主成分分析法将筛选后的关键词合成能够充分反映房地产市场公众预期的指数。利用 SPSS 24.0 统计软件，分别计算通过两种方法得到的关键词的贡献率和成分得分矩阵。其中方法一得到 6 个成分（成分用 F 表示），累计贡献率为 81.00%，具体如表 3.2 和表 3.3 所示；方法二得到 5 个成分，累计贡献率为 82.37%，具体如表 3.4 和表 3.5 所示。进一步计算房地产市场公众预期指数，以 hpe1 表示，则 hpe1 可以分别由式（3.3）和式（3.4）计算得出，其中 hpe1a 和 hpe1b 分别表示由式（3.3）和式（3.4）计算得到的房地产市场公众预期指数：

$$hpe1a = 0.3505F_1 + 0.1373F_2 + 0.1113F_3 + 0.0892F_4 + 0.0733F_5 + 0.0484F_6 \quad (3.3)$$

$$hpe1b = 0.4118F_1 + 0.1759F_2 + 0.1063F_3 + 0.0725F_4 + 0.0572F_5 \quad (3.4)$$

表 3.2 主成分分析总方差解释表（一）

关键词	初始特征值			提取载荷平方和		
	总计	方差百分比/%	累计/%	总计	方差百分比/%	累计/%
中国经济发展现状	8.06	35.05	35.05	8.06	35.05	35.05
中国 GDP 总量	3.16	13.73	48.78	3.16	13.73	48.78
中国城市人口	2.56	11.13	59.91	2.56	11.13	59.91
股市	2.05	8.92	68.83	2.05	8.92	68.83
股市行情	1.69	7.33	76.16	1.69	7.33	76.16
今日股市行情	1.11	4.84	81.00	1.11	4.84	81.00
今日股市	0.86	3.75	84.75	—	—	—
上证指数	0.70	3.04	87.79	—	—	—
上证指数走势图	0.58	2.51	90.30	—	—	—
房地产基金	0.55	2.41	92.71	—	—	—
房地产交易	0.49	2.11	94.82	—	—	—
北京最新楼市	0.30	1.31	96.13	—	—	—
房地产投资	0.21	0.93	97.06	—	—	—
公积金贷款	0.19	0.82	97.88	—	—	—
二手房公积金贷款	0.15	0.67	98.55	—	—	—
个人住房贷款	0.12	0.53	99.08	—	—	—
公积金贷款利率	0.09	0.39	99.47	—	—	—
房贷计算方法	0.06	0.26	99.73	—	—	—
土地招拍挂	0.04	0.18	99.91	—	—	—
土地开发	0.01	0.05	99.96	—	—	—
买房	0.01	0.02	99.98	—	—	—
如何买房	0.00	0.01	99.99	—	—	—
个人卖房	0.00	0.01	100.00	—	—	—

表 3.3　成分得分系数矩阵（一）

关键词	成分 1	成分 2	成分 3	成分 4	成分 5	成分 6
中国经济发展现状	0.008	0.226	−0.015	0.08	−0.112	0.103
中国 GDP 总量	0.067	0.188	−0.125	−0.07	−0.137	−0.007
中国城市人口	0.03	0.258	0.027	0.071	0.072	−0.089
股市	0.185	0.001	−0.016	−0.024	−0.104	−0.047
股市行情	0.178	0.009	−0.014	−0.003	−0.046	−0.068
今日股市行情	0.177	−0.025	0.007	−0.085	−0.093	−0.026
今日股市	0.176	−0.003	0.017	−0.039	−0.064	−0.045
上证指数	0.176	0.011	−0.006	0.001	−0.02	−0.083
上证指数走势图	0.108	0.08	0	0.072	0.147	−0.051
房地产基金	0.023	0.251	0.054	0.064	0.075	−0.054
房地产交易	0.03	0.134	−0.114	0.406	−0.047	−0.093
北京最新楼市	0.006	0.107	0.064	0.016	0.343	0.002
房地产投资	0.026	0.061	0.368	−0.076	−0.011	−0.045
公积金贷款	−0.07	0.009	−0.158	−0.02	−0.103	0.554
二手房公积金贷款	−0.049	−0.052	0.11	0.2	0.012	0.159
个人住房贷款	0.013	−0.046	0.445	0.04	−0.027	−0.136
公积金贷款利率	0.068	0.015	0.074	0.035	0.03	0.106
房贷计算方法	0.035	0.029	−0.059	0.116	0.197	−0.087
土地招拍挂	0.058	0.124	−0.069	−0.071	−0.276	0.071
土地开发	−0.103	0.243	−0.02	−0.08	0.245	0.175
买房	−0.039	0.038	−0.06	−0.18	0.01	0.496
如何买房	0.039	−0.01	0.23	0.236	−0.391	−0.021
个人卖房	−0.041	−0.016	0.021	0.404	0.017	−0.045

表 3.4　主成分分析总方差解释表（二）

关键词	初始特征值			提取载荷平方和		
	总计	方差百分比/%	累计/%	总计	方差百分比/%	累计/%
中国经济发展现状	7.41	41.18	41.18	7.41	41.18	41.18
中国 GDP 总量	3.17	17.59	58.77	3.17	17.59	58.77
中国城市人口	1.91	10.63	69.40	1.91	10.63	69.40
股市	1.30	7.25	76.65	1.30	7.25	76.65
股市行情	1.03	5.72	82.37	1.03	5.72	82.37

续表

关键词	初始特征值			提取载荷平方和		
	总计	方差百分比/%	累计/%	总计	方差百分比/%	累计/%
今日股市行情	0.66	3.66	86.03	—	—	—
今日股市	0.59	3.30	89.33	—	—	—
上证指数	0.56	3.12	92.45	—	—	—
上证指数走势图	0.47	2.63	95.08	—	—	—
房地产基金	0.34	1.89	96.97	—	—	—
房地产交易	0.21	1.14	98.11	—	—	—
房地产咨询	0.17	0.93	99.04	—	—	—
北京房地产信息网	0.07	0.39	99.43	—	—	—
二手房公积金贷款	0.07	0.37	99.80	—	—	—
个人住房贷款	0.02	0.11	99.91	—	—	—
公积金贷款利率	0.01	0.06	99.97	—	—	—
土地招拍挂	0.00	0.02	99.99	—	—	—
土地开发	0.00	0.01	100.00	—	—	—

表 3.5　成分得分系数矩阵（二）

关键词	成分 1	成分 2	成分 3	成分 4	成分 5
中国经济发展现状	0.018	0.399	–0.012	0.308	0.068
中国 GDP 总量	0.079	0.214	0.044	–0.188	–0.098
中国城市人口	0.038	0.023	0.295	–0.059	–0.045
股市	0.175	0.071	–0.045	–0.070	–0.026
股市行情	0.167	0.035	–0.018	–0.060	0.013
今日股市行情	0.179	0.072	–0.052	–0.072	–0.124
今日股市	0.172	0.090	–0.047	–0.011	–0.070
上证指数	0.165	0.019	–0.006	–0.061	0.013
上证指数走势图	0.108	–0.082	0.128	0.035	0.157
房地产基金	0.023	–0.102	0.359	–0.120	0.055
房地产交易	–0.034	0.003	0.005	0.105	0.662
房地产咨询	0.000	0.336	–0.045	0.168	0.121
北京房地产信息网	0.038	–0.294	0.338	0.012	0.054
二手房公积金贷款	–0.032	0.170	–0.137	0.561	0.070
个人住房贷款	–0.012	0.094	0.068	0.349	–0.441
公积金贷款利率	0.095	0.032	0.036	0.199	–0.062
土地招拍挂	0.064	0.286	–0.063	–0.104	–0.129
土地开发	–0.029	–0.075	0.360	0.037	–0.079

绘制基于网络搜索行为的房地产市场公众预期指数，并将其与实际房价指数走势对比，如图 3.3 所示。可以看出，两种不同计算方法选择的关键词得到的房地产市场公众预期指数差别较小。以房地产市场公众预期指数 hpe1a 为例分析其与实际房价指数 hp 的关系。在 2013 年 10 月，房地产市场公众预期指数达到第一个较高点 106.62，实际房价指数在 11 月达到 120.1。随后预期指数下降，实际房价指数也呈下降趋势。在 2015 年 4 月，房地产市场公众预期指数达到第二个高点 137.2，实际房价指数在 2016 年 3 月开始连续半年处于高位。

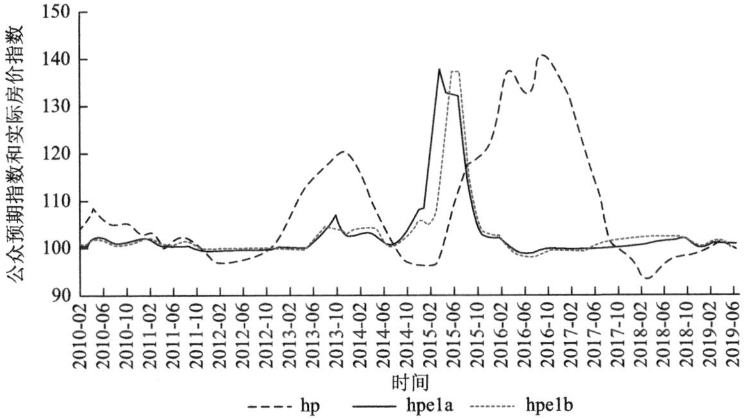

图 3.3　房地产市场公众预期指数与实际房价指数走势图（一）

除利用主成分分析法综合多条关键词计算房地产市场公众预期指数外，Zheng 等（2016）直接利用“房价上涨”和“房价下跌”等关键词的搜索量，通过式（3.5）来计算房地产市场公众预期指数：

$$\mathrm{hpe}_t = \frac{\mathrm{rise}_t}{\mathrm{rise}_t + \mathrm{fall}_t} \tag{3.5}$$

式中，rise_t 表示 t 时刻“房价上涨”在搜索引擎中的搜索量；fall_t 表示 t 时刻“房价下跌”在搜索引擎中的搜索量。参考该思想，本书结合百度指数“北京房价上涨”以及“北京房价下跌”相关关键词的收录情况，选取表 3.6 中所示的关键词计算房地产市场公众预期指数。

表 3.6　百度指数“房价上涨/下跌”相关关键词收录情况

指标	关键词
房价上涨相关指标	北京房价还会涨吗、北京房价上涨、北京楼市回暖、房价还会涨吗、房价上涨、楼市回暖
房价下跌相关指标	北京的房价会跌吗、北京房价暴跌、北京房价会降吗、北京房价降了吗、北京房价下跌、北京楼市量价齐跌、房价暴跌、房价崩盘、房价大跌、房价跌、房价会跌吗、房价会降吗、房价下跌、房价下降、楼市崩盘、楼市降价、现在房价会跌吗

此外，考虑到百度指数直接收录了“北京房价还会涨吗”“北京的房价会跌吗”等关键词的搜索指数，根据公众搜索行为，该类关键词可以更为直接地反映公众对未来房价走势的看法。因此本节再次基于该类关键词计算房地产市场公众预期指数 hpe2b，关键词的描述统计如表 3.7 所示。

表 3.7　关键词描述统计表

关键词	平均值	最小值	最大值	标准差	峰度	偏度
北京房价还会涨吗	24.28	0	2 880	19.62	1.77	1.32
房价还会涨吗	56.86	300	3 450	23.15	–0.45	0.27
北京的房价会跌吗	1.49	0	510	2.74	10.00	2.79
北京房价会降吗	66.46	0	6 210	47.38	0.12	0.78
北京房价降了吗	22.44	0	4 020	29.89	1.64	1.55
房价会跌吗	130.35	1530	11 760	65.68	2.52	1.53
房价会降吗	52.03	0	3 150	20.14	–0.02	–0.21
现在房价会跌吗	4.15	0	1 590	8.83	18.01	3.94

绘制基于式（3.5）计算而得的房地产市场公众预期指数 hpe2a 及 hpe2b，并将其与实际房价指数走势对比，如图 3.4 所示。从公众预期指数与实际房价指数变化趋势来看，基于该方法编制的公众预期指数在一定程度上也存在领先于实际房价指数的趋势，当房地产市场公众预期指数上升后，实际房价指数也会在一段时间后呈上升趋势。

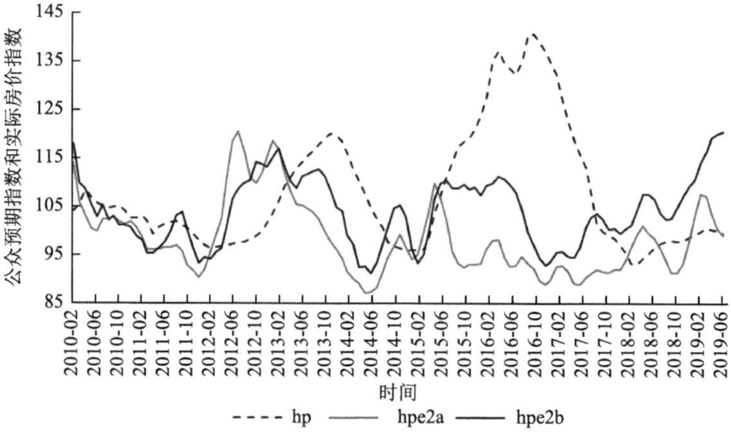

图 3.4　房地产市场公众预期指数与实际房价指数走势图（二）

3.2　基于统计数据的房地产市场公众预期指数构建

参考 Baker 和 Wurgler（2006，2007）、Baker 等（2012）及 Clayton 等（2009）的方法，本节利用统计数据采用主成分分析法来构建北京市房地产市场公众预期指数。考虑到房地产市场的特点和我国住房市场的独特性，指数构建过程中也将北京市房地产市场的具体因素考虑在内。

3.2.1　代理变量选取及数据预处理

利用主成分分析法构建房地产市场公众预期指数的第一步是选择可能影响我国住房市场的预期代理变量，考虑到股票市场和房地产市场之间的根本差异，本节选择的房地产市场公众预期代理变量如表 3.8 所示。房地产市场公众预期主要由股票市场因素、住房市场因素以及融资因素组成。

表 3.8　房地产市场公众预期代理变量选择

维度	变量	编码
股票市场因素	上证综合指数	SHCI
	房地产市值比率	REMVR
	房地产市盈率	REPER
住房市场因素	商品房销售面积	RETV
	商品房销售额	RETA
融资因素	银行贷款	LOAN
	开发商投资完成额	INVEST

已有大量实证研究表明住房市场与股票市场之间存在紧密联系（Gyourko and Keim，1992；Okunev et al.，2002；Das et al.，2020）。高涨的市场情绪、公众的积极预期会影响股票市场的表现，不仅会导致更多的资本流入房地产市场，还会相对地对市场价值、市场价格、股息溢价等各种财务指标产生进一步的影响。因此本节选择上证综合指数、房地产市值比率以及房地产市盈率三个具有代表性的与房地产市场相关的股票市场指标作为房地产市场公众预期代理变量。由于一些投资者在决策过程中受情感和预期的驱动，因此房地产市场公众预期实际上会影响市场交易（Hui and Wang，2014）。如果房地产市场公众预期较高，整体市场气氛乐观，交易面积和交易额将大大增加，因此，本节选择商品房销售面积和商品

房销售额这两个变量作为住房市场因素的代理变量。已有研究普遍认为，信贷供应将导致公众对住房的更多需求，从而导致住房价格上涨（Tsatsaronis and Zhu，2004；Lambertini et al.，2013）。此外，信贷政策是政府干预房地产市场的重要工具。宽松的信贷政策不仅可以使受信贷约束的购房者负担得起，而且可以使开发商建造更多的项目。考虑到信贷供应对买卖双方以及开发商的重大影响，公众在金融机构的贷款可以在一定程度上反映公众房价预期。如果市场上公众整体预期高涨，开发商可能会启动更多项目，因此，更多资金将流入房地产市场，从而开发商完成投资额相应增加。所以本节选择银行贷款和开发商投资完成额作为融资因素的代理变量。

为消除趋势影响，本节使用 Hodrick Prescott 滤波（简称 HP 滤波）法分离出原始因子的趋势，并在后续过程中使用去趋势后的变量。在实证研究中，HP 滤波是过滤时间序列的趋势和周期常用的方法之一。最后，将去趋势处理后的代理变量与 6 个经济基本面变量进行回归，以去除代理变量的周期性，确保其不受经济因素影响。Ling 等（2014）在编制商业住房市场的情绪指数时，也将数据进行了正交化处理。本节选择的 6 个经济基本面变量分别为：工业增加值增长率（GIAV）、CPI 增长率（GCPI）、PPI 增长率（GPPI）、制造业采购经理人指数（PMI）、进出口金额增长率（GIE）以及固定资产投资增长率（GFI）。经过正交后的残差项剔除了商业周期影响。

本书数据主要来源于 Wind 数据库以及国家统计局，为与 3.1 节保持一致，时间段选择 2010 年 2 月～2019 年 7 月。表 3.9 显示了各指标的描述性统计。

表 3.9　指标描述性统计

变量	平均值	标准差	最小值	最大值	峰度	偏度
SHCI	7.92	0.19	7.61	8.48	–0.30	0.17
REMVR	0.08	0.01	0.07	0.10	–0.39	0.41
REPER	17.54	6.06	8.69	36.65	0.98	0.95
RETV	9.85	48.19	–58.80	220.80	3.27	1.63
RETA	–3.57	40.04	–58.70	136.83	1.95	1.43
INVEST	8.49	15.44	–17.40	74.50	5.91	2.02
LOAN	35.03	11.60	18.10	70.27	0.14	0.59

3.2.2　房地产市场公众预期指数构建

在对代理变量进行 HP 滤波预处理后，将代理变量与 6 个基本面变量进行正交化处理。随后，为消除变量跳跃变化，参考 Hui 等（2017）的处理方法，对正交化后得到的残差进行三项移动平均处理，将处理后的平滑残差作为新的代理变量，分别表示为 $SHCI^c$、$REMVR^c$、$REPER^c$、$RETV^c$、$RETA^c$、$INVEST^c$、$LOAN^c$。

考虑到一些代理变量可能领先于其他代理变量，从而会在当前值与滞后项之间进行选择（Baker and Wurgler，2006）。因此，本书对以上 7 个指标及其一阶滞后项（即表 3.10 中带 lag 前缀的变量）进行主成分分析，并计算产生的 14 个指标与第一主成分之间的相关性，与第一主成分相关性更高的当前值或滞后项将作为最终的代理变量进行后续分析。表 3.10 显示了代理变量当前值及滞后项与第一主成分之间的相关性。

表 3.10　代理变量当前值及滞后项与第一主成分之间的相关性

变量	$SHCI^c$	$REMVR^c$	$REPER^c$	$RETV^c$	$RETA^c$	$INVEST^c$	$LOAN^c$
相关性系数	0.323**	0.190*	0.268**	0.876**	0.910**	0.371**	0.029
变量	$lagSHCI^c$	$lagREMVR^c$	$lagREPER^c$	$lagRETV^c$	$lagRETA^c$	$lagINVEST^c$	$lagLOAN^c$
相关性系数	0.317**	0.288**	0.273**	0.859**	0.937**	0.345**	0.092

**表示 $p<0.01$，*表示 $p<0.05$。

可以看出，变量 $SHCI^c$、$RETV^c$、$INVEST^c$ 的当前值比滞后项与第一主成分具有更高的相关性，而其余四个变量的一阶滞后项与第一主成分的相关性更高。同时从表 3.10 中可以看到，各变量的系数与第一主成分之间的相关性系数均为正，表明当公众房价预期较高时，股票市场、住房市场以及资本市场均表现较好。上涨综合指数、房地产市值及每股收益率更高，住房市场中住宅的交易量和交易额也增加，同时更多资本流入住房市场，开发商投资完成额增加。

基于以上分析，最终确定变量 $SHCI^c$、$lagREMVR^c$、$lagREPER^c$、$RETV^c$、$lagRETA^c$、$INVEST^c$、$lagLOAN^c$ 为最终房地产市场公众预期代理变量，并进行主成分分析，构建房地产市场公众预期指数。利用 SPSS 24.0 统计软件，计算因子贡献率、累计贡献率和成分矩阵，得到 3 个成分，累计贡献率为 89.87%，具体如表 3.11 和表 3.12 所示。以 hpe3 表示房地产市场公众预期指数，则 hpe3 可由式（3.6）计算得到：

$$\text{hpe3} = 0.4564F_1 + 0.2878F_2 + 0.1545F_3 \tag{3.6}$$

表 3.11　主成分分析总方差解释表（三）

变量	初始特征值			提取载荷平方和		
	总计	方差百分比/%	累计/%	总计	方差百分比/%	累计/%
$SHCI^c$	3.20	45.64	45.64	3.20	45.64	45.64
$lagREMVR^c$	2.01	28.78	74.42	2.01	28.78	74.42

续表

变量	初始特征值			提取载荷平方和		
	总计	方差百分比/%	累计/%	总计	方差百分比/%	累计/%
lagREPER^c	1.08	15.45	89.87	1.08	15.45	89.87
RETV^c	0.53	7.64	97.51	—	—	—
lagRETA^c	0.12	1.65	99.16	—	—	—
INVEST^c	0.04	0.63	99.79	—	—	—
lagLOAN^c	0.01	0.21	100.00	—	—	—

表 3.12　成分得分系数矩阵（三）

变量	成分 1	成分 2	成分 3
SHCI^c	0.161	–0.042	0.273
lagREMVR^c	0.503	0.126	–0.454
lagREPER^c	0.258	–0.048	0.149
RETV^c	–0.062	0.482	0.059
lagRETA^c	0.066	0.493	–0.030
INVEST^c	–0.185	0.049	0.677
lagLOAN^c	0.279	–0.046	0.048

绘制基于统计数据编制的房地产市场公众预期指数，并将其与实际房价指数走势对比，如图 3.5 所示。可以看出，编制的房地产市场公众预期指数相比于实际房价指数，也在一定程度上表现出领先性，当房地产市场公众预期指数呈上升或下降趋势后，一段时间内，实际房价指数也呈上升或下降趋势。

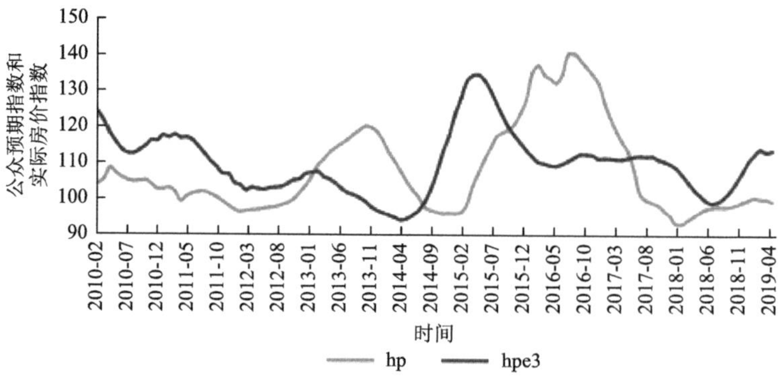

图 3.5　房地产市场公众预期指数与实际房价指数走势图（三）

3.3　房地产市场公众预期指数有效性检验

为验证编制的房地产市场公众预期指数的有效性，本节将采用与信心指数对比、与经济政策不确定性指数对比、纳入房价预期模型以及与房价进行格兰杰因果检验等四种方式考察房地产市场公众预期指数的表现。

首先，将编制的房地产市场公众预期指数与政府公布的信心指数进行对比，考虑到房地产市场中的公众既包含消费者又包含投资者，本书主要选取消费者信心指数以及投资者信心指数与编制的指数进行对比验证。具体选取的指数有全国消费者信心指数（CCCN）、北京消费者信心指数（CCBJ）、北京消费者预期指数（CEBJ）、全国投资者信心指数（ICCN）、全国投资者信心指数——国内经济基本面（ICFCN）以及全国投资者信心指数——国内经济政策（ICPCN）。房地产市场公众预期指数与各类信心指数相关性结果如表 3.13 所示。可以看出房地产市场公众预期指数 hpe1a 和 hpe3 与 ICCN 以及 ICFCN 具有显著正相关关系，且预期指数 hpe1a 还与 ICPCN 正相关。

表 3.13　公众预期指数与信心指数相关性

指数	hpe1a	hpe1b	hpe2a	hpe2b	hpe3
CCCN	−0.0740 （0.4339）	−0.0569 （0.5479）	−0.1945 （0.0381）	0.0966 （0.3068）	0.0298 （0.7532）
CCBJ	−0.1420 （0.3951）	−0.1024 （0.5406）	0.1165 （0.4861）	0.1855 （0.2648）	0.1360 （0.4155）
CEBJ	−0.1587 （0.3482）	−0.1193 （0.4817）	0.2333 （0.1646）	0.2454 （0.1432）	0.0826 （0.6269）
ICCN	0.3016 （0.0018）	0.1117 （0.2564）	0.0027 （0.9780）	−0.0289 （0.7701）	0.2238 （0.0217）
ICFCN	0.2785 （0.0040）	0.1286 （0.1910）	0.0040 （0.9676）	0.0773 （0.4330）	0.2401 （0.0136）
ICPCN	0.3300 （0.0006）	0.1774 （0.0702）	0.0944 （0.3382）	0.1345 （0.1715）	0.0533 （0.5890）
EPU1	−0.2036 （0.0298）	−0.1575 （0.0941）	−0.1491 （0.1133）	0.1981 （0.0346）	−0.0946 （0.3165）
EPU2	−0.2116 （0.0238）	−0.1713 （0.0685）	−0.1031 （0.2748）	0.2186 （0.0195）	−0.1345 （0.1538）

注：括号内为 p 值，表示显著性。

此外，Zheng 等（2016）指出，当政策不确定性高时公众易处于悲观状态，因此，就理论而言，政策不确定性应与房地产市场公众预期呈负相关关系。表 3.13

最后两行分别显示了政策不确定性指数与房地产市场公众预期之间的相关性检验结果，其中 EPU1 和 EPU2 分别代表基于 Baker 等（2016）和 Davis 等（2019）编制的政策不确定性指数[①]。可以看出，编制的房地产市场公众预期指数 hpe1a 及指数 hpe1b 均与政策不确定性指数呈显著负相关关系。

其次，进一步构造式（3.7）及式（3.8）两个对比模型检验构造的预期指数是否对房价具有更好的解释力：

$$\text{模型 I：}\quad \mathrm{hp}_t = \alpha_0 + \alpha_1 \sum_{i=1}^{P} \mathrm{hp}_{t-i} + \varepsilon_t \tag{3.7}$$

$$\text{模型 II：}\quad \mathrm{hp}_t = \beta_0 + \beta_1 \mathrm{hpe}_t + \beta_2 \sum_{i=1}^{P} \mathrm{hp}_{t-i} + \mu_t \tag{3.8}$$

式中，hp_t 为第 t 期房价指数；hpe_t 为第 t 期房地产市场公众预期指数，分别为 hpe1a、hpe1b、hpe2a、hpe2b、hpe3；P 表示因变量 hp_t 的滞后阶数；α_0 和 β_0 为截距项；ε_t 和 μ_t 分别为模型 I 和模型 II 的残差项；α_1、β_1、β_2 均为系数。

根据 AIC（Akaike information criterion），确定模型 I 的最大滞后阶数为 4 阶，此时 AIC 达到最小值 3.40。表 3.14 显示了模型 II 相比于模型 I 在均方根误差（root mean square error，RMSE）、平均绝对误差（mean absolute error，MAE）、最大允许误差（maximum permissible error，MPE）以及 Theil 等指标的表现，可以看出，加入预期指数 hpe1a 或 hpe3 后，模型可提升约 2%的预测精度，预期指数 hpe1b 也对房价具有较好的预测力。

表 3.14　房地产市场公众预期指数检验结果

模型	RMSE	提升/%	MAE	提升/%	MPE	提升/%	Theil	提升/%
模型 I	1.2336	—	0.8456	—	0.7564	—	0.0057	—
hpe1a	1.2122	1.73	0.8277	2.12	0.7395	2.23	0.0056	1.75
hpe1b	1.2211	1.01	0.8273	2.16	0.7380	2.43	0.0056	1.75
hpe2a	1.2246	0.73	0.8356	1.18	0.7473	1.20	0.0056	1.75
hpe2b	1.2291	0.36	0.8380	0.90	0.7496	0.90	0.0057	0
hpe3	1.2046	2.35	0.8294	1.92	0.7427	1.81	0.0055	3.51

最后，检验房地产市场公众预期指数与实际房价指数之间的格兰杰因果关系。已有大量研究指出房地产市场公众预期是影响房价的重要因素，而房地产市场公众预期也受实际房价的影响（Granziera and Kozicki，2015；Zheng，2015；Wang and Hui，2017）。因此，进一步对构造的房地产市场公众预期指数 hpe1a、hpe1b、hpe2a、

① http://www.policyuncertainty.com/china_epu.html.

hpe2b、hpe3 和房价指数 hp 进行滞后一阶的格兰杰因果检验。首先对各序列进行 ADF（augmented Dickey-Fuller）单位根检验，结果如表 3.15 所示。检验结果显示，所有房地产市场公众预期指数序列均在 5%水平下拒绝存在单位根原假设，实际房价指数 hp 在 10%水平下拒绝存在单位根原假设，表明各序列均为平稳序列，因此可直接进行格兰杰因果检验。格兰杰因果检验结果如表 3.16 所示，根据检验结果可知，短期内各房地产市场公众预期指数与实际房价指数之间存在双向格兰杰因果关系。表明一方面实际房价是房地产市场公众预期的格兰杰原因；另一方面，房地产市场公众预期是实际房价的格兰杰原因。

表 3.15　房地产市场公众预期指数与房价指数 ADF 检验结果

变量	hpe1a	hpe1b	hpe2a	hpe2b	hpe3	hp
ADF 统计量	−4.561	−5.514	−4.004	−3.352	−4.406	−2.727
p 值	0.000	0.000	0.001	0.013	0.000	0.070
检验结果	平稳	平稳	平稳	平稳	平稳	平稳

表 3.16　房地产市场公众预期指数与房价指数格兰杰因果检验

原假设	F 值	p 值
hpe1a 不是 hp 格兰杰的原因	20.2386	0.0000
hp 不是 hpe1a 格兰杰的原因	4.4246	0.0377
hpe1b 不是 hp 格兰杰的原因	14.6992	0.0002
hp 不是 hpe1b 格兰杰的原因	2.9369	0.0894
hpe2a 不是 hp 格兰杰的原因	31.7035	0.0000
hp 不是 hpe2a 格兰杰的原因	10.6137	0.0015
hpe2b 不是 hp 格兰杰的原因	36.2042	0.0000
hp 不是 hpe2b 格兰杰的原因	8.0009	0.0056
hpe3 不是 hp 格兰杰的原因	14.8304	0.0002
hp 不是 hpe3 格兰杰的原因	6.5297	0.0120

综合以上检验结果，本书在接下来的实证分析中主要将房地产市场公众预期指数 hpe1a 作为被解释变量，指数 hpe1b 及 hpe3 将作为替代变量进行稳健性检验。

3.4　本 章 小 结

本章主要利用网络搜索数据及统计数据两类数据源，采用主成分分析法分别构建房地产市场公众预期指数，并通过与信心指数比较、与政策不确定性比较、检验对房价的预测能力以及检验与实际房价指数之间的格兰杰因果关系等四种方式检验房地产市场公众预期指数的有效性。具体而言，本章首先基于 144 个关键词的百度搜索指数数据，通过时间序列分析选择具有先行性的关键词，利用主成分分析法合成房地产市场公众预期指数。同时本章还参考 Zheng 等（2016）的做法，仅利用上涨和下跌等带有观点性的关键词指数，编制房地产市场公众预期指数。此外本章还选取股票市场因素、住房市场因素以及融资因素三个维度共 7 个指标的统计数据，将数据进行平滑处理和正交化处理后，利用残差项进行主成分分析，计算得到基于统计数据的房地产市场公众预期指数。在进行检验时，本章首先将编制的预期指数分别与消费者信心指数、投资者信心指数以及政策不确定性指数进行相关性检验；其次，构建房价解释模型，检验发现加入预期指数后，房价模型预测精度提高约 2%；最后，房地产市场公众预期指数与房价指数之间的格兰杰因果检验结果表明，短期内各房价预期指数与房价指数存在双向格兰杰因果关系。以上检验均表明本章编制的预期指数是有效的。

第4章　调控政策对房地产市场公众预期影响的实证研究

本章旨在厘清调控政策对房地产市场公众预期的作用机理，量化分析调控政策对房地产市场公众预期的影响。根据房地产市场公众预期形成机理理论框架，公众会基于外部信息形成预期，而调控政策是公众判断未来房价走势的主要考虑因素之一。因此本章将在第 3 章编制的房地产市场公众预期指数基础上，梳理我国房地产行业调控体系，并以北京市为例，基于文本计量法对 2010～2019 年北京市房地产调控政策从“密度—强度—类型”三个维度进行量化分析，构建回归模型实证检验调控政策对房地产市场公众预期的影响。

4.1　我国房地产调控政策分析

房地产调控体系是指在房地产业客观运行规律下，中央政府通过一系列法律法规、行政手段及引导政策等对房地产市场总需求和总供给进行调节，从而实现经济总量基本平衡、资源优化配置和收益分配公平的调节和控制体系。从宏、微观角度来看，我国房地产调控政策可以分为以经济政策进行调节、以行政政策进行管理、以引导手段进行引导的宏观调控和在法律、行政手段支持下以经济手段等进行调节的微观调控。

具体而言，宏观调控是指中央政府采用具有统一性的调控政策组合主动干预房地产市场。调控政策包括财政政策、金融政策及土地政策等经济政策，还包括发挥主导作用的规划、计划等行政管理手段。微观调控则旨在利用各种经济手段通过市场机制引导房地产企业经济运行，从而从微观层面调节和控制房地产市场运行。微观调控的手段包括房地产价格、投资以及信贷等经济调节手段。由于微观调控涉及房地产市场的具体区域和交易的具体环节、行为，因此相比于宏观调控，房地产微观调控更具有灵活性。从调控手段来看，我国房地产市场调节手段主要包括法律手段、经济手段、行政手段和引导手段等。在操作方法层面，主要从宏观产业政策、区域政策以及产业内部政策三个维度进行调控管理。图 4.1 显示了我国房地产调控体系的具体结构。

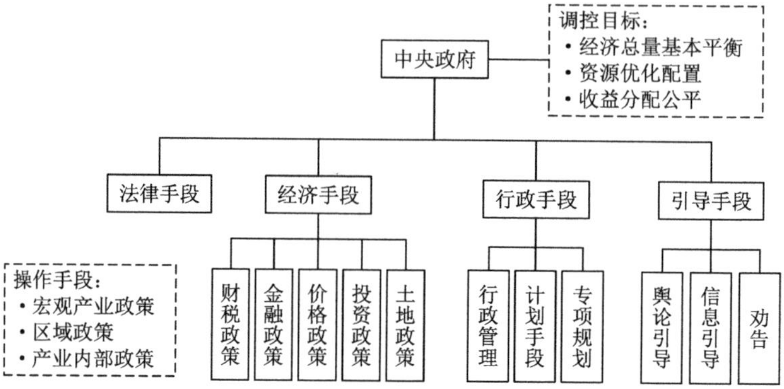

图 4.1 我国房地产调控体系的具体结构

房地产市场法律调控手段是指与房地产行业相关的法律规制，如金融法律规制、土地法律规制、税收法律规制、住房保障法律规制等，目前我国已经逐步形成房地产市场法律规制意识，出台了《城市房地产管理法》及《土地管理法》等。

经济手段主要包括财税政策、金融政策、价格政策、投资政策和土地政策等，是我国房地产调控的重要手段。图 4.2 显示了房地产调控政策的传导机制。财税政策主要指政府通过土地增值税、房产税、契税等税收政策对房地产行业的总需求和总供给进行调节。税收政策可覆盖范围较广，在房地产开发、商品持有以及流通转让三个阶段均可涉及：在开发阶段主要就房企的开发成本进行调节；在持有阶段则通过调节消费者购房热情以实现需求端调节；在流通转让阶段则可有效打击投资投机活动。金融政策对房地产市场的调控主要体现在利率、银行信贷两

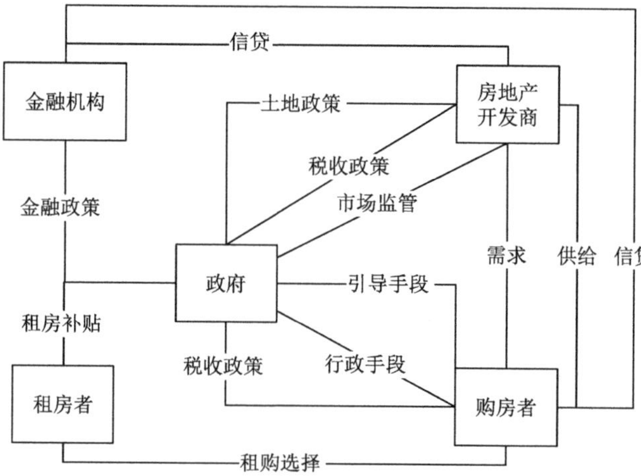

图 4.2 房地产调控政策的传导机制

个渠道，通过影响开发商及消费者的资金获取及价值，可以实现从供给端及需求端两方面影响房地产市场。关于土地政策，目前我国土地政策主要从土地价格、供应量及供给结构三个维度对房地产市场进行调控。行政手段主要分为行政管理、计划手段和专项规划，是房地产宏观调控的重要手段之一，如限购、限价、限售等政策就是对房地产市场的直接干预。引导手段则是指政府通过舆论引导、信息引导和劝告等影响房地产市场参与主体预期及行为，进而提高调控效率，达成调控效果，一般与其他调控政策相辅相成。

4.2　理论分析与研究假设

结合政策与预期等相关研究以及相关理论，本书进一步梳理了调控政策对房地产市场公众预期及市场表现的影响机制，具体如图 4.3 所示。

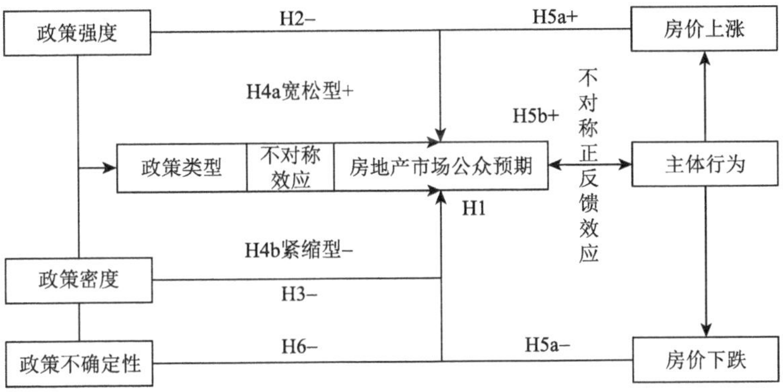

图 4.3　调控政策对房地产市场公众预期、房地产市场表现的影响机制

房地产市场表现是市场主体行为反应的结果，市场主体基于房地产市场公众预期进行决策。根据前面的房地产市场公众预期形成机理，调控政策是通过影响公众预期，改变市场主体行为进而影响房地产市场表现的。根据房地产市场的客观运行规律，政府通过一系列法律法规、行政手段和引导政策等对房地产市场的总需求和总供给进行调节，从而实现经济总量基本平衡、资源优化配置和收益分配公平的调节和控制。例如，货币信贷政策可从供给端和需求端影响房地产市场中开发商和住房消费者的预期，调节双方收益水平及决策行为（肖争艳和彭博，2011；Zhou，2018）。当实施加息、提准等紧缩型政策时，房地产开发交易成本增加，会弱化公众房价上涨预期，抑制房地产市场成交量，对房价产生下行压力。而降息、降准等宽松型的货币信贷政策则会提升公众房价上涨预期，促进房地产市场成交和房价上涨。这些政策的强度越大，对公众房价上涨预期的作用也会越大。

此外，政府在一段时期内密集出台调控政策，提高政策密度，表明调控市场的决心，会在一定程度上弱化公众房价上涨预期。房价上涨或下跌会进一步强化或弱化公众房价上涨预期，形成正反馈效应（Leduc et al.，2007；肖卫国等，2012），一般而言，房地产市场公众预期在市场下行期的正反馈作用要弱于市场上行期。现有研究已证明政策不确定性与经济活动预期显著负相关（Arslan et al.，2015；Chen et al.，2017b）。在房地产市场中，Zheng 等（2016）指出政策不确定性与公众预期呈负相关关系，即当政策不确定性越大时，公众对房地产市场表现越悲观。基于以上分析，本书针对调控政策对房地产市场公众预期的影响提出以下理论假设。

假设 1：房地产市场公众预期具有外推性，即上一期的公众预期正向影响当期的公众预期（H1）。

假设 2：政策强度会弱化房地产市场公众预期（H2）。

假设 3：政策密度会弱化房地产市场公众预期（H3）。

假设 4：不同政策类型对房地产市场公众预期具有不对称效应，宽松型政策会强化房地产市场公众预期（H4a），紧缩型政策会弱化房地产市场公众预期（H4b）。

假设 5：房价上涨会强化房地产市场公众预期，房价下跌会弱化房地产市场公众预期（H5a），房价对房地产市场公众预期的影响具有不对称的正反馈效应，房价下跌的作用程度低于房价上涨的作用程度（H5b）。

假设 6：政策不确定性会弱化房地产市场公众预期（H6）。

4.3 政策计量与实证模型构建

本节将以北京市房地产市场为例，收集中央层面以及北京市地区层面的调控政策，对政策文本进行分析并量化，构建计量模型以实证检验调控政策对房地产市场公众预期的关键作用路径，厘清调控政策对房地产市场公众预期的影响机理。

4.3.1 调控政策文本选取及描述性统计

以“房地产”和“住房”为关键词，通过北大法宝数据库[①]及中央部委官方网站收集国家层面及北京市地区层面的房地产政策文本，将研究对象确定为国务院及各部委颁布的与房地产调控政策直接相关的政策文本。考虑到房地产宏观调控还涉及土地政策、财政政策和金融政策等方面，为保证样本的完整性，本书再以“土地”“税收”“利率”等作为关键词，进一步选取与房地产市场调控

① http://www.pkulaw.cn.

相关的政策文本，将其纳入分析样本中。同时结合中指研究院年度政策盘点报告对样本进行补充。为保证样本的针对性，本书主要选取法律法规、通知、意见、办法、条例等体现政府政策的文件，并未将领导人讲话、批示、工作总结、分析报告等纳入分析样本。与房地产市场公众预期指数序列长度保持一致，梳理时间段为 2010 年 2 月～2019 年 7 月的政策文本，最终得到 424 份有效政策样本。

政策文本的年份分布情况及效力级别分别如图 4.4 和表 4.1 所示。从图 4.4 可以看出 2010 年为政策发布最为频繁的一年，国家层面和北京地区层面共发布了 63 条政策；其次为 2015 年和 2011 年及 2016 年，分别发布了 54 条、49 条和 49 条。从效力级别来看，部门/地方规范性文件最多，达 351 份。2010 年 2 月～2019 年 7 月仅颁布《中华人民共和国农村土地承包法（2018 修正）》一部法律。

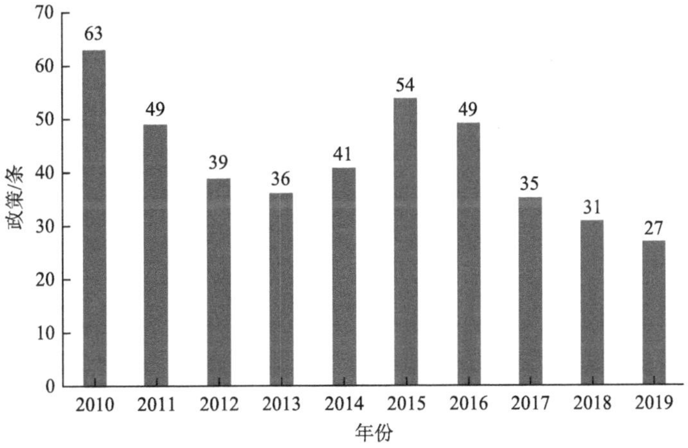

图 4.4　2010 年 2 月～2019 年 7 月房地产调控政策分布情况

表 4.1　调控政策文本效力级别

效力级别	法律	行政法规	国务院规范性文件	部门/地方政府规章	部门/地方规范性文件
数量	1	12	49	11	351

进一步采用政策文献量化法对房地产调控政策进行分析以得到本章的主要解释变量，该方法是将文本分析法、统计学等多学科方法引入，对政策文献内容进行量化分析（黄萃等，2015）。根据房地产调控政策内容及调控目的将政策分为货币政策、税收政策、土地政策、信贷政策、住房公积金政策、安居工程类政策、住房租赁政策和行政管理政策 8 类。其中货币政策主要是指央行调整存款准备金及存贷款基准利率等相关政策；税收政策主要涉及房地产开发和交易过程中的契

税、土地增值税以及税收优惠等政策；土地政策则涉及用地规划以及土地交易等政策；信贷政策则主要是指购房贷款政策；住房公积金政策主要包含住房公积金管理、存缴以及提取等政策；安居工程类政策主要包括棚户区改造以及公租房、廉租房等一系列保障性住房相关政策；住房租赁政策则指住房租赁管理支持类政策；行政管理政策主要包含限购、限价政策以及对房地产开发商、房地产中介以及商品房交易价格的监督管理等市场监管类政策。本书将交叉型政策归为多类型政策，即将包含两类及以上政策的政策文本分别统计在不同类型的政策中。

2010 年 2 月～2019 年 7 月国家层面及北京地区层面房地产调控政策分类统计如表 4.2 所示，整体来看，安居工程类政策占比最高，近十年出现 111 次，占比约为 22.29%。再是住房公积金政策和税收政策，分别出现 78 次和 70 次。在货币政策方面，近十年来，央行共调整存款准备金及存贷款基准利率 32 次。

表 4.2　房地产调控政策文件类别

时间	货币政策	土地政策	信贷政策	税收政策	住房公积金政策	安居工程类政策	住房租赁政策	行政管理政策
2010	8	11	7	17	9	21	4	12
2011	10	3	3	8	5	12	2	9
2012	4	9	7	3	6	11	1	6
2013	1	5	6	13	7	14	1	4
2014	2	5	7	5	8	9	1	6
2015	6	2	20	4	24	5	5	2
2016	1	3	5	11	3	11	5	9
2017	0	1	2	1	8	10	5	11
2018	0	2	3	4	7	11	5	5
2019	0	5	5	4	1	7	1	2
总计	32	46	65	70	78	111	30	66

4.3.2　调控政策文本计量

借鉴已有的政策量化文献，本书根据 Knill 等（2012）以及 Schaffrin 等（2015）的研究，从房地产调控政策的密度（policy density）—强度（policy intensity）—类型（policy type）三个维度对房地产调控政策文本进行计量分析，进而分析其对房地产市场公众预期的影响。其中，政策密度指一段时间内政策出台的数量。政策强度则与政策具体内容有关，一般包含范围强度（substantial intensity）和内容强度（formal intensity），前者表征政策作用的范围，后者涉及政策的执行和标准等（Bauer and Knill，2014）。政策类型指紧缩型调控政策和宽松型调控政策。下面将阐述调控政策密度、调控政策强度和调控政策类型三个维度的量化方法。

调控政策密度（Policyfr）：根据政策文献量化法计算每月各类政策的频次，对每类政策赋予均等权重；然后结合房地产市场实际调控情况，设定调控阶段，其中紧缩型调控阶段赋值 1，宽松型调控阶段赋值–1，各阶段设定如表 4.3 所示；最后综合调控阶段和政策密度计算得到政策密度变量。

表 4.3　2010 年 2 月～2019 年 7 月房地产调控阶段划分

时间	调控阶段	事件
2010 年 2 月～2014 年 9 月	紧缩型调控阶段	"国十一条" 收紧信贷
2014 年 10 月～2016 年 4 月	宽松型调控阶段	"9 · 30 政策" 放松信贷
2016 年 5 月～2019 年 7 月	紧缩型调控阶段	2016 年 5 月加强通州限购

调控政策强度（Policyintens）：本书主要研究房地产调控政策，因此政策强度主要关注其内容强度，参考 Abel 等（2015）的研究，政策强度计算方法如式（4.1）所示：

$$\text{Policyintens}_t = \sum_{i=1}^{N} w_{i,t} \tag{4.1}$$

式中，$w_{i,t}$ 表示 t 月第 i 条政策的强度。考虑到效力级别越高的政策内容越宽泛，实践及操作细节相比规范性文件少，因此本书 w 赋值规则为根据效力级别从低到高依次递减，即法律赋值为 1，部门及地方规范性文件赋值为 5。

调控政策类型：本书将调控政策分为紧缩型（Tighten）和宽松型（Loosen）政策，均为虚拟变量，编码详见附录中 2010 年 2 月～2019 年 7 月北京房地产调控政策类型表。其取值为

$$\text{Tighten(Loosen)} = \begin{cases} 1, & \text{紧缩（宽松）型政策} \\ 0, & \text{其他} \end{cases} \tag{4.2}$$

4.3.3　计量模型构建

为实证分析调控政策对房地产市场公众预期的影响，本书分别构建式（4.3）、式（4.4）及式（4.5）三个回归方程研究调控政策密度、强度和类型对房地产市场公众预期的影响：

$$\text{hpe}_t = c + \alpha_1 \text{dhp}_t + \alpha_2 \text{Policyfr}_t + \theta_t \tag{4.3}$$

$$\text{hpe}_t = c + \beta_1 \text{dhp}_t + \beta_2 \text{Policyintens}_t + \varepsilon_t \tag{4.4}$$

$$\begin{aligned}\text{hpe}_t = c &+ \gamma_1 \text{dhp}_t + \gamma_2 \text{Tighten}_t + \gamma_3 \text{Loosen}_t \\ &+ \gamma_4 \text{dhp}_t \times \text{Tighten}_t + \gamma_5 \text{dhp}_t \times \text{Loosen}_t + \mu_t\end{aligned} \tag{4.5}$$

式中，hpe_t 表示 t 时刻房地产市场公众预期；dhp_t 表示房价增长率，数据来源于北京市统计局；Policyfr_t 和 Policyintens_t 分别为政策密度和政策强度；Tighten_t 和 Loosen_t 分别代表紧缩型和宽松型政策；c 为常数；θ_t、ε_t、μ_t 为随机误差项；α_1、α_2、β_1、β_2、γ_1、γ_2、γ_3、γ_4、γ_5 均为系数。

在进行回归分析之前，首先对时间序列数据进行单位根检验，检验结果如表 4.4 所示。时间序列 hpe 在 10%的显著水平下拒绝“存在单位根”的原假设；房价增长率序列 dhp 在 1%的显著水平下拒绝“存在单位根”的原假设；变量 Policyfr 和 Policyintens 在 1%的显著水平下拒绝原假设，可以认为以上序列均为平稳序列，可以直接进入模型进行回归分析。

表 4.4　单位根检验结果

变量	ADF 检验	PP 检验	检验结果
hpe	−4.561 （0.000）	−2.758 （0.0646）	平稳
dhp	−3.980 （0.0015）	−3.810 （0.0028）	平稳
Policyfr	−5.614 （0.000）	−5.645 （0.000）	平稳
Policyintens	−5.206 （0.000）	−5.179 （0.000）	平稳

注：括号内为 p 值。

4.4　实证结果及稳健性分析

4.4.1　实证结果分析

表 4.5 显示了调控政策密度及强度对房地产市场公众预期影响的实证结果。其中，_cons 为常数项，r_2 为拟合优度，N 为样本量，L·hpe 中的“L”表示一阶滞后。模型 a 和模型 b 分别检验了先验信念（上一期公众预期）和过去的房价走势对房地产市场公众预期的影响，回归结果系数分别为 0.9421 和 1.1685，且均在 1%的水平下显著。表明历史房价变动与房地产市场公众预期同向变动，房地产市场公众预期存在“锚定效应”和外推性，假设 H1 和 H5a 得到验证。由于房地产

市场信息的不确定性及非对称性，公众在对未来房价进行估计时，倾向于将其和过去的判断联系起来，会通过“锚定”之前对房价走势的判断或历史房价走势形成房价预期。这可能是长久以来我国公众一直对房价持有上涨预期的原因之一。模型 c 和模型 d 分别区分房价上涨周期和房价下跌周期检验房价对公众预期的影响，回归结果系数分别为 2.033 和 0.499，分别在 5%和 10%的水平下显著。说明在市场下行期，房价上涨对公众预期的作用要明显弱于市场上行期，不同市场周期下房价对公众预期的作用具有不对称性，假设 H5b 得到验证。

表 4.5　调控政策密度及强度对房地产市场公众预期影响实证结果

变量	模型 a	模型 b	模型 c	模型 d	模型 1	模型 2
L.hpe	0.9421*** (29.62)					
dhp		1.1685*** (3.94)	2.033** (2.55)	0.499* (1.90)	0.7811*** (2.70)	0.6351** (2.13)
Policyfr					−0.4511*** (−4.31)	
Policyintens						−0.1546*** (−4.52)
_cons	5.9457* (1.82)	102.6425*** (159.48)	101.099*** (59.14)	101.742*** (174.41)	104.0363*** (153.05)	104.0563*** (155.07)
r_2	0.8877	0.1227	0.104	0.065	0.2495	0.2602
N	113	113	58	54	113	113

*表示 $p<0.1$，**表示 $p<0.05$，***表示 $p<0.01$。
括号中为 t 值。

模型 1 和 2 的回归结果表明调控政策密度及强度对房地产市场公众预期产生显著的负向影响，假设 H2 和 H3 得到了验证。具体来看其回归系数分别为 −0.4511 和−0.1546，均在 1%的水平下显著，表明一方面密集出台的调控政策有助于抑制北京市房地产市场公众预期；另一方面，操作性强的政策出台也能有效降低市场热情。

表 4.6 展示了调控政策类型对房地产市场公众预期影响的实证结果。变量 Loosen 的系数为 10.2324 且在 1%（$p<0.01$）的水平下是显著的，表明宽松的政策能显著增强房地产市场公众预期，假设 H4a 得到验证。变量 Tighten 的系数为 −2.0070，但在 10%（$p<0.1$）的水平下不显著，表明紧缩的调控政策并不能有效降低房地产市场公众预期水平，假设 H4b 未得到验证。模型 3-2 添加交互项 dhp×Loosen 和 dhp×Tighten 进一步验证调控政策对房地产市场公众预期的影响。

交互项的系数为负，表明紧缩的政策在一定程度上会减弱历史房价对房地产市场公众预期的影响，即影响公众外推性预期过程，加剧房价波动。

表 4.6 调控政策类型对房地产市场公众预期影响实证结果

变量	模型 3-1	模型 3-2	模型 3′-1	模型 3′-2
dhp	1.1364*** (4.03)	1.4185*** (4.30)	0.8333*** (3.11)	0.5940** (2.27)
Tighten	−2.0070 (−1.30)	−1.7468 (−1.13)	−0.4478 (−0.16)	−0.8085 (−0.28)
Loosen	10.2324*** (3.78)	10.0463*** (3.61)	13.9658*** (5.79)	6.7066** (2.30)
dhp × Loosen		0.9736 (0.76)		4.3558*** (3.97)
dhp × Tighten		−1.2416* (−1.97)		−0.4168 (−0.19)
_cons	102.4886*** (147.77)	102.5401*** (149.34)	101.7838*** (169.22)	101.7509*** (179.58)
r_2	0.2363	0.2667	0.3297	0.4164
N	113	113	113	113

*表示 $p<0.1$，**表示 $p<0.05$，***表示 $p<0.01$。
括号中为 t 值。

研究过程中注意到，2010～2019 年北京市曾多次调整住房公积金贷款利率，进一步研究信贷政策对房地产市场公众预期的影响。当政府上调公积金贷款利率时，设 Tighten = 1，当政府下调公积金贷款利率时，设 Loosen = 1，其他情况下 Tighten 和 Loosen 均为 0。实证结果如表 4.6 的模型 3′-1 和模型 3′-2 所示。回归结果证实了宽松的信贷政策可以促进房地产市场公众预期，而政府上调公积金贷款利率对抑制房地产市场公众预期的作用并不显著。

本节进一步研究政策不确定性与房地产市场公众预期之间的关系，构建如下回归方程研究政策不确定性（economic policy uncertainty，EPU）对房地产市场公众预期的影响：

$$\text{hpe}_t = c + \alpha_1 \text{dhp}_t + \alpha_2 \text{EPU}_t + \alpha_3 \text{dhp}_t \times \text{EPU}_t + \mu_t \tag{4.6}$$

采用 Davis 等（2019）编制的经济政策不确定性指数验证政策不确定性指数与房地产市场公众预期之间的关系，结果如表 4.7 所示。实证结果表明，政策不确定性与房地产市场公众预期指数显著负相关，假设 H6 得到了验证。Xia 等（2020）的研究也发现政策不确定性会显著影响我国房地产市场表现。研究还发现交互项

dhp×EPU 的系数为–0.0110，在 5%的水平下显著，表明政策不确定性也会影响公众的外推性预期过程，造成一定程度的房价波动。

表 4.7　政策不确定性对房地产市场公众预期影响实证结果

变量	模型 4-1	模型 4-2
dhp	1.0868*** （3.66）	2.7109*** （3.87）
EPU	–0.0127* （–1.86）	–0.0143** （–2.13）
dhp×EPU		–0.0110** （–2.55）
_cons	104.6267*** （84.12）	104.5402*** （86.09）
r_2	0.1494	0.1971
N	113	113

*表示 $p<0.1$，**表示 $p<0.05$，***表示 $p<0.01$。
括号中为 *t* 值。

4.4.2　稳健性分析

前面的回归模型中主要将包含市场信息的房价变动作为控制变量，并未对宏观经济因素进行控制。根据孔煜（2009）的研究结果以及第 2 章房地产市场公众预期形成机理的实证结果，房地产市场公众预期还受到宏观基础面及金融环境等因素的影响。因此在回归方程中引入分别代表宏观基础面、金融环境和房地产市场环境的控制变量，即工业增加值增长率（GIAV）、CPI 增长率（GCPI）、M2 增长率（GM2）和房地产开发投资完成额增长率（GINVEST）4 个控制变量，进一步观察政策密度和政策强度对房地产市场公众预期的影响是否稳健。

表 4.8 显示了调控政策密度和强度对房地产市场公众预期影响稳健性检验的结果，其中模型 R1 和 R2 中被解释变量分别为 hpe1b 和 hpe3。从检验结果可以看出，历史房价与房地产市场公众预期之间呈正相关关系，调控政策密度和强度系数均显著为负，表明实证结果是稳健的。从回归结果还可看出，CPI 增长率与房地产市场公众预期显著负相关，表明当居民消费价格指数上升时，居民购买力下降，进而影响房地产市场公众预期水平。房地产开发投资完成额与房地产市场公众预期显著正相关，表明房地产供给因素在一定程度上也会对房地产市场公众预期造成影响。

表 4.8　调控政策密度和强度对房地产市场公众预期影响稳健性检验

变量	R1-1	R1-2	R2-1	R2-2	R3-1	R3-2
dhp	0.7314*** (2.99)	0.5682** (2.30)	0.9267** (2.55)	0.8425** (2.23)	0.6793** (2.26)	0.5853* (1.92)
Policyfr	−0.3484*** (−3.95)		−0.3695*** (−2.81)		−0.3764*** (−3.06)	
Policyintens		−0.1340*** (−4.73)		−0.1163*** (−2.68)		−0.1298*** (−3.32)
GIAV					0.1531 (0.84)	0.1791 (0.99)
GCPI					−1.6275*** (−3.04)	−1.4539*** (−2.70)
GM2					1.0169 (1.20)	0.9028 (1.07)
GINVEST					0.2102*** (2.98)	0.2212*** (3.24)
_cons	103.3434*** (180.17)	103.4924*** (186.35)	110.9049*** (129.89)	110.8274*** (130.15)	105.7931*** (72.32)	105.1784*** (71.42)
r_2	0.2425	0.2817	0.1592	0.1540	0.4003	0.4098
N	113	113	113	113	113	113

*表示 $p<0.1$，**表示 $p<0.05$，***表示 $p<0.01$。
括号中为 t 值。

表 4.9 显示了调控政策类型对房地产市场公众预期影响的稳健性检验结果，可以看出结果与前面的实证结果一致，宽松型调控政策可以显著提升房地产市场公众预期，而紧缩型调控政策对抑制房地产市场公众预期水平的效果并不显著。此外，宽松型调控政策会加强历史房价变动对房地产市场公众预期的影响，与之相反，紧缩型调控政策则会弱化历史房价变动对房地产市场公众预期的正向影响。

表 4.9　调控政策类型对房地产市场公众预期影响稳健性检验

变量	R1-31	R2-31	R1-32	R2-32	R3-3
dhp	1.0051*** (4.17)	1.1374*** (3.25)	1.0867*** (3.92)	1.3447*** (3.33)	0.9299*** (3.26)
Loosen	6.9671*** (3.01)	9.1330*** (2.71)	5.6777** (2.43)	7.5814** (2.23)	7.6360** (2.60)
Tighten	−1.1920 (−0.90)	1.9529 (1.02)	−1.2665 (−0.98)	1.9725 (1.05)	−1.8452 (−1.12)
dhp × Loosen			2.6674** (2.48)	3.4473** (2.21)	
dhp × Tighten			−0.7872 (−1.49)	−1.4026* (−1.82)	

续表

变量	R1-31	R2-31	R1-32	R2-32	R3-3
GIAV					−0.1106 （−0.61）
GCPI					−1.3974** （−2.37）
GM2					0.9571 （1.10）
GINVEST					0.2596*** （3.95）
_cons	102.1280*** （172.14）	108.8940*** （126.32）	102.2004*** （177.00）	108.9975*** （129.80）	105.8549*** （65.02）
r_2	0.2079	0.1622	0.2649	0.2212	0.3956
N	113	113	113	113	113

*表示 $p<0.1$，**表示 $p<0.05$，***表示 $p<0.01$。
括号中为 t 值。

下面进一步检验政策不确定性对房地产市场公众预期的影响实证结果的稳健性。将模型中 EPU 变量换为由 Baker 等（2016）构建的经济不确定性指数 EPU′，检验结果如表 4.10 中的模型 R4-1 和 R4-2 所示。此外，在替换被解释变量后，结果如模型 R1-4 和 R2-4 所示，政策不确定性指数与房地产市场公众预期指数依旧呈显著的负相关关系，表明实证结果是稳健的。

表 4.10　政策不确定性对房地产市场公众预期影响稳健性检验

变量	R4-1	R1-4	R4-2	R2-4	R3-4
dhp	1.1225*** （3.83）	0.9802** （2.36）	2.2592*** （3.55）	2.3085** （2.46）	2.2826*** （3.33）
EPU′	−0.0065** （−2.06）		−0.0071** （−2.26）		
EPU		−0.0078*** （−2.65）		−0.0091** （−2.52）	−0.0155** （−2.35）
dhp×EPU′			−0.0042** （−2.00）		
dhp×EPU				−0.0090* （−1.97）	−0.0108** （−2.57）
GIAV					−1.3701*** （−2.66）
GCPI					−0.3501** （−2.02）
GM2					1.2577 （1.46）

续表

变量	R4-1	R1-4	R4-2	R2-4	R3-4
GINVEST					0.2213*** （3.91）
_cons	104.3884*** （98.57）	103.4894*** （115.98）	104.3967*** （99.92）	103.4186*** （118.61）	109.3249*** （54.51）
r_2	0.1553	0.1496	0.1852	0.1949	0.3758
N	113	113	113	113	113

*表示 $p<0.1$，**表示 $p<0.05$，***表示 $p<0.01$。
括号中为 t 值。

4.5　本章小结

本章主要在构建房地产市场公众预期指数的基础上，进一步分析房地产市场公众预期形成机理中外部环境信息——调控政策对房地产市场公众预期的影响。本章首先对我国房地产调控体系进行分析，梳理房地产调控手段以及调控政策传导机制。随后基于已有的相关研究，进一步梳理了调控政策对房地产市场公众预期及市场表现的影响机制。在此基础上，收集整理 2010 年 2 月～2019 年 7 月北京市 424 份政策样本，从政策密度、强度、类型三个维度对政策文本进行计量分析，最后运用计量模型实证检验调控政策对房地产市场公众预期的影响。研究发现，房地产市场公众预期与先验信念及历史房价变动显著相关，先验信念、历史房价增长显著正向影响房地产市场公众预期，表明房地产市场公众预期存在“锚定效应”和外推性。调控政策密度及强度与房地产市场公众预期显著负相关，表明一方面密集出台的调控政策有助于抑制北京市房地产市场公众预期；另一方面，操作性强的政策出台也能有效降低市场热情。研究结果还发现，宽松型调控政策可以显著提升房地产市场公众预期，而紧缩型调控政策对抑制房地产市场公众预期的作用不显著。此外，本章还验证了政策不确定性对房地产市场公众预期的影响，实证结果与 Zheng 等（2016）的发现一致，政策不确定性与房地产市场公众预期之间呈显著负相关关系，而且政策不确定性会弱化历史房价对房地产市场公众预期的正向影响。在进行稳健性检验时，通过替换房地产市场公众预期指数、加入控制变量等方法进行验证，检验结果表明实证结果是稳健的。

第5章　媒体报道对房地产市场公众预期影响的实证研究

由前面的房地产市场公众预期形成机理可知，公众是基于外部信息对未来房价走势进行判断的，信息在房地产市场公众预期形成过程中起着十分关键的作用。而在媒体信息覆盖范围极广的今天，媒体报道成为公众获取外部信息最普遍、最主要的来源。根据中国互联网络信息中心发布的第44次《中国互联网络发展状况统计报告》①显示，截至2019年上半年，我国网络新闻用户规模达6.86亿，占全体网民的80.3%。一方面，公众通过媒体报道获取相关的市场信息；另一方面，媒体也会将政府出台的调控政策传播给公众。可见，媒体报道与房地产市场公众预期之间存在紧密联系。本章将基于北京市2010～2019年关于房价的报道，运用文本内容分析法，从媒体关注度及媒体报道态度两个维度对媒体报道内容进行量化分析，并实证检验媒体关注度及媒体报道态度对房地产市场公众预期水平以及公众预期准确性的影响。

5.1　理论分析与研究假设

5.1.1　黏性信息理论

黏性信息理论是由Mankiw和Reis于2002年首次提出的，Mankiw和Reis（2002）指出，经济主体选择当期信息形成的预期是理性预期，但当信息在人群中进行传播时，其传播速度可能并非理想中那么及时，其过程可能相当缓慢，而且信息接收者，即经济主体在接收信息时会承担一定的成本，因此经济主体的预期过程是基于过去的旧的信息形成的预期，而非利用当前信息形成的理性预期。总结而言，黏性信息理论的主要思想是，由于经济主体在收集或者处理用于帮助决策的信息时，需要承担一定的成本，经济主体用于决策的信息不是即时更新的。此时经济主体考虑到已经为过去的信息付出过一定的成本，那么为了降低信息获取和处理成本，经济主体将会选择重复使用过去的信息以避免付出新的信息成本，

---

① http://www.cac.gov.cn/2019-08/30/c_1124938750.htm.

将使用过去的信息来替代当期的信息。这也是由经济主体的有限理性决定的，在前面的预期相关理论中已经指出，理性预期理论假设经济主体可以利用可获得的所有信息做出“最优”决策，而有限理性预期理论则假设经济主体只能根据获得的信息做出“最满意”决策。黏性信息理论与有限理性预期理论核心观点一致，经济主体在形成预期或者进行决策时，并非连续更新信息集，而是对现有信息进行理性疏忽，利用过去的信息对未来的经济变量进行判断或进行决策，追求的不是“最优”决策，而是局部利益最大化。经济主体之所以会产生理性疏忽也是由于经济主体在获取信息时需要承担一定的成本。相较于黏性信息理论认为经济主体利用过去的信息进行判断和决策，理性疏忽则指经济主体会理性地疏忽不重要的信息，采用局部信息来进行决策以降低信息成本，即经济主体是有限关注的（彭叠峰等，2015）。

Mankiw 和 Reis（2002）提出黏性信息理论后受到学术界的广泛关注，Carroll（2003）基于黏性信息理论提出流行病模型，以刻画居民及专家对宏观经济变量的预期，研究成果验证了黏性信息的正确性。黏性信息理论的特点之一是将信息滞后纳入模型中，Morris 和 Shin（2006）基于这一特点发展了黏性预期。该理论一方面肯定了学习在预期形成过程中的重要性，是有限理性预期理论的继承；另一方面由于该理论突破了预期的同质假设，用滞后信息代替当期信息，是对信息不完备情境下预期形成机理的研究的补充。早期黏性信息模型将经济主体更新信息集的概率设为外生不变的，Dräger 和 Lamla（2012）指出，信息的黏性程度是不可能固定不变的，即经济主体不可能以相同的概率更新信息集。因此 Dräger 和 Lamla（2012）基于 Brock 和 Hommes（1998）的研究，提出一种有成本的理性预期和无成本的预期的转换机制，从而使经济主体的信息黏性程度是内生且时变的。我国学者张蕾等（2019）基于黏性预期及转化学习机制对汇率市场中交易者的预期进行了研究，得出汇率市场中交易者预期存在黏性以及异质性的结论。在房地产市场中，经济主体从媒体或者中介等获取的相关信息在一定程度上是滞后的，因此大部分经济主体接收到的相关房价信息都是黏性信息，也会对房价信息进行理性疏忽。

5.1.2 研究假设

Mankiw 和 Reis（2002）的黏性信息理论指出公众在进行决策时，考虑到信息成本，通常不会连续更新信息。也正是因为获取和处理新信息需要承担一定的信息成本，为减少信息更新成本，一方面公众利用过去的旧信息进行决策判断，另一方面公众倾向于偶然更新已有信息或者直接利用普遍的信息资源。而媒体报道是公众获取低成本信息的来源，公众通过媒体报道获取经济变量相关信息，而不是通过跟踪统计数据对未来经济变量进行判断，这在一定程度上大大减少了公众的信息获取以及信息处理成本。媒体报道对资产价格的影响在行为经济学及行为金融学领域受到广泛关注，学者在研究过程中注意到媒体提供的信息在传播过程中会影响资产价格，并实证检验了信息的数量以及质量对资产价格的影响（Easley and O'hara，2004；Matsumoto et al.，2011；Li et al.，2014；陈泽艺和李常青，2017）。在房地产市场方面，也有学者指出媒体报道的关注度会显著影响房地产市场表现（苏志，2016；赵伟等，2018；宋丹丹等，2019）。但鲜有研究就媒体报道对房地产市场公众预期的影响机制进行讨论。

根据传播学的议程设置理论（agenda setting theory），虽然媒体不能直接决定公众的思考以及认知方式，但媒体可以为公众引导其觉得重要的问题或事件。换句话来说，只要媒体聚焦于某一问题或者事件并集中报道，就可以引发公众对该问题或事件的关注和讨论，进而改变公众的认知，影响公众对这一问题或事件的判断（McCombs and Shaw，1972）。媒体报道在公众之间的传导机制可由沉默的螺旋理论解释（游家兴和吴静，2012）。媒体报道的内容在社会群体中传播时，处于主导地位的公众将会发出意见，而少数派将会保持沉默，甚至被孤立。随着时间的推移，处于主导地位的多数派将会传播意见，同化持少数意见的公众，最终影响整个社会群体的观点。具体而言，如图5.1所示，在社会群体中，公众可分为完全理性及非完全理性两类。其中完全理性的公众不会受媒体报道的影响而改变自身的观点。非完全理性的公众中则会有部分公众选择捷径，根据媒体报道内容，改变预期，形成与媒体报道趋同的判断；而非完全理性公众中的另一部分公众，虽然最初未受到媒体报道的影响，但随着时间的推移，当其处于少数派时，将会受到预期改变的那部分公众的影响，最终改变自身预期。

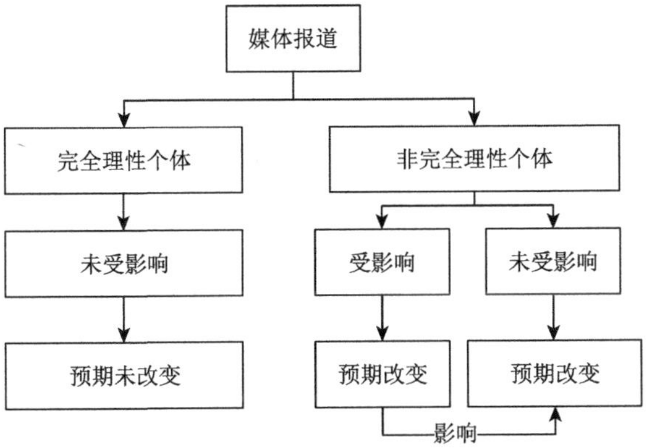

图5.1　媒体报道对个体预期影响图

综合以上分析，结合房地产市场实际情况，媒体报道对房地产市场公众预期的影响如图 5.2 所示。当房地产市场产生城镇化规划、市场波动等事件时，媒体会对这些事件进行报道，媒体报道中一方面包含了信息，另一方面也包含了媒体对这些事件的看法。媒体内容包含的信息以及媒体掺杂的态度作用于房地产市场公众，影响公众预期，进而改变公众的行为以及市场表现。当市场表现发生变化时，媒体继续捕捉这些变化，产生新一轮报道。此外，房地产作为我国与民生联系十分密切的产业，政府为促进其稳定发展，通常会出台一系列调控政策和规划。政府出台的政策一方面可能通过官方发布直接传达给公众，另一方面，媒体也会将这些政策传播给公众。与此同时，媒体也会对这些政策进行解读或传达权威专家的相关解读及观点。

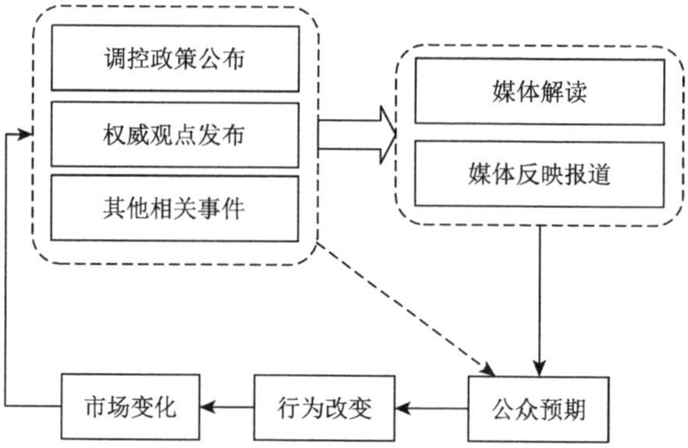

图 5.2　媒体报道对房地产市场公众预期影响图

综上所述，媒体报道在将房地产市场相关事件传达给公众的同时，也在报道内容中包含了媒体的看法和态度。这些综合信息对房地产市场公众预期造成影响，改变公众的行为，进而导致房地产市场发生变化。由此可见，媒体报道对公众预期的影响一方面体现在媒体报道对房地产市场公众预期水平的影响；另一方面体现在其对房地产市场公众预期准确性的影响。例如，汪昌云和武佳薇（2015）指出，媒体态度会影响投资者预期及决策，继而影响资产价格。媒体关于房价上涨态度的相关报道越多，公众在接收到这些信息后就越可能认为未来房价会上涨；相反，如果媒体关于房价下跌态度的报道越多，公众越容易形成下跌预期。也有一些学者指出，媒体态度对资产价格的影响具有非对称性。例如，在股票市场上，相比于利好消息，利空消息对股票市场的波动性影响更大（Dyck and Zingales，2003；Gaa，2009）。但在平均水平上，我国房地产市场公众预期一直处于上涨预期状态，当媒体报道持上涨态度时，公众可能会因为媒体报道态度与自己相同而强化自身预期。因此本书提出如下假设。

H1：媒体报道态度与房地产市场公众预期正相关，媒体报道正（负）面态度越强烈，房地产市场公众预期越高（低），且媒体报道态度对房地产市场公众预期的影响具有非对称性。

虽然基于传播学视角，媒体作为中介，应当以中立的角色客观真实地将事实传播给公众，但 Hamilton（2004）指出，新闻作为一种商品，并不能完全、准确地反映现实世界。媒体企业会实现利益最大化，可能会基于自身利益或追逐“轰动效应”而背离向公众传播真实、客观的信息的标准，向公众提供加工后的有偏报道，从而产生“媒体偏见”。由于公众通过媒体获得的信息形成预期，那么这些有偏报道则会影响公众判断的准确性。Doms 和 Morin（2004）实证研究了媒体报道中“Recession（经济衰退）”使用频率对公众通胀预期形成的影响，研究结果表明，媒体报道中存在信息偏差，且会影响公众通胀预期的准确性。Lamla 和 Lein（2014）在该研究基础上进一步验证了媒体报道对公众通胀预期的影响，研究发现，媒体关于物价的报道越多，公众可能获取越多的新信息，通胀预期偏差相应缩小。Carroll（2003）也指出，媒体对相关新闻报道越多，那么公众看到报道的可能性就越大，则更有可能形成合理预期。Lamla 和 Lein（2014）的研究还发现，如果媒体报道存在偏差，则会降低公众的预测精确度。综合上述分析，本书提出如下假设。

H2：媒体关注度越高，房地产市场公众预期准确性越高。

H3：媒体报道态度显著影响房地产市场公众预期准确性。

5.2　数据收集与描述性统计

5.2.1　数据收集

根据研究目的，本章首先考虑将网络媒体数据作为分析样本，并根据“中国互联网数据平台”网站统计所公布的数据，选取新浪财经、腾讯财经、搜狐财经、网易财经及凤凰网财经等五大用户访问时间长的财经资讯网站。但抓取到的网络新闻数据中干扰信息较多，与“主流媒体舆论场”纸质媒体不同，网络新闻在客观性及权威性等方面难以与纸质媒体相媲美。因此本书承袭国内相关研究的普遍做法（李培功和沈艺峰，2010；徐莉萍和辛宇，2011；游家兴和吴静，2012；朱小能和周磊，2018），以《中国重要报纸全文数据库》作为媒体报道的主要数据来源。数据库收录了《人民日报》《中国经济时报》《中国证券报》《第一财经日报》《中国房地产报》《北京日报》等国内权威类、主流财经类及地方报纸，主流网络媒体如新浪房产、腾讯房产等也会转载这些报纸刊登的新闻，以网络形式传播给大众。具体而言，本书通过《中国重要报纸全文数据库》对有关北京房价的新闻报道进行具体检索，检索时间限定为2010年2月～2019年7月。本书将包含“北京房价”“北京房地产”“北京楼市”等25个关键词①的新闻全部纳入检索范围，并限定为只对新闻主题进行检索以减少无关的报道结果，只要新闻主题中含有上述一个或多个关键词就被选中并记录。虽然仅对新闻主题进行检索已经大大提高了检索精度，但是仍会出现一些与研究主题无关的报道。为此，本书对检索结果进一步通过人工筛选的方式，剔除无关的新闻报道和重复的检索条目，最终得到7157条相关新闻。

5.2.2 媒体报道量化

在媒体报道度量方面，学者主要从媒体关注度以及媒体报道态度（或语气）两方面对媒体报道内容进行量化（Tetlock，2007；张成思和芦哲，2014；Lamla and Lein，2014）。其中媒体关注度即为媒体相关报道篇数（volume）；媒体报道态度（或语气）一般被量化为正面、负面、中性三类，在研究中学者或分别度量这三类态度，或采用加权方法综合量化媒体态度。从已有研究来看，学者普遍利用文本内容分析法（text contents analysis）对媒体报道态度进行判断。媒体报道的文本内容分析可通过计算机识别或人工阅读实现。其中计算机识别是指借用计算机程序统计媒体报道中出现的正面或负面词汇频率，进而判断媒体态度（Jegadeesh and Wu，2013）；也可利用自然语言处理与信息检索（natural language processing and information retrieval，NLPIR）等语义分析软件，对媒体报道内容进行情感分析。然而，尽管利用计算机处理文本内容速度快、可保证统一的评判标准，但计算机判断语义主要是根据包含正面、负面等词汇的词库进行判断，因此在许多情景下，计算机难以全面、客观地识别语境和语义。尤其中文词汇含义丰富，同一词汇在不用的语境中可能会有相反的含义。才国伟等（2015）也指出，采用文献中常用的以“词汇”出现次数来判定报道性质的统计方法在中国语境下可能产生偏误。因此，对于媒体报道等长文本内容，人工阅读法能更好地对媒体报道态度进行判断。本书参考李培功和沈艺峰（2010）以及Lamla和Lein（2014）的研究方法，通过人工阅读对新闻报道的态度倾向做出判断。本书结合新闻标题及内容将媒体态度分为看多、看空及中性三类。首先根据有明确含义的新闻标题进行判断，判断规则如下。

---

① 搜索的关键词为北京房价、北京住房、北京房地产、北京新房、北京一手房、北京二手房、北京商品房、北京不动产、北京楼市、北京楼市调控、北京房地产调控、北京房产税、北京楼盘、北京限购、北京限贷、北京买房、北京购房、北京首付、北京公积金、北京房贷、北京商贷、北京土地拍卖、北京土地市场、北京土拍、北京地王。

（1）如果新闻标题包含“涨”“上升”“只涨不跌”“高”“量价齐升”“热”等关键词汇，则将此类新闻归类为看多。

（2）如果新闻标题包含“降”“跌”“低”“量价齐跌”“冷”“降温”等词汇，则将其归为看空。

对于难以通过新闻标题判断媒体态度的新闻，本书根据以下判断标准，通过阅读全文将媒体报道进行分类。

（1）有关房地产市场表现的报道，如与房价上涨、成交量增加等相关的报道，标注为看多；相反则标注为看空。此外，如果媒体报道内容为“量涨价跌”“量跌价涨”“平稳”等则标注为中性。

（2）有关房地产市场供求关系的报道，如果媒体报道内容反映房地产市场需求增加，则标注该类报道为看多，反之标注为看空。如果媒体报道内容反映房地产市场供给增加，则标注该类报道为看空，反之标注为看多。

（3）有关房地产投资的报道，如果媒体报道内容为加大投资力度，则标注为看多，反之为看空。

（4）有关房地产贷款额度加大或放宽限制等利好相关的报道，标注为看多，反之标注为看空。

（5）有关房地产市场调控政策的报道，如果报道的政策类型为紧缩型政策，则标注为看空；如果报道的政策类型为宽松型政策，则标注为看多。

（6）有关保障性住房等政策性住房的报道以及其他未表明态度的报道，均标注为中性。

在对每篇媒体报道态度进行判断后，本书定义看多、看空及中性媒体报道态度指标来量化每月媒体报道的态度。具体做法是，通过对当月媒体报道态度进行加总，分别计算看多、看空及中性篇数占总报道数的比例。看多（Rise_t）、看空（Fall_t）及中性（Neutral_t）媒体报道态度指标计算方法分别如式（5.1）～式（5.3）所示：

$$\text{Rise}_t = \frac{\text{当月看多新闻数}}{\text{当月总新闻数}} \times 100\% \tag{5.1}$$

$$\text{Fall}_t = \frac{\text{当月看空新闻数}}{\text{当月总新闻数}} \times 100\% \tag{5.2}$$

$$\text{Neutral}_t = \frac{\text{当月中性新闻数}}{\text{当月总新闻数}} \times 100\% \tag{5.3}$$

此外，本书参照 Garcia（2013）的研究，构建媒体相对看多态度指标（Kanduo_t），其计算方式如式（5.4）所示：

$$\text{Kanduo}_t = \frac{\text{当月看多新闻数} - \text{当月看空新闻数}}{\text{当月总新闻数}} \times 100\% \tag{5.4}$$

5.2.3　描述性统计

2010 年 2 月～2019 年 7 月媒体报道数量月度分布及年度报道总数分别如图 5.3 和表 5.1 所示。2010 年 2 月～2017 年 2 月，媒体报道整体上呈递减趋势，到 2017 年 3 月媒体报道数量上涨为 115 篇，随后整体上呈现递减趋势。从媒体报道态度来看，2013 年媒体看多报道为 237 篇，稍高于 2015 年 213 篇的看多报道；2010 年及 2011 年看空报道分别为 336 篇、400 篇，2017 年看空报道为 270 篇。

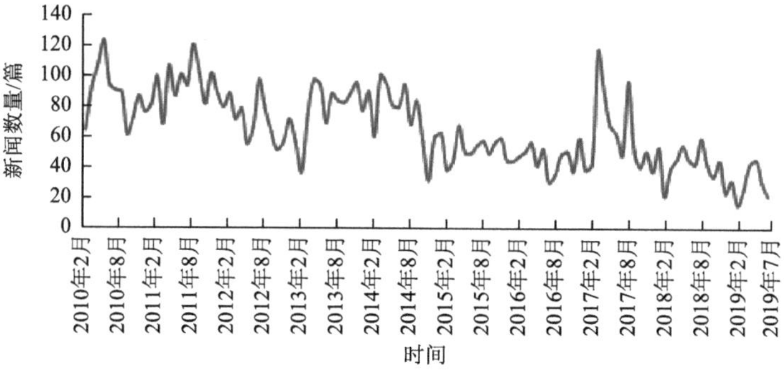

图 5.3　2010 年 2 月～2019 年 7 月媒体报道数量月度分布

表 5.1　2010 年 2 月～2019 年 7 月媒体不同态度报道数量年度分布

年份	总篇数	看多篇数	看空篇数	中性篇数
2010	931	126	336	469
2011	1098	57	400	641
2012	827	143	151	533
2013	915	237	139	539
2014	871	140	181	550
2015	604	213	56	335
2016	525	125	107	293
2017	712	23	270	419
2018	477	37	133	307
2019	196	35	22	139
总计	7156	1136	1795	4225

图 5.4 显示了 2010 年 2 月～2019 年 7 月媒体报道态度趋势。整体上看，媒体态度可以分为三个阶段：2010～2012 年，整体上而言，媒体看空态度高于看多态

度，而这一时期，也是中央及北京市地方政府出台多项紧缩政策抑制房价快速上涨阶段；随后 2013～2016 年 10 月，整体上媒体看多态度高于看空态度；2016 年 11 月～2019 年 7 月，整体上媒体看空态度报道多于看多态度报道。

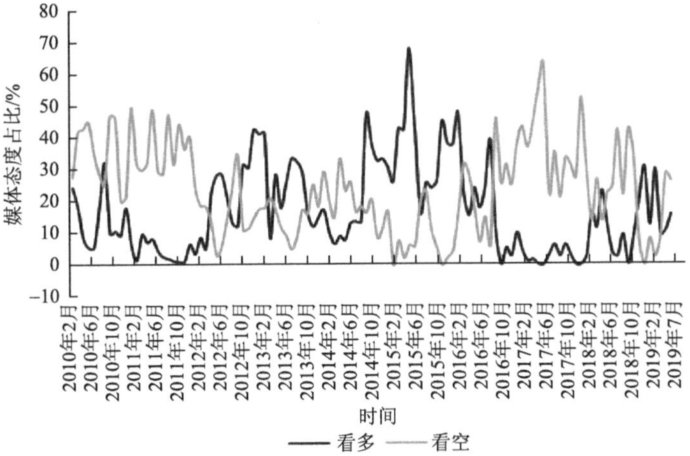

图 5.4　2010 年 2 月～2019 年 7 月媒体报道态度

5.3　实 证 分 析

5.3.1　计量模型构建

本书分别从媒体关注度以及媒体报道态度对房地产市场公众预期水平以及准确性两个方面分析媒体报道对房地产市场公众预期的影响。首先本书构造计量模型式（5.5）和式（5.6）研究媒体关注度以及媒体报道态度对房地产市场公众预期水平的影响：

$$\mathrm{hpe}_t = \alpha_0 + \alpha_1 \mathrm{hpe}_{t-1} + \alpha_2 \mathrm{Volume}_t + \mu_t \tag{5.5}$$

$$\mathrm{hpe}_t = \beta_0 + \beta_1 \mathrm{hpe}_{t-1} + \beta_2 \mathrm{Tone}_t + \varepsilon_t \tag{5.6}$$

式中，hpe_t 表示第 t 期房地产市场公众预期；Volume_t 表示媒体关注度，用媒体报道数量的对数形式衡量；$\mathrm{Tone}_t = \{\mathrm{Rise}_t, \mathrm{Fall}_t, \mathrm{Neutral}_t, \mathrm{Kanduo}_t\}$，分别表示媒体看多态度、看空态度、中性态度及相对看多态度。

考虑到媒体报道也会影响房地产市场公众预期的准确性，因此本书进一步引入房地产市场公众预期偏差变量 Gaphpe_t，构造计量模型式（5.7）和式（5.8）分别分析媒体关注度及媒体报道态度对房地产市场公众预期偏差的影响：

$$\mathrm{Gaphpe}_t = \alpha_0 + \alpha_1 \mathrm{Gaphpe}_{t-1} + \alpha_2 \mathrm{Volume}_t + \mu_t \tag{5.7}$$

$$\mathrm{Gaphpe}_t = \beta_0 + \beta_1 \mathrm{Gaphpe}_{t-1} + \beta_2 \mathrm{Tone}_t + \varepsilon_t \tag{5.8}$$

式中，$Gaphpe_t$ 表示房地产市场公众预期偏差，为 t 时刻实际房价指数与房地产市场公众预期指数差的绝对值。变量的描述性统计如表 5.2 所示。

表 5.2　变量的描述性统计

变量	观察值	平均值	均方误差	最小值	最大值
hpe	114	102.58	7.24	98.47	137.20
Gaphpe	114	10.68	11.93	0.04	41.22
Volume	114	4.07	0.43	2.64	4.80
Rise	114	17.11	14.06	0.00	68.09
Fall	114	23.66	13.87	0.00	63.04
Neutral	114	59.22	10.92	25.53	81.40
Kanduo	114	−6.54	25.70	−63.04	61.70

5.3.2　结果分析

在进行回归分析之前，本节首先对时间序列数据进行单位根检验，检验结果如表 5.3 所示。时间序列变量 hpe、Volume、Rise、Fall、Neutral 以及 Kanduo 在 1%的显著水平下拒绝“存在单位根”的原假设，可认为是平稳序列；房地产市场公众预期偏差变量 Gaphpe 在 10%的置信水平下拒绝“存在单位根”的原假设。因此可认为所有变量均为平稳时间序列，均可直接进入方程进行分析。

表 5.3　变量 ADF 检验结果

变量	hpe	Gaphpe	Volume	Rise	Fall	Neutral	Kanduo
ADF 统计量	−4.561	−2.600	−4.186	−4.368	−5.246	−8.408	−4.131
p 值	0.000	0.093	0.001	0.000	0.000	0.000	0.001
检验结果	平稳	平稳	平稳	平稳	平稳	平稳	平稳

媒体报道对房地产市场公众预期水平的影响实证结果如表 5.4 所示。实证结果显示，房地产市场公众预期水平与媒体关注度之间无相关关系。媒体态度与房地产市场公众预期水平显著相关，假设 H1 得到验证。具体而言，媒体看多态度与房地产市场公众预期正相关，媒体看多态度的新闻比例每增加 1%，房地产市场公众预期水平将会相应提高约 0.036。媒体看空态度与房地产市场公众预期显著负相关，媒体看空态度的新闻比例每增加 1%，房地产市场公众预期水平将相应降低

约 0.030。实证结果表明，媒体看多态度对房地产市场公众预期的影响高于看空态度对房地产市场公众预期的影响。研究结果还表明，媒体中性态度与房地产市场公众预期水平无显著相关关系，而媒体相对看多态度与房地产市场公众预期水平显著正相关。

表 5.4　媒体报道对房地产市场公众预期水平的影响实证结果

变量	M1	M1-1	M2	M3	M4	M5
L.hpe	0.9412*** （11.54）	0.9421*** （11.58）	0.9107*** （10.20）	0.9243*** （11.46）	0.9409*** （10.88）	0.9130*** （10.84）
Volume	−0.3227 （−0.92）	−1.4233 （−0.53）				
$Volume^2$		0.1401 （0.38）				
Rise			0.0357** （1.99）			
Fall				−0.0295* （−1.82）		
Neutral					−0.0041 （−0.15）	
Kanduo						0.0196** （2.27）
_cons	7.3526 （0.93）	9.3871 （0.92）	8.5545 （0.98）	8.4651 （1.04）	6.3091 （0.64）	9.0596 （1.07）
r_2	0.8881	0.8881	0.8915	0.8906	0.8877	0.8917
N	113	113	113	113	113	113

*表示 $p<0.1$，**表示 $p<0.05$，***表示 $p<0.01$。
括号中为 t 值。

媒体报道对房地产市场公众预期准确性影响的实证结果如表 5.5 所示。实证结果表明，媒体关注度与房地产市场公众预期偏差显著负相关，研究假设 H2 得到验证。具体而言，媒体报道数量每增加 1%，公众房价预期偏差将降低约 1 个单位，即准确性约提升 1 个单位。该发现与 Lamla 和 Lein（2014）的研究结果一致，表明密集的媒体报道增加了公众信息，降低了房价预期偏差。媒体报道态度与房地产市场公众预期偏差显著相关，研究假设 H3 得到验证，表明观点鲜明的媒体报道对房地产市场公众预期引导性更突出。看多态度增加了房地产市场公众预期偏差，降低了公众房价预期准确性；与之相反，媒体看空态度与房地产市场公众预期偏差显著负相关。具体而言，媒体看多态度报道比例每增加 1%，房地产市场公众预期偏差将增加约 0.076 个单位；媒体看空态度报道比例每增加 1%，房地产市场公众预期偏差将降低约 0.058 个单位。研究结果还发现，相对看多态度与房地产市场公众预期偏差显著正相关，表明媒体相对看多态度降低了房地产市场公众预期的准确性。

表 5.5 媒体报道对房地产市场公众预期准确性影响的实证结果

变量	M6	M7	M8	M9	M10
L.Gaphpe	0.9581*** (33.03)	0.9437*** (35.68)	0.9557*** (34.01)	0.9598*** (32.39)	0.9479*** (35.23)
Volume	−1.0974** (−2.13)				
Rise		0.0757*** (3.15)			
Fall			−0.0577*** (−2.63)		
Neutral				−0.0279 (−0.90)	
Kanduo					0.0394*** (3.23)
_cons	4.8965** (2.24)	−0.7176 (−1.56)	1.8164*** (3.01)	2.0579 (1.12)	0.7915*** (3.02)
r_2	0.9269	0.9330	0.9299	0.9261	0.9324
N	113	113	113	113	113

表示 $p<0.05$，*表示 $p<0.01$。

括号中为 t 值。

5.3.3 稳健性检验

为了确保研究结论的可靠性，本书通过改变房地产市场公众预期以及房地产市场公众预期偏差的衡量方式检验媒体报道对房地产市场公众预期的影响。稳健性检验结果均显示，改变被解释变量的度量方式不会对本书的结论产生实质性的影响，表明本书的结论具有较好的稳健性。首先替换房地产市场公众预期为第 3 章中的公众预期指数 hpe1b，实证结果如表 5.6 所示。

表 5.6 媒体报道对房地产市场公众预期影响稳健性检验（一）

变量	R1	R1-1	R2	R3	R4	R5
L.hpe	0.9112*** (7.08)	0.9093*** (7.07)	0.8610*** (8.13)	0.8938*** (7.12)	0.9006*** (7.59)	0.8732*** (7.64)
Volume	−0.1048 (−0.45)	1.8355 (0.60)				
$Volume^2$		−0.2469 (−0.62)				

续表

变量	R1	R1-1	R2	R3	R4	R5
Rise			0.0664** (2.17)			
Fall				−0.0331** (−2.09)		
Neutral					−0.0484 (−1.38)	
Kanduo						0.0296** (2.23)
_cons	9.4998 (0.76)	5.9328 (0.40)	13.0595 (1.22)	11.6349 (0.92)	13.0145 (1.16)	13.1513 (1.14)
r_2	0.8302	0.8303	0.8512	0.8356	0.8376	0.8444
N	113	113	113	113	113	113

表示 $p<0.05$，*表示 $p<0.01$。
括号中为 t 值。

此外，本书参考游家兴和吴静（2012）的做法，采用百分位赋值方法重新对房地产市场公众预期、媒体关注度与媒体报道态度等指标进行度量。具体操作为：将房地产市场公众预期指标、媒体关注度与媒体报道态度等指标按大小进行排序，并以这些指标所在位次的百分位数值重新对其进行赋值。处理后的指标可以消除变量数值分布偏倚所产生的回归估计偏误，检验结果如表 5.7 所示。

表 5.7　媒体报道对房地产市场公众预期影响稳健性检验（二）

变量	R1′	R1-1′	R2′	R3′	R4′	R5′
L.hpe	0.9368*** (38.69)	0.9399*** (36.61)	0.9162*** (34.69)	0.9175*** (34.83)	0.9386*** (39.15)	0.9174*** (34.60)
Volume	0.0058 (0.17)	−0.1074 (−0.63)				
$Volume^2$		0.0011 (0.70)				
Rise			0.0557* (1.68)			
Fall				−0.0693** (−2.19)		
Neutral					0.0146 (0.45)	
Kanduo						0.0569* (1.77)

续表

变量	R1′	R1-1′	R2′	R3′	R4′	R5′
_cons	2.8781 （1.24）	4.7530 （1.33）	1.5073 （0.79）	7.5112*** （2.96）	2.8781 （1.24）	1.2497 （0.64）
r_2	0.8780	0.8787	0.8810	0.8827	0.8780	0.8810
N	113	113	113	113	113	113

*表示 $p<0.1$，**表示 $p<0.05$，***表示 $p<0.01$。
括号中为 t 值。

进一步检验媒体报道对房地产市场公众预期准确性的影响，首先替换被解释变量，对以上回归结果进行稳健性检验，结果如表 5.8 所示。此外，根据 Carroll（2003）的研究，使用实际房价与房地产市场公众预期之间的平方差作为被解释变量，纳入回归模型中进行分析，具体检验结果如表 5.9 所示。

表 5.8 媒体报道对房地产市场公众预期准确性影响稳健性检验（一）

变量	R6	R7	R8	R9	R10
L.Gaphpe	0.9264*** （27.20）	0.9171*** （26.96）	0.9235*** （27.62）	0.9283*** （27.25）	0.9188*** （27.17）
Volume	−1.3871*** （−3.01）				
Rise		0.0617*** （2.71）			
Fall			−0.0599*** （−3.47）		
Neutral				−0.0047 （−0.17）	
Kanduo					0.0359*** （3.33）
_cons	6.5185*** （3.32）	−0.0730 （−0.12）	2.3211*** （3.73）	1.1206 （0.62）	1.1967** （2.60）
r_2	0.8748	0.8811	0.8802	0.8692	0.8828
N	113	113	113	113	113

表示 $p<0.05$，*表示 $p<0.01$。
括号中为 t 值。

表 5.9 媒体报道对房地产市场公众预期准确性影响稳健性检验（二）

变量	R6′	R7′	R8′	R9′	R10′
L.Gaphpe	0.9373*** （29.71）	0.9326*** （30.45）	0.9402*** （30.82）	0.9438*** （30.01）	0.9351*** （30.75）
Volume	−44.0321 （−1.32）				

续表

变量	R6′	R7′	R8′	R9′	R10′
Rise		2.6397*** （2.69）			
Fall			−2.4149** （−2.44）		
Neutral				−0.3993 （−0.31）	
Kanduo					1.4922*** （2.80）
_cons	195.3699 （1.42）	−28.0820 （−1.27）	72.3445** （2.53）	37.9910 （0.48）	26.2496 （1.62）
r_2	0.8942	0.8991	0.8980	0.8926	0.8997
N	113	113	113	113	113

表示 $p<0.05$，*表示 $p<0.01$。
括号中为 t 值。

5.4　本 章 小 结

媒体关于房地产市场相关的报道是公众形成房价预期最普遍也是最主要的信息来源，因此媒体报道的内容会影响房地产市场公众预期。为检验媒体报道对房地产市场公众预期的影响，本章基于 2010 年 2 月～2019 年 7 月《中国重要报纸全文数据库》关于北京房地产市场的 7157 篇新闻，从媒体关注度以及媒体报道态度两个维度量化媒体报道内容，实证分析了媒体关注度、媒体看多态度、媒体看空态度、中性态度以及媒体相对看多态度对房地产市场公众预期水平以及准确性的影响。实证结果表明：媒体关注度与房地产市场公众预期水平之间无显著关系，但与房地产市场公众预期的准确性显著相关，媒体关注度越高，即媒体报道越密集，房地产市场公众预期与实际房价之间的偏差越小。而媒体报道态度与房地产市场公众预期及其准确性显著相关，且观点鲜明的媒体报道对房地产市场公众预期引导性更突出。具体而言，媒体看多态度一方面可以显著提升房地产市场公众预期；另一方面，媒体看多态度也扩大了房地产市场公众预期与实际房价之间的偏差。媒体看空态度与房地产市场公众预期显著负相关，随着媒体看空态度新闻比例的增加，房地产市场公众预期水平将相应降低，且房地产市场公众预期与实际房价之间的偏差也将降低。

第 6 章　我国房地产市场公众预期演化仿真研究

前面的章节已经证实了房地产市场公众预期形成过程是一个公众基于外部信息以及先验信念，在认知以及情感的内部心理作用下的学习过程，其中外部信息是公众通过与客观环境互动以及观察学习获得的。同时本书也实证检验了房地产市场公众预期受历史房价变动、先验信念、调控政策以及媒体报道的影响。为进一步深入分析房地产市场公众预期的演化过程，本章将结合房地产市场公众预期形成机理理论及实证结果，基于复杂适应系统理论，构建房地产市场公众预期形成仿真系统。并利用 NetLogo 仿真软件，模拟房地产市场公众在不同社会网络属性、不同调控政策环境以及不同媒体报道属性下，房价预期演化过程。

6.1　多主体建模方法及适用性分析

本章主要利用基于复杂适应系统（complex adaptive system，CAS）理论的多主体建模仿真（multi-agent based model）方法对房地产市场公众预期演化过程进行模拟仿真。复杂适应系统理论是传统系统思想的延伸，由 Holland（1992）正式提出，主要研究复杂系统复杂性产生和系统涌现的机理。不同于传统的系统思想，复杂适应系统理论强调系统由宏观与微观两方面构成，具有层次性、独立性、智能性、适应性、并发性以及随机因素制约性等特征，同时还具备可操作性高、概括性强等优点（张永安和李晨光，2010）。复杂适应系统理论中考虑的宏观层面强调主体与环境的交互，这些交互进而促使系统演化；在微观层面，该理论强调主体的适应性，即系统中的主体是适应性主体（adaptive agent）。主体主动与环境或其他主体进行交互、学习并积累经验，改变自身属性或行为方式，促进复杂系统演化。可见，复杂适应系统理论与社会学习理论的思想有许多相通之处，主体通过与外部环境或其他主体互动改变自身，一方面主体适应了环境，环境也因主体的改变而发生变化；另一方面，整个系统得到协调发展。

房地产市场是一个典型的复杂适应系统，市场中的主体如调控主体、供给主体以及需求主体等均有各自的演化机制，市场中的多主体通过各种方式交互，最终促进房地产市场整个系统的演化。以房地产市场公众这一主体为视角，其房价预期形成过程也是在这一复杂系统中的演化过程。因此本书基于复杂适应系统理论对房地产市场公众预期演化进行多主体建模。多主体建模仿真的研究对象一般为由多主体构成的复杂系统，其基本原理是通过计算机对系统中具有代表性的微观主体行为进行模拟，探索主体在复杂系统中的行为以及交互作用（Bonabeau，2002）。相比于传统仿真，多主体仿真中的主体能根据环境的变化做出相应的反应，也就是说主体具有相应的学习或适应能力。此外主体也具有先验知识，其具备的一切属性会在与环境以及其他主体的交互中不断进化。

通过以上分析，结合第 2 章房地产市场公众预期形成机理理论分析及实证研究，基于复杂适应系统的多主体建模仿真可以较好地模拟房地产市场公众房价预期演化过程。一方面，本书关注的“房地产市场公众预期形成”的研究主体“公众”，也就是房地产市场中个体的聚合，也是复杂适应系统和多主体建模仿真中关注的对象。另一方面，公众的预期形成过程是一个学习过程，在与外界环境交互的过程中也表现出适应能力。社会学习理论强调的“环境—公众—行为”之间的交互正是复杂系统理论中主体的自我适应性思想。复杂适应系统理论及社会学习理论共同强调的主体与环境之间的交互是本章仿真的理论基础。因此本章基于复杂适应系统理论对房地产市场公众预期形成系统中的不同主体进行综合分析，采用社会学习理论刻画公众之间的交互行为。

基于复杂适应系统理论的多主体仿真建模流程如图 6.1 所示。本章首先根据房地产市场公众预期形成的真实系统，确定参与的主体，并根据相关理论及实证结果厘清多主体之间的交互关系。在此基础上，基于各主体的行为函数，对主体进行建模。随后将概念模型转换为仿真模型，利用多主体仿真平台进行仿真模拟得到结果，最后对结果进行评价分析。

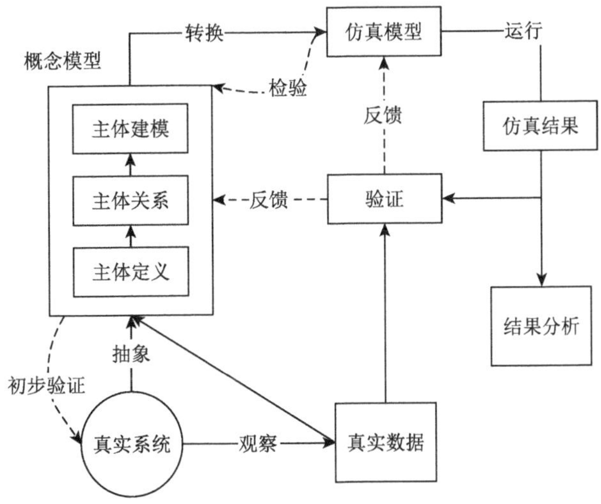

图 6.1　基于复杂适应系统理论的多主体仿真建模流程

本书采用 NetLogo 仿真建模工具对房地产市场公众预期演化仿真系统进行模拟分析。NetLogo 是由美国西北大学开发的用于研究具有时变效应的复杂自适应系统的多主体建模与仿真模拟集成平台，与其他多主体仿真建模工具，如 Swarm、Repast、MASON 等相比，NetLogo 具有可操作性强、运行速度快等优点（Wilensky，1999）。本书采用最新版本 NetLogo 6.1.1 对房地产市场公众预期演化过程进行模拟仿真。

6.2　房地产市场公众预期演化的主体交互规则

6.2.1　多主体描述与特征

房地产市场主要由供给子系统和需求子系统组成，且由于我国房地产市场易受到外部调控政策的影响，因此我国房地产市场还包含调控子系统。本书主要关注房地产市场公众预期形成机理，聚焦公众房价预期形成内在机制和过程。从前面的实证分析可知，公众形成预期主要依靠外界环境信息，而媒体是公众获取环境信息的主要来源。因此，如图 6.2 所示，本章将公众作为核心主体，同时考虑信息传播主体——媒体以及调控主体——政府，将房地产市场公众预期演化系统划分为调控子系统、公众子系统与媒体子系统。

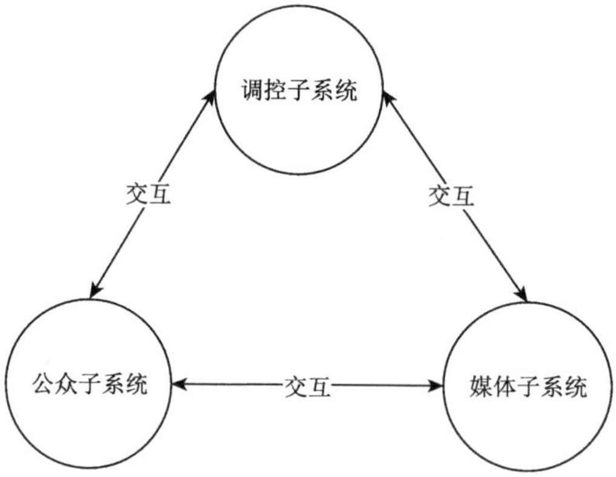

图 6.2　房地产市场公众预期演化多主体系统的子系统划分

房地产市场的健康发展离不开中央政府或者地方政府的引导。在当前房地产市场中，仅依靠市场很难实现公众预期稳定以及房地产市场的良性发展，因此调控主体必须参与房地产市场，通过一系列手段对房地产市场进行调控，引导房地产市场公众预期。在第 4 章的实证分析中，研究发现调控主体实施的调控手段可以有效影响房地产市场公众预期，对整个房地产市场多主体的协调发展起到了积极的引导作用，有助于促进房地产市场健康、稳定地发展。

公众子系统包含了房地产市场公众预期演化系统中的核心主体，主体通过与外界环境交互，在内部心理的作用下形成预期。主体也通过观察学习产生群体性认知，在一定程度上，房地产市场公众预期可认为是个体预期的聚合。

媒体在房地产市场公众预期形成过程中起到信息传播的作用，由于黏性信息、有限关注以及理性疏忽的存在，公众倾向于直接通过媒体接收信息或观点以减少他们的信息成本。第 5 章的实证研究结果也表明，媒体报道对房地产市场公众预期水平及准确性均会造成显著影响。

结合社会学以及心理学角度分析，主体一方面被认为是其所在社会环境的产物，表明主体会受到社会文化的约束以及所在环境的影响；另一方面主体具有创造性和适应性，主体的内部心理决定了主体的需求，进而作用到主体行为，从而对其所在的社会环境产生影响。从房地产市场公众预期形成理论机理来看，系统中的主体是兼具经济、社会和心理等多层次的主体，因此主体具备以下两方面的特征。

（1）每个主体不仅具有从宏观和微观层面的判断规范，而且具有整体和局部层面的判断规范，其中，整体的判断会对局部层面造成影响。

（2）每个主体都能进行学习，同时也具备相应的适应能力，并可以根据自身的行为准则进行演化。具体而言，主体可以基于先验知识，通过与环境或与其他主体之间的交互进行信息交流，通过学习不断更新自己的属性，进而进行演化。

6.2.2　多主体属性及交互规则

1. 多主体属性

1）调控主体属性

本书的调控主体为政府，包括中央政府与地方政府。调控主体主要通过出台调控政策影响房地产市场公众预期，为了与第 4 章对应，本书将调控主体的属性分为调控政策类型和调控政策密度两个维度。其中调控政策类型分为紧缩型政策、宽松型政策及中性政策三种类型；调控政策密度则由数值决定，数值越大表示调控政策越密集。

2）公众主体属性

本书的公众为房地产市场中的一般大众，根据第 2 章房地产市场公众房价预期形成机理理论框架和实证结果，公众主要有主体认知和主体情感两个重要属性，其中主体认知又受到先验信念、客观信息感知以及观察学习的影响，其中客观信息感知主要来源于公众感知到的宏观环境和市场环境信息。先验信念为上一期公众房价预期，观察学习则为社会网络中其他主体观点的聚合。

3）媒体主体属性

综合第 5 章的实证结果，本章的媒体属性主要考虑媒体关注度以及媒体报道态度两个维度，其中媒体报道态度分为看多、看空和中性三类，媒体报道密度与媒体报道态度对应，由数值决定，数值越大表示相关态度的媒体关注度越高。

2. 多主体交互规则

1）公众主体内部交互

公众主体内部交互主要通过观察学习的方式来实现，其观察学习的对象就是其社会网络中的其他主体。在系统中，如果某一主体与另一主体之间存在社会网络，则网络中会产生信息流，主体之间会相互分享传递信息，进行学习过程。具体而言，观察学习包含注意过程、保持过程、动机复现过程以及动机过程等四个子过程（Bandura，1986）。首先，观察学习起始于某一主体对另一主体的注意，也就是对另一主体的感知。在对另一主体产生注意后，主体进入储存信息过程，即将获得的信息通过言语和形象进行编码，转换为自身能够识别、记忆的信息并保存。由于主体与不同主体之间传递信息流可能会造成一定损失，因此主体在获得信息之后，将进行推理决策，对从其他主体处获得的信息进行分析判断，形成认知。随后主体通过动作复现过程实现记忆向行为的转变。主体将记忆中的信息换成行为，并根据反馈来调整行为以做出正确的反应，这一过程涉及主体的认知过程。在这里，信息即为主体从社会网络中其他主体得到的房价预期观点，行为则是指主体的判断行为，即主体的房价预期。最后通过动机过程实现观察到行为的过程，这一过程受外部强化、自我强化以及替代性强化的影响。

2）各主体之间的交互

由房地产市场公众预期形成理论可知，公众在调控主体和媒体主体的外部影响下，对未来房价走势进行判断，形成房价预期。调控主体通过提供各类调控政策影响公众的认知，其目的是用最少的资源投入，实现稳预期、稳房价，促进房地产市场的平稳、健康发展。媒体主体作为信息传播中介，则是向其他主体收集信息或传播信息。因此政府、公众以及媒体三方主体之间的交互如下。

（1）调控主体根据市场发展情况制定调控政策。

（2）媒体主体对政策和市场情况进行报道。

（3）公众主体根据当前调控主体的政策环境以及自身的社会背景、先验信念等方面的因素，对未来的房价走势进行判断。

（4）公众的价格预期反映到市场价格之后又进一步为调控主体的调控行为提供反馈，不断调整调控措施，促进市场发展。如此反复进行的媒体主体、公众主体、调控主体交互，推动了房地产市场公众预期的演化。如图 6.3 所示，房地产市场公众预期的形成以及市场发展情况，是市场各主体共同作用、相互博弈的结果。

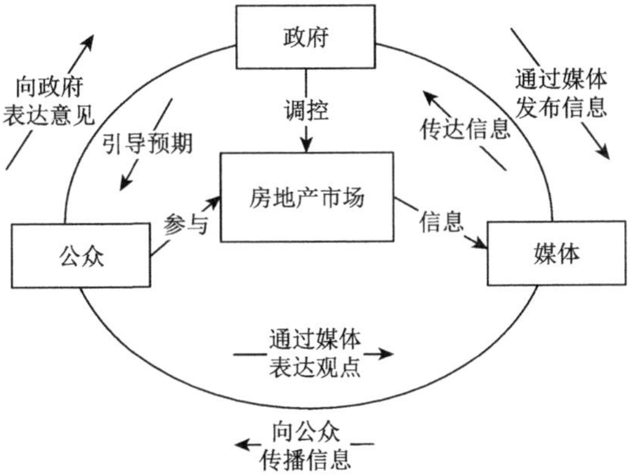

图 6.3　房地产市场多主体交互影响关系图

6.3　主体行为函数建模及参数设定

本节将根据前面的理论模型及实证结果对主体行为进行建模，并根据实证结果以及实际房地产市场进行参数设定。

6.3.1　主体行为函数建模

第 2 章的实证结果表明，房地产市场公众预期主要由主体认知和主体情感构成，在不考虑其他影响因素的情况下，其函数可表示为

$$\text{hpe}_{i,t}=\theta_1\text{Cognition}_{i,t}+\theta_2\text{Emotion}_{i,t} \tag{6.1}$$

式中，$\text{Cognition}_{i,t}$ 表示第 i 个主体在 t 时刻的主体认知；$\text{Emotion}_{i,t}$ 表示第 i 个主体在 t 时刻的主体情感；θ_1 及 θ_2 分别为主体认知及主体情感影响系数。而主体认知又受客观信息、先验信念以及观察学习的影响，主体情感与先验信念负相关。因此本书在不考虑其他影响因素的情况下，将公众主体认知和主体情感由式（6.2）及式（6.3）刻画：

$$\text{Cognition}_{i,t}=\alpha_1\text{hpe}_{i,t-1}+\alpha_2\text{dhp}_t+\alpha_3\text{Social}_{i,t}+\alpha_4\text{Policy}_t+\alpha_5\text{Media}_t \tag{6.2}$$

$$\text{Emotion}_{i,t}=\beta\text{hpe}_{i,t-1} \tag{6.3}$$

式中，α_1～α_5 表示主体认知各影响因素系数；$\text{hpe}_{i,t-1}$ 表示上一期主体的房价预期；dhp_t 表示房价涨幅；$\text{Social}_{i,t}$ 表示主体社会网络的观点聚合，与社会网络中心度及社

会网络中其他主体预期有关；Policy_t 表示调控政策信息，$\text{Policy}_t = \text{Type}_t \cdot \text{Density}_t$；$\text{Media}_t$ 表示媒体信息，$\text{Media}_t = \text{Attitude}_t \cdot \text{Volume}_t$；$\beta$ 表示先验信念对主体情感的影响系数，由第 2 章的实证结果可知，$\beta < 0$。此外，考虑到有限关注以及理性疏忽，本书还设定公众随机对调控政策信息、媒体信息以及社会网络观点进行忽略。

本书假设房地产市场公众预期（以 Expectation 表示）是各主体房价预期的聚合，其计算方式为

$$\text{Expectation}_t = \frac{\text{num}(\text{hpe} > 0)_t - \text{num}(\text{hpe} < 0)_t}{\text{num}(\text{hpe} > 0)_t + \text{num}(\text{hpe} < 0)_t} \times 100 \qquad (6.4)$$

且房价是房地产市场公众预期的线性正相关函数，可由式（6.5）计算得到：

$$\text{hp}_t = \text{hp}_{t-1}(1 + \gamma \text{Expectation}_{t-1}) \qquad (6.5)$$

6.3.2 参数设定

根据实证结果，各参数取值如表 6.1 所示。在第 2 章中，研究设定未来预期时间段为 1 年，但本章在进行模拟时采用实证结果对参数赋值，时间段设为 1 个月。模型参数设定具体如下。

表 6.1 参数设定表

参数	取值	参数	取值
θ_1	0.193	dhp	[−2, 2]
θ_2	−0.130	Degree	0～8
α_1	0.118	Social	{−1, 0, 1}
α_2	0.327	Type	{−1, 0, 1}
α_3	0.520	Density	1～5
α_4	0.327	Attitude	{−1, 0, 1}
α_5	0.1	Volume	1～5
γ	0.01	Emotion	[−2, 2]
主体数量	1 000	初始房价	35 000
初始看涨人数	200	初始看跌人数	100

（1）设定 dhp 取值范围为[−2, 2]，具体赋值规则为：当房价涨幅或者跌幅分别大于 1%、−1%时，dhp 分别取值为 2、−2；若涨幅或跌幅分别在 0.1%～1%、

–1%～–0.1%范围内，dhp 分别取值为 1、–1；若涨、跌幅在–0.1%～0.1%范围内，认为公众无法感知到价格变动，此时 dhp 赋值为 0。

（2）设定公众平均社会网络节点平均中心度 Degree 为 0～8，0 表示主体与其他任何主体之间不发生信息交流。设定 Social 取值范围为{–1, 0, 1}，若主体社会网络内看涨预期人数大于看跌预期人数，则 Social 取值为 1；反之 Social 取值为 –1；若两者人数相等，Social 则为 0。

（3）设定调控政策类型 Type 取值范围为{–1, 0, 1}，分别表示紧缩调控政策环境、中性调控政策环境以及宽松调控政策环境，调控密度 Density 范围为 1～5，数值越大，表示调控政策越密集。

（4）设定媒体态度 Attitude 取值范围为{–1, 0, 1}，分别表示看空、中性和看多三类态度，相应媒体报道篇数 Volume 范围为 1～5，数值越大，表示该态度的报道密度越大。

（5）设定主体情感 Emotion 范围为[–2, 2]，主体情感小于 0，表示主体持消极情绪，主体情感大于 0 则表示主体持积极情绪，Emotion 的取值与先验信念负相关。

此外，本书设定初始主体数量为 1000，考虑到目前我国房地产市场依旧是看涨市场，因此模型设定初始看涨人数为 200，初始看跌人数为 100；以北京市平均房价为参考点，设定初始房价为 35 000。社会网络节点、主体数量、看涨及看跌主体数量可通过外部滑块进行调节；调控政策及媒体属性可通过外部选择器进行选择。同时本书设定演化时间为 30 个时间单位（ticks），代表 30 个月。系统将会通过图形展示模拟看涨预期人数（Rise）、看跌预期人数（Fall）以及房价（Price）变化。

6.4　仿 真 分 析

根据以上主体行为函数及参数在 NetLogo 仿真平台编写程序对房地产市场公众预期演化进行模拟仿真。本书将分别分析不同社会网络中心度、不同调控政策环境以及不同媒体属性下房地产市场公众预期演化的结果。

6.4.1　不同社会网络属性下房地产市场公众预期演化结果与分析

首先对不同社会网络属性的演化结果进行分析。为了更好地控制变量，在分析社会网络属性时，统一将调控主体对公众的政策激励以及媒体报道设为 0，即当前房地产市场处于没有外部政府政策的激励作用，且公众无法从媒体处获得消息的初始状态。分别模拟公众在不同社会网络属性，即 Degree 分别为 0、1、2、4、6、8 时房价预期的演化结果。30 个月后其演化结果如表 6.2 所示。

表 6.2　不同社会网络属性下系统演化结果

Degree	Rise	Fall	Neutral	Expectation	Price
Degree = 0	338	171	491	32.81	38 738.83
Degree = 1	384	166	450	39.64	39 667.61
Degree = 2	389	149	462	44.61	40 565.34
Degree = 4	463	134	403	55.11	41 577.06
Degree = 6	494	105	401	64.94	42 045.51
Degree = 8	503	97	400	67.67	42 619.02

图 6.4（a）～图 6.4（f）分别表示了不同社会网络节点中心度（即 Degree）属性下的主体预期演化图，其中 Rise 表示持看涨预期的主体人数，Fall 表示持看跌预期的主体人数。可以看出，随着中心度的增加，持看涨预期的主体人数逐渐增加，持看跌预期的主体人数逐渐减少。具体而言，如表 6.2 所示，当 Degree 为 0 时，主体仅依靠先验信念、历史房价变动以及主体情感形成预期，演化 30 个月后，持看涨预期人数由 200 人增加至 338 人，持看跌预期人数由 100 人增加至 171 人；当 Degree = 8 时，主体与社会网络中其他主体联系紧密，其预期形成过程受其他主体预期影响，演化 30 个月后，持看涨预期人数增加至 503 人，持看跌预期人数则减少至 97 人。

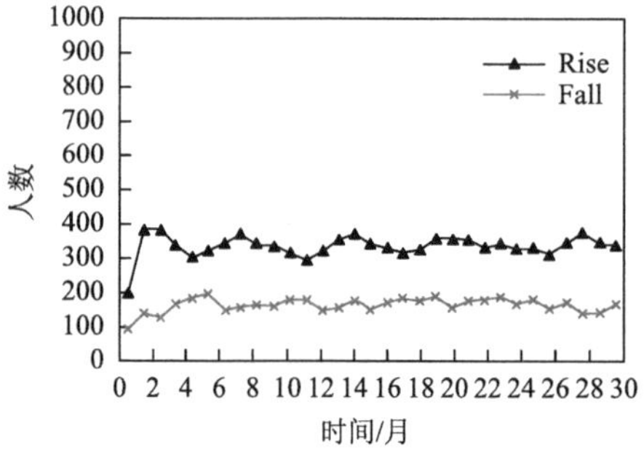

(a) Degree = 0

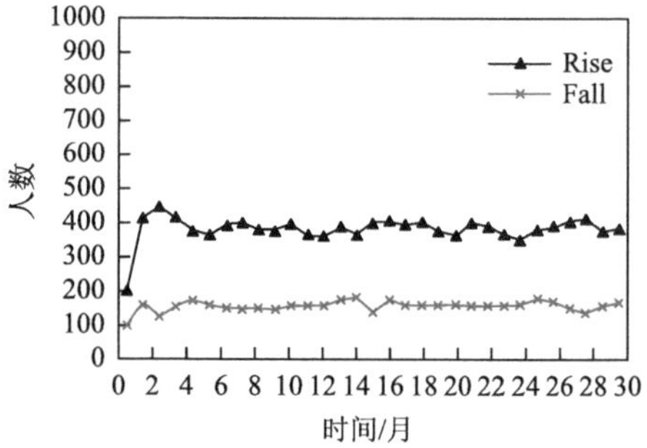

(b) Degree = 1

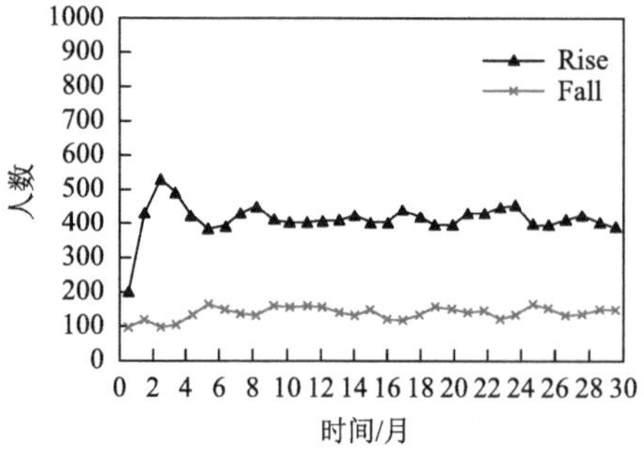

(c) Degree = 2

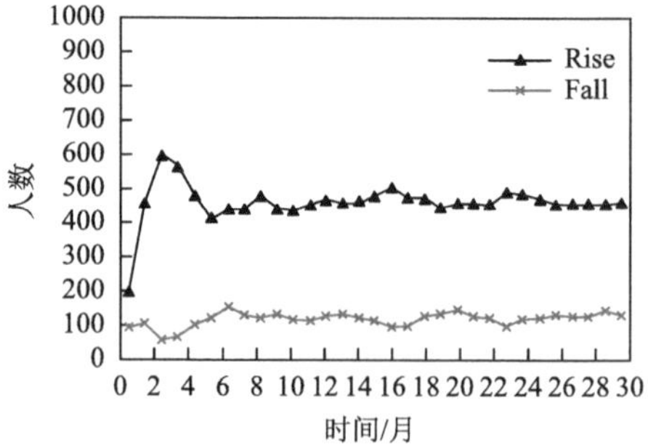

(d) Degree = 4

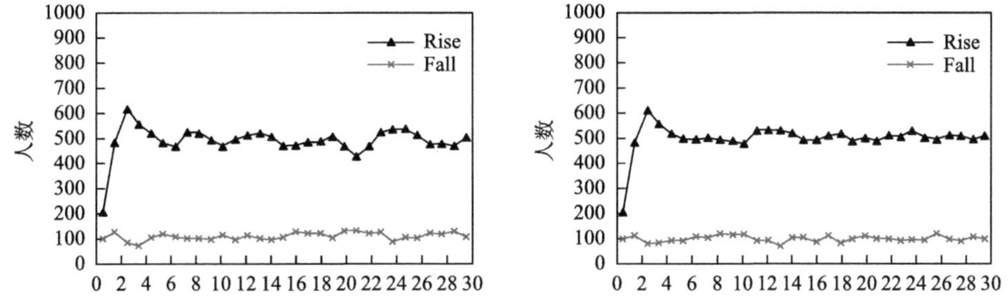

(e) Degree = 6　　(f) Degree = 8

图 6.4　不同社会网络节点中心度属性下房地产市场公众预期演化过程

图 6.5 和图 6.6 分别展示了不同社会网络节点中心度属性下市场上房地产市场公众预期以及房价的变化。可以看出，随着社会网络节点中心度的增加，房地产市场公众看涨预期增加，房价也随之上涨。具体来看，当主体与其他主体之间无沟通时，30 个月后，房地产市场公众预期为 32.81，大约与初始水平（33.33）保持一致；当房地产市场中，主体与其他主体之间的社会网络平均中心度为 8 时，经过 30 个月的演化，房地产市场公众预期增长至 67.67，与初始状态相比约翻了一番，市场上的房价水平也由 35 000 上涨至 42 619.02，增长了约 21.77%。

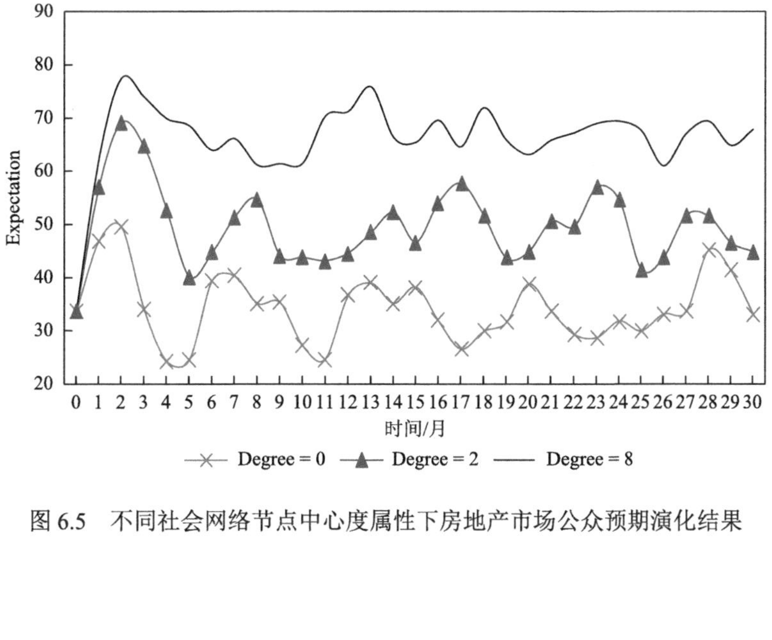

图 6.5　不同社会网络节点中心度属性下房地产市场公众预期演化结果

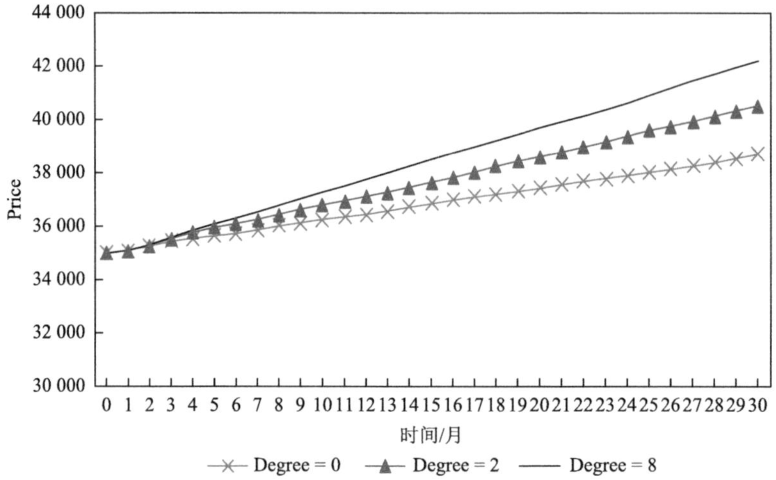

图 6.6　不同社会网络节点中心度属性下房价演化结果

6.4.2　不同调控政策属性下房地产市场公众预期演化结果与分析

本节将模拟不同调控政策属性下，房地产市场公众预期的演化过程。为了更好地考察调控政策属性变化对房地产市场公众预期演化的影响，本节将主体社会网络节点平均中心度设为 6，分别分析宽松调控政策环境和紧缩调控政策环境下房地产市场公众预期演化过程。

1. 宽松政策环境下房地产市场公众预期演化结果

表 6.3 显示了宽松政策环境下（Type = 1）房地产市场公众预期演化 30 个月的结果。图 6.7（a）～图 6.7（e）分别显示了不同政策密度（即 Density）下看涨主体人数和看跌主体人数的变化。

表 6.3　宽松政策环境下系统演化结果

政策密度	Rise	Fall	Neutral	Expectation	Price
Policy = 0	494	105	401	64.94	42 045.51
Density = 1	619	85	296	75.85	43 792.59
Density = 2	637	34	329	89.87	45 617.04
Density = 3	745	37	218	90.54	45 864.81
Density = 4	777	36	187	91.14	45 879.76
Density = 5	814	32	154	92.43	45 937.14

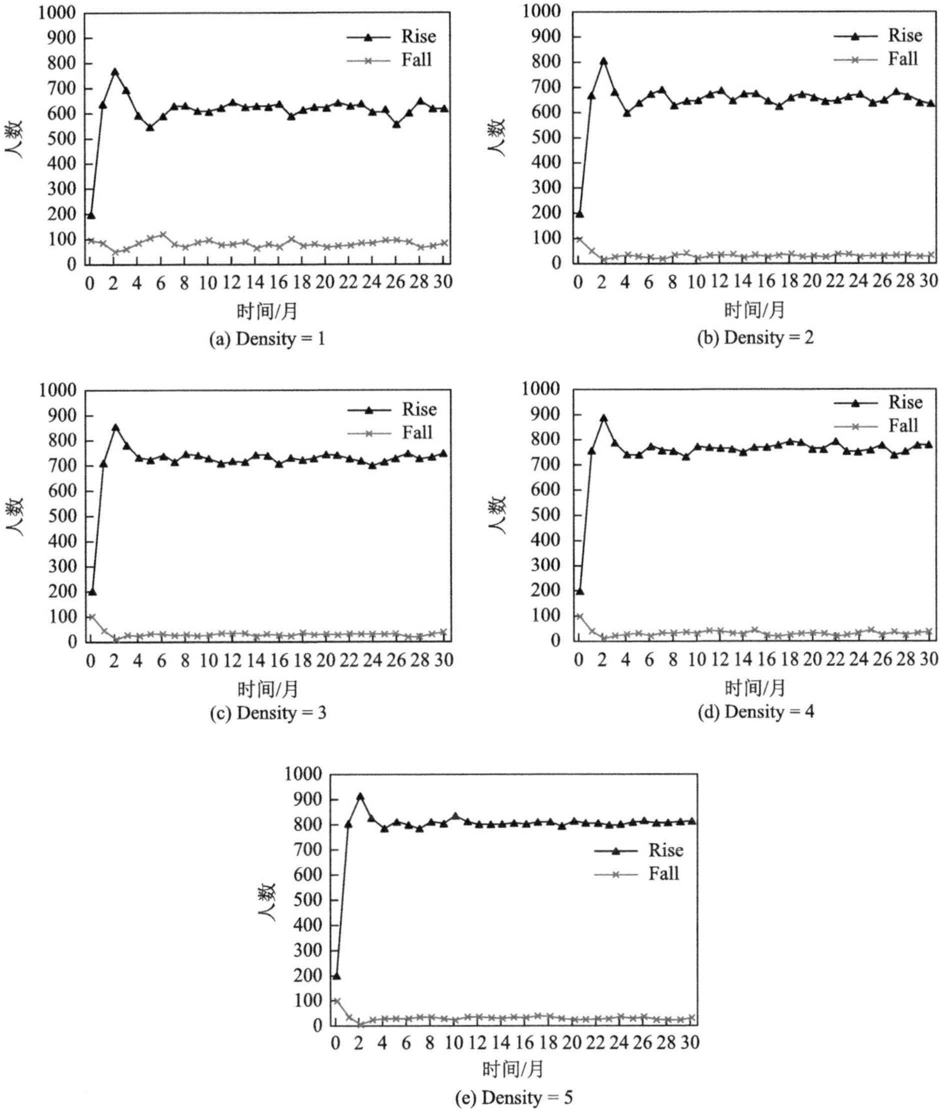

(a) Density = 1　(b) Density = 2　(c) Density = 3　(d) Density = 4　(e) Density = 5

图 6.7　宽松政策环境下房地产市场公众预期演化过程

从模拟结果可以看出，在宽松政策环境下，随着政策密度的提高，持看涨预期的主体人数逐渐增加。根据 6.4.1 节的模拟结果，当不施加调控政策时，经过 30 个月的演化，持看涨预期的主体人数为 494 人，市场公众房价预期为 64.94。当政府实施宽松调控政策，且调控政策密度为 1 时，持看涨预期主体人数增加至 619，持看跌预期的主体人数由从 105 下跌至 85。当调控政策密度为 5 时，持看涨预期主体人数增加至 814，约为初始看涨预期人数的 4 倍；持看跌预期主体人数下降至 32，约为初始看跌预期主体的三分之一。

进一步地，从表 6.3 可以看出，当调控政策密度变为 2 后，进一步提高调控政策密度时市场上公众房价预期的增加幅度低于调控政策密度由 1 变为 2 时的变化幅度。图 6.8 和图 6.9 分别展示了宽松政策环境下，政策密度为 0、1、2 时房地产市场公众及房价演化结果。可以看出，随着政策密度的增加，房地产市场公众预期增加，房价也相应提升。

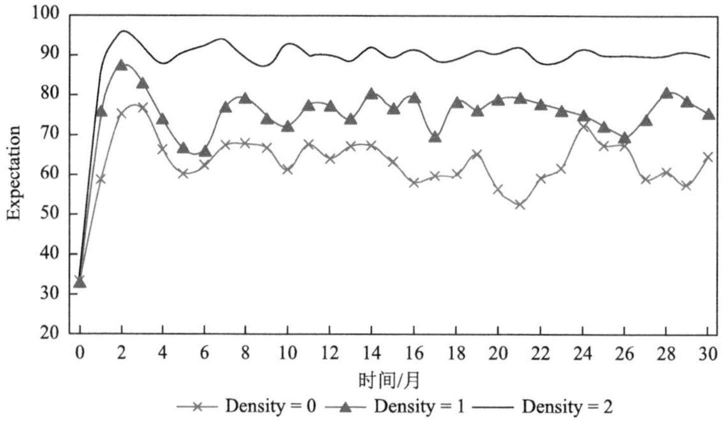

图 6.8　宽松政策环境下房地产市场公众预期演化结果

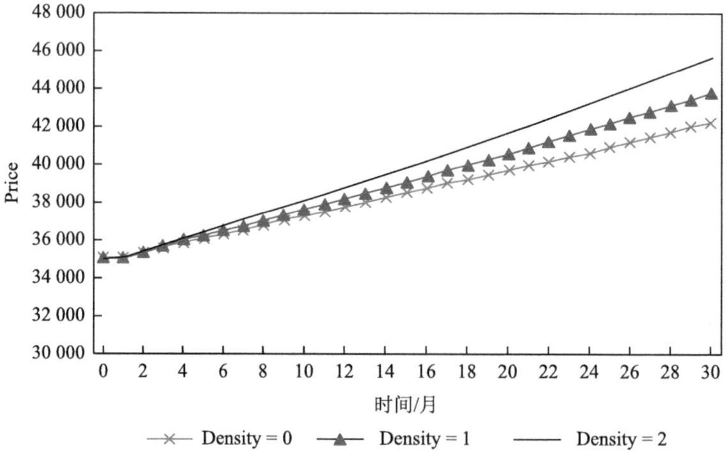

图 6.9　宽松政策环境下房价演化结果

2. 紧缩政策环境下房地产市场公众预期演化结果

表 6.4 显示了紧缩政策环境下（Type = −1）房地产市场公众预期演化 30 个月的结果。图 6.10（a）～图 6.10（e）分别显示了不同政策密度下看涨主体人数和

看跌主体人数的变化。从模拟结果可以看出，在紧缩政策环境下，随着政策密度的提高，持看涨预期的主体人数逐渐下降，主体在紧缩政策的刺激下，逐渐形成看跌预期。进一步地，当政策密度为 1 时，由于市场上看涨主体居多，因此虽然市场上持看跌预期的主体逐渐增加，但经过 30 个月的演化后，市场上看涨主体上涨至 399 人，看跌主体也增加至 256 人。房地产市场公众预期水平为 21.83，整体上公众房价预期仍为看涨预期。当政策密度加大后，在密集的政策刺激下，看跌预期人数超过看涨预期人数，因此房地产市场公众预期变为看跌预期。当政策密度为 5 时，市场上持看涨预期主体数为 88，看跌预期主体数为 645，房地产市场公众预期由初始的 33.33 变为–75.99。

表 6.4　紧缩政策环境下系统演化结果

政策密度	Rise	Fall	Neutral	Expectation	Price
Density = 1	399	256	345	21.83	37 557.19
Density = 2	239	357	404	–19.8	33 496.94
Density = 3	191	491	318	–43.99	30 742.69
Density = 4	101	578	321	–70.25	29 095.23
Density = 5	88	645	267	–75.99	28 815.71

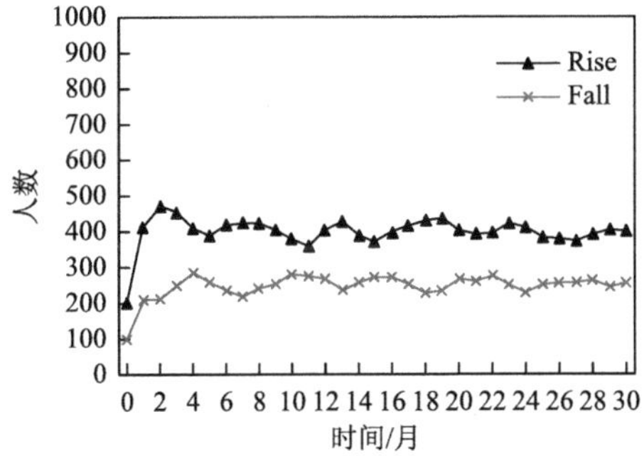

(a) Density = 1

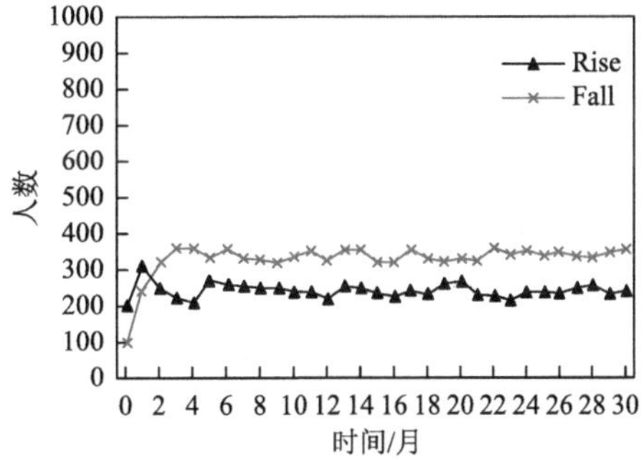

(b) Density = 2

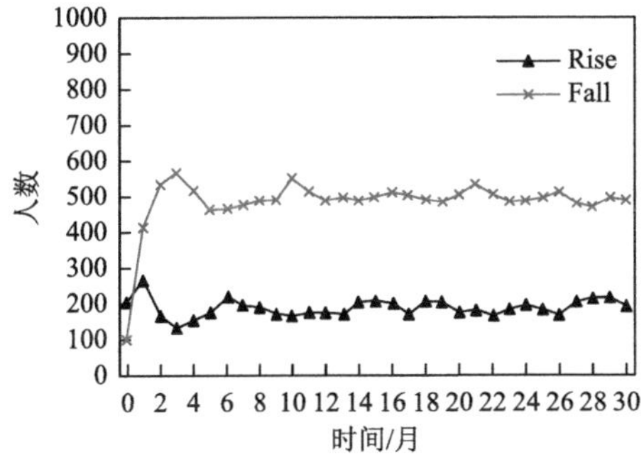

(c) Density = 3

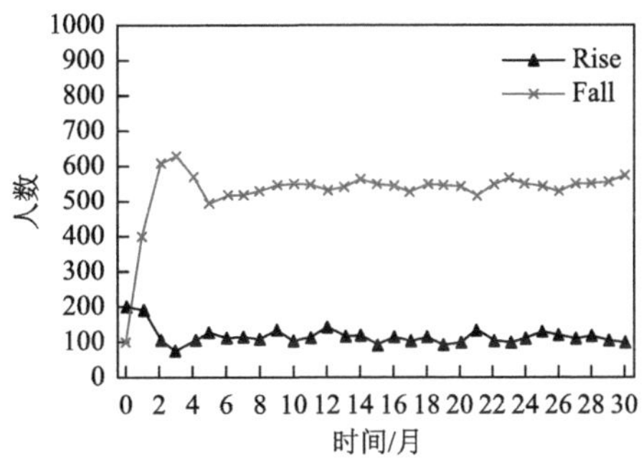

(d) Density = 4

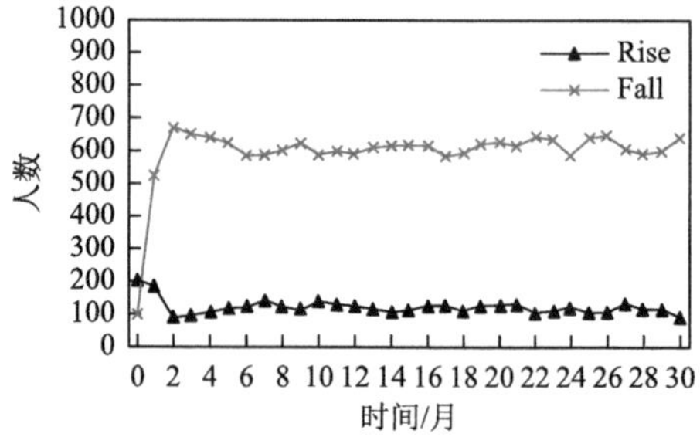

(e) Density = 5

图 6.10　紧缩政策环境下房地产市场公众预期演化过程

图 6.11 和图 6.12 进一步显示了紧缩政策环境下政策密度为 1、2、3 时房地产市场公众预期及房价变化过程。可以看出，当政策密度为 1 时，房地产市场公众预期一直处于看涨水平，与之对应，市场房价也一直处于上升趋势。当政策密度为 2 时，房地产市场公众预期在第 2 个月转为看跌预期，市场房价水平转为下跌趋势；增加政策密度为 3，房地产市场公众预期在第 1 个月即转为看跌预期，市场房价下跌幅度更大。

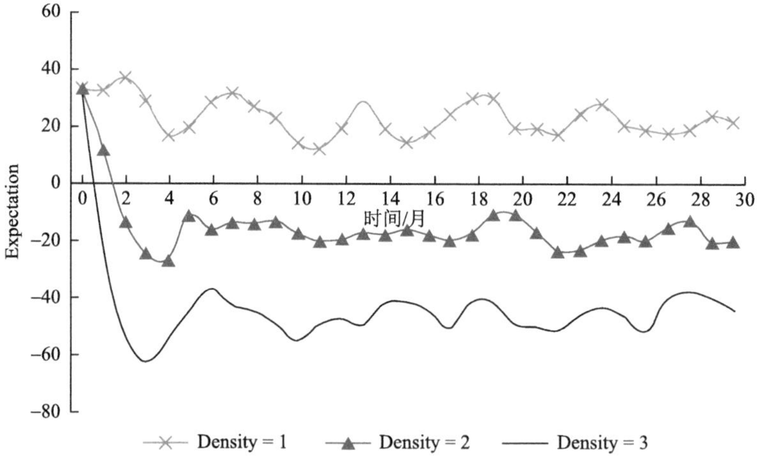

图 6.11　紧缩政策环境下房地产市场公众预期演化结果

3. 不同公众预期下实施调控政策演化结果

从以上两个不同政策环境下的模拟结果可知，实施宽松政策和紧缩政策对房地产市场公众预期影响的变化幅度存在差异，当实施宽松调控政策时，调控密度为 2 时，公众房价预期经过 30 个月演化便达到 89.87，而实施紧缩调控政策时，当调控政策密度增加至 4 时，公众房价预期在 30 个月后才演变为–70.25。因此这

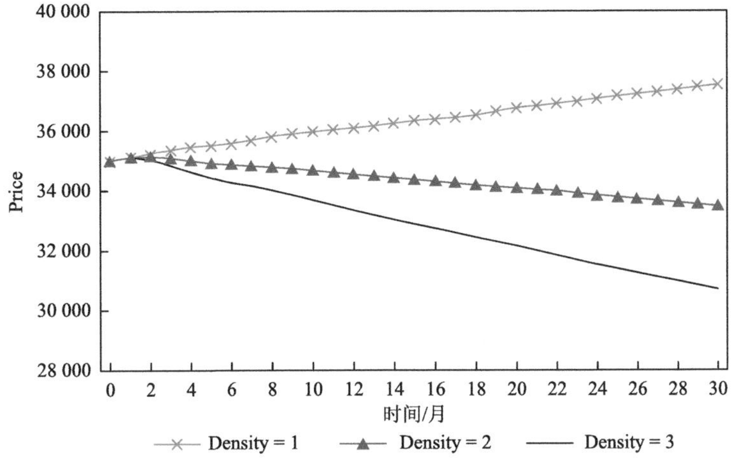

图 6.12　紧缩政策环境下房价演化结果

里将扩大市场上初始公众房价预期差异，分别分析在公众房价预期高涨时实施紧缩政策和在公众房价预期低迷时实施宽松政策两种情况下，房地产市场公众预期演化过程。

首先分析在公众房价预期高涨时实施紧缩政策房地产市场公众预期演化过程，设初始市场上看涨主体为 500，看跌主体为 100，此时房地产市场公众预期为 66.67，政策调控类型（即 Policy）设为–1，调控密度设为 1，30 个月内看涨主体人数与看跌主体人数变化如图 6.13（a）所示。当经过 5 个月时，市场上看跌主体人数才大于看涨主体人数；调整政策密度为 2，演化结果如图 6.13（b）所示，经过 2 个月，市场上看跌主体人数大于看涨主体人数。

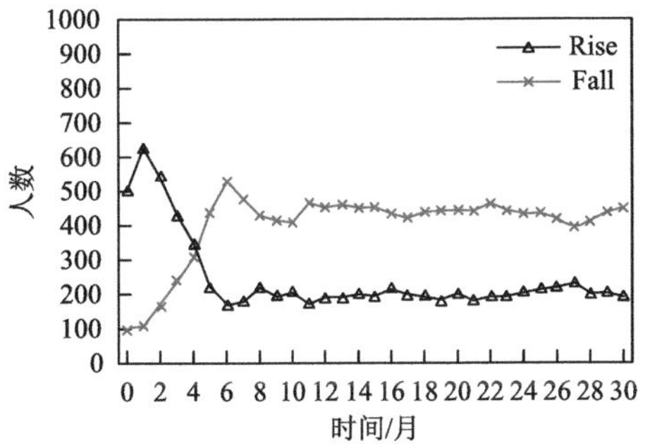

(a) Policy = –1, Density = 1

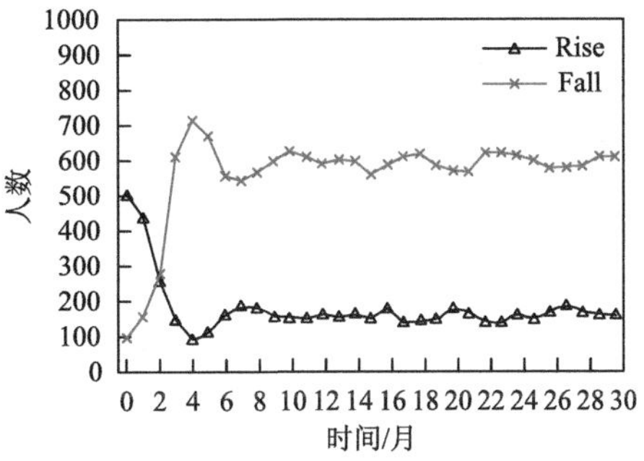

(b) Policy = –1, Density = 2

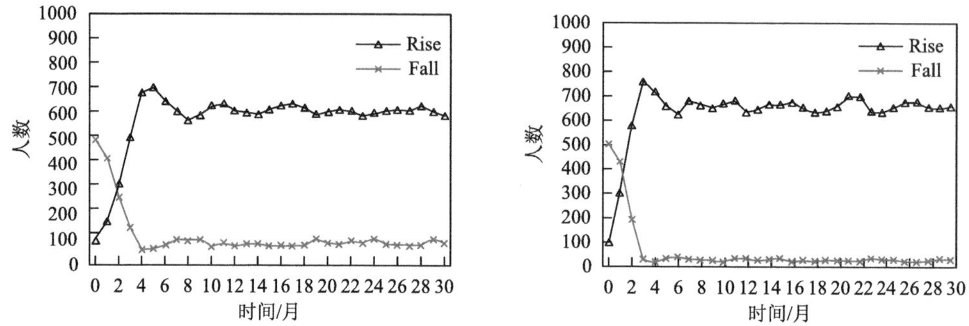

(c) Policy = 1, Density = 1　　(d) Policy = 1, Density = 2

图 6.13　不同公众预期下实施调控政策演化过程

进一步分析在公众房价预期低迷时实施宽松政策公众房价预期的演化过程，设初始市场上看跌主体数量为 500，看涨主体数量为 100，此时公众房价预期为–66.67，政策调控类型设为 1，调控密度设为 1，30 个月内看涨人数与看跌人数变化如图 6.13（c）所示。从模拟结果可以看出，在第 2 个月时，看涨主体人数便大于看跌主体人数；改变调控政策密度为 2，模拟结果如图 6.13（d）所示，在第 2 个月时，看涨主体人数超过看跌主体人数。

表 6.5 显示了不同公众房价预期下实施不同调控政策前 6 个月的演化结果。可以看出，当实施紧缩调控政策且调控密度为 1 时，在第 1 个月，主体由于看涨惯性，看涨人数增加至 629，随后在紧缩调控政策的刺激下逐渐减少，到第 6 个月，看涨人数减少至 170，看跌人数增加至 527，房地产市场公众预期由 66.67 变为–51.22。当实施宽松调控政策且调控密度为 1 时，市场上看涨主体人数逐渐增加，到第 6 个月，看涨人数增加至 651，房地产市场公众预期由–66.67 增长至 77.14。通过以上分析可以看出，公众对积极政策更为敏感。

表 6.5　不同公众预期下实施调控政策演化结果

时间/月	Policy = –1，Density = 1			Policy = –1，Density = 2		
	Rise	Fall	Expectation	Rise	Fall	Expectation
0	500	100	66.67	500	100	66.67
1	629	109	70.46	438	156	47.47
2	543	167	52.96	258	280	–4.09
3	429	241	28.06	149	612	–60.84
4	349	307	6.4	94	715	–76.76
5	221	440	–33.13	113	671	–71.17
6	170	527	–51.22	163	555	–54.6

续表

时间/月	Policy = 1，Density = 1			Policy = 1，Density = 2		
	Rise	Fall	Expectation	Rise	Fall	Expectation
0	100	500	−66.67	100	500	−66.67
1	175	428	−41.96	301	432	−17.87
2	323	271	8.75	575	192	49.93
3	510	151	54.31	757	31	92.13
4	687	64	82.96	714	19	94.82
5	705	66	82.88	656	34	90.14
6	651	84	77.14	621	41	87.61

图 6.14 和图 6.15 分别展示了以上两种情境下房地产市场公众预期和房价演化结果。可以看出，当实施宽松政策时，在第 2 个月，房地产市场公众预期由负转为正，最终稳定在 70 左右；房价在第 2 个月后也呈现上涨趋势。当实施紧缩政策时，房地产市场公众预期在第 1 个月先增加，随后降低，约在第 5 个月转为负，最终稳定在−40 左右；房价也在第 5 个月呈下降趋势，到第 10 个月低于初始水平 35 000。

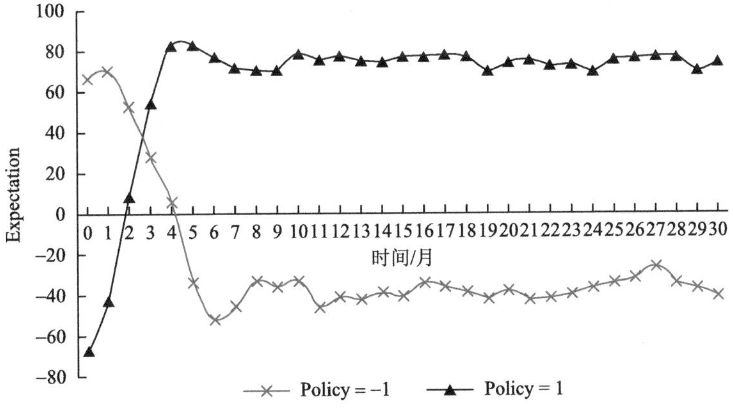

图 6.14　实施不同政策时房地产市场公众预期演化结果

6.4.3　媒体介入后房地产市场公众预期演化结果与分析

本节将模拟在政府实施宽松政策和紧缩政策背景下，媒体报道态度与调控政策方向一致以及相背时房地产市场公众预期演化过程。

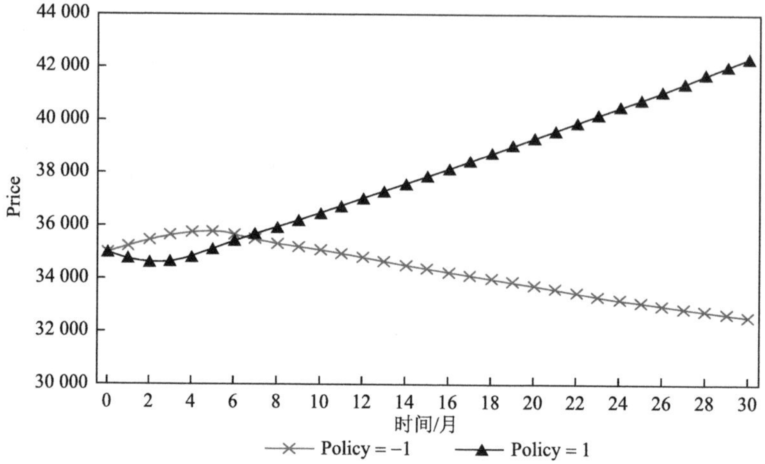

图 6.15　实施不同政策时房价演化结果

1. 媒体报道态度与调控政策方向一致情况下演化结果

首先分析媒体报道态度与调控政策方向一致时，房地产市场公众预期演化过程。具体分为以下两种情况进行讨论。

（1）设定调控政策类型为 1（宽松调控环境），调控密度为 1；设媒体报道态度与调控政策方向一致，即为看多，取值为 1，保持其他条件不变，分别分析当媒体报道关注度逐渐增加时房地产市场公众预期的演化过程。

（2）设定调控政策类型为−1（紧缩调控环境），调控密度为 1；设媒体报道态度与调控政策方向一致，即为看空，值为−1，保持其他条件不变，分别分析当媒体报道关注度逐渐增加时房地产市场公众预期的演化过程。

表 6.6 显示了对应情境下，媒体报道关注度（即 Volume）分别为 1、3、5 时，经过 30 个月演化的最终结果，具体演化过程如图 6.16（a）～图 6.16（f）所示。

表 6.6　媒体报道态度与调控政策方向一致情况下演化结果

变量名称	Policy = 1，Attitude = 1			
	Volume = 0	Volume = 1	Volume = 3	Volume = 5
Rise	619	642	655	676
Fall	85	81	66	47
Neutral	296	277	279	277
Expectation	75.85	77.59	81.69	87
Price	43 792.59	43 989.49	44 515.12	44 709.89
变量名称	Policy = −1，Attitude = −1			
	Volume = 0	Volume = 1	Volume = 3	Volume = 5
Rise	399	187	181	138

续表

变量名称	Policy = –1，Attitude = –1			
	Volume = 0	Volume = 1	Volume = 3	Volume = 5
Fall	256	431	491	548
Neutral	345	382	328	314
Expectation	21.83	–39.48	–46.13	–59.77
Price	37 557.19	33 179.73	31 272.94	29 888.67

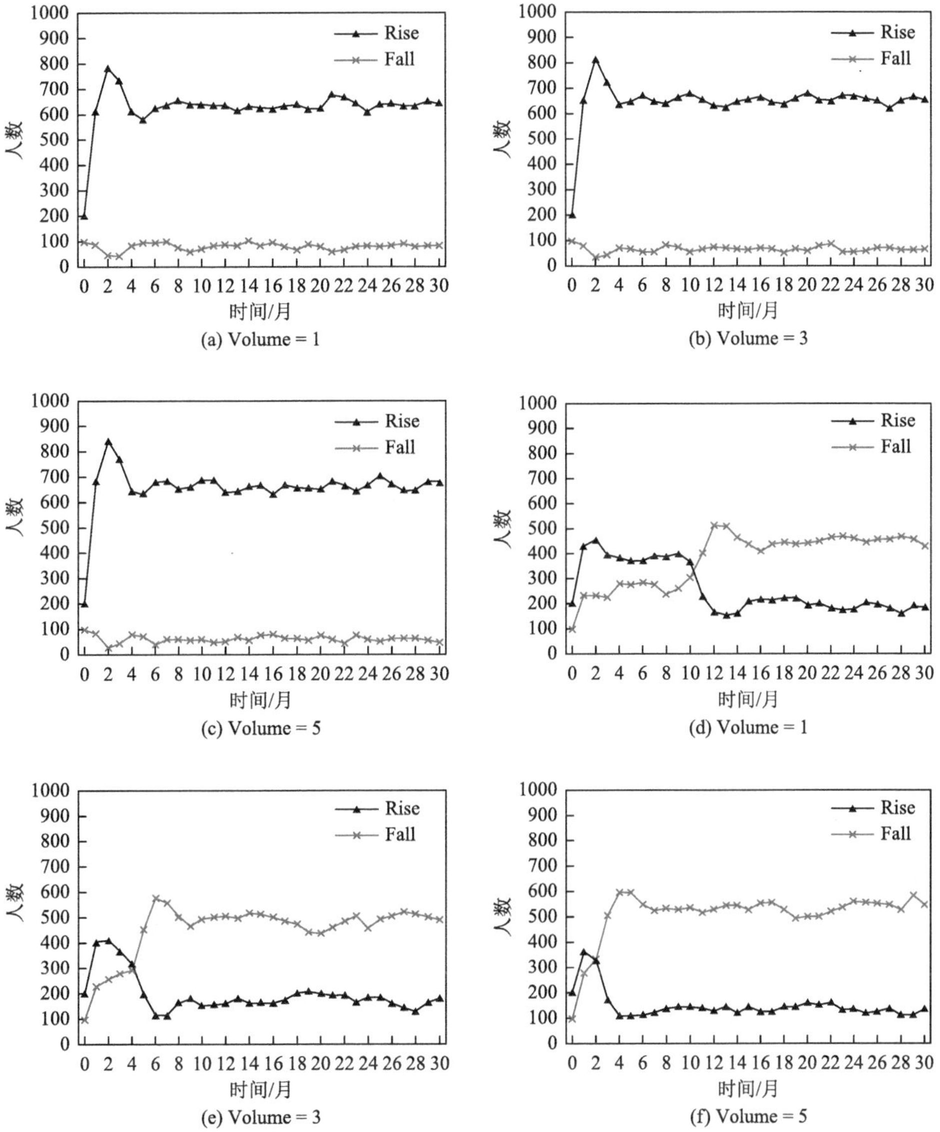

(a) Volume = 1　(b) Volume = 3

(c) Volume = 5　(d) Volume = 1

(e) Volume = 3　(f) Volume = 5

图 6.16　媒体报道态度与调控政策方向一致情况下演化过程

根据仿真结果可知，当媒体报道态度与调控政策方向一致时，随着媒体关注度的提高，媒体报道态度对房地产市场公众预期引导作用变得更加明显。具体而言，在宽松调控政策环境下，且媒体持看多态度，则随着媒体相关报道越多，房地产市场上看涨的主体人数越多；在紧缩调控政策环境下，且媒体持看空态度，随着媒体相关报道增加，房地产市场上持看跌预期的主体人数越多。

图 6.16（a）～图 6.16（c）表示实施宽松调控政策，媒体态度为看多，且关注度分别为 1、3、5 时房地产市场公众预期的演化结果；图 6.16（d）～图 6.16（f）表示实施紧缩调控政策，媒体态度为看空，且关注度分别为 1、3、5 时房地产市场公众预期的演化结果。

2. 媒体报道态度与调控政策方向相反情况下演化结果

在利益的驱使下，为了追逐利益最大化以及引起社会“轰动效应”，媒体不可能只是“中性的交流渠道”，也不可能只是“单纯地传播信息而没有自己的任何加工”（Gentzkow and Shapiro，2006）。因此媒体报道存在偏见，这种偏见可能导致媒体对类似的新闻事件做出截然相反的取舍，或者不同媒体对同一新闻事件呈现不同的态度。因此下面将分析媒体报道态度与调控政策方向相反时，房地产市场公众预期演化结果。具体分为如下两种情况进行讨论。

（1）设定市场上公众房价预期低迷，即看涨人数为 100，看跌人数为 500，调控政策类型为 1（宽松调控环境），调控密度为 1；设媒体报道态度与调控政策方向相反，即为–1，保持其他条件不变，分别分析当媒体报道关注度逐渐增加时房地产市场公众预期的演化结果。

（2）设定市场上公众房价预期高涨，即看涨人数为 500，看跌人数为 100，设定调控政策类型为–1（紧缩调控环境），调控密度为 1；设媒体报道态度与调控政策方向相反，即为 1，保持其他条件不变，分别分析当媒体报道关注度逐渐增加时房地产市场公众预期的演化结果。

表 6.7 显示了对应情境下，媒体报道关注度分别为 1、3、5 时，经过 30 个月演化的最终结果，具体演化如图 6.17（a）～图 6.17（f）所示。根据仿真结果可知，当媒体报道态度与调控政策方向相反时，媒体报道态度对房地产市场公众预期影响存在差异。具体而言，在宽松调控政策环境下，但媒体持看空态度，当 Volume 为 1 时，市场上看涨主体由 596 人下跌至 591 人，随着媒体相关报道增加，房地产市场上看涨的主体逐渐减少；在紧缩调控政策环境下，若媒体持看多态度，当 Volume 为 1 时，市场上看涨主体由 192 人上涨至 432 人，且随着媒体相关报道增加，房地产市场上看涨的主体逐渐增加。

表 6.7　媒体报道态度与调控政策方向相反情况下演化结果

变量名称	Policy = 1，Attitude = –1			
	Volume = 0	Volume = 1	Volume = 3	Volume = 5
Rise	596	591	567	516
Fall	89	100	128	147
Neutral	315	309	305	337
Expectation	74.01	71.06	63.17	55.66
Price	42 341.69	42 200.42	41 305.35	40 149.05

变量名称	Policy = –1，Attitude = 1			
	Volume = 0	Volume = 1	Volume = 3	Volume = 5
Rise	192	432	461	503
Fall	450	233	191	164
Neutral	358	335	348	333
Expectation	–40.19	29.92	41.41	50.82
Price	32 559.04	38 467.3	39 700.07	40 288.27

图 6.17（a）～图 6.17（c）表示实施宽松调控政策，媒体态度为看空，且关注度分别为 1、3、5 时房地产市场公众预期的演化结果；图 6.17（d）～图 6.17（f）表示实施紧缩调控政策，媒体态度为看多，且关注度分别为 1、3、5 时房地产市场公众预期的演化结果。

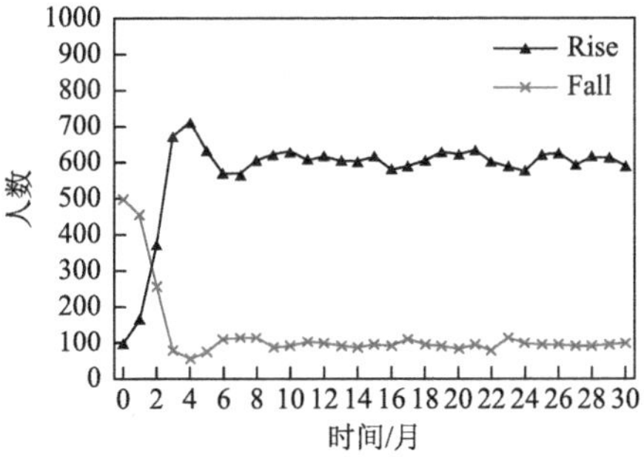

(a) Volume = 1

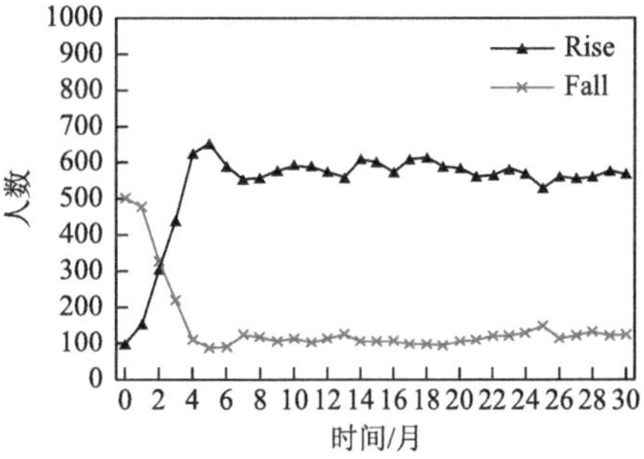

(b) Volume = 3

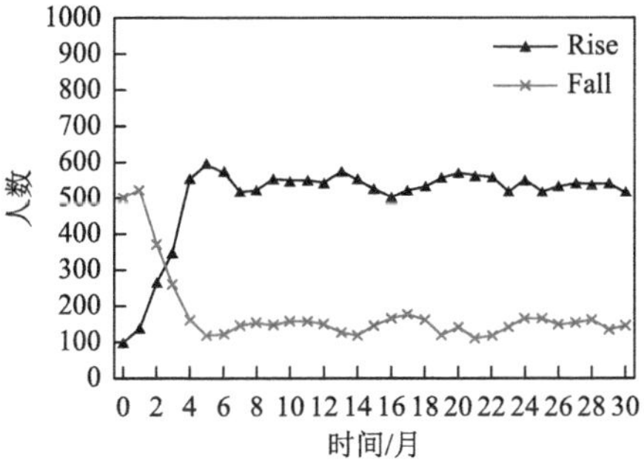

(c) Volume = 5

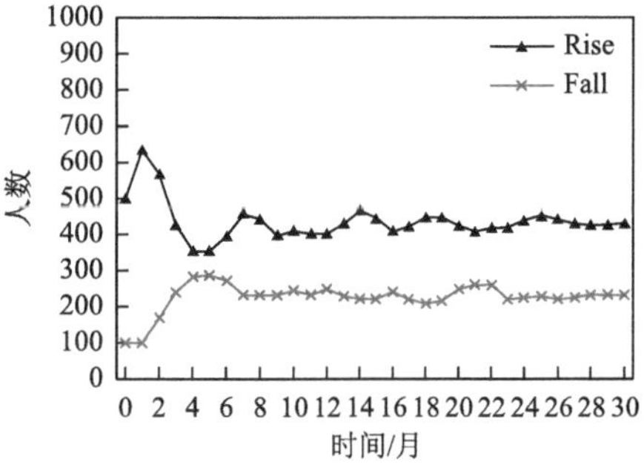

(d) Volume = 1

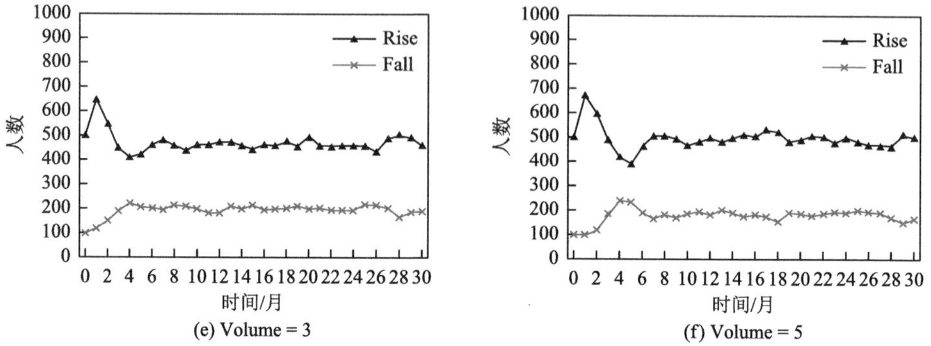

图 6.17　媒体报道态度与调控政策方向相反情况下演化过程

6.5　本 章 小 结

本章基于复杂自适应系统构建房地产市场公众预期演化仿真系统，并基于房地产市场公众预期形成机理以及实证结果构建主体行为函数，分析不同社会网络属性、不同调控政策环境以及不同媒体报道属性三种情境下房地产市场公众预期演化过程。仿真结果显示：随着社会网络平均中心度的增加，房地产市场公众看涨预期增加，房价也随之上涨。在宽松政策环境下，随着政策密度的提高，持看涨预期的主体人数逐渐增加，与此同时，房地产市场公众看涨预期增加，房价也相应提升。在紧缩政策环境下，随着政策密度的提高，持看涨预期的主体人数逐渐下降，主体在紧缩政策的刺激下，逐渐形成看跌预期。但宽松政策环境和紧缩政策环境对公众房价预期的影响具有非对称性，当实施宽松政策时，在第 2 个月，房地产市场公众预期由负转为正，最终稳定在 70 左右；房价在第 2 个月后也呈现上涨趋势。当实施紧缩政策时，房地产市场公众预期在第 1 个月先增加，随后降低，在第 5 个月转为负，最终稳定在–40 左右；房价也在第 5 个月呈下降趋势，到第 10 个月低于初始水平 35 000。当媒体报道态度与调控政策方向一致时，随着媒体关注度的提高，媒体报道对房地产市场公众预期的引导作用变得更加明显。当媒体报道态度与调控政策方向相反时，媒体报道态度对房地产市场公众预期影响存在差异。具体而言，在宽松调控政策环境下，但媒体持看空态度，市场上看跌主体人数稍微减少，随着媒体相关报道的增加，房地产市场上看涨主体人数减少；在紧缩调控政策环境下，若媒体持看多态度，市场上持看涨预期主体人数快速增加，且随着媒体相关报道的增加，房地产市场上持看涨预期主体人数进一步增加。

第 7 章　房地产市场公众预期管理策略研究

预期管理一直是政府进行宏观经济管理的重要手段，我国的预期管理最初体现在宏观经济政策以及货币政策等方面。2009 年国务院《政府工作报告》[①]首次提到“稳定预期”，此后，中央多次在《政府工作报告》及经济工作会议中提到“正确引导市场预期”“注重引导市场行为和社会心理预期”等。在房地产市场调控方面，我国已逐渐形成供需两端相结合的管理体系，但自中央政府探索房地产市场调控的长效机制以来，多次将“稳预期”作为重要的调控目标。长久以来，公众的“房价只涨不跌”预期是影响我国房地产调控政策有效性、阻碍市场健康发展的突出问题，科学合理地管理房地产市场公众预期对促进我国房地产市场调控长效机制的建立有重要的实践意义。本章将结合我国当前房地产市场实际情况及研究结果，在分析房地产市场公众预期管理的意义及性质的基础上，建立房地产市场公众预期管理体系，提出我国房地产市场公众预期管理策略建议。

7.1　房地产市场公众预期管理体系构建

本节将首先对房地产市场公众预期管理的意义和性质进行阐述。在明晰了房地产市场公众预期管理的重要性后，结合我国房地产市场的实际情况，基于房地产市场公众预期形成机理以及实证结果，构建以政府为主、公众与媒体为辅的三方协同房地产市场公众预期管理体系，以为后面提出具体的策略建议提供框架。

7.1.1　房地产市场公众预期管理的意义

房地产市场公众预期管理具有重要意义，其必要性是由我国房地产市场住房需求的多变性以及复杂性决定的。

首先，房地产市场公众预期是配合需求管理政策的重要手段，有利于稳定住房购买者以及潜在购买者的心理。一方面，通过管理公众预期，有利于弥补需求管理的漏洞；另一方面，也有助于抑制投资投机性需求纷纷涌入房地产市场。在我国，房地产市场上的需求者可初步分为刚性需求者、改善型需求者以及投资投

① http://www.gov.cn/test/2009-03/16/content_1260221.htm.

机者，房地产需求端的调控也围绕这三类需求者展开。当公众房价预期高涨时，住房需求者可能会提前入市，尤其是刚性需求者，将会提前购入首套住房；对于改善型需求者，也会将改善时间点提前。因此，如果缺乏合理科学的房地产市场公众管理，必然导致需求者提前消费，造成恐慌购房、提前购房等情绪在社会中传染，破坏住房需求的平稳释放，给房地产市场带来巨大的压力和冲击。如果预期管理不善，这些投资投机性需求更容易化身为刚性需求，导致房地产宏观调控政策失效。

其次，房地产市场公众预期管理有利于降低我国的金融风险。如果房地产市场上公众看涨预期不断增强，导致房价不断攀升，那么公众的购房行为将会提前。这意味着部分无能力支付房价的公众，或者大量支付能力较弱的公众可能会积极进入房地产市场，一旦公众因为缺乏支付能力而断供，在导致个人债务风险的同时，也诱发了银行债务风险。而对于投资投机者而言，房价上涨的“反馈环效应”会增强投资投机者的信心及期望。所谓“反馈环效应”就是过去房价的上涨将会导致投资者对下期房价进一步上涨的预期，第 2 章的理论分析以及第 4 章的实证结果指出，无论历史房价变动还是公众先验信念，均是公众对未来房价判断的“心理锚”，房地产市场公众预期与历史房价变动及先验信念显著正相关。进一步地，投资投机者的看涨预期抬高房价，又吸引更多的投资投机者，从而产生自然形成的“蓬齐过程”（Shiller，2015）。此外，由前面的分析也可知，公众在房地产市场中会进行观察学习，且存在“羊群效应”。如此循环往复，房地产市场中公众预期的传导性、趋同性将放大外部对房地产市场的冲击，扩大房地产市场泡沫产生的决定性因素，导致房地产泡沫。因此，政府合理管理房地产市场公众预期有助于降低金融风险，稳定我国金融市场的发展。

最后，房地产市场公众预期管理对我国经济社会发展具有重要意义。从短期来看，合理有效地引导房地产市场公众预期，一方面可以有效打破公众房地产“保增长”的惯性思维，保证房地产调控政策的有效性；另一方面，由于我国房地产市场产业链长，与金融业联系紧密，管理公众预期可以稳定房价，减少房地产市场波动性，避免系统性风险发生。从长期来看，房地产市场公众预期管理可以避免资源配置扭曲以及对经济结构调整的影响，从而进一步避免因经济长期不稳定增长导致的内生性风险。

7.1.2　房地产市场公众预期管理的性质

根据我国房地产市场的实际情况、房地产市场公众预期的概念以及形成机理，房地产市场公众预期管理的性质可归纳为引导性、长期性以及附加性三个性质。

首先是引导性，即房地产市场公众预期管理是一个引导公众心理的过程。根据前面对预期相关理论以及房地产市场公众预期概念的界定可知，房地产市场公众预期是公众对未来房价变化的看法或判断。其形成过程是公众通过与外部环境交互获取信息，在主体认知和主体情感作用下的信息处理过程或学习过程，因此，房地产市场上的公众预期具有主观性及不确定性。又由于房地产市场上信息不对称现象的存在、公众的有限关注与理性疏忽以及公众认知能力的不同，房地产市场公众预期也存在异质性。异质性意味着不同主体本身属性的差异可能会导致公众预期的非同质，不确定性则意味着公众会随机调整自己的房价预期，导致预期波动。一般而言，公众的住房需求一直存在，其购房决策不能被消除，只能被抑制或者延后，因此从心理上引导公众预期是房地产市场预期管理的重要任务。

其次是长期性，即房地产市场公众预期管理是一个长期的过程。从实施住房制度改革以来，我国房地产市场经过多轮调控，每一轮调控过程都是一个持续改变公众预期的过程。而部分调控政策失效，其原因之一也正是在短期内未改变公众预期。因此有效管理房地产市场公众预期就需要"稳政策"，想要改变长久以来房地产市场上公众的看涨预期，需要不断强化房地产市场调控政策，尤其是在我国经济增长不确定性因素增加的背景下，政府通过向市场发射长期稳定的信号才能扭转并稳定公众预期。这意味着房地产市场公众预期管理是一个长期的过程，也是多项房地产调控政策叠加效应的实现过程。

最后是附加性，即房地产市场公众预期管理应该作为"融入附加"与其他调控政策相辅相成。房地产市场公众预期管理并不是我国房地产市场健康平稳发展的决定性因素，也无法替代我国已经形成的需求管理和供给管理相结合的政策体系。因此，房地产市场公众预期管理的定位应是作为其他房地产调控政策的"融入附加"，换句话来说，房地产市场公众预期管理应作为可参与因子，融入其他调控政策的制定与实施过程中，与其他调控政策共同作用，从而共同提升房地产调控政策的有效性。

7.1.3　房地产市场公众预期管理体系

房地产市场公众预期管理对我国房地产市场调控长效机制的构建以及房地产市场的健康稳定发展具有重要意义，房地产市场公众预期管理就是引导公众形成理性、稳定的预期，是一个长期的过程。房地产市场公众预期的形成过程是公众利用感知到的外部信息，如调控政策、历史房价信息以及社会网络中其他公众的观点等，基于先验信念，在内部心理作用下的学习过程。本书的理论分析及实证结果表明，房地产市场公众预期与先验信念、历史房价变动显著正相关，表明长久以来，公众会通过“锚定”之前对房价走势的判断或历史房价走势形成房价预期，如此循环往复推动房价上涨。研究也证实了调控政策的类型、密度以及强度均会影响房地产市场公众预期，而媒体的关注度以及媒体报道态度也对房地产市场公众预期的大小以及准确性造成不同的影响。鉴于调控政策对房地产市场公众预期的重要影响以及媒体在房地产市场公众预期形成过程中的关键作用，本节提出以政府为主、媒体与公众为辅的三方协同房地产市场公众预期管理体系。政府、媒体与公众三方的互动机制如图 7.1 所示。

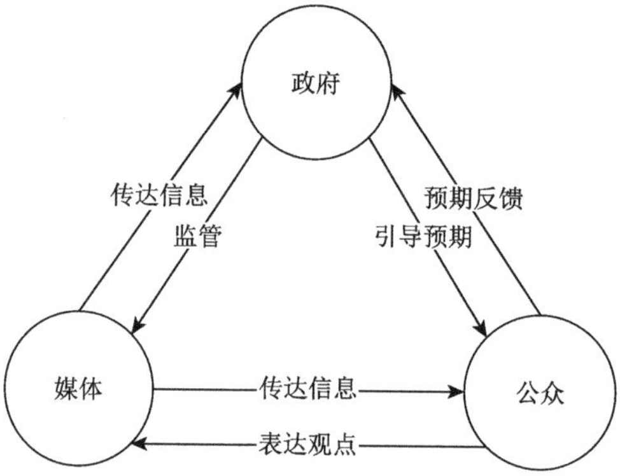

图 7.1 政府、媒体与公众互动机制

政府作为调控主体，是房地产市场公众预期管理的核心。政府一方面应该采取多种措施引导公众形成理性预期，另一方面需要对媒体进行监管，避免其炒作等行为。媒体作为信息传播者，承担着信息中介的作用。媒体一方面应该向公众如实传达市场以及调控政策等信息，另一方面也起到将市场信息以及公众观点传达给政府的作用。公众作为信息接收者和预期形成主体，在房地产市场上处于信息不对称的弱势方，但其行为又推动市场发展。因此公众在接收外部信息形成预期的同时，也通过媒体表达自己的观点，其预期及行为进而影响政策调控策略。基于政府、媒体与公众互动机制图，后面将从政府自身、媒体监管以及公众引导三个维度提出政府管理房地产市场公众预期的策略建议。

7.2 房地产市场公众预期管理策略建议

基于 7.1 节提出的房地产市场公众预期管理体系，结合我国房地产市场实际情况以及实证研究结果，本节将分别从政府自身、媒体监管以及公众引导三个维度提出七条房地产市场公众预期管理策略建议，为我国建立房地产市场调控长效机制，实现“稳房价”“稳预期”提供参考。

7.2.1　综合运用预期管理工具，完善公众预期管理体系

政府应充分利用预期管理工具，如提升房地产市场公众预期指数等指标对预期管理的支撑能力，完善公众预期管理体系。政府应充分挖掘房地产市场的信息，及时跟踪房地产市场公众预期变化，以及时进行市场沟通及政策调整。房地产市场公众预期指数可实现实时跟踪公众预期的变化，表征公众群体的态度与观点，政府加强对房地产市场公众预期管理指标的分析和研判，关注房地产市场公众预期的影响机制，通过市场指标传达调控意图，可提升调控政策的有效性，逐步实现公众预期管理及引导机制。此外，从分析来看，当前我国房地产市场公众预期管理理论研究不足，实践过程较短，在实践中也存在预期管理主体范围偏窄、预期管理主体权责不明确、主体间缺乏协调机制以及制度安排不完善等问题，因此亟须健全完善预期管理政策体系。政府可从扩大公众预期管理范围、明确预期管理主体权责并加强协调、完善公众预期调查统计制度等方面入手，建立健全房地产市场公众预期管理体系，科学有效地实施房地产市场公众预期管理。

7.2.2　保持调控政策透明度，引导公众形成理性预期

房地产市场调控应保持政策的透明度。实证结果表明，公众基于感知到的外部信息在内部心理的作用下形成房地产市场公众预期，且调控政策可以显著影响房地产市场公众预期。因此，当政府出台调控政策时，一是需要公众感知到新出台的政策，二是需要公众能理解调控政策内容，才能促使公众形成认知，进而建立对未来房价的判断。因此保持调控政策的透明对引导公众形成理性预期十分关键。具体而言，政府就政策意图及目标等通过多渠道与公众进行合理沟通，与公众建立良好的沟通关系，可以加强公众认知，正确引导公众形成理性判断和预期。房地产市场上充斥着信息不对称现象，相比于政府以及媒体，公众在了解信息方面占有较少的优势。房地产市场调控期间，公众看涨预期居高不下、房价波动大等在一定程度上都是由信息不对称导致的。因此政府应该在进行供需调控时保持调控政策透明度，寻求多样化的沟通渠道，通过媒体、新闻发布会以及政策解读等与公众保持沟通，让公众充分了解政策的目的，正确引导公众预期，促进公众进行理性购房决策。

7.2.3　维持调控政策一贯性，促进公众形成稳定预期

政府应维持调控政策一致性和连贯性，促进公众形成长期的、稳定的预期，

从而维持房地产市场长期、健康地发展。在调控政策对房地产市场公众预期影响的实证研究中，研究结果表明，调控政策密度与调控政策力度与房地产市场公众预期显著负相关，即密集出台的可操作性强的调控政策有助于抑制房地产市场公众预期。所以为促进公众形成稳定的房价预期，政府在出台新政策对房地产市场进行调控时，相关部门应建立联合调控机制，各级政府联动配合，确保地方政府调控政策与中央保持一致。同时考虑新政策与现有政策的连贯性及其长期一致性，避免“朝令夕改”导致公众预期反复，进而造成房价大幅波动。在 2017 年我国房地产市场全面进入“四限”时代后，2018 年末调控政策出现微变，山东菏泽取消“限售令”释放调控放松的信号，成为新的调控政策风向标，在一定程度上影响了公众预期。第 4 章的实证结果也表明，紧缩的调控政策对抑制房地产市场公众预期的作用并不显著，而宽松的调控政策可以显著提升房地产市场公众预期。第 6 章的仿真结果也表明，当房地产市场公众预期处于高涨状态时，稍微改变政策方向反而在短期内进一步抬高了公众预期。因此在短期限制性行政调控政策推出的同时，应保持政策的连贯性，补充中长期政策，避免政策叠加效应导致市场过度反应，造成调控效果与预期相反的现象，从而避免公众预期难以得到强化。

7.2.4　合理地公布市场信息，避免片面信息误导公众

政府应合理公布市场信息，避免信息被片面解读而误导公众预期。正如本书一直所强调的，信息是房地产市场公众预期形成的关键因素，公众如何感知信息、如何理解信息均会影响公众预期的形成。目前我国房地产市场多依赖市场均价进行调控，然而市场均价并不能完全反映市场需求、市场结构等实际情况，这类信息可能误导公众预期。通过合理发布能够科学反映市场真实情况的信息，如强化信息公布渠道，解读重大事件，回应焦点问题，适时披露市场供需状况、城市规划计划等，从信息发布层面影响公众认知过程，有助于稳定公众房价预期。目前我国已有部分地方政府从信息发布层面采取措施落实“稳预期”调控政策。例如，2018 年 7 月广州市政府取消公布日度交易数据，改为定期发布和解读市场运行情况；2019 年 4 月，深圳市政府不再公布房价数据，市场运行情况统一由更具有代表性的国家统计局公布的房价指数来衡量。科学合理的信息公布可以避免部分公众片面解读，形成“非理性”预期，进而在市场上形成“趋同”预期。

7.2.5　重视自身公信力建设，提高政府的公众信任度

政府的公信力是调控政策有效性的保障。所谓“公信力”是指公众对组织信任的能力，而为了获得公众的信任，组织应根据公众的期望以诚信的态度及行为

对待公众。政府的公信力体现在两个方面，一是政府部门通过合理的行政行为，得到公众的信赖以及拥护；二是体现在公众对政府行政能力以及服务水平等方面的评价及反馈上。政府为保证调控政策实施的效率及效果，应充分利用各种手段，促进公众信任度提升。首先，政府应严格执行政策措施，依法加强对市场的监管，引导市场行为与政策调控意图一致。其次，政府可适应时代发展，更新、强化执政理念。网络时代的到来，让公众了解信息更为便捷，也放大了公众了解信息的欲望。公众未能全面接收政府信息是公众不信任政府的原因之一，因此可通过实行政务公开，通过网络平台等了解公众的利益诉求，与公众保持良好的联系，维护两者之间的信任关系。最后，政府也应注重打造网络信息交流平台，拓宽与公众信息交流的渠道，加强与公众的有效信息沟通，以通俗的表达方式传递政府对未来调控政策、房价走势等方面的理性看法。在完善和提升政府形象的同时，提升政府的影响力和号召力，从而提升公众对政府的信任。

7.2.6　充分发挥媒体舆论引导功能，同时加强媒体炒作监管

政府应充分发挥媒体舆论引导功能，加强媒体炒作监督管理，在引导公众预期的同时，防止媒体炒作误导公众。媒体报道是公众获取信息最普遍也是最主要的渠道，前面的实证结果也已经表明，媒体关注度以及媒体报道态度显著影响房地产市场公众预期，尤其对房地产市场公众预期的准确性产生显著影响。互联网的快速发展使信息得以快速、及时传播，也让媒体可以更好地发挥“传声筒”功能，提高政府与公众的沟通力度以及公众接收信息的便捷度。因此政府在推动执行相关政策时，可以通过主流媒体和权威网站加强新闻宣传和引导，提高公众认识和接受新政策的积极性。根据实证结果，媒体关注度可显著降低房地产市场公众预期偏差，因此政府应引导媒体及时跟踪市场动态及其他房地产市场相关事件，将信息准确客观地向公众传播。同时注重媒体以及专家学者在信息传播中的桥梁作用，加强媒体对房地产市场舆论的正确引导，扩大政府信息的传播、促进公众的理解与信任，从而提高公众认知，形成合理的公众预期。然而，在当前信息爆炸时代，媒体传播的信息参差不齐，因此政府还需注意对媒体报道的监督管理，确保新闻报道内容的真实性，客观报道相关市场信息，对于媒体的非谨慎判断性观点及爆点事件引发的集中报道，应合理管制和引导，防止媒体炒作引发公众追捧，避免“危言耸听”，造成公众的错误判断。

7.2.7　引导公众加强相关知识学习，提升市场走势判断能力

对于普通公众而言，一方面，由于信息不对称，公众在房地产市场中难以获

得完备的可用于判断未来房价走势的信息；另一方面，由于有限关注以及理性疏忽，公众往往产生黏性信息现象，为减少信息成本，往往基于旧的信息或者基于历史房价变动、先验信念等“锚”定未来房价走势。这些都在一定程度上导致公众预期偏离理性，长期形成房价看涨预期。进一步地，由于公众在房地产市场中进行社会学习，通过观察学习社会网络中其他公众的观点，如果公众认知能力或信息处理能力弱，最终房地产市场上会产生“羊群效应”，形成看涨预期的“趋同”。因此，政府应引导普通公众不断学习房地产领域的相关知识，增强对信息的理解和处理能力。此外也应引导公众增强对有效信息的筛选能力，有效筛选媒体报道信息，正确对待媒体报道态度以及对社会网络中其他公众的观点进行合理取舍和判断，促使自身形成的房价预期更接近于理性预期。

7.3 本章小结

本章主要根据我国房地产市场实际情况以及前面的房地产市场公众预期形成机理、实证结果以及模拟仿真结果对我国房地产市场公众预期管理提出策略建议。具体而言，本章首先分析了房地产市场公众预期管理的意义。房地产市场公众预期是配合需求管理政策的重要手段，有助于降低我国金融风险，对我国经济社会发展具有重要意义。其次，本章总结归纳了房地产市场公众预期管理的性质，即引导性、长期性以及附加性。最后，基于以上分析提出以政府为主、媒体与公众为辅的三方协同房地产市场公众预期管理体系，并根据该体系从三个维度提出七条策略建议。政府应综合运用预期管理工具，完善公众预期管理体系；保持调控政策透明度，引导公众形成理性预期；维持调控政策一贯性，促进公众形成稳定预期；合理地公布市场信息，避免片面信息误导公众；重视自身公信力建设，提高政府的公众信任度。此外，政府应充分发挥媒体舆论引导功能，同时加强媒体炒作监督管理；引导公众加强自身相关知识的学习，提升对市场走势的判断能力。

参考文献

卞志村，宗旭姣. 2014. 公众学习，媒体信息披露与通胀预期形成[J]. 金融评论，6（1）：74-85.

才国伟，邵志浩，徐信忠. 2015. 企业和媒体存在合谋行为吗？——来自中国上市公司媒体报道的间接证据[J]. 管理世界，（7）：158-169.

陈创练，戴明晓. 2018. 货币政策、杠杆周期与房地产市场价格波动[J]. 经济研究，53（9）：52-67.

陈潭，贺雯. 2008. 高房价压力下的城市青年心理焦虑及其调适[J]. 中国青年研究，（4）：14-17.

陈泽艺，李常青. 2017. 媒体报道与资产定价：研究综述[J]. 外国经济与管理，39（3）：24-39.

董倩，孙娜娜，李伟. 2014. 基于网络搜索数据的房地产价格预测[J]. 统计研究，31（10）：81-88.

关禹，王雪标，宇超逸. 2019. 公众长短期预期的差异与货币政策引导效应[J]. 当代经济科学，41（3）：72-82.

郭琨，崔啸，王珏，等. 2012. "京十二条" 房地产调控政策的影响——基于 TEI@I 方法论[J]. 管理科学学报，15（4）：4-11.

郭豫媚，陈伟泽，陈彦斌. 2016. 中国货币政策有效性下降与预期管理研究[J]. 经济研究，51（1）：28-41，83.

郭豫媚，陈彦斌. 2017. 预期管理的政策实践与改进措施[J]. 中国人民大学学报，31（5）：60-67.

贺京同，徐璐. 2011. 主体行为、预期形成与房地产市场稳定[J]. 浙江大学学报（人文社会科学版），41（5）：175-187.

洪涛，厉伟. 2015. 基于网络搜索数据的住房价格预期与实际价格波动分析[J]. 统计与信息论坛，30（11）：49-53.

侯杰泰. 2004. 结构方程模型及其应用[M]. 北京：教育科学出版社.

黄萃，任弢，李江，等. 2015. 责任与利益：基于政策文献量化分析的中国科技创新政策府际合作关系演进研究[J]. 管理世界，（12）：68-81.

黄燕芬，洪文斌，余华义. 2019. 市场情绪如何影响城市房价[J]. 经济理论与经济管理，（7）：75-88.

贾生华，李航. 2013. 房地产调控政策真的有效吗？——调控政策对预期与房价关系的调节效应研究[J]. 华东经济管理，27（11）：82-87.

孔煜. 2009. 市场预期与房地产价格波动[J]. 中央财经大学学报，（2）：80-85.

况伟大. 2010. 预期，投机与中国城市房价波动[J]. 经济研究，45（9）：67-78.

李拉亚. 2011. 预期管理理论模式述评[J]. 经济学动态，（7）：113-119.

李培功，沈艺峰. 2010. 媒体的公司治理作用：中国的经验证据[J]. 经济研究，45（4）：14-27.

李迎星，田露，杨梦. 2019. 限购政策是否降低房地产价格增速?[J]. 系统工程理论与实践，39（4）：906-921.

林江，周少君，魏万青. 2012. 城市房价、住房产权与主观幸福感[J]. 财贸经济，（5）：114-120.

马文涛，冯根福，李成，等. 2016. 宏观政策转型、行政性干预调整与通胀预期管理[J]. 经济研究，51（4）：30-46.
马小香，苏梽芳. 2016. 中国居民房价预期的微观影响因素——基于 CHFS 数据的实证分析[J]. 哈尔滨商业大学学报（社会科学版），（4）：90-101.
倪鹏飞. 2019. 货币政策宽松、供需空间错配与房价持续分化[J]. 经济研究，54（8）：87-102.
彭叠峰，饶育蕾，雷湘媛. 2015. 有限关注、噪声交易与均衡资产价格[J]. 管理科学学报，18（9）：86-94.
宋丹丹，张东，尹齐炜，等. 2019. 网络新闻、需求者关注与房价——基于时变参数向量自回归模型的研究[J]. 南方经济，（4）：106-128.
苏志. 2016. 公众预期与房地产市场的短期相关性——基于微博信息的实证研究[J]. 经济与管理研究，37（3）：69-76.
孙涛，郑晓亚，张翔. 2016. 居民预期、微观决策与房地产调控——基于 OLG 模型的局部均衡分析[J]. 现代财经（天津财经大学学报），36（1）：31-42.
孙毅，吕本富，陈航，等. 2014. 大数据视角的通胀预期测度与应用研究[J]. 管理世界，（4）：171-172.
田敏，刘建江. 2019. 居民预期视角下房地产市场波动：解释与特征事实[J]. 消费经济，35（6）：51-60.
汪昌云，武佳薇. 2015. 媒体语气、投资者情绪与 IPO 定价[J]. 金融研究，（9）：174-189.
王华春，赵蕊，陶斐斐，等. 2009. 理性预期、地产波动与宏观调控政策取向[J]. 北京邮电大学学报（社会科学版），11（5）：62-68.
王来福. 2008. 预期、不可置信的承诺与政策失效——来自房地产行业的实证检验[J]. 财经问题研究，（9）：56-62.
王琳，孙子惠，赵登攀. 2020. 中国货币政策预期管理有效性及政策透明度研究——基于社会融资规模数据[J]. 宏观经济研究，（2）：30-42.
吴明隆. 2009. 结构方程模型：AMOS 的操作与应用[M]. 重庆：重庆大学出版社.
肖卫国，郑开元，袁威. 2012. 住房价格、消费与中国货币政策最优选择：基于异质性房价预期的视角[J]. 经济评论，（2）：105-115.
肖争艳，彭博. 2011. 住房价格与中国货币政策规则[J]. 统计研究，28（11）：40-49.
徐莉萍，辛宇. 2011. 媒体治理与中小投资者保护[J]. 南开管理评论，14（6）：36-47，94.
薛志勇. 2012. 预期对我国住房市场政策调控效果影响的实证分析[J]. 城市问题，（6）：63-67.
闫先东，高文博. 2017. 中央银行信息披露与通货膨胀预期管理——我国央行信息披露指数的构建与实证检验[J]. 金融研究，（8）：35-49.
杨斌，王燕. 2006. 理性预期理论及政策主张的特点[J]. 重庆工商大学学报（西部论坛），（S1）：2-3.
杨超，姜昊，雷峥嵘. 2019. 基于文本挖掘和百度指数的汇率预测[J]. 统计与决策，35（13）：85-87.
尹朝华. 2010. 预期对我国房地产市场宏观调控政策的影响分析[J]. 湖南财经高等专科学校学报，26（4）：73-75.
尹海员，朱旭. 2019. 投资者异质信念、预期演化与股票市场流动性[J]. 中国管理科学，27（10）：12-21.
游家兴，吴静. 2012. 沉默的螺旋：媒体情绪与资产误定价[J]. 经济研究，47（7）：141-152.
袁东，何秋谷，赵波. 2016. 房价变动的影响因素研究：一个文献综述[J]. 经济与管理研究，37（3）：77-85.

张成思，芦哲. 2014. 媒体舆论、公众预期与通货膨胀[J]. 金融研究，(1)：29-43.
张春兴. 2012. 心理学原理[M]. 杭州：浙江教育出版社.
张澜，周千秋. 2006. 市场预期对房地产价格的影响——消费者的理性预期[J]. 中国科技信息，(13)：197-198.
张蕾，曹渊，邢子煜. 2019. 汇率预期粘性、异质选择与交易者学习行为[J]. 统计与决策，35(24)：164-167.
张永安，李晨光. 2010. 复杂适应系统应用领域研究展望[J]. 管理评论，22（5)：121-128.
赵伟，耿勇，何雅静. 2018. 媒体报道、预期与房价波动[J]. 经济评论，(2)：133-146.
钟少颖，王蕊，陈锐. 2016. 货币政策，市场预期与房地产价格[J]. 管理评论，28（5)：13-22，84.
朱小能，周磊. 2018. 未预期货币政策与股票市场——基于媒体数据的实证研究[J]. 金融研究，(1)：102-120.
Abeele P V. 1988. Economic Agents' Expectations in a Psychological Perspective[M]//Handbook of Economic Psychology. Dordrecht：Springer：478-515.
Abel T D，Salazar D J，Robert P. 2015. States of environmental justice：Redistributive politics across the United States，1993-2004[J]. Review of Policy Research，32（2)：200-225.
Aboody D，Lehavy R，Trueman B. 2010. Limited attention and the earnings announcement returns of past stock market winners[J]. Review of Accounting Studies，15（2)：317-344.
Adam K，Marcet A，Nicolini J P. 2016. Stock market volatility and learning[J]. The Journal of Finance，71（1)：33-82.
Agliari A，Hommes C H，Pecora N. 2016. Path dependent coordination of expectations in asset pricing experiments：A behavioral explanation[J]. Journal of Economic Behavior & Organization，121：15-28.
Akerlof G A. 1970. The market for lemons：Quality uncertainty and the market mechanism[J]. Quarterly Journal of Economics，84：488-500.
Alizadeh A H，Thanopoulou H，Yip T L. 2017. Investors' behavior and dynamics of ship prices：A heterogeneous agent model[J]. Transportation Research Part E：Logistics and Transportation Review，106：98-114.
Anderson E W，Salisbury L C. 2003. The formation of market-level expectations and its covariates[J]. Journal of Consumer Research，30（1)：115-124.
Armona L，Fuster A，Zafar B. 2018. Home price expectations and behaviour：Evidence from a randomized information experiment[J]. The Review of Economic Studies，86（4)：1371-1410.
Arslan Y，Atabek A，Hulagu T，et al. 2015. Expectation errors，uncertainty，and economic activity[J]. Oxford Economic Papers，67（3)：634-660.
Assenza T，Heemeijer P，Hommes C H，et al. 2013. Individual expectations and aggregate macro behavior[J]. Tinbergen Institute Discussion Paper 13-016/II.
Baak S J. 1999. Tests for bounded rationality with a linear dynamic model distorted by heterogeneous expectations[J]. Journal of Economic Dynamics and Control，23（9/10)：1517-1543.
Bailey M，Cao R，Kuchler T. 2018. The economic effects of social networks：Evidence from the housing market[J]. Journal of Political Economy，126（6)：2224-2276.
Baker M，Wurgler J，Yuan Y. 2012. Global，local，and contagious investor sentiment[J]. Journal of

Financial Economics，104（2）：272-287.

Baker M，Wurgler J. 2006. Investor sentiment and the cross - section of stock returns[J]. The Journal of Finance，61（4）：1645-1680.

Baker M，Wurgler J. 2007. Investor sentiment in the stock market[J]. Journal of Economic Perspectives，21（2）：129-152.

Baker S R，Bloom N，Davis S J. 2016. Measuring economic policy uncertainty[J]. The Quarterly Journal of Economics，131（4）：1593-1636.

Balakrishnan S，Koza M P. 1993. Information asymmetry，adverse selection and joint-ventures：Theory and evidence[J]. Journal of Economic Behavior & Organization，20（1）：99-117.

Ball L，Mankiw N G，Reis R. 2005. Monetary policy for inattentive economies[J]. Journal of Monetary Economics，52（4）：703-725.

Bandura A，Walters R H. 1977. Social Learning Theory[M]. Englewood Cliffs，NJ：Prentice-Hall.

Bandura A. 1986. Social Foundations of Thought and Action[M]. Englewood Cliffs，NJ：Prentice-Hall.

Bandura A. 1989. Human agency in social cognitive theory[J]. American Psychologist，44（9）：1175-1184.

Bauer M W，Knill C. 2014. A conceptual framework for the comparative analysis of policy change：Measurement，explanation and strategies of policy dismantling[J]. Journal of Comparative Policy Analysis：Research and Practice，16（1）：28-44.

Bikhchandani S，Hirshleifer D，Welch I. 1998. Learning from the behavior of others：Conformity，fads，and informational cascades[J]. Journal of Economic Perspectives，12（3）：151-170.

Bkassiny M，Li Y，Jayaweera S K. 2013. A survey on machine-learning techniques in cognitive radios[J]. IEEE Communications Surveys & Tutorials，15（3）：1136-1159.

Bonabeau E. 2002. Agent-based modeling：Methods and techniques for simulating human systems[J]. Proceedings of the National Academy of Sciences，99（Suppl 3）：7280-7287.

Bowden M，McDonald S. 2008. The impact of interaction and social learning on aggregate expectations[J]. Computational Economics，31（3）：289-306.

Brock W A，Hommes C H，Wagener F O O. 2005. Evolutionary dynamics in markets with many trader types[J]. Journal of Mathematical Economics，41（1/2）：7-42.

Brock W A，Hommes C H. 1998. Heterogeneous beliefs and routes to chaos in a simple asset pricing model[J]. Journal of Economic Dynamics and Control，22（8/9）：1235-1274.

Bruine de Bruin W，Vanderklaauw W，Downs J S，et al. 2010. Expectations of inflation：The role of demographic variables，expectation formation，and financial literacy[J]. Journal of Consumer Affairs，44（2）：381-402.

Cagan P. 1956. The Monetary Dynamics of Hyperinflation[M]//Studies in the Quantity Theory of Money. Chicago：University of Chicago Press：25-120.

Camargo B. 2014. Learning in Society[J]. Games & Economic Behavior，87（435）：381-396.

Carroll C D. 2003. Macroeconomic expectations of households and professional forecasters[J]. The Quarterly Journal of Economics，118（1）：269-298.

Chalmers D. 2007. The hard problem of consciousness[J]. The Blackwell Companion to Consciousness：225-235.

Chen A，Lu Y，Wang B. 2017a. Customers' purchase decision-making process in social commerce：A social learning perspective[J]. International Journal of Information Management，37（6）：627-638.

Chen J，Guo F，Wu Y. 2011. One decade of urban housing reform in China：Urban housing price dynamics and the role of migration and urbanization，1995-2005[J]. Habitat International，35（1）：1-8.

Chen J，Jiang F，Tong G. 2017b. Economic policy uncertainty in China and stock market expected returns[J]. Accounting & Finance，57（5）：1265-1286.

Chen K，Wen Y. 2017. The great housing boom of China[J]. American Economic Journal：Macroeconomics，9（2）：73-114.

Chiarella C. 1992. The dynamics of speculative behaviour[J]. Annals of Operations Research，37（1）：101-123.

Chick C F. 2019. Cooperative versus competitive influences of emotion and cognition on decision making：A primer for psychiatry research[J]. Psychiatry Research，273（3）：493-500.

Chin A，Bruine De Bruin W. 2017. Understanding the formation of consumers' stock market expectations[J]. Journal of Consumer Affairs，51（1）：200-210.

Choi H，Varian H. 2012. Predicting the present with Google trends[J]. Economic Record，88：2-9.

Chow G C，Niu L. 2015. Housing prices in urban China as determined by demand and supply[J]. Pacific Economic Review，20（1）：1-16.

Clayton J，Ling D C，Naranjo A. 2009. Commercial real estate valuation：Fundamentals versus investor sentiment[J]. The Journal of Real Estate Finance and Economics，38（1）：5-37.

Clayton J. 1997. Are housing price cycles driven by irrational expectations?[J]. The Journal of Real Estate Finance and Economics，14（3）：341-363.

Clore G L. 1992. Cognitive phenomenology：Feelings and the construction of judgment[J]. The Construction of Social Judgments，10：133-163.

Coibion O，Gorodnichenko Y，Kumar S. 2018. How do firms form their expectations? New survey evidence[J]. American Economic Review，108（9）：2671-2713.

Cooper R，Willis J L. 2010. Coordination of expectations in the recent crisis：Private actions and policy responses[J]. Economic Review，（QI）：5-39.

Cui Y，Gebka B，Kallinterakis V. 2019. Do closed-end fund investors herd?[J]. Journal of Banking & Finance，105：194-206.

Das P，Füss R，Hanle B，et al. 2020. The cross-over effect of irrational sentiments in housing，commercial property，and stock markets[J]. Journal of Banking and Finance，114：105799.

Davis S J，Liu D，Sheng X S. 2019. Economic policy uncertainty in China since 1946：The view from mainland newspapers[R]. Working Paper.

Day R H，Huang W. 1990. Bulls，bears and market sheep[J]. Journal of Economic Behavior & Organization，14（3）：299-329.

Dechow P M，Sloan R G. 1997. Returns to contrarian investment strategies：Tests of naive expectations hypotheses[J]. Journal of Financial Economics，43（1）：3-27.

Dolcos F，Iordan A D，Dolcos S. 2011. Neural correlates of emotion-cognition interactions：A review of evidence from brain imaging investigations[J]. Journal of Cognitive Psychology，23（6）：669-694.

Dominitz J，Manski C F. 2007. Expected equity returns and portfolio choice：Evidence from the health and retirement study[J]. Journal of the European Economic Association，5（2/3）：369-379.

Dominitz J，Manski C F. 2011. Measuring and interpreting expectations of equity returns[J]. Journal of Applied Econometrics，26（3）：352-370.

Doms M E，Morin N J. 2004. Consumer sentiment，the economy，and the news media[J]. FRB of San Francisco Working Paper（2004-09）.

Dräger L，Lamla M J. 2012. Updating inflation expectations：Evidence from micro-data[J]. Economics Letters，117（3）：807-810.

Drakos K，Konstantinou P T，Thoma F A. 2020. Inflation uncertainty and inflation expectations：Micro-level evidence from the eurozone[J]. The Journal of Economic Asymmetries，21：e00150.

Duncan S，Barrett L F. 2007. Affect is a form of cognition：A neurobiological analysis[J]. Cognition and Emotion，21（6）：1184-1211.

Dyck A，Zingales L. 2003. The media and asset prices[R]. Cambridge：National Bureau of Economic Research.

Easley D，O'hara M. 2004. Information and the cost of capital[J]. The Journal of Finance，59（4）：1553-1583.

Eggertsson G B，Woodford M. 2003. Optimal monetary policy in a liquidity trap[R]. Cambridge：National Bureau of Economic Research.

Eggertsson G B. 2008. Great Expectations and the end of the depression[J]. American Economic Review，98（4）：1476-1516.

Eichholtz P，Huisman R，Zwinkels R C J. 2015. Fundamentals or trends? A long-term perspective on house prices[J]. Applied Economics，47（10）：1050-1059.

Ellis A W，Klaus M P，Mast F W. 2017. Vestibular cognition：The effect of prior belief on vestibular perceptual decision making[J]. Journal of Neurology，264（1）：74-80.

Enthoven A C，Arrow K J. 1956. A theorem on expectations and the stability of equilibrium[J]. Econometrica，24（3）：288-293.

Epstein S. 1994. Integration of the cognitive and the psychodynamic unconscious[J]. American Psychologist，49（8）：709-724.

Evans G W，Honkapohja S，Marimon R. 2001. Convergence in monetary inflation models with heterogeneous learning rules[J]. Macroeconomic Dynamics，5（1）：1-31.

Evans G W，Honkapohja S. 2003. Expectations and the stability problem for optimal monetary policies[J]. The Review of Economic Studies，70（4）：807-824.

Ezekiel M. 1938. The cobweb theorem[J]. The Quarterly Journal of Economics，52（2）：255-280.

Fishbein M，Ajzen I. 1977. Belief，attitude，intention，and behavior：An introduction to theory and research[J]. Journal of Business Venturing，（5）：177-189.

Frith C D，Frith U. 2012. Mechanisms of social cognition[J]. Annual Review of Psychology，63：287-313.

Gaa C. 2009. Asymmetric attention to good and bad news and the neglected firm effect in stock returns[DB/OL]. Social Science Electronic Publishing[2009-02-13]. http://dx.doi.org/10.2139/ssrn.1363913.

Gao Y，Li X，Dong J. 2019. Does housing policy sustainability matter? Evidence from China[J]. Sustainability，11（17）：4761.

Garcia D. 2013. Sentiment during recessions[J]. The Journal of Finance，68（3）：1267-1300.

Gärling T，Golledge R G. 1989. Environmental Perception and Cognition[M]//Advance in Environment，Behavior，and Design. Boston：Springer：203-236.

Gazzani A. 2020. News and noise bubbles in the housing market[J]. Review of Economic Dynamics，36（2）：46-72.

Gentzkow M，Shapiro J M. 2006. Media bias and reputation[J]. Journal of Political Economy，114（2）：280-316.

Georgescu-Roegen N. 1958. The Nature of Expectation and Uncertainty[M]. New York：Social Science Research Council：11-29.

Girardi A. 2014. Expectations and macroeconomic fluctuations in the euro area[J]. Economics Letters，125（2）：315-318.

Glazer R，Steckel J H，Winer R S. 1989. The formation of key marketing variable expectations and their impact on firm performance：Some experimental evidence[J]. Marketing Science，8（1）：18-34.

Gong C M，Lizieri C，Bao H X H. 2019. 'Smarter information，smarter consumers'? Insights into the housing market[J]. Journal of Business Research，97（4）：51-64.

Gramlich E M. 1983. Models of inflation expectations formation：A comparison of household and economist forecasts[J]. Journal of Money，Credit and Banking，15（2）：155-173.

Granziera E，Kozicki S. 2015. House price dynamics：Fundamentals and expectations[J]. Journal of Economic Dynamics and Control，60：152-165.

Greenough W T，Black J E，Wallace C S. 1987. Experience and brain development[J]. Child Development：539-559.

Gyourko J，Keim D B. 1992. What does the stock market tell us about real estate returns?[J]. Real Estate Economics，20（3）：457-485.

Hamilton J. 2004. All the News that's Fit to Sell：How the Market Transforms Information into News[M]. Princeton and Oxford：Princeton University Press.

Hasui K，Nakazono Y，Teranishi Y. 2019. Role of expectations in a liquidity trap[J]. Journal of the Japanese & International Economies，52（2）：201-215.

Hayek F A. 1967. Notes on the evolution of systems of rules of conduct[J]. Studies in Philosophy，Politics and Economics：66-81.

He Y Y，Xia F Z. 2020. Heterogeneous traders，house prices and healthy urban housing market：A DSGE model based on behavioral economics[J]. Habitat International，96：102085.

Hetland A，Hetland S. 2017. Short-term expectation formation versus long-term equilibrium conditions：The danish housing market[J]. Econometrics，5（3）：40-61.

Ho S S，Gonzalez R D，Abelson J L，et al. 2012. Neurocircuits underlying cognition-emotion interaction in a social decision making context[J]. NeuroImage，63（2）：843-857.

Hoffmann A O I，Post T，Pennings J M E. 2015. How investor perceptions drive actual trading and risk-taking behavior[J]. Journal of Behavioral Finance，16（1）：94-103.

Holland J H. 1992. Complex adaptive systems[J]. Daedalus，121（1）：17-30.
Hommes C H. 2006. Heterogeneous agent models in economics and finance[J]. Handbook of Computational Economics，2：1109-1186.
Hommes C，Sonnemans J，Tuinstra J，et al. 2005. Coordination of expectations in asset pricing experiments[J]. The Review of Financial Studies，18（3）：955-980.
Hommes C，Sonnemans J，Tuinstra J，et al. 2008. Expectations and bubbles in asset pricing experiments[J]. Journal of Economic Behavior & Organization，67（1）：116-133.
Hommes C. 2011. The heterogeneous expectations hypothesis：Some evidence from the lab[J]. Journal of Economic Dynamics and Control，35（1）：1-24.
Hott C. 2011. Lending behavior and real estate prices[J]. Journal of Banking and Finance，35（9）：2429-2442.
Huang M C. 2013. The role of people's expectation in the recent US housing boom and bust[J]. The Journal of Real Estate Finance and Economics，46（3）：452-479.
Hui E C M，Dong Z，Jia S H，et al. 2017. How does sentiment affect returns of urban housing?[J]. Habitat International，64：71-84.
Hui E C M，Dong Z，Jia S H. 2018. How do housing price and sentiment affect consumption distribution in China?[J]. Habitat International，77：99-109.
Hui E C M，Yue S. 2006. Housing price bubbles in Hong Kong，Beijing and Shanghai：A comparative study[J]. The Journal of Real Estate Finance and Economics，33（4）：299-327.
Hui E C，Wang Z. 2014. Market sentiment in private housing market[J]. Habitat International，44：375-385.
Hui E C，Zheng X，Wang H. 2013. Investor sentiment and risk appetite of real estate security market[J]. Applied Economics，45（19）：2801-2807.
Izard C E. 2009. Emotion theory and research：Highlights，unanswered questions，and emerging issues[J]. Annual Review of Psychology，60：1-25.
Jegadeesh N，Wu D. 2013. Word power：A new approach for content analysis[J]. Journal of Financial Economics，110（3）：712-729.
Jim C Y，Chen W Y. 2006. Impacts of urban environmental elements on residential housing prices in Guangzhou（China）[J]. Landscape and Urban Planning，78（4）：422-434.
Jun S P，Yoo H S，Choi S. 2018. Ten years of research change using Google trends：From the perspective of big data utilizations and applications[J]. Technological Forecasting and Social Change，130：69-87.
Kabundi A，Schaling E，Some M. 2015. Monetary policy and heterogeneous inflation expectations in South Africa[J]. Economic Modelling，45：109-117.
Kahneman D，Tversky A. 1982. Variants of uncertainty[J]. Cognition，11（2）：143-157.
Kaiser H. F. 1974. An index of factorial simplicity[J]. Psychometrika，39（1）：31-36.
Katona G. 1974. The psychology of inflation[J]. Surveys of Consumers，75：9-19.
Keynes J M. 1937. The general theory of employment[J]. The Quarterly Journal of Economics，51（2）：209-223.
Kézdi G，Willis R J. 2011. Household stock market beliefs and learning[R]. Cambridge：National

Bureau of Economic Research.

Klinger E. 1999. Thought Flow：Properties and Mechanisms Underlying Shifts in Content[M]//At Play in the Fields of Consciousness：Essays in Honor of Jerome L. Singer. Mahwah，NJ：Erlbaum，29-50.

Knill C，Schulze K，Tosun J. 2012. Regulatory policy outputs and impacts：Exploring a complex relationship[J]. Regulation & Governance，6（4）：427-444.

Kouwenberg R，Zwinkels R. 2014. Forecasting the US Housing Market[J]. International Journal of Forecasting，30（3）：415-425.

Krugman P R，Dominquez K M，Rogoff K. 1998. It's Baaack：Japan's slump and the return of the liquidity trap[J]. Brookings Papers on Economic Activity，1998（2）：137-205.

Lam C H，Hui E C. 2018. How does investor sentiment predict the future real estate returns of residential property in Hong Kong?[J]. Habitat International，75（5）：1-11.

Lambertini L，Mendicino C，Punzi M T. 2013. Leaning against boom-bust cycles in credit and housing prices[J]. Journal of Economic Dynamics and Control，37（8）：1500-1522.

Lamla M J，Lein S M. 2014. The role of media for consumers' inflation expectation formation[J]. Journal of Economic Behavior & Organization，106：62-77.

Landvoigt T. 2017. Housing demand during the boom：The role of expectations and credit constraints[J]. The Review of Financial Studies，30（6）：1865-1902.

Larsen V H，Thorsrud L A，Zhulanova J. 2020. News-driven inflation expectations and information rigidities[J/OL]. Journal of Monetary Economics，117：507-520[2020-04-15]. https://doi.org/10.1016/j.jmoneco.2020. 03.004.

LeDoux J. 1998. The Emotional Brain：The Mysterious Underpinnings of Emotional Life[M]. New York：Simon and Schuster.

Leduc S，Sill K，Stark T. 2007. Self-fulfilling expectations and the inflation of the 1970s：Evidence from the livingston survey[J]. Journal of Monetary Economics，54（2）：433-459.

Lemerise E A，Arsenio W F. 2000. An integrated model of emotion processes and cognition in social information processing[J]. Child Development，71（1）：107-118.

Li X，Shang W，Wang S，et al. 2015. A MIDAS modelling framework for Chinese inflation index forecast incorporating Google search data[J]. Electronic Commerce Research and Applications，14（2）：112-125.

Li X，Xie H，Chen L，et al. 2014. News impact on stock price return via sentiment analysis[J]. Knowledge-Based Systems，69：14-23.

Ling D C，Naranjo A，Scheick B. 2014. Investor sentiment，limits to arbitrage and private market returns[J]. Real Estate Economics，42（3）：531-577.

Lyons W. 1999. The philosophy of cognition and emotion[J]. Handbook of Cognition and Emotion：21-44.

Lyziak T，Paloviita M. 2018. On the formation of inflation expectations in turbulent times：The case of the euro area[J]. Economic Modelling，72（5）：132-139.

MacDonald R. 2000. Expectations formation and risk in three financial markets：Surveying what the surveys say[J]. Journal of Economic Surveys，14（1）：69-100.

Mankiw N G，Reis R. 2002. Sticky information versus sticky prices：A proposal to replace the new keynesian phillips curve[J]. The Quarterly Journal of Economics，117（4）：1295-1328.

Manski C F. 2004. Measuring expectations[J]. Econometrica，72（5）：1329-1376.

Marimon R，Spear S E，Sunder S. 1993. Expectationally driven market volatility：An experimental study[J]. Journal of Economic Theory，61（1）：74-103.

Marroquín B，Boyle C C，Nolen-Hoeksema S，et al. 2016. Using emotion as information in future-oriented cognition：Individual differences in the context of state negative affect[J]. Personality and Individual Differences，95：121-126.

Marshall A. 1890. Principles of Economics[M]. London：Macmillan.

Matsumoto A，Cova P，Pisani M，et al. 2011. News shocks and asset price volatility in general equilibrium[J]. Journal of Economic Dynamics and Control，35（12）：2132-2149.

McCombs M E，Shaw D L. 1972. The agenda-setting function of mass media[J]. Public Opinion Quarterly，36（2）：176-187.

McDonald J F. 1985. Expectations and urban housing prices[J]. Urban Studies，22（6）：543-549.

Menkhoff L，Taylor M P. 2007. The obstinate passion of foreign exchange professionals：Technical analysis[J]. Journal of Economic Literature，45（4）：936-972.

Metzler L A. 1941. The nature and stability of inventory cycles[J]. The Review of Economics and Statistics，23（3）：113-129.

Minford P，Peel D. 2002. Advanced Macroeconomics[M]. Cheltenham：Edward Elgar.

Morris S，Shin H S. 2006. Inertia of forward-looking expectations[J]. American Economic Review，96（2）：152-157.

Morris S，Shin H S. 2008. Coordinating Expectations in Monetary Policy[M]. Massachusetts：Edward Elgar：88-104.

Muth J F. 1961. Rational expectations and the theory of price movements[J]. Econometrica，29（3）：315-335.

Nerlove M. 1958. Adaptive expectations and cobweb phenomena[J]. The Quarterly Journal of Economics，72（2）：227-240.

Niu G，Soest A V. 2014. House price expectations[R]. Cambridge：National Bureau of Economic Research.

Okunev J，Wilson P，Zurbruegg R. 2002. Relationships between Australian real estate and stock market prices-a case of market inefficiency[J]. Journal of Forecasting，21（3）：181-192.

Oliver R L，Winer R S. 1987. A framework for the formation and structure of consumer expectations：Review and propositions[J]. Journal of Economic Psychology，8（4）：469-499.

Oliver R L. 1980. A cognitive model of the antecedents and consequences of satisfaction decisions[J]. Journal of Marketing Research，17（4）：460-469.

Olson J C，Dover P A. 1979. Disconfirmation of consumer expectations through product trial[J]. Journal of Applied Psychology，64（2）：179-189.

Pesaran M H. 1985. Formation of inflation expectations in British manufacturing industries[J]. The Economic Journal，95（380）：948-975.

Pessoa L，Medina L，Hof P R，et al. 2019. Neural architecture of the vertebrate brain：Implications for the interaction between emotion and cognition[J]. Neuroscience & Biobehavioral Reviews, 107（12）: 296-312.

Peters E, Västfjäll D, Gärling T, et al. 2006. Affect and decision making: A “hot” topic[J]. Journal of Behavioral Decision Making, 19（2）: 79-85.

Pfajfar D, Žakelj B. 2014. Experimental evidence on inflation expectation formation[J]. Journal of Economic Dynamics and Control, 44: 147-168.

Phelps E A. 2006. Emotion and cognition: Insights from studies of the human amygdala[J]. Annual Review of Psychology, 57（1）: 27-53.

Pidgeon N, Kasperson R, Slovic P. 2003. The Social Amplification of Risk[M]. Cambridge: Cambridge University Press.

Pruitt S W, Reilly R J, Hoffer G E. 1988. The effect of media presentation on the formation of economic expectations: Some initial evidence[J]. Journal of Economic Psychology, 9（3）: 315-325.

Reed M, Evely A C, Cundill G, et al. 2010. What is social learning?[J]. Ecology and Society, 15（4）: 1-11.

Rouwendal J, Longhi S. 2008. The effect of consumers’ expectations in a booming housing market: Space-time patterns in the Netherlands, 1999-2000[J]. Housing Studies, 23（2）: 291-317.

Salle I L. 2015. Modeling expectations in agent-based models—An application to central bank’s communication and monetary policy[J]. Economic Modelling, 46: 130-141.

Schaffrin A, Sewerin S, Seubert S. 2015. Toward a comparative measure of climate policy output[J]. Policy Studies Journal, 43（2）: 257-282.

Schmalensee R. 1976. An experimental study of expectation formation[J]. Econometrica, 44（1）: 17-41.

Schneider M. 2018. A cybernetical perspective on emotion-cognition interactions as self-directed adaptation in situated decision-makers[J]. Cognitive Systems Research, 52（6）: 400-428.

Schwarz N, Clore G L. 1983. Mood, misattribution, and judgments of well-being: Informative and directive functions of affective states[J]. Journal of Personality and Social Psychology, 45（3）: 513.

Schwarz N, Clore G L. 2003. Mood as information: 20 years later[J]. Psychological Inquiry, 14(3/4): 296-303.

Schwarz N. 2000. Emotion, cognition, and decision making[J]. Cognition & Emotion, 14（4）: 433-440.

Shiller R J. 2008. Derivatives markets for home prices[R]. Cambridge: National Bureau of Economic Research.

Shiller R J. 2015. Irrational Exuberance: Revised and Expanded Third Edition[M]. Princeton and Oxford: Princeton University Press.

Simon H A. 1972. Theories of bounded rationality[J]. Decision and Organization, 1（1）: 161-176.

Simon H A. 1990. Bounded Rationality[M]. London: Palgrave Macmillan: 15-18.

Slovic P, Västfjäll D. 2010. Affect, moral intuition, and risk[J]. Psychological Inquiry, 21（4）: 387-398.

Soroka S N. 2006. Good news and bad news：Asymmetric responses to economic information[J]. The Journal of Politics，68（2）：372-385.

Souleles N S. 2004. Expectations，heterogeneous forecast errors，and consumption：Micro evidence from the michigan consumer sentiment surveys[J]. Journal of Money，Credit and Banking，（36）：39-72.

Spence A M. 1973. Job market signaling[J]. Quarterly Journal of Economics，87：355-374.

Spiegler R. 2016. Bayesian networks and boundedly rational expectations[J]. The Quarterly Journal of Economics，131（3）：1243-1290.

Sterman J D. 1987. Expectation formation in behavioral simulation models[J]. Behavioral Science，32（3）：190-211.

Stiglitz J E. 1976. The efficiency wage hypothesis，surplus labour，and the distribution of income in LDCs[J]. Oxford Economic Papers，28（2）：185-207.

Suri G，Sheppes G，Gross J J. 2013. Emotion regulation and cognition[J]. Handbook of Cognition and Emotion，2：195-209.

Swank O H，Visser B. 2015. Learning from others? Decision rights，strategic communication，and reputational concerns[J]. American Economic Journal：Microeconomics，7（4）：109-149.

ter Ellen S，Verschoor W F C，Zwinkels R C J. 2013. Dynamic expectation formation in the foreign exchange market[J]. Journal of International Money and Finance，37：75-97.

Tetlock P C. 2007. Giving content to investor sentiment：The role of media in the stock market[J]. The Journal of Finance，62（3）：1139-1168.

Thijssen G. 1996. Farmers' investment behavior：An empirical assessment of two specifications of expectations[J]. American Journal of Agricultural Economics，78（1）：166-174.

Tolman E C. 1932. Purposive Behavior in Animals and Men[M]. New York：Appleton-Century-Crofts.

Tsai I C. 2015. Monetary policy and bubbles in the national and regional UK housing markets[J]. Urban Studies，52（8）：1471-1488.

Tsatsaronis K，Zhu H. 2004. What drives housing price dynamics：Cross-country evidence[J]. BIS Quarterly Review，（3）：65-78.

Turnovsky S J. 1970. Empirical evidence on the formation of price expectations[J]. Journal of the American Statistical Association，65（332）：1441-1454.

Tversky A，Kahneman D. 1974. Judgment under uncertainty：Heuristics and biases[J]. Science，185（4157）：1124-1131.

van Kleef G A. 2010. The emerging view of emotion as social information[J]. Social and Personality Psychology Compass，4（5）：331-343.

Wang Z，Hui E C. 2017. Fundamentals and market sentiment in housing market[J]. Housing，Theory and Society，34（1）：57-78.

Webley P，Burgoyne C，Lea S，et al. 2001. The Economic Psychology of Everyday Life[M]. Hove：Psychology Press.

Wilensky U N. 1999. Center for connected learning and computer-based modeling[D]. Evanston：Northwestern University.

Williams A W. 1987. The formation of price forecasts in experimental markets[J]. Journal of Money，

Credit and Banking，19（1）：1-18.

Winer R S. 1985. A price vector model of demand for consumer durables：Preliminary developments[J]. Marketing Sciencc，4（1）：74-90.

Wong S K，Yiu C Y，Chau K W. 2012. Liquidity and information asymmetry in the real estate market[J]. The Journal of Real Estate Finance and Economics，45（1）：49-62.

Woodford M. 2001. Imperfect common knowledge and the effects of monetary policy[R]. Cambridge：National Bureau of Economic Research.

Woodford M. 2005. Central bank communication and policy effectiveness[R]. Cambridge：National Bureau of Economic Research.

Wright W F，Bower G H. 1992. Mood effects on subjective probability assessment[J]. Organizational Behavior and Human Decision Processes，52（2）：276-291.

Wu J，Gyourko J，Deng Y. 2016. Evaluating the risk of Chinese housing markets：What we know and what we need to know[J]. China Economic Review，39：91-114.

Xia T S，Yao C X，Geng J B. 2020. Dynamic and frequency-domain spillover among economic policy uncertainty，stock and housing markets in China[J]. International Review of Financial Analysis，67：101427.

Xu Y，Liu Z，Ortiz J. 2018. The relationship between media bias and inflation expectations in PR China[J]. Research in International Business and Finance，45：402-412.

Zajonc R B. 1980. Feeling and thinking：Preferences need no inferences[J]. American Psychologist，35（2）：151.

Zhang F，Zhang C，Hudson J. 2018. Housing conditions and life satisfaction in urban China[J]. Cities，81：35-44.

Zhang H，Huang Y，Yao H. 2016. Heterogeneous expectation，beliefs evolution and house price volatility[J]. Economic Modelling，53：409-418.

Zhang Y，Hua X，Zhao L. 2012. Exploring determinants of housing prices：A case study of Chinese experience in 1999-2010[J]. Economic Modelling，29（6）：2349-2361.

Zheng M，Wang H，Wang C，et al. 2017. Speculative behavior in a housing market：Boom and bust[J]. Economic Modelling，61：50-64.

Zheng S，Sun W，Kahn M E. 2016. Investor confidence as a determinant of China's urban housing market dynamics[J]. Real Estate Economics，44（4）：814-845.

Zheng X. 2015. Expectation，volatility and liquidity in the housing market[J]. Applied Economics，47（37）：4020-4035.

Zhou Z. 2018. Housing market sentiment and intervention effectiveness：Evidence from China[J]. Emerging Markets Review，35：91-110.

附录　2010年2月～2019年7月北京房地产调控政策类型表

发布时间	政策名称	紧缩政策（Tighten = 1）	宽松政策（Loosen = 1）
2010.02.26	《北京住房公积金管理中心关于调整“二套住房”住房公积金贷款首付款比例的通知》	限贷	
2010.03.09	《财政部 国家税务总局关于首次购买普通住房有关契税政策的通知》	税收政策	
2010.04.17	《国务院关于坚决遏制部分城市房价过快上涨的通知》	限购、限贷	
2010.04.30	《北京市住房和城乡建设委员会关于落实同一购房家庭只能在本市新购买一套商品住房有关政策的通知》《北京市人民政府贯彻落实国务院关于坚决遏制部分城市房价过快上涨文件的通知》	限购、限贷	
2010.05.25	《国家税务总局关于加强土地增值税征管工作的通知》	税收政策	
2010.09.29	《中国人民银行、中国银行业监督管理委员会关于完善差别化住房信贷政策有关问题的通知》	限贷	
2010.10.20	《住房和城乡建设部关于调整住房公积金存贷款利率的通知》	上调住房公积金贷款利率	
2010.11.04	《住房和城乡建设部、国家外汇管理局关于进一步规范境外机构和个人购房管理的通知》	限购	
2010.12.26	《北京住房公积金管理中心关于调整住房公积金存贷款利率的通知（2010）》	上调住房公积金贷款利率	
2011.01.27	《财政部 国家税务总局关于调整个人住房转让营业税政策的通知（2011）》	收紧税收	
2011.02.09	《住房和城乡建设部关于调整住房公积金存贷款利率的通知（2011）》	上调住房公积金贷款利率	
2011.03.17	《北京市地方税务局 北京市住房和城乡建设委员会关于进一步加强房地产市场调控有关税收问题的公告》	收紧税收	
2011.04.06	《住房和城乡建设部关于调整住房公积金存贷款利率的通知》	上调住房公积金贷款利率	
2011.07.06	《住房和城乡建设部关于调整住房公积金存贷款利率的通知》	上调住房公积金贷款利率	
2012.06.08	《住房和城乡建设部关于调整住房公积金存贷款利率的通知（2012）》		下调住房公积金贷款利率
2012.07.06	《北京住房公积金管理中心关于调整住房公积金存贷款利率的通知（2012）》		下调住房公积金贷款利率
2012.09.21	《北京市住房和城乡建设委员会关于落实我市住房限购政策进一步做好房屋登记有关问题的通知》	加强限购审核	